HEYNE

Das Buch

Russland 1943: Der gebürtige Amerikaner Alexander Belov, Major der Roten Armee, soll wegen Hochverrats und Spionage hingerichtet werden. Während er sich einem Exekutionskommando gegenüber sieht, kann seine schwangere Frau Tatiana in letzter Sekunde aus Leningrad fliehen. Sie hat als einzige ihrer Familie überlebt und glaubt auch ihren geliebten Mann für immer verloren. Nur das Kind, das sie unter dem Herzen trägt, gibt ihr die nötige Kraft zum Weiterleben. Sie beschließt, nach Amerika auszuwandern und dort ihren Sohn großzuziehen. In New York findet sie Arbeit und neue Freunde. Doch Alexander ist stets in ihren Gedanken, und ihre Zweifel an seinem Tod wachsen.

Paullina Simons verzaubert den Leser mit einer herzzerreißenden Liebesgeschichte, die lange in der Erinnerung nachhallt.

Die Autorin

Paullina Simons, geboren 1963 in Leningrad, emigrierte Anfang der siebziger Jahre mit ihrer Familie in die USA. Sie arbeitete in Rom und Dallas und war vier Jahre als Wirtschaftsjournalistin in London tätig, bevor sie sich als Fernsehproduzentin in New York niederließ. Mit der Romantrilogie *Die Liebenden von Leningrad, Tatiana und Alexander* und *Land der Lupinen* gelangen ihr internationale Bestseller. Paullina Simons lebt mit ihrer Familie in Brooklyn, New York.

Lieferbare Titel

Die Liebenden von Leningrad

Tatiana und Alexander

Land der Lupinen

Land der Freiheit

Paullina Simons

Tatiana und Alexander

Roman

Aus dem Amerikanischen
von Tanja Handels

WILHELM HEYNE VERLAG
MÜNCHEN

Die Originalausgabe
TATIANA AND ALEXANDER
erschien 2003 bei Harper Collins Publisher, New York

MIX
Papier aus verantwortungsvollen Quellen
FSC® C014496

Verlagsgruppe Random House FSC® N001967

Vollständige Taschenbuchausgabe 08/2018

Neumarkter Str. 28, 81673 München
Printed in Germany
Umschlaggestaltung: Nele Schütz Design, München
unter Verwendung von © shutterstock
(Lisa Strachan, Andrekart Photography,
Aliksandr Zosiman) und Arcangel (Joana Kruse)
Druck und Bindung: GGP Media GmbH, Pößneck
ISBN: 978-3-453-42233-9

www.heyne.de

Einmal mehr für meine Großeltern, die inzwischen fünfundneunzig und einundneunzig Jahre alt sind, immer noch Gurken und Blumen ziehen und glücklich und zufrieden leben,
und
für unseren guten Freund Anatolij Studenkow, der in Russland zurückgeblieben ist und all dies nicht mehr tun kann.

Und, nur vom Mondlicht blass umflossen,
Jagt er, der hoch die Rechte hebt,
Auf dröhnend galoppierndem Rosse
Der Eh'rne Reiter selbst ihm nach.

Wohin auch seine Schritte lenkte
Der Ärmste diese ganze Nacht,
Der Eh'rne Reiter sah's und sprengte
Ihm schweren Hufschlags ständig nach.

Alexander Puschkin

Prolog

Boston, Dezember 1930

Alexander Barrington stand vor dem Spiegel und rückte sein rotes Pfadfinder-Halstuch zurecht, konnte die Augen dabei aber nicht von seinem ungewöhnlich trübsinnig dreinblickenden Spiegelbild lassen. Seine Mundwinkel zeigten nach unten. Er fingerte an dem Halstuch herum, doch es wollte ihm einfach nicht gelingen, es ordentlich zu binden – und das ausgerechnet heute.

Er wandte sich vom Spiegel ab, sah sich in dem kleinen Zimmer um und seufzte. Es wirkte wenig anheimelnd: ein Holzboden, eine triste, bräunliche Tapete, ein Bett, ein Nachtschrank.

Aber das war ihm gleichgültig. Dies war ja nicht sein Zimmer – es war möbliert gemietet, und sämtliche Möbel gehörten der Vermieterin im Erdgeschoss. Sein richtiges Zimmer befand sich nicht in Boston, sondern in Barrington, und er hing mehr daran als an allen anderen Zimmern, in denen er seither gelebt hatte. Sechs Zimmer waren das gewesen, seit sein Vater das Haus vor zwei Jahren verkauft hatte und Alexander gezwungen gewesen war, Barrington und seine Kindheit zurückzulassen.

Jetzt verließen sie also auch dieses Zimmer. Aber das war ihm gleichgültig.

Doch es gab Dinge, die ihm weit weniger gleichgültig waren. Alexander schaute wieder in den Spiegel. Der Junge, der seinen Blick erwiderte, sah für seinen Geschmack viel zu grimmig drein. Er trat ganz nah an den Spiegel heran, presste das Gesicht an das Glas und atmete langsam aus.

»Und, Alexander?«, flüsterte er. »Was jetzt?«

Teddy, sein bester Freund, hielt es für die aufregendste Sache der Welt, dass Alexander das Land verlassen sollte. Doch Alexander konnte diese Ansicht beim besten Willen nicht teilen. Durch die halb geöffnete Tür hörte er seine Eltern streiten. Er beachtete sie nicht weiter. Sie stritten häufig in angespannten Situationen. Kurz darauf wurde die Tür ganz geöffnet, und Alexanders Vater, Harold Barrington, trat ein und sagte: »Bist du fertig, mein Sohn? Der Wagen wartet schon unten. Und deine Freunde warten auch und wollen sich von dir verabschieden. Teddy hat mich gefragt, ob ich ihn an deiner Stelle mitnehme.« Harold lächelte. »Ich habe ihm geantwortet, ich denke darüber nach. Was meinst du, Alexander? Möchtest du gern mit Teddy tauschen und bei seinen verrückten Eltern leben?«

»Das wäre eine nette Abwechslung, wo ich doch so normale Eltern habe.« Alexander musterte seinen Vater. Harold war mittelgroß und schlank. Sein auffälligstes Merkmal war das entschlossene Kinn in dem breiten, markanten Gesicht. Das hellbraune, leicht ergraute Haar war noch sehr dicht für seine achtundvierzig Jahre, und er hatte strahlende blaue Augen. Es gefiel Alexander, wenn sein Vater guter Laune war; seine Augen blickten dann nicht ganz so ernst wie sonst.

Seine Mutter, Jane Barrington, schob ihren Mann beiseite und trat ebenfalls ins Zimmer. Sie trug ihr bestes Seidenkleid und ein weißes Pillbox-Hütchen. »Lass den Jungen in Frieden, Harry«, sagte sie. »Du siehst doch, er versucht, adrett auszusehen. Der Wagen wird schon auf uns warten. Und Teddy und Belinda auch.« Sie strich ihr dichtes, dunkles Haar zurecht, das ihr, unter dem Hütchen hervor, bis auf die Schultern herabfiel. In ihrer Stimme klang der melodische und weiche italienische Akzent mit, den sie, trotz der siebzehn Jahre in den Vereinigten Staaten, immer noch besaß. Jetzt senkte sie die Stimme ein wenig. »Ich habe diese Belinda ja nie sonderlich gemocht.«

»Ich weiß, Mutter«, sagte Alexander. »Darum verlassen wir ja auch das Land, oder?« Er betrachtete seine Eltern im Spiegel, ohne sich umzudrehen. Äußerlich ähnelte er vor allem seiner Mutter, doch er hoffte, die Persönlichkeit seines Vaters geerbt zu haben. Sicher war er sich da nicht. Die Mutter amüsierte ihn, der Vater blieb ihm ein Rätsel. So war es schon immer gewesen. »Ich bin so weit, Vater«, sagte er.

Harold trat zu ihm und legte ihm einen Arm um die Schultern. »Und du hast gedacht, du würdest bei den Pfadfindern Abenteuer erleben. Jetzt beginnt dein größtes Abenteuer.«

»Ja«, erwiderte Alexander. Doch insgeheim dachte er: Die Pfadfinder waren mir durchaus genug. »Vater?«, fragte er, ohne den Blick von seinem Spiegelbild abzuwenden. »Wenn es nicht funktioniert ... wir können doch zurückkommen, oder? Wir können doch immer zurückkommen nach ...« Er hielt inne, damit sein Vater nicht hörte, wie seine Stimme zitterte. Schließlich holte er tief Luft und beendete den Satz: »... nach Amerika?«

Harold antwortete nicht. Jane trat zu ihnen, und Alexander stand nun zwischen seinen Eltern. Seine Mutter war mit ihren flachen Absätzen ein Stückchen größer als sein Vater, der wiederum Alexander um einen guten halben Meter überragte. »Sag dem Jungen die Wahrheit, Harold. Er sollte Bescheid wissen. Sag es ihm. Er ist alt genug.«

»Nein, Alexander«, sagte Harold. »Wir kommen nicht mehr zurück. Wir werden von nun an immer in der Sowjetunion leben. Unser Platz ist nicht mehr in Amerika.«

Alexander wollte einwenden, dass sein Platz sehr wohl hier sei. Er war mit Teddy und Belinda befreundet, seit sie drei Jahre alt gewesen waren. Barrington war ein kleines Städtchen, die weißen Schindelbauten hatten schwarze Fensterläden, es gab drei Kirchen und eine kleine Hauptstraße, die sich über vier Blocks hinweg vom einen Ende der Stadt zum anderen zog. In den Wäldern um Barrington hatte Alexander eine glückliche Kindheit verlebt. Doch er wusste, sein Vater wollte davon nichts hören. Also schwieg er.

»Alexander, deine Mutter und ich sind ganz sicher, dass es für uns das Richtige ist. Zum ersten Mal in unserem Leben können wir Stellung beziehen und das tun, woran wir glauben. Jetzt werden wir nicht mehr nur von den Idealen des Kommunismus reden. Es ist viel zu einfach, nach Veränderung zu rufen, wenn man selbst ein behagliches Leben führt, meinst du nicht auch? Von nun an werden wir unsere Ideale leben. Dafür habe ich mein Leben lang gekämpft, das weißt du doch. Du hast mich doch erlebt, mich und deine Mutter.«

Alexander nickte. Er hatte sie in der Tat erlebt. Er hatte erlebt, wie seine Eltern für ihre Ideale verhaftet worden waren. Er hatte seinen Vater im Gefängnis besucht, war in Barrington ausgegrenzt und in der Schule ausgelacht worden, hatte sich immer wieder für die Prinzipien seines Vaters prügeln müssen. Er hatte seine Mutter an der Seite seines Vaters gesehen, bei Straßenblockaden und Demonstrationen. Und er hatte an ihrer Seite gestanden. Sie waren zu dritt nach Washington gefahren, um vor dem Weißen Haus für den Kommunismus zu demonstrieren. Auch dort waren sie verhaftet worden, und der siebenjährige Alexander hatte eine Nacht in einer Jugendstrafanstalt verbracht. Aber immerhin war er der einzige Junge in Barrington, der das Weiße Haus gesehen hatte.

Er hatte geglaubt, all das wäre Opfer genug. Und später hatte er geglaubt, es wäre Opfer genug, mit der Familie zu brechen und das Haus aufzugeben, das seit acht Generationen der Sitz der Barringtons war. Er hatte geglaubt, es wäre Opfer genug, im lauten und staubigen Boston in einer winzigen Mietwohnung zu leben und die sozialistischen Lehren zu verbreiten.

Nun, offensichtlich war es nicht genug.

Der Plan, in die Sowjetunion auszuwandern, war eine Überraschung für Alexander gewesen, und beileibe keine freudige. Doch sein Vater glaubte, dass die Sowjetunion der Ort war, wo sie hingehörten, wo Alexander nicht mehr ausgelacht würde, wo man sie alle freudig empfangen und bewundern würde, statt sie zu meiden und zu verspotten. Ihr sinnloses Leben würde dort endlich einen Sinn erhalten. Im neuen Russland lag die Macht beim Arbeiter, der Arbeiter würde am Ende siegen. Der Glaube seines Vaters war stark genug für Alexander.

Seine Mutter drückte ihre rot geschminkten Lippen auf seine Stirn und hinterließ einen glänzenden Abdruck, den sie mehr schlecht als recht wegwischte. »Liebling, du weißt doch, dein Vater will, dass du das Richtige lernst, dass du mit der richtigen Überzeugung aufwächst.«

»Aber es geht doch gar nicht um mich, Mutter.« Alexander klang ein wenig bockig. »Ich bin doch nur ein Kind …«

»Nein«, sagte Harold in unerbittlichem Ton. Seine Hand ruhte immer noch auf Alexanders Schulter. »Es geht *nur* um dich, Alexander. Jetzt bist du erst elf, aber bald wirst du ein erwachsener Mann sein. Und da du nur *ein* Leben hast, kannst du auch nur *ein* Mann werden. Ich bringe dich in die Sowjetunion, damit du *der* Mann wirst, der du sein sollst. Du, mein Sohn, bist mein einziges Vermächtnis an die Welt.«

»Aber in Amerika gibt es auch viele große Männer, Vater«, wandte Alexander ein. »Herbert Hoover, Woodrow Wilson, Calvin Coolidge.«

»Ja, aber das sind keine guten Männer. Amerika bringt nur habgierige und selbstsüchtige Menschen hervor, stolze und rachsüchtige Menschen. Ich will nicht, dass du einer von ihnen wirst.«

»Alexander.« Seine Mutter drückte ihn an sich. »Wir möchten dir neue Möglichkeiten bieten, dich zu entwickeln, die du in Amerika einfach nicht hast.«

»Richtig«, bestätigte Harold. »Amerika verweichlicht seine Männer.«

Alexander machte sich von seinen Eltern los und trat einen Schritt zurück, ohne den Blick von seinem ernsten Spiegelbild zu wenden.

Er sah sich selbst unverwandt ins Gesicht und fragte sich dabei: *Was für ein Mann werde ich wohl sein, wenn ich erwachsen bin?*

Dann salutierte er vor seinem Vater und sagte: »Mach dir keine Sorgen, Vater. Du wirst schon noch stolz auf mich sein. Ich will nicht habgierig und selbstsüchtig werden, auch nicht stolz und rachsüchtig. Und ich werde der stärkste Mann werden, den es gibt. Ich bin so weit. Gehen wir.«

»Ich will gar nicht, dass du ein starker Mann wirst, Alexander. Du sollst nur ein *guter* Mann werden.« Harold hielt kurz inne. »Ein besserer, als ich es bin.«

Während sie das Zimmer verließen, drehte Alexander sich noch einmal um und warf einen letzten Blick auf sein Spiegelbild. Ich will diesen Jungen nicht vergessen, dachte er. Vielleicht muss ich mich ja irgendwann auf ihn besinnen.

Stockholm, Mai 1943

Ich bin an einen Wendepunkt gelangt, dachte die achtzehnjährige Tatiana, als sie eines kühlen Sommermorgens aufwachte. *Ich kann so nicht weiterleben.* Sie stand auf, wusch sich und verstaute dann ihre Bücher und wenigen Habseligkeiten in ihrem Rucksack, um das Zimmer so unberührt zu verlassen, wie sie es vor über zwei Monaten vorgefunden hatte. Durch die weißen Vorhänge drang unerbittlich ein leichter Sommerwind herein. Er war genauso unerbittlich wie sie selbst.

Über dem Tisch des kleinen Zimmers hing ein ovaler Spiegel. Ehe Tatiana sich das Haar zusammenband, betrachtete sie sich darin. Sie erkannte sich kaum wieder. Alles Rundliche, Kindliche war verschwunden; ihr Gesicht war nur noch ein hageres Oval mit eingefallenen Wangen, hoher Stirn, kantigem Kinn und zusammengepressten Lippen. Falls sie noch Grübchen besaß, waren sie nicht zu sehen. Es war schon lange her, dass sie zum letzten Mal gelächelt hatte. Die Wunde an ihrer Wange, die durch ein Stück der zerborstenen Windschutzscheibe verursacht worden war, war verheilt und zu einer dünnen, rosigen Narbe verblasst. Auch die Sommersprossen verblassten langsam. Doch vor allem ihre Augen schienen Tatiana fremd. Die einst so strahlenden grünen Augen lagen jetzt tief in dem bleichen Gesicht, wie ein letztes, unüberwindliches Bollwerk, das Fremde daran hinderte, direkt in ihre Seele zu blicken. Sie konnte niemandem in die Augen schauen, nicht einmal sich selbst. Ein Blick in diese grünen Seen genügte, um zu wissen, was für Stürme hinter dieser Fassade tobten.

Tatiana bürstete ihr hellblondes Haar, das ihr bis zu den Schultern reichte. Sie hasste es schon längst nicht mehr.

Wie hätte sie es auch hassen können, wo doch Alexander es so geliebt hatte?

Aber daran wollte sie jetzt nicht denken. Abschneiden wollte sie es, sich scheren wie ein Lamm auf dem Weg zur Schlachtbank. Sie wollte sich das Haar abschneiden, sich die Augen auskratzen, sich die Zähne aus dem Mund brechen und sich die Venen aus der Kehle reißen.

Sie steckte ihr Haar zu einem Knoten zusammen und verbarg es unter einem Kopftuch, um so wenig Aufmerksamkeit wie möglich auf sich zu ziehen. In Schweden – einem Land voll blonder Frauen – war es leichter für sie, in der Menge zu verschwinden.
Tatiana wusste, dass es Zeit war zu gehen, doch sie konnte den nötigen Antrieb nicht finden. Da war das Kind in ihrem Bauch, doch das konnte sie ebenso gut in Schweden zur Welt bringen wie in Amerika. Hier wäre es sogar einfacher. Sie könnte bleiben, müsste nicht durch ein unbekanntes Land reisen, nicht auf einem Frachter nach Großbritannien übersetzen und von dort übers Meer in die Vereinigten Staaten, inmitten eines Weltkriegs. Die Deutschen bombardierten die nördlichen Gewässer fast täglich, ihre Torpedos ließen die Unterseeboote und Blockadeschiffe der Alliierten in Rauch und Flammen aufgehen – Bilder, die so gar nicht zu den ruhigen Wellen des Golfs von Bothnia, der Ostsee, des Nördlichen Eismeers und des Atlantik passen wollten. Wenn sie in Stockholm bliebe, wäre sie in Sicherheit, könnte einfach so weitermachen wie bisher.
Und was hatte sie bisher gemacht?
Sie hatte Alexander gesehen, überall, wo sie ging und stand. Sie schaute nach rechts, und da war er, hoch gewachsen, in seiner Uniform, das Gewehr über der Schulter. Er sah sie an und lächelte. Dann streckte sie die Hand aus und griff ins Leere, berührte nur das weiße Kissen, auf dem sie geglaubt hatte, sein Gesicht zu sehen. Sie drehte sich zu ihm um, brach ein Stück Brot für ihn ab, und immer, wenn sie auf einer Bank saß, sah sie ihn langsam und zielsicher auf sich zukommen, sah ihn die Straße überqueren, um zu ihr zu gelangen. Tagsüber folgte sie schwedischen Männern, Männern mit breiten Schultern, Männern, die weit ausschritten. Sie starrte Wildfremden ins Gesicht, weil sie glaubte, Alexanders Züge darin zu erkennen. Dann blinzelte sie, und er war verschwunden, und damit verschwand auch sie. Sie senkte den Blick und ging weiter.
Doch sobald sie den Blick wieder hob, war er auch schon wieder da, an ihrer Seite, so groß und so schön. Er lachte sie

an, strich ihr übers Haar, beugte sich zu ihr, und der Gewehrgurt glitt ihm von der Schulter.
Noch einmal schaute sie in den Spiegel. Alexander stand hinter ihr. Er streichelte ihren Nacken, beugte sich über sie. Sie roch weder seinen Duft, noch spürte sie die Berührung seiner Lippen. Nur ihre Augen sahen ihn, spürten fast sein schwarzes Haar an ihrem Hals.
Tatiana schloss die Augen.
Dann ging sie ins Café Spivak und verzehrte ihr übliches Frühstück: zwei Portionen Speck, zwei Tassen schwarzen Kaffee, drei pochierte Eier. Dabei versuchte sie, die englische Zeitung zu lesen, die sie an einem Kiosk am Hafen gekauft hatte. Doch die Wörter schienen in ihrem Kopf zu verpuffen, sie konnte ihren Sinn einfach nicht begreifen. Nachmittags war sie ruhiger, da konnte sie besser lesen. Sie verließ das Café und ging zum Industriehafen. Dort setzte sie sich auf eine Bank und beobachtete den schwedischen Hafenarbeiter dabei, wie er die Lastkähne mit Altpapier belud, das nach Helsinki verschifft werden sollte. In ein paar Minuten, das wusste sie, würde er etwa fünfzig Meter den Pier entlanggehen, um ein paar Worte mit seinen Freunden zu wechseln. Er würde eine Zigarette rauchen, einen Kaffee trinken und anschließend noch eine Zigarette rauchen. Dreizehn Minuten würde er fort sein und den überdachten Lastkahn unbeobachtet lassen. Die Planke führte direkt in die Kajüte.
Nach dreizehn Minuten würde er zurückkommen, weiter das Papier vom Laster laden und es mit seinem Handkarren über die Planke auf das Schiff bringen. In zweiundsechzig Minuten würde der Kapitän des Lastkahns kommen, der Hafenarbeiter würde salutieren und die Leinen losmachen. Und der Kapitän würde sein Schiff über die Ostsee nach Helsinki steuern.
Tatiana beobachtete all das an diesem Morgen zum fünfundsiebzigsten Mal.
Helsinki war nur vier Stunden von Wyborg entfernt. Aus den englischen Zeitungen, die sie täglich kaufte, wusste Tatiana, dass Wyborg zum ersten Mal seit 1918 wieder in sowjetischer Hand war. Die Rote Armee hatte das russische Karelien von den Finnen zurückerobert. Ein Lastkahn übers Meer nach

Helsinki, dann ein Laster durch die Wälder nach Wyborg, und schon wäre auch Tatiana wieder in sowjetischer Hand.

»Manchmal wünschte ich, du wärst weniger stur«, sagt Alexander. Er hat drei Tage Fronturlaub bekommen. Sie sind in Leningrad – zum letzten Mal gemeinsam in Leningrad, am letzten Novemberwochenende. Sie tun alles zum letzten Mal.

»Da solltest du dich vielleicht an die eigene Nase fassen.« Er seufzt. »Stimmt.« Er schnaubt hilflos. »Es gibt Frauen«, sagt er dann, »die hören auf ihre Männer. Ich weiß genau, dass es die gibt. Ich habe sie schon gesehen, bei anderen Männern ...«

»Dann haben die anderen Männer sie dir wohl alle weggeschnappt.« Sie fängt an, ihn zu kitzeln, doch es gelingt ihr nicht, ihn zum Lachen zu bringen. »Na gut. Sag mir, was ich tun soll«, sagt sie, und ihre Stimme klingt dabei ein wenig heiser. »Ich tue alles, was du sagst.«

»Geh fort aus Leningrad und fahr direkt nach Lazarewo«, sagt Alexander. »Bring dich in Sicherheit.«

Sie verdreht die Augen. »Gut, ein letzter Versuch. Ich weiß doch, dass du dieses Spiel beherrschst.«

»Natürlich«, erwidert Alexander. Er sitzt auf dem alten Sofa ihrer Eltern. »Aber ich will nicht. Du hörst ja nicht einmal auf mich, wenn es um etwas Wichtiges geht ...«

»Das ist aber nicht wichtig.« Tatiana kniet sich vor ihn hin und fasst seine Hände. »Wenn der NKWD mich holen kommt, dann weiß ich, dass du tot bist, und werde mich mit Freuden an die Wand stellen lassen.« Sie drückt seine Hände. »Ich werde dort stehen, als deine Frau, und nicht eine Sekunde bereuen, die ich mit dir verbracht habe. Gönn mir wenigstens noch diesen Augenblick hier mit dir. Ich will dich noch einmal riechen, dich noch einmal schmecken, dich noch einmal küssen. Spiel unser Spiel mit mir, auch wenn es noch so traurig ist, hier mitten im Leningrader Winter beieinander zu liegen. Lass uns das Wunder genießen, dass wir überhaupt hier beieinander liegen. Sag mir, was ich tun soll, und ich werde es tun.«

Alexander zieht sie an der Hand zu sich empor. »Komm her.« Er breitet die Arme aus. »Setz dich auf meinen Schoß.«

Sie tut es.

»Jetzt leg deine Hände auf mein Gesicht.«

Sie tut es.

»Küss mich auf die Augen.«

Sie tut es.

»Küss mich auf die Stirn.«

Sie tut es.

»Und jetzt auf den Mund.«

Sie tut es, tut alles, was er sagt.

»Tania …«

»Ruhig.«

»Siehst du denn nicht, dass ich daran zerbreche?«

»Ach«, sagt sie. »Im Moment bist du ja noch ganz.«

Sie saß auf ihrer Bank und beobachtete den Hafenarbeiter, bei Sonnenschein, bei Regen oder Nebel.

Morgens war es fast immer neblig, doch heute war es nur kühl. Am Pier roch es nach frischem Wasser und Fisch. Über ihr schrien die Möwen, eine Männerstimme rief etwas.

Wo ist mein Bruder, warum hilft er mir nicht? Wo ist meine Schwester, meine Mutter? Hilf mir, Pascha, spiel wieder Fußball mit mir, versteck dich im Wald, wo ich dich ganz sicher finde. Sieh nur, Dascha, sieh nur, wie das alles ausgegangen ist. Kannst du es überhaupt sehen? Mama, Mama. Ich will zu meiner Mutter. Wo ist meine Familie, die immer etwas von mir verlangt, mich unter Druck gesetzt, sich in alles eingemischt, mich nie allein, nie in Ruhe gelassen hat? Wo sind sie jetzt, warum helfen sie mir nicht, das zu überstehen? Deda, was soll ich tun? Ich weiß nicht, was ich tun soll.

Heute ging der Hafenarbeiter nicht zu seinem Freund am angrenzenden Pier hinüber, um Kaffee zu trinken und zu rauchen. Stattdessen kam er herüber und setzte sich neben Tatiana auf die Bank.

Das überraschte sie, doch sie sagte nichts. Sie zog nur ihre Schwesterntracht enger um sich, rückte das Kopftuch zurecht, das ihr Haar verdeckte, presste die Lippen zusammen und blickte starr auf den Hafen hinaus.

Er sprach sie auf Schwedisch an: »Ich bin Sven. Wie heißen Sie?«

Nach einer Weile antwortete sie: »Tatiana. Ich spreche kein Schwedisch.«

»Möchten Sie eine Zigarette?«, fragte er auf Englisch.
»Nein«, erwiderte sie, ebenfalls auf Englisch. Sie dachte kurz darüber nach, ob sie behaupten sollte, auch kein Englisch zu sprechen. Russisch konnte er bestimmt nicht.
Er fragte, ob er ihr einen Kaffee bringen solle oder etwas Wärmeres zum Überziehen. Doch sie sagte nur »Nein«, ohne ihn dabei anzusehen.
Sven schwieg einen Augenblick. »Sie wollen auf den Lastkahn, nicht wahr?«, fragte er schließlich. »Kommen Sie, ich nehme Sie mit.« Er fasste sie am Arm, doch Tatiana rührte sich nicht. »Sie haben etwas zurückgelassen, das sehe ich Ihnen an«, sagte er und zog sie sanft am Arm. »Kommen Sie mit, holen Sie es sich zurück.« Tatiana bewegte sich nicht.
»Sie können Zigaretten oder Kaffee haben, und Sie können auf das Boot. Ich werde mich nicht mal umdrehen. Sie brauchen sich nicht an mir vorbeizuschleichen. Ich hätte Sie auch gleich beim ersten Mal mitgenommen, wenn Sie gefragt hätten. Sie wollen nach Helsinki? Gut. Sie sind zwar offensichtlich keine Finnin.« Sven hielt einen Augenblick inne. »Aber Sie sind schwanger. Vor zwei Monaten wäre es noch leichter für Sie gewesen. Jetzt haben Sie es sich selbst unnötig schwer gemacht. Entweder Sie gehen zurück, oder Sie machen einen Schritt nach vorn, aber eins von beidem müssen Sie tun. Wie lange wollen Sie denn noch hier sitzen und mich beobachten?« Tatiana blickte auf das Meer hinaus.
»Wie lange wollen Sie so weitermachen?«, beharrte er.
»Wenn ich das wüsste, säße ich nicht mehr hier.«
»Dann hören Sie auf damit. Kommen Sie mit.«
Sie schüttelte den Kopf.
»Sie sind schon zu lange allein«, sagte der Hafenarbeiter. »Wo ist denn Ihr Mann? Wo ist der Vater Ihres Kindes?«
»Tot. In der Sowjetunion«, flüsterte Tatiana.
»Aus der Sowjetunion sind Sie also.« Er nickte. »Jetzt wird mir einiges klar. Sie sind geflohen? Na gut, jetzt sind Sie hier, dann bleiben Sie auch hier. Bleiben Sie in Schweden. Gehen Sie zum Konsulat, beantragen Sie Flüchtlingshilfe. Es kommen Hunderte über Dänemark hierher. Gehen Sie zum Konsulat.«

Tatiana schüttelte den Kopf.
»Sie bekommen bald ein Kind«, sagte Sven. »Entweder Sie gehen zurück, oder Sie fangen neu an.«
Tatiana legte die Hände auf ihren Bauch. In ihren Augen glänzten Tränen.
Der Hafenarbeiter tätschelte ihren Arm und stand auf. »Also, was wollen Sie machen? Warum wollen Sie überhaupt zurück in die Sowjetunion?«
Tatiana gab keine Antwort. Wie hätte sie ihm auch erklären sollen, dass sie ihre Seele dort zurückgelassen hatte?
»Was passiert mit Ihnen, wenn Sie zurückgehen?«
»Ich werde wohl sterben«, antwortete sie tonlos.
»Und wenn Sie neu anfangen, was passiert dann mit Ihnen?«
»Dann werde ich wohl weiterleben.«
Sven klatschte in die Hände. »Dann liegt es doch auf der Hand. Sie müssen neu anfangen.«
»Sicher«, sagte Tatiana. »Aber wie soll ich so weiterleben? Sehen Sie mich doch an. Wenn ich könnte, würde ich es ja tun.«
»Und da bleiben Sie lieber hier in Stockholm, in Ihrer ganz persönlichen Hölle, und schauen mir tagein, tagaus zu, wie ich mein Papier verlade, wie ich rauche, beobachten mich. Was wollen Sie? Mit Ihrem Baby hier auf der Bank sitzen? Wollen Sie das wirklich?«
Tatiana schwieg.
Als sie ihn zum ersten Mal gesehen hatte, saß sie auf einer Bank und aß ein Eis.
»Fangen Sie neu an.«
»Ich kann nicht.«
Er nickte. »O doch, Sie können. Das haben Sie nur vergessen. Ich weiß schon, für Sie ist immer noch Winter.« Er lächelte sie an. »Aber keine Sorge. Es ist Sommer. Das Eis wird bald schmelzen.«
Tatiana erhob sich schwerfällig von der Bank. Im Weggehen sagte sie auf Russisch: »Das ist kein Eis, mein Hochsee-Philosoph. Das ist das Höllenfeuer.«

Buch eins

Das zweite Amerika

… Und umso mehr musst du es wagen,
Trotz dieser,
jeder Flut.
Er war dein Sohn, den du getragen,
Er gab dem Wind die Kraft und auch der Flut.

RUDYARD KIPLING

I

Im Feldlazarett von Morozowo, 13. März 1943

Im Dunkel des Abends lag, in einem kleinen Fischerdorf, das für den Newa-Einsatz an der Leningrader Front in ein Hauptquartier der Roten Armee verwandelt worden war, ein Verwundeter im Feldlazarett und wartete auf den Tod.
Lange lag er da, reglos, mit verschränkten Armen, bis schließlich das Licht ausging und auf der Station mit den schwer Verletzten langsam Ruhe einkehrte.
Bald würden sie kommen, um ihn zu holen.
Er war ein junger Mann von dreiundzwanzig Jahren und schwer vom Krieg gezeichnet. Die Monate, die er verwundet im Krankenbett verbracht hatte, hatten seinem Gesicht eine Blässe verliehen, die weder auf Angst noch auf Sehnsucht, sondern einzig auf fehlendes Sonnenlicht zurückzuführen war. Er war unrasiert, doch sein schwarzes Haar war sehr kurz geschoren. Seine schokoladenbraunen Augen blickten leer in die Ferne. Alexander Below sah zwar grimmig drein, doch er war im Grunde kein grausamer Mann. Er wirkte gefasst und war dennoch nicht gefühllos.
Monate zuvor, bei der Schlacht um Leningrad, war Alexander seinem guten Freund Anatolij Marasow zu Hilfe geeilt, der, von einer Kugel in der Kehle getroffen, auf der zugefrorenen Newa lag. Obwohl Anatolij nicht mehr zu helfen war, war Alexander zu ihm gelaufen, gefolgt von Matthew Sayers, einem leichtsinnigen Arzt des Internationalen Roten Kreuzes. Sayers war ins Eis eingebrochen, und Alexander hatte ihn durch das Loch in der Eisdecke wieder herausgezogen, was ihn beinahe selbst das Leben gekostet hätte, und ihn dann am anderen Ufer des Flusses hinter einem gepanzerten Armeefahrzeug in Sicherheit gebracht. Die Deutschen hatten versucht, das Fahrzeug aus der Luft zu bombardieren, doch sie hatten nur Alexander erwischt. Er dachte an die deutschen Flugzeuge damals in Luga, zu Beginn des Krieges, die

die Felder beschossen hatten, auf denen Soldaten und Frauen waren. Jetzt wusste er, was ihn daran so mitgenommen hatte. Das Heulen der Luftwaffenbomber hatte ihm seinen eigenen Tod angekündigt.

Tatiana hatte ihn den vier Reitern entrissen, die ihn holen wollten und an ihren schwarz behandschuhten Fingern bereits seine guten und seine schlechten Taten abzählten. Und dabei hatte er ihr doch eingeschärft: *»Geh fort aus Leningrad und fahr direkt nach Lazarewo.«* Nach Lazarewo, in das kleine Fischerdorf, das am Fuße des Urals, inmitten eines Kiefernhains lag, ans Ufer des mächtigen Flusses Kama geschmiegt; nach Lazarewo, wo sie zumindest für kurze Zeit in Sicherheit gewesen wäre. Aber sie war wie Matthew Sayers: leichtsinnig. Sie hatte sich einfach geweigert. Stattdessen war sie ohne sein Wissen an die Front gekommen, hatte den vier Reitern ihr Nein ins Gesicht geschrien und ihnen mit der Faust gedroht. Es ist noch zu früh, ihr könnt ihn noch nicht haben. Und dann hatte sie trotzig hinzugesetzt: Ich erlaube nicht, dass ihr ihn holt. Ich werde alles tun, was in meiner Macht steht, um euch davon abzuhalten.

Und genau das hatte sie getan. Mit ihrem Blut hatte sie ihn vor den Reitern bewahrt. Sie hatte ihm ihr Blut geschenkt, und man hatte ihn retten können.

Alexander verdankte Tatiana sein Leben, und er seinerseits hatte Dr. Sayers das Leben gerettet. Deshalb hatte der Arzt beschlossen, Alexander und Tatiana nach Helsinki zu bringen, damit sie von dort in die Vereinigten Staaten reisen konnten. Zusammen mit Tatiana hatten sie einen detaillierten Plan geschmiedet, und Alexander hatte zwei Monate im Lazarett verbracht, während die Wunde an seinem Rücken heilte, hatte Figürchen, Wiegen und Speere aus Holz geschnitzt und sich vorgestellt, wie es sein würde, mit ihr durch Amerika zu fahren. Er hatte die Augen geschlossen und sich vorgestellt, wie sie alles Leid hinter sich lassen würden. In seiner Vorstellung saßen sie in einem Auto, nur zu zweit, sangen zur Musik aus dem Radio, und die Luft draußen war warm.

Diese flüchtige Hoffnung hatte ihn aufrecht erhalten. Und doch war es eine so schwache Hoffnung, das wusste er selbst

in den Momenten, in denen er sich ihr ganz hingab. Die Hoffnung eines Mannes, der, vom Feind umzingelt, ihm auf der Flucht den Rücken zukehrt und betet, dass er einen sicheren Hort erreicht, ehe der Feind nachlädt oder schwerere Geschütze auffährt. Er hört die Schüsse, hört die Schreie hinter sich und läuft doch immer weiter, hofft auf Erlösung von dem Pfeifen der Granaten. Tauch ein in die Hoffnung, sonst wirst du in Verzweiflung sterben. *Tauch ein in den Fluss Kama.*
Doch dann, drei Tage war es her, hatte Alexander die Augen aufgeschlagen, und vor ihm stand sein angeblich bester Freund, Dimitri Tschernenko. Er hielt den Tornister in der Hand, den Alexander verloren hatte, als er auf dem Eis verwundet wurde. Dimitri zog Tatianas weißes Kleid mit den roten Rosen darauf aus dem Tornister, hielt es wie eine indirekte Drohung in die Höhe, und verlangte von Alexander, sie zurückzulassen, ohne sie nach Amerika zu gehen und stattdessen ihn, Dimitri, mitzunehmen. Er verlangte von Alexander, sein Leben für ihn hinzugeben.
Er hätte Dimitri töten sollen, und um ein Haar hätte er das auch getan. Wenn dieser Idiot von Pfleger ihn nicht zurückgehalten hätte, hätte Alexander Dimitri sicherlich zu Tode geprügelt. Aber ganz gleich, ob Dimitri nun am Leben war oder nicht: Alexanders Schicksal war besiegelt. Er fragte sich, seit wann es wohl schon besiegelt gewesen war, doch im Grunde kannte er die Antwort auf diese Frage.
Seit dem Augenblick, als er damals, im Dezember 1930, sein kleines Zimmer in Boston verlassen hatte.
Hätte Alexander jetzt, im Jahr 1943, Dimitri getötet, man hätte ihn offiziell festgenommen und in ein Militärgefängnis geworfen. Dort hätte er, umgeben von Wärtern, darauf warten müssen, wegen Mordes vor ein Kriegsgericht gestellt zu werden. Tatiana, die nicht fähig zu sein schien, sich selbst zu retten, wäre in der Sowjetunion geblieben, um in seiner Nähe zu sein, und Dr. Matthew Sayers vom Roten Kreuz wäre allein nach Helsinki gefahren.
Doch Dimitri war nur halb tot gewesen. Und kaum hatte er das Bewusstsein wiedererlangt, führte ihn sein erster Weg zu General Mechlis vom NKWD. Er erzählte ihm alles, was

er über Alexander Below wusste, und das war eine ganze Menge.
Es war offensichtlich, dass er Alexanders Leben zerstören wollte. Tatiana, mit ihrer Gabe, die Menschen zu durchschauen, hatte das gleich von Anfang an gespürt. Sie hatte Alexander gewarnt, dass Dimitri nichts Gutes im Schilde führe. Und so waren sie vorsichtig gewesen, hatten so getan, als wären sie nur flüchtige Bekannte, und hatten den Schein aufrechterhalten. Doch als Dimitri Tatianas weißes Kleid mit den roten Rosen in Alexanders Tornister entdeckte, wusste er Bescheid. Und dann fand er heraus, dass die beiden heimlich geheiratet hatten. Er wusste, dass er sie nun in der Hand hatte, und setzte alles daran, sie zu vernichten.
Doch Alexander sah noch einen letzten Hoffnungsschimmer, einen letzten Funken der verlöschenden Kerze. Dimitri wollte aus der Sowjetunion entkommen. Und daher hatte er, als er mit entstelltem Gesicht und mehrfach gebrochenem Arm bei General Mechlis vorgesprochen hatte, nur Informationen über seinen besten Freund Alexander Below weitergegeben. Er hatte nicht erzählt, dass Tatiana Metanowa Alexanders Frau war, denn Tatiana sollte die Sowjetunion verlassen – und zwar nicht mit Alexander, sondern mit ihm.
Und nun biss Alexander Below die Zähne zusammen, damit Tatiana die Sowjetunion tatsächlich verlassen konnte. Er schloss die Augen, ballte die Fäuste und zog sich von ihr zurück. Er würde sie fortschicken, sie gehen lassen.
Alexander blieb in seinem alten Leben nur noch eines zu tun: Er musste stark sein und vor dem Arzt salutieren, der schon bald seine Frau retten würde. Anschließend konnte er sich in den Kampf stürzen und sich dem Feind entgegenstellen. Doch im Augenblick blieb ihm nichts anderes übrig, als zu warten.
Alexander bat die Nachtschwester, ihm seine Galauniform und seine Offiziersmütze zu bringen, weil er nicht in Lazarettkleidung aus dem Bett geholt werden wollte. Er rasierte sich mit seinem Taschenmesser und ein wenig Wasser, dann zog er sich an, setzte sich auf den Stuhl neben seinem Bett und verschränkte die Arme vor der Brust. Wenn sie ka-

men – und er wusste, sie würden kommen –, wollte er mit so viel Würde gehen, wie die NKWD-Schergen es erlaubten. Er hörte das laute Schnarchen des Mannes im Bett neben ihm, der seinen Blicken durch ein Isolationszelt entzogen war.

Was bewegte Alexander in dieser Nacht? Und vor allem: Was würde mit ihm geschehen, in ein oder zwei Stunden, wenn sein ganzes Dasein in Frage gestellt sein würde? Was würde geschehen, wenn der Chef des Geheimdienstes, General Mechlis, seine glitzernden, entzündeten Augen auf ihn richtete und befahl, »Sagen Sie uns, wer Sie sind, Herr Major«? Was würde Alexander dann antworten?

War er Tatianas Ehemann?

Ja.

»Nicht weinen, Süße.«

»Noch nicht, bitte. Jetzt noch nicht.«

»Tania, ich muss gehen.« Er hat Oberst Stepanow versprochen, zum Appell am Sonntagabend wieder zurück zu sein, und er darf sich nicht verspäten.

»Bitte. Noch nicht.«

»Tania, ich bekomme bestimmt noch einmal Wochenendurlaub …« Er keucht. »Nach der Schlacht um Leningrad. Dann komme ich wieder her. Aber jetzt …«

»Nein, Shura, bitte nicht.«

»Du hältst mich so fest mit deinen Beinen.«

»Nein. Beweg dich nicht. Bitte. Bleib einfach …«

»Es ist schon fast sechs, Kleines. Ich muss gehen.«

»Shura, Liebster, bitte … geh nicht.«

»Aber was soll ich denn machen?«

»Bleib einfach hier. In mir. Bleib für immer in mir. Noch nicht, noch nicht.«

»Ruhig, Tania, ruhig.«

Und fünf Minuten später stürzt er schon aus der Tür. »Ich muss mich beeilen. Nein, du begleitest mich nicht zur Kaserne, ich will nicht, dass du im Dunkeln allein herumläufst. Hast du die Pistole noch, die ich dir gegeben habe? Bleib hier. Schau mir nicht nach, wenn ich den Flur entlanggehe. Komm einfach nur her.« Er hüllt sie in seinen Mantel, zieht sie an

sich, küsst ihr Haar, ihren Mund. »Sei ein braves Mädchen, Tania«, sagt er. »Und sag jetzt nicht ›Leb wohl‹.«
Sie salutiert. »Auf Wiedersehen, Herr meines Herzens«, sagt sie. Das ganze Wochenende hindurch sind ihre Tränen geflossen.
War er Soldat der Roten Armee?
Ja.
War er der Mann, der sein Leben in die Hände von Dimitri Tschernenko gelegt hatte, einem ruchlosen Dämon in der Maske eines Freundes?
Ja, auch das.
Doch einst war Alexander ein Amerikaner gewesen, ein Barrington. Einst sprach er wie ein Amerikaner, lachte wie ein Amerikaner, er trieb Sport, schwamm und nahm das Leben als selbstverständlich hin. Er hatte Freunde und den Glauben, diese Freunde sein Leben lang zu behalten, und er liebte seine Eltern, wie ein Amerikaner.
Einst waren die Wälder von Massachusetts seine Heimat. Und er besaß eine kleine Tasche, in der er all seine Schätze aufbewahrte: die Muscheln und die glatt polierten Glasstückchen, die er am Nantucket Sound gefunden hatte, den Stiel einer Zuckerwatte, Schnüre und Kordeln, ein Foto von seinem Freund Teddy.
Einst hatte er eine Mutter; ihr sonnengebräuntes, sorgfältig geschminktes, vertrautes Gesicht mit den großen Augen und dem lachenden Mund stand ihm noch vor Augen.
Und einst, unter einem bläulichen Mond und einem schwarzen Himmel, als die Sterne auf ihn herabstrahlten, hatte Alexander für einen kurzen, endlosen Augenblick etwas gefunden, das er in der Sowjetunion nie zu finden gehofft hatte.
Einst.
Es ging zu Ende mit Alexander Barrington. Doch er würde sich nicht kampflos ergeben.
Er legte seine drei Tapferkeitsmedaillen an und auch den »Roten Stern«, den man ihm verliehen hatte, nachdem er mit dem Panzer das dünne Eis des Sees überquert hatte. Dann setzte er seine Mütze auf und saß auf seinem Stuhl und wartete.

Alexander wusste, wie der NKWD mit Leuten wie ihm verfuhr. Man wollte so wenig Aufsehen wie möglich erregen, so wenige Zeugen wie möglich haben. Deshalb kamen die Schergen in der Nacht oder auf einem belebten Bahnsteig, wenn man gerade zu einer Urlaubsreise auf die Krim aufbrechen wollte. Sie kamen auf dem Fischmarkt oder in Gestalt eines Nachbarn, der einen für einen Augenblick hereinbat. Sie setzten sich in der Kantine an den Tisch, an dem man gerade seine *Pelmeni* verzehrte. Sie nahmen auf derselben Parkbank Platz. Stets waren sie höflich, ruhig und gut gekleidet. Das Auto, das bald am Straßenrand halten würde, um das Opfer in das Große Haus zu bringen, und die Pistolen, die sie bei sich trugen, waren nirgends zu sehen. Eine Frau, die in einer großen Menschenmenge verhaftet werden sollte, hatte einmal laut zu schreien begonnen, war an einem Laternenpfahl hochgeklettert und hatte sich so aufgeführt, dass selbst unbeteiligte Passanten stehen geblieben waren. Damit hatte sie die Arbeit der NKWD-Schergen unmöglich gemacht. Sie waren gezwungen gewesen, sie für den Augenblick in Ruhe zu lassen. Doch die Frau hatte anschließend nicht versucht, ins Landesinnere zu entkommen, sondern war nach Hause gegangen und hatte sich schlafen gelegt. Und in der Nacht waren sie zurückgekommen.

Auch Alexander hatten sie schon einmal geholt. Er stand eines Nachmittags mit einem Freund vor der Schule, als zwei Männer auf ihn zukamen und ihm sagten, er habe seinen Termin mit dem Geschichtslehrer vergessen. Ob er vielleicht noch einen Augenblick mit hineinkommen und mit ihm reden könne? Alexander wusste sofort Bescheid, er roch förmlich, dass sie logen. Er rührte sich nicht von der Stelle, hakte sich bei seinem Freund unter und schüttelte den Kopf. Doch der Freund, der spürte, dass er hier nicht erwünscht war, machte sich rasch davon, und Alexander blieb allein mit den beiden Männern zurück und überlegte, was er tun sollte. Als er den schwarzen Wagen sah, der sich langsam näherte, wusste er, dass es nicht viele Möglichkeiten gab. Er überlegte, ob die Männer wohl am helllichten Tag vor anderen Leuten auf ihn schießen würden, entschied, dass sie das nicht wagen würden, und rannte los. Sie verfolgten ihn, doch er war siebzehn und sie Mitte dreißig. Er hatte sie schon bald abgehängt, bog in eine Seitengasse ein und gelangte schließlich auf einen Markt in der Nähe der Nikolauskirche. Dort kaufte er Brot, wagte sich aber nicht nach Hause. Er war sicher, dass sie als Nächstes dort nach ihm suchen würden. Sein Vater würde ihn nicht vermissen, und seine Mutter merkte ohnehin nichts mehr. Also verbrachte Alexander die Nacht im Freien.

Am nächsten Morgen ging er in die Schule, denn er glaubte, im Klassenzimmer in Sicherheit zu sein. Doch dann überbrachte der Direktor ihm höchstpersönlich die Nachricht, dass er unverzüglich in sein Büro kommen solle.

Kaum hatte er das Klassenzimmer verlassen, wurde er überwältigt, unauffällig nach draußen gebracht und in den Wagen verfrachtet, der bereits am Straßenrand wartete.

Im Großen Haus prügelte man ihn und brachte ihn dann ins Kresty-Gefängnis, wo er warten sollte, bis über sein Schicksal entschieden worden war. Er gab sich keinen Illusionen hin. Bisher war keine Anklage gegen ihn erhoben worden, doch er wusste, hier spielte es keine Rolle mehr, ob er unschuldig war. Und vielleicht war er ja auch gar nicht so unschuldig. Immerhin war er Alexander Barrington, ein Amerikaner. Das war sein großes Verbrechen. Alles andere war nur Lappalie.

Doch wenn sie ihn heute holen kamen, würden sie auf keinen Fall einen Aufstand riskieren wollen, mitten in einem Militärlazarett, da war sich Alexander sicher. Die Apparatschiks würden den Vorwand, dass sie ihn nach Wolchow brachten, um ihn zum Oberstleutnant zu befördern, so lange aufrechterhalten, bis sie mit ihm allein waren. Alexander musste verhindern, dass man ihn nach Wolchow brachte, wo alle Mittel vorhanden waren, um ihm den »Prozess« zu machen und ihn hinzurichten. Hier in Morozowo, zwischen all den Anfängern und Stümpern, hatte er bessere Chancen zu überleben.

Er wusste, dass er nach Paragraph 58 des Strafgesetzbuchs der RSFSR von 1928 nicht einmal mehr als politischer Gefangener galt. Sollte man ihn eines Staatsverbrechens anklagen, war er schlicht und ergreifend ein Krimineller und konnte mit einer entsprechenden Verurteilung rechnen. Die

Definition der Vergehen in den vierzehn Absätzen des Paragraphen war sehr allgemein gehalten. Man musste nicht einmal Amerikaner sein oder versucht haben, sich der sowjetischen Rechtsprechung zu entziehen. Man musste kein ausländischer Aufwiegler sein, auch kein Spion oder Sympathisant. Man musste nicht einmal tatsächlich ein Verbrechen begangen haben. Allein das Vorhaben galt bereits als Verbrechen und konnte als solches bestraft werden. Das Vorhaben des Verrats wurde ebenso scharf geahndet wie der Verrat selbst. Die sowjetische Regierung brüstete sich mit diesem Zeichen ihrer Überlegenheit gegenüber der Rechtsprechung anderer europäischer Länder, die so töricht waren zu warten, bis ein Verbrechen begangen wurde, ehe sie die Strafe vollzogen.

Alle tatsächlichen oder geplanten Handlungen, die den sowjetischen Staat oder die militärische Macht des Staates schwächen konnten, wurden mit dem Tod bestraft. Und nicht nur Handlungen. Auch Unterlassungen galten als konterrevolutionär.

Und Tatiana ... Alexander war überzeugt davon, dass die Sowjetunion sie auf die eine oder andere Weise ums Leben bringen würde. Hätte er seinen alten Plan in die Tat umgesetzt, mit Dimitri nach Amerika zu fliehen und sie zurückzulassen, dann wäre sie die Frau eines Deserteurs gewesen. Wäre er an der Front gefallen, dann wäre sie verwitwet, verwaist und ganz allein zurückgeblieben. Und nun, da Dimitri ihn an Stalins Geheimdienst, den NKWD, verraten hatte, würde sie die einzige Hinterbliebene des Alexander Barrington sein, die russische Ehefrau eines mutmaßlichen amerikanischen Spions und damit eine Klassenfeindin. Andere Alternativen gab es nicht, weder für Alexander noch für das unglückselige Mädchen, das er geheiratet hatte.

Wenn Mechlis mich fragt, wer ich bin, werde ich dann salutieren und sagen: Ich bin Alexander Barrington? Werde ich die Vergangenheit hinter mir lassen?

Konnte man das überhaupt: die Vergangenheit hinter sich lassen?

Er glaubte nicht, dass er es konnte.

Moskau, 1930

Der elfjährige Alexander verspürte Übelkeit. »Was stinkt denn hier so, Mutter?«, fragte er, als er mit seinen Eltern in ein kleines, kaltes Zimmer trat. Es war dunkel, und er konnte kaum etwas sehen. Als sein Vater das Licht einschaltete, war es nicht viel besser. Die Glühbirne verströmte ein schwaches, gelbliches Licht. Alexander atmete durch den Mund und wiederholte seine Frage. Seine Mutter antwortete nicht. Sie setzte ihr Hütchen ab und zog den Mantel aus, doch dann merkte sie, dass es im Zimmer zu kalt war. Also streifte sie den Mantel wieder über und zündete sich eine Zigarette an. Alexanders Vater durchmaß den Raum mit entschlossenen Schritten, berührte die alte Kommode, den Holztisch und die staubigen Vorhänge. Dann sagte er: »Das ist doch gar nicht so schlecht. Wir werden uns hier wohl fühlen. Du hast dein eigenes Zimmer, Alexander, und deine Mutter und ich bleiben hier. Komm, ich zeige dir dein Zimmer.«
Alexander griff nach der Hand seines Vaters und ging mit ihm. »Aber dieser Gestank, Vater ...«
»Mach dir keine Gedanken.« Harold lächelte ihn an. »Deine Mutter macht ja noch sauber. Und es ist auch nichts Schlimmes. Das kommt nur daher ... dass viele Menschen auf kleinem Raum wohnen.« Er drückte Alexanders Hand. »Das ist der Geruch des Kommunismus, mein Sohn.«
Es war schon spät in der Nacht, als man sie schließlich in das Wohnhotel gebracht hatte. Alexander glaubte, dass es in der Nähe des Zentrums liegen musste, aber er war sich nicht sicher. Sie waren in den frühen Morgenstunden in Moskau angekommen, nach einer sechzehnstündigen Zugfahrt von Prag. Prag hatten sie nach zwanzig Stunden Zugfahrt erreicht, von Paris aus, wo sie zwei Tage lang auf irgendetwas gewartet hatten – Alexander wusste nicht mehr genau, ob auf Papiere, Genehmigungen oder einen Zug. Aber es hatte ihm gefallen in Paris. Seine Eltern waren natürlich in heller Aufregung gewesen, doch es war ihm gelungen, sie weitgehend zu ignorieren. Er hatte einfach in seinem Lieblingsbuch gelesen, *Die Abenteuer des Tom Sawyer*. Immer, wenn er der

Erwachsenenwelt entfliehen wollte, nahm er Zuflucht zu *Tom Sawyer* und fühlte sich gleich besser. Dummerweise versuchte seine Mutter jedes Mal, ihm zu erklären, was gerade zwischen ihr und seinem Vater vorgefallen war. Dann hätte Alexander ihr am liebsten gesagt, dass sie einfach auf Vater hören und nicht ständig widersprechen solle.

Er brauchte keine Erklärungen. Bis jetzt. »Der Geruch des Kommunismus? Was zum Teufel soll denn das sein?«

»Alexander!«, rief sein Vater entrüstet. »Was hat deine Mutter dir beigebracht? Du sollst nicht so reden. Wo hast du das überhaupt her? Wir verwenden solche Ausdrücke doch gar nicht.«

Alexander wollte seinem Vater nicht widersprechen. Trotzdem hätte er ihm gern gesagt, dass sie durchaus solche Ausdrücke verwendeten, wenn sie miteinander stritten, und sogar noch viel schlimmere. Sein Vater schien zu glauben, dass Alexander nichts davon mitbekam, weil diese Streitereien ihn nicht betrafen. Dabei waren seine Eltern doch gleich nebenan oder sogar im selben Zimmer. In Barrington hatte Alexander sie nie streiten hören. Dort lag das Schlafzimmer seiner Eltern am Ende des oberen Flurs, viele Zimmer und Türen entfernt, und er hatte nie etwas gehört. Und so musste es doch auch eigentlich sein.

»Vater«, sagte er noch einmal. »Bitte. Was ist das für ein Geruch?«

Sein Vater erwiderte mit sichtlichem Unbehagen: »Das sind nur die Toiletten, Alexander.«

Alexander sah sich im Zimmer um. »Und wo sind die?«

»Gleich draußen auf dem Gang.« Harold lächelte. »Aber das hat auch Vorteile. Wenn du nachts aufstehen musst, hast du es gar nicht weit.«

Alexander stellte seinen Rucksack ab und zog den Mantel aus. Wie kalt es auch sein mochte, er würde auf keinen Fall im Mantel schlafen. »Vater.« Er atmete weiter durch den Mund und kämpfte gegen die Übelkeit an. »Du weißt doch, dass ich nachts nicht aufstehe. Ich habe einen tiefen Schlaf.«

Im Zimmer stand ein schmales Bett mit einer dünnen Wolldecke darauf. Nachdem Harold gegangen war, öffnete Ale-

xander das Fenster und schaute hinaus. Die Moskauer Luft war kalt. Es war Dezember, einige Grad unter dem Gefrierpunkt. Als er aus dem zweiten Stock nach unten schaute, sah Alexander fünf Menschen in einem Hauseingang liegen. Er ließ das Fenster offen, obwohl es kalt war. Die frische Luft tat dem Zimmer gut.
Er trat auf den Gang hinaus, um zur Toilette zu gehen. Doch er konnte nicht und ging stattdessen nach draußen. Zurück in seinem Zimmer, zog er sich aus und legte sich ins Bett. Bevor er einschlief, fragte er sich, wie wohl der Kapitalismus riechen mochte.

2

Ellis Island, 1943

Tatiana erhob sich mühsam aus dem Bett und ging zum Fenster hinüber. Es war früher Morgen, bald würde die Schwester ihr das Baby zum Stillen bringen. Sie schob die weißen Vorhänge beiseite. Dann löste sie den Riegel und versuchte, das Schiebefenster zu öffnen. Es klemmte; die frische weiße Farbe ließ es am Rahmen festkleben. Tatiana zog fester daran, bis es sich schließlich doch nach oben schieben ließ. Sie streckte den Kopf nach draußen. Es war ein warmer Morgen, und die Luft roch nach Salzwasser.
Salzwasser. Sie atmete tief ein und lächelte. Sie mochte diesen Geruch. Er war so ganz anders als alle Gerüche, die sie kannte.
Die Möwen, die mit schrillen Schreien durch die Luft schossen, wirkten vertraut. Doch die Aussicht war ihr fremd.
Im diesigen Morgenlicht breitete sich das grünliche Wasser des Hafens von New York wie eine Glasfläche vor ihr aus. In der Ferne sah sie hohe Gebäude, und wenn sie nach rechts schaute, erblickte sie durch die Nebelschwaden hindurch eine Statue, die den rechten Arm wie zum Gruß emporreckte und eine Fackel in der Hand hielt.

Tatiana saß am Fenster und schaute wie gebannt zu den Gebäuden am anderen Ufer hinüber. Wie hoch sie waren! Und so schön, so viele davon am Horizont, flache Dächer und Turmspitzen, die sich nach oben reckten, um dem ewigen Himmel vom vergänglichen Menschen zu künden. Die flatternden Vögel, das ruhige Meer, die riesigen Gebäude jenseits des Hafens und das gläserne Hafengebäude selbst, das sich direkt auf den Atlantik öffnete – sie nahm alles mit den Augen in sich auf. Doch schließlich wurde sie von der Sonne geblendet und musste sich abwenden. Der Hafen war nun keine Glasfläche mehr, Fähren und Schlepper, alle möglichen Lastkähne und Frachter und sogar ein paar Jachten kreuzten darauf, und die Schiffshörner und Sirenen veranstalteten ein so fröhliches, misstönendes Konzert, dass Tatiana überlegte, ob sie nicht das Fenster schließen sollte. Doch sie ließ es offen.

Sie hatte sich immer gewünscht, einen Ozean zu sehen. Sie kannte das Schwarze Meer und die Ostsee und sehr viele Seen, vor allem den Ladogasee; doch einen Ozean hatte sie nie zuvor gesehen. Hier, auf dem Atlantik, war Alexander als kleiner Junge einmal gesegelt, um sich am 4. Juli das Feuerwerk anzusehen. War nicht bald der 4. Juli? Vielleicht würde Tatiana ja auch ein Feuerwerk sehen können. Sie musste Brenda fragen, die Krankenschwester, die leider ein bisschen unfreundlich war und Tatianas Fragen nur sehr knapp beantwortete. Der Mundschutz, den sie immer trug, um sich vor Tatiana zu schützen, bedeckte wohl auch ihr Herz.

»Ja«, bestätigte Brenda später. »Es gibt ein Feuerwerk. Übermorgen ist der 4. Juli. Natürlich wird es nicht so sein wie vor dem Krieg, aber immerhin. Über was Sie sich Gedanken machen! Sie sind noch nicht mal eine Woche in Amerika und fragen schon nach Feuerwerk? Eigentlich haben Sie genug damit zu tun, Ihr Kind vor Ihrer ansteckenden Krankheit zu schützen und selbst wieder gesund zu werden. Waren Sie heute schon draußen? Der Arzt hat gesagt, Sie müssen an die frische Luft. Und außerdem müssen Sie Ihren Mundschutz tragen, damit Sie das Baby nicht anhusten, und Sie dürfen es nicht so viel herumtragen, das ist zu anstrengend. Waren Sie

schon draußen? Was ist mit Ihrem Frühstück?« Brenda sprach immer so schnell, dachte Tatiana, als wollte sie es ihr absichtlich schwer machen, sie zu verstehen.
Doch nicht einmal Brenda konnte ihr das Frühstück verderben: Eier und Speck und Tomaten und Kaffee mit Milch. Tatiana saß beim Essen auf dem Bett. Sie spürte immer mehr, dass die Laken, die weiche Matratze, die Kissen und die dicke Wolldecke ebenso wichtig für ihr Wohlbefinden waren wie das tägliche Brot.
»Können Sie mir jetzt meinen Sohn bringen? Ich muss ihn stillen.« Ihre Brüste waren prall gefüllt. Sie sprach Englisch mit starkem, russischem Akzent.
Brenda schloss energisch das Fenster. »Machen Sie nicht immer das Fenster auf«, schimpfte sie. »Das Baby bekommt sonst noch eine Erkältung.«
Tatiana lachte leise. »Von der Sommerluft?«
»O ja, von feuchter Sommerluft bestimmt.«
»Aber Sie haben doch gerade gesagt, ich soll draußen spazieren ...«
»Draußen ist draußen, drinnen ist drinnen«, erwiderte Brenda.
»Er hat sich aber auch nicht mit der Tuberkulose angesteckt.« Tatiana hustete zur Bekräftigung. »Bitte bringen Sie mir mein Baby.«
Nachdem Tatiana ihren Sohn gestillt hatte, öffnete sie das Fenster wieder und setzte sich, mit dem Kind im Arm, auf das Fensterbrett. »Schau mal, Anthony«, flüsterte sie auf Russisch. »Siehst du? Siehst du das Meer? Ist das nicht schön? Und auf der anderen Seite des Hafens ist eine große Stadt, voll mit Menschen und Straßen und Parks. Wenn es mir besser geht, fahren wir mit einer dieser lärmenden Fähren hinüber und gehen in New York spazieren. Würde dir das gefallen, Anthony?« Sie streichelte die Wangen ihres kleinen Sohnes und blickte auf das Meer hinaus.
»Deinem Vater würde es sicher gefallen«, flüsterte sie.

3

Morozowo, 1943

Gegen ein Uhr morgens kam Matthew Sayers, um nach Alexander zu sehen. »Sie sind ja noch hier«, stellte er überflüssigerweise fest. »Vielleicht lässt man Sie ja doch laufen.« Dr. Sayers war Amerikaner und ein unverbesserlicher Optimist.

Alexander schüttelte den Kopf und fragte nur: »Haben Sie ihr meinen Orden als Held der Sowjetunion in den Rucksack gesteckt?«

Der Arzt nickte.

»Gut versteckt, wie ich es Ihnen gesagt habe?«

»So gut wie möglich.«

Nun nickte Alexander.

Sayers zog eine Spritze, eine Phiole und ein Arzneimittelfläschchen aus der Tasche. »Das werden Sie brauchen.«

»Tabak kann ich besser brauchen. Haben Sie mir welchen mitgebracht?«

Sayers reichte ihm ein Döschen mit Zigaretten. »Sogar schon gerollt.«

»Wunderbar. Mein Feuerzeug habe ich ja noch.«

Sayers zeigte Alexander die kleine Phiole, die eine farblose Flüssigkeit enthielt. »Das sind zehn Gran Morphiumlösung. Sie dürfen auf keinen Fall alles auf einmal nehmen.«

»Warum sollte ich überhaupt etwas nehmen? Ich brauche schon seit Wochen kein Morphium mehr.«

»Vielleicht brauchen Sie es ja trotzdem, wer weiß? Nehmen Sie ein viertel Gran, allenfalls ein halbes. Mit zehn Gran können Sie zwei erwachsene Männer umbringen. Wissen Sie, wie man es spritzt?«

»Ja.« Alexander sah Tania vor sich, mit der Spritze in der Hand.

»Gut. Sie werden sich die Spritze wohl kaum intravenös setzen können, darum spritzen Sie es sich am besten in den

Bauch. Hier haben Sie noch ein paar Sulfonamid-Tabletten, damit Ihre Wunde sich nicht noch einmal entzündet. Und eine kleine Menge Karbolsäure, damit können Sie die Wunde wenigstens sterilisieren, wenn die anderen Medikamente aufgebraucht sind. Und Verbandszeug. Sie sollten den Verband täglich wechseln.«

»Vielen Dank, Doktor.«

Sie schwiegen.

»Haben Sie Ihre Granaten?«

Alexander nickte. »Eine in meiner Tasche, die andere im Stiefel.«

»Und die Waffe?«

Alexander klopfte auf sein Pistolenhalfter.

»Man wird sie Ihnen wegnehmen.«

»Das wird man allerdings müssen. Freiwillig gebe ich sie nicht her.«

Dr. Sayers schüttelte Alexander die Hand.

»Wissen Sie auch noch, was ich Ihnen gesagt habe?«, fragte Alexander. »Egal, was passiert, Sie nehmen meine Mütze ...« Er nahm seine Offiziersmütze ab und reichte sie dem Arzt. »Dann stellen Sie eine Sterbeurkunde aus und sagen ihr, Sie hätten mich tot auf dem See liegen sehen und mich in einem Eisloch beigesetzt. Ist das klar?«

Sayers nickte. »Ich werde tun, was ich tun muss, und so gut ich es kann«, sagte er. »Aber ich tue es nicht gern.«

»Ich weiß.« Beide starrten finster vor sich hin.

»Herr Major ... was soll ich machen, wenn ich Sie tatsächlich tot auf dem Eis finde?«

Auch Alexander hatte darüber nachgedacht. »Dann stellen Sie eine Sterbeurkunde aus und bestatten mich tatsächlich im Ladogasee. Machen Sie das Kreuzzeichen, ehe Sie meinen Körper im See versenken.« Er erschauerte leicht. »Denken Sie in jedem Fall daran, ihr meine Mütze zu geben.«

»Dieser Tschernenko treibt sich die ganze Zeit bei meinem Wagen herum«, bemerkte Sayers.

»Ja. Er wird Sie nicht fahren lassen, wenn Sie ihn nicht mitnehmen, da können Sie sicher sein. Sie müssen ihn mitnehmen.«

»Das will ich aber nicht.«
»Sie wollen doch Tatiana retten, oder? Wenn Sie ihn nicht mitnehmen, ist es aussichtslos. Denken Sie nicht weiter über Dinge nach, die Sie nicht ändern können. Nehmen Sie sich nur vor ihm in Acht, und ziehen Sie ihn keinesfalls ins Vertrauen.«
»Was soll ich denn in Helsinki mit ihm machen?«
Alexander gestattete sich ein Lächeln. »Da bin ich der falsche Ansprechpartner. Aber was immer Sie tun, Sie dürfen auf keinen Fall sich selbst oder Tania gefährden.«
»Natürlich nicht.«
»Sie müssen sehr vorsichtig sein. Geben Sie sich ganz natürlich und gelassen, und seien Sie mutig. Sie müssen sie so bald wie möglich fortbringen. Haben Sie Stepanow schon gesagt, dass Sie sich auf den Rückweg machen?« Oberst Michail Stepanow war Alexanders direkter Vorgesetzter.
»Ich habe ihm gesagt, dass ich nach Finnland zurückkehre. Er bat mich, Ihre ... Frau nach Leningrad zurückzubringen. Er meinte, es wäre einfacher für sie, wenn sie nicht in Morozowo bleibt.«
Alexander nickte. »Ich habe schon mit ihm gesprochen und ihn gebeten, sie mit Ihnen fahren zu lassen. Sie nehmen sie also mit seinem Einverständnis mit. Das ist gut, so wird es sehr viel einfacher für Sie, den Stützpunkt zu verlassen.«
»Stepanow hat mir auch erzählt, dass es üblich ist, Soldaten zur Beförderung nach Wolchow zu bringen. Was wollte er mir damit sagen? Langsam kann ich Lüge und Wahrheit wirklich nicht mehr auseinander halten.«
»Ging mir noch nie anders«, bemerkte Alexander.
»Weiß er denn, was mit Ihnen passieren wird?«
»Er hat mir sogar als Erster gesagt, was mir bevorsteht. Sie müssen mich ans andere Ufer des Sees bringen, weil es hier kein Militärgefängnis gibt«, erklärte Alexander. »Aber das wird er meiner Frau natürlich nicht erzählen, wenn sie ihn danach fragt. Er wird ihr genau dasselbe sagen, was ich ihr auch gesagt habe: dass ich befördert werde. Wenn der Wagen in die Luft geht, macht es das für den NKWD sogar noch einfacher, an der offiziellen Version festzuhalten. Man gibt nur

ungern Erklärungen, wenn befehlshabende Offiziere verhaftet werden. Es ist um vieles einfacher zu behaupten, ich wäre ums Leben gekommen.«
»Aber es gibt doch ein Militärgefängnis in Morozowo.« Sayers senkte die Stimme. »Ich weiß das auch noch nicht lange. Aber kürzlich sollte ich zwei Soldaten untersuchen, die an der Ruhr litten und im Sterben lagen. Sie befanden sich in einem winzigen Raum im Keller des alten Schulgebäudes, einer Art Bunker, der in kleine Zellen aufgeteilt worden war. Ich dachte erst, man hätte sie dort unter Quarantäne gestellt.« Sayers schaute Alexander von der Seite an. »Ich konnte ihnen nicht mehr helfen. Ich weiß nicht, warum man mich überhaupt so spät gerufen hat. Man hätte sie doch einfach sterben lassen können.«
»Man hat Sie genau zur rechten Zeit gerufen. So sind die Soldaten in Anwesenheit eines Arztes des Internationalen Roten Kreuzes gestorben. Offizieller geht es kaum noch.«
Dr. Sayers holte tief Luft und fragte dann: »Haben Sie Angst?«
»Ich habe nur Angst um sie«, sagte Alexander. »Was ist mit Ihnen?«
»Ich habe furchtbare Angst.«
Alexander nickte und lehnte sich in seinem Stuhl zurück. »Sagen Sie mir noch eines, Doktor. Ist meine Wunde so weit verheilt, dass ich kämpfen kann?«
»Nein.«
»Wird sie wieder aufreißen?«
»Das nicht, aber sie kann sich entzünden. Denken Sie an die Sulfonamid-Tabletten.«
»Das mache ich.«
Ehe Dr. Sayers ihn verließ, sagte er leise zu Alexander: »Machen Sie sich keine Sorgen um Tania. Alles wird gut gehen. Sie ist bei mir, und ich lasse sie nicht aus den Augen, bis wir in New York sind. Und dann wird alles gut.«
Alexander nickte zögernd. »So gut, wie eben möglich. Geben Sie ihr Schokolade.«
»Sie meinen, das hilft?«
»Bieten Sie es ihr an«, sagte Alexander. »Die ersten fünf

Male wird sie ablehnen. Aber beim sechsten Mal wird sie die Schokolade essen.«
An der Tür drehte sich Dr. Sayers noch einmal um. Die beiden Männer blickten einander einen Augenblick an. Dann salutierte Alexander.

Moskau, 1930

Nachdem man sie am Bahnhof in Empfang genommen hatte, brachte man sie nicht gleich in das Hotel, sondern führte sie in ein Restaurant, wo sie den ganzen Abend aßen und tranken. Alexander war erfreut, dass sein Vater offenbar Recht behalten sollte: Das Leben hier versprach ganz wunderbar zu werden. Das Essen war passabel, und es gab reichlich davon. Das Brot war zwar alt, ebenso wie das Huhn, die Butter weich und das Wasser lauwarm, doch es gab heißen, süßen schwarzen Tee, und sein Vater erlaubte Alexander sogar, am Wodka zu nippen, als alle ihre kleinen Gläser hoben und mit ausgelassener Stimme lauthals »*Na zdorowje*« oder »Prost« riefen. »Harold!«, protestierte seine Mutter. »Du kannst dem Kind doch keinen Wodka geben! Bist du denn völlig übergeschnappt?« Sie selbst trank keinen Alkohol und hob das Glas nur an die Lippen, ohne zu trinken. Alexander probierte den Wodka aus Neugier, fand ihn aber abscheulich. Das Brennen in seiner Kehle schien stundenlang anzuhalten, und seine Mutter neckte ihn damit. Als es schließlich aufhörte, schlief er am Tisch ein.
Aber dann kam das Hotel mit den Toiletten.
Es war ein muffiges, düsteres Hotel, mit dunklen Tapeten und dunklen Böden, die an manchen Stellen – so auch in Alexanders Zimmer – nicht rechtwinklig mit den Wänden abschlossen. Alexander hatte immer geglaubt, so etwas wäre gar nicht möglich, doch das war offensichtlich ein Irrtum gewesen. Vielleicht waren die Leistungen des revolutionären Konstruktions- und Bauwesens einfach noch nicht bis nach Amerika durchgedrungen. So wie sein Vater von der sowjetischen Hoffnung sprach, hätte es Alexander nicht

weiter verwundert zu erfahren, dass das Rad erst nach der glorreichen Oktoberrevolution von 1917 erfunden worden sei.
Alles im Hotel war in dunklen Farben gehalten: die Tagesdecken auf den Betten, die Polster des Sofas, die Vorhänge, der Holzofen in der Küche und die drei Holzschränke. Gleich nebenan auf dem dunklen, schlecht beleuchteten Flur wohnten drei Brüder aus Georgien. Sie hatten dunkles, lockiges Haar, dunkle Haut und dunkle Augen und hießen Alexander freudig als einen der ihren willkommen, obwohl seine Haut sehr viel heller und sein Haar glatt war. Sie nannten ihn Sascha, ihren kleinen Georgier, und drängten ihm eine Art flüssigen Joghurt auf, den sie Kefir nannten und den Alexander grässlich fand.
Unglücklicherweise musste er feststellen, dass er russisches Essen häufig grässlich fand. Er konnte es kaum ertragen, wenn jemand neben ihm etwas mit viel Essig und Zwiebeln aß. Leider enthielten die meisten Mahlzeiten, die ihm die freundlichen Landsleute im Hotel vorsetzten, viel Essig und Zwiebeln.
Mit Ausnahme der georgischen Brüder sprachen die meisten anderen Nachbarn nur schlecht Russisch. Im zweiten Stock des Hotels Derzhawa – der Name bedeutete »Festung« auf Russisch – lebten noch dreißig weitere Menschen, die aus denselben Gründen in die Sowjetunion gekommen waren wie die Barringtons. Eine kommunistische Familie aus Italien war darunter, die Ende der Zwanzigerjahre das Wohnrecht in Rom verloren hatte. Die Sowjetunion hatte sie aufgenommen, und Harold und Alexander hielten das für eine ehrenvolle Tat.
Außerdem lebten eine Familie aus Belgien dort sowie zwei britische Familien. Alexander mochte die Briten, weil sie Englisch sprachen. Doch Harold wollte nicht, dass sein Sohn weiter Englisch redete, und außerdem mochte er die Briten nicht sonderlich, ebenso wenig wie die Italiener oder sonst jemanden auf der Etage. Bei jeder Gelegenheit versuchte er, Alexander davon abzuhalten, sich mit den Tarantella-Mädchen oder mit Simon Lowell, dem Jungen aus Liverpool, an-

zufreunden. Harold Barrington wollte, dass sein Sohn mit sowjetischen Kindern Freundschaft schloss, dass er das Moskauer Leben kennen lernte und Russisch sprach. Und Alexander hörte auf ihn, denn er wollte, dass sein Vater mit ihm zufrieden war.

Harold fiel es nicht schwer, in Moskau Arbeit zu finden. Als er noch in Amerika gelebt hatte, hatte er sich in verschiedenen Berufen versucht, obwohl er eigentlich gar nicht zu arbeiten brauchte. Und obwohl er auf kaum einem Gebiet Fachmann war, hatte er doch viele Talente und lernte schnell. Die Behörden in Moskau brachten ihn in der Druckerei der sowjetischen Tageszeitung *Prawda* unter; dort stand er zehn Stunden täglich an der Vervielfältigungsmaschine. Wenn er abends nach Hause kam, waren seine Hände von der blauen Tinte so verfärbt, dass sie fast schwarz wirkten. Er bekam die Tinte nicht mehr von den Fingern.

Er hätte auch als Dachdecker arbeiten können, doch in Moskau wurde nur wenig gebaut. »Noch«, wie Harold erklärte, »aber nicht mehr lange.« Auch beim Straßenbau hätte er eine Anstellung finden können, doch in Moskau wurden nur wenige Straßen neu angelegt oder repariert. »Noch, aber nicht mehr lange.«

Alexanders Mutter richtete sich nach ihrem Mann. Mit fast allem konnte sie sich abfinden – allerdings nicht mit dem desolaten Zustand der sanitären Anlagen. Alexander neckte sie: »Vater, kannst du das wirklich dulden, dass Mutter den Geruch des Proletariats wegschrubbt? Hör auf zu putzen, Mutter, Vater hat was dagegen.« Trotz allem schrubbte Jane die Gemeinschaftsbadewanne jedes Mal eine Stunde lang, bevor sie sie benutzte. Jeden Tag nach der Arbeit putzte sie als Erstes die Toilette, und Alexander und sein Vater mussten auf das Abendessen warten.

»Ich hoffe, du wäschst dir auch immer die Hände, wenn du im Bad warst …«

»Ich bin kein kleines Kind mehr, Mutter«, sagte Alexander. »Ich weiß schon, wann ich mir die Hände waschen muss.« Dann sog er tief die Luft ein. »Ach, dieser Duft des Kommunismus. Er ist so durchdringend, so stark, so …«

»Schluss jetzt. Auch in der Schule darfst du das nicht vergessen. Du musst dir immer die Hände waschen.«

»Natürlich, Mutter.«

»Weißt du«, fuhr sie mit einem Achselzucken fort. »So sehr es hier auch stinkt, am anderen Ende des Flurs ist es noch viel schlimmer. Hast du gemerkt, wie es bei Marta stinkt?«

»Natürlich. Da riecht man die neue Sowjetordnung ganz besonders stark.«

»Weißt du auch, warum? Sie wohnt da mit ihren beiden Söhnen. Mein Gott, dieser Dreck, dieser Gestank!«

»Ich wusste gar nicht, dass sie zwei Söhne hat.«

»Oh, doch. Letzten Monat sind sie aus Leningrad zu Besuch gekommen – und geblieben.«

Alexander grinste. »Und die stinken so?«

»Nein.« Jane verzog angewidert das Gesicht. »Das kommt von den Huren, die sie sich vom Leningrader Bahnhof holen. Jeden Abend haben sie eine andere Hure dabei. *Die* stinken so.«

»Wie kannst du nur so vorschnell urteilen, Mutter? Es kann sich nun mal nicht jeder in Paris auf der Durchreise ein Chanel-Parfüm kaufen. Du solltest den Huren lieber etwas davon abgeben – dann können sie es sich auch mal echt französisch machen.« Alexander war sehr zufrieden mit seinem Wortspiel.

»Das sage ich deinem Vater!«

»Vielleicht«, warf der Vater ein, der neben ihnen am Tisch saß, »hilft es ja schon, wenn du aufhörst, mit unserem elfjährigen Sohn über Huren zu reden.«

»Frohe Weihnachten, Alexander, mein Schatz.« Jane wechselte mit wehmütigem Lächeln das Thema. »Vater hält zwar nichts davon, dass wir uns an diese sinnlosen Rituale erinnern ...«

»Das stimmt nicht«, widersprach Harold. »Ich möchte nur, dass wir sie in der richtigen Relation sehen, als etwas Unnötiges, das wir hinter uns gelassen haben.«

»... und ich bin vollkommen seiner Meinung«, fuhr Jane ungerührt fort. »Aber von Zeit zu Zeit geht es einem doch sehr zu Herzen, nicht wahr?«

»Vor allem heute«, sagte Alexander.
»Ja. Aber es ist schon richtig so. Wir haben schön zu Abend gegessen. Und am Neujahrstag bekommst du ein Geschenk, wie die anderen sowjetischen Kinder auch.« Sie schwieg einen Augenblick. »Natürlich nicht vom Weihnachtsmann, sondern von uns.« Noch einmal hielt sie inne. »Du glaubst doch nicht mehr an den Weihnachtsmann, nicht wahr, mein Sohn?«
»Nein, Mutter«, erwiderte Alexander zögernd, ohne sie anzusehen.
»Und seit wann nicht mehr?«
»Seit gerade eben.« Alexander stand auf und begann, den Tisch abzuräumen.
Jane Barrington fand eine Anstellung als Bibliothekarin in der Universitätsbibliothek; ein paar Monate später wurde sie in die Präsenzabteilung versetzt, dann zu den Landkarten und schließlich in die Cafeteria, wo sie Essen servierte. Jeden Abend, nachdem sie die Toilette geputzt hatte, bereitete sie für die Familie ein russisches Abendessen zu. Von Zeit zu Zeit beklagte sie sich, dass es keinen Mozzarella gab, kein Olivenöl für eine richtig gute Pasta-Sauce und kein frisches Basilikum, doch Harold und Alexander störten sich nicht daran. Widerspruchslos aßen sie Kohl, Würste, Kartoffeln, Pilze und Schwarzbrot mit Salz, und Harold erwartete außerdem, dass Jane lernte, einen Borschtsch mit Rindfleisch zuzubereiten, wie es sich für eine gute russische Hausfrau gehörte.

Alexander hatte fest geschlafen, als das Geschrei seiner Mutter ihn aufweckte. Halb benommen stand er auf und ging hinaus auf den Flur. Seine Mutter stand in ihrem weißen Nachthemd da und schrie einem von Martas Söhnen, der, ohne sich umzuschauen, den Flur entlang davonschlich, wilde Verwünschungen hinterher. In der Hand hielt sie einen Kessel.
»Was ist denn los?«, fragte Alexander. Harold war gar nicht erst aufgestanden.
»Ich komme gerade aus dem Bad und denke mir, ich hole mir

noch ein Glas Wasser. Es ist ja schließlich mitten in der Nacht, was soll da schon passieren? Und was sehe ich, als ich in die Küche komme? Hat doch dieser Dreckskerl, dieses Schwein, seine schmutzigen Pfoten in meinem Borschtsch und fischt sich das Fleisch raus! Mein Fleisch! In meinem Borschtsch! Direkt aus dem Kessel! So ein Schwein!« Sie brüllte den Flur entlang. »Dieser Abschaum! Kein Respekt vor anderer Leute Eigentum!«

Alexander blieb stehen und hörte seiner Mutter zu, die noch ein paar Minuten lang weiterbrüllte und schließlich wutentbrannt den ganzen Kessel Suppe in den Ausguss leerte. »Ich rühre nichts mehr an, wo dieses Schwein seine Pfote drin gehabt hat«, verkündete sie.

»Gute Nacht, Mutter«, sagte Alexander und ging wieder zu Bett.

Am nächsten Morgen sprach Jane von nichts anderem. Auch am Nachmittag nicht, als Alexander aus der Schule kam, und auch nicht beim Abendessen – statt des schmackhaften Borschtsch gab es irgendeinen Eintopf ohne Fleisch, der ihm nicht schmeckte.

»Beruhige dich doch«, sagte Harold zu seiner Frau. »Du regst dich viel zu sehr auf.«

»Wie soll ich mich denn nicht aufregen? Glaubst du etwa, dieser Abschaum hat sich die Hände gewaschen, nachdem er an der dreckigen Bahnhofshure herumgefingert hat, die vorher schon mit fünfzig anderen dreckigen Schweinen wie ihm zusammen war?«

»Du hast die Suppe doch weggeschüttet. Wozu also der ganze Aufstand?«, fragte Harold.

Alexander gab sich Mühe, ernst zu bleiben. Er wechselte einen Blick mit seinem Vater. Als Harold schwieg, räusperte er sich und sagte: »Darf ich eine Bemerkung machen, Mutter? Du verhältst dich nicht besonders sozialistisch. Martas Sohn hat ein Recht auf deine Suppe, ebenso wie du ein Recht auf seine Hure hast. Die willst du natürlich nicht haben. Aber mal angenommen, du würdest sie wollen und sie gehört ihm – was sie natürlich nicht tut, denn sie gehört ja niemandem, und genau darum geht es –, dann hättest du ein Recht auf sie. Und auf seine Butter. Möchtest du etwas von seiner Butter? Ich hole sie dir.«

Harold und Jane sahen ihren Sohn fassungslos an.

»Bist du noch ganz bei Trost, Alexander? Warum sollte ich irgendetwas haben wollen, das diesem Kerl gehört?«

»Aber darum geht es doch, Mutter. Alles, was ihm gehört, gehört dir, und alles, was dir gehört, gehört ihm. Er hat jedes Recht, von deinem Borschtsch zu nehmen. Das habt ihr mir doch beigebracht. Und das lerne ich hier auch in der Schule. Wir haben alle etwas davon, darum leben wir doch so. Jeder profitiert vom Wohlstand des anderen, und jeder freut sich an den Leistungen des anderen. Ehrlich gesagt weiß ich gar nicht, warum du nur so wenig Borschtsch gekocht hast. Weißt du nicht, dass Nastja von nebenan schon seit einem Jahr kein Fleisch mehr in ihrem Borschtsch gehabt hat?« Alexander strahlte seine Eltern an.

»Was ist denn bloß in dich gefahren?«, fragte seine Mutter.

Alexander aß seinen Teller mit Kohl und Zwiebeln leer und wandte sich dann an seinen Vater. »Wann ist eigentlich die nächste Parteiversammlung? Ich freue mich schon darauf.«

»Ich glaube, wir sollten dir die Parteiversammlungen streichen, mein Sohn«, bemerkte Jane.

»Auf gar keinen Fall.« Harold strich seinem Sohn übers Haar. »Ich finde, er sollte öfter mitkommen.«

Alexander lächelte.

Sie waren im Winter nach Moskau gekommen. Nach drei Monaten merkten sie, dass sie die Dinge, die sie brauchten – ob es nun weißes Mehl, Roggenmehl oder Glühbirnen waren –, nur bekommen konnten, wenn sie die Privathändler aufsuchten, die Spekulanten, die sich an den Bahnhöfen herumtrieben und Obst und Schinken aus den Taschen ihrer pelzgefütterten Mäntel zogen. Es gab nicht viele, und sie verlangten unverschämt hohe Preise. Harold war strikt dagegen und aß lieber die kleinen Rationen Schwarzbrot, den Borschtsch ohne Fleisch und die Kartoffeln ohne Butter, aber mit viel Leinöl – das sie bis dahin nur zum Anrühren von Farbe, für Linoleum oder zum Einreiben von Holzmöbeln verwendet hatten. »Wir haben nicht genug Geld, um es an

Privathändler zu verschwenden«, pflegte er zu sagen. »Einen Winter kommen wir auch ohne Obst aus. Im nächsten Winter gibt es bestimmt wieder welches. Und wo soll das Geld denn herkommen, mit dem wir bei den Spekulanten einkaufen?« Dann schwieg Jane, und Alexander zuckte die Achseln, weil er es auch nicht wusste. Doch in der Nacht, wenn Harold schlief, schlich sich Jane in das Zimmer ihres Sohnes und flüsterte ihm zu, er solle am nächsten Tag gehen und sich Orangen kaufen, um dem Skorbut, und Schinken, um der Unterernährung vorzubeugen, oder auch Milch, ein besonders seltenes und nie allzu frisches Gut. »Hast du verstanden, Alexander? Ich stecke dir ein paar Dollars in die Schultasche, innen rein, in Ordnung?«

»In Ordnung, Mutter. Aber woher hast du denn das Geld?«

»Mach dir darüber keine Gedanken, mein Sohn. Ich habe ein paar Reserven mitgebracht, für alle Fälle.« Sie beugte sich über ihn, und ihre Lippen fanden im Dunkeln seine Stirn. »Die Dinge können ja schließlich nicht über Nacht besser werden. Weißt du eigentlich, was gerade bei uns in Amerika los ist? Eine Wirtschaftskrise, Armut, Arbeitslosigkeit. Es ist überall schwer, es sind harte Zeiten. Wir leben immerhin nach unserer Überzeugung. Wir begründen einen neuen Staat, der nicht auf Ausbeutung basiert, sondern auf Kameradschaft und gegenseitiger Hilfe.«

»Mit ein paar Reserve-Dollars?«, fragte Alexander leise.

»Genau, mit ein paar Reserve-Dollars«, erwiderte Jane und nahm ihn in den Arm. »Aber das darfst du deinem Vater nicht sagen. Es würde ihn zu sehr aufregen, und er würde denken, dass ich ihn hintergehe. Sag es ihm bitte nicht.«

»Mach ich nicht.«

Im nächsten Winter war Alexander zwölf, und in Moskau gab es immer noch kein frisches Obst. Es war immer noch bitterkalt, und der Winter 1931 unterschied sich nur darin vom Winter 1930, dass die Spekulanten an den Bahnhöfen verschwunden waren. Man hatte sie zu zehn Jahren Sibirien verurteilt, wegen konterrevolutionärer und anti-proletarischer Aktivitäten.

4

Ellis Island, 1943

Da sie nichts weiter tun konnte, als im Bett zu liegen und gesund zu werden, begann Tatiana zu lesen, um ihr Englisch zu verbessern. In der kleinen, aber gut sortierten Krankenhausbibliothek fand sie viele Bücher in englischer Sprache, Spenden von Krankenschwestern, Ärzten und anderen Wohltätern. Auch einige russische Bücher waren darunter, Majakowski, Gorki und Tolstoi.

Tatiana las auf ihrem Zimmer, doch sie konnte sich nie lange konzentrieren, wenn sie ein englisches Buch las. Und sobald ihre Gedanken abschweiften, waren sie da: Bilder von Flüssen, Eisflächen und Blut vermischten sich mit Bildern von Bombenangriffen, Flugzeugen, Granatbeschuss, einem Loch im Eis, und dazwischen eine reglose Mutter auf dem Sofa, den eigenen Leichensack auf dem Schoß, eine verhungerte, erfrorene Schwester auf einem Haufen anderer Leichen, ein Bruder, der aus einem gesprengten Zug verschwunden war, ein Vater, der verbrannte, ein lungenkranker Großvater und eine Großmutter, die vor Gram zugrunde ging. Weiße Tarnanzüge, Blutlachen, nasses, schwarzes Haar, eine heruntergefallene Offiziersmütze auf dem Eis – Bilder, die so wirklich schienen, dass Tatiana schwankend den Flur entlanglaufen und sich auf der Toilette übergeben musste. Danach zwang sie sich wieder, ihr Englisch weiter zu verbessern, damit sie sich konzentrieren und wenigstens ihre Gedanken davon abhalten konnte, dorthin abzuschweifen, wo ihr Herz immer verweilen musste: in die Leere in ihrer Brust, in das schwarze Nichts, das sich anfühlte wie Furcht und das sie zu ersticken drohte, sobald sie die Augen schloss.

Dann nahm sie den schlafenden Anthony aus seinem Körbchen und legte ihn sich auf die Brust, um seine tröstliche Nähe zu spüren. Doch so gut Anthony auch riechen, so sei-

dig sich sein schwarzes Haar an ihren Lippen auch anfühlen mochte, sie konnte die Gedanken nicht bändigen.
Aber sie mochte seinen Geruch. Wenn es warm genug war, zog sie ihn gern aus, um seinen runden, rosigen Körper zu spüren. Sie roch an seinem Haar, an seinem Hals, sie liebte seinen Atem, der nach Milch duftete. Gern drehte sie ihn auch um, berührte seinen Rücken, seine Beine und seine Füße, roch an seinem Nacken. Und er schlief friedlich weiter und wachte nicht einmal auf von all den zärtlichen Berührungen.
»Ist das Kind eigentlich auch manchmal wach?«, fragte Dr. Edward Ludlow bei einer seiner Visiten.
»Er ist wie ein Löwe«, erwiderte Tatiana mit ihrem starken russischen Akzent. »Er schläft zwanzig Stunden am Tag, und nachts geht er auf die Jagd.«
Edward lächelte. »Sie scherzen ja. Es scheint Ihnen besser zu gehen.«
Sie lächelte schwach. Dr. Ludlow war ein schlanker, eleganter Mann. Er sprach leise und vollführte keine heftigen Gesten. Seine Augen ebenso wie seine Stimme und seine Bewegungen strahlten Ruhe aus. Er konnte gut mit seinen Patienten umgehen, eine wichtige Eigenschaft für einen Arzt. Tatiana schätzte ihn auf Mitte dreißig, und aus seiner aufrechten Haltung schloss sie, dass er früher beim Militär gewesen sein musste. Er flößte ihr Vertrauen ein. Seine Augen blickten so ernst.
Dr. Ludlow hatte Anthony zur Welt gebracht, als Tatiana vor einem Monat im Hafen von New York angekommen war und die Wehen eingesetzt hatten. Jetzt kam er täglich, um nach ihr zu sehen, obwohl Brenda behauptete, dass er eigentlich nur ein paar Tage in der Woche auf Ellis Island im Einsatz war.
Edward warf einen Blick auf die Uhr und sagte dann: »Es ist bald Mittag. Wenn Sie sich danach fühlen, könnten wir einen kleinen Spaziergang machen und in der Cafeteria etwas essen. Ziehen Sie Ihren Morgenmantel an, dann gehen wir.«
»Ach, nein.« Tatiana verließ ihr Zimmer nur ungern.
»Doch, kommen Sie.«

»Und meine Tuberkulose?«
Er winkte ab. »Ziehen Sie einfach Ihren Mundschutz an, und kommen Sie mit.«
Widerwillig folgte sie ihm. Sie aßen an einem der schmalen, rechteckigen Tische in einem großen, weiten Raum mit hohen Fenstern.
»Es ist nichts Besonderes«, sagte Edward und betrachtete sein Essen. »Aber ich bekomme immer ein bisschen Rindfleisch. Hier, nehmen Sie etwas davon.« Er schnitt das Fleischstück mit Bratensauce in der Mitte durch und legte ihr die eine Hälfte auf den Teller.
»Vielen Dank. Aber ich habe doch schon so viel«, erwiderte Tatiana. »Ich habe weißes Brot und Margarine. Und Kartoffeln, Reis und Mais. Es gibt hier so viel zu essen.«
Sie sitzt in dem düsteren Zimmer, vor ihr steht ein Teller, und darauf liegt ein Stück Schwarzbrot, etwa so groß wie ein Kartenspiel. Das Brot ist voll mit Sägespänen und Pappe. Sie nimmt Messer und Gabel und zerteilt es sorgfältig in vier Stücke. Eines davon isst sie, kaut bewusst langsam und würgt es mit Mühe durch ihre trockene Kehle hinunter. Sie isst noch ein Stück, noch eines und schließlich das letzte. Mit diesem Stück lässt sie sich besonders viel Zeit. Sie weiß, wenn es aufgegessen ist, gibt es nichts mehr, bis zum nächsten Morgen. Wenn sie nur stark genug wäre, die Hälfte des Brotes bis zum Abend aufzuheben. Aber das geht nicht, sie schafft es nicht. Als sie von ihrem Teller aufschaut, begegnet sie dem starren Blick ihrer Schwester Dascha. Ihr Teller ist längst leer.
»Wenn bloß Alexander zurückkäme«, sagt Dascha. »Vielleicht würde er uns ja etwas zu essen mitbringen.«
Wenn bloß Alexander zurückkäme, denkt Tatiana.
Sie erschauerte, und dabei fiel ihr eine Kartoffel von der Gabel. Ohne ein Wort bückte sie sich, hob die Kartoffel auf, rieb den Staub ab und aß sie.
Edward beobachtete sie erstaunt dabei; die Gabel mit Rindfleisch verharrte auf halbem Weg zu seinem Mund.
»Es gibt Zucker, Tee, Kaffee und Kondensmilch«, fuhr Tatiana mit bebender Stimme fort. »Es gibt Äpfel und Orangen.«
»Aber es gibt kaum Huhn, praktisch kein Rindfleisch, nur

sehr wenig Milch und keine Butter«, sagte Edward. »Die Verwundeten brauchen Butter, aber wir haben keine. Sie würden bestimmt schneller gesund, wenn es Butter gäbe.«
»Vielleicht wollen sie ja gar nicht schneller gesund werden. Vielleicht gefällt es ihnen hier«, erwiderte Tatiana. Erneut spürte sie Edwards fragenden Blick. Dann hatte sie eine Idee.
»Sie sagen, es gibt Milch, Edward?«
»Ja. Es ist zwar nicht viel, aber es gibt frische Milch, nicht nur Kondensmilch.«
»Ich brauche Milch, einen großen Bottich und einen langen Holzlöffel. Zehn oder zwanzig Liter Milch, je mehr, desto besser. Morgen haben wir dann Butter.«
»Was hat denn die Milch mit Butter zu tun?«, fragte Edward.
Nun war es an Tatiana, ihn erstaunt zu mustern. Er lächelte und sagte: »Ich bin Arzt, kein Bauer. Essen Sie weiter. Sie haben es nötig. Und im Übrigen haben Sie Recht. Es gibt trotz allem noch genug hier.«

5

Morozowo, 1943

Als sie kamen, war die Nacht bereits fortgeschritten, und Alexander war in seinem Sessel eingeschlafen. Er wurde unsanft wachgerüttelt. Als er die Augen aufschlug, sah er vier Männer im Anzug, die ihm bedeuteten aufzustehen.
Langsam erhob er sich.
»Sie werden nach Wolchow gebracht, um dort befördert zu werden. Beeilen Sie sich. Wir dürfen keine Zeit verlieren. Wir müssen den See überqueren, bevor es hell wird. Die Deutschen bombardieren Ladoga fast pausenlos.« Der Mann, der mit ihm sprach, hatte ein fahles Gesicht und trug offensichtlich die Verantwortung. Die anderen drei sagten keinen Ton.
Alexander griff nach seinem Tornister.
»Lassen Sie den hier«, sagte der Mann.

»Dann komme ich also hierher zurück?«
Der Mann zögerte nur kurz. »Ja, morgen.«
»Das freut mich zu hören. Aber ich bin Soldat, ich nehme meinen Tornister überall hin mit. Meine Zigaretten sind darin und meine Bücher. Wenn es Ihnen nichts ausmacht, nehme ich ihn mit.«
»Haben Sie Ihre Waffe bei sich?«
»Natürlich.«
»Geben Sie sie uns bitte?«
Alexander machte einen Schritt auf die Männer zu. Er überragte den Größten von ihnen um eine Kopflänge. In ihren tristen grauen Wintermänteln sahen sie aus wie eine Diebesbande. Auf den Schultern trugen sie dünne, blaue Streifen, das Symbol des NKWD, des Volkskommissariats für Innere Angelegenheiten. »Was?«, fragte er bedrohlich leise. »Sie wollen mir meine Waffe wegnehmen?«
»Ja ... um es Ihnen einfacher zu machen«, stammelte der Sprecher der Gruppe. »Sie sind doch verwundet, nicht wahr? Es ist sicher beschwerlich für Sie, Ihre ganze Ausrüstung zu tragen ...«
»Das ist nicht meine ganze Ausrüstung, es sind nur ein paar persönliche Dinge. Gehen wir«, sagte Alexander lauter, trat auf sie zu und schob sie einfach beiseite. »Na los, Genossen. Wir verlieren doch nur Zeit.« Es war ein ungleicher Kampf. Er war Offizier, Major sogar. Weder ihre Schulterstreifen noch ihr Verhalten verrieten ihm, welchen Rang diese Männer bekleideten. Sie hatten keine Befehlsgewalt über ihn, ehe sie ihn nicht seines Ranges enthoben hatten. Die Geheimpolizei zog es vor, ihre Arbeit unbeobachtet, im Dunkeln zu erledigen. Sie schätzte es nicht, wenn Krankenschwestern und Verwundete mit leichtem Schlaf etwas mitbekamen, sondern ließ die Dinge am liebsten so erscheinen, als hätte alles seine Richtigkeit. Ein Verwundeter wurde mitten in der Nacht ans andere Ufer des Sees gebracht, um befördert zu werden. Was war daran so außergewöhnlich? Doch um den Schein zu wahren, mussten sie ihm seine Waffe lassen. Er hätte sie ohnehin nicht hergegeben.
Auf dem Weg nach draußen sah Alexander, dass die beiden

Betten rechts und links von ihm leer waren. Der Soldat mit den Atemschwierigkeiten und ein weiterer waren verschwunden. Er schüttelte den Kopf. »Werden die auch befördert?«, fragte er spöttisch.
»Keine Fragen. Gehen Sie einfach weiter«, sagte einer der Männer. »Beeilung.«
Alexander hatte Mühe, schnell zu gehen.
Während er den Gang entlangging, fragte er sich, wo Tatiana wohl schlief. Vielleicht hinter einer dieser Türen? War sie wohl hier, irgendwo? Immer noch so nah. Er holte tief Luft, als wolle er ihren Duft riechen.
Der Armeelaster wartete vor dem Gebäude. Er stand direkt neben Dr. Sayers' Rotkreuz-Jeep. Alexander konnte das weiß-rote Symbol im Dunkeln erkennen. Als sie sich dem Wagen näherten, löste sich eine humpelnde Gestalt aus den Schatten. Es war Dimitri. Er trug den Arm in Gips, und sein Gesicht war eine einzige schwarz verquollene, unförmige Masse, aus der statt einer Nase eine dicke Beule hervorragte. Er blieb einen Augenblick schweigend stehen. Dann fragte er: »Sie gehen aus, Major Below?« Den Namen Below sprach er dabei überdeutlich aus.
»Komm mir nicht zu nahe, Dimitri«, sagte Alexander.
Dimitri trat einen Schritt zurück, als würde er sich den Rat zu Herzen nehmen. Dann öffnete er den Mund zu einem stummen Lachen. »Du kannst mir nichts mehr anhaben, Alexander.«
»Du mir auch nicht.«
»Glaub mir«, erwiderte Dimitri mit schmeichelnder, süßsäuerlicher Stimme. »Ich kann dir noch einiges antun.« Und noch ehe die Milizen Alexander in den NKWD-Laster schieben konnten, warf Dimitri in gespieltem Wahnsinn den Kopf in den Nacken, zeigte seine gelben Zähne unter der blutverschmierten Nase, kniff die Augen zu Schlitzen zusammen und drohte Alexander mit einem zitternden Finger.
Alexander wandte sich ab, straffte die Schultern und würdigte Dimitri keines weiteren Blickes. Doch als er in den Laster stieg, sagte er laut und vernehmlich, mit aller Genugtuung, die er aufbringen konnte: »Fahr zur Hölle!«

»Steigen Sie ein, und halten Sie den Mund«, zischte ihm einer der NKWD-Männer zu. Dann wandte er sich an Dimitri: »Gehen Sie zurück auf Ihre Station, die Sperrstunde ist längst vorbei. Was schleichen Sie überhaupt noch hier herum?«

Auf der Ladefläche des Lasters fand Alexander seine beiden zitternden Bettnachbarn vor. Er hatte nicht damit gerechnet, dass noch weitere Menschen, geschweige denn zwei Soldaten der Roten Armee, mit ihm im Laster sein würden. Er hatte geglaubt, dass er mit den NKWD-Schergen allein sein würde und außer dem seinen und dem ihren kein weiteres Leben aufs Spiel setzen musste. Was nun?

Einer der NKWD-Männer griff nach seinem Tornister. Alexander versuchte, ihm den Tornister wieder wegzunehmen, doch der Mann ließ nicht los. »Es ist offensichtlich zu beschwerlich für Sie, ihn zu tragen«, sagte er. »Ich nehme ihn an mich, und wenn wir drüben sind, bekommen Sie ihn zurück.«

»Nein.« Alexander schüttelte den Kopf. »Ich behalte ihn.« Es gelang ihm, den Tornister wieder an sich zu bringen.

»Below ...«

»Feldwebel!« Alexander erhob die Stimme. »Sie sprechen mit einem Offizier. Für Sie immer noch Major Below. Lassen Sie die Finger von meinem Eigentum. Na los, fahren wir. Wir haben einen weiten Weg vor uns.« Mit einem kaum merklichen Lächeln wandte er sich ab und schenkte dem Mann keine weitere Beachtung. Sein Rücken schmerzte längst nicht so stark, wie er befürchtet hatte; er konnte gehen, klettern, sprechen, sich bücken und auf der Ladefläche des Lasters sitzen. Nur sein körperliches Schwächegefühl bereitete ihm Sorgen.

Der Motor wurde angelassen, und sie fuhren los – fort vom Lazarett, fort von Morozowo, fort von Tatiana. Alexander atmete tief durch und wandte sich dann den beiden Männern zu, die ihm gegenübersaßen.

»Wer sind Sie?«, fragte er in resigniertem Ton. Er musterte sie kurz. Es war so dunkel, dass er ihre Gesichter kaum erkennen konnte. Sie saßen an die Seitenwand des Lasters gelehnt, der Kleinere von beiden trug eine Brille und hatte nur einen Arm, und der Größere hatte sich in seinen Mantel gewickelt und trug einen Verband um den Kopf, sodass nur Nase, Augen und Mund sichtbar waren. Er hatte wache, intelligente Augen, die selbst im Dunkel der Nacht noch leuchteten. Vielleicht war intelligent auch nicht das richtige Wort. Da lag noch etwas anderes in diesen Augen, etwas Boshaftes. Über die Augen des kleineren Mannes ließ sich nichts weiter sagen. Sie blickten trübe drein.

»Wer sind Sie?«, fragte Alexander noch einmal.

»Ich bin Leutnant Nikolai Uspenskij, und das ist Unteroffizier Boris Maikow. Wir sind bei der Offensive am fünfzehnten Januar verwundet worden, am anderen Ufer des Sees. Man hat uns in einem Feldlager untergebracht, bis wir ...«

»Moment.« Alexander streckte die Hand aus. Bevor er sich weiter auf die beiden einließ, wollte er ihren Händedruck spüren, um einzuschätzen, aus was für einem Holz sie geschnitzt waren. Uspenskij überzeugte ihn: Sein Händedruck war fest, freundlich und frei von Angst, seine Hand wirkte stark. Maikow dagegen reichte Alexander eine schlaffe linke Hand.

Alexander lehnte sich an die Wand des Lasters und tastete nach der Granate in seinem Stiefel. Verdammt. Er hörte Uspenskijs rasselnden Atem. Das war der Soldat, den Tania in das Bett neben seinem gelegt hatte, der Soldat unter dem Isolationszelt, der nur eine Lunge hatte und angeblich weder hören noch sprechen konnte. Und jetzt saß er hier, atmete selbständig, hörte und sprach. »Das entspricht ja nicht ganz der normalen Vorgehensweise ...«

»Es ist sogar alles andere als normal«, unterbrach Alexander ihn. »Hören Sie mir zu, alle beide. Sammeln Sie Ihre ganze Kraft, Sie werden sie brauchen.«

»Weil wir einen Orden bekommen?«, fragte Maikow misstrauisch.

»Wenn Sie sich jetzt nicht zusammenreißen und aufhören zu zittern, wird es ein postumer Orden«, sagte Alexander.

»Woher wollen Sie wissen, dass ich zittere?«

»Ich höre Ihre Stiefel aneinander schlagen«, erwiderte Alexander. »Verhalten Sie sich ruhig, Soldat.«

Maikow drehte sich zu Uspenskij um. »Hab ich's nicht gesagt, Herr Leutnant? Es geht nicht mit rechten Dingen zu, dass man uns mitten in der Nacht aufweckt …«
»Ich sagte, Sie sollen sich ruhig verhalten«, mahnte Alexander.
Durch das schmale Fenster des Führerhäuschens drang ein schwaches, bläuliches Licht herein.
»Könnten Sie aufstehen, Leutnant Uspenskij?«, fragte Alexander. »Ich möchte, dass Sie beide aufstehen und sich vor das Fenster stellen, damit man nicht hineinsehen kann.«
»So was habe ich das letzte Mal gehört, als mein Quartiergenosse einen geblasen bekam«, sagte Uspenskij grinsend.
»Sie können ganz beruhigt sein, hier passiert nichts dergleichen«, sagte Alexander. »Stehen Sie auf.«
Uspenskij gehorchte. »Sagen Sie uns die Wahrheit. Werden wir wirklich befördert?«
»Woher soll ich das wissen?« Sobald Uspenskij das kleine Fenster verdeckte, zog Alexander seinen einen Stiefel aus und nahm eine Granate heraus. Es war so dunkel, dass weder Maikow noch Uspenskij sehen konnten, was er tat.
»Sie sollten das aber wissen«, sagte Uspenskij. »Irgendwie werde ich nämlich das Gefühl nicht los, dass wir Ihretwegen hier sind.«
Alexander teilte diese Ansicht, doch er schwieg. Er kroch in den hinteren Teil des Lasters und setzte sich mit dem Rücken zur Tür. Im Führerhaus saßen nur zwei NKWD-Männer. Sie waren jung und unerfahren; niemand erklärte sich freiwillig bereit, den See zu überqueren, angesichts der ständigen Gefahr eines deutschen Angriffs. Der Fahrer offenbarte seinen Mangel an Erfahrung darin, dass er unfähig schien, schneller als zwanzig Stundenkilometer zu fahren. Wenn die Deutschen die sowjetischen Truppenaktivitäten von ihren Stellungen in Sinjawino aus überwachten, würde das Schneckentempo des Lasters ihren Spähern sicher nicht entgehen, davon war Alexander überzeugt. Da konnte er das Eis zu Fuß schneller überqueren.
»Werden *Sie* denn befördert, Major?«, fragte Uspenskij.
»So hat man es mir gesagt, und man hat mir meine Waffe ge-

lassen. Ich bin also weiterhin optimistisch, bis ich etwas Gegenteiliges erfahre.«

»Man hat Ihnen die Waffe nicht gelassen. Ich habe alles gesehen und gehört. Die hatten einfach nicht genug Mumm, um sie Ihnen wegzunehmen.«

»Ich wurde schwer verwundet.« Alexander nahm sich eine Zigarette. »Sie hätten mir die Waffe durchaus wegnehmen können, wenn sie das wirklich gewollt hätten.« Er zündete die Zigarette an.

»Haben Sie vielleicht noch eine?«, fragte Uspenskij. »Ich habe seit drei Monaten nicht mehr geraucht.« Er musterte Alexander. »Und ich habe keinen Menschen gesehen, nur die Krankenschwestern.« Er hielt einen Augenblick inne. »Ihre Stimme habe ich allerdings gehört.«

»Sie sollten nicht rauchen«, sagte Alexander. »Nach allem, was ich gehört habe, haben Sie doch keine Lungen mehr.«

»Ich habe eine Lunge, und die Schwester hat mich in einem künstlichen Krankheitszustand gehalten, damit ich nicht zurück an die Front muss.«

»Tatsächlich?«, sagte Alexander. Es kostete ihn einige Anstrengung, nicht die Augen zu schließen, als er an diese Krankenschwester dachte – ein schmales Mädchen mit hellen Augen, wie ein strahlender sonniger Morgen, ein süßes, blondes Mädchen, wie ein frischer, junger Morgen in Lazarewo.

»Sie hat mir Eis gebracht und mich die kalten Dämpfe einatmen lassen, damit ich rasselnd und schwer atme. Ich wünschte, sie hätte noch ein bisschen mehr für mich getan.« Alexander gab ihm eine Zigarette. Er hoffte, Uspenskij würde aufhören zu reden. Der Leutnant würde sicher nicht sonderlich erfreut sein, wenn er erfuhr, dass Tatiana ihn gerettet hatte, nur damit er jetzt General Mechlis in die Hände fiel.

»Genossen«, sagte Alexander. »Was soll ich jetzt mit Ihnen machen?«

»Mit uns machen?« Maikow klang ungeduldig und misstrauisch. »Was tun Sie eigentlich da hinten?«

Alexander antwortete nicht. Er zückte seine Tokarew, stand auf, richtete die Pistole auf die Hintertür und schoss das Vorhängeschloss entzwei. Maikow kreischte vor Schreck. Der

Laster wurde langsamer. Im Führerhaus herrschte offenbar Verwirrung darüber, woher der Lärm gekommen war. Uspenskij lag jetzt flach auf dem Boden und versperrte nicht mehr den Blick durch das Fenster. Alexander blieben nur wenige Sekunden, bevor der Laster ganz zum Stehen kam. Er stieß die Tür auf und zog den Stift aus der Granate. Dann kletterte er auf das Dach des dahinschleichenden Wagens und warf die Granate. Sie landete ein paar Meter vor dem Laster, und Sekunden später gab es eine markerschütternde Explosion. Alexander hörte Maikow noch greinen: »Was soll denn das …«, dann wurde er auch schon vom Laster herunter auf das Eis geschleudert. Ein durchdringender Schmerz fuhr ihm durch die noch nicht verheilte Wunde; es fühlte sich an, als würde sie Millimeter für Millimeter wieder aufreißen.

Der Laster machte einen Satz, rutschte ein Stück, schwankte und fiel schließlich seitlich auf das Eis, genau vor dem Loch, das Alexanders Granate in das Eis geschlagen hatte. Das Loch war zwar klein, doch das zerborstene Eis trug das Gewicht des Wagens nicht. Es brach weiter, und das Loch wurde immer größer.

Alexander rappelte sich auf, humpelte zur hinteren Tür und bedeutete den beiden Männern, zu ihm zu kommen. »Was war denn das?«, rief Maikow. Er hatte sich den Kopf angestoßen und blutete aus der Nase.

»Raus aus dem Wagen!«, brüllte Alexander.

Uspenskij und Maikow folgten seinem Befehl – gerade noch rechtzeitig, denn der vordere Teil des Lasters versank bereits langsam im Ladogasee. Offenbar hatten die Fahrer durch die Wucht des Aufpralls auf dem Eis das Bewusstsein verloren. Sie machten keinen Versuch, das Fahrzeug zu verlassen.

»Was zum Teufel …«

»Halten Sie die Klappe. In ein paar Minuten fangen die Deutschen an, den Laster zu beschießen.« Alexander hatte nie vorgehabt, auf dem Eis zu Tode zu kommen. Bis er Uspenskij und Maikow gesehen hatte, hatte er die schwache Hoffnung gehegt, allein zurück ans Ufer von Morozowo und in die Wälder gelangen zu können, nachdem der Laster mit

den NKWD-Leuten darin explodiert war. Doch all seinen Hoffnungen schien dasselbe Schicksal beschieden: Sie waren von verflixt kurzer Dauer.
»Also, was wollen Sie tun? Hier bleiben und das deutsche Heer in Aktion erleben oder mit mir kommen?«
»Was ist mit den Fahrern?«, fragte Uspenskij.
»Was soll mit denen sein? Sie sind vom NKWD. Was haben Sie denn gedacht, wohin man Sie in aller Herrgottsfrühe bringt?«
Maikow versuchte aufzustehen. Doch ehe er noch ein Wort sagen konnte, warf Alexander ihn wieder auf das Eis.
Sie waren nicht weit vom Ufer entfernt, höchstens zwei Kilometer. Es war neblig, und die Morgendämmerung stand kurz bevor. Das Führerhaus des Lasters befand sich bereits unter Wasser, und das Eis brach immer weiter und würde bald den ganzen Laster verschlingen.
»Mit Verlaub, Herr Major«, sagte Uspenskij. »Aber was reden Sie da für einen Blödsinn daher? Ich habe mir in meiner gesamten Militärlaufbahn nichts zu Schulden kommen lassen. Was sollten die denn von mir wollen?«
»Gar nichts«, sagte Alexander. »Die wollen mich.«
»Wer zum Teufel sind Sie?«
Der Laster versank langsam im Wasser.
Uspenskij ließ den Blick über die Eisfläche schweifen, über den zitternden, blutenden und vollkommen verdatterten Maikow und Alexander, und fing an zu lachen. »Vielleicht möchten Sie uns ja mitteilen, was Sie jetzt zu tun gedenken, Herr Major. Was machen wir drei allein auf dem zugefrorenen See, wenn der Laster gesunken ist?«
»Keine Sorge.« Alexander seufzte tief. »Ich kann Ihnen versprechen, dass wir nicht lange allein sein werden.« Er deutete mit dem Kopf zum fernen Ufer von Morozowo hinüber und zog dann seine beiden Pistolen. Man sah die Scheinwerfer eines Militärfahrzeugs, das sich langsam näherte. Der Jeep hielt etwa fünfzig Meter von ihnen entfernt. Fünf Männer, alle mit Maschinenpistolen bewaffnet, stiegen aus und richteten ihre Waffen auf Alexander. »Aufstehen! Sofort alle aufstehen!«

Uspenskij und Maikow standen mit erhobenen Händen auf, doch Alexander nahm nur ungern Befehle von rangniedrigeren Offizieren entgegen. Er weigerte sich aufzustehen – noch dazu mit gutem Grund, denn er hatte das Pfeifen einer Granate gehört und legte die Arme um den Kopf.

Als er wieder hoch schaute, sah er zwei der NKWD-Leute tot auf dem Eis liegen. Die anderen drei robbten auf Alexander zu, die Maschinenpistolen weiterhin auf ihn richtend, und zischten ihm zu: »Liegenbleiben!« Vielleicht töten die Deutschen sie ja, bevor ich die Möglichkeit dazu habe, dachte Alexander. Er versuchte, in der Ferne das Ufer auszumachen. Wo mochte Sayers sein? Noch war er wohl nicht auf dem See. Aber solange der NKWD-Jeep nicht fuhr, bot er den Deutschen eine gute Gelegenheit für ein paar Zielübungen. Als die NKWD-Leute nahe genug heran gekommen waren, schlug Alexander ihnen deshalb vor, gemeinsam in den Jeep zu steigen und mit aller gebührenden Eile nach Morozowo zurückzukehren.

»Nichts da!«, brüllte einer der Männer. »Wir müssen Sie ans andere Ufer nach Wolchow bringen!«

Eine weitere Granate durchschnitt pfeifend die Luft und landete etwa zwanzig Meter von dem Jeep entfernt. Das Fahrzeug war ihre einzige Chance, entweder nach Wolchow oder nach Morozowo zu kommen. Wenn es getroffen wurde, würden die Männer auf dem See, ohne Deckung gegen das Artilleriefeuer der Deutschen, nur noch wenige Sekunden am Leben bleiben.

Alexander blickte die NKWD-Leute unverwandt an. »Was haben Sie vor, Genossen? Sagen Sie es mir. Wollen Sie unter Granatenbeschuss nach Wolchow fahren? Dann nichts wie los.«

Die NKWD-Leute betrachteten den gepanzerten Laster, der Alexander befördert hatte. Er war schon fast vollständig im Wasser versunken. Alexander beobachtete mit leiser Erheiterung, wie der Selbsterhaltungstrieb gegen die Befehle ankämpfte.

»Kehren wir um«, sagte einer der Männer schließlich. »Wir fahren nach Morozowo zurück und warten dort auf weitere

Befehle. Morgen können wir ihn immer noch nach Wolchow bringen.«
»Eine weise Entscheidung«, bemerkte Alexander.
Uspenskij sah Alexander fassungslos an, doch der schenkte ihm keine Beachtung. »Alle bereit? Ich zähle bis drei, dann laufen wir zum Jeep, bevor der uns noch in die Luft fliegt.«
Alexander wollte sein Leben retten, doch es war ihm auch daran gelegen, auf keinen Fall nass zu werden. Er wusste, dass man ihm weder in Wolchow noch in Morozowo trockene Kleidung geben würde. Also würde er die nassen Sachen anbehalten müssen und an einer Lungenentzündung sterben, und selbst dann würden die Kleider an seinem toten Körper in der klammen Märzluft nicht trocknen.
Die sechs Männer robbten auf den Jeep zu. Die drei NKWD-Angehörigen befahlen den anderen, hinten einzusteigen. Uspenskij und Maikow warfen Alexander besorgte Blicke zu, und Uspenskij fragte: »Glauben Sie wirklich, dass das eine gute Idee ist?«
»Steigen Sie einfach ein.«
Zwei der NKWD-Männer stiegen mit ihnen ein, und Uspenskij und Maikow atmeten erleichtert auf.
Alexander zog seine Zigaretten aus der Tasche, bot sie Uspenskij und dann dem kreidebleichen Maikow an, der jedoch ablehnte.
»Warum haben Sie das gemacht?«, flüsterte Uspenskij Alexander zu.
»Was gemacht?«
»Ich würde ja jetzt gern sagen, dass ich hoffe, eines Tages eine Erklärung von Ihnen zu bekommen. Aber ehrlich gesagt hoffe ich, Sie nach dem heutigen Tag nicht wiederzusehen.«
»Ich verrate es Ihnen trotzdem«, sagte Alexander. »Ich hatte einfach keine Lust, befördert zu werden.«
Zurück am Ufer kam ihnen auf dem Weg zum Hauptquartier ein Sanitätsfahrzeug entgegen. Alexander sah Dr. Sayers auf dem Beifahrersitz und entrang sich ein Lächeln, obwohl seine Finger, die die Zigarette hielten, ein wenig zitterten. Alles schien so gut zu gehen, wie man es nur erwarten konnte. Auf dem See bot sich ein Anblick wie nach einem tatsächli-

chen Angriff der Deutschen. Tote auf dem Eis, ein gesunkener Laster. Sayers würde die Sterbeurkunde ausstellen, sie unterschreiben, und dann würde es so sein, als hätte es Alexander nie gegeben. Der NKWD würde dankbar sein – man zog es dort ohnehin vor, die Verhafteten einfach verschwinden zu lassen –, und wenn Stepanow schließlich erfuhr, was geschehen war und dass Alexander noch lebte, waren Sayers und Tatiana längst fort. Stepanow würde Tatiana also nicht belügen müssen. Da ihm keine weiteren Informationen vorlagen, würde er selbst glauben, dass Alexander mit Uspenskij und Maikow auf dem See ums Leben gekommen war.
Alexander strich sich mit der Hand über die Stirn und schloss die Augen. Doch gleich darauf öffnete er sie wieder. Die trostlose russische Landschaft war besser als die Bilder, die hinter seinen geschlossenen Lidern auf ihn warteten.
Alle würden von der Sache profitieren. Der NKWD musste keine lästigen Fragen vom Internationalen Roten Kreuz beantworten, die Rote Armee konnte ein paar weitere Gefallene betrauern, und Mechlis hatte Alexander trotzdem weiterhin in seinen Fängen. Hätte man ihn töten wollen, dann hätte man es gleich getan. Doch die Befehle lauteten anders, und Alexander kannte den Grund. Die Katze wollte noch ein wenig mit der Maus spielen, ehe sie sie fraß.
Als sie wieder in Morozowo ankamen, war es acht Uhr morgens, und der Militärstützpunkt erwachte langsam zum Leben. Da man sie vorläufig versteckt halten musste, wurden Alexander, Uspenskij und Maikow in das Militärgefängnis im Kellergeschoss der alten Schule gebracht. Das Gefängnis bestand aus einer betonierten Zelle, die etwas über einen Meter breit und nicht einmal zwei Meter lang war. Maikow hatte allen Ernstes damit gerechnet, zurück ins Lazarett gebracht zu werden. Nachdem sie sich gebührend darüber amüsiert hatten, befahlen die NKWD-Milizen den drei Soldaten, sich flach auf den Boden zu legen und sich nicht von der Stelle zu rühren.
Für Alexander war die Zelle zu kurz, er hatte nicht genug Platz, um sich ganz auszustrecken. Kaum waren die Wachen verschwunden, setzten sich die drei Männer aufrecht auf den

Boden und zogen die Knie an die Brust. Alexander spürte einen pochenden Schmerz in seiner Wunde, und der kalte Zementboden tat ein Übriges. Sein Unbehagen steigerte sich langsam, doch er wusste, er würde sich schon bald nach diesem Zustand zurücksehnen.

Uspenskij ließ ihm keine Ruhe. Schließlich sagte Alexander: »Was wollen Sie eigentlich? Hören Sie auf, mir Fragen zu stellen. Dann müssen Sie wenigstens nicht lügen, wenn Sie verhört werden.«

»Und warum sollte man mich verhören?«

»Sie sind verhaftet worden. Das dürfte selbst Ihnen inzwischen klar sein.«

Maikow starrte zu Boden. »Oh, nein«, stöhnte er. »Ich habe eine Frau, eine Mutter, zwei kleine Kinder. Was soll aus ihnen werden?«

»Ach ja?«, sagte Uspenskij. »Und was ist mit mir? Ich habe auch eine Frau und zwei kleine Söhne. Und meine Mutter lebt auch noch, soviel ich weiß.«

Maikow antwortete nicht. Beide richteten vorwurfsvolle Blicke auf Alexander.

»Also«, sagte Uspenskij. »Was haben Sie angestellt?«

»Leutnant!« Alexander brachte seinen Rang immer dann ins Spiel, wenn es ihm von Nutzen war. »Ich habe jetzt wirklich genug von Ihnen.«

Doch Uspenskij ließ sich nicht einschüchtern. »Sie sehen nicht gerade aus wie ein religiöser Eiferer.«

Alexander schwieg.

»Auch nicht wie ein Jude oder wie ein Gauner.« Uspenskij musterte ihn. »Sind Sie ein *Kulak*? Ein Mitglied des Politischen Roten Kreuzes? Ein heimlicher Philosoph? Ein Sozialist? Ein Historiker? Haben Sie Landerträge gestohlen oder Industriegüter sabotiert? Sind Sie ein anti-sowjetischer Agitator?«

»Nein, ich bin ein tatarischer Rollkutscher«, sagte Alexander.

»Dafür kriegen Sie zehn Jahre. Wo haben Sie denn Ihren Karren? Meine Frau könnte ihn gut brauchen, um die Zwiebeln vom benachbarten Feld zu ernten. Wollen Sie mir etwa

erzählen, dass wir verhaftet worden sind, weil wir das verdammte Pech hatten, neben Ihnen im Lazarett zu liegen?«
Maikow stieß ein Wimmern aus. »Aber wir wissen doch gar nichts! Wir haben doch nichts getan!«
»Tatsächlich?«, bemerkte Alexander. »Vielleicht erzählen Sie das mal der Gruppe von Musikern und ihrem Publikum, die sich in den Dreißigerjahren zu einem Klavierabend zusammengefunden hatten, ohne das vorher offiziell genehmigen zu lassen. Um die Unkosten für den Wein niedrig zu halten, hatte jeder Anwesende ein paar Kopeken gespendet. Als sie dann alle wegen anti-sowjetischer Aktivitäten verhaftet wurden, hat man das Geld als Unterstützung für das bereits fast völlig ausgerottete Bürgertum gewertet. Sowohl die Musiker als auch die Zuhörer bekamen Strafen von drei bis zehn Jahren.« Alexander hielt inne. »Natürlich nicht alle. Nur die, die sich zu ihrem Verbrechen bekannt haben. Die, die kein Geständnis ablegen wollten, wurden erschossen.«
Uspenskij und Maikow starrten ihn fassungslos an. »Woher wissen Sie das?«
Alexander zuckte mit den Schultern. »Ich war damals vierzehn und entwischte gerade noch durchs Fenster, bevor man mich festnehmen konnte.«
Sie hörten Schritte und schwiegen. Alexander stand auf, und als sich die Tür bereits öffnete, sagte er zu Maikow: »Sie müssen sich einfach vorstellen, dass Ihr altes Leben vorbei ist. Stellen Sie sich vor, dass man Ihnen alles genommen hat, dass nichts mehr übrig ist ...«
»Na los, Below, Bewegung!«, brüllte ein untersetzter Mann mit einem Nagant-Revolver.
»Nur so können Sie es schaffen«, sagte Alexander. Dann verließ er die Zelle und hörte, wie die Tür hinter ihm ins Schloss fiel.

Er saß in einem kleinen Raum in der verlassenen Schule, in einer Bank mit einem Tisch, vor dem eine Tafel stand. Er hatte das Gefühl, jeden Augenblick würde der Lehrer mit einem Schulbuch hereinkommen, um über die Gefahren des Imperialismus zu referieren.

Doch stattdessen kamen zwei Männer heran. Sie waren jetzt zu viert im Raum: Alexander saß auf der Bank, hinten im Klassenzimmer stand ein Wachtposten, und die beiden Neuankömmlinge nahmen hinter dem Lehrerpult Platz. Der eine war kahlköpfig, dürr und hatte eine lange, dünne Nase. Er stellte sich in freundlichem Ton als Riduard Morozow vor.
»Doch nicht etwa der Morozow, nach dem dieses Dorf benannt ist?«, fragte Alexander.
Morozow schenkte ihm ein schmallippiges Lächeln. »Nein.«
Der andere Mann war sehr korpulent, vollkommen kahl, und seine runde Knollennase war mit geplatzten Äderchen überzogen. Äußerlich wirkte er wie ein Trinker. Er stellte sich – in sehr viel weniger freundlichem Ton – als Mitterand vor, was Alexander schon fast wieder komisch fand. Der Anführer der kleinen Widerstandsbewegung im von den Nazis besetzten Frankreich hieß ebenfalls Mitterand.
Morozow begann. »Wissen Sie, warum Sie hier sind, Major Below?«, fragte er mit warmem Lächeln und in höflichem, beinahe liebenswürdigem Ton. Sie würden sich einfach ein wenig unterhalten. Gleich würde Mitterand Alexander einen Tee anbieten, vielleicht auch einen Schluck Wodka, um ihn zu beruhigen. Alexander amüsierte sich noch über seine abwegigen Gedanken, doch plötzlich stand zu seinem Erstaunen tatsächlich eine Flasche Wodka mit drei Schnapsgläsern auf dem Pult. Morozow schenkte ein.
»Ja«, antwortete Alexander ebenso liebenswürdig. »Gestern wurde mir mitgeteilt, dass ich befördert werde. Zum Oberstleutnant. Nein, danke.« Er schob das Glas weg, das man ihm anbot.
»Verschmähen Sie etwa unsere Gastfreundschaft, Genosse Below?«
»Major Below, bitte.« Alexander stand auf und sprach mit lauter Stimme. »Besitzen Sie einen militärischen Rang?« Er wartete einen Augenblick, doch sein Gegenüber schwieg. »Das dachte ich mir. Sie tragen ja keine Uniform. Wenn Sie eine Uniform hätten, würden Sie die auch tragen. Also, ich werde keinerlei Getränk von Ihnen annehmen, und ich werde mich auch nicht wieder setzen, bis Sie mir sagen, was Sie

von mir wollen. Ich bin gern bereit, mich in jeder mir möglichen Weise kooperativ zu zeigen, Genossen«, fügte er hinzu. »Aber bitte sitzen Sie nicht einfach da und tun so, als wären wir die besten Freunde. Was ist hier los?«

»Sie stehen unter Arrest.«

»Aha. Also keine Beförderung? Und das sagen Sie mir jetzt, nach zehn Stunden? Sie haben mir nicht gesagt, was Sie mit mir vorhaben. Ich weiß nicht einmal, ob Sie das selbst wissen. Warum gehen Sie nicht und suchen jemanden, der es weiß? In der Zwischenzeit bringen Sie mich am besten in meine Zelle zurück, anstatt hier meine Zeit zu verschwenden.«

»Herr Major!« Morozow klang jetzt weniger liebenswürdig. Doch die beiden Männer hatten ihren Wodka getrunken. Alexander lächelte. Wenn er sie lange genug hier festhielt und sie weiter trinken ließ, würden sie ihn am Ende persönlich zur sowjetisch-finnischen Grenze eskortieren und gebrochen Englisch mit ihm sprechen. Immerhin sprachen sie ihn als Major an. Alexander kannte den psychologischen Wert eines militärischen Ranges nur allzu gut. In der Armee gab es nur eine unerschütterliche Regel: Man hatte Ranghöhere höflich zu behandeln. Diese Hackordnung war allgemein anerkannt. »Herr Major«, wiederholte Morozow. »Setzen Sie sich wieder.«

Alexander kehrte auf seinen Platz zurück.

Mitterand sagte leise ein paar Worte zu dem jungen Wachsoldaten an der Tür, und obwohl Alexander keine einzelnen Wörter verstehen konnte, wusste er doch, worum es ging. Er fiel nicht in Morozows Zuständigkeitsbereich, und zudem war er eine Nummer zu groß für ihn. Um mit Alexander fertig zu werden, brauchte man jemand höher Gestelltes. Und dieser Jemand würde sicher bald hier sein. Bis dahin würden sie versuchen, seinen Willen zu brechen.

»Legen Sie die Hände auf den Rücken, Major«, sagte Morozow.

Alexander warf seine Zigarette auf den Boden, trat sie aus und stand auf.

Sie nahmen ihm seine Handfeuerwaffe und sein Messer ab und durchsuchten dann seinen Tornister. Nachdem sie nichts weiter darin gefunden hatten als Verbandszeug, Stifte und Tatianas weißes Kleid, nahmen sie Alexander seine Orden ab und dann auch seine Rangabzeichen. Sie erklärten ihm, er sei kein Major mehr und habe somit jedes Recht auf diese Anrede verwirkt. Doch sie sagten ihm immer noch nicht, was ihm vorgeworfen wurde, und sie stellten ihm keine Fragen. Sie nahmen ihm den Tornister weg, und als er ihn wiederhaben wollte, lachten sie ihn aus. Hilflos betrachtete er den Tornister ein letztes Mal, denn er wusste, ihr Kleid war darin. Ein weiterer Gegenstand, auf dem sie herumtrampeln konnten, den er zurücklassen musste.

Alexander wurde in eine fensterlose Einzelzelle gebracht. Von Uspenskij und Maikow war keine Spur. In der Zelle gab es weder einen Stuhl noch ein Bett oder eine Decke. Er war ganz allein; seine einzigen Verbindungen zur Außenwelt waren die Tür, wenn die Wachsoldaten sie öffneten, das kleine, vergitterte Fenster in der Tür, das Guckloch, durch das man ihn beobachtete, und ein kleines Loch in der Decke, das wahrscheinlich auch zum Einlassen von Giftgas verwendet werden konnte.

Alexander durfte seine Uhr behalten, und da man ihn nicht gefilzt hatte, hatte auch niemand die Medikamente gefunden, die er in seinen Stiefeln versteckt hielt. Trotzdem hatte er das ungute Gefühl, dass sie dort nicht sicher waren. Doch wohin damit? Er zog die Stiefel aus, nahm die Spritze, das Morphiumfläschchen und die Sulfonamid-Tabletten und stopfte alles in die Taschen seiner langen Unterhose. Dort würde man sie nur finden, wenn man ihn sorgfältiger durchsuchte, als es üblich war.

Als er sich bückte, rief sich seine Rückenwunde mit einem stechenden Schmerz in Erinnerung. Sein Rücken schien im Lauf des Tages stark angeschwollen zu sein. Er überlegte, ob er sich ein wenig Morphium spritzen sollte, entschied sich dann aber dagegen. Bei allem, was ihm noch bevorstand, wollte er seine Sinne nicht betäuben. Also kaute er eine der bitteren, sauren Tabletten, ohne sie zu zerdrücken oder gar um ein Glas Wasser zu bitten. Er steckte sie einfach in den Mund, zerkaute sie und schüttelte sich, als er sie schluckte. Er war sich sicher, dass man ihn in der stockdunklen Zelle nicht sehen konnte. Schließlich setzte er sich auf den Fußboden und schloss die Augen. Oder vielleicht hielt er sie auch geöffnet – in der Dunkelheit konnte er das nicht recht unterscheiden. Aber es war im Grunde auch gleichgültig. Er saß da und wartete. War der Tag schon vorbei? War es nur ein Tag gewesen? Er sehnte sich nach einer Zigarette. Regungslos blieb er sitzen. Ob Sayers und Tatiana wohl schon fort waren? Hatte Tania sich überzeugen, sich lenken, sich trösten lassen? Hatte sie tatsächlich ihre Sachen gepackt und war in Sayers' Jeep gestiegen? Waren sie aus Morozowo entkommen? Alexander hätte alles darum gegeben, das zu wissen. Er machte sich große Sorgen, dass Sayers vielleicht nicht durchgehalten, sie nicht überzeugt hatte, und dass sie noch hier war. Er versuchte zu spüren, ob sie noch in der Nähe war, doch er spürte nur die Kälte. Falls sie noch in Morozowo war, wenn man begann, ihn ernsthaft zu verhören, und man von ihr erfuhr, dann war er geliefert. Der Gedanke, dass sie vielleicht noch so nah bei ihm war, nahm ihm fast den Atem. Er musste die NKWD-Leute noch eine Zeit lang hinhalten, bis er sicher sein konnte, dass sie entkommen war. Je schneller sie fort war, desto schneller konnte er sich der Staatsgewalt ausliefern.

Sie schien noch so nah zu sein. Fast glaubte er, noch nach seinem Tornister greifen und ihr Kleid berühren zu können, um sie dann vor sich zu sehen, in dem weißen Kleid mit den roten Rosen darauf, mit wehendem, langem Haar und lachendem Mund. Sie war tatsächlich noch sehr nah, er musste ihr Kleid gar nicht berühren. Sie brauchte Trost, nicht er. Sie brauchte ihn doch so sehr, wie sollte sie bloß zurechtkommen, wenn er nicht bei ihr war? Wie sollte sie mit dem Verlust fertig werden, wenn er nicht bei ihr war?

Er musste sich auf andere Gedanken bringen. Doch gleich darauf gab es ohnehin eine Ablenkung.

»Ihr Idioten!«, hörte er eine Stimme von draußen. »Wie wollt ihr den Häftling denn unter Beobachtung halten, wenn er im Dunkeln hockt? Er hätte sich schon längst umbringen können, und ihr hättet es nicht mal gemerkt. Schwachköpfe!«

Die Tür ging auf, und ein Mann, dessen Gesicht Alexander

im Gegenlicht nicht sehen konnte, kam mit einer Petroleumlampe herein. »Wir müssen Sie jederzeit beobachten können«, erklärte er. Als er sich umdrehte, erkannte Alexander Mitterand.
»Wann kommt endlich jemand, der mir sagt, was hier vorgeht?«, fragte Alexander.
»Sie haben uns keine Fragen zu stellen!«, brüllte Mitterand. »Sie sind kein Major mehr, Sie sind ein Nichts. Bleiben Sie hier sitzen, und warten Sie, bis wir Sie holen.«
Nachdem Mitterand fort war, brachte ein Wachsoldat Alexander etwas Wasser und ein paar Stückchen Brot. Alexander aß und trank und suchte dann den Boden nach einem Abflussloch ab. Er wollte keineswegs jederzeit beobachtet werden, und außerdem verbrauchte die Lampe zu viel Sauerstoff. Er schraubte sie auf, goss das Petroleum in den Abfluss und ließ nur so viel darin, dass die Lampe nach zehn Minuten ausging. Der Wachsoldat riss die Tür auf und brüllte: »Warum ist die Lampe aus?«
»Das Petroleum ist ausgegangen«, antwortete Alexander freundlich. »Haben Sie Nachschub?«
Der Soldat rührte sich nicht von der Stelle.
»So ein Pech«, sagte Alexander.
Er schlief in der Dunkelheit ein, aufrecht in einer Ecke, den Kopf an die Wand gelehnt. Als er aufwachte, war es immer noch stockfinster. Er war gar nicht sicher, überhaupt aufgewacht zu sein. Er träumte, dass er die Augen öffnete, und alles ringsum war schwarz. Er träumte von Tatiana, und als er aufwachte, dachte er an sie. Traum und Wirklichkeit vermischten sich, und Alexander wusste nicht mehr, wo der Alptraum aufhörte und das richtige Leben begann. Er träumte, dass er die Augen schloss und schlief.
Er fühlte sich wie losgelöst von sich selbst, von Morozowo, vom Lazarett, von seinem Leben, und dieses Gefühl des Unbeteiligten hatte etwas merkwürdig Tröstliches. Er fror. Das brachte ihm seinen gequälten Körper in Erinnerung. Vorher war es besser gewesen. Die Wunde am Rücken schmerzte erbarmungslos. Alexander biss die Zähne zusammen und schloss die Augen.

Adolf Hitler war deutscher Reichskanzler geworden, und Reichspräsident von Hindenburg hatte abgedankt. Alexander hatte das Gefühl, dass etwas Unheilvolles in der Luft lag, ohne es sich selbst recht erklären zu können. Die Hoffnung auf besseres Essen, neue Schuhe und einen wärmeren Wintermantel hatte er längst aufgegeben. Doch im Sommer brauchte er keinen Mantel. Die Barringtons verbrachten den Monat Juli auf einer Datscha in Krasnaja Poljana, und das war eine schöne Zeit. Sie hatten zwei Zimmer von einer verwitweten Litauerin und ihrem ewig betrunkenen Sohn gemietet, der seine Mutter so lange schlug, bis sie ihm die gesamte Miete aushändigte.

Eines Nachmittags, nach einem Picknick aus hart gekochten Eiern, Tomaten, ein bisschen Lyoner Wurst und Wodka für seine Mutter – »Seit wann trinkst du denn Wodka, Mutter?« –, lag Alexander in der Hängematte und las. Plötzlich hörte er vom Wald her Schritte. Träge hob er den Kopf und sah seine Eltern. Sie standen auf der Lichtung bei dem kleinen See, warfen Kieselsteine ins Wasser und sprachen leise miteinander. Alexander war es kaum noch gewöhnt, seine Eltern leise sprechen zu hören; die unterschiedlichen Bedürfnisse und die vielen Sorgen hatten Konflikte in ihre Beziehung gebracht. Unter normalen Umständen hätte Alexander sich einfach wieder seinem Buch zugewandt. Doch dieses gedämpfte Plaudern, dieses heitere Beisammensein – das alles überraschte ihn. Harold nahm Jane die Kieselsteine aus der Hand und zog sie näher zu sich heran. Er legte ihr den Arm um die Taille und nahm ihre Hand. Dann küsste er sie, und sie begannen zu tanzen, einen langsamen Walzer, mitten auf der kleinen Lichtung, und Alexander war erstaunt, seinen Vater sogar singen zu hören.

Sie tanzten weiter, ihre Lippen trafen sich, und ihre Körper drängten sich in einer engen Umarmung aneinander. Und während Alexander seine Eltern beobachtete, in einem Moment der Zärtlichkeit, wie sie ihn noch nie vor ihm geteilt hatten und nie wieder teilen sollten, erfüllte ihn plötzlich ein

sehnsüchtiges Glück, das er nicht benennen und nicht erklären konnte.
Sie lösten sich voneinander, sahen zu ihm herüber und lächelten. Zögernd und verlegen erwiderte er ihr Lächeln; er konnte den Blick einfach nicht von ihnen abwenden.
Sie kamen zu ihm herüber, und sein Vater hatte immer noch den Arm um seine Mutter gelegt.
»Heute ist unser Hochzeitstag, Alexander.«
»Dein Vater hat mir gerade unser Hochzeitslied gesungen«, sagte Jane. »Als wir vor einunddreißig Jahren geheiratet haben, haben wir zu dieser Melodie getanzt. Ich war neunzehn.« Sie blickte Harold lächelnd an.
»Bleibst du noch ein bisschen hier in der Hängematte, mein Sohn? Liest du noch ein Weilchen?«
»Ich rühre mich nicht vom Fleck.«
»Gut«, sagte Harold, nahm Jane bei der Hand und ging mit ihr zum Haus hinüber.
Alexander wandte sich wieder seinem Buch zu. Doch obwohl er eine Stunde lang die Seiten umblätterte, konnte er sich anschließend an kein einziges Wort erinnern.

Der Winter kam viel zu schnell. Jeden Donnerstag nach dem Abendessen nahm Harold seinen Sohn bei der Hand und ging mit ihm durch die Kälte zum Arbat, der Moskauer Einkaufsstraße mit all den Musikern, Schriftstellern, Dichtern, Sängern und alten Damen, die Andenken aus der Zarenzeit verkauften. In einer kleinen, verrauchten Zweizimmerwohnung in der Nähe des Arbat versammelte sich eine kleine Gruppe überzeugter Kommunisten, Russen ebenso wie Ausländer, um zu rauchen, zu trinken und zu erörtern, wie sich der Kommunismus in der Sowjetunion noch besser umsetzen ließe und wie man die klassenlose Gesellschaft schneller verwirklichen könne, in der keine Staatsgewalt, keine Polizei und keine Armee mehr nötig wäre, weil sämtlichen Konflikten die Grundlage fehlte.
»Marx sagt, der einzige, wahre Konflikt liegt im wirtschaftlichen Konflikt zwischen den Klassen. Sobald der beseitigt ist, brauchen wir auch keine Polizei mehr. Worauf warten

wir also noch, Genossen? Muss es denn so viel länger dauern, als wir gehofft haben?«, ereiferte sich Harold.
Und auch Alexander steuerte etwas bei, das er irgendwo einmal gelesen hatte: »›Solange es einen Staat gibt, gibt es keine Freiheit. Wenn es Freiheit geben wird, wird es keinen Staat geben.‹« Harold lächelte anerkennend, als er seinen Sohn Lenin zitieren hörte.
Bei diesen Treffen schloss Alexander Freundschaft mit dem siebenundsechzigjährigen Slawan, einem welken, grauhaarigen Mann, dessen ganzes Gesicht mit Falten überzogen war. Doch seine Augen waren zwei kleine, blaue, leuchtende Sterne, und um seine Lippen spielte stets ein spöttisches Lächeln. Er sagte nicht viel, doch Alexander mochte seine ironische Miene und die Wärme in Slawans Blick, wenn er ihn ansah.
Nach zwei Jahren wöchentlicher Versammlungen wurden Harold und einige seiner Mitstreiter in das örtliche Parteihauptquartier – das Oblastnij Kommitet oder kurz: Obkom – beordert. Dort forderte man sie auf, sich bei ihren nächsten Treffen doch einem anderen Thema zuzuwenden, da die Frage, wie sich der Kommunismus in der Sowjetunion besser umsetzen ließe, impliziere, dass er augenblicklich nicht gut umgesetzt werde. Als sein Vater ihm davon erzählte, erkundigte sich Alexander, woher die Partei denn wisse, worüber fünfzehn angetrunkene Männer einmal wöchentlich am Donnerstag in einer Stadt mit fünf Millionen Einwohnern redeten. Nun war es an Harold, Lenin zu zitieren: »›Freiheit ist in der Tat ein wertvolles Gut – so wertvoll, dass man es rationieren muss.‹ Offenbar haben sie Mittel und Wege herauszufinden, worüber wir reden. Vielleicht war es ja dieser Slawan. Ich würde an deiner Stelle ihm gegenüber ein bisschen vorsichtiger sein.«
»Er war es bestimmt nicht, Vater.«
Nach diesem Ereignis traf sich die Gruppe weiterhin donnerstags, doch jetzt lasen sie einander aus Lenins *Was tun?* und aus den Pamphleten der Rosa Luxemburg vor oder auch aus dem *Kommunistischen Manifest*.
Harold berichtete häufig von den Äußerungen amerikanischer Kommunismus-Sympathisanten, um den anderen zu

zeigen, dass der sowjetische Kommunismus langsam, aber sicher internationale Anerkennung finde und alles nur noch eine Frage der Zeit sei. »Denkt nur einmal daran, was Isadora Duncan vor ihrem Tod über Lenin gesagt hat«, sagte Harold und zitierte: »›Andere lieben nur sich selbst, ihr Geld, ihre Theorien und ihre Macht. Lenin aber hat seine Mitmenschen geliebt ... Lenin war Gott, ebenso wie Christus Gott war, denn Gott ist Liebe, und Christus und Lenin waren beide nichts als Liebe.‹« Alexander lächelte seinem Vater anerkennend zu.

Einmal bemühten sich die Männer – alle bis auf Slawan, der nur schwieg und lächelte – eine ganze Nacht hindurch, dem vierzehnjährigen Alexander klar zu machen, was »Wertverlust« bedeutete. Wie war es möglich, dass ein Gegenstand – beispielsweise ein Paar Schuhe – nach seiner Herstellung weniger kostete als der Gesamtwert aus Arbeit und Materialkosten bei der Herstellung?

»Was genau verstehst du denn daran nicht?«, rief ein verzweifelter Kommunist, der im täglichen Leben als Ingenieur arbeitete.

»Wie man mit Schuhen überhaupt Geld verdienen kann.«

»Wer hat denn was von Geldverdienen gesagt? Hast du das *Kommunistische Manifest* denn nicht gelesen?«

»Doch.«

»Dann musst du doch auch noch wissen, was Marx gesagt hat. Die Differenz zwischen dem Lohn, der dem Arbeiter in der Fabrik für die Herstellung der Schuhe gezahlt wird, und dem Preis, der für die fertigen Schuhe verlangt wird, ist das Verbrechen des Kapitalismus und die Ausbeutung des Proletariats. Und der Kommunismus will das ausmerzen. Hast du denn gar nicht aufgepasst?«

»Habe ich«, sagte Alexander. »Aber Wertverlust bedeutet doch nicht nur das Ausmerzen des Profits. Es bedeutet auch, dass mehr Geld für die Herstellung der Schuhe ausgegeben werden muss, als man mit ihnen einnehmen kann. Wer zahlt diese Differenz?«

»Der Staat.«

»Und wo nimmt der Staat das Geld her?«

»Der Staat zahlt den Arbeitern vorübergehend weniger für die Herstellung der Schuhe.«
Alexander schwieg einen Augenblick. »Also zahlt die Sowjetunion in einer Phase der weltweiten Inflation ihren Arbeitern weniger Geld? Wie viel weniger denn?«
»Einfach nur weniger.«
»Und wovon sollen wir die Schuhe dann kaufen?«
»Wir werden vorübergehend keine Schuhe kaufen, sondern die vom letzten Jahr auftragen. So lange, bis der Staat auf die Beine kommt.« Der Ingenieur blickte lächelnd in die Runde.
»Guter Witz«, bemerkte Alexander ungerührt. »Der Staat ist ja immerhin schon so weit auf die Beine gekommen, dass er für Lenins Rolls-Royce aufkommen kann.«
»Was hat denn Lenins Rolls-Royce mit unserem Thema zu tun?«, ereiferte sich der Ingenieur. Slawan lachte. »Die Sowjetunion wird es schaffen«, fuhr der Ingenieur fort. »Sie steckt noch in den Kinderschuhen. Wenn nötig, wird sie auch Kredite im Ausland aufnehmen.«
»Bei allem Respekt, Bürger: Kein Land auf der ganzen Welt wird der Sowjetunion je wieder Geld leihen«, sagte Alexander. »Schließlich hat unser Staat 1917, nach der Bolschewiken-Revolution, sämtliche ausländischen Forderungen zurückgewiesen. Wir werden so schnell kein Geld aus dem Ausland mehr zu sehen bekommen. Die Banken der Welt bleiben der Sowjetunion verschlossen.«
»Wir müssen Geduld haben. Veränderungen vollziehen sich nicht über Nacht. Und du solltest dir eine bessere Einstellung zulegen. Harold, was hast du deinem Sohn nur beigebracht?«
Harold antwortete nicht. Doch auf dem Heimweg fragte er: »Was ist denn nur in dich gefahren, Alexander?«
»Gar nichts.« Alexander wollte wie immer nach der Hand seines Vaters greifen, doch mit einem Mal hatte er das Gefühl, zu alt dafür zu sein. Er ging eine Weile neben ihm her und griff schließlich doch nach seiner Hand. »Aus irgendeinem Grund gehen die wirtschaftlichen Rechnungen nicht auf, aber unser revolutionärer Staat basiert doch fast nur darauf. Der Staat hat für alles eine Lösung gefunden, nur nicht dafür, wie die Arbeiterschaft bezahlt werden soll. Die Arbei-

ter fühlen sich immer weniger als Proletariat und immer mehr als staatseigene Fabriken und Maschinen. Wir sind jetzt über drei Jahre hier. Die Frist des ersten Fünf-Jahres-Plans ist gerade verstrichen. Und wir haben so wenig zu essen, es gibt nichts in den Läden zu kaufen, und ...« Er hatte hinzufügen wollen: ... *und außerdem verschwinden ständig Leute*, doch dann sagte er es lieber nicht.

»Was glaubst du denn, was in Amerika los ist?«, fragte Harold. »Dreißig Prozent der Bevölkerung sind arbeitslos, Alexander. Glaubst du, die haben es besser dort? Die ganze Welt leidet. Schau dir Deutschland an, mit seiner unglaublichen Inflation. Und jetzt verspricht dieser Adolf Hitler seinem Volk das Ende aller Leiden. Vielleicht hat er ja Erfolg, das hoffen zumindest die Deutschen. Und die Genossen Lenin und Stalin versprechen der Sowjetunion dasselbe. Hat Stalin Russland nicht ›das zweite Amerika‹ genannt? Wir müssen daran glauben, und wir müssen ihnen folgen, dann wird bald alles besser. Du wirst schon sehen.«

»Ich weiß, Vater. Vielleicht hast du ja Recht. Aber trotzdem muss der Staat seine Leute doch irgendwie bezahlen. Wie viel weniger können sie dir denn noch zahlen? Wir können uns jetzt schon keine Milch und kein Fleisch mehr leisten, und es gäbe ja auch gar nichts, selbst wenn wir es uns leisten könnten. Sie werden dir also immer weniger und weniger zahlen – und was passiert dann? Sie werden feststellen, dass sie nicht weniger Geld brauchen, um die Regierung am Laufen zu halten, sondern noch mehr, und dass deine Arbeit der größte bewegliche Kostenfaktor ist. Was machen sie dann? Sie senken dein Gehalt jedes Jahr ein bisschen weiter – bis zu welchem Punkt?«

»Wovor hast du denn nur solche Angst?« Harold drückte Alexanders widerstrebende Hand. »Du wirst eine sinnvolle Arbeit haben, wenn du erwachsen bist. Willst du immer noch Architekt werden? Dann wirst du das machen. Du hast eine große Karriere vor dir.«

»Ich habe Angst davor«, sagte Alexander und machte sich von seinem Vater los, »dass es nur eine Frage der Zeit ist, bis ich, bis wir alle nichts anderes mehr sind als festes Kapital.«

6

Edward und Vikki, 1943

Tatiana saß am Fenster, im einen Arm ihren kleinen Sohn, in der anderen Hand ein Buch. Sie hielt die Augen geschlossen. Doch dann hörte sie Atemzüge neben sich und schlug die Augen auf.

Edward Ludlow stand dicht neben ihr, und in seiner Miene lag eine Mischung aus Neugier und Sorge. Tatiana konnte das sogar verstehen. Seit der Geburt ihres Babys war sie sehr schweigsam gewesen. Sie selbst fand das nicht ungewöhnlich. Bestimmt waren viele der Menschen, die hierher kamen und ihr altes Leben hinter sich gelassen hatten, anfangs schweigsam angesichts der Ungeheuerlichkeit ihrer Vergangenheit und ihrer Zukunft. Das alles wurde einem erst richtig klar, wenn man hier saß, in weißer Krankenhauskleidung, und das Gewand der Freiheitsstatue betrachtete. »Ich hatte Angst, dass Sie das Baby fallen lassen«, sagte Edward. »Ich wollte Sie nicht erschrecken ...«

»Keine Sorge.« Tatiana zeigte ihm, wie fest sie Anthony im Arm hielt.

»Was lesen Sie denn da?«

Sie schaute auf das Buch. Es war *Der Eherne Reiter* von Alexander Puschkin. »Ich lese gar nicht, ich ... sitze nur hier.«

»Geht es Ihnen gut? Ich wollte Sie nicht aufwecken. Aber es ist mitten am Nachmittag.«

Sie rieb sich die Augen. Das Baby schlief friedlich weiter. »Dieses Kind schläft nachts nicht, nur am Tag.«

»Genau wie seine Mutter.«

»Die Mutter richtet sich nach ihm.« Sie lächelte. »Ist alles in Ordnung?«

»O ja, natürlich«, beeilte sich Dr. Ludlow zu versichern. »Aber da ist jemand von der Einwanderungsbehörde, der gern mit Ihnen reden möchte.«

»Was will er denn?«

»Was er will? Er möchte Ihnen die Möglichkeit geben, in den Vereinigten Staaten zu bleiben.«

»Ich dachte, weil mein Sohn ... er ist doch auf amerikanischer Erde geboren ...«

»Auf amerikanischem Boden«, verbesserte Dr. Ludlow sanft. »Der Justizminister muss sich persönlich mit Ihrem Fall befassen.« Er hielt einen Augenblick inne. »Sie müssen das verstehen. Jetzt im Krieg kommen ohnehin nicht viele Flüchtlinge in die Vereinigten Staaten, erst recht nicht aus der Sowjetunion. Das ist sehr ungewöhnlich.«

»Hat er denn keine Angst, zu mir zu kommen?«, fragte Tatiana. »Haben Sie ihm gesagt, dass ich habe Tuberkulose?«

»... dass ich *Tuberkulose habe*. Ja. Er wird einen Mundschutz tragen. Wie geht es Ihnen eigentlich? Husten Sie noch Blut?«

»Nein. Das Fieber ist auch weg. Es geht mir besser.«

»Und Sie waren auch ein bisschen draußen?«

»Ja, die salzige Luft tut mir gut.«

»Ja.« Er blickte sie ernst an, und sie erwiderte seinen Blick ebenso ernst. »Die Salzluft tut Ihnen gut.« Dann räusperte er sich und fuhr fort: »Die Schwestern sind alle ganz erstaunt darüber, dass Ihr Sohn sich nicht angesteckt hat.«

»Dann müssen Sie ihnen das erklären, Edward«, erwiderte Tatiana. »Wenn ich ein Jahr Tuberkulose habe und mich das ganze Jahr lang jeden Tag zehntausend Menschen besuchen, dann stecken sich nur zehn oder vielleicht sechzehn Menschen bei mir an.« Sie schwieg kurz. »Die Krankheit ist gar nicht so ansteckend, wie alle glauben. Schicken Sie den Einwanderungsmenschen herein, wenn er glaubt, er ist stark genug. Aber sagen Sie ihm sein Risiko. Und sagen Sie ihm, dass ich schlecht Englisch kann.«

Edward antwortete ihr mit einem Lächeln, dass sie hervorragend Englisch spreche, und fragte sie dann, ob er bleiben solle.

»Nein. Nein, danke.«

Tom, der Mann von der Einwanderungsbehörde, unterhielt sich eine Viertelstunde mit ihr, um herauszufinden, wie gut sie Englisch sprach. Tatianas Englisch war sehr gut, bis auf

den Akzent und einige kleine Fehler. Dann fragte er sie, was für einen Beruf sie gelernt habe. Sie erwiderte, sie sei Krankenschwester und könne außerdem nähen und kochen.
»Nun, Krankenschwestern werden im Krieg immer gebraucht«, sagte Tom.
»Ja, vor allem hier auf Ellis Island«, erwiderte Tatiana. Sie dachte an Brenda, die offensichtlich den falschen Beruf gewählt hatte.
»Wir haben hier selten Fälle wie Sie.«
Sie gab ihm keine Antwort.
»Sie wollen also in den Vereinigten Staaten bleiben?«
»Ja, natürlich.«
»Und Sie glauben, dass Sie eine Arbeit finden und uns in unseren Kriegsanstrengungen unterstützen können?«
»Selbstverständlich.«
»Und Sie werden dem Staat auch nicht zur Last fallen? Das ist uns in diesen Zeiten besonders wichtig, verstehen Sie? Das Justizministerium wird zur Rechenschaft gezogen, wenn ein Fall wie der Ihre nicht genau überprüft wird. Dieses Land ist in Aufruhr. Wir müssen ganz sicher sein können, dass Sie produktiv sind und dass Ihre Loyalität uns gehört und nicht Ihrer alten Heimat.«
»Machen Sie sich keine Sorgen«, sagte Tatiana. »Sobald ich keine Tuberkulose mehr habe und man mich arbeiten lässt, suche ich mir eine Stelle. Ich werde als Krankenschwester arbeiten oder als Näherin oder als Köchin, notfalls auch alles auf einmal. Sobald ich gesund bin, tue ich, was meine Pflicht ist.«
Als sie ihre Krankheit erwähnte, stand Tom unvermittelt auf, rückte seinen Mundschutz zurecht und ging zur Tür. »Wo wollen Sie denn wohnen?«, fragte er.
»Ich möchte hier bleiben.«
»Wenn Sie wieder gesund sind, müssen Sie sich eine Wohnung suchen.«
»Ja. Keine Sorge.«
Er nickte und machte sich ein paar Notizen. »Und welchen Namen wollen Sie führen? Auf den Dokumenten, die Sie bei sich hatten, habe ich gesehen, dass Sie die Sowjetunion als

Schwester des Roten Kreuzes unter dem Namen Jane Barrington verlassen haben.«
»Richtig.«
»Wie falsch sind diese Dokumente?«
»Ich weiß nicht, was Sie meinen.«
Tom schwieg einen Augenblick. »Wer ist Jane Barrington?«
Nun schwieg Tatiana. »Die Mutter meines Mannes«, sagte sie schließlich.
Tom seufzte. »Barrington? Das klingt aber nicht gerade russisch.«
»Mein Mann war Amerikaner.« Sie blickte zu Boden.
Tom öffnete die Tür. »Möchten Sie Ihre Staatsbürgerschaft unter diesem Namen antreten?«
»Ja.«
»Sie wollen also keinen russischen Namen?«
Sie überlegte.
Tom kam wieder ein wenig näher. »Die Flüchtlinge, die hierher kommen, möchten sich oft einen Rest ihrer Vergangenheit erhalten. Manchmal behalten sie dann ihren Vornamen und ändern nur den Nachnamen. Überlegen Sie sich das gut.«
»Ich nicht«, erwiderte Tatiana. »Ändern Sie alles. Ich will mir nichts ... erhalten.«
Er machte sich eine weitere Notiz. »Dann also Jane Barrington.«
Als er fort war, setzte sich Tatiana wieder ans Fenster, schaute hinaus auf den Hafen von New York und auf die Freiheitsstatue und schlug *Der Eherne Reiter* auf. Sie berührte das Foto von Alexander, das sie darin aufbewahrte; ohne hinzusehen, betastete sie sein Gesicht, seine uniformierte Gestalt, und flüsterte leise russische Worte vor sich hin. Damit wollte sie nicht Alexander trösten und auch nicht sein Kind, sondern sich selbst. Shura, Shura, Shura, flüsterte Jane Barrington, die früher einmal Tatiana Metanowa gewesen war.

Tatiana verbrachte ihre Tage damit, Anthony zu stillen, ihn zu wickeln, seine wenigen Strampelanzüge und Stoffwindeln im Waschbecken auszuwaschen, kurze Spaziergänge in der duftenden Luft zu unternehmen und auf einer Bank zu sitzen und Anthony, in Decken gehüllt, im Arm zu halten. Brenda brachte ihr das Frühstück aufs Zimmer, und sie nahm auch das Mittagessen und das Abendbrot auf ihrem Zimmer ein. Sie hielt Anthony fast ununterbrochen im Arm, außer wenn er schlief. Zwei Dinge fesselten ihre Aufmerksamkeit: der Hafen von New York und ihr Sohn. Doch das tröstliche Gefühl, das sie empfand, wenn sie das Baby im Arm hielt, konnte ihr nicht darüber hinweghelfen, dass sie tagein, tagaus allein war. Brenda und Dr. Ludlow sprachen von Rekonvaleszenz, doch für Tatiana kam es einer Isolationshaft gleich.

Eines Morgens gegen Ende Juli hielt sie es nicht mehr aus, allein in ihrem Zimmer zu sitzen, obwohl es ihr körperlich so viel besser ging, und sie beschloss, ein wenig durch das Gebäude zu spazieren, während Anthony schlief.

Vom anderen Ende des Ganges her hörte sie Schmerzenslaute, und als sie ihnen nachging, kam sie in einen großen Raum, in dem Verwundete lagen. Brenda hatte Dienst, sie war die einzige anwesende Krankenschwester und offenbar mehr als unzufrieden mit diesem Schicksal. Missmutig war sie gerade dabei, die Beinwunde eines Soldaten auszuwaschen, der sie immer wieder lauthals anflehte, doch entweder ein wenig vorsichtiger zu sein oder ihn andernfalls lieber gleich zu erschießen.

Tatiana ging zu ihr und fragte, ob sie ihr helfen könne. Brenda erwiderte, sie könne hier beim besten Willen keine Kranke brauchen, die die Verwundeten noch stärker gefährde, und Tatiana solle auf der Stelle in ihr Zimmer zurückkehren. Doch Tatiana blieb ungerührt stehen. Sie musterte Brenda und die offene Wunde am Bein des Soldaten, sah ihm in die Augen und sagte dann: »Lassen Sie mich sein Bein verbinden, ich möchte helfen. Sehen Sie, ich trage doch einen Mundschutz. Da drüben liegen vier Männer, die Sie dringend brauchen. Dem einen ist gerade ein Zahn ausgefallen, ein anderer hat hohes Fieber, und der dritte blutet aus dem Ohr.«

Brenda stellte die Schüssel auf den Boden, ließ von der Beinwunde ab und ging. Doch der wütende Blick, den sie Tatiana zuwarf, zeigte deutlich, dass sie nicht recht wusste, was nun schlimmer war – die Verwundeten zu versorgen oder Tatiana ihren Willen zu lassen.

Sie wusch die Wunde aus, und der verwundete Soldat gab keinen Laut mehr von sich. Er wirkte gelöst und schien zu schlafen. Wenn er nicht schläft, ist er tot, dachte Tatiana, während sie die Wunde verband und er sich immer noch nicht rührte. Dann ging sie weiter.

Sie desinfizierte eine Armwunde und eine Kopfwunde, legte eine Transfusion, spritzte Morphium und hätte doch so gern selbst ein wenig Morphium gehabt, um den Schmerz in ihrem Herzen zu betäuben. Bei alldem dachte sie, was für ein Glück diese Männer, die Besatzung eines deutschen U-Boots, doch gehabt hatten, dass sie als Kriegsgefangene nach Amerika gekommen waren und hier gesund werden konnten.

Plötzlich stand Brenda wieder neben ihr. Sie schien überrascht, dass Tatiana noch da war, und sagte ihr, sie solle sofort auf ihr Zimmer zurückgehen, ehe sie noch sämtliche Patienten mit Tuberkulose infiziere. Fast klang das, als würde es sie tatsächlich interessieren, was mit den Patienten geschah.

Auf dem Weg zurück in ihr Zimmer sah Tatiana auf dem Gang, neben dem Trinkbrunnen, eine hoch gewachsene, schlanke junge Frau in einer Schwesterntracht, die bitterlich weinte. Sie war sehr schön, hatte lange Haare und lange Beine, doch ihr Gesicht war tränenüberströmt und vom Weinen verquollen, und ihre Wimperntusche war zerlaufen. Tatiana hatte großen Durst, deshalb ging sie mit einem Gefühl des Unbehagens an der jungen Frau vorbei und blieb am Trinkbrunnen stehen. Die Unbekannte schluchzte hemmungslos. Tatiana legte ihr die Hand auf den Arm und fragte: »Ist alles in Ordnung?«

»Ja, mir geht's gut«, erwiderte die andere schluchzend.

»Oh.«

Die Fremde hörte nicht auf zu weinen. Die Zigarette in ihrer Hand war schon ganz feucht. »Ich kann Ihnen gar nicht sagen, wie wahnsinnig unglücklich ich gerade bin.«

»Kann ich irgendetwas tun?«

Die junge Frau hob das tränenüberströmte Gesicht und schaute Tatiana an. »Wer sind Sie überhaupt?«

»Sie können Tania zu mir sagen.«
»Sie sind doch die Immigrantin, die Tb hat.«
»Es geht mir schon wieder besser«, sagte Tatiana leise.
»Sie heißen nicht Tania. Ich habe Ihre Papiere selbst bearbeitet. Tom hat sie mir gegeben. Sie heißen Jane Barrington. Aber das ist ja auch egal. Mein Leben ist ein einziges Durcheinander, und wir reden hier über Ihren Namen. Ihre Probleme möchte ich haben.«
Tatiana versuchte, die richtigen, tröstenden Worte zu finden. »So schlimm kann es doch nicht sein.«
»Da sind Sie aber ganz schön auf dem Holzweg, Kleines. Schlimmer geht's gar nicht mehr. Es ist das Schlimmste überhaupt. Etwas Schlimmeres hätte mir gar nicht passieren können. Wirklich nicht.«
Tatiana sah den Ehering an der Hand der jungen Frau und zerfloss in Mitleid. »Das tut mir Leid.« Sie hielt inne. »Es geht um Ihren Mann, nicht wahr?«
Ohne aufzuschauen, nickte die junge Frau.
»Das ist furchtbar«, sagte Tatiana. »Ich kenne das. Dieser Krieg ...«
Die Unbekannte nickte. »Ja, grauenhaft.«
»Und Ihr Mann ... er kommt nicht mehr zurück?«
»Er kommt nicht mehr zurück?«, rief die junge Frau. »Aber das ist es ja gerade! Und ob er zurückkommt! Nächste Woche schon.«
Verwirrt trat Tatiana einen Schritt zurück.
»Wo wollen Sie denn hin? Sie sehen ja aus, als würden Sie gleich in Ohnmacht fallen. Sie können doch nichts dafür, dass er zurückkommt. Jetzt schauen Sie doch nicht so. Wahrscheinlich sind manchen Frauen im Krieg schon schlimmere Dinge passiert, und ich weiß es nur nicht. Haben Sie Lust auf einen Kaffee? Wollen Sie eine Zigarette?«
Tatiana überlegte kurz. »Ja, trinken wir einen Kaffee.«
Sie setzten sich an einen Tisch in der Cafeteria. Die junge Frau stellte sich als Viktoria Sabatella vor – »Aber nennen Sie mich ruhig Vikki« –, schüttelte Tatiana energisch die Hand und sagte: »Sind Sie mit Ihren Eltern gekommen? Ich habe schon seit Monaten keine Einwanderer mehr hier gese-

hen. Es kommen nur noch ganz wenige Schiffe ... Was ist los? Ist Ihnen nicht gut?«

»Es geht schon wieder«, sagte Tatiana. »Ich bin allein hier.« Sie zögerte kurz. »Mit meinem Sohn.«

»Jetzt nehmen Sie mich aber auf den Arm!« Vikki stellte scheppernd ihre Kaffeetasse ab. »Sie haben doch noch keinen Sohn.«

»Er ist fast einen Monat alt.«

»Und wie alt sind Sie?«

»Neunzehn.«

»Meine Güte, ihr fangt aber früh an. Wo kommen Sie denn eigentlich her?«

»Aus der Sowjetunion.«

»Wirklich? Dann sind Sie auch verheiratet? Oder wie sind Sie sonst an das Baby gekommen?«

Tatiana setzte zu einer Antwort an, doch Vikki sprach bereits weiter, als hätte sie die Frage nie gestellt. Und als sie das nächste Mal Atem holte, hatte sie Tatiana erzählt, dass sie ihren Vater nicht gekannt habe – »Er ist tot oder abgehauen, aber das kommt ja auf's selbe raus« – und auch ihre Mutter kaum kenne – »Sie war viel zu jung, als ich geboren wurde« –, dass diese Mutter jetzt mit zwei Männern in San Francisco lebe – »Natürlich nicht in derselben Wohnung!« – und ständig behaupte, entweder krank zu sein – »Wohl eher verrückt!« – oder im Sterben zu liegen – »Wegen der ganzen Leidenschaft«. Vikki war bei den Eltern ihrer Mutter aufgewachsen – »Sie lieben Mumsy wirklich sehr, aber sie können ihren Lebenswandel nicht gutheißen« – und wohnte immer noch bei ihnen – »Das ist weniger angenehm, als man denken sollte«. Früher hatte sie Journalistin werden wollen, später Handpflegerin – »Beides Berufe, bei denen man mit den Händen arbeitet; für mich war das eine ganz natürliche Entwicklung« – und schließlich, als es immer mehr danach aussah, als würde der Krieg in Europa sich auch auf die Vereinigten Staaten ausweiten, hatte sie beschlossen – »mehr oder weniger gezwungenermaßen« –, Krankenschwester zu werden. Tatiana hörte aufmerksam zu und schwieg. Plötzlich sah Vikki sie an und sagte: »Mit wem sind Sie noch gleich hier?«

»Mit meinem Sohn.«
»Sind Sie verheiratet?«
»Ich war verheiratet.«
»Tatsächlich?« Vikki seufzte. »Ich wünschte, ich könnte sagen, ich wäre verheiratet gewesen.«
Doch da wurden sie in ihrer Unterhaltung gestört. Eine sehr große, außergewöhnlich knochige und perfekt gekleidete Dame mit einem breitkrempigen, weißen Hut kam eilig durch die Cafeteria auf sie zugelaufen. Sie schwenkte ihre weiße Handtasche und rief lauthals: »Vikki! Ich rede mit Ihnen! Vikki! Haben Sie ihn gesehen?«
Vikki seufzte und verdrehte die Augen. »Nein, Mrs Ludlow. Ich habe ihn heute noch gar nicht gesehen. Er ist bestimmt in der Stadt, im Krankenhaus der NYU. Dort ist er immer dienstags und donnerstags am Nachmittag.«
»Am Nachmittag? Er ist nicht in der NYU! Woher kennen Sie seinen Zeitplan eigentlich so genau?«
»Ich arbeite seit zwei Jahren mit ihm zusammen.«
»Nun, ich bin seit acht Jahren mit ihm verheiratet und weiß immer noch nicht, wo er sich herumtreibt.« Sie trat zu den beiden jungen Frauen an den Tisch und musterte Tatiana misstrauisch. »Wer sind denn Sie?«
Tatiana zog ihren Mundschutz, den sie nach unten geschoben hatte, wieder über den Mund, und Vikki kam ihr zu Hilfe. »Sie kommt aus der Sowjetunion. Sie spricht kaum Englisch.«
»Dann sollte sie es schleunigst lernen, wenn sie sich in diesem Land ihren Unterhalt verdienen will. Wir befinden uns im Krieg, wir können uns nicht auch noch mit Sozialfällen belasten.« Und damit schwenkte die Dame noch einmal ihre Handtasche, traf Tatiana damit beinahe am Kopf und rauschte hinaus.
»Wer war das?«, fragte Tatiana.
Vikki winkte ab. »Kümmern Sie sich nicht um die. Je weniger Sie von ihr wissen, desto besser. Das ist die verrückte Frau von Dr. Ludlow. Einmal in der Woche kommt sie hier hereingestürzt und sucht ihren Mann.«
»Und warum verliert sie ihn so oft?«

Vikki lachte. »Man sollte besser fragen, warum Dr. Ludlow sich so oft verlieren lässt.«
»Gut. Warum tut er das?«
Doch Vikki winkte wieder ab, und Tatiana begriff, dass sie ganz offensichtlich nicht über Dr. Ludlow reden wollte. Tatiana musterte sie lächelnd. Jetzt, da sie nicht mehr weinte, sah man, was für eine auffallende Erscheinung Vikki war. Sie war sich ihrer Schönheit sehr wohl bewusst und sorgte dafür, dass alle anderen das ebenfalls bemerkten. Das lange, glänzende Haar fiel ihr über die Schultern herab, ihre Augen waren umrahmt von schwarzem Lidstrich und zerlaufener Wimperntusche, und auf den Lippen befanden sich noch Reste von rotem Lippenstift. Die weiße Schwesterntracht saß eng um ihren wohlgeformten Körper und endete eine Winzigkeit zu weit oberhalb des Knies. Tatiana fragte sich, wie die verwundeten Soldaten wohl auf so viel geballte Weiblichkeit reagieren mochten.
»Warum haben Sie geweint?«, fragte sie. »Lieben Sie Ihren Mann denn nicht?«
»Doch, ich liebe ihn schon. Natürlich liebe ich ihn.« Vikki seufzte. »Ich wünschte nur, ich könnte ihn in fünftausend Kilometern Entfernung lieben.« Sie senkte die Stimme ein wenig und fuhr fort. »Es ist gerade nicht besonders günstig, dass er zurückkommt.«
»Nicht günstig, dass ein Mann zu seiner Frau zurückkommt?« Wie konnte so etwas überhaupt je ungünstig sein?
»Ich habe einfach nicht mit ihm gerechnet.« Vikki begann wieder zu weinen, und ihre Tränen tropften in ihre Kaffeetasse. Tatiana schob die Tasse ein wenig beiseite, damit Vikki den Kaffee später noch trinken konnte.
»Wann hatten Sie denn … mit ihm gerechnet?«
»Zu Weihnachten.«
»Oh. Und warum kommt er so früh zurück?«
»Er wurde über dem Pazifischen Ozean abgeschossen. Können Sie sich das vorstellen?«
Tatiana blickte entsetzt drein.
»Keine Angst, es geht ihm gut«, sagte Vikki verächtlich. »Nur ein Kratzer. Eine kleine, oberflächliche Schulterverletzung.

Nachdem das Flugzeug getroffen war, ist er noch hundertfünfzig Kilometer damit geflogen. Da kann es ja nicht so schlimm gewesen sein.«

Tatiana stand auf. »Ich muss jetzt gehen und meinen Sohn stillen.«

»Und Chris wird so unglücklich sein.«

»Wer ist Chris?«

»Dr. Pandolfi. Haben Sie ihn noch nicht kennen gelernt? Er kommt immer mit Dr. Ludlow her.«

Chris Pandolfi. Natürlich. »Doch, ich habe ihn kennen gelernt.« Dr. Pandolfi war an Bord des Schiffes gewesen, mit dem Tatiana angekommen war, und hatte entschieden, ihr nicht zu helfen, das Baby auf amerikanischem ... Boden zur Welt zu bringen. Wäre es nach ihm gegangen, hätte er sie trotz Blasensprung und Tuberkulose in die Sowjetunion zurückgeschickt. Doch Edward Ludlow hatte Einspruch erhoben und Dr. Pandolfi überredet, Tatiana in das Krankenhaus auf Ellis Island zu bringen. Tatiana tätschelte Vikkis Arm. Chris Pandolfi schien keine sonderlich gute Partie zu sein. »Es wird alles gut gehen, Vikki. Vielleicht halten Sie sich besser von Dr. Pandolfi fern. Immerhin kommt Ihr Mann nach Hause. Sie haben solches Glück.«

Vikki stand auf und ging mit Tatiana den Flur entlang bis zu ihrem Zimmer. »Sag doch du zu mir, Jane.«

»Wie?«

»Du heißt doch Jane?«

»Sag Tania zu mir.«

»Aber warum soll ich Tania zu dir sagen, wenn du Jane heißt?«

»Ich heiße Tania. Jane steht nur auf den Papieren.« Sie sah Vikkis verwirrte Miene. »Nenn mich einfach so, wie du magst.«

»Wann wirst du entlassen?«

»Entlassen?«

»Ja, aus dem Krankenhaus.«

Tatiana dachte einen Augenblick nach. »Ich glaube nicht, dass ich entlassen werde«, sagte sie dann. »Ich weiß nicht, wo ich hin soll.«

Vikki folgte Tatiana in ihr Zimmer und warf einen Blick auf das Baby, das in seinem Körbchen schlief. »Der ist aber klein«, bemerkte sie zerstreut und strich dann über Tatianas blondes Haar. »War sein Vater dunkelhaarig?«
»Ja.«
»Wie ist das so, Mutter zu sein?«
»Es ist ...«
»Wenn es dir besser geht, musst du mich einmal zu Hause besuchen und Grammy und Grampa kennen lernen. Sie sind ganz verrückt nach kleinen Babys. Sie wollen unbedingt, dass ich auch eins bekomme.« Sie warf einen weiteren Blick auf Anthony. »Er ist ja schon niedlich. Schade, dass sein Vater ihn nicht sehen kann.«
»Ja.« Tatiana fand keine weiteren Worte.
Der Kleine war so hilflos. Er konnte sich nicht bewegen, den Kopf nicht drehen, ihn nicht einmal selbst halten. Es war schwierig, ihn anzuziehen; seine schlaffen Ärmchen und sein Kopf widersetzten sich Tatianas ungeschickter mütterlicher Zuwendung. Manchmal ließ sie ihn dann einfach nackt, zog ihm nur eine Stoffwindel an und wickelte ihn in eine Decke. Sie hatte ohnehin kaum Kleider für ihn, nur die wenigen Strampelanzüge, die Edward ihr gebracht hatte. Glücklicherweise war Sommer, es war entsprechend warm, und sie brauchte ihm kaum etwas anzuziehen. Noch schwieriger war es, ihn zu baden. Sein Nabel war noch nicht ganz verheilt, deshalb wusch sie ihn mit einem Tuch. Das ging verhältnismäßig gut, doch sie scheiterte jedes Mal daran, ihm die Haare zu waschen. Er konnte ja gar nichts selbst tun, konnte ihr kein bisschen helfen, nicht die Arme heben, wenn das nötig war, und er hielt auch nicht still, wenn sie wollte, dass er still hielt. Sein Kopf fiel nach hinten, er entglitt ihr, seine Beinchen baumelten bedenklich über den Rand des Waschbeckens. Sie lebte in ständiger Angst, ihn fallen zu lassen, fürchtete, er könnte ihr aus den Armen gleiten und auf den schwarzweiß gekachelten Boden fallen. Er war vollkommen von ihr abhängig, und sie schwankte zwischen tiefer Sorge um ihn und einer beinahe erstickenden Zärtlichkeit. Auf wundersame Weise wurde sie stärker, weil er sie brauchte.

Und sie musste stärker werden. Denn nur allzu oft, wenn Anthony fest und sicher in seinem Körbchen schlief, hatte Tatiana das Gefühl, dass ihr eigener schwerer Kopf, ihre kraftlosen Arme und Beine, ihr schwacher Körper einfach vom Fensterbrett gleiten und auf dem betonierten Boden unter ihr zerschellen könnten.
Dann schlug sie die Decke zurück und berührte ihren Sohn, um sich neue Kraft bei ihm zu holen. Sie nahm ihn aus seinem Bettchen, legte ihn sich an die Brust, und dort schlief er, seinen Kopf an ihrem Herzen. Er war langgliedrig, und während sie ihn zärtlich liebkoste, stellte sie sich einen anderen kleinen Jungen vor und sah ihn mit den Augen seiner Mutter. Es war ein kleiner Junge, ebenso langgliedrig wie Anthony, ebenso dunkelhaarig und zart, der von seiner Mutter berührt, gebadet, gestillt und liebkost wurde, von seiner jungen Mutter, die ihr Leben lang darauf gewartet hatte, diesen einen Sohn zu bekommen.

7

Das Verhör, 1943

Er hörte Stimmen von draußen, dann öffnete sich die Tür.
»Alexander Below?«
Alexander wollte bereits mit Ja antworten, doch dann musste er plötzlich an die Romanows denken, die Zarenfamilie, die mitten in der Nacht in einem kleinen Kellerraum erschossen worden war. War es mitten in der Nacht? Mitten in welcher Nacht? Er beschloss, nichts weiter zu sagen als: »Soll ich mit Ihnen kommen?«
»Ja, kommen Sie mit.«
Er folgte dem Wachsoldaten nach oben, in ein kleines Zimmer. Diesmal war es kein Klassenzimmer, sondern ein alter Lagerraum, den inzwischen wohl die Krankenschwestern verwendeten.
Man befahl ihm, sich auf einen Stuhl zu setzen. Dann befahl

man ihm, wieder aufzustehen, und gleich darauf, sich wieder zu setzen. Draußen war es immer noch dunkel. Er wusste beim besten Willen nicht, wie spät es war, und als er fragte, war die einzige Antwort: »Mund halten!« Also beschloss er, nicht mehr zu fragen. Kurze Zeit später betraten zwei Männer das Zimmer. Einer von ihnen war Mitterand, den anderen kannte Alexander nicht.

Der fremde Mann leuchtete Alexander mit einer hellen Lampe ins Gesicht, und er schloss die Augen.

»Machen Sie die Augen auf, Major Below!«

»Aber nicht doch, Wladimir«, sagte der dicke Mitterand mit sanfter Stimme. »Das geht doch auch anders.«

Alexander war froh, dass er als »Major« angesprochen wurde. Sie hatten also immer noch keinen Oberst aufgetrieben, um ihn zu verhören. Wie er sich bereits gedacht hatte, gab es in Morozowo niemanden, der für ihn zuständig war. Sie mussten ihn zuerst nach Wolchow bringen, doch sie wollten nicht noch weitere Männer bei einer Fahrt über den See in Gefahr bringen. Damit waren sie ja bereits einmal gescheitert. Wahrscheinlich würden sie ihn irgendwann per Schiff hinüberbringen, doch dazu musste erst das Eis schmelzen. So stand ihm wohl noch ein Monat in dieser Zelle in Morozowo bevor. Er bezweifelte, auch nur eine weitere Minute darin überstehen zu können.

»Major Below«, sagte Mitterand. »Es ist meine Pflicht, Ihnen mitzuteilen, dass Sie sich wegen Hochverrats unter Arrest befinden. Uns liegen eindeutige Dokumente vor, die Sie der Spionage und des Verrats an Ihrem Vaterland bezichtigen. Was sagen Sie zu diesen Vorwürfen?«

»Sie sind falsch und unbegründet«, sagte Alexander. »Sonst noch was?«

»Sie werden bezichtigt, ein ausländischer Spion zu sein!«

»Das ist nicht wahr.«

»Man hat uns informiert, dass Sie einen falschen Namen verwenden«, sagte Mitterand.

»Das ist nicht wahr, es ist mein richtiger Name«, erwiderte Alexander.

»Wir haben hier ein Schriftstück, das Sie bitte unterschreiben wollen. Es besagt, dass Sie über Ihre Rechte nach Paragraph 58 des Strafgesetzbuchs der RSFSR von 1928 informiert wurden.«

»Ich unterschreibe gar nichts«, erklärte Alexander.

»Ihr Bettnachbar im Lazarett hat uns gesagt, dass er Sie Englisch sprechen hörte, mit dem Arzt vom Roten Kreuz, der Sie jeden Tag besucht hat. Stimmt das?«

»Nein.«

»Warum hat der Arzt Sie besucht?«

»Vielleicht ist Ihnen ja nicht bekannt, aus welchem Grund man als Soldat in ein Lazarett kommt. Ich wurde im Kampf verwundet. Sie können meine Vorgesetzten fragen. Major Orlow ...«

»Orlow ist tot!«, fauchte Mitterand.

»Das ist sehr bedauerlich.« Alexander zuckte kurz zusammen. Orlow war ein guter Offizier gewesen. Er war zwar kein Michail Stepanow, doch von wem konnte man das schon erwarten?

»Herr Major, Ihnen wird vorgeworfen, der Armee unter falschem Namen beigetreten zu sein. Ihnen wird vorgeworfen, in Wahrheit ein Amerikaner namens Alexander Barrington zu sein. Ferner wird Ihnen vorgeworfen, auf dem Weg in ein Besserungslager in Wladiwostok entkommen zu sein, nachdem man Sie wegen anti-sowjetischer Aktivitäten und Spionage verhaftet hatte.«

»Schamlose Lügen«, sagte Alexander. »Wo ist mein Ankläger? Ich würde ihn gern kennen lernen.« Wie viel Zeit mochte vergangen sein? War wenigstens schon ein weiterer Tag vorbei? Hatten Tania und Sayers es geschafft? Wenn sie es geschafft hatten, dann hatten sie Dimitri mitgenommen, das wusste er. Der NKWD würde die Behauptung, es gebe einen Ankläger, nur schwer aufrechterhalten können, wenn eben dieser Ankläger verschwunden war, wie so viele der Kabinettsmitglieder von Stalins Politbüro. »Mir ist ebenso wie Ihnen daran gelegen, die Sache aufzuklären«, fuhr Alexander mit hilfsbereitem Lächeln fort. »Vielleicht sogar noch mehr als Ihnen. Also, wo ist er?«

»Sie sind nicht befugt, Fragen zu stellen!«, brüllte Mitterand.

»Wir stellen hier die Fragen.« Unglücklicherweise hatten sie keine weiteren Fragen. Sie stellten ihm nur ein und dieselbe Frage, immer und immer wieder: »Sind Sie der Amerikaner Alexander Barrington?«

»Nein«, erwiderte der Amerikaner Alexander Barrington immer und immer wieder. »Ich weiß nicht, wovon Sie reden.« Alexander wusste nicht mehr, wie lange das alles dauerte. Sie leuchteten ihm mit einer Taschenlampe ins Gesicht, und er schloss die Augen. Sie befahlen ihm aufzustehen, und Alexander freute sich über die Gelegenheit, eine andere Haltung einnehmen zu können. Er stand mit Wonne, etwa eine Stunde lang, wie ihm schien, und war enttäuscht, als er sich wieder hinsetzen musste. Er wusste nicht genau, ob es tatsächlich eine Stunde gewesen war; doch um sich bei diesem eintönigen Verhör die Zeit zu vertreiben, hatte er begonnen, die Sekunden zu zählen, von der Frage »Sind Sie der Amerikaner Alexander Barrington?« bis zur Antwort »Nein. Ich weiß nicht, wovon Sie reden«.

Es dauerte sieben Sekunden, manchmal auch zwölf, wenn er mit der Antwort zögerte, die Hacken aneinander schlug, die Augen verdrehte oder einen tiefen Seufzer ausstieß. Einmal musste er gähnen und hörte erst nach dreißig Sekunden wieder auf. So verging die Zeit schneller.

Sie fragten ihn hundertsiebenundvierzigmal. Mitterand musste sich sechsmal Wodka nachschenken, um weitermachen zu können. Schließlich gab er an Wladimir weiter, der weniger trank und sich insgesamt besser hielt. Er fragte Alexander sogar, ob er etwas trinken wolle. Alexander lehnte dankend ab. Er wusste, dass er nichts von ihnen annehmen durfte. Das würde ihnen einen Zugang zu ihm verschaffen. Die Abwechslung war ihm allerdings sehr willkommen.

Und doch war es noch nicht Abwechslung genug. Hundertsiebenundvierzig Fragen später sagte Wladimir, dessen Stimme und Miene unverhohlene Frustration ausdrückten: »Wache, bringen Sie ihn zurück in seine Zelle.« Dann fügte er hinzu: »Wir werden Sie schon noch geständig machen, Herr Major. Wir wissen, dass die erhobenen Anklagen den Tatsa-

chen entsprechen, und wir werden alles Notwendige tun, damit Sie gestehen.«
Wenn die Apparatschiks der Partei einen Gefangenen mit der Absicht verhörten, ihn so schnell wie möglich schuldig zu sprechen und in ein Arbeitslager zu schicken, waren sich alle Beteiligten darüber im Klaren, dass das Ganze eine Farce war. Die Vernehmungsbeamten wussten, dass die Anklagen aus der Luft gegriffen waren, und die verwirrten und benommenen Gefangenen wussten das ebenfalls. Doch irgendwann sahen sie immer ein, dass ihnen im Grunde keine andere Möglichkeit blieb, und so gaben sie es schließlich auf, die offensichtlichen Falschheiten abzustreiten. Sie sind der Nachbar eines anti-proletarischen Aufwieglers – gestehen Sie, dass Sie gemeinsame Sache mit ihm gemacht haben, oder Sie bekommen fünfundzwanzig Jahre in Magadan. Wenn Sie gestehen, sind es nur zehn Jahre. Das waren die Alternativen, und die Gefangenen gestanden, um sich selbst und ihre Familien zu retten, oder weil sie geschlagen und erniedrigt wurden, weil ihr Wille gebrochen wurde, weil sie wie gelähmt waren angesichts dieser Flut von Lügen. Alexander fragte sich, ob sein Fall nicht vielleicht der erste seit Beginn dieser falschen Verhöre war, bei dem ein Häftling der Wahrheit bezichtigt wurde, bei dem die Vernehmungsbeamten die Wahrheit auf ihrer Seite hatten, während er, der Gefangene, diese Wahrheit abstreiten, sie selbst unter einer Flut von Lügen begraben musste, wenn er sein Leben retten wollte. Er überlegte, ob er Mitterand und Wladimir von diesem Gedanken erzählen sollte, doch er bezweifelte, dass sie ihn verstehen, geschweige denn die Ironie darin erkennen würden.
Als er wieder in seiner Zelle war, kamen zwei Wachsoldaten herein, richteten die Läufe ihrer Maschinenpistolen auf Alexander und befahlen ihm, sich auszuziehen. »Wir lassen Ihre Uniform waschen«, erklärten sie. Er musste sich bis auf die Unterwäsche entkleiden. Sie befahlen ihm, die Uhr abzulegen und Stiefel und Socken auszuziehen. Alexander tat das nur ungern, denn der Boden der Zelle war eiskalt. »Was wollen Sie denn mit meinen Stiefeln?«
»Wir lassen sie putzen.«

Alexander war froh, dass er die Voraussicht besessen hatte, die Medikamente in die Taschen seiner langen Unterhose zu stecken. Widerwillig reichte er ihnen die Stiefel. Sie nahmen sie ihm aus der Hand und verließen ohne ein weiteres Wort die Zelle.

Nachdem die Tür sich hinter ihnen geschlossen hatte und Alexander allein war, nahm er die Petroleumlampe und hielt sie nah an seinen Körper, um sich daran zu wärmen. Der Sauerstoffverlust war nun nicht mehr seine vordringliche Sorge. Einer der Wachsoldaten sah es durch das Guckloch und schrie ihn an, er solle die Finger von der Lampe lassen. Doch Alexander hörte nicht auf ihn. Daraufhin kam der Soldat herein, nahm ihm die Lampe weg und ließ Alexander in Kälte und Finsternis zurück.

Die Wunde an seinem Rücken schmerzte, obwohl Tatiana sie so gut verbunden hatte. Der Verband umhüllte seinen Bauch, und er wünschte, er könnte seinen ganzen Körper mit dem weißen Stoff umwickeln.

Er musste es schaffen, sich der Kälte so wenig wie möglich auszusetzen. Also stellte er sich in die Mitte der Zelle, sodass nur seine Füße den eiskalten Boden berührten. Dort stand er und versuchte, an Wärme zu denken.

Er schlang die Arme um den Kopf, um den Oberkörper, kreuzte sie vor der Brust.

Und er dachte ...

Tania stand vor ihm, den Kopf an seine nackte Brust gelegt. Sie lauschte auf das Klopfen seines Herzens, dann hob sie den Kopf und lächelte ihn an. Sie stellte sich auf seine Füße, hob sich auf die Zehenspitzen und hielt sich an seinen Armen fest, während sie sich ganz lang machte und ihm ihr Gesicht entgegenreckte.

Wärme.

Es gab keinen Morgen mehr und keine Nacht. Keine Helligkeit, kein Licht. Er wusste nicht, wie viel Zeit verging. Ihr Bild stand ihm ständig vor Augen, er konnte nicht sagen, wie lange er an sie dachte. Er versuchte, die Sekunden zu zählen, und merkte, dass er sich kaum noch auf den Beinen halten konnte vor Erschöpfung. Er musste schlafen.

Schlafen oder frieren?
Schlafen.
Am ganzen Körper zitternd, kauerte er sich in eine Ecke und kämpfte gegen das Gefühl der Aussichtslosigkeit an. Ob es wohl schon der nächste Tag war oder die nächste Nacht? Und welcher nächste Tag? Welche nächste Nacht?
Sie werden mich verhungern, verdursten lassen. Und dann werden sie mich zu Tode prügeln. Aber vorher erfrieren mir die Füße und die Beine, all meine Organe werden zu Eis. Mein Blut gefriert und mein Herz, und dann werde ich alles vergessen.

Tamaras Geschichten, 1935

Ein paar Türen weiter im selben Stockwerk wohnte die alte Babuschka Tamara, die schon seit zwanzig Jahren dort lebte. Ihre Tür stand immer offen, und manchmal besuchte Alexander sie nach der Schule und unterhielt sich mit ihr. Er merkte, dass alte Menschen sich gern mit jüngeren umgaben, weil sie so die Gelegenheit hatten, ihre Lebenserfahrung an junge Leute weiterzugeben. Eines Nachmittags saß Tamara wie immer auf ihrem unbequemen Holzstuhl am Fenster und erzählte Alexander, wie ihr Mann im Jahr 1928 wegen seiner Religion verhaftet und zu zehn Jahren verurteilt worden war.
»Moment, Tamara Michailowna. Zu zehn Jahren wo?«
»In einem Zwangsarbeitslager natürlich, in Sibirien. Wo denn sonst?«
»Er wurde verurteilt und dann dorthin geschickt, um zu arbeiten?«
»Nun, es ist ein Gefängnis …«
»Und da sollte er umsonst arbeiten?«
»Dauernd unterbrichst du mich, Alexander, und dabei will ich dir doch etwas ganz anderes erzählen.«
Er schwieg.
»1930 wurden die Huren vom Arbat verhaftet, und einen Monat später waren sie schon wieder draußen und durften zu ihren Familien zurückkehren, in den alten Städten, wo sie

früher waren. Aber mein Mann und die anderen Gläubigen, die dürfen nicht zurückkehren, zumindest nicht nach Moskau.«

»Es sind nur noch drei Jahre«, sagte Alexander leise. »Nur noch drei Jahre Zwangsarbeit.«

Tamara schüttelte den Kopf und senkte ebenfalls ihre Stimme. »Ich habe schon 1932 ein Telegramm von den Behörden in Kolyma bekommen. Darin stand, er hat Korrespondenzverbot. Weißt du, was das bedeutet?«

Alexander wagte nicht einmal, eine Vermutung zu äußern.

»Es bedeutet, dass er nicht schreiben darf, weil er nicht mehr lebt«, sagte Tamara. Ihre Stimme zitterte, und sie hielt den Kopf gesenkt.

Alexander war gern mit Tamara zusammen, ebenso gern wie mit Slawan. Tamara erzählte ihm, dass in der Kirche um die Ecke drei Priester verhaftet und zu sieben Jahren verurteilt worden waren, weil sie sich geweigert hatten, von den Werkzeugen des Kapitalismus abzulassen, in ihrem Fall also vom organisierten ebenso wie vom individuellen, hartnäckigen Glauben an Jesus Christus.

»Sind die auch in ein Arbeitslager gekommen?«

»Ach, Alexander.«

Er schwieg, und sie fuhr fort: »Und weißt du, was das Merkwürdigste ist? Erinnerst du dich an das Hotel am Ende der Straße, vor dem vor ein paar Monaten noch die Huren standen?«

Alexander nickte.

»Ist dir aufgefallen, dass sie alle verschwunden sind?«

Auch das war ihm aufgefallen.

»Man hat sie weggebracht. Wegen Ruhestörung, wegen Volksverhetzung ...«

»... und weil sie nicht von den Werkzeugen des Kapitalismus ablassen wollten«, bemerkte Alexander trocken, und Tamara lachte und strich ihm übers Haar.

»Genau, mein Junge. Ganz genau. Und weißt du, wie viele Jahre sie in dem Arbeitslager verbringen müssen, das dich so brennend interessiert? Drei Jahre. Denk mal darüber nach: Für Jesus gibt es sieben Jahre, für Prostitution drei.«

»Das reicht.« Jane kam ins Zimmer, nahm ihren Sohn am Arm und zog ihn mit sich nach draußen. Doch zuvor drehte sie sich noch einmal um und sagte anklagend: »Vielleicht solltest du dir nicht gerade von einer zahnlosen, alten Frau etwas über Prostitution erzählen lassen.« Sie sprach zu ihrem Sohn, doch eigentlich war der Satz für Tamara bestimmt.
»Von wem denn dann, Mutter?«, erkundigte sich ihr Sohn.

»Deine Mutter möchte, dass ich dir etwas erkläre, mein Sohn.« Harold räusperte sich umständlich. Alexander biss sich auf die Lippen und verhielt sich ganz ruhig. Sein Vater schaute so unbehaglich drein, dass er sich das Lachen kaum verkneifen konnte. Seine Mutter tat, als wäre sie am anderen Ende des Zimmers mit irgendwelchen Säuberungsarbeiten beschäftigt. Harold warf einen wütenden Blick zu ihr hinüber.
»Ja, Vater?«, fragte Alexander mit seiner tiefsten Stimme. Vor ein paar Monaten war er in den Stimmbruch gekommen, und seine neue Stimme gefiel ihm ausnehmend gut. Sie klang so erwachsen. Außerdem war er im letzten halben Jahr beachtlich in die Höhe geschossen. Nur spindeldürr war er immer noch. Es gab eben einfach nicht genug zu essen. »Sollen wir einen Spaziergang machen, Vater, und uns dabei unterhalten?«
»Nein, nein!«, rief Jane. »Ich höre doch gar nichts. Redet ruhig!«
Alexander nickte und sagte: »Gut, Vater, dann reden wir.« Er bemühte sich um eine ernsthafte Miene; doch er hätte ebenso gut Grimassen schneiden können, denn Harold hielt den Blick beharrlich abgewandt.
»Pass auf, mein Sohn«, begann er. »Du kommst jetzt in ein Alter, wo du ... nun, ich bin sicher, dass du ... dass du auch ... also, du bist ein netter Junge, und du siehst gut aus ... ich will dir ja nur helfen ... und bald wirst du ... oder vielleicht hast du ja schon ... ich bin sicher, dass du ...«
Jane gab einen missbilligenden Laut von sich, und Harold schwieg.
Alexander blieb noch ein paar Sekunden sitzen, dann stand

er auf, klopfte seinem Vater auf die Schulter und sagte: »Danke, Vater, das hat mir sehr geholfen.«
Er ging in sein Zimmer, und Harold machte keinen Versuch, ihm zu folgen. Alexander hörte seine Eltern im Nebenzimmer aufgeregt reden, und schließlich klopfte es an seiner Tür. Es war seine Mutter. »Kann ich mal mit dir sprechen?«
Alexander bemühte sich, ernst zu bleiben. »Das ist wirklich nicht nötig, Mutter. Vater hat doch schon alles gesagt, dem ist nichts mehr hinzuzufügen …«
Sie setzte sich auf sein Bett. Er selbst saß auf dem Stuhl am Fenster. Im Mai wurde er sechzehn. Er freute sich schon auf den Sommer. Vielleicht würden sie ja wieder die Datscha in Krasnaja Poljana mieten, wie letztes Jahr.
»Alexander, was dein Vater nicht erwähnt hat …«
»Hat Vater tatsächlich irgendetwas nicht erwähnt?«
»Alexander …«
»Entschuldige. Sprich weiter.«
»Ich will dir jetzt keinen Vortrag darüber halten, wie das mit den Mädchen ist …«
»Na, Gott sei Dank.«
»Aber ich will, dass du eines im Kopf behältst …« Sie hielt inne.
Alexander wartete.
»Marta hat mir erzählt, dass man dem einen ihrer nichtsnutzigen Söhne sein Ding abnehmen musste«, flüsterte Jane. »Stell dir das nur mal vor, Alexander! Und weißt du, warum?«
»Ich glaube nicht, dass ich das wissen will.«
»Weil er sich die französische Krankheit geholt hat! Weißt du, was das ist?«
»Ich glaube …«
»Am ganzen Körper hat er Ausschlag. Es ist Ekel erregend!«
»Ja, das …«
»Die Franzosenkrankheit! Die Lustseuche! Syphilis! Lenin ist daran gestorben, weil die Krankheit ihm das Gehirn zerfressen hat. Darüber redet natürlich niemand, aber es ist trotzdem wahr. Willst du, dass dir so etwas auch passiert?«
»Hm«, machte Alexander. »Nein.«

»Die Krankheit ist überall. Dein Vater und ich kannten jemanden, der hat deswegen seine Nase verloren …«

»Ehrlich gesagt würde ich lieber die Nase verlieren als …«

»Alexander!«

»Entschuldige.«

»Das ist eine ernste Sache, mein Sohn. Ich habe alles dafür getan, dass du ein anständiger, gepflegter Junge wirst. Aber schau dir nur an, wo wir leben. Und bald bist du auf dich allein gestellt.«

»Wie bald wird das denn sein?«

»Weißt du, was alles passieren kann, wenn du nicht sicher weißt, was die Hure, mit der du zusammen bist, sonst noch getrieben hat?«, fragte Jane entschlossen. »Ich will ja gar nicht, dass du ein Heiliger wirst, wenn du erwachsen bist. Ich will nur, dass du vorsichtig bist. Du musst dich immer schützen, jederzeit. Du musst dich sauber halten und wachsam bleiben, und außerdem musst du daran denken, dass du ein Mädchen jederzeit in Schwierigkeiten bringen kannst, wenn du dich nicht schützt. Und was dann? Dann musst du plötzlich eine heiraten, die du gar nicht liebst, nur weil du nicht aufgepasst hast!«

Alexander sah seine Mutter verständnislos an. »Was für Schwierigkeiten?«

»Sie behauptet dann, es ist von dir, aber sicher weißt du das nie, und plötzlich bist du verheiratet, und dir fällt das Ding ab!«

»Mutter«, rief Alexander. »Jetzt musst du aber bitte aufhören.«

»Hast du verstanden, was ich dir sagen will?«

»Wie könnte ich das nicht verstehen?«

»Dein Vater hätte dir das alles erklären sollen.«

»Das hat er doch. Er hat es sogar sehr gut erklärt.«

Jane stand auf. »Kannst du denn nie damit aufhören, Witze zu reißen?«

»Doch, Mutter. Danke, dass du gekommen bist. Ich bin froh, dass wir das besprochen haben.«

»Hast du noch irgendwelche Fragen?«

»Nicht eine einzige.«

Eines bitterkalten Donnerstags Ende Januar, als sie auf dem Weg zu ihrer Versammlung waren, fragte Alexander seinen Vater: »Vater, warum bekommt unser Hotel schon wieder einen neuen Namen? Das ist schon das dritte Mal im letzten halben Jahr.«

»Doch nicht das dritte Mal!«

»Doch, Vater.« Sie gingen nebeneinander die Straße entlang, ohne einander zu berühren. »Als wir eingezogen sind, hieß das Hotel Derzhawa. Danach wurde es das Kamenew-Hotel, dann das Zinowiew-Hotel. Und jetzt heißt es Kirow-Hotel. Warum? Und wer ist eigentlich dieser Kirow?«

»Der Erste Sekretär der Leningrader Parteiorganisation«, erwiderte Harold.

Bei der Versammlung lachte der alte Slawan herzlich, als Alexander seine Frage wiederholte. Er winkte ihn zu sich, strich ihm übers Haar und sagte: »Mach dir keine Gedanken, Junge. Wenn es jetzt nach Kirow heißt, wird es auch weiterhin so heißen.«

»Das reicht«, sagte Harold und versuchte, seinen Sohn mit sich fortzuziehen. Doch Alexander wollte noch mehr wissen und machte sich von seinem Vater los.

»Warum denn, Slawan Iwanowitsch?«

»Weil Kirow tot ist«, erwiderte Slawan. »Er wurde letzten Monat in Leningrad ermordet. Seitdem ist eine wahre Hetzjagd im Gange.«

»Hat man den Mörder nicht gefasst?«

»Doch, das hat man«, sagte der alte Mann mit süffisantem Grinsen. »Aber was ist mit all den anderen?«

»Was für andere?« Alexander sprach jetzt leiser.

»All die anderen Verschwörer«, sagte der Alte. »Die müssen doch auch alle sterben.«

»Dann war es also eine Verschwörung?«

»Natürlich. Wieso sollte es sonst eine Hetzjagd geben?«

Harold rief Alexander energisch zu sich. Später, auf dem Heimweg, fragte er ihn: »Warum hängst du dich so an Slawan, Junge? Was hat er dir denn diesmal erzählt?«

»Er ist ein faszinierender Mensch«, sagte Alexander. »Hast du gewusst, dass er in Akatui interniert war? Fünf Jahre lang.« Akatui war das sibirische Zwangsarbeitslager für die Zaristen. »Er hat erzählt, dass man ihm dort ein weißes Hemd gegeben hat und dass er im Sommer nur acht Stunden arbeiten musste und im Winter sechs. Er hat das Hemd nie schmutzig gemacht und jeden Tag ein Kilo Weißbrot bekommen, und Fleisch noch dazu. Er sagt, das war die beste Zeit seines Lebens.«
»Nicht gerade beneidenswert«, brummte Harold. »Hör mal, ich will nicht, dass du so viel mit ihm redest. Setz dich doch zu uns.«
»Ihr raucht mir zu viel«, sagte Alexander. »Mir brennen die Augen davon.«
»Ich blase meinen Rauch in die andere Richtung. Aber dieser Slawan ist ein Unruhestifter. Halt dich von ihm fern, hörst du?« Harold schwieg kurz. »Das geht nicht mehr lange gut.«
»Was geht nicht mehr lange gut?«
Zwei Wochen später kam Slawan nicht mehr zur Versammlung. Alexander vermisste den freundlichen alten Mann und seine Geschichten.

»Vater, von unserem Stockwerk verschwinden ständig Leute. Jetzt ist Tamara verschwunden.«
»Die mochte ich sowieso nicht«, warf Jane ein und nahm einen Schluck Wodka. »Wahrscheinlich ist sie ins Krankenhaus gekommen. Sie war ja schon alt.«
»Aber jetzt wohnen zwei junge Männer im Anzug in ihrem Zimmer«, sagte Alexander. »Sollen die etwa das Zimmer mit ihr teilen, wenn sie wieder aus dem Krankenhaus entlassen wird?«
»Darüber weiß ich nichts«, erwiderte Jane entschieden und schenkte sich ebenso entschieden ein weiteres Glas Wodka ein.
»Und die Italiener sind auch verschwunden. Hast du das gewusst, Mutter?«
Nun meldete sich Harold zu Wort. »Was soll denn das hei-

ßen? Hier verschwindet doch niemand. Die Frascas sind nicht verschwunden, sie machen Urlaub.«

»Es ist Winter, Vater. Wo sollen die denn Urlaub machen?«

»Auf der Krim, in irgendeinem Badeort in der Nähe von Krasnodar. Dschugba, glaube ich. Sie kommen in zwei Monaten zurück.«

»Tatsächlich? Und was ist mit den van Dorens? Sind die auch auf der Krim? In ihrem Zimmer wohnt jetzt eine russische Familie. Ich dachte, auf dieser Etage wohnen nur Ausländer.«

»Die van Dorens sind umgezogen.« Harold stocherte in seinem Essen herum. »Das Obkom versucht, Ausländer in die sowjetische Gesellschaft zu integrieren.«

Alexander ließ seine Gabel sinken. »Hast du gerade gesagt, sie sind umgezogen? Wohin denn? Nikita muss nämlich bei uns in der Badewanne schlafen.«

»Wer ist Nikita?«

»Dir ist noch nicht aufgefallen, dass da ein Mann in der Badewanne schläft?«

»Was für ein Mann?«

»Na, Nikita.«

»Tatsächlich? Seit wann?«

Alexander wechselte einen fassungslosen Blick mit seiner Mutter. »Seit drei Monaten.«

»Er schläft seit drei Monaten in der Badewanne? Aber warum denn?«

»Weil es in ganz Moskau kein Zimmer für ihn gibt. Er kommt aus Nowosibirsk.«

»Den habe ich noch nie gesehen«, erklärte Harold kategorisch. »Was macht er denn, wenn jemand baden will?«

»Dann geht er eine halbe Stunde spazieren«, sagte Jane. »Ich gebe ihm ein Glas Wodka, und er geht spazieren.«

»Übrigens, Mutter«, erzählte Alexander fröhlich. »Im März kommt seine Frau nach. Er hat mich gebeten, mit den anderen auf der Etage zu reden und sie zu bitten, etwas früher am Abend zu baden, damit sie ein bisschen ...«

»Das reicht, ihr zwei. Ihr wollt mich doch zum Narren halten«, sagte Harold.

Alexander und seine Mutter tauschten einen weiteren Blick. Dann sagte Alexander: »Geh doch einfach mal nachsehen, Vater. Und danach erzählst du mir, wo genau die van Dorens hingezogen sind.«
Als Harold zurückkam, zuckte er nur mit den Schultern. »Das ist doch ein Stadtstreicher. Der taugt nichts.«
»Im Gegenteil.« Alexander betrachtete das Wodkaglas seiner Mutter. »Er ist leitender Ingenieur bei der baltischen Flotte.«

Einen Monat später, im Februar 1935, kam Alexander aus der Schule und hörte seine Eltern streiten, wie so oft. Doch bald merkte er, dass es offenbar um ihn ging.
Seine Mutter schien sich seinetwegen Sorgen zu machen. Aber warum bloß? Es ging ihm doch gut. Er sprach fließend Russisch. Er sang und trank Bier und spielte mit seinen Freunden Eishockey auf dem See im Gorki-Park. Mit ihm war alles in Ordnung. Warum also regte sie sich so auf? Er wäre gern hinübergegangen, um ihr zu sagen, dass alles in Ordnung war, aber er vermied es, sich in die Streitereien seiner Eltern einzumischen.
Doch plötzlich hörte er, wie irgendetwas gegen die Wand prallte, und gleich darauf ertönte das Geräusch einer schallenden Ohrfeige. Alexander stürzte ins Zimmer seiner Eltern und sah seine Mutter am Boden kauern. Ihre Wange war flammend rot, und sein Vater holte gerade erneut aus. Alexander rannte auf ihn zu und riss ihn von ihr weg. »Was tust du denn da, Vater?«, schrie er. »Was tust du da?« Er kniete sich neben seine Mutter.
Sie richtete sich ein wenig auf und funkelte Harold zornig an. »Da bringst du deinem Sohn ja was Schönes bei«, sagte sie. »Hast du ihn deshalb in die Sowjetunion gebracht, damit er lernt, wie man Frauen richtig behandelt? Soll er das auch einmal mit seiner Frau machen?«
»Halt den Mund.« Harold ballte die Fäuste. »Halt bloß den Mund!«
»Vater!« Alexander sprang wieder auf die Füße. »Hör auf. Was soll denn das?«
»Dein Vater lässt uns im Stich, Alexander.«

»Ich lasse euch nicht im Stich.«
Alexander gab seinem Vater einen Schubs und wiederholte angriffslustig: »Was soll das, Vater?«
Doch Harold stieß Alexander von sich und schlug ihm dann mit der flachen Hand ins Gesicht. Jane keuchte auf. Alexander schwankte, hielt sich aber auf den Beinen. Harold holte erneut aus, doch diesmal wich Alexander zur Seite. Jane umfasste Harolds Beine und brachte ihn damit aus dem Gleichgewicht, sodass er der Länge nach hinfiel und sich dabei den Kopf am Sofa stieß. »Wag es nicht, ihn anzufassen«, schrie sie.
Harold und Jane lagen auf dem Boden; nur Alexander stand noch aufrecht. Keiner konnte dem anderen in die Augen sehen, und alle drei keuchten. Alexander rieb sich das Blut von der aufgeplatzten Lippe.
»Harold«, sagte Jane schließlich. »Schau uns doch nur an! Dieses verdammte Land zerstört uns.« Sie brach in Tränen aus. »Lass uns nach Hause zurückkehren, lass uns noch einmal von vorn anfangen.«
»Hast du den Verstand verloren?«, zischte Harold und warf einen Blick zu Alexander hinüber. »Weißt du eigentlich, was du da sagst?«
»Und ob ich das weiß.«
»Hast du vergessen, dass wir unsere amerikanische Staatsbürgerschaft aufgegeben haben? Hast du vergessen, dass wir beide im Augenblick keinem Staat angehören, dass wir darauf warten, endlich sowjetische Bürger zu werden? Glaubst du etwa, Amerika nimmt uns wieder zurück? Die haben uns doch förmlich vor die Tür gesetzt. Und was glaubst du, was die sowjetischen Behörden tun werden, wenn sie herausfinden, dass wir uns von ihnen abwenden?«
»Die sowjetischen Behörden sind mir vollkommen gleichgültig.«
»Wie kannst du nur so naiv sein!«
»Ich bin also naiv? Und was bist du dann? Hast du gewusst, dass es so werden wird, und uns trotzdem hierher gebracht?«
Harold blickte sie mit tiefer Enttäuschung an. »Wir sind doch nicht hierher gekommen, um ein schönes Leben zu füh-

ren. Ein schönes Leben hätten wir auch in Amerika haben können.«

»Richtig. Und das hatten wir auch. Wir beide werden uns hier arrangieren, Harold, aber Alexander gehört nicht hierher. Lass wenigstens ihn nach Hause zurückkehren.«

»Was?« Harolds Stimme war nicht mehr als ein Flüstern.

»Du hast mich schon verstanden.« Alexander half ihr hoch, und sie baute sich vor Harold auf. »Er ist fünfzehn. Schick ihn zurück nach Hause.«

»Mutter!«, rief Alexander.

»Lass nicht zu, dass er in diesem Land umkommt. Siehst du es denn nicht? Alexander sieht es, ich sehe es. Warum siehst du es nicht auch?«

»Alexander sieht gar nichts. Stimmt's, mein Sohn?«

Alexander schwieg. Er wollte sich nicht gegen seinen Vater stellen.

»Siehst du?«, rief Jane triumphierend. »Bitte, Harold. Es ist bald zu spät.«

»Du redest Unsinn. Wofür zu spät?«

»Zu spät für Alexander«, erwiderte Jane mit brüchiger Stimme. Sie war bleich vor Verzweiflung. »Lass deinen Stolz nur einmal beiseite, um seinetwillen. Schick ihn zurück, ehe er sich im Mai, wenn er sechzehn ist, bei der Roten Armee melden muss, ehe das Unglück uns alle trifft. Jetzt ist er noch amerikanischer Staatsbürger. Er hat seine Rechte in den Vereinigten Staaten nicht aufgegeben. Ich werde bei dir bleiben, mein Leben mit dir weiterleben ... aber ...«

»Nein!« In Harolds Stimme lag tiefes Entsetzen. »Es hat sich alles nicht so entwickelt, wie ich gehofft hatte. Es tut mir L...«

»Um mich braucht es dir nicht Leid zu tun. Ich habe mich auf ein Leben mit dir eingelassen, ich wusste, was ich tat. Aber um deinen Sohn sollte es dir Leid tun. Was glaubst du denn, was aus ihm wird?«

Jane wandte sich von Harold ab.

Und Alexander wandte sich von seinen Eltern ab. Er trat ans Fenster und schaute hinaus. Es war eine dunkle Februarnacht.

Hinter sich hörte er seine Eltern reden.
»Beruhige dich doch, Janie, es wird alles gut werden. Du wirst sehen. Alexander wird es hier einmal besser haben als wir. Der Kommunismus ist die Zukunft, das weißt du doch so gut wie ich. Je größer die Kluft zwischen Arm und Reich auf dieser Welt ist, desto wichtiger wird der Kommunismus. Amerika ist längst verloren. Wer soll sich denn um den kleinen Mann von der Straße kümmern, wer soll für seine Rechte eintreten, wenn nicht die Kommunisten? Wir haben das Pech, dass wir gerade die schwerste Zeit durchleben. Aber ich zweifle nicht, und ich weiß, dass du es auch nicht tust: Die Zukunft liegt im Kommunismus.«
»Mein Gott!«, rief Jane. »Wann wirst du endlich damit aufhören?«
»Wir können nicht mehr aufhören«, erwiderte Harold. »Wir müssen den Weg bis zu Ende gehen.«
»Das stimmt«, sagte Jane. »Schon Marx hat ja gesagt, dass der Kapitalismus sich sein eigenes Grab schaufelt. Vielleicht hat er damit nicht nur den Kapitalismus gemeint.«
»Da hast du völlig Recht«, erwiderte Harold. Alexander wandte ihnen weiterhin den Rücken zu. »Kommunisten behalten ihre Überzeugungen und Ziele nicht gern für sich. Sie verkünden offen, dass das Ziel nur durch den gewaltsamen Umsturz sämtlicher bestehender Verhältnisse erreicht werden kann. Der Niedergang des Kapitalismus ist unausweichlich. Es ist der Niedergang der Selbstsüchtigkeit, der Habgier, der Individualität und der persönlichen Leistungen.«
»Und der Niedergang des Wohlstands, der Bequemlichkeit, der menschenwürdigen Lebensbedingungen, der Privatsphäre und der Freiheit.« Jane spuckte die Worte geradezu aus. Alexander blickte unverwandt zum Fenster hinaus. »Das zweite Amerika, Harold. Das verfluchte zweite Amerika.«
Alexander brauchte sich nicht umzudrehen, um die zornige Miene seines Vaters und das verzweifelte Gesicht seiner Mutter zu sehen, das trostlose Zimmer, den abbröckelnden Putz, das kaputte, notdürftig geflickte Schloss an der Tür. Er roch die Toiletten auf dem Gang, und er schwieg.
Bevor er in die Sowjetunion gekommen war, war Amerika

die einzige Welt gewesen, die er kannte. Dort stieg sein Vater in die Kanzel und predigte den Sturz der amerikanischen Regierung, dann kam die Polizei, die die Regierung beschützte, holte ihn von der Kanzel herunter und sperrte ihn in Boston in eine Zelle, damit er dort seinen aufrührerischen Eifer ausschlafen konnte. Nach ein oder zwei Tagen ließ man ihn wieder frei, und er begann mit neuerlicher Begeisterung, den Neugierigen die beklagenswerten Missstände im Amerika der Zwanzigerjahre zu predigen. Harold zufolge gab es davon nur allzu viele. Er erzählte seinem Sohn, dass es ihm unmöglich sei, all die Einwanderer zu verstehen, die nach New York und Boston strömten, unter den erbärmlichsten Bedingungen lebten, für einen Hungerlohn arbeiteten und die Generationen von Amerikanern beschämten, weil sie das alles mit solcher Begeisterung taten. Nur die Tatsache, dass sie nicht all ihre Familienmitglieder in die Vereinigten Staaten holen konnten, damit diese ebenfalls unter erbärmlichsten Bedingungen lebten und für einen Hungerlohn arbeiteten, schien diese Begeisterung zu trüben.

Damals in Amerika rief Harold Barrington zur Revolution auf, und Alexander fand das absolut einsichtig, denn er hatte John Stuart Mills Werk *Über die Freiheit* gelesen und von Mill gelernt, dass Freiheit nicht darin bestand zu tun, was man wollte, sondern darin zu sagen, was man wollte. Sein Vater handelte ganz nach Mill und folgte damit einer langen Tradition amerikanischer Demokratie. Das konnte doch nicht falsch sein.

Doch als sie nach Moskau kamen, fand Alexander nichts mehr einsichtig. Und über die Jahre hinweg wurde ihm Moskau immer unbegreiflicher; die Entbehrungen, die Sinnlosigkeit, all die Unannehmlichkeiten belasteten sein jugendliches Gemüt. Er griff längst nicht mehr nach der Hand seines Vaters auf dem Weg zu den donnerstäglichen Versammlungen, doch er konnte sich nicht daran gewöhnen, im Winter nie nach einer Orange greifen zu können.

Genosse Stalin pries Russland als ein »zweites Amerika« und verkündete, dass es in wenigen Jahren in der Sowjetunion ebenso viele Eisenbahnstrecken, ebenso viele asphaltierte

Straßen und ebenso viele Einfamilienhäuser geben werde wie in den Vereinigten Staaten. Er erklärte, Amerika habe für seine Industrialisierung so viel länger gebraucht, als die UdSSR für die ihre brauchen werde, weil der Kapitalismus den Fortschrittsprozess chaotisch gestalte. Der Sozialismus hingegen treibe den Fortschritt an allen Fronten voran. In den Vereinigten Staaten waren fünfunddreißig Prozent der Bevölkerung arbeitslos, ganz anders als in der Sowjetunion, wo praktisch jeder Arbeit hatte. Die Sowjetbürger arbeiteten, das war Beweis genug für ihre Überlegenheit; die Amerikaner hingegen machten sich vom Sozialstaat abhängig, weil es nicht genug Arbeitsplätze gab. Das alles lag klar auf der Hand, es konnte keine Verwirrung aufkommen. Woher dann bloß dieses allgegenwärtige Gefühl des Unbehagens?

Alexanders Verwirrung, sein Unbehagen, das alles spielte kaum eine Rolle. Doch seine Jugend spielte eine Rolle. Und er *war* jung, selbst in Moskau.

Er drehte sich zu seiner Mutter um, reichte ihr eine Serviette, damit sie sich das Gesicht trocknen konnte, und wischte sich selbst mit dem Ärmel über die Augen. Doch bevor er hinausging und sie ihrem Elend überließ, sagte er zu seinem Vater: »Hör nicht auf sie. Ich gehe nicht allein zurück nach Amerika. Meine Zukunft ist hier, ganz gleich, was kommen mag.« Er kam einen Schritt näher. »Aber wage es nie wieder, meine Mutter zu schlagen.« Alexander überragte seinen Vater bereits um einiges. »Wenn du sie noch einmal schlägst, bekommst du es mit mir zu tun.«

Eine Woche später verlor Harold seine Anstellung in der Druckerei, weil nach den neuen Verordnungen Ausländer die Druckermaschinen nicht mehr bedienen durften, ganz gleichgültig, wie gut sie arbeiteten und wie groß ihre Loyalität zum sowjetischen Staat auch sein mochte. Die Gefahr der Sabotage war offenbar zu groß, es konnten Papiere, eidesstattliche Erklärungen, Dokumente und Nachrichten gefälscht, Lügen verbreitet und der sowjetische Staat unterminiert werden. Man hatte bereits zahlreiche Ausländer bei solchen Aktivitäten und beim Verbreiten niederträchtiger

Propaganda unter den hart arbeitenden sowjetischen Bürgern ertappt. Also wurde Harold aus der Druckerei entfernt und in eine Werkzeugfabrik versetzt, wo er flüssiges Metall zu Schraubenziehern und Sperrklinken goss.
Doch auch diese Stelle blieb ihm nur wenige Wochen erhalten, denn sie stellte ebenfalls ein Sicherheitsrisiko dar. Man hatte Ausländer dabei ertappt, dass sie anstelle von Werkzeugen für den sowjetischen Staat Messer und Waffen für sich selbst herstellten.
Anschließend wurde er als Schuster eingestellt. Alexander fand das ausnehmend komisch: »Aber Vater, was verstehst du denn von Schuhen?«
Harold behielt diese Stelle nur wenige Tage. »Wie bitte? Es ist ein Sicherheitsrisiko, Schuhe herzustellen?«
Doch genau so war es. Es war bekannt geworden, dass Ausländer Galoschen und Wanderstiefel hergestellt hatten, die guten Sowjetbürgern die Möglichkeit gaben, durch Sumpfland und Gebirge zu fliehen.

Eines Abends im April kam Harold mit ernstem Gesicht nach Hause. Anstatt zu kochen – denn inzwischen bereitete er das Abendessen für die Familie zu –, ließ er sich auf einen Stuhl sinken und erzählte, dass ein Mann von der Parteizentrale in die Schule gekommen sei, wo er inzwischen die Böden putzte, und ihm mitgeteilt habe, die Familie müsse das Hotel verlassen. »Man möchte, dass wir uns eine eigene Wohnung suchen und ein wenig unabhängiger werden.« Er zuckte die Achseln. »Eigentlich ist es nur recht und billig. Wir hatten es vergleichsweise leicht in den letzten vier Jahren. Wir sind dem Staat etwas schuldig.« Er schwieg und zündete sich eine Zigarette an.
Doch Alexander merkte, dass sein Vater ihn verstohlen von der Seite ansah. Also räusperte er sich und sagte: »Na ja, Nikita ist nicht mehr da. Wir können ja seine Badewanne nehmen.«
In ganz Moskau fand sich kein Platz für die Barringtons. Nachdem sie fast einen Monat lang vergeblich gesucht hatten, kam Harold eines Abends von der Arbeit nach Hause

und sagte: »Der Mann vom Obkom war wieder bei mir. Wir können nicht mehr hier bleiben. Wir müssen ausziehen.«
»Aber wann denn?«, rief Jane.
»In zwei Tagen. Man will uns hier weghaben.«
»Und wo sollen wir hin?«
Harold seufzte. »Man hat mir eine Versetzung nach Leningrad angeboten. Dort gibt es auch mehr Arbeit – ein Industriewerk, eine Schreinerei und ein Elektrizitätswerk.«
»Und in Moskau gibt es kein Elektrizitätswerk, Vater?«
Harold schenkte Alexander keine Beachtung. »Wir werden dorthin ziehen. Es gibt mehr Wohnraum da, ihr werdet sehen. Du kannst eine Anstellung in der öffentlichen Bibliothek in Leningrad bekommen, Janie.«
»Leningrad?«, rief Alexander. »Aber ich will nicht weg aus Moskau, Vater. Ich habe meine Freunde hier, die Schule. Bitte nicht.«
»Wir haben keine andere Wahl, Alexander. Du wirst auf eine neue Schule gehen und neue Freunde finden.«
»Na, großartig.«
»Wir haben keine andere Wahl«, sagte Harold noch einmal.
»Stimmt.« Alexander sprach sehr laut. »Aber früher hatten wir mal eine Wahl.«
»Alexander! Nicht in diesem Ton!«, sagte Harold. »Hast du mich verstanden?«
»Laut und deutlich!«, schrie Alexander. »Aber ich gehe hier nicht weg. Hast *du mich* verstanden?«
»Hört auf, ihr zwei, hört auf!«, rief Jane.
»Ich dulde nicht, dass du so mit mir redest, Alexander«, sagte Harold. »Wir werden umziehen, und jetzt will ich nichts mehr davon hören.«
Dann sah er seine Frau an und sagte: »Da ist noch etwas.« Er räusperte sich verlegen. »Man möchte, dass wir einen neuen Namen annehmen. Etwas, das ein bisschen russischer klingt.«
Alexander lachte verächtlich. »Und warum jetzt? Warum nach all den Jahren?«
»Darum!« Harold verlor die Beherrschung. »Wir sollen unsere Loyalität beweisen! Du wirst nächsten Monat sechzehn,

dann musst du dich bei der Roten Armee melden. Du brauchst einen russischen Namen. Je weniger Fragen man dir stellt, desto besser. Wir müssen jetzt richtige Russen werden. Das macht es viel leichter für uns.« Er blickte zu Boden.
»Lieber Himmel, Vater!«, rief Alexander. »Hört das denn nie auf? Jetzt dürfen wir nicht mal mehr unseren Namen behalten? Reicht es noch nicht, dass man uns aus unserer Wohnung wirft und uns zwingt, in eine andere Stadt zu ziehen? Nein, jetzt müssen wir auch noch unseren Namen aufgeben! Was bleibt uns denn dann noch?«
»Wir werden uns nicht verstecken! Wir werden das Richtige tun. Wir haben einen amerikanischen Namen, wir hätten ihn schon viel früher ändern sollen.«
»Stimmt«, sagte Alexander. »Die Frascas haben das nicht getan, und die van Dorens auch nicht. Und man sieht ja, was mit ihnen passiert ist. Sie machen Urlaub. Einen sehr ausgedehnten Urlaub, was, Vater?«
Harold stürzte sich mit erhobener Faust auf Alexander, doch der schob ihn einfach beiseite. »Fass mich nicht an«, sagte er kühl. »Die Zeiten sind vorbei.«
Harold versuchte es noch einmal, und Alexander stieß ihn noch einmal von sich, doch diesmal packte er seinen Vater an den Armen. Er wollte vor seiner Mutter nicht die Beherrschung verlieren. Vor seiner armen Mutter, die zitternd und schluchzend dastand, die Hände rang und ihre beiden Männer anflehte: »Harold, Alexander, ich bitte euch, hört auf, hört doch auf!«
»Sag ihm doch, dass er aufhören soll!«, rief Harold. »Du hast ihn so erzogen. Er hat vor nichts und niemandem Respekt.«
Jane trat neben Alexander und fasste ihn am Arm. »Bitte, mein Sohn«, sagte sie. »Beruhige dich. Es wird alles gut werden.«
»Glaubst du das wirklich, Mutter? Wir ziehen in eine andere Stadt, und wir ändern unseren Namen, genau wie das Hotel hier. Ist das etwa gut?«
»Ja«, sagte sie. »Denn wir haben immer noch uns. Wir haben immer noch unser Leben.«
»Wie sich die Bedeutung von ›gut‹ doch ändern kann«, sag-

te Alexander. Er machte sich von seiner Mutter los und griff nach seinem Mantel.
»Alexander, du wirst jetzt nicht gehen«, rief Harold. »Ich verbiete dir, durch diese Tür zu gehen.«
Alexander drehte sich zu seinem Vater um, sah ihm in die Augen und sagte: »Dann halt mich doch auf.«
Er ging und kam erst zwei Tage später wieder nach Hause zurück. Dann packten sie ihre Sachen und verließen das Kirow-Hotel.
Seine Mutter war betrunken und nicht in der Lage, ihren Koffer zum Zug zu tragen.
Wann hatte Alexander zum ersten Mal gespürt, dass seine Mutter ein schwer wiegendes Problem hatte? Das Furchtbare war, dass es anfangs gar nicht schwer wiegend zu sein schien. Anfangs war sie nur nicht ganz sie selbst gewesen, und Alexander hatte nicht zu sagen gewusst, was mit seiner Mutter nicht stimmte. Sein Vater hätte etwas merken können, wenn er je auch nur irgendetwas gemerkt hätte. Doch Alexander wusste, dass sein Vater einfach nicht in der Lage war, sich gleichzeitig mit dem Allgemeinen und dem Persönlichen zu beschäftigen. Und letztlich war es auch gleichgültig, ob Harold etwas gemerkt und es ignoriert hatte oder ob ihm tatsächlich gar nichts aufgefallen war. Das änderte nichts an der Tatsache, dass Jane Barrington langsam, aber sicher, ohne viel Aufhebens und ohne Vorwarnung, für immer aufhörte, sie selbst zu sein, und sich in einen ganz anderen Menschen verwandelte.

8

Ellis Island, 1943

Eines Tages, es war Mitte August, kam Edward herein, um nach Tatiana zu sehen. Sie war nun seit sieben Wochen in Amerika. Sie saß auf ihrem gewohnten Platz am Fenster, hielt Anthony auf dem Schoß, der nichts weiter anhatte als eine

Windel, und kitzelte ihn an den Zehen. Es ging ihr sehr viel besser. Sie atmete tief und hustete kaum noch. Seit einem Monat schon hatte sie kein Blut mehr gehustet. Die New Yorker Luft tat ihr gut. »Edward«, sagte sie, während er sie abhorchte. »Heute hat Ihre Frau Sie wieder gesucht.«
Edward sah sie kurz an, wandte dann den Blick ab und sagte lächelnd: »Ja ... das tut sie manchmal.«
Er nahm das Stethoskop von ihrer Brust. »Es geht Ihnen sehr viel besser. Ich glaube, ich muss Sie bald entlassen.«
Tatiana schwieg.
»Haben Sie einen Ort, wo Sie hin können?« Edward hielt inne. »Sie werden auch eine Arbeit brauchen.«
»Es gefällt mir hier, Edward«, sagte Tatiana.
»Ja, das weiß ich. Aber Sie sind wieder gesund.«
»Ich dachte, vielleicht kann ich ja hier arbeiten? Sie brauchen mehr Krankenschwestern.«
»Sie möchten hier im Krankenhaus arbeiten?«
»Ja, sehr gern.«
Edward sprach mit dem Oberarzt der Gesundheitsbehörde, und der kam, um sich mit Tatiana zu unterhalten. Er erklärte ihr, dass sie eine Probezeit von drei Monaten absolvieren müsse, um zu prüfen, ob sie der Arbeit gewachsen sei und die nötigen Fähigkeiten besitze. Außerdem sagte er, dass sie nicht beim Krankenhaus von Ellis Island angestellt sein würde, sondern bei der Gesundheitsbehörde, und dass sie daher auch gelegentlich im Krankenhaus der New York University in der Innenstadt Dienst tun müsse, wenn dort Krankenschwestern benötigt würden.
Tatiana stimmte zu, fragte aber, ob sie auf Ellis Island wohnen und vielleicht als Nachtschwester arbeiten dürfe. Der Oberarzt zeigte sich skeptisch. »Warum wollen Sie das denn? Sie können sich doch gleich am Hafen eine Wohnung nehmen. Amerikanische Staatsbürger wohnen normalerweise nicht hier.«
Tatiana erklärte ihm, so gut sie konnte, dass sie hoffe, die Einwanderer, die nach Ellis Island kamen, könnten auf ihren Sohn aufpassen, solange er klein war. Sie wolle arbeiten, habe aber sonst niemanden, bei dem sie ihn lassen könne,

und es sei doch für alle das Einfachste, wenn sie weiterhin hier in ihrem Krankenzimmer bleibe.
»Aber das ist doch viel zu klein!«
»Ein Zimmer genügt mir völlig.«
Weil sie selbst sich nicht nach Manhattan wagte, bat Tatiana Vikki, ihr eine Schwesterntracht und Schuhe zu besorgen.
»Du weißt aber, dass du nur zwei Paar Schuhe bekommst?«, fragte Vikki. »Kriegsrationierung. Das eine Paar sollen also Schwesternschuhe sein?«
»Das einzige Paar sollen Schwesternschuhe sein«, erklärte Tatiana. »Wozu brauche ich denn mehr Schuhe?«
»Und was ist, wenn du tanzen gehen willst?«, fragte Vikki.
»Wenn ich was will?«
»Tanzen! Du weißt schon: Lindy Hop und Jitterbug. Was ist, wenn du dich mal hübsch machen willst? Dein Mann kommt doch nicht mehr zurück, oder?«
»Nein«, sagte Tatiana. »Mein Mann kommt nicht mehr zurück.«
»Na, als Witwe brauchst du unbedingt ein Paar hübsche Schuhe.«
Tatiana schüttelte den Kopf. »Ich brauche nur Schwesternschuhe und eine weiße Tracht, und ich will auf Ellis Island bleiben. Ich brauche kein anderes.«
Vikki schüttelte den Kopf, und in ihren Augen lag leises Erstaunen. »Das heißt ›nichts anderes‹. Und wann kommst du endlich zu uns zum Abendessen? Wie wär's diesen Sonntag? Dr. Ludlow sagt, du wirst entlassen.«
Vikki kaufte für Tatiana eine Uniform, die ihr ein wenig zu groß war, und Schuhe, die genau passten, und nachdem Edward sie offiziell entlassen hatte, widmete sie sich derselben Tätigkeit wie vorher, als sie noch Patientin des Krankenhauses gewesen war. Sie versorgte die ausländischen Soldaten, die nach New York gebracht, dort behandelt und dann wieder weggebracht wurden, um irgendwo im Land Kriegsgefangenenarbeit zu leisten. Die meisten waren Deutsche, doch es waren auch ein paar Italiener, ein paar Äthiopier und ganz wenige Franzosen darunter. Nur kein einziger sowjetischer Soldat.

»Ach, Tania, was soll ich nur machen?« Vikki saß in Tatianas Zimmer auf der Bettkante, und Tatiana lag auf dem Bett und stillte Anthony. »Machst du gerade Pause?«

»Ja, eine kleine Imbisspause.« Tatiana lächelte, doch Vikki beachtete den kleinen Scherz nicht weiter.

»Wer passt eigentlich auf den Kleinen auf, wenn du bei den Patienten bist?«

»Ich nehme ihn mit. Wenn ich mich um die Soldaten kümmere, lege ich ihn auf ein freies Bett.« Brenda fuhr jedes Mal aus der Haut, wenn sie das sah, doch Tatiana wollte Anthony nicht allein auf dem Zimmer lassen, und so ignorierte sie Brendas Zorn. Wenn nur mehr Einwanderer da wären, dann würde sich schon jemand finden, der auf ihr Baby aufpassen konnte, während sie arbeitete. Doch es kamen nur wenige Menschen nach Ellis Island. Im Juli waren es zwölf gewesen, im August acht. Und alle hatten eigene Kinder und eigene Probleme.

»Was meinst du damit, Vikki?«

»Meine Situation! Du weißt doch, dass mein Mann jetzt wieder zu Hause ist.«

»Das weiß ich. Warte einfach ab«, sagte Tania. »Vielleicht muss er ja wieder in den Krieg.«

»Das ist es ja gerade! Die wollen ihn nicht mehr. Er kann kein schweres Gerät mehr bedienen, also haben sie ihn ehrenvoll entlassen. Und jetzt will er ein Baby. Kannst du dir so was vorstellen?«

Tatiana schwieg. »Warum hast du eigentlich geheiratet, Vikki?«

»Wir haben Krieg! Und da fragst du mich, warum ich geheiratet habe? Warum hast du denn geheiratet? Er musste an die Front und hat mich gefragt, ob ich ihn heiraten will, und ich habe Ja gesagt. Ich dachte mir, schaden kann's ja nicht. Es ist schließlich Krieg. Was kann da schon Schlimmes passieren?«

»Genau das«, sagte Tatiana.

»Ich habe doch nicht damit gerechnet, dass er so schnell wiederkommt. Ich dachte, er kommt vielleicht ein-, zweimal, an Weihnachten. Er hätte ja auch fallen können, dann wäre ich mit einem Kriegshelden verheiratet gewesen.«

»Und jetzt ist er kein Kriegsheld?«
»Das zählt nicht – er lebt ja noch!«
»Ach so.«
»Bevor er zurückgekommen ist, war ich jedes Wochenende tanzen. Jetzt kann ich gar nichts mehr machen. Mein Gott!«, rief Vikki. »Es ist wirklich langweilig, verheiratet zu sein.«
»Liebst du ihn?«
»Na klar.« Vikki zuckte die Achseln. »Aber Chris liebe ich auch. Und vor zwei Wochen habe ich einen Arzt kennen gelernt, der war wirklich entzückend ... aber damit ist es ja jetzt vorbei.«
»Stimmt«, sagte Tatiana. »Verheiratet sein ist ganz unpraktisch.« Sie schwieg kurz. »Warum lässt du dich nicht ... wie sagt ihr noch dazu?«
»Warum ich mich nicht scheiden lasse?«
»Ja.«
»Bist du wahnsinnig? Aus was für einem Land kommst du bloß? Was habt ihr dort für seltsame Sitten?«
»In meinem Land«, sagte Tatiana, »sind wir unseren Männern treu.«
»Aber er war doch nicht da! Es kann ja wohl niemand von mir erwarten, dass ich ihm treu bleibe, wenn er Tausende von Kilometern weg ist. Was glaubst du, was der da im Fernen Osten getrieben hat? Und was das mit der Scheidung betrifft ... ich bin noch viel zu jung für eine Scheidung.«
»Aber du bist nicht zu jung, um Witwe zu sein?« Tatiana zuckte ein wenig zusammen, als sie das sagte.
»Absolut nicht! Es hat doch etwas Ehrenvolles, Witwe zu sein. Aber eine geschiedene Frau kann ich unmöglich sein!«

»Sie machen sich sehr gut hier, Tania. Brenda hat mir erzählt – wenn auch mit einem gewissen Widerwillen –, dass Sie sehr gut mit den Patienten umgehen können.« Edward und Tatiana gingen zwischen den Krankenbetten entlang; Tatiana trug den hellwachen, lebhaften Anthony auf dem Arm.
»Vielen Dank, Edward.«
»Haben Sie keine Angst, dass Ihr Kleiner selbst krank wird,

wenn er die ganze Zeit von kranken Menschen umgeben ist?«
»Sie sind doch nicht krank«, gab Tatiana zurück. »Stimmt's, Anthony? Sie sind nur verwundet. Und es macht sie glücklich, wenn ich ihnen mein Kind bringe. Manche haben eine Frau und Kinder in der Heimat. Sie halten ihn im Arm, und das macht sie glücklich.«
Edward lächelte. »Er entwickelt sich prächtig.« Er strich Anthony durch das dunkle Haar, und der Kleine schenkte ihm dafür ein breites, zahnloses Lächeln. »Gehen Sie auch genug mit ihm nach draußen?«
»Sehr oft.«
»Das ist gut. Ein Baby braucht viel frische Luft. Und Sie auch.«
»Wir sind jeden Tag draußen.«
Edward räusperte sich. »Wissen Sie, sonntags spielen wir Ärzte vom NYU-Krankenhaus und von der Gesundheitsbehörde immer Softball im Central Park, und die Krankenschwestern kommen mit, um uns anzufeuern. Hätten Sie Lust, diesen Sonntag mit Anthony dazu zu kommen?«
Tatiana war zu verwirrt, um gleich zu antworten. Stattdessen fragte sie: »Haben Sie Kinder, Edward?«
Edward schüttelte den Kopf. »Meine Frau ist noch nicht so weit. Sie ...«
Sie waren im Treppenhaus angekommen, da hörten sie plötzlich das Stakkato hoher Absätze. »Edward!«, rief eine kreischende Stimme eine Etage unter ihnen. »Bist du das?«
»Ja, Liebes.« Edwards Stimme klang ruhig und gelassen.
»Gott sei Dank, dass ich dich endlich gefunden habe. Ich habe schon überall nach dir gesucht.«
»Ich bin hier, Liebes.«
Mrs Ludlow kam keuchend die Stufen hinauf, und sie standen zu dritt auf dem Treppenabsatz. Tatiana drückte ihr Baby fester an sich. Edwards Frau musterte sie missbilligend und sagte: »Eine neue Krankenschwester, Edward?«
»Schwester Jane Barrington. Kennen Sie Marion noch nicht?«
»Doch«, erwiderte Tatiana.

»Wir haben uns noch nie gesehen«, erklärte Marion. »Ich vergesse nie ein Gesicht.«

»Aber Mrs Ludlow«, sagte Tatiana. »Wir sehen uns jeden Donnerstag in der Cafeteria. Sie fragen mich immer, wo Edward ist, und ich sage Ihnen, dass ich es nicht weiß.«

»Wir sind uns noch nie begegnet«, wiederholte Mrs Ludlow in entschiedenem Ton.

Tatiana schwieg. Auch Edward sagte nichts.

»Kann ich dich allein sprechen, Edward? Und was Sie betrifft ...« Sie warf Tatiana einen abschätzigen Blick zu. »Sie sind noch viel zu jung, um ein Baby zu halten. Sie halten es ja ganz falsch. Sie halten den Kopf nicht fest. Wo ist die Mutter?«

»Marion, sie ist die Mutter«, sagte Edward.

Einen Augenblick lang schwieg Mrs Ludlow unwillig, dann gab sie einen abschätzigen Laut von sich, murmelte das Wort »Einwanderer« vor sich hin, und bevor jemand ein weiteres Wort sagen konnte, zog sie Edward mit sich fort.

Vikki kam in die Krankenstation gestürzt, fasste Tatiana am Arm und zog sie auf den Gang hinaus. »Er hat mich um die Scheidung gebeten!«, flüsterte sie voller Zorn und Empörung. »Kannst du dir das vorstellen?«

»Nein.«

»Ich habe ihm gesagt, ich lasse mich nicht freiwillig scheiden, weil sich das nicht gehört, und dann hat er gesagt, er reicht eine Scheidungsklage ein, und er wird damit durchkommen, weil ich ... ach, ich weiß nicht mehr, was er gesagt hat ... irgendein Bündnis habe ich gebrochen. Ach so, habe ich zu ihm gesagt, du hast dir also im Fernen Osten nie irgendwelche Huren genommen, als wir getrennt waren? Und weißt du, was er da gesagt hat?«

»Er hat ›Nein‹ gesagt?«

»Er hat ›Doch‹ gesagt! Aber er behauptet, bei Soldaten ist das was anderes. Hat man für so was Worte?« Vikki bebte am ganzen Körper, doch dann zuckte sie die Achseln, und die Empörung verschwand aus ihren Augen. Ihre Wimperntusche verlief nicht, und ihre Lippen glänzten wie eh und je.

»Gut, habe ich gesagt, gut, aber das wird dir noch Leid tun. Und da hat er gesagt, es tut ihm jetzt schon Leid. Brrr!« Sie schüttelte sich, doch gleich darauf hellte sich ihr Gesicht auf. »Komm doch am Sonntag zum Abendessen. Grammy macht ihre Sonntags-Lasagne.«

Doch Tatiana lehnte ab.

Komm zum Abendessen, Tania. Komm nach New York. Spiel Softball mit uns im Central Park. Komm mit uns auf die Fähre, Tania, fahr mit uns im Auto nach Bear Mountain. Komm mit, Tania, komm zu uns, komm zurück ins Leben.

9

Stepanow, 1943

Als Alexander die Augen öffnete, war es immer noch stockfinster und bitterkalt. Er schlang die Arme um den Körper und zitterte wie Espenlaub. Es ist nichts Ehrenrühriges daran, jung im Krieg zu sterben, in einer kalten Zelle zu sterben, um dem eigenen Körper weitere Demütigungen zu ersparen, dachte er.

Während er im Lazarett lag, hatte Tatiana ihn einmal gefragt, als sie seinen Verband wechselte: »Hast du das Licht gesehen?« Sie hatte ihn dabei nicht angeschaut. Nein, hatte er geantwortet, er habe es nicht gesehen.

Doch ganz entsprach das nicht der Wahrheit, denn er hatte etwas *gehört* ... Den Hufschlag eines roten Pferdes.

Hier in dieser Zelle gab es nicht einmal Farben.

In seiner Benommenheit hörte Alexander, wie aus weiter Ferne das Geräusch des schweren Riegels, der zurückgeschoben, des Schlüssels, der im Schloss gedreht wurde. Sein Vorgesetzter, Oberst Michail Stepanow, betrat die Zelle, mit einer Taschenlampe in der Hand. Alexander kauerte in einer Ecke.

»Aha«, sagte Stepanow. »Dann stimmt es also. Sie sind tatsächlich noch am Leben.«

Alexander wollte lächeln und Stepanow die Hand reichen, aber er fror zu sehr, und sein Rücken schmerzte zu stark. Also rührte er sich nicht und schwieg.

Stepanow hockte sich neben ihn. »Was in aller Welt ist mit dem Armeelaster passiert? Und wir wollen gar nicht davon reden, dass ich mit eigenen Augen gesehen habe, wie der Rotkreuzarzt die Sterbeurkunde für Sie ausgestellt hat. Ich habe Ihrer Frau gesagt, Sie sind tot. Ihre schwangere Frau hält Sie für tot! Was haben Sie bloß gemacht?«

»Alles ist, wie es sein soll«, erwiderte Alexander. »Schön, Sie zu sehen, Herr Oberst. Atmen Sie nicht zu tief. Hier drin gibt es nicht genug Sauerstoff für zwei.«

»Alexander«, sagte Stepanow. »Wollten Sie ihr nicht sagen, was Ihnen bevorsteht?«

Alexander schüttelte den Kopf.

»Aber wozu die Sprengung des Lasters, wozu die Sterbeurkunde?«

»Ich wollte, dass ihr keine Hoffnung für mich bleibt.«

»Warum?«

Alexander gab keine Antwort.

»Wo du auch hingehst – ich gehe mit dir«, sagt Tatiana. »Und wenn du hier bleibst, dann bleibe ich auch. Ich lasse doch nicht den Vater meines Kindes in der Sowjetunion zurück.« Sie beugt sich über Alexander, der vollkommen fassungslos ist. »Weißt du noch, was du in Leningrad zu mir gesagt hast? Wie kann ich mir ein Leben aufbauen, hast du gesagt, wenn ich weiß, dass ich dich hier zurückgelassen habe, wo du sterben oder verkümmern musst? Genau das hast du zu mir gesagt.« Sie lächelt. »Und darin sind wir ausnahmsweise mal einer Meinung.« Sie senkt die Stimme. »Wenn ich dich verlasse, dann wird mir, wohin ich auch meine Schritte lenke, der Eherne Reiter schweren Hufschlags ständig nachsprengen, diese ganze Nacht bis an mein bitteres Ende.«

Doch das konnte er seinem Kommandeur nicht sagen. Er wusste ja nicht, ob Tatiana die Sowjetunion bereits verlassen hatte.

»Wollen Sie eine Zigarette?«

»Ja«, antwortete Alexander. »Aber das geht hier nicht. Zu wenig Sauerstoff.«
Stepanow reichte ihm die Hand und zog ihn auf die Füße. »Stellen Sie sich ein paar Minuten hin«, sagte er. »Strecken Sie sich ein bisschen.« Er musterte Alexander, der gebückt da stand. »Diese Zelle ist zu niedrig für Sie. Damit hat man hier nicht gerechnet.«
»Oh, doch. Genau deswegen hat man mich ja hergebracht.« Stepanow wandte der Tür den Rücken zu, und Alexander stand ihm gegenüber.
»Welchen Tag haben wir heute, Herr Oberst?«, fragte Alexander. »Wie lange bin ich schon hier? Vier, fünf Tage?«
»Wir haben den sechzehnten März, und es ist Morgen«, sagte Stepanow. »Ihr dritter Tag hier.«
Der dritte Tag!, dachte Alexander entsetzt, und gleich darauf voller Aufregung: Der dritte Tag! Das bedeutete, dass Tatiana wahrscheinlich ...
Er dachte den Gedanken nicht zu Ende. Stepanow beugte sich vor, und Alexander glaubte, ihn ganz leise, fast unhörbar sagen zu hören: »Sprechen Sie laut weiter, damit man Sie draußen hört, aber hören Sie mir zu.«
Alexander blickte Stepanow ins Gesicht. Er sah noch verhärmter aus als früher, seine grauen Augen blickten mitleidig drein, und um seinen Mund lag ein sorgenvoller Zug. »Herr Oberst?«
»Ich habe nichts gesagt, Herr Major.«
Alexander fragte noch einmal, diesmal leiser: »Herr Oberst?«
»Alles läuft schief, Major Below«, flüsterte Stepanow. »Man sucht bereits nach Ihrer Frau, aber ... sie ist wie vom Erdboden verschluckt. Ich bin Ihrer Bitte gefolgt und habe sie überredet, mit Dr. Sayers zurück nach Leningrad zu fahren. Ich habe ihr keine Steine in den Weg gelegt.«
Alexander grub seine Fingernägel in die Handfläche, um sich davon abzuhalten, Stepanow anzusehen oder auch nur ein Wort zu sagen.
»Aber jetzt ist sie verschwunden. Und wissen Sie, wer noch verschwunden ist? Dr. Sayers. Er hat mir versichert, dass er mit Ihrer Frau zurück nach Leningrad fährt.«

Alexander stieß die Fingernägel noch fester in die Handfläche.
»Er wollte weiter nach Helsinki, aber erst hätte er nach Leningrad fahren sollen!«, sagte Stepanow eindringlich. »Er hätte Tatiana absetzen und seine ursprüngliche Rotkreuzschwester abholen sollen, die er dort im Krankenhaus zurückgelassen hatte. Hören Sie mir zu – hören Sie? Sie sind niemals in Leningrad angekommen. Vor zwei Tagen hat man Sayers' Jeep gefunden, ausgebrannt und geplündert, in der Nähe der finnisch-sowjetischen Grenze bei Lisiy Nos. Es hat einen Zusammenstoß mit finnischen Truppen gegeben, bei dem vier unserer Männer umgekommen sind. Aber von Sayers und Schwester Metanowa fehlt jede Spur.«
Alexander schwieg. Gern hätte er sein Herz wieder vom Boden aufgehoben, doch es war zu dunkel, und er konnte es nicht sehen. Er hörte, wie es von ihm wegrollte, hörte es in einer Ecke schlagen, bluten und pulsieren.
Stepanow sprach noch ein wenig leiser. »Aber es sind auch finnische Soldaten dabei umgekommen.«
Alexander schwieg weiterhin.
»Und das ist noch nicht alles.«
»Nein?«, glaubte Alexander sich sagen zu hören. Es war kaum mehr als ein Hauch. *Nein?*
»Von Dr. Sayers fehlt jede Spur. Aber ...« Stepanow hielt inne. »Man hat Ihren guten Freund Dimitri Tschernenko gefunden, erschossen im Schnee.«
Das war immerhin ein Trost für Alexander, wenn auch nur ein geringer.
»Major Below, was hatte Tschernenko an der Grenze verloren?«
Alexander gab keine Antwort. Er wollte nur eine einzige Frage stellen: Wo war Tatiana? Wie sollten sie von dort weggekommen sein, ohne Jeep? Was taten sie jetzt, ohne Jeep – durchquerten sie etwa zu Fuß das karelische Sumpfland?
»Ihre Frau wird vermisst, Herr Major. Sayers ist verschwunden und Tschernenko tot ...« Stepanow zögerte. »Und nicht nur einfach tot, sondern erschossen, in der Uniform eines finnischen Soldaten. Er trug die Uniform eines finnischen Pilo-

ten, und statt seines russischen Ausweises hatte er einen finnischen Pass bei sich!«
Alexander schwieg. Er hatte nichts zu verbergen, nur Informationen, die Stepanow das Leben kosten konnten.
»Alexander!«, zischte Stepanow. »Schließen Sie mich nicht aus. Ich will Ihnen doch nur helfen.«
»Herr Oberst«, sagte Alexander. Er versuchte verzweifelt, seine Angst niederzukämpfen. »Ich muss Sie inständig bitten, mir nicht mehr zu helfen.« Wenn er bloß ein Foto von ihr hätte. Er wünschte sich, ein letztes Mal ihr weißes Kleid mit den roten Rosen zu berühren, sie noch ein einziges Mal zu sehen, an seiner Seite, jung und frisch verheiratet auf den Stufen der Kirche in Molotow.
Doch die Angst, die Alexander in diesem Augenblick empfand, schien eine Art von Trauer zu sein, und eine lähmende Panik hinderte ihn daran, an Tania zu denken, wie sie vor ihm stand und sich an ihn schmiegte. Ihr Körper, ihr Gesicht, ihre Augen, ihr Mund, all das, selbst die Erinnerung daran, waren ihm unerträglich. Er würde lernen müssen, sie nicht mehr anzusehen, nicht einmal in seiner Vorstellung. Es nahm ihm den Atem, er konnte nicht mehr sprechen.
Mit bebenden Händen bekreuzigte er sich. »Es ging mir gut«, stieß er schließlich hervor. »Es ging mir gut, bis Sie gekommen sind und mir gesagt haben, dass meine Frau vermisst wird. Wissen Sie denn nicht, was Sie mir damit antun?« Er begann, unkontrolliert zu zittern.
Stepanow trat näher zu ihm. Er zog seine Jacke aus und reichte sie Alexander. »Hier, ziehen Sie die über.« Alexander legte sie sich um die Schultern.
Gleich darauf hörte er eine Stimme von draußen rufen: »Es wird Zeit!«
Stepanow flüsterte wieder: »Sagen Sie mir die Wahrheit. Haben Sie Ihrer Frau gesagt, dass sie mit Sayers nach Helsinki fahren soll? Hatten Sie das die ganze Zeit geplant?«
Alexander schwieg. Er wollte nicht, dass Stepanow etwas wusste – ein Leben, zwei, drei, das war mehr als genug. Ein einzelner Mensch, der millionste Teil einer Million Menschen. Stepanow sollte nicht seinetwegen sterben müssen.

»Warum sind Sie nur so stur? Hören Sie auf damit! Weil man bisher nichts bei Ihnen erreicht hat, hat man jetzt jemanden hergeholt, um Sie zu verhören. Er soll der brutalste Vernehmungsbeamte sein, den es gibt, und er hat bisher noch jeden dazu gebracht, ein Geständnis zu unterschreiben. Man hat Sie halb nackt in eine eiskalte Zelle gesperrt, und bald wird man sich etwas Neues ausdenken, um Ihren Willen zu brechen. Man wird Sie verprügeln, Ihre Füße in eiskaltes Wasser stecken, Ihnen mit einer Lampe ins Gesicht leuchten, bis Sie durchdrehen, und der Vernehmungsbeamte wird Ihnen vorsätzlich Dinge erzählen, für die Sie ihn umbringen könnten. Sie müssen stark sein, sonst haben Sie keine Chance.«

»Glauben Sie, sie ist in Sicherheit?«, fragte Alexander leise.

»Nein, das glaube ich nicht! Wer ist hier denn schon in Sicherheit, Alexander?«, flüsterte Stepanow. »Sie etwa? Ich? Und Tatiana am allerwenigsten. Man sucht überall nach ihr, in Leningrad, in Molotow, in Lazarewo. Wenn sie in Helsinki ist, wird man auch das herausfinden, das wissen Sie doch selbst. Man wird sie zurückbringen. Heute Vormittag will man im Rotkreuz-Krankenhaus in Helsinki anrufen.«

»Es wird Zeit!«, brüllte jemand von draußen.

»Wie oft muss ich das noch hören in meinem Leben?«, fragte Alexander laut. »Bei meiner Mutter, bei meinem Vater, bei meiner Frau und jetzt bei mir. Wann hört das endlich auf?«

Stepanow nahm ihm seine Jacke ab. »Die Anklagen, die man gegen Sie erhebt …«

»Bitte fragen Sie mich nicht, Herr Oberst.«

»Streiten Sie alles ab, Alexander.«

Als Stepanow sich zum Gehen wandte, sagte Alexander: »Oberst Stepanow? An dem Tag, als man mich weggebracht hat, ist … Tania da zu Ihnen gekommen?« Er fühlte sich so geschwächt, dass er kaum noch ein Wort herausbrachte. Wie kalt die Wand auch sein mochte, er konnte einfach nicht mehr aus eigener Kraft aufrecht stehen. Er lehnte sich an den eiskalten Beton und ließ sich langsam zu Boden sinken. »Haben Sie sie gesehen?«

Er schaute zu Stepanow empor, und der nickte.

»Wie ging es ihr?«
»Fragen Sie nicht, Alexander.«
»War sie …«
»Fragen Sie nicht.«
»Sagen Sie es mir.«
»Wissen Sie noch, wie Sie mir meinen Sohn zurückgebracht haben?«, fragte Stepanow mit bebender Stimme. Alexander wandte den Blick ab. »Damit haben Sie mir geholfen, Trost zu finden. Ich konnte ihn noch einmal sehen, bevor er starb, und ich konnte ihn beerdigen.«
»Schon gut, hören Sie auf«, sagte Alexander.
»Wer hätte Ihrer Frau diesen Trost spenden sollen?«
Alexander vergrub das Gesicht in den Händen.
Stepanow verließ die Zelle, und Alexander blieb reglos auf dem Boden sitzen, vielleicht eine Minute, vielleicht auch einen Tag oder viele Jahre. Er brauchte kein Morphium mehr, keine Medikamente, kein Beruhigungsmittel. Er wünschte sich nur, eine Kugel durch sein wundes Herz jagen zu können.

Die Tür ging auf. Alexander hatte weder Wasser noch Brot bekommen und auch keine Kleider. Er wusste nicht mehr, wie lange er schon halb nackt in dieser kalten Zelle saß.
Ein Mann kam herein. Offensichtlich hatte er keine Lust zu stehen, denn hinter ihm brachte einer der Wachsoldaten einen Stuhl. Der große, kahlköpfige, unsympathische Mann setzte sich und sagte mit zuvorkommender, leicht nasaler Stimme: »Wissen Sie, was ich hier habe, Herr Major?«
Alexander schüttelte den Kopf. Zwischen ihnen stand eine Petroleumlampe. Er stand auf und trat ein wenig von der Wand weg.
»Ich habe hier Ihre Kleider, Herr Major. Ihre Kleider und eine Wolldecke. Und schauen Sie mal, hier habe ich ein schönes Schweinekotelett für Sie, mit Knochen. Es ist noch warm. Dazu ein paar Kartoffeln, mit saurer Sahne und Butter, ein Glas Wodka und eine schöne Zigarette. Sie können raus aus diesem gottverdammten, kalten Loch, Sie bekommen etwas zu essen, können sich anziehen. Würde Ihnen das gefallen?«
»Das würde mir sehr gefallen«, erwiderte Alexander unge-

rührt. Vor einem Fremden würde er seiner Stimme nicht erlauben zu zittern.
Der Mann lächelte. »Das habe ich mir gedacht. Ich bin extra von Leningrad hierher gekommen, um mit Ihnen zu reden. Können wir uns ein bisschen unterhalten?«
»Ich wüsste nicht, was dagegen spricht«, sagte Alexander. »Ich habe ja sonst nicht viel zu tun.«
Der Mann lachte. »Da haben Sie allerdings Recht.« Seine Augen, die nicht mitlachten, waren starr auf Alexander gerichtet.
»Worüber wollen Sie denn reden?«
»Hauptsächlich über Sie, Major Below. Und auch noch über ein paar andere Dinge.«
»Gut.«
»Hätten Sie gern Ihre Kleider?«
»Ich bin überzeugt davon«, sagte Alexander, »dass für einen klugen Mann, wie Sie es sind, die Antwort auf der Hand liegt.«
»Ich kann Sie in eine andere Zelle bringen. Die ist größer, wärmer, und sie hat ein Fenster. Es ist sehr viel wärmer dort. Bestimmt fünfundzwanzig Grad Celsius, ganz anders als hier, wo es sicher kaum fünf Grad Celsius hat.« Er lächelte noch einmal. »Oder soll ich das für Sie in Fahrenheit umrechnen, Herr Major?«
Fahrenheit? Alexander kniff die Augen zusammen. »Das ist nicht notwendig.«
»Habe ich schon die Zigaretten erwähnt?«
»Das haben Sie.«
»All diese Dinge, Herr Major – schöne Dinge. Hätten Sie die gern?«
»Die Frage habe ich Ihnen schon beantwortet.«
»Das ist richtig. Aber ich habe noch eine andere Frage an Sie.«
»Ja?«
»Sind Sie Alexander Barrington, Sohn von Harold Barrington, der im Dezember 1930 hierher gekommen ist, mit einer bildschönen Frau und einem hübschen, elfjährigen Sohn?«
Alexander stand vor dem Stuhl des Vernehmungsbeamten

und verzog keine Miene. »Wie heißen Sie?«, fragte er. »Normalerweise stellt euereins sich vor.«
»Unsereins?« Der Mann lächelte. »Was halten Sie davon? Sie beantworten meine Frage, dann beantworte ich Ihre.«
»Und wie lautet Ihre Frage?«
»Sind Sie Alexander Barrington?«
»Nein. Wie heißen Sie?«
Der Mann schüttelte den Kopf.
»Was denn?«, sagte Alexander. »Sie haben gesagt, ich soll Ihre Frage beantworten. Das habe ich getan. Jetzt beantworten Sie meine.«
»Leonid Slonko«, sagte der Vernehmungsbeamte. »Ändert das jetzt etwas für Sie?«
Alexander musterte ihn eingehend. »Sagten Sie nicht, Sie seien aus Leningrad gekommen, um mit mir zu reden?«
»Ja.«
»Sie arbeiten also in Leningrad?«
»Ja.«
»Schon lange, Genosse Slonko? Wie ich höre, sind Sie sehr gut. Sie arbeiten sicher schon lange in diesem Bereich. Ich würde vermuten, seit mindestens zehn Jahren.«
»Seit dreiundzwanzig Jahren.«
Alexander stieß einen anerkennenden Pfiff aus. »Und wo in Leningrad?«
»Wie bitte?«
»Wo arbeiten Sie? Im Kresty? Oder in der Haftanstalt an der Millionnaja?«
»Was wissen Sie über diese Haftanstalt, Herr Major?«
»Ich weiß nur, dass sie 1864, während der Regentschaft Alexanders II., erbaut wurde. Arbeiten Sie dort?«
»Hin und wieder verhöre ich dort die Häftlinge, ja.«
Alexander nickte. »Leningrad ist eine schöne Stadt. Ich habe mich allerdings nie ganz dort eingelebt.«
»Nein? Wie kommt das?«
»Tja, wie kommt das? Krasnodar gefällt mir besser. Dort ist es wärmer, wissen Sie?« Alexander lächelte. »Und wie lautet Ihr Titel, Genosse?«
»Ich bin Stabsleiter«, erwiderte Slonko.

»Dann sind Sie also nicht beim Militär? Das dachte ich mir.«

Slonko erhob sich, mit Alexanders Kleidern in der Hand. »Gerade kommt mir der Gedanke, Herr Major«, sagte er, »dass unsere Unterhaltung beendet sein könnte.«

»Der Ansicht bin ich auch«, sagte Alexander. »Nett, dass Sie vorbeigekommen sind.«

Slonko verschwand so plötzlich und wutentbrannt, dass er die Lampe und den Stuhl zurückließ. Es dauerte eine ganze Weile, bis einer der Wachsoldaten hereinkam, um sie zu holen.

Dann war es wieder dunkel. Die Dunkelheit war zermürbend, doch nichts war so schrecklich wie die Angst. Diesmal musste Alexander allerdings nicht sehr lange warten.

Die Tür öffnete sich, und zwei Soldaten kamen herein und befahlen ihm, mit ihnen zu kommen. »Ich habe nichts an«, sagte Alexander.

»Da, wo Sie hingehen, brauchen Sie keine Kleider.«

Das klingt ja viel versprechend, dachte Alexander. Die Soldaten waren jung und eifrig, also von der schlimmsten Sorte. Er ging erst zwischen ihnen, dann ein Stückchen vor ihnen. Barfuß ging er die steinerne Treppe hinauf und dann den Gang der Schule entlang und durch eine Hintertür hinaus in die Wälder, barfuß durch den Schneematsch. Ob sie ihm wohl befehlen würden, eine Grube auszuheben? Er spürte die Läufe ihrer Maschinenpistolen im Rücken. Seine Füße waren ganz taub, sein ganzer Körper wurde langsam taub, nur nicht seine Brust, nur nicht sein Herz. Wenn das Herz nur aufhören würde, so sehr zu schmerzen, dann würde er das alles viel besser ertragen können.

Er dachte an den elfjährigen Pfadfinder, den kleinen amerikanischen Jungen, den kleinen sowjetischen Jungen. Die kahlen Bäume wirkten geisterhaft, doch einen Augenblick lang stimmte es ihn froh, die kalte Luft einzuatmen und den grauen Himmel über sich zu sehen. Es wird alles gut, dachte er. Wenn Tania in Helsinki ist und sich daran erinnert, was ich ihr gesagt habe, wird sie Sayers sicher überzeugt haben, so bald wie möglich weiterzureisen. Vielleicht sind sie ja be-

reits fort, bereits auf dem Weg nach New York. Und dann spielt alles andere keine Rolle mehr.
»Drehen Sie sich um«, sagte einer der Soldaten.
»Soll ich vorher stehen bleiben?«, fragte Alexander mit klappernden Zähnen.
»Bleiben Sie stehen«, sagte der Soldat verwirrt. »Und drehen Sie sich dann um.«
Alexander blieb stehen und drehte sich um.
»Alexander Below«, sagte der kleinere der beiden Soldaten und bemühte sich dabei, so offiziell wie möglich zu klingen. »Sie wurden der Spionage und des Verrats an Ihrem Vaterland für schuldig befunden, in einer Zeit, in der sich unser Land im Krieg befindet. Verrat wird mit dem Tode bestraft. Das Urteil wird umgehend vollstreckt.«
Alexander blieb ganz still stehen. Er stellte die Füße zusammen und ließ die Arme an den Seiten herabhängen. So stand er da und sah die beiden Soldaten an, ohne eine Miene zu verziehen. Die beiden blickten verwirrt drein.
»Und, was jetzt?«, fragte er gedehnt.
»Verrat wird mit dem Tode bestraft«, wiederholte der Kleinere. Er kam zu Alexander herüber und reichte ihm eine schwarze Augenbinde. »Hier«, sagte er. Alexander sah, dass dem jungen Mann die Hände zitterten.
»Wie alt sind Sie, Unteroffizier?«, fragte er leise.
»Dreiundzwanzig«, erwiderte der andere.
»Das ist ja merkwürdig – ich auch«, sagte Alexander. »Stellen Sie sich vor, vor drei Tagen war ich noch Major der Roten Armee. Vor drei Tagen trug ich einen Orden an der Brust und war ein Held der Sowjetunion. Ist das nicht erstaunlich?«
Die Hände des Soldaten zitterten stärker, als er die Augenbinde zu Alexanders Gesicht emporhob. Alexander wich zurück und schüttelte den Kopf. »Vergessen Sie's. Und ich werde mich auch nicht umdrehen. Na los, gehen Sie zurück zu Ihrem Freund.«
»Ich führe nur meine Befehle aus, Herr Major«, sagte der junge Mann, und plötzlich erkannte Alexander ihn. Es war einer der Unteroffiziere, die vor drei Monaten gemeinsam

mit ihm Stellung zum Sturm auf die Newa genommen hatten, beim Versuch, die Blockade von Leningrad zu durchbrechen. Alexander hatte ihm das Flakgeschütz übergeben, um Anatolij Marasow zu Hilfe zu kommen.
»Unteroffizier … Iwanow?«, sagte Alexander. »Na, so was. Ich hoffe, wenn Sie mich erschießen, stellen Sie sich geschickter an als bei der Abwehr der Luftwaffe-Flugzeuge, die uns fast umgebracht hätten.«
Der Unteroffizier wich Alexanders Blick aus. »Wenn Sie zielen wollen, werden Sie mich schon ansehen müssen.« Alexander stand hoch aufgerichtet da. »Sonst verfehlen Sie mich am Ende noch.«
Iwanow trat neben den anderen Soldaten. »Bitte drehen Sie sich um, Herr Major«, sagte er.
»Nein«, sagte Alexander. Er hielt die Augen fest auf die beiden Männer mit den Maschinenpistolen gerichtet. »Ich bin bereit. Wovor fürchten Sie sich denn? Sie sehen doch, dass ich halb nackt und unbewaffnet bin.«
Er richtete sich zu seiner vollen Größe auf. Die beiden Soldaten waren wie gelähmt. »Genossen«, sagte Alexander. »Ich werde Ihnen bestimmt nicht den Befehl geben, die Waffen anzulegen. Das müssen Sie schon selbst tun.«
»Gut, Iwanow, legen Sie an«, sagte der andere Unteroffizier. Sie zielten mit den Waffen. Alexander blickte direkt in den Lauf der einen. Er blinzelte. *Lieber Gott, bitte sorg für meine Tania, sie ist jetzt ganz allein auf der Welt.*
»Auf drei«, sagte der Unteroffizier, als beide Männer angelegt hatten.
»Eins …«
»Zwei …«
Alexander betrachtete ihre Gesichter. Sie hatten beide solche Angst. Dann schaute er in sein eigenes Herz. Er hatte keine Angst. Er fror, und er hatte das Gefühl, auf der Erde noch einiges erledigen zu müssen, Dinge, die nicht bis in alle Ewigkeit warten konnten. Doch zugleich sah er die beiden verängstigten Unteroffiziere nicht mehr, sondern sah sein elfjähriges Gesicht vor sich, im Spiegel seines Zimmers in Boston, an dem Tag, als er aus Amerika fortgegangen war. Was für

ein Mann bin ich denn geworden?, dachte er. Bin ich so geworden, wie mein Vater es sich gewünscht hat? Entschlossen kniff er die Lippen zusammen. Das konnte er nicht wissen, doch er wusste, dass er so geworden war, wie er selbst sein wollte. Das musste in diesem Augenblick genügen. Ich habe mich selbst nicht enttäuscht, dachte er, straffte die Schultern und hob das Kinn. Er war bereit für »Drei«.

Doch »Drei« kam nicht.

»Halt!« Von der Seite drang eine andere Stimme an sein Ohr. Die Soldaten ließen ihre Waffen sinken. Slonko, mit einem warmen Mantel, einem Filzhut und Lederhandschuhen bekleidet, kam eilig auf Alexander zu. »Stehen Sie bequem.« Slonko legte Alexander seinen Mantel um die Schultern. »Sie sind ein Glückspilz, Major Below. General Mechlis hat Sie persönlich begnadigt.« Er legte Alexander die Hand auf die Schulter. Wie kam es nur, dass diese Berührung ihn erschauern ließ?

»Kommen Sie, gehen wir hinein. Sie müssen sich etwas anziehen. Sie holen sich ja den Tod bei diesem Wetter.«

Alexander maß Slonko mit kühlem Blick. Er erinnerte sich, gelesen zu haben, dass Fjodor Dostojewskij einmal etwas Ähnliches erlebt hatte, als die Soldaten Alexanders II. schon bereitstanden, um ihn zu exekutieren. Dostojewskij war in letzter Sekunde begnadigt worden, da der Zar Milde zeigen wollte, und man hatte ihn stattdessen ins Exil geschickt. Die Erfahrung, dem Tod schon ins Auge zu blicken und dann doch noch begnadigt zu werden, hatte Dostojewskij für immer verändert. Alexander hingegen blieb keine Zeit, so tief in seine Seele hineinzuhorchen, dass ihn das Erlebnis auch nur für fünf Minuten verändert hätte. Er glaubte nicht daran, dass man ihm Gnade hatte zeigen wollen. Das Ganze war nichts weiter als eine List. Er war schon vorher ruhig gewesen, und so blieb er auch jetzt ruhig. Nur manchmal lief ein Schauer durch seinen Körper. Im Gegensatz zu Dostojewskij hatte er dem Tod in den letzten sechs Jahren bereits zu oft ins Auge geblickt, als dass er ihn noch einschüchtern konnte.

Alexander ging hinter Slonko zurück in das Schulgebäude,

und die beiden Unteroffiziere folgten ihnen. In einem kleinen, warmen Zimmer fand er seine Kleider und seine Stiefel und einen Tisch mit Essen vor. Alexander zog sich mit zitternden Gliedern an. Er streifte die – tatsächlich frisch gewaschenen – Socken über seine Füße und rieb sie dann so lange, bis das Blut wieder zu zirkulieren schien. An seinen Zehen bemerkte er ein paar schwarze Flecken und machte sich sorgenvolle Gedanken über Erfrierungen, Entzündung und Amputation. Doch das beunruhigte ihn nicht allzu lange, denn die Wunde an seinem Rücken brannte zu sehr. Unteroffizier Iwanow kam herein und bot ihm ein Glas Wodka zum Aufwärmen an. Alexander trank den Wodka und bat außerdem um heißen Tee.

Nachdem er sich in dem warmen Zimmer langsam satt gegessen und den Tee getrunken hatte, fühlte Alexander sich müde. Er hätte auf der Stelle einschlafen können. Wie lange genau hatte man ihn gefangen gehalten? Zwei Tage? Drei Tage? Die schwarzen Flecken an seinen Füßen verblassten, wurden grau. Er schloss für einen Augenblick die Augen, und als er sie wieder öffnete, stand Slonko vor ihm. »Sie verdanken Ihr Leben General Mechlis persönlich«, sagte er. »Er wollte beweisen, dass wir keine Unmenschen sind und dass wir an Milde glauben.«

Alexander blieb reglos sitzen. Er brauchte all seine Kraft, um überhaupt wach zu bleiben.

»Wie fühlen Sie sich, Major Below?«, fragte Slonko. Er zückte eine Flasche Wodka und zwei Gläser. »Kommen Sie, wir sind doch beide vernünftige Menschen. Trinken wir einen Schluck. Begraben wir unsere Meinungsverschiedenheiten.«

Alexander schüttelte nur den Kopf. »Ich habe gegessen und Tee getrunken«, sagte er. »Ich fühle mich so gut, wie unter diesen Umständen möglich.« Er konnte sich kaum noch aufrecht halten.

»Ich würde gern ein paar Minuten mit Ihnen reden.«

»Sie wollen offensichtlich, dass ich lüge, und das kann ich nicht, wie sehr Sie mich auch frieren lassen.« Er blinzelte und hielt die Augen kurz geschlossen.

»Wir haben Sie begnadigt, Herr Major.«

Mit einiger Mühe öffnete Alexander die Augen wieder. »Ja, aber warum? Haben Sie mich begnadigt, weil Sie von meiner Unschuld überzeugt sind?«

Slonko zuckte die Achseln. »Schauen Sie, es ist doch ganz einfach.« Er legte ein Blatt Papier vor Alexander hin. »Sie müssen nur dieses Dokument hier unterzeichnen. Damit erkennen Sie an, dass Sie begnadigt worden sind. Anschließend gehen Sie nach Sibirien ins Exil und können bis an Ihr Lebensende in Frieden leben, weit weg vom Krieg. Möchten Sie das nicht?«

»Das weiß ich nicht genau«, sagte Alexander. »Aber ich werde nichts unterschreiben.«

»Sie müssen unterschreiben, Major Below. Sie sind unser Gefangener. Sie müssen tun, was man Ihnen sagt.«

»Ich habe dem, was ich Ihnen bereits gesagt habe, nichts hinzuzufügen.«

»Sie müssen auch gar nichts hinzufügen. Unterschreiben Sie einfach.«

»Ich werde meinen Namen unter kein einziges Schriftstück setzen.«

»Wie lautet eigentlich Ihr Name?«, fragte Slonko unvermittelt. »Wissen Sie das überhaupt noch?«

»Das weiß ich sogar sehr gut«, erwiderte Alexander.

Slonko goss sich einen Wodka ein. Alexander spürte, dass ihm immer wieder der Kopf nach vorne fiel. Dennoch gab es ihm Kraft, wieder bekleidet zu sein, seine Stiefel wieder zu tragen.

»Ich kann gar nicht fassen, dass Sie mich hier alleine trinken lassen, Major. Das ist fast schon unhöflich.«

»Vielleicht sollten Sie lieber nichts trinken, Genosse Slonko. Man rutscht so leicht ab.«

Slonko blickte von seinem Wodka auf und sah Alexander minutenlang unverwandt an. Schließlich sagte er langsam: »Wissen Sie, vor langer Zeit kannte ich einmal eine Frau, eine sehr schöne Frau, die war eine Trinkerin.«

Alexander wusste, dass Slonko keine Antwort erwartete. Also schwieg er.

»Ja. Die war schon was. Sie war sehr tapfer und hat furchtbar darunter gelitten, dass sie im Gefängnis nichts zu trinken bekam. Als wir sie zur Befragung festgenommen haben, war sie sturzbetrunken. Es dauerte mehrere Tage, bis sie wieder nüchtern war. Aber als es schließlich so weit war, haben wir uns lange unterhalten. Ich habe ihr einen Wodka angeboten, und sie hat ihn angenommen. Dann habe ich ihr ein Papier zum Unterschreiben gegeben, und sie hat ohne Zögern unterschrieben. Sie hat mich nur um eines gebeten – und wissen Sie, was das war?«

Unter großer Anstrengung schüttelte Alexander den Kopf.

»Ich sollte ihren Sohn verschonen. Das war ihre einzige Bitte. Ich sollte ihren einzigen Sohn verschonen: Alexander Barrington.«

»Das war sehr lieb von ihr«, sagte Alexander. Er presste die Hände aneinander, damit sie nicht zitterten, und zwang sich, vollkommen ruhig zu bleiben. Er wollte sein wie der Stuhl, wie der Tisch, wie die Tafel, und nicht wie die Fensterscheibe, die im Märzwind klapperte. Es war nur noch eine Frage der Zeit, dann würde die Scheibe aus dem Rahmen springen. *Wie die bunten Glasfenster in der Kirche in Lazarewo.*

»Ich möchte Sie etwas fragen, Major«, sagte Slonko in freundschaftlichem Ton. Er trank seinen Wodka in einem Zug aus und stellte das leere Glas auf die hölzerne Tischplatte. »Wenn Sie noch einen Wunsch frei hätten, ehe man Sie hinrichtet, worum würden Sie mich dann bitten?«

»Um eine Zigarette«, gab Alexander zur Antwort.

»Nicht um Gnade?«

»Nein.«

»Wussten Sie, dass Ihr Vater mich auch gebeten hat, Ihnen Gnade zu zeigen? Haben Sie das gewusst?«

Alexander wurde bleich.

Slonko sagte auf Englisch: »Ihre Mutter hat mir angeboten, mit ihr zu schlafen, aber ich habe abgelehnt.« Er hielt inne und lächelte. »Zumindest beim ersten Mal.«

Alexander knirschte mit den Zähnen, verzog jedoch weiterhin keine Miene. Er antwortete auf Russisch: »Reden Sie mit mir, Genosse? Ich kann nur Russisch. In der Schule hat man

versucht, mir Französisch beizubringen, aber ich war nie besonders gut in Sprachen.« Dann schwieg er. Sein Mund fühlte sich trocken an.
»Ich will Sie noch einmal fragen«, sagte Slonko. »Ich werde Sie geduldig und höflich fragen. Sind Sie Alexander Barrington, der Sohn von Jane und Harold Barrington?«
»Und ich werde Ihnen geduldig und höflich antworten«, sagte Alexander. »Obwohl man mich das bereits etwa hundertfünfzigmal gefragt hat. Ich bin es *nicht*.«
»Aber Herr Major, aus welchem Grund hätte unser Informant uns anlügen sollen? Woher hätte er diese Information haben sollen? Er hätte sich das niemals ausdenken können. Er wusste Dinge von Ihnen, die sonst niemand wissen kann.«
»Und wo ist der Mann?«, fragte Alexander. »Ich würde ihn gern sehen und ihn fragen, ob er sicher ist, dass er mich meint. Ich bin überzeugt davon, dass er sich irrt.«
»Nein, er ist sicher, dass Sie Alexander Barrington sind.«
Alexander sprach lauter. »Wenn er da so sicher ist, dann soll er mich doch identifizieren. Dieser Mann, von dem Sie reden, ist er ein aufrechter Genosse? Ein ehrlicher Sowjetbürger? Ist er kein Verräter, hat er seinem Land nicht den Rücken gekehrt? Hat er ihm stolz gedient, so wie ich? Hat er Auszeichnungen erhalten und niemals den Kampf gescheut, selbst wenn alles aussichtslos schien? Dieser Mann, von dem Sie reden, ist doch sicher ein Vorbild für uns alle, oder etwa nicht? Zeigen Sie mir dieses Musterbeispiel des neuen sowjetischen Pflichtbewusstseins. Er soll mir in die Augen schauen, mit dem Finger auf mich zeigen und sagen: ›Das ist Alexander Barrington.‹« Alexander lächelte. »Und dann sehen wir weiter.«
Jetzt wurde Slonko bleich. »Ich bin von Leningrad hierher gekommen, um mit Ihnen zu reden wie mit einem vernünftigen Menschen«, zischte er und verlor dabei etwas von seiner falschen Sanftheit. Er fletschte die Zähne, und seine Augen verengten sich zu Schlitzen.
»Und ich bin sehr erfreut darüber, mich mit Ihnen zu unterhalten«, erwiderte Alexander, und seine dunklen Augen wurden noch eine Spur dunkler dabei. »Ich bin immer wieder

froh, mit einem ernsthaften Vertreter der sowjetischen Behörden zu reden, der die Wahrheit finden will und dabei nichts unversucht lässt. Ich möchte Ihnen ja helfen. Bringen Sie mir meinen Ankläger. Klären wir die Sache auf, ein für alle Mal.« Alexander erhob sich und machte einen beinahe drohenden Schritt auf Slonko zu. »Aber wenn wir sie geklärt haben, verlange ich, dass mein Name wieder reingewaschen wird.«
»Und welcher Name soll das sein, Herr Major?«
»Mein rechtmäßiger Name. Alexander Below.«
»Wissen Sie eigentlich, dass Sie Ihrer Mutter sehr ähnlich sehen?«, sagte Slonko unvermittelt.
»Meine Mutter ist schon lange tot. Sie starb an Typhus, in Krasnodar. Das werden Ihre Spitzel Ihnen doch längst mitgeteilt haben.«
»Ich meine Ihre richtige Mutter. Die Frau, die für einen Schluck Wodka jedem Wachsoldaten einen geblasen hätte.«
Alexander zuckte nicht einmal mit der Wimper. »Das ist ja hochinteressant, aber meine Mutter war Bäuerin. Ich glaube nicht, dass sie je einen Wachsoldaten zu Gesicht bekommen hat.«
Slonko spuckte vor ihm aus und verließ den Raum.
Ein Wachsoldat kam herein und stellte sich neben Alexander. Alexander wollte einfach nur die Augen schließen und schlafen. Doch jedes Mal, wenn ihm die Augen zufielen, stieß der Soldat ihm den Waffenkolben unters Kinn und brüllte ihn an, er solle aufwachen. Also musste Alexander versuchen, mit offenen Augen zu schlafen.
Die schwache Sonne ging unter, und es wurde dunkel im Zimmer. Der Unteroffizier zündete eine helle Lampe an und leuchtete Alexander damit ins Gesicht. Auch mit seiner Maschinenpistole ging er jetzt sehr viel brutaler um. Als er zum dritten Mal versuchte, Alexander den Lauf in die Kehle zu rammen, packte Alexander die Waffe, entwand sie dem Soldaten und richtete sie auf ihn. Er baute sich drohend vor ihm auf und sagte: »Sie sollen nur darauf achten, dass ich nicht einschlafe. Brutalere Methoden sind unnötig. Können Sie sich gefälligst daran halten?«

»Geben Sie mir meine Waffe zurück!«
»Antworten Sie.«
»Ja, ich halte mich daran.«
Alexander gab dem Soldaten die Waffe zurück, und der nahm sie und schlug ihm dann den Kolben über den Kopf. Alexander zuckte zusammen. Einen Augenblick lang wurde ihm schwarz vor Augen, doch er gab keinen Laut von sich. Der Soldat verließ das Zimmer und kam kurze Zeit später mit seiner Ablösung zurück: Unteroffizier Iwanow. Und Iwanow sagte: »Machen Sie ruhig die Augen zu, Herr Major. Wenn jemand kommt, schreie ich Sie an. Aber dann müssen Sie sofort die Augen aufmachen, in Ordnung?«
»In Ordnung«, sagte Alexander und schloss dankbar die Augen. Er hoffte, nicht mit diesem unbequemen Stuhl ohne Armlehnen und mit zu kurzer Rückenlehne umzufallen.
»Das machen die immer so«, hörte er Iwanow sagen. »Sie halten die Leute Tag und Nacht wach, geben ihnen nichts zu essen, lassen sie tagsüber nackt, nass und frierend im Dunkeln liegen und nachts im hellen Licht, bis sie schließlich zusammenbrechen, behaupten, dass schwarz weiß ist und umgekehrt und die verdammten Dokumente unterzeichnen.«
»Ich weiß«, erwiderte Alexander mit geschlossenen Augen.
»Unteroffizier Boris Maikow hat die Papiere unterschrieben«, sagte Iwanow. »Er ist gestern erschossen worden.«
»Und was ist mit dem anderen?«, fragte Alexander, ohne die Augen zu öffnen. »Mit Uspenskij?«
»Der ist wieder im Lazarett. Die haben gemerkt, dass er nur eine Lunge hat, und jetzt warten sie darauf, dass er stirbt. An den braucht man keine Kugel zu verschwenden.«
Alexander war zu erschöpft, um zu antworten. Iwanow sprach noch ein wenig leiser und sagte: »Herr Major, vor ein paar Stunden habe ich gehört, wie sich Slonko mit Mitterand gestritten hat. Er hat zu Mitterand gesagt: ›Nur keine Sorge. Entweder ich kriege ihn klein, oder er stirbt.‹«
Alexander gab keine Antwort.
Er hörte Iwanow flüstern: »Lassen Sie sich nicht von ihm kleinkriegen, Herr Major.«
Doch Alexander antwortete nicht. Er war eingeschlafen.

Leningrad, 1935

In Leningrad fanden die Barringtons zwei kleine Zimmer direkt nebeneinander, in einer Gemeinschaftswohnung in einem baufälligen Haus aus dem neunzehnten Jahrhundert. Alexander suchte sich eine neue Schule, packte seine wenigen Bücher und seine Kleider aus und blieb ein ganz normaler Fünfzehnjähriger. Harold nahm eine Stelle als Schreiner in einer Möbelfabrik an, und Jane blieb daheim und trank. Alexander hielt sich so weit wie möglich fern von den beiden Zimmern, die sein neues Zuhause sein sollten. Er verbrachte viel Zeit damit, durch Leningrad zu streifen. Die Stadt gefiel ihm besser als Moskau. Die zartfarbenen Stuckfassaden, die weißen Nächte, die Newa – Leningrad wirkte geschichtsträchtig und romantisch, mit all den Gärten und Palästen, den breiten Boulevards und den kleinen Bächen und Kanälen, die die stets lebendige Stadt wie ein Gitterwerk durchzogen.

Mit sechzehn meldete sich Alexander bei der Roten Armee, wie es seine Pflicht war – unter dem Namen Alexander Barrington. Es war sein ganz persönlicher rebellischer Akt, dass er sich weigerte, seinen Namen zu ändern.

In der Gemeinschaftswohnung war die Familie bemüht, sich von den Nachbarn fern zu halten; sie hatten ja kaum genug für sich selbst, geschweige denn für andere. Doch dann begannen Swetlana und Wladimir Wisselskij, ein Ehepaar aus dem zweiten Stock, ihre Freundschaft zu suchen. Sie wohnten mit Wladimirs Mutter in einem Zimmer und fassten gleich eine Zuneigung zu den Barringtons, obwohl sie sie ein wenig um ihre zwei Zimmer beneideten. Wladimir war Straßenbauingenieur, und Swetlana arbeitete in der Bibliothek. Sie versicherte Jane immer wieder, dass sich dort auch für sie Arbeit finden werde. Schließlich nahm Jane eine Stelle an, doch sie war nicht mehr in der Lage, morgens rechtzeitig aufzustehen und zur Arbeit zu gehen.

Alexander mochte Swetlana. Sie war Ende dreißig, elegant gekleidet, attraktiv und geistreich, und es gefiel ihm, dass sie ihn wie einen erwachsenen Menschen behandelte. Der Sommer des Jahres 1935 war für Alexander eine Zeit der Ruhelosigkeit. Seine Eltern hatten weder das Geld noch die Energie, eine Datscha zu mieten, und der Sommer in der Stadt, ohne die Möglichkeit, neue Freunde zu finden, hielt nur wenig Reiz für ihn bereit. Tagsüber durchstreifte er die Stadt, und nachts las er. Er legte sich einen Ausweis für die Bibliothek zu, in der Swetlana arbeitete, und saß oft dort und unterhielt sich mit ihr. Von Zeit zu Zeit las er auch. Meistens gingen sie dann gemeinsam nach Hause.

Swetlanas beiläufige Freundlichkeit tat seiner Mutter gut, doch schon bald begann sie wieder, nachmittags zu trinken. Alexander verbrachte immer mehr Zeit in der Bibliothek. Auf dem Heimweg bot Swetlana ihm häufig eine Zigarette an, die er irgendwann annahm, oder einen Schluck Wodka, den er allerdings weiterhin ablehnte. Nach und nach begann er, sich auf den Geschmack der Zigaretten zu freuen. Der Wodka veränderte ihn auf eine Weise, die ihm nicht gefiel, doch das Rauchen schenkte ihm eine gewisse Ruhe und dämpfte für den Augenblick sein jugendliches Ungestüm.

Eines Nachmittags kamen sie früher zurück als sonst und fanden Alexanders Mutter sturzbetrunken in ihrem Zimmer vor. Sie gingen in Alexanders Zimmer hinüber, um noch einen Augenblick zusammenzusitzen, bevor Swetlana wieder nach oben gehen wollte. Sie bot Alexander noch eine Zigarette an, und dabei rückte sie auf dem Sofa ein wenig näher an ihn heran. Er musterte sie und fragte sich, ob er sie wohl missverstand, doch dann nahm sie ihre Zigarette aus dem Mund, schob sie zwischen seine Lippen und küsste ihn zart auf die Wange. »Keine Angst«, sagte sie. »Ich beiße nicht.«

Offenbar missverstand er sie keineswegs.

Er war sechzehn Jahre alt und zu allem bereit.

Ihre Lippen wanderten zu seinem Mund hinüber. »Hast du Angst?«, fragte sie.

»Ich nicht«, sagte er und warf Zigaretten und Feuerzeug zu Boden. »Aber du solltest Angst haben.«

Zwei Stunden verbrachten sie gemeinsam auf seinem Sofa, und später ging Swetlana den Gang entlang, mit dem unsicheren Schritt eines Menschen, der siegesgewiss in den

Kampf gezogen ist und nun, all seiner Waffen beraubt, von dannen humpelt.
Sie humpelte direkt an Harold vorbei, der gerade von der Arbeit nach Hause kam. Er nickte ihr zu und fragte: »Bleibst du nicht zum Abendessen?«
»Es gibt kein Abendessen«, erwiderte Swetlana mit schwacher Stimme. »Deine Frau schläft noch.«
Alexander schloss seine Zimmertür und lächelte in sich hinein.
Harold bereitete das Abendessen für sich und seinen Sohn zu, und Alexander verbrachte den Rest des Abends in seinem Zimmer. Er gab vor zu lesen, doch im Grunde wartete er nur auf den nächsten Tag. Auf einen weiteren Nachmittag mit Swetlana, und immer noch einen weiteren Nachmittag.
Einen ganzen Sommermonat hindurch trafen sie sich am späten Nachmittag. Alexander genoss diese Zusammenkünfte. Swetlana zeigte ihm genau, was er tun musste, um ihr Lust zu bereiten, und er erwies sich als gelehriger Schüler. Von ihr lernte er Geduld und Ausdauer. Und da er von Natur aus große Beharrlichkeit besaß, kam Swetlana immer früher von der Arbeit nach Hause. Alexander fühlte sich geschmeichelt, und der Sommer verging wie im Flug.
An den Wochenenden, wenn Swetlana mit ihrem Mann zu Besuch kam, wahrten sie und Alexander den Schein einer flüchtigen Bekanntschaft, und diese erotische Spannung bereitete ihm einen ganz neuen, unbekannten Genuss.
Dann begann Swetlana zu fragen, wo er seine Abende verbrachte. Alexander wollte jetzt, da er die Grenze einmal überschritten hatte, sie immer und immer wieder überschreiten, allerdings nicht nur mit Swetlana. Und er hätte gern weiterhin beides gehabt, Swetlana ebenso wie die Mädchen in seinem Alter.
Doch eines Sonntagabends, als sie zu fünft bei Kartoffeln und ein paar Heringshappen saßen, sagte Swetlanas Ehemann plötzlich ohne erkennbaren Anlass: »Meine Swetotschka muss sich wohl bald eine zweite Stelle suchen. Offenbar hat die Bibliothek ihre Stundenzahl auf Teilzeit reduziert.«
»Aber wann soll sie dann meine Frau besuchen?«, fragte Ha-

rold und nahm sich eine weitere Portion Kartoffeln. Sie saßen um den kleinen Esstisch im Zimmer von Alexanders Eltern.
»Du kommst mich besuchen?«, fragte Jane, an Swetlana gewandt.
Einen Augenblick lang gab keiner eine Antwort. Dann nickte Jane. »Ja, natürlich tust du. Jeden Tag kommst du zu mir, immer am Nachmittag.«
»Und ihr beiden Hübschen scheint es ja richtig nett zu haben«, fuhr Wladimir fort. »Wenn meine Frau nach Hause kommt, ist sie immer bester Laune. Wenn ich es nicht besser wüsste, würde ich fast glauben, sie hätte eine wilde Liebesaffäre.« Er lachte, so wie es ein Mann tut, der allein den Gedanken, seine Frau könne eine Affäre haben, für vollkommen abwegig hält.
Swetlana stimmte lauthals in sein Lachen ein, und auch Harold kicherte vor sich hin. Nur Jane und Alexander saßen wie versteinert da. Jane schwieg für den Rest des Abends, trank dafür aber umso mehr und schlief schließlich auf dem Sofa ein, während die anderen den Tisch abräumten. Doch als Alexander am nächsten Tag nach Hause kam, fand er seine Mutter, ernst und nüchtern, in seinem Zimmer vor.
»Ich habe sie weggeschickt«, sagte sie, als er hereinkam. Er ließ die Tasche mit den Büchern und seine Jacke zu Boden fallen und blieb mit verschränkten Armen vor seiner Mutter stehen.
»Gut«, sagte er.
»Was machst du nur, Alexander?«, fragte sie leise. Er sah, dass sie geweint hatte.
»Ich weiß es nicht, Mutter. Was machst du denn?«
»Alexander …«
»Warum machst du dir solche Sorgen?«
»Weil ich mich nicht richtig um meinen Sohn kümmere«, erwiderte sie.
»Das macht dir also Sorgen?«
»Ich will nicht, dass es zu spät ist«, sagte sie mit leiser, bedrückter Stimme. »Ich weiß, es ist meine Schuld. Ich war in letzter Zeit keine gute …« Sie hielt kurz inne. »Ich war zu gar

nichts gut. Aber ganz egal, was in unserer Familie vorgeht, sie darf nicht mehr herkommen – nicht, wenn sie die Sache vor ihrem Mann geheim halten will.«

»So wie du vor deinem Mann geheim hältst, was du nachmittags so treibst?«

»Das ist ihm doch egal«, gab Jane zurück.

»Und Wladimir ist es auch egal«, konterte Alexander.

»Hör auf damit!«, schrie sie. »Was bezweckst du damit? Willst du mich aufrütteln?«

»Ich weiß, es wird dir schwer fallen, das zu glauben, Mutter, aber es hat absolut nichts mit dir zu tun.«

»Alexander«, erwiderte Jane bitter. »Es fällt mir tatsächlich schwer, das zu glauben. Du, der hübscheste Junge in ganz Russland, willst mir erzählen, dass du kein junges Mädchen findest, mit dem du dich austoben kannst, sondern dass es ausgerechnet eine Frau sein muss, die fast so alt ist wie ich und außerdem meine Freundin?«

»Wer sagt denn, dass ich kein Mädchen gefunden habe? Aber hätte dich das vielleicht nüchtern gemacht?«

»Soso, dann hat es also doch etwas mit mir zu tun!« Sie blieb auf dem Sofa sitzen, und Alexander stand weiterhin mit verschränkten Armen vor ihr.

»Willst du so dein Leben verbringen? Als Spielzeug älterer Frauen, die sich langweilen?«

Alexander spürte Zorn in sich aufsteigen. Er biss die Zähne zusammen. Sie würde ihn noch so weit bringen, dass er die Beherrschung verlor.

»Antworte!«, rief sie laut. »Willst du das?«

»Was denn?«, gab er ebenso laut zurück. »Glaubst du, ich hätte viele andere Möglichkeiten? Und was ist überhaupt so schrecklich daran?«

Jane sprang auf. »Pass auf, was du sagst«, rief sie. »Ich bin immer noch deine Mutter.«

»Dann benimm dich auch wie meine Mutter!«, schrie er sie an.

»Dein ganzes Leben lang habe ich für dich gesorgt.«

»Dann schau dir mal an, was aus uns geworden ist. Wir versuchen, uns in Leningrad durchzuschlagen, du versäufst mehr als die Hälfte von Vaters Lohn, aber das reicht dir trotzdem nicht. Du hast deinen Schmuck verkauft, deine Bücher, deine ganze Aussteuer, alles nur für Wodka. Was bleibt dir denn noch, Mutter? Was willst du als Nächstes verkaufen?«

Zum ersten Mal in ihrem Leben holte Jane aus und gab Alexander eine Ohrfeige. Er hatte sie verdient, und er wusste es, doch er konnte nicht anders, er musste einfach weiterreden.

»Wenn du willst, dass etwas anders wird, musst du es selbst ändern, Mutter. Wenn du glaubst, du kannst mir plötzlich vorschreiben, was ich tun soll, nachdem du monatelang nicht mit mir geredet hast, dann kannst du das vergessen. Ich werde nicht auf dich hören. Da musst du mir schon mehr bieten.« Er hielt inne. »Hör mit dem Trinken auf.«

»Ich bin doch nüchtern.«

»Dann reden wir morgen noch einmal darüber.«

Doch am nächsten Tag war Jane wieder betrunken, und am übernächsten Tag ebenfalls.

Bald darauf fing das neue Schuljahr an. Alexander schloss nähere Bekanntschaft mit einem Mädchen namens Nadja. Eines Nachmittags wartete Swetlana vor der Schule auf ihn, als er lachend mit Nadja aus dem Gebäude kam. Er entschuldigte sich und ging mit Swetlana ein Stück die Straße entlang.

»Ich muss mit dir reden, Alexander.« Sie bogen in einen kleinen Park ein und setzten sich auf eine Bank unter den herbstlichen Bäumen.

Er räusperte sich. »Hör zu … wir hätten ohnehin damit aufhören müssen.«

»Aufhören?« Diese Möglichkeit schien ihr nie auch nur in den Sinn gekommen zu sein, und Alexander sah sie überrascht an.

»Aber doch nicht aufhören!«, rief sie. »Warum denn bloß?«

»Warum?«

»Verstehst du denn nicht, Alexander?« Sie zitterte am ganzen Körper und griff nach seiner Hand. »Das ist nur eine Prüfung für uns beide.«

Er entzog ihr die Hand. »Ich werde diese Prüfung nicht bestehen, Swetlana. Ich weiß beim besten Willen nicht, was du dir vorstellst. Ich bin erst sechzehn, ich gehe noch zur Schule. Du bist eine verheiratete Frau von neununddreißig Jahren. Was hast du denn geglaubt, wie lange das noch so weitergehen kann?«
»Beim ersten Mal«, sagte sie heiser, »habe ich gar nichts geglaubt.«
»Gut.«
»Aber jetzt ...«
Er blickte zu Boden. »Ach, Swetlana ...«
Sie erhob sich von der Bank. Der kehlige Schrei, den sie ausstieß, ließ Alexanders Lungen schmerzen – ihm war, als müsse er ihre ganze jämmerliche Abhängigkeit direkt einatmen. »Natürlich. Ich mache mich lächerlich.« Sie rang nach Atem und machte dann eine hilflose Handbewegung zu ihm hin. »Du hast ja Recht. Natürlich.« Sie versuchte zu lächeln, doch es misslang. »Vielleicht noch ein letztes Mal? Um der alten Zeiten willen? Wir könnten uns richtig voneinander verabschieden.«
Statt einer Antwort senkte Alexander nur den Kopf.
Sie machte einen schwankenden Schritt von ihm weg. Dann riss sie sich zusammen und sagte, so fest sie konnte: »Alexander, eines darfst du dein Leben lang nicht vergessen. Du hast unglaubliche Gaben. Vergeude sie nicht, missbrauche sie nicht, und nimm sie auch nicht als selbstverständlich hin. Du selbst bist die beste Waffe, die du bis an dein Lebensende bei dir trägst.«
Sie sahen einander nicht wieder. Alexander besorgte sich einen Ausweis für eine andere Bibliothek, und Wladimir und Swetlana kamen nicht mehr zu Besuch. Harold wunderte sich ein wenig darüber, doch er vergaß sie schon bald. Alexander wusste, dass sein Vater zu viele eigene Sorgen hatte, um sich lange zu fragen, warum ein paar Menschen nicht mehr zu Besuch kamen, die er ohnehin nie sonderlich gemocht hatte.
Aus dem Herbst wurde Winter, und aus dem Jahr 1935 das Jahr 1936. Alexander und sein Vater verbrachten den Jahres-

wechsel gemeinsam. Sie gingen in ein Bierlokal in der Nähe, und Harold spendierte Alexander ein Glas Wodka und versuchte, sich mit ihm zu unterhalten. Doch das Gespräch war kurz und zäh. Harold Barrington nahm seinen Sohn und seine Frau inzwischen kaum noch wahr, und für Alexander war die Welt, in der sein Vater lebte, ein einziges Rätsel. Er begriff sie nicht und wollte sie auch nicht begreifen, selbst wenn es ihm möglich gewesen wäre. Der Vater, das wusste er, wollte, dass Alexander Partei für ihn ergriff, ihn verstand und an ihn glaubte, wie früher, als er noch ein Kind war. Doch Alexander konnte solche Gefühle nicht mehr aufbringen. Diese Zeiten waren lange vorbei. Die Zeiten des Idealismus waren vorbei. Übrig geblieben war nur noch das Leben.

Ein Zimmer weniger, 1936

Konnte es überhaupt noch unerträglicher werden? Das sollten sie schon bald erfahren.

Eines dunklen Samstagmorgens im Januar stand ein kleinwüchsiger Mann von der Wohnbehörde, Uprawdom, vor der Tür. Er hatte zwei Leute mit Koffern im Schlepptau, schwenkte ein Blatt Papier und teilte den Barringtons mit, dass sie eines ihrer beiden Zimmer an eine andere Familie abtreten müssten. Harold hatte nicht die Kraft, ihm zu widersprechen, und Jane war so betrunken, dass sie nichts begriff. Nur Alexander protestierte, doch nicht allzu lange. Es hatte ja keinen Sinn, und es gab niemanden, an den man sich wenden, der die Sache in Ordnung bringen konnte.

»Was soll denn daran ungerecht sein?«, fragte der Mann von der Uprawdom mit selbstgefälligem Lächeln. »Sie haben zu dritt zwei schöne Zimmer, und diese Leute hier sind zu zweit und haben kein Zimmer. Die Frau ist schwanger. Wo bleibt Ihr sozialistischer Geist, zukünftiger Genosse Komsomolze?« Die Komsomolzen waren die jüngsten Mitglieder der Kommunistischen Partei der Sowjetunion.

Gemeinsam mit Harold trug Alexander sein schmales Bett, seine kleine Kommode, sein Bücherregal und seine wenigen

Habseligkeiten ins Zimmer seiner Eltern hinüber. Er stellte das Bett ans Fenster und errichtete aus Kommode und Bücherregal eine zornige Grenze zwischen sich und seinen Eltern. Als sein Vater ihn fragte, worüber er sich denn so aufrege, fuhr Alexander ihn an: »Es war schon immer mein Traum, mit sechzehn noch ein Zimmer mit euch zu teilen. Und ich bin sicher, ihr macht euch auch nichts aus eurer Intimsphäre.« Sie sprachen Englisch miteinander. Das war nach wie vor natürlich für sie und gab ihnen außerdem die Gelegenheit, das Wort »Intimsphäre« zu benutzen. Im Russischen gab es kein Wort dafür.

Als Jane am nächsten Morgen aufwachte, wollte sie wissen, was Alexander in ihrem Zimmer zu suchen habe.

»Das ist jetzt eben so«, sagte Alexander. Dann verließ er die Wohnung und blieb den ganzen Tag fort. Er nahm den Zug nach Peterhof und wanderte einsam, mürrisch und verstört durch die Parkanlagen. Alexander hatte immer gespürt, dass er auf diese Welt gekommen war, um etwas Besonderes zu vollbringen; dieses Gefühl hatte ihn sein ganzes junges Leben hindurch beherrscht. Doch nun schien es langsam zu schwinden. Es pulsierte nicht mehr ständig durch seinen Körper. Jetzt, da er heranwuchs, war er nicht mehr erfüllt von dem Gefühl, dass alles einen Sinn hatte. Jetzt erfüllte ihn ein Gefühl der Verzweiflung.

Ich hatte eine schöne Kindheit, dachte er. Und meine Jugendzeit … Ich könnte das ja alles überstehen. Ich könnte es überstehen, wenn ich nur das Gefühl hätte, dass mich am Ende der Kindheit, am Ende der Jugendzeit, noch etwas in diesem Leben erwartet, etwas, das mir gehört, das ich mit meinen bloßen Händen schaffen kann. Etwas, von dem ich dann sagen kann: Das habe ich erreicht, das habe ich aus meinem Leben gemacht.

Doch an diesem sonnigen, frischen Sonntag hatte Alexander jede Hoffnung verloren, und das Gefühl, sein Leben habe einen Sinn, war verschwunden. Er konnte es nicht mehr spüren.

Harold kaufte keinen Wodka mehr.
»Glaubst du etwa, Vater, dass Mutter sich ihren Wodka nicht auf andere Weise beschaffen kann?«
»Womit denn? Sie hat doch kein Geld.«
Alexander wollte die vielen tausend amerikanischen Dollar nicht erwähnen, die seine Mutter seit dem Tag versteckt hielt, an dem sie in die Sowjetunion gekommen waren.
»Hört auf, über mich zu reden, als wäre ich nicht da!«, rief Jane.
Sie warfen ihr einen erstaunten Blick zu. Nur wenig später begann sie, Harold Geld zu stehlen und sich ihren Wodka selbst zu kaufen. Harold brachte sein Geld nicht mehr mit nach Hause, und daraufhin wurde Jane in einem der benachbarten Zimmer ertappt, wo sie die Sachen durchwühlte. Sie hatte sich bereits mit französischem Parfüm, das sie zufällig gefunden hatte, einen ersten Rausch angetrunken.
Alexander fürchtete, seine Mutter würde bald anfangen, das Geld, das sie aus Amerika mitgebracht hatte, zu vertrinken. Und sie würde nicht damit aufhören, bis das ganze Geld verbraucht war.
Mit den sowjetischen Rubeln, ihren Ersparnissen aus der Zeit, als sie noch gearbeitet hatte, würde sie beginnen, um dann mit den Dollars weiterzumachen. Es würde ein gutes Jahr dauern, bis sie all die Dollars auf dem Schwarzmarkt zu Wodka gemacht hatte, doch es würde passieren. Was sollte geschehen, wenn das Geld weg war? Es war doch Alexanders einzige Chance.
Er musste seine Mutter dazu bringen, so lange nüchtern zu bleiben, bis sie ihm erlaubte, das Geld an einem sicheren Ort außerhalb des Zimmers zu verstecken. Er wusste, wenn er es ohne ihr Wissen und ihre Erlaubnis nahm, würde sie hysterisch werden, und Harold würde davon erfahren. Und Harold durfte nicht erfahren, dass seine Frau ihm bereits misstraut hatte, als sie die Vereinigten Staaten verließen, dass sie ihm bei aller Liebe und allem Respekt dennoch misstraut hatte, ihm, seinen Beweggründen und seinen Idealen, all den

Träumen, von denen er glaubte, sie habe sie vom ersten Augenblick an geteilt. Von einem solchen Schlag würde er sich nicht mehr erholen. Und Alexander wollte schließlich nicht das Leben seines Vaters ruinieren, er wollte nur mit Hilfe des Geldes seine eigene Zukunft sichern. Und das wollte auch seine Mutter, wenn sie nüchtern war. Sie würde ihm sicher erlauben, das Geld an einen sicheren Ort zu bringen, doch dazu musste sie erst einmal nüchtern werden.

Alexander brachte ein langes, schreckliches Wochenende damit zu, seine Mutter auszunüchtern. In der blinden Wut des Entzugs überschüttete sie ihn mit solchen Schimpftiraden, dass schließlich selbst Harold sagte: »Nun gib ihr endlich was zu trinken, damit sie den Mund hält.«

Doch Alexander gab ihr nichts zu trinken. Er saß bei ihr, las ihr Dickens auf Englisch und Puschkin und die lustigsten Anekdoten von Soschtschenko auf Russisch vor, er flößte ihr ein wenig Suppe und ein wenig Brot ein, gab ihr Kaffee zu trinken und legte ihr kalte, feuchte Tücher auf die Stirn. Doch sie hörte nicht auf zu zetern. In einer ruhigen Minute fragte Harold seinen Sohn: »Was hat sie denn damit gemeint? Was war mit dir und Swetlana?«

»Vater, du solltest allmählich begriffen haben, dass du sie einfach ausblenden musst. Du darfst nichts von dem glauben, was sie sagt.«

»Ja, ja, natürlich«, murmelte Harold und entfernte sich ein paar Schritte von Alexander. Viel weiter konnte er in dem kleinen Zimmer auch gar nicht gehen.

Am Montag, nachdem sein Vater zur Arbeit gegangen war, schwänzte Alexander die Schule und verbrachte den Tag damit, seine mürrische, missmutige, aber nichtsdestotrotz nüchterne Mutter davon zu überzeugen, dass sie ihr Geld an einem sicheren Ort verstecken musste.

Zunächst ruhig und geduldig, schließlich ungeduldig und unbeherrscht versuchte er, ihr klar zu machen, was passieren würde, wenn sie – Gott behüte – beispielsweise verhaftet wurden …

»Das ist doch Blödsinn, Alexander. Warum sollte man uns denn verhaften? Wir gehören doch dazu. Es geht uns nicht besonders gut, aber warum sollte es uns auch besser gehen als anderen Russen. Wir sind hierher gekommen, um ihr Los zu teilen.«

»Und das haben wir bisher ja auch ganz wunderbar getan«, sagte Alexander. »Wach endlich auf, Mutter. Was glaubst du denn, was mit den anderen Ausländern passiert ist, die in Moskau in unserem Hotel gewohnt haben?« Er schwieg, und seine Mutter dachte nach. »Und selbst wenn ich mich irre«, fuhr er dann fort, »es wird uns auf keinen Fall schaden, wenn wir ein wenig vorsichtig sind und das Geld verstecken. Wie viel ist überhaupt noch da?«

Jane dachte ein Weilchen nach und erklärte schließlich, sie wisse es nicht. Sie ließ Alexander das Geld zählen. Es waren zehntausend Dollar und viertausend Rubel.

»Wie viel Geld hast du aus Amerika mitgebracht?«, fragte er.

»Ich weiß nicht mehr genau. Vielleicht siebzehntausend Dollar. Vielleicht auch zwanzigtausend.«

»Oh, Mutter.«

»Was denn? Von einem Teil des Geldes haben wir in Moskau Milch und Orangen für dich gekauft. Hast du das etwa schon vergessen?«

»Keineswegs«, erwiderte Alexander mit müder Stimme. Wie viel hatte sie wohl für Milch und Orangen ausgegeben, fragte er sie. Fünfzig Dollar? Hundert?

Jane rauchte eine Zigarette und blickte Alexander aus zusammengekniffenen Augen an. »Wenn ich dir erlaube, das Geld zu verstecken, kriege ich dann als Dank etwas zu trinken?«

»Ja. Aber nur ein Glas.«

»Natürlich. Ich will ja auch nur ein ganz kleines Gläschen. Weißt du, wenn ich nüchtern bin, geht es mir eigentlich viel besser. Nur ein kleines Gläschen, damit das Zittern aufhört, weißt du, das hilft mir dann, nüchtern zu bleiben. Das verstehst du doch, oder?«

Alexander schwieg, obwohl er seine Mutter gern gefragt hätte, für wie naiv sie ihn eigentlich hielt.

»Also gut«, sagte Jane. »Bringen wir's hinter uns. Wo willst du es denn verstecken?«

Alexander schlug vor, das Geld in den Umschlag eines Buches zu kleben, und zog einen der schweren, edlen Bände seiner Mutter aus dem Regal, um ihr zu zeigen, wie er es meinte.
»Wenn dein Vater das erfährt, verzeiht er dir nie.«
»Das kann er auf die Liste der anderen Dinge schreiben, die er mir nie verzeiht. Wahrscheinlich kommt es gleich nach meinen abweichenden politischen Ansichten. Na los, Mutter. Ich muss später noch in die Schule. Wenn das Buch fertig ist, bringe ich es in die Bibliothek.«
Jane betrachtete das Buch, das Alexander ausgewählt hatte. Es war ihr alter Puschkin-Band, *Der eherne Reiter und andere Gedichte*. »Warum kleben wir das Geld nicht einfach in die Bibel, die wir von zu Hause mitgebracht haben?«
»Ein weiterer Puschkin-Band im Puschkin-Regal einer Leningrader Bibliothek fällt niemandem auf. Aber eine englische Bibel in einer russischen Bibliothek, das könnte verdächtig wirken.« Er lächelte. »Glaubst du nicht auch?«
Jane gelang ein halbes Lächeln. »Es tut mir Leid, Alexander, dass es mir so schlecht gegangen ist.«
Er senkte den Kopf.
»Ich will deinen Vater nicht damit behelligen, er hat inzwischen auch keine Geduld mehr mit mir. Aber ich komme mit unserem Leben hier nicht gut zurecht.«
»Ja«, sagte Alexander. »Das merkt man.«
Sie schlang die Arme um ihn, und er klopfte ihr sanft mit der Hand auf den Rücken. »Nur ruhig«, sagte er. »Es ist ja alles gut.«
»Dieses Geld, Alexander.« Sie blickte zu ihm auf. »Glaubst du, es kann dir irgendwann von Nutzen sein?«
»Ich weiß es nicht. Aber es zu haben ist besser, als es nicht zu haben.«
Er nahm das Buch mit, und nach der Schule ging er in die öffentliche Bibliothek. Ganz hinten, in der umfangreichen Puschkin-Abteilung, fand er unten im Regal einen Platz für das Buch.
Er schob es zwischen zwei Ehrfurcht einflößende Bände, die seit 1927 nicht mehr entliehen worden waren. Es schien ihm recht unwahrscheinlich, dass jemand ausgerechnet sein Buch

ausleihen würde. Dennoch war es kein absolut sicherer Ort, und Alexander hätte sich gewünscht, ein besseres Versteck zu finden.

Als er am späten Abend nach Hause kam, war seine Mutter wieder betrunken, und in ihren Augen lag keine Spur der reumütigen Zärtlichkeit, die er noch am Vormittag darin gesehen hatte. Schweigend aß er mit seinem Vater zu Abend, während das Radio lief.

»Alles in Ordnung in der Schule?«

»Ja. Alles bestens, Vater.«

»Hast du gute Freunde gefunden?«

»Sicher.«

»Irgendwelche weiblichen guten Freunde?« Der Vater bemühte sich redlich, eine Unterhaltung zu führen.

»Es sind auch Mädchen unter meinen Freunden, ja.«

Harold räusperte sich. »Nette russische Mädchen?«

»Was sonst?«, fragte Alexander lächelnd zurück.

Harold lächelte ebenfalls. »Und diese netten russischen Mädchen«, fuhr er vorsichtig fort. »Mögen die meinen Sohn?«

Alexander zuckte die Achseln. »Sicher mögen die mich.«

»Du und Teddy«, sagte Harold, »ihr wart doch immer viel mit diesem Mädchen zusammen, wie hieß sie noch gleich?«

»Belinda.«

»Richtig! Belinda. Das war ein sehr nettes Mädchen.«

»Vater!« Alexander musste lachen. »Wir waren damals acht Jahre alt. Aber du hast Recht, für eine Achtjährige war sie sehr nett.«

»Und sie war furchtbar verliebt in dich!«

»Und Teddy war furchtbar verliebt in sie.«

»Die Formel aller Beziehungen auf Gottes Erdboden.«

Nach dem Essen gingen sie noch etwas trinken. »Unser Haus in Barrington fehlt mir ein wenig«, gestand Harold seinem Sohn. »Das liegt natürlich nur daran, dass ich dieses andere Leben noch nicht so lange führe, dass mein Bewusstsein sich verändert hätte und ich zu dem Menschen geworden wäre, der ich sein soll.«

»Im Gegenteil, du hast schon lange genug so gelebt. Genau deshalb vermisst du unser altes Zuhause.«

»Nein, nein. Weißt du, was ich glaube, mein Sohn? Das alles will hier nicht so recht vom Fleck, weil wir in Russland sind. In Amerika würde der Kommunismus sehr viel besser funktionieren.« Harold lächelte Alexander flehentlich an. »Glaubst du nicht auch?«
»Ach, Vater, ich bitte dich.«
Harold wechselte das Thema. »Lassen wir das. Ich gehe noch auf einen Sprung zu Leo. Kommst du mit?«
Nun stand Alexander vor der Wahl, zu seiner betrunkenen Mutter in das kleine Zimmer zurückzukehren oder mit den Kommunistenfreunden seines Vaters in einem verrauchten Zimmer zu hocken und zuzuhören, wie sie immer und immer wieder unbedeutende Passagen aus Marx' *Kapital* rezitierten und darüber diskutierten, dass man den Krieg an der Heimatfront führen müsse.
Er wäre gern noch mit Harold zusammengeblieben, doch er wollte mit ihm allein sein. Also ging er nach Hause, zu seiner Mutter. So war er wenigstens mit irgendeinem Menschen allein.

Am nächsten Morgen, als Harold und Alexander sich zum Aufbruch bereitmachten, nahm Jane, noch betrunken vom Abend zuvor, Alexanders Hand und sagte zu ihm: »Bleib noch einen Augenblick, mein Sohn, ich muss mit dir reden.«
Als Harold fort war, sagte Jane rasch: »Ich habe nachgedacht. Hol deine Sachen. Wo ist das Buch? Du musst es sofort holen.«
»Warum?«
»Wir beide fahren jetzt nach Moskau.«
»Nach Moskau?«
»Ja. Ich bringe dich zur amerikanischen Botschaft.«
»Aber Mutter ...«
»Wir können schon heute Abend in Moskau sein. Gleich morgen früh bringe ich dich zur Botschaft. Dort kannst du bleiben, bis man sich mit dem Außenministerium in Washington in Verbindung gesetzt hat. Und dann kannst du zurückkehren.«
»Nein, Mutter.«

»Oh, doch, Alexander. Um deinen Vater kümmere ich mich schon.«
»Du kannst dich doch nicht mal um dich selbst kümmern.«
»Mach dir keine Gedanken um mich«, sagte Jane. »Mein Schicksal ist besiegelt. Aber deines ist noch offen. Denk einzig und allein an dich. Dein Vater geht zu seinen Versammlungen und glaubt, er wird nicht bestraft, nur weil er die ganzen Spielchen mitmacht. Dabei steht er schon längst auf der Liste, und ich auch. Aber du noch nicht, Alexander. Ich muss dich hier rausbringen.«
»Ohne dich und Vater gehe ich nicht.«
»Und ob du das tust. Dein Vater und ich dürfen nicht mehr zurück. Aber du wirst daheim sehr gut allein zurechtkommen. Ich weiß, dass es auch in Amerika zurzeit nicht leicht ist, weil es nicht genug Arbeit gibt. Aber du wirst frei sein, kannst dein eigenes Leben führen. Also hör auf, mit mir zu diskutieren. Ich bin deine Mutter. Ich weiß, wovon ich rede.«
»Mutter, du willst mich also nach Moskau bringen und mich den Amerikanern ausliefern?«
»Richtig. Deine Tante Esther wird sich um dich kümmern, bis du mit der Schule fertig bist. Das Außenministerium wird dafür sorgen, dass sie dich abholt, wenn du mit dem Schiff in Boston ankommst. Du bist erst sechzehn, Alexander, man wird dich bei der Botschaft nicht fortschicken.«
Alexander hatte seiner Tante, der Schwester seines Vaters, als Kind sehr nahe gestanden. Sie hatte ihn angebetet, doch dann hatte sie einen heftigen Streit mit Harold gehabt, bei dem es um Alexanders ungewisse Zukunft in der Sowjetunion gegangen war. Seitdem hatten sie kein Wort mehr miteinander gewechselt und sich auch keine Briefe geschrieben.
»Du vergisst zweierlei, Mutter«, sagte Alexander. »Ich werde nächsten Monat siebzehn, und mit sechzehn habe ich mich bei der Roten Armee gemeldet. Weißt du noch? Ich habe mich zum Wehrdienst verpflichtet, und damit bin ich sowjetischer Staatsbürger geworden. Ich habe einen sowjetischen Pass.«
»Das brauchen die bei der Botschaft doch nicht zu erfahren.«
»Ich bin überzeugt, das wissen sie bereits. Das ist schließlich

ihre Aufgabe. Und das Zweite ist …« Alexander schwieg einen Augenblick. »Ich kann nicht einfach fortgehen, ohne mich von meinem Vater zu verabschieden.«

»Dann schreibst du ihm eben.«

Schweren Herzens tat Alexander, was seine Mutter von ihm verlangte. Er holte das Puschkin-Buch aus der Bibliothek und ließ einen Brief für seinen Vater zurück. Die Zugfahrt war lang, und ihm blieben zwölf Stunden zum Nachdenken. Er wusste nicht, wie seine Mutter es schaffte, so lange ohne Alkohol auszukommen. Als sie in Moskau am Leningrader Bahnhof ankamen, zitterten ihre Hände fürchterlich. Es war schon spät, und sie waren beide müde und hungrig, doch sie hatten keine Übernachtungsmöglichkeit und nichts zu essen. Es war Ende April, und so verbrachten sie die milde Frühlingsnacht auf einer Bank im Gorki-Park. Alexander dachte daran, wie er hier mit seinen Freunden Eishockey gespielt hatte. Es war eine jener bittersüßen Erinnerungen, bei denen sich die Kehle zusammenschnürt.

»Ich brauche etwas zu trinken, Alexander«, flüsterte Jane. »Ich brauche etwas zu trinken, das Leben kommt mir sonst so grausam vor. Bleib hier, ich bin gleich wieder zurück.«

»Mutter.« Alexander legte seine Hand schwer auf ihren Arm und hinderte sie daran, aufzustehen. »Wenn du jetzt gehst, kehre ich auf der Stelle zum Bahnhof zurück und nehme den nächsten Zug nach Leningrad.«

Jane seufzte tief auf. Dann rückte sie näher an Alexander heran und deutete auf ihren Schoß. »Leg dich hin. Schlaf ein wenig. Wir haben morgen einen langen Tag vor uns.«

Alexander legte den Kopf an die Schulter seiner Mutter und schlief ein.

Am nächsten Morgen um acht Uhr standen sie vor der Botschaft. Sie mussten eine Stunde warten, bis schließlich jemand zu ihnen an das Tor kam und ihnen erklärte, sie könnten nicht hereinkommen. Jane nannte ihren Namen, gab dem Mann einen Brief an den Botschafter und erklärte, dass es nur um ihren Sohn gehe. Zwei weitere Stunden vergingen mit unruhigem Warten, bis einer der Wachposten am Tor sie schließlich zu sich rief und ihnen erklärte, der Botschafter könne nichts

für sie tun. Jane flehte, man möge sie einlassen, nur für fünf Minuten, damit sie mit dem Botschafter sprechen könne. Doch der Wachposten schüttelte den Kopf und sagte, er könne ihnen nicht helfen. Jane geriet völlig außer sich, und Alexander musste sie beruhigen. Schließlich führte er sie ein Stück beiseite und kam dann allein zurück, um noch einmal mit dem Wachposten am Tor zu reden. Der Mann zuckte die Achseln und äußerte sein Bedauern. »Es tut mir ja Leid«, sagte er auf Englisch. »Wissen Sie, der Botschafter hat sich Ihren Fall angesehen. Aber die Akte Ihrer Eltern wurde bereits an das Außenministerium in Washington zurückgeschickt.« Er schwieg einen Augenblick. »Und Ihre auch. Sie sind alle sowjetische Staatsbürger und fallen nicht mehr in unseren Zuständigkeitsbereich. Wir können nichts für Sie tun.«
»Kann ich nicht politisches Asyl beantragen?«
»Mit welcher Begründung? Wissen Sie, wie viele Sowjetbürger herkommen und Asyl beantragen? Mehrere Dutzend jeden Tag. Am Montag waren es knapp hundert. Wir sind mit der Erlaubnis des sowjetischen Staates hier, und wir müssen unsere Beziehungen zu den sowjetischen Behörden sorgsam pflegen. Wenn wir jetzt plötzlich anfangen, sowjetischen Staatsbürgern Asyl zu geben, was glauben Sie, wie lange wir dann noch hier sind? Außerdem wären Sie der Letzte, dem wir Asyl geben würden. Erst vergangene Woche haben wir uns erweichen lassen und einen verwitweten Russen mit zwei kleinen Kindern durchgelassen. Er hatte Verwandte in den Vereinigten Staaten und sagte, er wolle sich dort Arbeit suchen. Er hatte sogar einen nützlichen Beruf, er war Elektriker. Aber das gab einen diplomatischen Skandal, und wir mussten ihn zurückschicken. Es geht einfach nicht.« Der Mann hielt inne. »Oder sind Sie zufällig Elektriker?«
»Nein, ich bin kein Elektriker«, erwiderte Alexander. »Ich bin nur amerikanischer Staatsbürger.«
Der Wachposten schüttelte den Kopf. »Leider nicht. Sie wissen doch genau, dass Sie beim Militär nicht zwei Herren dienen können.«
Das wusste Alexander. Doch er versuchte es noch einmal. »Ich habe Verwandte in den Vereinigten Staaten, bei denen

ich wohnen kann. Und ich suche mir auch Arbeit. Ich kann Taxi fahren oder Obst und Gemüse an der Straßenecke verkaufen. Ich würde auch auf einer Farm arbeiten oder als Holzfäller. Ich werde alles tun, was ich kann.«

Der Wachposten sprach jetzt leiser. »Es geht ja gar nicht um Sie, es geht um Ihre Eltern. Dieser Fall ist zu brisant, da kann die Botschaft sich nicht einmischen. Ihre Eltern haben zu viel Aufhebens darum gemacht, dass sie in die Sowjetunion ausgewandert sind. Sie wollten, dass die ganze Welt davon erfährt. Und das ist jetzt der Fall. Ihre Eltern hätten ihre amerikanische Staatsbürgerschaft nicht so vorschnell aufgeben sollen. Wozu die Eile? Warum haben sie nicht gewartet, bis sie sich ganz sicher waren?«

»Mein Vater war sich sicher«, sagte Alexander.

Die Rückreise nach Leningrad dauerte nicht länger als die Reise nach Moskau, und trotzdem schien sie kein Ende nehmen zu wollen. Alexanders Mutter sagte stundenlang kein Wort. Die Landschaft bestand nur aus trostlosen, ebenen Feldern, und es gab nichts zu essen.

Schließlich räusperte sich Jane. »Ich hatte mir so sehr ein Kind gewünscht. Ich hatte vier Fehlgeburten, und dann bekam ich endlich dich. Im Jahr deiner Geburt tobte in Boston eine Grippe-Epidemie. Tausende sind gestorben, unter anderem auch meine Schwester, die Eltern und der Bruder deines Vaters, viele unserer engsten Freunde. Jeder, den wir kannten, hatte jemanden verloren. Ich ging zum Arzt, weil ich mich krank fühlte und fürchtete, es könnte die schreckliche Grippe sein. Doch er hat mir gesagt, dass ich schwanger bin. Ich sagte, wie kann das sein, wir werden krank werden, wir haben gerade das Familienerbe aufgegeben und sind fast bankrott, wo sollen wir wohnen, von was sollen wir leben, und wie sollen wir bloß gesund bleiben. Und der Arzt hat mich nur angeschaut und ganz ruhig gesagt: ›Das Kind wird für sich selber sorgen.‹«

Sie griff nach Alexanders Hand, und er ließ sie gewähren.

»Und du, mein Sohn – du hast tatsächlich für dich selbst gesorgt. Das haben wir gleich gemerkt, Harold und ich. Als du zur Welt kamst, Alexander – als du zur Welt kamst, war es später Abend, und du kamst so schnell, ich hatte nicht einmal mehr Zeit, ins Krankenhaus zu fahren. Der Arzt ist gekommen und hat dich in unserem Bett zur Welt gebracht, und er hat gesagt, du könnest es wohl nicht erwarten, endlich dein Leben zu beginnen. Du warst das größte Baby, das er je gesehen hatte. Und ich weiß noch, als wir ihm sagten, dass wir dich Anthony Alexander nennen wollten, nach deinem Urgroßvater, da hob er dich hoch, rot und schwarzhaarig, wie du warst, und rief: ›Alexander der Große!‹ Weil du so groß warst.« Sie schwieg einen Augenblick. »Du warst ein wunderschönes Kind«, flüsterte sie.

Alexander entzog ihr seine Hand und sah zum Fenster hinaus.

»Wir hatten so große Pläne für dich. Wenn du nur wüsstest, was wir uns alles für dich erträumt haben, während wir dich im Kinderwagen am Boston Pier entlangschoben und all die alten Damen stehen blieben, um sich das Baby mit den pechschwarzen Haaren und den strahlenden Augen anzuschauen.«

Alexander schwieg.

»Frag deinen Vater – frag ihn bei der nächsten Gelegenheit, ob er sich das hier für dich erträumt hat, für seinen einzigen Sohn.«

»So gut kann ich wohl doch nicht für mich selber sorgen, nicht wahr, Mutter?«, sagte Alexander mit den pechschwarzen Haaren und den strahlenden Augen.

10

Die Geister von Ellis Island, 1943

Es lag etwas merkwürdig Tröstliches darin, auf Ellis Island zu leben und zu arbeiten. Tatianas Welt war eine kleine Insel, klar umgrenzt und erfüllt von Tätigkeit, und ihr blieb kaum Zeit, sich ein anderes Leben vorzustellen, weder eine Zukunft in New York, im wahren Amerika, noch eine Vergangenheit in Leningrad, mit Alexander. Solange sie mit ihrem kleinen Sohn hier auf Ellis Island war, mit ihm in dem Zimmer mit dem großen, weiß gestrichenen Fenster lebte, in ihrem schmalen Bett mit den weißen Bettbezügen schlief und ihre einzige weiße Schwesterntracht und ihre festen Schuhe trug, solange sie mit Anthony und ihrem schwarzen Rucksack in diesem Zimmer bleiben konnte – so lange brauchte sie keinen Gedanken zu verschwenden an ein unmögliches Leben in Amerika, ohne Alexander.

Oft sehnte sie sich nach ihrer Familie, nach dem Lärm, dem Durcheinander, den Streitereien, den lauten Stimmen beim Wodkatrinken, dem Geruch des Rauchs unzähliger Zigaretten. Sie sehnte sich nach ihrem unmöglichen Bruder, nach ihrer mütterlichen Schwester, ihrer chaotischen Mutter, ihrem bärbeißigen Vater und ihren heiteren Großeltern. Wie sehr sie sie alle liebte und schätzte. Sie hungerte nach ihnen, so wie sie bei der Blockade von Leningrad nach Brot gehungert hatte, und wünschte sich, sie würden alle laut lärmend mit ihr durch die Korridore des Krankenhauses laufen, so wie sie jetzt täglich als stumme Geister an ihrer Seite waren. Und doch waren sie machtlos gegen einen übermächtigen Geist, der ebenfalls ständig an ihrer Seite war.

Tagsüber nahm sie ihren Sohn und ging mit ihm, um die Verwundeten zu verbinden und zu pflegen. Ihre eigenen schwärenden Wunden mussten bis zum späten Abend warten. Doch dann wusch sie sie, leckte und versorgte sie und erinnerte sich. *Die Kiefern, die Fische, der Fluss, die Axt, das Holz, das Feuer, die Heidelbeeren, der Zigarettenrauch und das laute Lachen, das aus einer männlichen Kehle drang.*

Tatiana konnte die leeren, einsamen Korridore des Krankenhauses nicht durchqueren, ohne die Schritte der Abermillionen Füße zu hören, die vor ihr über diese schwarzweißen Böden gegangen waren. Wenn sie sich über die kleine Brücke in die große Bahnhofshalle hinüberwagte, wurde dieses Gefühl noch stärker. Denn anders als das Krankenhaus, in dem das tägliche Leben weiterging, lag dieser Teil der Insel verlassen. In dem großen, gotischen Gebäude blieben auf den Treppen, in den Hallen und Gängen und in den grauen, staubbedeckten Räumen nur die Geister der Vergangenheit zurück, die Geister derjenigen, die seit 1894 in ganzen Schiffsladungen hier angekommen waren. Sieben Schiffe am Tag, die jenseits des Meeres in Castle Garden anlegten oder direkt hierher kamen und ihre Passagiere gleich bei der Einwanderungsstelle deponierten. Da standen sie dann, hielten ihr Gepäck und ihre Kinder umklammert, rückten ihre Kopfbedeckungen zurecht und hatten alles in der alten Welt zurückgelassen: Mütter und Väter, Ehemänner, Brüder und Schwestern, denen sie vielleicht, vielleicht auch nicht, versprochen hatten, sie nachzuholen. Fünftausend pro Tag, dreißigtausend im Monat, manchmal auch fünfzig- oder achtzigtausend, acht Millionen im Jahr und zwanzig Millionen zwischen 1892 und 1924, ohne Visum, ohne Papiere, ohne Geld, nur mit den Kleidern, die sie am Leib trugen, und den Fähigkeiten, die sie besaßen, all die Schreiner, Näherinnen, Köchinnen, Metallarbeiter, Maurer und Kaufleute.

Mama wäre hier gut zurechtgekommen als Näherin. Papa hätte sich um die Wasserrohre kümmern können, und Pascha wäre mir nicht von der Seite gewichen, wie früher, als wir noch Kinder waren. Und Dascha hätte sich um Alexanders Sohn kümmern können, während ich arbeite. So merkwürdig das auch gewesen wäre, sie hätte es dennoch getan.

Sie alle brachten ihre Kinder mit; seine Kinder ließ man schließlich nicht zurück. Und sie kamen ja auch nur um der Kinder willen, um ihnen das große Amerika bieten zu können, die Straßen, die Jahreszeiten und New York. New York lag gleich am anderen Ufer, so nah und doch so unglaublich fern für die, die erst die Einwanderungsstelle und die ärztlichen Untersuchungen durchlaufen mussten, ehe sie dort an Land gehen durften. Viele waren krank, so wie Tatiana, oder noch viel schlimmer. Und wenn eine ansteckende Krankheit mit mangelnder Sprachkenntnis zusammentraf, manchmal auch mit mangelnder Berufsausbildung, schickten die Ärzte und die Grenzbeamten die Einwanderer wieder fort – nicht viele, nur eine Hand voll pro Tag. Manchmal wurden erwachsene Kinder von ihren alten Eltern getrennt, manchmal auch Ehepaare.

So wie ich getrennt wurde. So wie ich getrennt bin.
Die Angst vor dem Scheitern, vor der Rückkehr, die Sehnsucht, eingelassen, akzeptiert, registriert zu werden, das alles war so stark, dass es den Wänden und den Fußböden noch immer entströmte, dass es die Steinsäulen zwischen den geschlossenen, zersprungenen Glasfenstern durchdrungen hatte. All das Sehnen, Hoffen und Verlangen hallte von den Wänden wider und drang bis zu Tatiana, wenn sie mit Anthony auf dem Arm die Gänge mit dem Fischgrätmuster auf dem Boden durchquerte.
Nach der Zuwanderungsbegrenzung im Jahr 1924 war Ellis Island nicht mehr der Dreh- und Angelpunkt sämtlicher Einwanderer, die nach Amerika wollten. Dennoch kamen noch einige Zeit täglich Schiffe mit Einwanderern an; später kamen sie nur noch wöchentlich und schließlich nur noch einmal im Monat. Die Abfertigungen auf Ellis Island gingen von mehreren Millionen im Jahr auf Tausende und schließlich Hunderte zurück. Die meisten Einreisenden kamen im Hafen von New York an und konnten ein gültiges Visum vorweisen. Einwanderer ohne Visum durften nun offiziell abgewiesen werden, was auch häufig geschah, und so wagten immer weniger Menschen die große, lebensverändernde und gefährliche Reise, weil sie es nicht riskieren wollten, am Ziel abgewiesen zu werden. Doch vor dem Krieg hatten es immerhin siebenhundertachtundvierzig Menschen geschafft, sich zwischen Tomatenkisten verborgen einzuschmuggeln, ohne Papiere und ohne Geld. Sie wurden nicht abgewiesen.
Gerade als die ersten Pläne zur Schließung der großen, weitgehend ungenutzten Einwanderungsstelle auf Ellis Island laut wurden, brach der Zweite Weltkrieg aus, und in den Jahren 1939, 1940 und 1941 wurde Ellis Island in ein Krankenhaus für Flüchtlinge und blinde Passagiere umgewandelt. Und seit Amerika sich in den Krieg eingeschaltet hatte, wurden verwundete Deutsche und Italiener dort festgehalten.
Zu diesem Zeitpunkt war auch Tatiana dort angekommen.
Sie spürte, dass sie gebraucht wurde. Kaum jemand wollte auf Ellis Island arbeiten, auch Vikki nicht. Sie hatte das Gefühl, ihre naturgegebene, beträchtliche Flirtbegabung sei an

verwundete Ausländer nur verschwendet, die ja schließlich doch in ihre Heimat zurückkehren oder als Hilfsarbeiter auf irgendeiner amerikanischen Farm landen würden. Vikki absolvierte ihren Dienst auf Ellis Island äußerst widerwillig; sie zog es vor, im Krankenhaus der NYU zu arbeiten, wo wenigstens eine gewisse Aussicht bestand, dass die verwundeten Amerikaner, wenn sie nicht gleich starben, ihr auch mittelfristig noch Freude bereiten würden.

Die verwundeten Deutschen wurden ohne viel Aufsehen nach Ellis Island gebracht und dort gesund gepflegt. Auch italienische Soldaten waren darunter, die ununterbrochen redeten, selbst noch, wenn sie im Sterben lagen. Tatiana verstand ihre Sprache nicht, doch sie spürte die Leidenschaftlichkeit, mit der sie redeten. Sie verstand ihr herzliches Lachen, ihre gutturalen Schreie und ihre Hände, mit denen sie sie umklammert hielten, wenn sie von den Schiffen hereingebracht wurden, sie verstand sie, wenn sie ihr ins Gesicht sahen, etwas von Weiterleben und Überleben murmelten, ihr dankten. Und manchmal, wenn sie im Sterben lagen, wenn es nicht mehr genügte, dass Tatiana ihre Hand hielt, brachte sie ihnen ihr Kind, legte es ihnen auf die Brust, damit ihre kriegsgeplagten Hände den kleinen, schlafenden Körper berühren konnten. Das tröstete sie dann, und ihre Herzen hörten in Frieden auf zu schlagen. Sie wünschte, sie hätte auch Alexander seinen schlafenden Sohn bringen können.

Brenda, Tatiana und Vikki teilten die Verwundeten zwischen sich auf. Alle, die Italiener wie die Deutschen, schauten Vikki sehr gern an, doch sie wollten von Tatiana versorgt werden. Niemand wollte zu Brenda, die nicht sonderlich attraktiv war und sich nicht darauf verstand, Trost zu spenden. Nachts, wenn Brenda und Vikki fort waren, ging Tatiana mit Anthony auf dem Arm zwischen den Betten umher und tröstete die Verwundeten.

Und die begrenzte, selbstgenügsame Atmosphäre von Ellis Island wirkte auch auf Tatiana tröstlich. Sie war mit Anthony in ihrem weiß gestrichenen, sauberen Zimmer, bekam in der Cafeteria drei Mahlzeiten am Tag und sparte sich ihre Fleisch- und ihre Butterrationen auf. Sie stillte ihren Sohn, und es machte sie glücklich zu sehen, dass er zunahm und wuchs und dass er so gesund und fröhlich war.

Eines Nachmittags im Spätsommer nahmen Edward und Vikki sie mit in die Cafeteria, setzten ihr eine Tasse Kaffee vor und versuchten, sie zu überreden, nach New York zu ziehen. Sie erzählten ihr, dass sich New York trotz des Krieges im Aufschwung befinde, dass es dort Nachtklubs und Partys gebe und man Kleider und Schuhe kaufen könne. Sie könne sich dort eine kleine Wohnung mit Küche mieten, in der sowohl sie als auch Anthony ein eigenes Zimmer haben würden, und so weiter und so fort.

Tausende von Meilen entfernt tobte der Krieg. Tausende von Meilen entfernt lag die Kama, lag der Ural, der alles erlebt und gesehen hatte, alles wusste. Und die Sterne wussten es auch. Sie ließen ihre mitternächtlichen Strahlen durch Tatianas Zimmerfenster auf Ellis Island fallen und flüsterten ihr zu: Mach weiter. Überlass uns das Weinen. Du sollst leben.

Der Widerhall der Vergangenheit sprach zu Tatiana, die Korridore waren ihr ebenso vertraut wie die weißen Laken, der Salzgeruch, der Rücken der Freiheitsstatue, die Nachtluft, die funkelnden Lichter der Stadt der Träume am anderen Ufer. Doch Tatiana lebte bereits auf einer Insel der Träume, und New York konnte ihr nicht geben, was sie brauchte.

Das Feuer ist heruntergebrannt. Die Lichtung liegt schon im Dunkeln, doch sie bleiben dort sitzen, in die kühle Decke gehüllt. Alexander hat die Beine weit gespreizt, und Tatiana sitzt dazwischen, den Rücken an seine Brust gelehnt. Seine Arme hüllen sie ganz ein. Schweigend blicken sie beide in den Himmel hinauf.

»Tania«, flüstert Alexander und küsst sie aufs Haar. »Siehst du die Sterne?«

»Ja.«

»Wollen wir uns hier lieben? Wollen wir einfach die Decke beiseite werfen und uns lieben und sie zusehen lassen – damit sie uns niemals vergessen?«

»Shura ...« Sie spricht mit leiser, trauriger Stimme. »Sie haben uns doch schon gesehen. Sie wissen es. Siehst du das Sternbild da oben rechts? Siehst du, wie sich die Sterne unten

zu einem Lächeln zusammenfügen? Das Lächeln gilt uns.« Sie hält einen Augenblick inne. »Ich habe sie schon so oft gesehen.«
»Ja«, sagt Alexander. Er schlingt die Arme und die Decke fester um sie. »Ich glaube, es ist das Sternbild des Perseus. Das war ein griechischer Held ...«
»Ich weiß, wer Perseus ist.« Sie nickt vor sich hin. »Als kleines Mädchen habe ich praktisch in der griechischen Mythologie gelebt.« Sie schmiegt sich an ihn. »Es gefällt mir, dass Perseus auf uns herablächelt, wenn wir uns lieben.«
»Man nimmt an, dass die gelben Sterne im Perseus kurz vor dem Implodieren stehen. Hast du das gewusst? Die blauen Sterne allerdings, die viel größer und heller sind ...«
»... und die man Novas nennt.«
»Richtig. Sie leuchten, werden immer heller, und schließlich explodieren sie und verblassen. Schau, Tatia, aus wie vielen blauen Sternen unser Lächeln besteht.«
»Ja, ich sehe sie.«
»Hörst du die Sternenwinde?«
»Ich höre ein Rauschen.«
»Hörst du sie, die Sternenwinde, wie sie am Himmel flüstern, seit Menschengedenken ... und bis in alle Ewigkeit ...«
»Was flüstern sie denn?«
»Tatiana ... Tatiana ... Tat-iana ...«
»Hör auf.«
»Daran musst du denken. Ganz gleich, wo du bist, wenn du nach oben schaust und Perseus am Himmel siehst, wenn du sein Lächeln siehst und die galaktischen Winde hörst, die deinen Namen flüstern, dann sollst du wissen, dass ich es bin, der nach dir ruft ... der dich zurückruft nach Lazarewo.«
Tatiana wischt ihre Tränen mit Alexanders Ärmel weg und sagt: »Du brauchst mich nicht zurückzurufen, Soldat. Ich gehe niemals fort von hier.«

11

Softball im Central Park, 1943

Der Juli verging, und nach ihm auch der August und der September. Es war jetzt sieben Monate her, seit Tatiana die Sowjetunion verlassen hatte. Sie blieb auf Ellis Island und wagte sich immer noch nicht hinüber auf die andere Seite des Hafenbeckens. Doch schließlich verloren Edward und Vikki die Geduld, und eines Sonntagnachmittags verfrachteten sie Tatiana und Anthony beinahe gewaltsam auf die Fähre, um ihnen New York zu zeigen. Tatianas Protesten zum Trotz erstand Vikki in einem Gebrauchtwarenladen für vier Dollar einen Kinderwagen für Anthony: »Der ist schließlich nicht für dich, sondern für das Baby. Ein Geschenk für dein Kind kannst du ja wohl nicht ablehnen.«

Und Tatiana lehnte nicht ab. Sie hatte sich schon so oft gewünscht, ihrem Sohn mehr Kleidung und Spielzeug kaufen zu können, und vielleicht auch einen Kinderwagen für die Spaziergänge auf Ellis Island. Nun kaufte sie Anthony in dem Laden noch zwei Rasseln und einen Teddybären. Der Kleine schien sich allerdings vor allem für die Papiertüten zu interessieren, in die die Spielsachen verpackt waren.

»Was wird denn Ihre Frau sagen, Edward«, fragte Vikki grinsend, »wenn sie erfährt, dass Sie sich nicht nur mit einer, sondern gleich mit zwei Krankenschwestern in New York herumtreiben?«

»Wahrscheinlich wird sie der Plaudertasche, die es ihr erzählt, die Augen auskratzen.«

»Ich schweige wie ein Grab. Was ist mit dir, Tania?«

»Ich nicht sprechen Englisch«, sagte Tatiana, und sie mussten alle lachen.

»Ich kann einfach nicht glauben, dass du noch nie in New York warst. Wie kommt es, dass du nicht zur Einwanderungsbehörde musst? Ist man nicht verpflichtet, alle paar Wochen dort vorzusprechen, damit sie sehen, wie man sich integriert?«

Tatiana warf Edward einen dankbaren Blick zu und sagte: »Die Behörde kommt zu mir.«

»Aber nach drei Monaten! Hat es dich denn nie gereizt, einmal nach New York zu fahren und dir selbst anzusehen, warum alle Welt so begeistert davon ist?«

»Ich war beschäftigt, mit Arbeiten.«

»Und mit Anthony.« Vikki lächelte. »Er ist ein toller Junge. Aber ich glaube, lange passt er nicht mehr in den Kinderwagen. Er ist wirklich groß für sein Alter. Das kommt von der ganzen Milch.« Sie blickte Tatiana viel sagend auf die Brust.

»Ich weiß nicht.« Tatiana betrachtete ihren Sohn voller Stolz. »Ich kenne keine anderen Kinder in seinem Alter.«

»Glaub mir, er ist ein Riese. Wann kommst du denn jetzt endlich zum Abendessen? Wie wäre es morgen? Ich habe keine Lust mehr, mir die ganze Zeit Grammys Tiraden über meine Scheidung anzuhören. Jetzt ist es nämlich offiziell. Ich bin geschieden. Und jeden Sonntag beim Abendessen erklärt mir meine Großmutter, dass mich als Geschiedene jetzt kein Mann mehr nimmt.« Vikki verdrehte die Augen.

»Und da müssen Sie ihr natürlich unbedingt das Gegenteil beweisen, nicht wahr?«, fragte Edward. Tatiana unterdrückte ein Kichern.

»Ich habe nur Augen für einen Mann, und das ist Chris Pandolfi.«

Tatiana stieß ein verächtliches Schnauben aus, und Edward lächelte. »Unsere Tania mag Chris wohl nicht sonderlich.«

»Warum denn nicht?«, wollte Vikki wissen.

»Er nennt mich immer ›Schwester Butterblume‹. Ich glaube, er macht sich über mich lustig. Was ist eigentlich eine Butterblume?«

Edward legte Tatiana mit einem Lächeln die Hand auf die Schulter und sagte: »Eine hübsche gelbe Blume.« Doch Vikki plauderte bereits weiter. Chris wollte sie an Thanksgiving mit nach Cape Cod nehmen, und sie hatte ein ganz hinreißendes Chiffonkleid gefunden, das sie nächsten Samstag zum Tanzen tragen würde.

Auf dem Markt vor dem Battery Park wimmelte es nur so von

Menschen. Tatiana, Vikki und Edward schoben den Kinderwagen mit dem schlafenden Anthony am Markt vorbei durch die Church Street, dann bogen sie in die Wall Street ein, durchquerten die Innenstadt bis zur South Street, gingen über den Fulton-Fischmarkt und schließlich durch Chinatown und Little Italy. Edward und Vikki waren bald erschöpft, doch Tatiana ging immer weiter, fasziniert von den hohen Gebäuden, den wimmelnden Mengen lärmender, fröhlicher Menschen, von den Straßenverkäufern, die Kerzenleuchter und Kerzen, alte Bücher und Äpfel feilboten, von den Musikern an den Straßenecken mit ihren Mundharmonikas und Akkordeons. Sie ging, als würden ihre Füße gar nicht mehr zu ihr gehören und den harten Asphalt kaum berühren. Mit großen Augen betrachtete sie die Kartoffeln, Erbsen und Kohlköpfe, die sich aus ihren Körben fast auf den Gehsteig ergossen, die Pfirsiche, Äpfel und Trauben, die Pferdewagen, von denen Baumwoll- und Leinenstoffe verkauft wurden, die unzähligen Taxis und Autos, die Doppeldeckerbusse, die quietschende Straßenbahn auf der Third und der Second Avenue. Mit großen Augen und offenem Mund nahm sie das alles in sich auf.

Schließlich machten sie eine Pause in einem Café in der Mulberry Street. Vikki und Edward sanken erschöpft auf die Stühle, die auf dem Bürgersteig standen. Tatiana blieb stehen und hielt mit einer Hand den Kinderwagen. Sie beobachtete ein Brautpaar, das gerade auf der anderen Straßenseite aus der Kirche hinaus in den Kirchhof trat. Sie wurden von vielen Menschen umringt und sahen sehr glücklich aus.

»Wissen Sie, Edward, sie ist ja nur ein zierliches Persönchen, und eigentlich denkt man immer, ein Lufthauch würde sie umpusten. Aber schauen Sie sich das nur mal an. Sie ist noch nicht mal außer Atem«, sagte Vikki.

»Ich hingegen habe bestimmt ein paar Kilo abgenommen. So viel bin ich seit meiner Militärzeit nicht mehr gelaufen«, bemerkte Edward.

Dann war Edward also tatsächlich beim Militär gewesen.

»Aber Sie laufen doch jeden Tag im Krankenhaus genauso viel, Edward«, sagte Tatiana, ohne den Blick von dem Paar

vor der Kirche abzuwenden. »Euer New York ist schon beeindruckend, das muss ich zugeben.«
»Wie schneidet es ab im Vergleich zur Sowjetunion?«, fragte Vikki.
»Ganz gut«, erwiderte Tatiana.
»Du musst mir irgendwann einmal davon erzählen«, sagte Vikki. »Oh, seht nur, Pfirsiche! Kaufen wir ein paar.«
»Ist es immer so in New York?« Tatiana bemühte sich, nicht allzu überwältigt zu klingen.
»Aber nein. Das ist nur, weil Krieg ist. Früher war es sehr viel lebhafter.«
Zwei Wochen später ging Tatiana am Sonntagnachmittag mit Anthony und Vikki in den Central Park, um Edward beim Softballspiel gegen die Ärzte von der Gesundheitsbehörde, zu denen auch Chris Pandolfi gehörte, anzufeuern. Edwards Frau war nicht mit dabei. Er sagte, sie müsse sich ausruhen.
Tatiana betrachtete lächelnd die Spaziergänger und die Obstverkäufer. Über ihr zwitscherten die Vögel, und um sie her ergoss sich das Leben wie ein frischer, bunter Schwall. Sie lauschte in sich hinein, während sie dort ging, ihren Sohn auf dem einen Arm und eine Tüte mit Pfirsichen in der anderen Hand, und sagte sich: Ja, diese Pfirsiche sind reif und duften süß. Sie dachte darüber nach, mit Vikki und Edward einen Ausflug zum Bear Mountain zu machen, an einem der kommenden Sonntage, wenn Edward ein paar Liter rationiertes Benzin beisammenhatte und seine Frau sich wieder einmal ausruhen musste, und wenn die Blätter an den Bäumen sich bunt färbten. Doch an diesem Sonntag war sie im Central Park, in New York, in den Vereinigten Staaten von Amerika, sie hielt Anthony im Arm, die Sonne schien, Edward spielte Softball, und Vikki sprang bei jedem erfolgreichen Schlag oder Fang in die Höhe. Und das alles war kein Traum.
Und dennoch hatte Tatiana Sehnsucht nach dem Mädchen, das sie vor dem 22. Juni 1941 gewesen war, nach dem Mädchen, das in seinem weißen Kleid mit den roten Rosen auf einer Bank gesessen und ein Eis gegessen hatte, an dem Tag, als in Russland der Krieg begann. Was war aus diesem Mädchen geworden, das mit seinem Bruder Pascha schwimmen ging,

die Sommertage lesend verbrachte und das ganze Leben vor sich hatte? Das Mädchen, das sich plötzlich einem Leutnant der Roten Armee in seiner sonntäglichen Ausgehuniform gegenübersah, der auf der anderen Seite der sonnenhellen Straße stand. Tatiana hätte sich das Eis damals ebenso gut nicht kaufen, einen früheren Bus nehmen und quer durch die Stadt in eine andere Richtung fahren können, in ein anderes Leben. Doch sie hatte sich das Eis gekauft. Solche Dinge tat sie einfach. Und nur deshalb war sie jetzt hier.

Und nun versuchten alle, das New York der Kriegsjahre, Vikki mit ihrem hellen Lachen, Anthony mit seinem kräftigen Gebrüll und Edward mit seiner gutmütigen Freundlichkeit, das Mädchen von damals zurückzuholen. All das, was Tatiana noch vor sich gehabt hatte, lag nun hinter ihr: das Allerschlimmste, aber auch das Allerbeste. Sie wandte Vikki, die jubelnd an der Baseline auf und ab hüpfte, ihr sommersprossiges Gesicht zu, lächelte sie an und ging dann zu einem der Getränkestände hinüber, um ihren Freunden eine Cola zu kaufen. Tatiana hatte ihr langes, blondes Haar zu einem dicken Zopf geflochten, wie sie es immer tat. Sie trug ein schlichtes, blaues Sommerkleid, das ihr ein wenig zu groß war, zu lang und zu weit.

Edward holte sie ein und fragte, ob er Anthony ein Weilchen halten solle. Tatiana nickte. Sie senkte den Blick, um nicht zu sehen, wie Edward Alexanders Sohn auf dem Arm trug, um die alten Wunden nicht aufzureißen, die an diesem Nachmittag mit Vikki und Edward in Sheep Meadow nichts zu suchen hatten. Edward kaufte Cola, Mineralwasser und ein paar Erdbeeren, und sie kehrten langsam zu der Decke zurück, die sie im Gras ausgebreitet hatten. Tatiana sagte kein Wort.

»Sehen Sie nur, Tania«, sagte Edward. »Sehen Sie, wie er lächelt.« Er lachte. »Gibt es etwas Schöneres als ein lächelndes Baby?«

»Hm«, machte Tatiana, ohne hinzusehen. Sie wusste, dass Anthony mit seinem breiten, zahnlosen Lächeln sofort alle Herzen erobern konnte. Das hatte sie schon oft in den Krankenzimmern auf Ellis Island beobachtet. Die Soldaten aus Deutschland und Italien liebten Anthony.

»Glauben Sie, er ist noch zu klein für ein paar Erdbeeren?«
»Das glaube ich allerdings.«
»Aber schauen Sie nur, wie schön sie sind. Ich habe viel zu viele gekauft. Nehmen Sie sich welche mit. Sie können sie ja einkochen.«
»Ja, das kann ich.« Tatiana trank einen Schluck Wasser. »Ich kann Marmelade kochen und Gelee. Ich könnte sie auch ganz in Sirup einlegen oder einen Kuchen damit backen oder sie kochen und für den Winter einfrieren. Ich bin die Königin der Obstzubereitung.«
»Tania – auf wie viele verschiedene Arten kann man Heidelbeeren eigentlich zubereiten?«
»Du würdest staunen.«
»Das tue ich bereits. Mehr noch, ich bin schockiert. Was machst du denn diesmal?«
»Heidelbeermarmelade. Komm her, probier mal.«
Sie führt den Löffel an seine Lippen und lässt ihn probieren. Er leckt sich die Lippen und lächelt. »Das gefällt mir ausgesprochen gut.«
»Hm.« Dann sieht sie seinen Blick. »O nein, Shura. Ich muss das hier fertig machen. Man muss ununterbrochen darin rühren. Es ist für den Winter, für die alten Frauen.«
»Tania ...«
»Shura ...«
Er legt die Arme um sie. »Habe ich dir schon gesagt, dass ich keine Heidelbeeren mehr sehen kann?«
»Du bist unmöglich.«

12

Gespräche mit Slonko, 1943

»Herr Major!«
Alexander öffnete sofort die Augen. Er befand sich immer noch in dem Klassenzimmer, saß auf dem unbequemen Holzstuhl und wurde von Iwanow bewacht. Nun trat Slonko ent-

schlossenen Schrittes herein. Sein lockeres, freundschaftliches Verhalten schien wie weggeblasen.
»Nun, Herr Major, es scheint, als müssten Sie langsam mit Ihren Spielchen aufhören.«
»Nur zu gern«, sagte Alexander. »Ich bin nicht zum Spielen aufgelegt.«
»Herr Major!«
»Warum schreien Sie denn bloß so?« Alexander rieb sich die Stirn. Sein Kopf schmerzte zum Zerspringen.
»Kennen Sie eine Frau namens Tatiana Metanowa, Herr Major?«
Jetzt war es noch schwieriger für Alexander, sich zusammenzureißen, als es bei seiner Mutter gewesen war. Mit einiger Willensanstrengung zwang er sich, ruhig zu bleiben. Wenn ich das durchstehe, dachte er, dann kann und werde ich alles durchstehen. Er wusste nicht recht, ob er lügen oder die Wahrheit sagen sollte. Slonko verfolgte ganz offensichtlich einen Plan.
»Ja«, antwortete er schließlich.
»Und wer ist sie?«
»Sie war Krankenschwester im Lazarett in Morosowo.«
»Sie *war*?«
»Nun, ich bin ja schließlich nicht mehr dort«, erwiderte Alexander sanft.
»Wie sich herausgestellt hat, ist sie auch nicht mehr dort.«
Das war keine Frage, also schwieg Alexander.
»Und sie ist nicht nur eine Krankenschwester, nicht wahr, Herr Major?« Slonko zog Alexanders Pass aus der Tasche. »Hier steht doch tatsächlich, sie sei Ihre Frau.«
»Ja«, sagte Alexander. Dieses eine Wort barg sein ganzes Leben. Er wappnete sich, denn er wusste, dass Slonko noch längst nicht mit ihm fertig war, und wollte vorbereitet sein.
»Dann ist sie also Ihre Frau.«
»Ja.«
»Und Sie wissen nicht zufällig, wo sie jetzt ist?«
»Dazu müsste ich schon hellsehen können«, sagte Alexander. »Ich habe keine Ahnung.«
»Wir haben sie.« Slonko beugte sich vor. »Wir haben sie in

Gewahrsam genommen.« Er lachte selbstzufrieden. »Wie finden Sie das, Herr Major?«
»Wie ich das finde?« Alexander ließ Slonko nicht aus den Augen. Er verschränkte die Arme vor der Brust und wartete. »Kann ich eine Zigarette haben?«, fragte er. Man brachte ihm eine Zigarette, und er zündete sie mit ruhiger Hand an. Und ehe ein weiteres Wort fiel, entschied Alexander, dass Slonko zu bluffen versuchte. Er beschloss, fest daran zu glauben, dass es ein Bluff war. Erst gestern – war es tatsächlich gestern gewesen? – hatte Stepanow ihm erzählt, dass Tatiana verschwunden sei und man sie nicht finden könne. Er hatte gesagt, dass Mechlis' Leute allesamt ratlos seien. Doch Slonko hatte das bisher mit keinem Wort erwähnt, schien gar nichts davon gewusst zu haben. Und nun zog er plötzlich Tatiana aus dem Hut, wie ein Zauberer, der besonders stolz ist auf seinen Trick. Das musste ein Bluff sein. Wenn sie tatsächlich in Gewahrsam war, hätte man Alexander schon früher nach ihr gefragt. Und Slonko hätte in jedem Fall erwähnt, dass nach ihr gesucht wurde und man sie nicht finden konnte. Er hatte aber kein Wort gesagt, weder über Dimitri noch über Sayers noch über Tatiana.
Doch Alexander war allein, während Slonko drei Wachen bei sich hatte. Alexander schien ein helles Licht direkt ins Gesicht, er verspürte ein Schwächegefühl im ganzen Körper, ein Gefühl des Schlafmangels, der geistigen Erschöpfung, er spürte die schmerzende Wunde am Rücken, und sein Herz war zentnerschwer. Er schwieg, und das allein kostete ihn bereits sehr viel. Wie viel Kraft ihm wohl noch blieb? Als er 1936 zum ersten Mal verhaftet worden war, hatte er noch all seine Kräfte besessen und war nicht verwundet gewesen. Warum war er Slonko damals nicht begegnet? Alexander biss die Zähne zusammen und harrte der Dinge, die unweigerlich kommen würden.
»Ihre Frau wird in diesem Augenblick verhört ...«
»Aber offenbar nicht von Ihnen«, fiel ihm Alexander ins Wort. »Ich bin erstaunt, Genosse, dass Sie eine so wichtige Aufgabe jemand anderem überlassen. Sie müssen über eine Menge hoch qualifizierter Mitarbeiter verfügen.«

»Wissen Sie noch, Herr Major, was vor drei Jahren, 1940, geschehen ist?«
»Ja, da habe ich im Krieg gegen Finnland gekämpft. Ich wurde verwundet, bekam eine Tapferkeitsmedaille und wurde zum Leutnant befördert.«
»Das meine ich nicht.«
»Ach nein?«
»Im Jahr 1940 hat die sowjetische Regierung eine Regelung für Frauen getroffen, die sich nicht von ihren Ehemännern lossagen, wenn diese ein Verbrechen gemäß Paragraph 58 des Strafgesetzbuchs begangen haben. Es wird seitdem als Verbrechen betrachtet, sich nicht von seinem Ehepartner loszusagen, und mit zehn Jahren Zwangsarbeitslager geahndet. Wissen Sie etwas darüber?«
»Glücklicherweise nicht allzu viel, Genosse. 1940 war ich noch nicht verheiratet.«
»Ich will ganz offen zu Ihnen sein, Major Below, denn ich habe genug von den ganzen Spielchen. Ihre Frau, Dr. Sayers und ein Mann namens Dimitri Tschernenko haben versucht zu fliehen …«
»Moment mal«, sagte Alexander. »Dr. Sayers wird ja wohl kaum geflohen sein. Er ist doch beim Roten Kreuz, und meines Wissens können dessen Angehörige alle internationalen Grenzen ungehindert überqueren.«
»Richtig«, fauchte Slonko. »Aber Ihre Frau und ihr Begleiter können das nicht. Es gab einen Vorfall an der Grenze, in dessen Verlauf der Gefreite Tschernenko erschossen wurde.«
»War das etwa Ihr Zeuge?« Alexander lächelte. »Ich hoffe, er war nicht der einzige Zeuge.«
»Ihre Frau und Dr. Sayers sind bis nach Helsinki gekommen.«
Alexander lächelte weiterhin.
»Der Herr Doktor war allerdings schwer verletzt. Interessiert es Sie, woher wir das wissen, Herr Major? Wir haben das Krankenhaus in Helsinki angerufen. Dort hat man uns gesagt, dass Dr. Sayers vor zwei Tagen gestorben ist.«
Das Lächeln auf Alexanders Gesicht schien wie festgefroren.
»Außerdem hat uns ein sehr hilfsbereiter Arzt des Roten

Kreuzes davon in Kenntnis gesetzt, dass Sayers eine Krankenschwester bei sich hatte, die ebenfalls verwundet war. Der Beschreibung nach handelt es sich um Tatiana Metanowa. Klein, blond und offensichtlich schwanger, mit einer Schnittwunde an der Wange? Das ist sie doch, nicht wahr?«
Alexander rührte sich nicht.
»Das dachte ich mir. Wir haben ihn gebeten, sie festzuhalten, bis unsere Männer kommen. Anschließend haben wir sie im Krankenhaus in Helsinki abgeholt und sie heute am frühen Morgen hierher gebracht. Haben Sie noch Fragen?«
»Ja«, sagte Alexander. Er fragte sich, ob er vielleicht aufstehen sollte, beschloss dann aber, sitzen zu bleiben. Er spannte das Gesicht an, die Arme, den ganzen Körper. Es nützte nichts. Seine Beine zitterten. Dennoch sagte er mit fester Stimme: »Was wollen Sie von mir?«
»Die Wahrheit.«
Was war die Zeit doch für ein eigenartiger Geselle. In Lazarewo, während ihres wundervollen Monats dort, war sie wie im Flug vergangen; ein Wimpernschlag, schon war alles vorbei. Was hatte sie jetzt im Sinn, wieso schien sie stillzustehen, während er versuchte, die Sekunden verrinnen zu lassen und ruhig zu bleiben. Er betrachtete den schmutzigen Holzboden, und einen Augenblick lang dachte er: Wenn ich sie damit retten kann, sage ich ihm die Wahrheit. Ich unterschreibe sein gottverdammtes Dokument. Von mir bekommt er ja sogar die Wahrheit. Ich bin ja der, für den er mich hält. Doch dann fiel ihm Unteroffizier Maikow ein. *In seinem Fall war die Wahrheit, dass er nichts wusste, mich nicht kannte. Zu was für einer Wahrheit er sich wohl bekannt hat, bevor er erschossen wurde? Für Slonko sind Lügen Wahrheit, und die Wahrheit ist eine Lüge. Was immer wir ihm antworten, was immer wir vor ihm verbergen, er weiß, nichts davon ist die Wahrheit. Und doch misst sich sein Erfolg daran, wie viele Lügen er aus uns herauspresst. Er glaubt gar nicht, dass ich Alexander Barrington bin, genauso wenig, wie er glaubt, dass Stepanow es ist oder dass Maikow es war. Er will einfach nur, dass ich lüge, damit er seinen Auftrag erfolgreich zu Ende führen kann. Er will den Siebzehnjährigen, der sich seinen*

Fragen entzogen hat, der es tatsächlich gewagt hat, zu entkommen und zu überleben, obwohl er als Aufwiegler verurteilt war. Darum geht es ihm, immer noch. Er will, dass ich ein Stück Papier unterzeichne, das ihm erlaubt, mich zu töten, jetzt, nach sieben Jahren, ganz gleich, ob ich nun Alexander Barrington bin oder nicht. Er will einen Vorwand, um mich zu töten, und den gebe ich ihm mit meinem Geständnis.

Slonko verdrehte die Wahrheit, um Alexander zu schwächen. Tatiana war verschwunden, und man suchte nach ihr – das entsprach der Wahrheit. Vielleicht hatte man ja tatsächlich auch beim Roten Kreuz in Helsinki angerufen und dort erfahren, dass Sayers tot war. Der arme Sayers. Vielleicht hatte man auch tatsächlich erfahren, dass eine Krankenschwester bei ihm war, und ohne ihren Namen zu kennen, allein der Beschreibung nach geschlossen, dass es sich um Alexanders Frau handeln musste. Es waren erst ein paar Tage vergangen. Hatte man tatsächlich so schnell Abgesandte nach Helsinki schicken können, wo es doch schon fast unmöglich war, die Versorgungslaster aus dem nur siebzig Kilometer entfernten Leningrad hierher zu bringen? Helsinki lag fünfhundert Kilometer entfernt. War es wirklich möglich, dass man sie nicht nur aufgespürt, sondern sogar hergebracht hatte?

Und wäre Tania überhaupt in Helsinki geblieben? Alexander hatte ihr natürlich gesagt, dass sie in dieser Stadt nicht lange bleiben durften, aber ob sie sich daran erinnert hatte, in ihrer Verzweiflung und ihrer Einsamkeit?

Alexander hob den Kopf und blickte Slonko an, der seinen Blick mit der Miene eines Mannes erwiderte, der vor einem Festmahl sitzt und sich darauf freut, es sich einzuverleiben. Mit der Miene eines Mannes, der gleich mit ansehen darf, wie der Matador zerfleischt wird.

Und Alexander sagte kühl: »Gibt es denn noch eine Wahrheit, die Sie nicht von mir gehört haben, Genosse?«

»Sie machen sich ja vielleicht nichts aus Ihrem eigenen Leben, Major Below. Aber Sie werden doch bestimmt mit uns reden, wenn das Leben Ihrer schwangeren Frau auf dem Spiel steht?«

»Ich wiederhole meine Frage, Genosse«, sagte Alexander. »Vielleicht haben Sie mich ja gerade nicht verstanden. Gibt es etwas, das ich Ihnen vorenthalten habe?«
»Ja, Sie haben mir die Wahrheit vorenthalten!«, rief Slonko und schlug Alexander mit aller Kraft ins Gesicht.
»Nein!« Alexander biss die Zähne zusammen. »Ich habe Ihnen nur die Genugtuung vorenthalten, Recht zu haben. Sie glauben, jetzt endlich den Mann in Ihrer Gewalt zu haben, den Sie suchen. Aber ich sage Ihnen, dass Sie sich irren. An mir werden Sie Ihre Machtlosigkeit nicht auslassen. Sie müssen mich vor ein Militärgericht stellen. Ich bin kein kleiner Parteigefangener, den Sie einfach so einschüchtern können. Ich bin ein hoch dekorierter Offizier der Roten Armee. Haben Sie Ihrem Land je im Krieg gedient, Genosse?« Alexander stand auf. Er überragte Slonko um einen Kopf. »Das dachte ich mir. Ich verlange, dass man mich zu General Mechlis bringt, damit die Sache aufgeklärt wird. Sie wollen die Wahrheit, Slonko? Dann bringen wir sie doch ans Licht. Ich werde immer noch gebraucht in diesem Krieg. Und Sie müssen zurück in Ihr Gefängnis in Leningrad.«
Slonko stieß einen Fluch aus. Dann befahl er zweien der Wachsoldaten, Alexander dazu zu zwingen, sich wieder auf den Stuhl zu setzen. Es gelang ihnen nur unter Schwierigkeiten.
»Sie haben keine Gewalt über mich«, rief Alexander mit lauter Stimme. »Und Sie haben nichts gegen mich in der Hand. Mein Ankläger ist tot, sonst hätten Sie mich ihm schon längst gegenübergestellt. Ich bin nur meinem Vorgesetzten, Oberst Stepanow, unterstellt und General Mechlis, der meine Verhaftung angeordnet hat. Die können Ihnen erzählen, dass mir vor fünf Generälen der Roten Armee der Rote Stern verliehen wurde. Ich wurde beim Sturm auf den Fluss verwundet, und für meine Verdienste im Krieg hat man mir einen Orden als Held der Sowjetunion verliehen.«
Slonko konnte kaum sprechen vor Wut. »Und wo ist dieser Orden, Herr Major?«
»Meine Frau bewahrt ihn für mich auf. Wenn Sie sie in Gewahrsam haben, wird es Ihnen sicher möglich sein, einen

Blick darauf zu werfen.« Alexander lächelte. »Das ist wahrscheinlich Ihre einzige Gelegenheit, einen solchen Orden je zu Gesicht zu bekommen.«
»Ich bin hier der Vernehmungsbeamte!«, brüllte Slonko. Rot bis hinauf zu seinem kahlen Schädel, schlug er Alexander noch einmal ins Gesicht.
»Zum Teufel!«, brüllte Alexander zurück. »Sie sind kein Offizier! Ich dagegen schon. Frauen können Sie vielleicht einschüchtern, aber über mich haben Sie keine Macht.«
»Da irren Sie sich, Herr Major«, sagte Slonko. »Ich habe sehr wohl Macht über Sie. Wissen Sie, warum?«
Alexander antwortete nicht, und Slonko beugte sich dicht über ihn und sagte bösartig: »Weil ich schon sehr bald Macht über Ihre Frau haben werde.«
»Tatsächlich?«, sagte Alexander. Dann riss er sich von den beiden Soldaten los, sprang auf und stieß mit dem Fuß den Stuhl beiseite, der ihm im Weg war. »Das würde mich aber sehr überraschen. Haben Sie denn überhaupt Macht über Ihre eigene Frau? Dann werden Sie wohl kaum Macht über meine haben.«
Slonko wich nicht einen Schritt zurück. »Es wird geschehen, da können Sie sicher sein, und ich werde Ihnen alles detailliert berichten.«
»Tun Sie das ruhig«, sagte Alexander und schob den umgefallenen Stuhl beiseite. »Dann weiß ich wenigstens, dass Sie lügen.«
Slonko lachte ihm höhnisch ins Gesicht.
»Genosse«, sagte Alexander. »Ich bin nicht der Mann, den Sie suchen.«
»Und ob Sie das sind, Herr Major. Alles, was Sie sagen und tun, trägt nur dazu bei, mich noch mehr davon zu überzeugen.«

Zurück in seiner winzigen, kalten Zelle, dankte Alexander dem Himmel für seine Kleidung.
Man hatte die Petroleumlampe wieder in seine Zelle gestellt, und durch das Guckloch sah ununterbrochen ein Wachsoldat herein.

Alexander konnte kaum fassen, dass das, was ihm hier widerfuhr, nicht aus ideologischen Gründen geschah, dass es nicht um den Kampf des Kommunismus gegen den Imperialismus ging, nicht um Verrat, ja nicht einmal um Spionage, sondern einzig und allein um den Stolz eines einzelnen, kleinen Mannes.
Dimitri und Slonko waren aus demselben Holz geschnitzt. Dimitri, Kleingeist und Feigling, der er war, war eine Art entfernter Verwandter von Slonko, der bei aller Niedertracht doch eine gewisse Macht besaß. Dimitri dagegen hatte keine Macht, und seine Hilflosigkeit machte ihn nur noch wütender. Jetzt war er tot. Leider nicht früh genug.
Alexander saß in einer Ecke, als er hörte, wie der Riegel beiseite geschoben wurde. Er seufzte. Würde man ihn denn nie in Ruhe lassen?
Slonko spazierte herein und ließ die Tür hinter sich offen. Der Wachsoldat blieb draußen stehen. Slonko konnte in der Zelle aufrecht stehen, und er befahl Alexander, ebenfalls aufzustehen. Widerwillig folgte Alexander der Anweisung; er musste dabei in die Knie gehen, denn er war fünf oder sechs Zentimeter größer, als die Zelle hoch war. So wirkte er wie ein Raubtier, das zum Sprung ansetzt, obwohl er den Kopf in einer Weise gesenkt hielt, die Slonko wohl als Unterwürfigkeit interpretierte.
»Nun, Ihre Tatiana ist wirklich eine hochinteressante Frau«, sagte Slonko.
»So?«
»Ja. Ich bin eben mit ihr fertig geworden.« Slonko rieb sich die Hände. »Wirklich hochinteressant.«
Alexander warf einen raschen Blick zu der offenen Tür hinüber. Wo war der Wachposten? Er griff in die Tasche seiner Unterwäsche, und Slonko brüllte: »Was machen Sie da?« Doch er zog keine Waffe. Offenbar trug er keine bei sich.
»Ich hole nur meine Penizillin-Spritze«, sagte Alexander. »Oberst Stepanow hat mir erlaubt, sie zu behalten. Ich bin verwundet. Mein Rücken schmerzt.« Er lächelte. »Ich brauche Medikamente. Ich bin nicht mehr derselbe Mann wie noch im Januar, Genosse.«

»Freut mich zu hören«, erwiderte Slonko. »Sind Sie denn derselbe Mann wie im Jahr 1936?«
»Ja, der bin ich immer noch«, sagte Alexander.
»Während Sie sich Ihre Spritze setzen, erzähle ich Ihnen, was Ihre Frau uns über Sie zu berichten hatte …«
»Ehe Sie fortfahren«, unterbrach ihn Alexander. Ohne Slonko anzusehen, öffnete er das Morphiumfläschchen. »Ich habe gelesen, dass es in manchen Ländern gegen das Gesetz verstößt, eine Frau dazu zu zwingen, Informationen über ihren Ehemann weiterzugeben. Ist das nicht kurios?« Er tauchte die Nadel in das Fläschchen und füllte die Spritze mit der Morphiumlösung.
»Aber wir haben sie doch gar nicht gezwungen.« Slonko lächelte. »Sie hat uns das alles ganz bereitwillig erzählt.« Er lächelte erneut. »Und ihre Bereitwilligkeit ging sogar noch weiter …«
»Genosse!«, brüllte Alexander und trat einen Schritt vor. »Ich warne Sie. Sprechen Sie nicht weiter.« Er stand nun so dicht vor Slonko, dass er ihm brüderlich die Hand auf die Schulter hätte legen können, wenn es der rechte Zeitpunkt für eine solche Geste gewesen wäre.
»Nein?«
»Nein«, sagte Alexander. »Glauben Sie mir, Genosse Slonko. Sie sollten mich nicht provozieren.«
»Warum denn nicht?«, fragte Slonko freundlich. »Lassen Sie sich etwa nicht provozieren?«
»Im Gegenteil«, erwiderte Alexander. »Ich werde mich durchaus provozieren lassen.«
»Wollen Sie sich denn nicht Ihre Penizillin-Spritze setzen, Herr Major?«
»Sobald Sie weg sind.«
»Ich gehe aber nicht.«
Alexander schüttelte den Kopf, blieb jedoch stehen, wo er war. »Bleiben wir bei der Sache. Haben Sie ein Militärgericht für mich einberufen? Ich bin sicher, man wird Ihnen erlauben, der Verhandlung beizuwohnen, damit Sie erleben, wie ein Unschuldiger in einem kommunistischen Land freigesprochen wird.«

»In Ihrem Vaterland, Herr Major«, verbesserte ihn Slonko.
»In meinem kommunistischen Vaterland«, sagte Alexander, ohne sich auch nur einen Millimeter von der Stelle zu bewegen. Die Zelle war knapp zwei Meter lang und einen Meter breit. Er wartete. Er wusste, dass Slonko kein Militärgericht einberufen konnte, weil er keinerlei Befugnisse besaß, weder für ein Militärgericht noch für eine Hinrichtung, nicht einmal für eine gründliche Ermittlung. Er wollte Alexander ein Geständnis abringen, und allen anderen war das vollkommen gleichgültig. Nachdem der Hauptzeuge tot im Schnee gefunden worden war, war es durchaus möglich, dass Mechlis selbst schon zu Slonko gesagt hatte: »Lassen Sie Below laufen. Wir können es uns nicht leisten, gute Männer zu verlieren, und wir haben keine anderen Informationen über seine Spionagetätigkeit als die eines toten Deserteurs, und Stalin, die einzige Autorität, der ich unterstellt bin, hat kein Todesurteil über Below gesprochen.« Doch trotz alledem gab Slonko nicht auf. Warum nicht?
Slonko konnte ihm nichts anhaben. Wären sie sich auf einer Straße begegnet, Alexander wäre an ihm vorbeigegangen, ohne ihn weiter zu beachten. So weit war es also mit dem Proletariat gekommen. Slonko, der sein Leben der Partei verschworen hatte, konnte Alexander, dem er bereits seit sieben Jahren nachjagte, nichts anhaben. Und in Alexanders Welt hatte das auch durchaus seine Richtigkeit. Doch Slonko dachte anders darüber.
Alexander wartete. Nach einiger Zeit sagte er: »Warum gehen Sie nicht einfach, Genosse? Kommen Sie wieder, wenn Sie mehr für mich haben, wenn Sie mich der Generalität vorführen oder mir meine Freilassung verkünden können.«
»Sie werden nie mehr freikommen, Herr Major«, sagte Slonko. »Ich habe die Empfehlung abgegeben, Sie nie mehr auf freien Fuß zu setzen.«
»Wenn ich tot bin, bin ich frei.«
»Aber ich werde nicht zulassen, dass Sie sterben. Ihre Mutter ist tot, Ihr Vater ebenfalls. Ich möchte, dass Sie das Leben führen, das Ihre Eltern sich für Sie gewünscht haben, für das sie Sie hierher gebracht haben. Ihre Eltern haben große

Stücke auf Sie gehalten, Alexander Barrington. Das haben sie mir selbst gesagt. Glauben Sie, Sie haben ihre Träume erfüllt?«

»Was diese Leute betrifft, so kann ich das nicht sagen. Aber die Träume meiner wahren Eltern habe ich mit Sicherheit erfüllt. Sie waren einfache Bauern, und ich habe es in der Roten Armee weit gebracht. Sie wären stolz auf mich.«

»Und wie sieht es mit den Erwartungen Ihrer Frau aus, Herr Major? Glauben Sie, Sie konnten sie erfüllen?«

»Ich habe Ihnen bereits gesagt, Genosse: Kein Wort über meine Frau.«

»Nein? Nun, sie war gern bereit, über Sie zu sprechen. Wenn sie nicht gerade – nun ja – anderweitig …«

»Genosse!« Alexander tat noch einen Schritt auf Slonko zu. »Das war das letzte Mal. Ein weiteres Mal wird es nicht geben.«

»Ich gehe nicht.«

»Und ob Sie das tun. Sie können wegtreten. Kommen Sie wieder, wenn Sie etwas Neues wissen.«

»Ich werde ganz bestimmt nicht gehen, Herr Major«, sagte Slonko. »Je mehr Sie wollen, dass ich gehe, desto mehr möchte ich bleiben.«

»Daran habe ich keinen Zweifel. Dennoch, Sie werden gehen.« Alexander rührte sich nicht. Er stand still wie ein Standbild und schien kaum zu atmen.

»Herr Major! Ich bin nicht derjenige, der unter Arrest steht. Meine Frau befindet sich nicht in Gewahrsam. Und ich bin auch kein Amerikaner.«

»Der letzte Punkt trifft auch auf mich zu.«

»Aber Sie sind doch Amerikaner, Herr Major. Ihre Frau hat es mir selbst erzählt, während sie meinen Schwanz gelutscht hat.«

Alexanders Hand fuhr Slonko an die Kehle und ließ ihm nicht einmal Zeit, vor Schreck nach Luft zu schnappen. Sein Kopf knallte an die Betonwand, seine Augen traten aus den Höhlen, sein Mund stand weit offen. Mit der freien Hand rammte Alexander eine Spritze mit zehn Gran Morphiumlösung in Slonkos Brustkorb, direkt in die rechte Herz-

kammer. Dabei hielt er ihm den Mund zu, sodass Slonko keinen Laut von sich geben konnte, selbst wenn er das gewollt hätte.
Auf Englisch sagte Alexander zu ihm: »Ich muss mich über Sie wundern. Wussten Sie denn gar nicht, mit wem Sie es zu tun haben? Merkwürdig, dass man immer glaubt, so viel zu wissen, wenn man doch so wenig weiß.« Er biss die Zähne zusammen, hielt Slonkos Hals fest umklammert und sah zu, wie sich langsam ein Schleier über die Augen seines Widersachers senkte. »Das ist für meine Mutter ...«, flüsterte er. »Für meinen Vater ... und für Tatiana.«
Slonko wurde von Konvulsionen geschüttelt und sank langsam zu Boden. Alexander hielt ihn mit einer Hand an der Kehle aufrecht, und als die Muskeln an seinem Hals erschlafften, seine Pupillen weit wurden, als er schließlich aufhörte zu blinzeln und mit offenen Augen ins Weite starrte, ließ Alexander ihn los. Der Vernehmungsbeamte fiel wie ein nasser Sack auf den Boden. Alexander zog die leere Spritze aus Slonkos Brust, warf sie in das Abflussrohr, trat dann zur Tür und rief: »Wache! Wache! Genosse Slonko geht es nicht gut!«
Der Wachsoldat kam angerannt, sah sich in der Zelle um, sah Slonko reglos am Boden liegen und fragte verwirrt: »Was ist denn passiert?«
»Ich weiß es nicht«, sagte Alexander ruhig. »Ich bin schließlich kein Arzt. Aber Sie sollten vielleicht einen Arzt holen. Der Genosse hatte möglicherweise einen Herzanfall.«
Der Soldat wusste nicht recht, ob er gehen oder bleiben, Alexander zurücklassen oder ihn mitnehmen sollte. Und er wusste auch nicht, ob er die Tür verriegeln oder offen lassen sollte. Die Verwirrung malte sich so deutlich auf sein entsetztes, bleiches Gesicht, dass Alexander mit freundlichem Lächeln sagte: »Lassen Sie ihn hier, und nehmen Sie mich mit. Sie brauchen die Zelle nicht abzuschließen. Der geht nirgendwo mehr hin.«
So nahm der Wachsoldat Alexander mit sich, und gemeinsam liefen sie die Treppe hinauf und durch das Schulgebäude nach draußen zu dem Haus, das die Oberbefehlshaber be-

herbergte. »Ich weiß nicht einmal, wem ich das melden soll«, sagte der Soldat hilflos.
»Gehen wir einfach zu Oberst Stepanow. Er wird schon wissen, was zu tun ist.«
Stepanow war mehr als überrascht, Alexander zu sehen. Der Wachsoldat war inzwischen so durcheinander, dass er kaum ein Wort herausbrachte. Er murmelte etwas von Slonko und dass er nichts gehört, dass er nur seine Befehle befolgt und direkt neben der Tür gestanden, aber trotzdem keinen Ton gehört habe. Stepanow bat ihn mehrmals, sich zu beruhigen, doch der Soldat konnte nicht einmal diesen einfachen Befehl befolgen. Schließlich gab Stepanow dem armen Kerl einen Wodka und wandte sich mit ratloser Miene an Alexander.
»Herr Oberst«, sagte Alexander. »Genosse Slonko ist plötzlich zusammengebrochen, während er sich in meiner Zelle befand. Der Wachsoldat hatte sich offenbar gerade ein paar Schritte entfernt.« Alexander hielt kurz inne. »Vielleicht ist er ja einem menschlichen Bedürfnis nachgegangen. Er hat Angst, dass es so aussehen wird, als hätte er seine Pflichten vernachlässigt. Aber ich weiß aus eigener Erfahrung, dass er ein sorgfältiger und gewissenhafter Wachposten ist, und ich glaube auch nicht, dass er noch etwas für den Genossen hätte tun können. Seine Zeit war ganz offenbar gekommen.«
»Lieber Himmel, Alexander.« Stepanow erhob sich rasch. »Wollen Sie mir etwa sagen, Slonko ist tot?«
»Ich weiß es nicht, Herr Oberst, ich bin kein Arzt. Aber ich würde empfehlen, einen Arzt hinzuzuziehen. Vielleicht kann man ja noch etwas tun.«
Sie machten einen Arzt ausfindig, der die Zelle betrat, sich einmal kurz schüttelte und Slonko dann für tot erklärte, ohne ihm auch nur den Puls zu fühlen. In der Zelle lag ein fürchterlicher Gestank, der vorher nicht darin gewesen war. Alle hielten den Atem an, bis sie wieder draußen waren.
»Ach, Alexander«, seufzte Stepanow.
»Ich bin wohl wirklich vom Pech verfolgt, Herr Oberst«, bemerkte Alexander.
Keiner wusste so recht, was nun mit Slonko anzufangen war. Er war um zwei Uhr morgens in Alexanders Zelle gekom-

men. Zu diesem Zeitpunkt lag alles in tiefem Schlaf, und niemand konnte sich mit der Sache auseinander setzen. Auch für Alexander gab es nun keinen Platz mehr. Er schlug vor, die Nacht über mit dem Soldaten in Stepanows Vorzimmer zu bleiben, und Stepanow und der Wachsoldat stimmten zu. Sie legten sich auf den Boden, und Stepanow brachte Alexander eine Decke. »Vielen Dank, Oberst Stepanow«, sagte Alexander.
Stepanow warf einen Blick auf den Wachsoldaten, der zitternd in einer Ecke hockte, und sah dann Alexander an. »Was geht hier eigentlich vor, Herr Major?«, fragte er leise.
»Das müssen Sie mir sagen, Herr Oberst«, erwiderte Alexander. »Was geht hier vor? Was wollte Slonko von mir? Er hat mir die ganze Zeit erzählt, man habe Tatiana aus Helsinki hierher gebracht und sie habe alles zugegeben. Was sollte das?«
»Man ist hier völlig außer sich«, sagte Stepanow. »Man hat versucht, sie zu finden, aber sie ist weg. In der Sowjetunion verschwinden die Leute sonst nicht einfach so ...«
»Ehrlich gesagt verschwinden die ganze Zeit Leute.«
»Aber nicht spurlos.«
»O doch, spurlos.«
»Hören Sie auf damit, Alexander.«
»Jawohl.«
»Ich sage Ihnen, als der NKGB erfahren hat ...«
»Der was?«
»Ach, hat man Sie darüber noch gar nicht informiert? Es gibt keinen NKWD mehr, er wurde umgewandelt in den NKGB, das Volkskommissariat für Staatssicherheit. Dieselbe Behörde, aber ein neuer Name. Die erste Umbenennung seit 1934.« Stepanow zuckte die Achseln. »Wie dem auch sei, als der NKGB erfahren hat, dass Sayers und Tatiana nicht in Leningrad angekommen sind, ist man dort sehr misstrauisch geworden. Dann fand man einen umgestürzten Jeep, vier tote Sowjetsoldaten und eine Hand voll toter Finnen. Im Jeep befand sich keine medizinische Ausrüstung, und das Rotkreuz-Symbol war entfernt worden. Niemand kann sich das erklären. Vom Arzt und von der Krankenschwester fehlt jede

Spur. Aber sechs Grenzstationen haben gemeldet, dass sie einen Arzt und eine Krankenschwester durchgelassen haben, die mit einem verwundeten finnischen Piloten unterwegs nach Helsinki waren, um einen Gefangenenaustausch zu vollziehen. An den genauen Namen der Krankenschwester erinnern sie sich nicht, aber sie schwören Stein und Bein, dass es ein amerikanischer Name war. Nun, den finnischen Piloten haben wir immerhin gefunden. Er ist kein Finne und auch kein Pilot, und ihn als verwundet zu bezeichnen, ist stark untertrieben. Es handelt sich um Ihren Freund Dimitri, und er ist nur so von Kugeln durchsiebt. So sieht es augenblicklich aus. Dimitri ist tot, und der Arzt und die Krankenschwester haben sich in Luft aufgelöst. Also hat Mitterand beim Rotkreuz-Krankenhaus in Helsinki angerufen und ist an einen Arzt geraten, der kein Russisch sprach. Und diese Volltrottel« – Stepanows Stimme war jetzt nicht viel mehr als ein Flüstern – »haben einen ganzen Tag gebraucht, um jemanden aufzutreiben, der mit dem Arzt Englisch reden konnte.« Stepanow lächelte. »Ich wollte ja schon Sie vorschlagen.«

Alexander reagierte nicht.

»Jedenfalls haben sie schließlich jemanden aus Wolkow hergebracht, der Englisch mit dem Arzt sprechen konnte. Allem Anschein nach ist Matthew Sayers tot.«

»Das stimmt also.« Alexander seufzte. »Diese Leute schaffen es immer wieder, gerade so viel Wahrheit in ihre unverschämten Lügen zu mischen, dass man schier wahnsinnig wird, wenn man versucht herauszufinden, was wahr ist und was nicht.«

»Ja, Sayers ist in Helsinki gestorben, an einer Blutvergiftung aufgrund seiner Verwundungen. Von der Krankenschwester, die bei ihm war, sagte der Arzt, sie sei verschwunden, er habe sie seit zwei Tagen nicht mehr gesehen. Er nahm an, dass sie gar nicht mehr in Finnland ist.«

Alexander blickte Stepanow an, mit einer Mischung aus Trauer, Bedauern und Erleichterung. So viele Empfindungen stürzten auf ihn ein, dass er nicht mehr wusste, was er als Erstes empfinden, als Erstes sagen sollte. Einen schrecklichen

Augenblick lang empfand er sogar Bedauern darüber, dass Tatiana nicht zurückgeholt worden war; so hätte er sie wenigstens ein letztes Mal sehen können. Doch schließlich brach sich ein ehrliches Gefühl Bahn. »Vielen Dank, Herr Oberst«, flüsterte Alexander.
Stepanow klopfte ihm sanft auf die Schulter. »Schlafen Sie jetzt. Sie werden all Ihre Kraft brauchen. Haben Sie Hunger? Ich habe noch Räucherwurst und ein bisschen Brot.«
»Heben Sie das für mich auf. Jetzt muss ich erst einmal schlafen.«
Stepanow zog sich in sein Quartier zurück, und Alexander, von dessen Seele die Last sich nun wie morgendlicher Nebel erhob, dachte, ehe er einschlief, dass Tania also doch auf ihn gehört hatte und nicht in Helsinki geblieben war. Sie war bestimmt nach Stockholm gereist, war jetzt vielleicht schon dort. Er dachte auch daran, dass Sayers bis zum Schluss sein Wort gehalten hatte; denn wäre er weich geworden und hätte ihr die Wahrheit über Alexanders vorgetäuschten Tod erzählt, dann wäre Tatiana schon längst in die Sowjetunion zurückgekehrt und in die Fänge des Mannes geraten, der ...
Mehr blieb ihm nicht. Wenigstens war der verfluchte Dimitri tot.
Schließlich schlief Alexander unruhig ein.

Die Wolga-Brücke, 1936

Als Alexander siebzehn Jahre alt war, wurde er nach seiner Festnahme im Kresty-Gefängnis gefragt, wer er sei. Damals war das den Vernehmungsbeamten gleichgültig – sie wussten es ja. Dennoch fragten sie ihn, gingen wieder, kamen zurück und fragten ihn noch einmal: »Sind Sie Alexander Barrington?« Das ging tagelang so.
»Ja, der bin ich«, erwiderte Alexander. Damals hatte er noch keine andere Antwort zu geben und glaubte, die Wahrheit werde ihn retten.
Und dann verlas man sein Urteil. Damals gab es keinen Gerichtssaal, kein Militärgericht, bei dem die Generalität den

Vorsitz führte, nur eine leere Betonzelle ohne Fenster, mit Gittern anstelle von Türen und einem Toiletteneimer, der auf dem Betonboden stand, keinerlei Privatsphäre und einer einzelnen, nackten Glühbirne hoch oben an der Decke. Man zwang ihn aufzustehen und jemand verlas mit volltönender Stimme das Urteil. Zwei Männer waren gekommen, und als hätte Alexander den ersten nicht richtig verstanden, nahm nun der zweite das Blatt und verlas das Urteil noch einmal. Alexander hörte seinen Namen und das Urteil, laut und deutlich: »Zehn Jahre in einem Zwangsarbeitslager in Wladiwostok aufgrund anti-sowjetischer Aktivitäten in Moskau im Jahr 1935 und aufgrund des Versuchs, die sowjetische Autorität und den sowjetischen Staat durch verleumderisches und falsches Infragestellen der Lehren unseres geliebten Vaters und Lehrers zu untergraben.« »Zehn Jahre« hörte er, und er glaubte, er hätte sich verhört. Es war also gut, dass ihm das Urteil ein zweites Mal vorgelesen wurde. Beinahe hätte er gesagt: »Wo ist mein Vater, er wird das alles in Ordnung bringen, er wird mir sagen, was ich tun soll.«
Doch er schwieg. Er wusste, was ihm widerfuhr, würde auch seiner Mutter und seinem Vater widerfahren, so wie den achtundsiebzig Menschen, die einmal mit ihnen in dem Hotel in Moskau gewohnt hatten, wie dem Pianisten und seinen Zuhörern, unter denen auch Alexander manchmal gewesen war, wie der kommunistischen Versammlung, die er mit seinem Vater besucht hatte, und wie seinem alten Freund Slawan.
Ob Nikita wohl noch in der Badewanne eines anderen Hotels schlief? Wohl kaum.
Man fragte ihn, ob er die Anklagen verstehe, die gegen ihn erhoben wurden; ob er begreife, warum die Strafe verhängt worden sei?
Alexander begriff weder die Anklagen noch die Strafe. Doch er nickte trotzdem.
Er versuchte, sich das Leben vorzustellen, das er eigentlich führen sollte, das sein Vater sich für ihn erträumt hatte. Gern hätte er seinen Vater gefragt, ob er gewollt hatte, dass Alexander seine Jugend damit zubrachte, zwei von Stalins Fünf-

Jahres-Plänen zur Industrialisierung des Sowjetischen Russlands zu erfüllen. Doch sein Vater war nicht da, und er konnte ihn nicht fragen.

Und nun sollte es sein Schicksal sein, in der sibirischen Tundra nach Gold zu schürfen, weil der ideale Staat sich nicht leisten konnte, ihn zu bezahlen?

»Haben Sie noch Fragen?«

»Wo ist meine Mutter?«, fragte Alexander. »Ich möchte mich von ihr verabschieden.«

Die Männer lachten. »Ihre Mutter? Woher sollen wir denn wissen, wo Ihre Mutter ist? Sie fahren morgen früh los. Vielleicht finden Sie sie ja bis dahin.«

Und damit gingen sie lachend davon und ließen Alexander allein zurück.

Am nächsten Tag verfrachtete man ihn in den Zug nach Wladiwostok. Ein knorriger, mit Narben übersäter Mann neben ihm sagte: »Wir haben Glück, dass sie uns nach Wladiwostok bringen. Ich bin gerade erst aus Perm-35 zurück, das ist wirklich die Hölle auf Erden.«

»Wo ist denn das?«

»In der Nähe von Molotow. Hast du noch nicht davon gehört? Ganz in der Nähe des Urals, an der Kama. Es ist gar nicht weit weg von Wladiwostok, aber viel schlimmer. Keiner, der da hinkommt, überlebt.«

»Aber du hast doch überlebt.«

»Weil ich nur zwei Jahre da war, dann haben sie mich rausgelassen. Ich habe vier Quartale in Folge mein Produktionssoll überschritten. Meine kapitalistische Leistungsfähigkeit hat denen gefallen, und da fanden sie, dass der Proletarier in mir jetzt hart genug für den Mann von der Straße gearbeitet hat.«

Als Alexander sich darüber klar wurde, wo in der Sowjetunion sich Wladiwostok genau befand, wusste er, dass er entkommen musste, wenn er weiterleben wollte, obwohl er kein Geld und kein Zuhause mehr hatte. Die Stadt lag in den hintersten Winkeln der Welt, und wenn es auf Erden einen Hades gab, dann musste er in Wladiwostok sein. Alexander sollte mit einem Viehzug den Ural überqueren, durch die

Westsibirische Ebene und das Mittelsibirische Bergland fahren, die ganze Mongolei und ganz China umrunden, um dann in einer Industriestadt aus Betonbauten zu versauern, auf einer schmalen Landzunge an der Küste des Japanischen Meeres. Er war überzeugt davon, dass die Ewigkeit von Wladiwostok ihn nie mehr freigeben würde.

Tausend Kilometer lang schaute Alexander durch eine kleine Luke aus dem Zug oder durch die Tür, die die Wachen manchmal offen ließen, damit die Häftlinge frische Luft bekamen. Als der Zug die Wolga überquerte, sah er seine Chance gekommen. Ich werde springen, dachte er. Die Wolga lag weit unter ihm, und die baufällige Eisenbahnbrücke führte in etwa dreißig Metern Höhe an einem Steilhang entlang. Alexander wusste nicht viel über die Wolga. War sie steinig? War sie tief? War die Strömung schnell? Doch er sah, dass sie ein breiter Fluss war, und er wusste, dass sie sich tausend Kilometer weiter südlich, in Astrakhan, ins Kaspische Meer ergoss. Er glaubte nicht, dass sich noch eine andere, bessere Fluchtmöglichkeit ergeben würde. Wenn er den Sprung in die Wolga überlebte, konnte er sich zu einem der südlicheren Staaten durchschlagen, nach Georgien vielleicht oder nach Armenien, und von dort aus die türkische Grenze überqueren. Wenn er bloß die amerikanischen Dollars seiner Mutter bei sich hätte! Nach der Rückkehr von der gescheiterten Moskau-Mission hatte er das Buch wieder in die Bibliothek gebracht und war dann so schnell festgenommen worden, dass ihm keine Möglichkeit geblieben war, es zu holen. Doch mit oder ohne Geld, ihm war klar, dass Flucht oder Tod seine einzigen Alternativen waren.

Er schaute nach unten, und sein Magen zog sich zusammen. Würde er das überleben? Er wollte nicht sterben. Plötzlich kam ihm William Miller aus Barrington in den Sinn, der nette, blonde, allseits beliebte William Miller. Er hatte Schwimmunterricht, seit er ein Baby war. Er konnte springen, Saltos schlagen und unter Wasser die Luft anhalten, und er schwamm und sprang jedem anderen Jungen in ganz Barrington davon, selbst Alexander, der sich immer wieder bemühte, ihn zu schlagen. Und dann, eines Nachmittags im

Sommer – sie waren acht Jahre alt –, spielten sie Tarzan in dem riesigen Swimmingpool hinter Williams Elternhaus. Sie ließen sich im tiefsten Teil des Beckens ins Wasser plumpsen; das Wasser war dort dreieinhalb Meter tief. William sprang von einem Sprungbrett, einen halben Meter über der Wasseroberfläche. Doch er hatte den schweren Nachbarsjungen Ben übersehen, der zu nah am Sprungbrett Wasser trat, gerade als William sich kopfüber ins Wasser stürzte. William sah Ben nur eine Zehntelsekunde zu spät und warf sich nach links, um ihm auszuweichen. Dabei prallte er mit dem Kopf an die Betonwand des Beckens, und seitdem wurde William Miller von einer Krankenschwester, die ihn Tag und Nacht betreute, im Rollstuhl umhergefahren und über eine Magensonde ernährt. Eine erschreckende Geschichte? War es nicht sehr viel erschreckender, dass sich ein junger Mann von siebzehn Jahren, der fast einen Meter neunzig groß und neunzig Kilo schwer war, dreißig Meter in die Tiefe stürzen wollte, in vielleicht zweieinhalb Meter tiefes Wasser mit Felsbrocken auf dem Grund? Alexander kannte die erbarmungslosen physikalischen Gesetze nicht, doch er spürte instinktiv, dass sie ihm keine guten Chancen einräumten. Aber es blieb keine Zeit, Angst zu haben, keine Zeit, lange zu überlegen. Vielleicht sprang er in den Tod. Das wusste er, das spürte er im Magen und in seinem Herzen, das zum Zerspringen schlug. Doch das war immerhin ein schneller Tod. Er bekreuzigte sich. In Wladiwostok würde er bis ans Ende seiner Tage lebendig begraben sein.

Er flüsterte ein tonloses »Gott steh mir bei« und sprang aus dem Zug, mit nichts als der Sträflingskleidung, die er am Leib trug.

Der Sturz in dreißig Meter Tiefe kam ihm wie eine Ewigkeit vor, obwohl es in Wahrheit nur wenige Sekunden waren, und als Alexander im Wasser aufschlug, hatte der Zug schon fast das andere Ende der Brücke erreicht. Er war mit den Füßen voran gesprungen, in der Hoffnung, die Wolga würde tief genug sein, um den Aufprall abzufangen. Sie war tief genug. Zudem war sie kalt und floss sehr schnell dahin. Er wurde von der Strömung ergriffen und einen halben Kilometer weit abgetrieben. Verzweifelt rang er nach Atem, und als er sich schließlich umdrehte, um zur Brücke zurückzuschauen, war der Zug nur noch ein winziger Fleck in der Ferne. Er schien nicht anzuhalten. Alexander wusste nicht einmal, ob überhaupt jemand etwas bemerkt hatte, bis auf den Häftling neben ihm, der schon seit Leningrad mit höhnischem Grinsen vor sich hin gemurmelt hatte: »So ein kräftiger, junger Bursche – warte nur, bis du nach Wladiwostok kommst, wirst schon sehen, was dann mit dir passiert.«

Erst als er die Brücke nicht mehr sehen konnte, wagte er, an Land zu gehen. Er schwamm vielleicht fünf Kilometer weit mit der Strömung, bis er schließlich zu erschöpft war und ans Ufer kroch. Es war Sommer, und er war schon bald wieder trocken. Er grub ein paar Kartoffeln aus dem Boden aus und aß sie roh. Dann zog er seine Kleider aus, machte sich ein Bett aus Blättern zurecht, baute eine Art Unterstand aus Ästen – glücklicherweise war er früher bei den Pfadfindern gewesen – und legte sich schlafen. Als er aufwachte, fühlten seine Kleider sich klamm an, und seine Beine schmerzten. Da er nicht wusste, wo er andere Kleidung hernehmen sollte, entzündete er ein Feuer, trocknete die Kleider und drehte sie dann von innen nach außen, damit das Sträflingsgrau nicht allzu offensichtlich war. Er zerrieb grüne Blätter, ein wenig Schlamm und ein paar zerdrückte Erdbeeren darauf, und als sie schließlich kaum noch als NKWD-Sträflingskleidung erkennbar waren, machte er sich auf den Weg, immer am Fluss entlang.

Alexander bewegte sich flussabwärts die Wolga entlang und bot den Fischern auf ihren Kähnen und Booten seine Dienste an, bis ihn schließlich einer der Fischer nach seinem Ausweis fragte. Danach entfernte er sich vom Fluss und drang weiter ins Landesinnere vor, in der Hoffnung, irgendwann zu den Bergen zu gelangen, die Georgien von der Türkei trennten. Er hielt sich von Fischern und Bauern fern, denn er wusste, über kurz oder lang würde ihn jemand nach seinem Ausweis fragen, dem er nicht entkommen konnte. Doch man hatte ihm den Ausweis weggenommen und ihm stattdessen ein Sträflingsarbeitsbuch ausgestellt – und das konnte er ja kaum vorzeigen. Bald darauf verbrannte er es.

Da er sich seinen Weg ohne jede fremde Hilfe suchen wollte, kam er nur langsam voran. Zu Fuß schaffte er höchstens dreißig Kilometer am Tag. Er musste das Risiko eingehen, sich von Pferdewagen mitnehmen zu lassen, um ein wenig schneller nach Süden zu gelangen.
Doch schließlich brachte ihn ein fünfzehnjähriges Mädchen, das auf einem Feld arbeitete, zum Verweilen. Er bat sie um etwas zu trinken und um ein Stück Brot, und schließlich fragte er sie, ob es auf ihrem Hof Arbeit gebe, mit der er sich ein wenig Geld verdienen könne. Sie führte ihn nach Hause, zu ihren warmherzigen Eltern. Sie, mit ihren großen, warmen, schwieligen Bäuerinnenhänden, mit dem dichten, langen, hellbraunen Haar, dem runden Gesicht, dem runden Körper, den Schweißperlen auf Hals und Armen und den jungen, straffen Brüsten, die der Ausschnitt ihres Kleides erahnen ließ und zwischen denen ein kleines goldenes Kreuz ruhte.
Alexander kam nicht nach Georgien. Er blieb in dem kleinen Dorf Belyi Gor, in der Nähe von Krasnodar am Schwarzen Meer und damit in Russland. Und weil er Larissa gesehen hatte, und weil es August war und die Erntezeit heranrückte, bot er der Bauernfamilie Below seine Dienste als Feldarbeiter an. Yefim und Maritza Below hatten vier Söhne, Grischa, Valeri, Sascha und Anton, und eine Tochter.
Die Belows hatten in ihrem kleinen Bauernhaus keinen Platz für Alexander, doch er nahm bereitwillig mit der Scheune vorlieb, schlief im Heu, arbeitete von Sonnenaufgang bis Sonnenuntergang, und nachts dachte er an Larissa. Sie schenkte ihm ihr breites Lächeln und schien immer ein wenig außer Atem zu sein. Alexander wusste zwar, dass sie nur so tat, doch es erfüllte seinen Zweck, denn er schmachtete nach Liebe. Sein Körper war zu lange angespannt gewesen, stets auf der Hut und auf der Flucht. Larissa versprach Erlösung.
Dennoch hielt er sich von ihr fern, denn mit ihren Brüdern war nicht zu spaßen. Die Arbeit auf den Feldern, das Stechen von Kartoffeln, Karotten und Zwiebeln, das Dreschen von Weizen für das Hofkollektiv, den Kolchos, ohne jede Unterstützung durch Arbeitstiere – all das hatte sie zu wahren

Ochsen werden lassen, und angesichts ihrer jungen, üppigen und neugierigen Schwester begegneten sie Wanderarbeitern wie Alexander, jungen Männern, die ihr Hemd auszogen, mit nacktem Oberkörper arbeiteten und dabei mit jedem Tag brauner und anziehender wurden, mit einem gewissen Misstrauen. Alexander war erst siebzehn, doch er wirkte, aß und arbeitete wie ein erwachsener Mann. Er besaß in jeder Hinsicht den Appetit und das Herz eines Mannes. Larissa sah es, und ihre Brüder sahen es ebenfalls, deshalb hielt er sich von ihr fern. Er erbot sich, das Heu zu bündeln, Holz für den Winter zu hacken und der Familie einen neuen, größeren Tisch zu zimmern. All das bot er an, um nicht auf den Feldern zu arbeiten, sondern in der Scheune bleiben zu können. Doch je distanzierter Alexander sich verhielt, desto fordernder wurde Larissa. Sie verhielt sich so schamlos, wie es einem fünfzehnjährigen Mädchen, das mit seinen Eltern und vier Brüdern in einem kleinen Bauernhaus lebt, nur eben möglich ist.

Es war ein glühend heißer August in Krasnodar am Schwarzen Meer. Und eines Nachmittags, als Alexander in der Scheune das Heu zu ordentlichen Ballen bündelte, fiel plötzlich Sonnenlicht zum Tor herein. Als er sich umdrehte, war das Licht schon wieder verloschen, und Larissa stand vor ihm.

Er hielt eine Heugabel, ein Stück Schnur und ein Messer in den Händen. Mit sanfter Stimme fragte sie ihn, was er gerade mache. Ich bündele Heu, wollte er antworten, doch dann fiel ihm ein, dass sie das ja sehen konnte, dass er gar nichts zu sagen brauchte. Unter anderen Umständen hätte er sich nicht mehr zurückhalten können, und auch jetzt fiel es ihm schwer. Doch er spürte, dass dieses Mädchen ihn nur in Schwierigkeiten bringen würde.

»Larissa, das wird kein gutes Ende nehmen«, sagte er.

»Ich weiß nicht, was du meinst«, sagte sie und kam langsam näher. Sie war barfuß und trug ein Kleid, das diese Bezeichnung kaum mehr verdiente. »Es ist so fürchterlich heiß da draußen. Ich bin nur hereingekommen, um es ein bisschen kühler zu haben. Du hast doch nichts dagegen, oder?«

Er wandte ihr den Rücken zu und beschäftigte sich mit dem Heu. »Deine Brüder werden mich umbringen.«
»Aber warum sollten sie? Du arbeitest doch so hart. Sie werden dich nur loben.« Sie kam noch näher. Er roch den sommerlichen Schweiß auf ihrer Haut. Sie atmete tief ein, und er wusste, sie roch seinen Schweiß.
»Lass das.«
Sie kam noch einen Schritt näher, dann blieb sie stehen. Er hielt ihr immer noch den Rücken zugedreht, doch aus dem Augenwinkel sah er, wie sie auf einen Holzbalken kletterte.
»Ich bleibe einfach hier sitzen und schaue dir zu«, hörte er sie sagen.
Einen Augenblick lang musterte er sie, dann wandte er sich wieder seiner Arbeit zu. Sein Körper versagte ihm beinahe den Dienst. Nur ein Augenblick, dachte er, nur ein kurzer Augenblick, und ich würde die süßeste Erlösung finden. Es würde nicht lange dauern. Was war schon dabei? Sie war ihm so nahe, dass er ihren frischen Körper riechen konnte, das frisch gewaschene Haar, ihren Atem. Einen Augenblick lang schloss er die Augen.
»Alexander«, sagte sie mit heiserer Stimme. »Schau mal. Ich will dir etwas zeigen.«
Widerwillig, fast verzweifelt, mit schmerzenden Sinnen schaute er zu ihr hin. Sie zog ganz langsam ihren Rock nach oben und spreizte die Beine ein wenig. Ihre Hüfte befand sich etwa auf Alexanders Augenhöhe. Er hob den Blick zwischen ihre nackten Schenkel, und ihm entschlüpfte ein Stöhnen.
»Komm her, Alexander.«
Und er kam. Er griff nach ihren Armen, schob sich zwischen ihre Beine und zog das Kleid von ihren Schultern, um ihren Körper freizugeben. Keuchend, schwitzend und voller Verlangen hob er den Kopf ihren Lippen entgegen, dann beugte er sich wie im Fieber zu ihren Brüsten herab, während seine Finger sie liebkosten, ihr weiches, warmes Fleisch ... Sie stöhnte auf und klammerte sich an dem Balken fest. Doch dann erklang Gelächter draußen vor der Scheune, und Larissa versuchte, Alexander wegzuschieben. Aber er konnte nicht mehr von ihr lassen.

Sie schubste ihn mit Gewalt beiseite und sprang vom Balken herunter. Gleich darauf fiel Licht in die Scheune. Grischa, ihr ältester Bruder, kam herein und sagte: »Da bist du ja, Larissa, ich habe dich schon überall gesucht. Mach, dass du hier rauskommst. Und hör auf, Alexander immer abzulenken. Siehst du denn nicht, dass er genug Arbeit hat? Geh zu Mama, sie hat schon gefragt, warum du die Kühe noch nicht von der Weide geholt hast. Der Mann vom Kolchos wird bald hier sein, um die Milch zu holen.«
»Ich gehe ja schon«, sagte Larissa und schob sich an Alexander vorbei. Grischa verließ als Erster die Scheune, und ehe sie ging, drehte Larissa sich noch einmal um und flüsterte mit einem hinreißenden Lächeln: »Beim nächsten Mal, Alexander, wird uns niemand stören, und dann wird mein Mund dich überall berühren. Versprochen. Und dann nenne ich dich Shura, nicht Sascha, wie meinen Bruder. Wart's nur ab.«
Alexander konnte für den Rest des Tages an nichts anderes mehr denken, auch am Abend nicht und vor allem nicht in der Nacht, als er allein in der Scheune lag. Doch am nächsten Tag geschah etwas, das seine lustvollen Hoffnungen jäh ersterben ließ. Larissa war bleich an diesem Morgen, und als er sich ihr näherte, hob sie die Hand und sagte, ohne ihn anzusehen: »Ich fühle mich nicht gut.«
»Das macht doch nichts«, sagte er. »Ich sorge schon dafür, dass du dich besser fühlst.«
Sie schob ihn kraftlos von sich und sagte, immer noch mit abgewandtem Blick: »Halt dich von mir fern, Alexander. Tu es um deinetwillen. Halt dich von mir fern.«
Verwirrt ging er an seine Arbeit. Den ganzen Tag über bekam er sie nicht zu Gesicht, doch beim Abendessen sah er, dass Larissa ausnehmend bleich war und zudem Fieber zu haben schien. Am nächsten Tag war das Fieber gestiegen, und einen Tag später bedeckte ein roter Ausschlag ihr Gesicht.
»O nein«, riefen ihre Eltern entsetzt. »Sie ist krank.«
Bald darauf bekam Alexander ebenfalls Fieber und Ausschlag, doch als die Krankheit bei ihm ausbrach, war niemand mehr entsetzt. Denn die apokalyptischen Reiter kamen herangeritten auf einem bleichen Pferd, und alle hatten

den Typhus erkannt, die unheilbare, ansteckende, tödliche Seuche. Dem Ausbruch der Krankheit gingen so schreckliche, pochende, unerträgliche Kopfschmerzen voraus, dass Alexander beinahe froh war, als der Ausschlag und das hohe Fieber einsetzten und er im Fieberwahn die Schmerzen nicht mehr spürte. Die Brüder bekamen Fieber, und bei Larissa setzten schwere Blutungen ein; wenig später lagen auch die Eltern im Fieberwahn, und Larissa war tot. Gerade hatte sie sich noch in Alexanders verlangende Arme geschmiegt, und nun war sie tot und blieb unbestattet, denn die anderen waren zu schwach, um eine Grube für sie auszuheben. So lag sie tot in der Stube, und die anderen rangen schwer nach Atem und warteten darauf, dass die Reiter kamen, um sie zu holen.

Schließlich waren nur noch Yefim, Larissas Vater, und Alexander übrig. Schon seit vielen Tagen – oder waren es Wochen? – waren sie nicht mehr draußen gewesen. Sie klammerten sich aneinander, tranken Wasser und beteten, und im Fieber mischte Alexander englische mit russischen Gebeten. Er betete um Frieden, betete, dass seine Eltern am Leben blieben, betete für Amerika, für sich selbst, seine Gesundheit, für seine Mutter, für Teddy, Belinda, Boston und Barrington, für die Wälder, und schließlich, als er glaubte, es nicht mehr auszuhalten, flehte er um den Tod. Doch dann traf ihn Yefims qualvoller Blick, er spürte Yefims Hand in seiner und hörte ihn mit blutigen Lippen flüstern: »Du darfst nicht sterben, mein Sohn, du darfst hier nicht so sterben. Geh zurück zu deinen Eltern. Such dir den Weg zurück nach Hause. Wo ist dein Zuhause, mein Sohn?«

Auch Yefim starb. Doch Alexander blieb am Leben. Nach sechs Wochen Quarantäne ging es ihm besser. Die sowjetischen Behörden wollten eine Ausbreitung der Krankheit verhindern, und so brannten sie das Dorf Belyi Gor nieder, mit all den Leichen, den Hütten, den Scheunen und den Feldern. Alexander hatte zwar überlebt, doch er besaß keine Identität mehr, und so nahm er die von Yefims zweitjüngstem Sohn an, Alexander Below. Als die Abgesandten des Staates mit Mundschutz und Klemmbrettern vor ihm standen und ihn nach seinem Namen fragten, sagte Alexander ohne Zögern: »Alexander Below.« Sie schlugen im Geburtsregister von Belyi Gor nach und in den noch verfügbaren Papieren der Familie Below, dann stellten sie Alexander einen neuen Pass aus, mit dem er sich frei in der Sowjetunion bewegen konnte, ohne aufgehalten und verhaftet zu werden, weil er keine Papiere hatte. Alexander wurde in den Zug gesetzt und kehrte mit einer schriftlichen Erlaubnis des örtlichen Sowjets nach Leningrad zurück, wo er bei Yefims Schwester, Mira Below, wohnen sollte. Mira war höchst erstaunt, doch zu seinem Glück hatte sie die Familie und den echten Alexander Below seit zwölf Jahren nicht mehr gesehen. Und obwohl sie sich nicht genug über sein schwarzes Haar, seine dunklen Augen, seine hagere Gestalt und seine Größe wundern konnte – »Ich kann es einfach nicht glauben, Sascha. Als du fünf warst, warst du doch noch klein und rundlich und blond!« –, erinnerte sie sich doch nicht gut genug an ihn, um misstrauisch zu werden. Alexander blieb bei ihr und schlief auf einer viel zu kurzen Liege in der Diele. Er aß mit Mira, ihrem Mann und ihren Schwiegereltern zu Abend und bemühte sich, darüber hinaus so wenig Zeit wie möglich in der Wohnung zu verbringen. In ihm reifte ein Plan heran. Er wollte die Schule beenden und dann die Militärlaufbahn einschlagen.

Alexander blieb keine Zeit, um sich zu erinnern, zurückzudenken und zu trauern. Eine Aufgabe blieb ihm noch zu erledigen: Er wollte seine Eltern wiedersehen. Danach hatte er nur noch ein Ziel, einen Traum, eine Verpflichtung: Er wollte fort aus der Sowjetunion.

Ein neuer bester Freund, 1937

In seinem letzten halben Jahr auf der Schule lernte Alexander Dimitri Tschernenko kennen. Dimitri war klein und unscheinbar, und er schlich sich immer wieder an Alexander heran und stellte ihm neugierige, aufdringliche und oft sehr irritierende Fragen. Er hatte etwas von einem Hundewelpen an sich, wirkte harmlos und einsam und schien einen Freund zu brauchen. Er war ein magerer Junge mit struppigem Haar und rundem Gesicht, und seine Augen wanderten unablässig umher, schienen kaum je länger als ein paar Sekunden auf einem Punkt verweilen zu können. Es waren unruhige Augen. Dennoch belustigte es Alexander, wie Dimitri im Wortsinn zu ihm aufblickte, wie er in geradezu kriecherischer Ehrfurcht Alexanders Worten lauschte. Man konnte wunderbar über Dimitri lachen, und er lachte auch über sich selbst, weil er beim Wettlauf immer der Letzte war, beim Fußball jedes Mal daneben schoss und immer wieder herunterfiel, wenn er versuchte, auf einen Baum zu klettern.

Ein paar Mal jedoch beobachtete Alexander, wie Dimitri auf dem Schulhof kleinere Jungen tyrannisierte. Und als Dimitri zum zweiten Mal versuchte, ihn dazu zu bewegen, ein verängstigtes Kind noch mehr zu quälen, nahm Alexander ihn beiseite und fragte: »Was soll denn das?« Da entschuldigte sich Dimitri und tat es nie wieder. Alexander erklärte sich dieses Verhalten damit, dass Dimitri nie sonderlich beliebt gewesen war, und vergab ihm. Er vergab ihm auch die unanständigen Bemerkungen über Mädchen: »Hat die nicht einen tollen Hintern? Na, du heißer Feger?« Mit Engelsgeduld wies Alexander ihn auf seine Fehler hin, und Dimitri erwies sich als eifriger Schüler und war bemüht, sich zu bessern, so gut es ging. Obwohl Alexander ihn nicht dazu bringen konnte, ein Tor zu schießen, beim Laufen als Erster ins Ziel zu kommen oder nicht gelangweilt dreinzublicken, wenn ein Mädchen über Frisuren sprach, besserte sich Dimitris Benehmen. Außerdem konnte er über Alexanders Witze lachen, und das war eine gute Basis für eine Freundschaft.

Dimitri interessierte sich brennend für den kaum merklichen Akzent seines neuen Freundes, doch Alexander wehrte alle Fragen ab. Er vertraute Dimitri nicht, weil er niemandem vertraute. So sprachen sie nicht von Alexanders früherem Leben in Amerika, sondern unterhielten sich über unzählige andere Themen: über den Kommunismus, über Mädchen und über ihre Eltern.

So kam es, dass Dimitri eines Nachmittags auf dem Heimweg beiläufig erzählte, dass sein Vater Wärter im schlimmsten und gefürchtetsten Gefängnis von ganz Leningrad war. Er hatte es in der Hoffnung erzählt, dass die einflussreiche Position seines Vaters ihm bei Alexander größeres Ansehen verleihen würde. Und tatsächlich sah Alexander Dimitri nun mit anderen Augen an.

Sein Schicksal schien ihm plötzlich durchlässiger zu werden, er sah die Möglichkeit zu erfahren, was aus seinen Eltern geworden war. Das genügte, um sein Misstrauen gegenüber anderen Menschen zu überwinden und sich Dimitri anzuvertrauen. Er erzählte ihm alles über seine Vergangenheit in Amerika und bat ihn um Hilfe bei der Suche nach Harold und Jane Barrington. Mit brennenden Augen erklärte Dimitri, er werde Alexander gern dabei helfen. Alexander umarmte ihn voller Dankbarkeit und sagte: »Dima, wenn du mir dabei hilfst, dann schwöre ich bei Gott, dass ich mein Leben lang dein Freund sein werde. Ich werde alles für dich tun.«

Dimitri klopfte Alexander auf die Schulter und sagte, er müsse ihm nicht danken, er, Dimitri, werde ihm mit Freuden helfen. Schließlich seien sie ja beste Freunde, oder etwa nicht?

»Das sind wir«, bestätigte Alexander.

Ein paar Tage später brachte Dimitri ihm Nachricht über seine Mutter. Sie befand sich im Gefängnis und hatte »Korrespondenzverbot«.

Alexander dachte an die alte Babuschka Tamara und an ihren Mann. Er wusste, was das zu bedeuten hatte. Vor Dimitri wahrte er die Fassung, doch dann weinte er eine ganze Nacht um seine Mutter.

Durch Dimitris Vater gelang es ihnen, in das gefürchtete Gefängnis hineinzukommen. Sie gaben vor, für die Schule einen Bericht über die Fortschritte des sowjetischen Staates im Umgang mit Aufwieglern und ausländischen Verrätern an der sozialistischen Sache zu verfassen.

Und so verbrachte Alexander wenige Minuten mit seinem Vater, an einem geradezu höhnisch sonnigen und schönen Nachmittag im Juni. Es waren tatsächlich nur wenige Minuten. Alexander hatte sich etwa zehn Minuten erhofft, vielleicht sogar ein, zwei Minuten allein mit ihm. Doch dann waren es nur ein, zwei Minuten in Begleitung von Dimitri, Dimitris Vater und einem weiteren Gefängniswärter. Harold und Alexander Barrington sollten nicht mehr allein miteinander sein.

Alexander hatte sich immer und immer wieder überlegt, was er seinem Vater sagen wollte, bis die wenigen Worte sich in sein Gedächtnis eingebrannt hatten und weder Aufregung noch Angst sie noch auslöschen konnten.

Vater!, wollte er sagen. *Einmal, ich war noch keine sieben Jahre alt, bist du mit mir und Mutter an den Revere Beach zum Baden gefahren, weißt du noch? Ich war so lange im Wasser, bis mir die Zähne geklappert haben, und dann haben wir beide zusammen ein großes Loch im Sand ausgehoben, haben einen Wall davor errichtet und gewartet, bis die Flut das Loch mit Meerwasser füllt. Wir haben alle furchtbaren Sonnenbrand bekommen, dort am Strand, und danach sind wir dreimal mit der Achterbahn gefahren und haben Zuckerwatte und Eis gegessen, bis mir der Bauch wehtat. Du hast nach Sand gerochen, nach Salzwasser und Sonne, und du hast mich an der Hand gehalten und mir gesagt, dass ich auch wie das Meer rieche. Das war der glücklichste Tag meines Lebens, und du hast mir diesen Tag geschenkt. Wenn ich die Augen schließe, werde ich daran denken. Mach dir keine Sorgen um mich. Ich komme schon zurecht, hier und überall. Du brauchst dich um gar nichts zu sorgen.*

Doch dann blieb ihm nicht ein Augenblick allein mit seinem Vater, um ihm das zu sagen, in welcher Sprache auch immer, und Harold schien seine Gedanken auch nicht erraten zu können, denn seine Augen schwammen in Tränen. Alexander fürchtete bereits, Harolds Gefühlsausbruch könnte den Wärter auf den Gedanken bringen, dass hier, in dieser kleinen, kahlen Zelle, etwas sehr Persönliches geschah. Doch der Wärter vermutete nichts dergleichen, und so bemerkte er auch nichts.

So konnte nur Harold seinem Sohn etwas auf Englisch sagen, nachdem Alexander den Wärter beiläufig gefragt hatte: »Darf der Häftling etwas auf Englisch zu uns sagen?« Der

Wärter grunzte nur und sagte: »Na gut. Aber nur ganz kurz. Ich hab meine Zeit nicht gestohlen.«
»Ich werde etwas auf Englisch sagen«, begann Harold. »Ein paar abgewandelte Verse von Kipling.« Und obwohl er seine Stimme kaum in der Gewalt hatte, ergriff er Alexanders Hand und sagte:

»Wenn du die Worte, die du einst gesprochen,
Aus Narrenmäulern umgedreht vernimmst
Und siehst dein Lebenswerk vor dir zerbrochen,
Knie nieder, Sohn! – dass du es neu beginnst.«

Alexander verstand ihn nur zu gut.
Harold hielt seine Hand umklammert und flüsterte, während ihm die Tränen über die Wangen rannen: »Wollte Gott, ich wäre für dich gestorben! O Absalom, mein Sohn, mein Sohn!«
Alexander schwieg, wandte sich ab und schluckte mit den Tränen auch seine Mutter, seinen Vater und sein Amerika hinunter. *Ich liebe dich*, sagte er tonlos zu seinem Vater. Dann fiel die Tür hinter ihm ins Schloss.

»Das war also dein Vater?«, fragte Dimitri, während er versuchte, mit Alexander Schritt zu halten. »Du siehst ihm zum Glück nicht besonders ähnlich.«
»Stimmt, ich ähnele meiner Mutter«, stieß Alexander zwischen zusammengebissenen Zähnen hervor.
»Und, was hat er gesagt? War es die Sache wert?«
»Er hat nicht viel gesagt.«
»Aber was hat er da auf Englisch gesagt?«
»Eine Strophe aus einem Gedicht von Rudyard Kipling. Es heißt *Wenn*. Kennst du es?«
Dimitri zuckte die Achseln. »Ich hab's vor langer Zeit mal in der Schule gelesen. Hat mir nicht besonders gefallen. Du willst mir doch nicht erzählen, dass dein Vater dir ausgerechnet das Gedicht eines toten weißen Imperialisten aufsagt, wo er dir doch so viele persönliche Dinge hätte sagen können?«
»Es ist ein großartiges Gedicht.«

Von da an wich Dimitri Alexander nicht mehr von der Seite, und Alexander war das nur recht: Auch er brauchte einen Freund.

Dimitri begann, Pläne zu schmieden, wie er mit Alexander aus der Sowjetunion fliehen könnte. Und weil diese Pläne in vielerlei Hinsicht den Dingen entsprachen, die Alexander selbst bereits gedacht und geplant hatte, sah er keinen Grund, sie Dimitri auszureden. Er sah auch keinen Grund, warum er nicht mit ihm gemeinsam fliehen sollte. Zu zweit konnten sie besser kämpfen als allein, sie konnten aufeinander aufpassen, einander Deckung geben. So war es in Alexanders Vorstellung. Dimitri würde sein Kampfgefährte sein, ihm Deckung geben.

Doch Alexander war ein geduldiger Mensch, und damit das genaue Gegenteil von Dimitri. Er war überzeugt, dass der richtige Zeitpunkt erst noch kommen musste und auch kommen würde. Sie sprachen davon, mit dem Zug in die Türkei zu fahren, sie überlegten, sich im Winter nach Sibirien durchzuschlagen und die zugefrorene Beringstraße zu überqueren. Dann sprachen sie von Finnland und entschieden sich schließlich für diesen Weg. Es war das nächste, das erreichbarste Ziel.

Alexander ging jede Woche in die Bibliothek, um nach seinem *Der eherne Reiter* zu sehen. Was, wenn jemand das Buch ausleih? Was, wenn es jemand behielt? Er konnte sich des Gefühls nicht erwehren, dass sein Geld dort nicht sicher war.

Nach dem Schulabschluss beschlossen Alexander und Dimitri, sich für einen dreimonatigen Lehrgang an der Offiziersschule der Roten Armee anzumelden. Es war Dimitris Idee gewesen, er wollte die Mädchen damit beeindrucken. Alexander wiederum hielt es für eine gute Möglichkeit, nach Finnland zu gelangen. Es schien, als sei ein Krieg zwischen der Sowjetunion und Finnland unausweichlich, denn Russland schätzte es nicht, dass kaum zwanzig Kilometer hinter Leningrad, der wohl größten russischen Stadt, ein fremdes Land begann, das noch dazu ein alter Erzfeind war.

Die Offiziersschule war ganz anders, als Alexander sie sich vorgestellt hatte. Die Brutalität der Ausbilder, der mörderi-

sche Trainingsplan, die ständigen Demütigungen durch die Dienst habenden Offiziere – das alles diente nur dazu, den Willen der Offiziersanwärter noch vor dem Krieg zu brechen. Die Demütigungen waren noch viel schwerer zu ertragen als das Laufen und Schwitzen bei Wind und Wetter. Doch nichts war schlimmer, als nach dem Zapfenstreich noch einmal geweckt zu werden und stundenlang strammstehen zu müssen, während irgendein Kadett zur Rede gestellt wurde, weil er vergessen hatte, seine Stiefel zu putzen.
Alexander lernte an der Offiziersschule einiges über Unzulänglichkeit, Führungsqualität und Respekt. Er lernte, im rechten Augenblick zu schweigen, seinen Spind peinlich sauber zu halten, pünktlich zu sein und »Jawohl!« zu sagen, wenn er am liebsten »Fahr zur Hölle!« gebrüllt hätte. Und er lernte, dass er stärker, schneller und gescheiter war als die meisten anderen Offiziersanwärter, dass er ordentlicher war, unter Belastung ruhiger reagierte und furchtloser war als die anderen. Und außerdem lernte er, dass Worte, die dazu gedacht waren, ihn zu treffen, ihn auch tatsächlich trafen.
Nachdem er die Hackordnung der Offiziersschule kennen gelernt hatte, war Alexander vor allem dankbar dafür, kein einfacher Soldat zu sein. Für die musste das Leben ja noch viel schlimmer sein.
Und dann fiel Dimitri durch die Offiziersprüfung.
»Ist das zu glauben? Wie können die Idioten mich einfach durchfallen lassen, nachdem ich durch diese Hölle gegangen bin? Was für ein Riesenmist! Am liebsten würde ich mich beim kommandierenden Offizier beschweren – wer ist denn der kommandierende Offizier an der Schule, Alexander? Lies das mal. Die behaupten, ich wäre zu langsam gewesen beim Entladen und Neuladen der Waffe, wäre zu langsam auf dem Bauch gerobbt und hätte mich in der Kampfsituation nicht ruhig genug verhalten. Und ich hätte nicht genug Führungsstärke an den Tag gelegt, um für den Offiziersrang in Frage zu kommen. Schau dir das an: Jetzt soll ich einfacher Soldat werden. Wenn ich meine Waffe nicht schnell genug laden kann, um Offizier zu sein, was soll ich dann beim Fußvolk?«

»Vielleicht legt man bei Offizieren und bei einfachen Soldaten unterschiedliche Maßstäbe an.«

»Klar tut man das! Aber die an der Front sollten doch wohl härter sein! Schließlich stehen sie beim Kampf ganz vorn. Und jetzt werfen die mich aus einer Laufbahn, bei der ich mich im Hintergrund halten und viel weniger anrichten würde, und schicken mich stattdessen mitten ins Kriegsgebiet. Na, vielen Dank.« Dimitri schaute Alexander an. »Hast du deinen Brief schon bekommen?«

Alexander hatte tatsächlich bereits einen Brief bekommen, in dem man ihn von seiner baldigen Beförderung zum Leutnant unterrichtete; doch Dimitri schien für solche Neuigkeiten nicht in der richtigen Verfassung zu sein. Da eine Lüge allerdings wenig genützt hätte, sagte Alexander ihm die Wahrheit.

»Das ist doch völliger Wahnsinn, Alexander. Das ist das Ende unserer Pläne. Wie sollen wir einander noch nützlich sein, wenn du Offizier bist und ich einfacher Soldat?« Dann schlug Dimitri sich mit der flachen Hand an die Stirn. »Ich hab's! Das ist die Idee. Es bleibt nur eins – verstehst du?«

»Ich verstehe gar nichts.«

»Du musst den Offiziersrang ablehnen. Sag denen einfach, dass du dich geehrt fühlst und dankbar bist, aber dass du es dir anders überlegt hast. In ein paar Tagen wirst du dann als einfacher Soldat verpflichtet, dann sind wir in derselben Einheit und können zusammen fliehen, sobald sich die Gelegenheit ergibt.« Er lächelte fröhlich. »Und ich dachte schon, es ist alles verloren und unsere Pläne sind im Eimer.«

»Langsam, langsam.« Alexander sah Dimitri ungläubig an. »Dima, was verlangst du da von mir?«

»Dass du den Offiziersrang ablehnst.«

»Aber warum sollte ich das tun?«

»Damit wir unsere Pläne in die Tat umsetzen können.«

»An unseren Plänen ändert sich gar nichts. Wenn ich Leutnant bin, ist mir eine Einheit unterstellt, mit einem Feldwebel, der deine Truppe befehligt. Du wirst schon sehen, wir kommen trotzdem zusammen nach Finnland.«

»Ja, aber was nützt uns das, wenn wir nicht in derselben Truppe sind? Das war doch unser Plan, Alexander.«

»Der Plan war, dass wir gemeinsam Offiziere sind. Einfache Soldaten waren nicht vorgesehen.«
»Na gut, aber jetzt hat sich der Plan geändert. Wir müssen flexibel sein.«
»Stimmt. Aber wenn wir beide Soldaten sind, sind wir völlig machtlos.«
»Wer hat denn was von Macht gesagt? Wer will schon Macht haben?« Dimitri kniff die Augen zusammen. »Du etwa?«
»Ich will keine Macht haben«, sagte Alexander, »nur eine Position, die uns nützlich sein kann. Wenn wenigstens einer von uns Offizier ist, haben wir viel mehr Möglichkeiten, dahin zu kommen, wo wir hinwollen. Das musst du doch einsehen. Wenn es umgekehrt wäre, wenn ich durchgefallen wäre und du bestanden hättest, dann würde ich doch auch wollen, dass du Offizier wirst. Du könntest so viel mehr für uns tun.«
»Ja«, erwiderte Dimitri gedehnt. »Aber ich bin nun mal kein Offizier geworden.«
»Das war einfach Pech, Dima«, sagte Alexander. »Denk nicht mehr daran.«
»Dazu werde ich wohl auch kaum noch Gelegenheit haben«, sagte Dimitri bitter. »Schließlich bin ich ja jetzt der Fußabtreter von allen.«
Alexander schwieg, und Dimitri fuhr fort: »Ich fände es trotzdem besser, wenn wir in derselben Truppe wären.«
»Niemand garantiert uns, dass wir in dieselbe Truppe kommen«, wandte Alexander ein. »Sie könnten dich nach Karelien schicken und mich auf die Krim …« Er hielt inne. Das Ganze war doch lächerlich. Er würde auf keinen Fall den Offiziersrang ablehnen. Doch als er Dimitris Blick sah, als er sah, wie Dimitri die Schultern hängen ließ und wie wenig überzeugend sein Lächeln wirkte, da spürte Alexander förmlich, wie ihre Freundschaft den ersten Riss bekam. Sowjetische Qualitätsarbeit, dachte Alexander verbittert und gab sich nun noch mehr Mühe, Dimitri davon zu überzeugen, dass es trotz allem gut gehen würde. »Dima, denk doch mal darüber nach, wie viel besser es dir gehen wird,

wenn ich im Offiziersdienst bin. Ich werde dir helfen, wo ich kann. Du bekommst besseres Essen, bessere Zigaretten, besseren Wodka, bessere Beförderungen und bessere Aufgaben.«

Dimitri blickte skeptisch drein.

»Ich bin dein Freund und dein Verbündeter, und ich bin in der Position, dir zu helfen.«

Doch Dimitri blickte weiterhin skeptisch drein.

Und nicht einmal zu Unrecht, denn trotz aller Bereitschaft konnte Alexander Dimitri das Leben nur wenig erleichtern. Er selbst hatte es um einiges angenehmer. Er wurde in besseren Quartieren untergebracht, bekam besseres Essen, mehr Privilegien und Freiheiten und einen höheren Sold. Er erhielt bessere Waffen und vertrauliche Militärinformationen, und im Offizierskasino warfen sich ihm die attraktiveren Frauen an den Hals. Dimitris Vorteil bestand darin, dass Alexander bei der Leningrader Garnison tatsächlich sein befehlshabender Offizier war, nach zwei Feldwebeln und einem Unteroffizier. Ein zweifelhafter Vorteil, wie Alexander schon bald bemerkte, als er Dimitri zum ersten Mal anbrüllen musste, weil er bei einem Vorstoß einen Befehl nicht ausgeführt hatte. Sein Freund wand sich, und Alexander sah ein, dass ihm nur zwei Möglichkeiten blieben: seine Männer, einschließlich Dimitri, weiterhin anzubrüllen, was Dimitri ganz offensichtlich nicht passte – oder niemanden mehr anzubrüllen, was der Roten Armee sicher nicht passen würde.

Schließlich versetzte er Dimitri in eine andere Einheit und unterstellte ihn dem Kommando seines Quartiergenossen, Leutnant Sergej Komkow. Sein Verhältnis zu Komkow nahm dadurch dauerhaft Schaden.

»Man sollte dich teeren und federn, Below«, verkündete der kleine, untersetzte, fast völlig kahle Komkow eines Abends beim Kartenspiel. »Was hast du dir eigentlich dabei gedacht, mir Tschernenko aufzuschwatzen? Einen solchen Waschlappen habe ich im Leben noch nicht gesehen! Und so was will Soldat sein? Da ist ja meine kleine Schwester tapferer. Er ist nicht in der Lage, irgendetwas richtig zu machen, aber er kann es auch nicht vertragen, wenn man ihm sagt, was er tun

soll. Können wir ihn vielleicht wegen Feigheit vors Militärgericht bringen?«
Alexander lachte. »Stell dich nicht so an, er ist ein guter Kerl. Im Kampf wird er sich schon bewähren.«
»Das glaubst du ja wohl selbst nicht, Below. Der wird im Kampf unser aller Tod sein.«

Die Mädchen, 1939

Bei seinen ersten Besuchen in der Sadko-Bar lernte Alexander ein Mädchen namens Luba kennen. Sie gefiel ihm, sie kam häufiger in die Bar, und Alexander verspürte nicht mehr den Drang, noch andere Mädchen kennen zu lernen. Doch dann unterhielt Dimitri sich allein mit ihr und äußerte seinerseits Interesse, und Alexander nickte und zog sich zurück. Luba war tief gekränkt, und Dimitri amüsierte sich ein Weilchen mit ihr und ließ sie dann fallen.
Das wiederholte sich einige Male. Alexander machte es nicht viel aus, denn er fand immer wieder ein neues Mädchen. Er selbst wäre lieber ins Offizierskasino gegangen als in die Sadko-Bar, doch das war Dimitri nicht recht, weil er ja nicht ins Offizierskasino konnte. Also begleitete Alexander ihn weiterhin in die Bar und gab vor, sich für keines der Mädchen besonders zu interessieren. Und das entsprach auch den Tatsachen. Eigentlich gefielen ihm alle Frauen.
Sweta wollte immer oben sein und ließ sich nicht gern anfassen.
Olga ließ sich sehr gern anfassen, doch sie wollte niemals mehr.
Milla redete zu viel über den Kommunismus und die sozialistische Wirtschaftslehre, und Lena redete einfach nur zu viel.
Isabella ging einmal mit, dann ein weiteres Mal, und fragte ihn beim dritten Mal, ob er sie heiraten wolle.
Megan redete ununterbrochen, während sie ihn mit dem Mund liebkoste, und Nina redete ununterbrochen, während er sie mit dem Mund liebkoste.
Nadja wollte lieber Karten spielen.

Kira erklärte, sie werde nur mitkommen, wenn ihre beste Freundin Ella auch dabei sein dürfe.
Zoe war absolut schamlos. Mit ihr dauerte es nur eine Viertelstunde.
Mascha war ebenfalls absolut schamlos, und mit ihr dauerte es zwei Stunden.
Marisa mochte es, wenn er mit ihr redete, Marta hingegen mochte das gar nicht.
Sofia war mit allem einverstanden, solange sie selbst nichts zu tun brauchte.
Lara wollte wissen, ob er schon einmal einen Menschen getötet habe, und Schenja fragte ihn, ob er sich ein Kind wünsche.
Schließlich hörte er auf, sich die Namen zu merken. Er kam immer wieder zu den Mädchen zurück, betrachtete ihre Augen, ihre Münder, wünschte sich, sie ganz nackt zu sehen. Er wollte eine Verbindung aufbauen, etwas ganz Besonderes, doch schon bald dachte er nicht mehr daran und machte einfach weiter. Ein paar Mädchen pro Nacht, am Freitag, am Samstag, am Sonntag und an den Abenden, wenn er Wachdienst hatte, und manchmal auch am Sonntagnachmittag, wenn es noch hell war. Das kam leider viel zu selten vor, obwohl er sie so gern sah in ihrer Ekstase.
Schließlich begann er, sich von ihnen zurückzuziehen. Er fühlte sich immer noch zu den Frauen hingezogen, wollte und brauchte sie immer noch, doch er zeigte ihnen eine abweisende Miene, ein ernstes Gesicht und gab sich immer weniger Mühe, ihnen Lust zu schenken. Und plötzlich schienen sie ihn auf unerklärliche Weise noch anziehender zu finden als zuvor.
Immer mehr Frauen suchten seine Nähe, wollten mit ihm am Newskij-Prospekt Arm in Arm spazieren gehen, und viel später drückten sie ihn liebevoll an sich und murmelten Dankesworte. Am nächsten Wochenende, wenn er schon wieder mit der nächsten oder den nächsten dreien beschäftigt war, kamen sie wieder. Und immer mehr Frauen schienen Erwartungen an ihn zu haben, doch er wusste nicht, was sie erwarteten, und konnte es ihnen nicht geben.

»Ich will mehr, Alexander«, sagten die Frauen zu ihm. »Ich will mehr.«
Und er lächelte nur und sagte: »Glaub mir, du hast alles bekommen, was ich habe.«
»Nein«, sagten sie. »Ich will mehr.«
Auf dem Rückweg sagte er mit kühler, unbeteiligter Stimme: »Es tut mir Leid, aber ... was du haben willst, kann ich dir nicht geben. Mehr als das kannst du von mir nicht haben.«
Und doch fragte er sich jedes Mal, wenn er eine Frau anschaute, wenn er mit ihr sprach, sie berührte, sie küsste: Ist sie es? Ich hatte sie schon fast alle. War sie vielleicht dabei, die Eine, und ich habe es nicht gemerkt?
Und von Zeit zu Zeit, ehe die schwarze Nacht sich mit ihren Träumen auf ihn herabsenkte, unter dem freien Sternenhimmel, in Zügen oder auf Schiffen, sah Alexander für einen Augenblick, für den Bruchteil einer Sekunde die Scheune vor sich, er roch Larissas Duft, hörte ihr lustvolles Stöhnen und empfand Bedauern über etwas Verlorenes, das er vielleicht nie wieder finden würde.

13

Abendessen bei Familie Sabatella, 1943

An einem Sonntag Ende Oktober willigte Tatiana endlich ein, zum Abendessen zu Vikkis Großeltern zu kommen. Die Familie Sabatella wohnte in Little Italy, an der Ecke Mulberry Street und Grand Street.
Als sie durch die Wohnungstür traten, hörte Tatiana einen lauten Schrei, und gleich darauf rief eine volle Altstimme: »Gelso-MII-naa!« Eine dunkelhaarige, braun gebrannte Dame von beachtlichem Körperumfang und nur geringer Körpergröße kam aus der Küche gestürzt. »Ihr wolltet doch schon vor drei Stunden hier sein!«
»Entschuldige, Grammy. Tania war noch nicht fertig mit ... mit irgendwelchen Dingen im Krankenhaus. Tania, das ist

meine Großmutter, Isabella. Und das ist Tanias kleiner Sohn, Anthony.«

Tatiana wurde mit einer flüchtigen Umarmung bedacht, doch ihr dreieinhalb Monate alter Sohn wurde von mehligen Händen ergriffen, in die Küche gebracht und dort rücklings auf den Tisch gelegt, sodass Tatiana fürchtete, Isabella werde gleich Pastetchen aus ihm machen.

»Warum nennt sie dich Gelsomina?«, fragte Tatiana leise, als sie, mit einem Weinglas in der Hand, neben Vikki in der Küche stand.

»Frag nicht. Das heißt Jasmin auf Italienisch. Es hat irgendwas mit meiner verstorbenen Mutter zu tun.«

»Deine Mutter ist nicht verstorben!«, tadelte Isabella gutmütig, während sie Anthony streichelte. »Sie ist in Kalifornien.«

»Kalifornien«, erläuterte Vikki, »heißt auf Italienisch so viel wie Fegefeuer.«

»Hör auf damit. Du weißt doch, wie krank sie ist.«

»O ja«, gab Vikki zurück. »Krank im Kopf.«

»Hör auf, du unmögliches Geschöpf«, rief Isabella, ohne einen Blick von Anthony zu wenden.

»Ich habe den beiden eingeschärft, dich unter keinen Umständen nach Anthonys Vater zu fragen«, flüsterte Vikki hörbar. »War das richtig?«

»Das war ganz richtig, Vikki«, antwortete Tatiana leise.

Die Wohnung gefiel ihr: Sie war groß und gemütlich, hatte riesige Fenster, hohe Bücherregale und gewaltige Möbel. Nur die Farbgebung irritierte sie ein wenig. Die ganze Wohnung, von den Teppichböden über die Tapeten und Stuckaturen bis hin zu den samtenen Vorhängen, hatte die Farbe des Rotweins, den sie gerade tranken.

Im Wohnzimmer lernte Tatiana Travis kennen, Isabellas kleinen, mageren und sehr viel weniger lebhaften Ehemann.

»Als ich Vikkis Großvater begegnete …«, begann Isabella beim Essen, während sie mit einer Hand Anthony hielt und mit der anderen Lasagne auf Tatianas Teller häufte. »Vikki, nun sitz nicht einfach da herum, gib Tania das Brot und den Salat, und schenk ihr doch um Himmels willen ein bisschen Wein nach. Wo war ich? Als ich also Travis begegnete …«

»Das hast du bereits gesagt«, bemerkte Travis gelassen. Er warf Tatiana einen Blick zu und rieb sich wie zur Entschuldigung den kahlen Kopf.
»*Per favore*, unterbrich mich doch nicht dauernd. Als ich dich kennen lernte, warst du gerade im Begriff, meine Tante Sofia zu heiraten.«
»Mir musst du das nicht erzählen! Ich kenne die Geschichte. Erzähl's ihr!«
»Ach«, warf Tatiana ein und schob sich dann ein wenig Brot und einen Happen Salat in den Mund. So konnte sie essen und die anderen reden lassen, und alle waren zufrieden.
»Die jüngste Schwester meiner Mutter«, erklärte Isabella. »Travis und ich haben uns in einem kleinen Dorf in Italien kennen gelernt, in der Nähe von Florenz. Wissen Sie, wo das ist?«
»Ja«, sagte Tatiana. »Die Mutter meines Mannes war Italienerin.«
»Meine Mutter hat mich losgeschickt, um Travis vom Bahnhof abzuholen. Er hätte den Weg sonst nie gefunden. Wir wohnten damals in einem Tal, umgeben von lauter Bergen. Also wurde ich losgeschickt, um ihn abzuholen und ihn zu meiner Tante Sofia zu bringen, die auf ihn wartete.«
»Aber dank dir, Grammy, hat er den Weg ja erst recht nicht gefunden«, bemerkte Vikki.
»Sei still, Kind. Bis zu unserem Haus waren es sechs Kilometer. Und schon nach zwei Kilometern wusste ich, dass ich nicht einen Tag länger ohne ihn leben kann. Wir machten in einem Lokal Halt, um ein wenig Wein zu trinken. Ich trank sonst nie, ich war ja noch viel zu jung, sechzehn erst, aber Travis gab mir etwas von seinem Wein. Wir tranken aus demselben Becher …« Sie hörte auf, das Essen zu verteilen, und drehte sich lächelnd zu Travis um, der in seine Lasagne vertieft war und tat, als würde er gar nicht zuhören.
»Wir wussten nicht, was wir machen sollten«, fuhr Isabella schließlich fort. »Meine Tante war siebenundzwanzig, Travis ebenfalls. Sie würden heiraten, daran war nichts zu ändern. Wir saßen da, in dem kleinen Lokal in den Hügeln hinter Florenz, und wussten nicht, was wir machen sollten.

Und wissen Sie, was wir dann getan haben?« Isabella gab Travis einen kleinen Schubs, und er ließ mit einem Laut des Missfallens die Gabel sinken. »Wir sind nicht mehr nach Hause gegangen. Wir haben einfach gesagt: Fahren wir nach Rom, von dort aus schreiben wir der Familie. Und dann sind wir statt nach Rom mit dem Zug nach Neapel gefahren und haben von dort ein Schiff nach Ellis Island genommen. 1902 sind wir hier angekommen. Wir hatten nichts als einander.«

Tatiana ließ ihr Besteck sinken und schaute Isabella und Travis an. »Hat Ihre Tante Ihnen vergeben?«

»Niemand hat mir vergeben«, sagte Isabella.

»Ihre Mutter schreibt ihr bis heute nicht«, bemerkte Travis mit vollem Mund.

»Nun, sie ist ja auch tot, Travis, wie soll sie mir da schreiben?«

»Alexander, seit wann liebst du meine Schwester?«, fragt Dascha, als sie halb verhungert im Sterben liegt.

»Aber ich liebe sie doch nicht«, erwidert Alexander. »Ich liebe dich. Das weißt du doch.«

»Du hast gesagt, wenn du im Sommer Fronturlaub hast, kommst du nach Lazarewo, und wir heiraten.« Dascha hustet.

»Das werde ich auch tun. Ich komme nach Lazarewo, und wir heiraten«, sagt Alexander zu Tatianas Schwester Dascha.

Tatiana senkte den Kopf so tief wie nur möglich und knetete ihre verkrampften Finger.

»In Amerika haben wir zwei Töchter bekommen«, erzählte Isabella weiter. »Travis hat sich einen Sohn gewünscht, aber Gott hat es anders gewollt.« Sie seufzte. »Wir haben so lange versucht, einen Jungen zu bekommen. Ich hatte drei Fehlgeburten.« Isabella betrachtete Anthony mit einem so sehnsüchtigen Blick, dass Tatiana ihn ihr am liebsten wieder entrissen hätte.

»Und 1923 hat Annabella, unsere Älteste, Gelsomina bekommen …«

»… und mich Viktoria genannt«, warf Vikki ein.

»Was weiß sie schon?«, sagte Isabella abfällig. »Viktoria –

das ist doch kein italienischer Name. Unsere Jüngste, Francesca, lebt in Darien, in Connecticut. Sie kommt uns einmal im Monat besuchen. Sie hat einen netten Mann geheiratet, aber sie haben noch keine Kinder.«

»Tante Francesca ist siebenunddreißig, Grammy. Mit siebenunddreißig bekommt man doch keine Kinder mehr«, erklärte Vikki im Brustton der Überzeugung.

»Wir hätten einen Sohn haben sollen«, sagte Isabella traurig.

»Nein«, sagte Travis. »Hätten wir einen Sohn haben sollen, dann hätten wir einen bekommen. Jetzt gib den Kleinen seiner Mutter zurück und iss.«

»Wer kümmert sich denn um ihn, wenn Sie arbeiten, Tania?«, fragte Isabella, während sie Anthony widerwillig herüberreichte. Tatiana nahm ihn dankbar in Empfang und drückte ihn kurz an sich, ehe sie weiteraß.

»Meistens nehme ich ihn mit. Manchmal schläft er auch, oder jemand passt auf ihn auf, einer der Soldaten oder einer der Einwanderer.«

»Das ist aber gar nicht gut«, rief Isabella. »Wenn Sie wollen, kümmere ich mich um ihn.«

»Vielen Dank«, sagte Tatiana. »Aber ich glaube, das geht nicht ...«

»Ich könnte ihn auf Ellis Island abholen und ihn abends wieder zurückbringen.«

»Isabella!«, mahnte Travis. »Er wird nie dein Sohn sein, und wenn du es dir noch so sehr wünschst. Jetzt iss endlich.«

Tatiana lächelte Isabella an. »Ich denke darüber nach, in Ordnung?«, sagte sie. »Und Sie beide haben großes Glück gehabt, dass Sie sich gefunden haben. Das ist eine wunderschöne Geschichte.«

»Sie haben großes Glück, dass Sie Ihren Sohn haben«, sagte Isabella.

»Ja«, sagte Tatiana.

»Erzählen Sie uns doch von Ihrer Familie.«

Tatiana schwieg.

»Haben Sie eine Mutter, mein Kind?«

»Ich habe keine Mutter mehr«, erwiderte Tatiana.

»Und Ihr Vater?«

»Er ist auch tot.«
»Haben Sie Geschwister?«
»Ja. Alle tot.«
»Und Großeltern?«
Tatiana schüttelte den Kopf. »Alle, alle tot.«
Isabella und Travis hörten auf zu essen. Vikki aß weiter, doch auch sie blickte Tatiana unverwandt an.
»Vor zwei Jahren haben die Deutschen Leningrad belagert. Es gab nichts mehr zu essen.« Sie schwieg.
Es ist der 23. Juni 1940 – der Geburtstag von Tatiana und Pascha. Sie werden sechzehn, und die Familie Metanow feiert auf ihrer Datscha in Luga. Sie haben sich einen großen Tisch ausgeliehen und ihn unten im verwilderten Garten aufgestellt, denn auf der Terrasse ist nicht genug Platz für siebzehn Leute: die sieben Metanows, Papas Schwester mit Mann und Kind, Tatianas Babuschka Maja und die sechs Mitglieder der Familie Iglenko. Papa hat schwarzen Kaviar und geräucherten Stör aus Leningrad mitgebracht, außerdem Heringe mit Kartoffeln und Zwiebeln, und Mama hat heißen Borschtsch zubereitet und fünf verschiedene russische Salate. Cousine Marina hat eine Pastete mit Pilzen gebacken und Dascha einen Apfelkuchen. Tatianas Großmutter väterlicherseits hat ihre berühmten Windbeutel gemacht, Babuschka Maja hat ihr ein Bild gemalt, und Papa hat sogar Schokolade aus der Stadt mitgebracht, weil er weiß, wie gern Tatiana Schokolade isst. Sie trägt ihr weißes Kleid mit den roten Rosen, ihr einziges schönes Kleid. Papa hat es ihr vor zwei Jahren aus Polen mitgebracht. Sie liebt dieses Kleid.
Bis auf Tatiana trinken alle Wodka, bis sie ihre Gläser kaum noch halten können. Sie erzählen Anekdoten aus der russischen Politik und essen, bis sie nicht mehr können. Papa spielt Gitarre und singt russische Volkslieder, und alle stimmen ein, selbst wenn sie den Text nicht kennen oder die Töne nicht treffen.

»Wüsstet ihr doch,
Wie lieb sie mir sind,
Die Moskauer Nächte …«

»Wenn ihr achtzehn werdet, Tatiana«, sagt Papa, »dann miete ich einen Festsaal im Hotel Astoria für euch. Dort machen wir dann ein richtig großes Fest, viel besser als das hier.«
»Für mich hast du kein solches Fest gemacht, Papa«, sagt Dascha, die bereits vor fünf Jahren achtzehn geworden ist.
»1935 waren die Zeiten schlecht«, sagt Papa. »Damals hatten wir nicht viel. Aber jetzt ist alles besser, und in zwei Jahren wird es noch viel besser sein. Im Astoria erheben wir das Glas auch auf dich, Dascha, in Ordnung?«
Tania möchte am liebsten gleich morgen achtzehn werden, um noch einen solchen Tag wie diesen erleben zu dürfen. Die Nachtluft ist mild, erfüllt vom Duft des verblühten Flieders und der blühenden Kirschbäume, vom ohrenbetäubenden Zirpen der Grillen. Selbst die Mücken halten sich zurück. Ihr Bruder und ihre Schwester werfen sie ins Gras und kitzeln sie, bis sie vor Lachen kreischt und quietscht: Hört auf, hört auf, mein Kleid, mein Kleid. Und die Erwachsenen heben noch einmal schwankend ihre Gläser, Papa greift wieder zur Gitarre, und Tatiana hört seine dunkle, trunkene Stimme, die über das Gestrüpp, die Brennnesseln und die weißen Kirschbäume hinweg trägt. Er singt die Klage des exilierten Alexander Wertinskij um Leningrad:

> *»Aus sorglosem Gespräch erklingen plötzlich*
> *Süße, nutzlose Worte:*
> *Sommergarten, Fontanka und Newa.*
> *Warum flogt ihr hierher, ihr flüchtigen Worte?*
> *Hierher, hinein ins Lärmen fremder Städte,*
> *Wo fremde Wellen an das Ufer schlagen.«*

14

Im Gefängnis von Wolkow, 1943

Slonko war tot, doch über Alexanders Schicksal war noch nicht entschieden. Er wurde nach Wolkow gebracht, wo ihn

Menschen erwarteten, die noch sehr viel niederträchtiger als Slonko waren. Doch seit Alexander wusste, dass Tatiana aus der Sowjetunion entkommen war, befand er sich in einer ganz anderen Verfassung. In die Erleichterung mischte sich endlose Traurigkeit. Jetzt, da sie unwiderruflich fort war, wusste er kaum, an wem er seine Wut zuerst auslassen sollte – an dem Vernehmungsbeamten, der ihn befragte, oder an dem Wachsoldaten, der seine Maschinenpistole auf ihn gerichtet hielt. Doch während er in seiner geräumigen Zelle in Wolkow auf und ab ging, empfand er vor allem Zorn auf sich selbst.
Sie war fort – und er war daran schuld. Sie war fort, mitsamt dem Baby. In welchem Monat war sie? Würde sie es nicht bald zur Welt bringen?
Anders als in Morozowo gab es in Wolkow zwei Gefängnisse: eines für die Verbrecher und eines für die politischen Gefangenen. Der Unterschied zwischen den beiden Gruppen war kaum wahrnehmbar, und Alexander wurde den Verbrechern zugeordnet, deren Gefängnis offenbar die besseren Zellen hatte. Er dachte an die wenigen Tage zurück, die er nach seiner Verhaftung 1936 im Kresty-Gefängnis verbracht hatte, ehe er in den Zug nach Wladiwostok verfrachtet worden war. Die Zelle damals war winzig klein gewesen und hatte gestunken. Im Gefängnis von Wolkow waren die Zellen größer, mit zwei Pritschen, einem Waschbecken und einer Toilette. Seine Zelle war mit einer Stahltür verschlossen; das kleine, vergitterte Fenster darin wurde manchmal kurz geöffnet, um das Essen hineinzureichen.
Es gab Brot und Haferbrei, manchmal auch irgendein undefinierbares Fleisch. Es gab Wasser, von Zeit zu Zeit Tee, und man erhielt Marken, die man gegen Tabak oder Wodka eintauschen konnte.
Alexander sparte sich die Marken auf, von denen er täglich zwei oder drei erhielt, und tauschte sie nicht gegen Tabak oder Wodka ein. Aus Wodka machte er sich ohnehin nicht viel. Mit dem Tabak sah es anders aus: Er sehnte sich danach, sein Mund und seine Kehle verlangten nach dem brennenden Rauch, und seine Lungen verlangten nach Nikotin. Doch er verbot sich das Rauchen. Das Verlangen nach Niko-

tin dämpfte das Verlangen nach Tatiana immerhin ein wenig, betäubte die schmerzhafte Leere, die sie in ihm hinterlassen hatte. Fünf Monate waren vergangen, seit er im Kampf um Leningrad am Rücken verwundet worden war. Die Wunde war schließlich doch verheilt, und zurück blieb nur eine furchige Narbe, die manchmal noch ein wenig schmerzte.
Alexander bewahrte seine Tabakmarken auf und ging hin und her. Er hatte seine Uniform und seine Stiefel behalten dürfen. Die Sulfonamid-Tabletten waren längst aufgebraucht, und das Morphium hatte Slonko abbekommen. Sein Tornister war verschwunden. Er hatte Stepanow nicht mehr gesehen seit der Nacht, in der Slonko gestorben war, und ihn nicht fragen können, was mit dem Tornister geschehen war. Es waren viele nutzlose, austauschbare Gegenstände darin gewesen, aber auch einer von unschätzbarem Wert: Tatianas Hochzeitskleid. Doch er hätte es ohnehin nicht ertragen können, das Kleid auch nur anzusehen. Er konnte ja kaum daran denken.
Und so ging er hin und her. Sechs Schritte von einer Wand zur anderen, zehn Schritte von der Tür bis zum Fenster. Den ganzen Tag hindurch, solange es hell war, durchmaß Alexander seine Zelle, und wenn er nicht mehr nachdenken konnte, zählte er die Schritte. An einem Nachmittag legte er 4572 Schritte zurück, an einem anderen Tag waren es 6207. Von morgens bis abends wanderte Alexander zwischen den Wänden seiner Zelle umher, um die Dunkelheit zu überwinden, um Tatiana zu überwinden. Er blickte weder vorwärts noch zurück und sah kaum, was sich direkt vor ihm befand. Er wusste nicht, was ihm in den kommenden Jahren noch bevorstand. Hätte er es gewusst, vielleicht hätte er in diesen grauen Tagen des Herumwanderns doch den Tod gewählt. Aber er wusste es nicht, und so entschied er sich für das Leben.

Schließlich kam Alexander vor das Militärgericht. Nachdem er einen Monat lang seine Zelle durchwandert und neunzig Tabakmarken gesammelt hatte, wurde er einem Tribunal vorgeführt, das aus drei Generälen und drei Obersten bestand. Einer von ihnen war Stepanow.

»Alexander Below, wir sind hier, um zu entscheiden, wie wir mit Ihnen verfahren sollen«, begann General Mechlis. Er war ein dünner, nervöser Mann und erinnerte ein wenig an eine alte Krähe.

»Ich bin bereit«, sagte Alexander. Es war an der Zeit. Ein Monat in einer Gefängniszelle. Warum hatte der Monat mit Tatiana in Lazarewo nicht ebenso langsam vergehen können?

»Gegen Sie sind schwere Vorwürfe erhoben worden.«

»Die Vorwürfe sind mir bekannt, Herr General.«

»Man wirft Ihnen vor, Amerikaner zu sein und sich mit dem Ziel der Sabotage und der umstürzlerischen Aktivitäten als Offizier der Roten Armee ausgegeben zu haben, und das während der schlimmsten Krise, der sich unser geliebtes Vaterland je ausgesetzt sah. Deutschland droht uns mit dem Untergang. Sehen Sie ein, dass wir in einer solchen Zeit keinen ausländischen Spion in unseren Reihen dulden können?«

»Das sehe ich ein. Ich möchte mich verteidigen.«

»Tun Sie das.«

»Die Vorwürfe gegen mich sind haltlose Lügen. Diese Anklagen wurden mit dem Ziel erhoben, mich in Verruf zu bringen. Meine Laufbahn in der Roten Armee seit 1937 spricht doch für sich. Ich war jederzeit ein treuer Soldat, ich habe die Befehle meiner Vorgesetzten befolgt und bin nie einem Konflikt ausgewichen. Ich habe meinem Land im Kampf gegen Finnland und Deutschland mit Stolz gedient. Im Großen Vaterländischen Krieg habe ich an vier Vorstößen zum Durchbrechen der Blockade von Leningrad teilgenommen. Ich wurde zweimal verwundet, beim zweiten Mal beinahe tödlich. Der Mann, der mich der Spionage bezichtigt hat, ist tot, er wurde von unseren eigenen Truppen erschossen, als er versucht hat, außer Landes zu kommen. Ich darf Sie außerdem daran erinnern, dass dieser Mann Soldat der Roten Armee war. Sein Fluchtversuch erfüllt den Tatbestand der Desertion und des Verrats. Wollen Sie etwa die Aussage eines Deserteurs der Roten Armee dem Wort eines Ihrer dekorierten Offiziere vorziehen?«

»Schreiben Sie mir nicht vor, was ich denken soll, Major Below«, sagte General Mechlis.
»Das würde ich mir niemals anmaßen, Herr General. Ich habe nur eine Frage gestellt.« Alexander schwieg. Die Männer auf der anderen Seite des Tisches berieten kurz miteinander, und Alexander sah währenddessen aus dem Fenster. Dort draußen, vor den Fenstern, gab es frische Luft. Er atmete tief ein. Er war schon so lange nicht mehr im Freien gewesen.
»Major Below, sind Sie Alexander Barrington, der Sohn von Jane und Harold Barrington, die in den Jahren 1936 und 1937 als Verräter hingerichtet wurden?«
Alexander zuckte kaum mit der Wimper. »Nein, Herr General«, sagte er.
»Sind Sie der Alexander Barrington, der 1936 auf dem Weg in ein Besserungslager aus dem Zug gesprungen ist und für tot gehalten wird?«
»Nein, Herr General.«
»Haben Sie je von Alexander Barrington gehört?«
»Nur im Zusammenhang mit diesen Anklagen.«
»Sind Sie sich darüber im Klaren, dass Ihre Frau, Tatiana Metanowa, ebenfalls verschwunden ist und dass man annimmt, dass sie zusammen mit dem Gefreiten Tschernenko und Dr. Sayers geflohen ist?«
»Nein. Ich bin mir nur darüber im Klaren, dass Dr. Sayers nicht geflohen ist und dass der Gefreite Tschernenko erschossen wurde. Ich weiß, dass meine Frau vermisst wird. Genosse Slonko hat mir allerdings kurz vor seinem Tod mitgeteilt, dass der NKWD – ich meine natürlich, der NKGB – sie in Gewahrsam genommen habe. Er sagte, sie habe ein Geständnis unterzeichnet, dass mich als den Mann identifiziere, dem Genosse Slonko seit 1936 nachjagt.«
Die Generäle tauschten erstaunte Blicke.
»Ihre Frau befindet sich nicht in unserem Gewahrsam«, sagte Mechlis zögernd. »Und Genosse Slonko weilt nicht mehr unter uns und kann sich daher nicht verteidigen. Auch Tschernenko kann sich nicht mehr verteidigen.«
»Natürlich nicht. Aber ich kann mich verteidigen.«

»Major Below, wie erklären Sie sich die Handlungsweise Ihrer Frau? Kommt es Ihnen nicht ein wenig merkwürdig vor, dass sie Sie hier zurücklässt und flieht …«

»Einen Augenblick, wenn Sie gestatten, General. Meine Frau ist nicht geflohen. Sie ist mit Dr. Sayers hierher gekommen, auf seinen Wunsch und mit einer Genehmigung des Grecheskij-Krankenhauses in Leningrad. Sie unterstand seiner Aufsicht.«

»Aber selbst unter seiner Aufsicht war es Ihrer Frau nicht gestattet, die Sowjetunion zu verlassen«, wandte Mechlis ein.

»Ich bin auch nach wie vor nicht überzeugt davon, dass sie das getan hat. Ich habe darüber zu viele widersprüchliche Aussagen gehört.«

»Hat sie versucht, mit Ihnen Kontakt aufzunehmen?«

»Nein, Herr General.«

»Und das stimmt Sie nicht besorgt?«

Ein Wimpernschlag. »Nein, Herr General.«

»Ihre schwangere Frau ist verschwunden, hat keinen Kontakt zu Ihnen aufgenommen, und Sie sind nicht besorgt?«

»Nein, Herr General.«

»Die Grenzpatrouillen, die die Papiere der begleitenden Krankenschwester überprüft haben, sagen übereinstimmend aus, sie habe keine sowjetischen Papiere gehabt. Sie erinnern sich nicht an ihren Namen, doch den Papieren nach soll sie beim amerikanischen Roten Kreuz gewesen sein. Das verheißt nichts Gutes, weder für Sie noch für Ihre Frau.«

Alexander hätte gern angemerkt, dass es für seine Frau durchaus Gutes verhieß, doch er unterließ es. »Meine Frau steht hier nicht vor Gericht«, sagte er.

»Wenn sie hier wäre, würde sie vor Gericht stehen.«

»Aber sie steht nun einmal nicht vor Gericht«, sagte Alexander noch einmal. »Sie haben mich gefragt, ob ich der Amerikaner Alexander Barrington bin, und ich habe Ihnen gesagt, ich bin es nicht. Ich weiß wirklich nicht, was der Aufenthaltsort meiner Frau mit den Anklagen zu tun hat, die gegen mich erhoben wurden.«

»Wo ist Ihre Frau?«

»Das weiß ich nicht.«

»Wie lange sind Sie schon verheiratet?«
»Im Juni ein Jahr.«
»Ich hoffe, Herr Major, Sie behalten die vielen Männer, die Ihrem Befehl unterstehen, besser im Auge als Ihre Frau.«
Alexander schwieg.
Die Generäle musterten ihn. Stepanow ließ ihn keinen Augenblick aus den Augen.
Schließlich sagte Mechlis: »Ich möchte Sie etwas fragen, Herr Major. Warum sollte jemand behaupten, dass Sie Amerikaner sind, wenn es gar nicht stimmt? Die Informationen, die Tschernenko uns gegeben hat, waren zu genau, als dass er sie erfunden haben könnte.«
»Ich sage ja gar nicht, dass er sie erfunden hat. Ich bin der Ansicht, dass er mich mit jemandem verwechselt.«
»Und mit wem?«
»Das weiß ich nicht.«
»Aber warum sollte er ausgerechnet Sie anklagen, Herr Major?«
»Ich weiß es nicht, Herr General. Dimitri Tschernenko und ich hatten seit langem ein recht schwieriges Verhältnis. Manchmal schien es mir, als wäre er eifersüchtig auf mich, als wäre er wütend, weil ich es in der Roten Armee weiter gebracht habe als er. Vielleicht wollte er mir schaden, meine Laufbahn stören. Möglicherweise hat er auch meiner Frau Gefühle entgegengebracht, die sie nicht erwidert hat. Davon bin ich sogar überzeugt. Unsere Freundschaft war in der Zeit vor seinem Tod deutlich abgekühlt.«
»Herr Major, Sie strapazieren unsere Geduld über Gebühr.«
»Das tut mir Leid. Aber ich besitze nichts als meine Leistungen und meinen guten Namen. Ich kann nicht zulassen, dass ein toter Feigling beides in den Schmutz zieht.«
»Herr Major, was glauben Sie, was mit Ihnen geschieht, wenn Sie uns die Wahrheit sagen? Wenn Sie wirklich Alexander Barrington sind, werden wir uns mit den zuständigen Behörden in den Vereinigten Staaten in Verbindung setzen. Wir könnten dafür sorgen, dass man Sie nach Amerika versetzt.«
Alexander lachte leise auf. »Bei allem Respekt, Herr Gene-

ral, ich bin des Verrats und der Sabotage angeklagt. Der einzige Ort, an den ich versetzt würde, wäre das Jenseits.«

»Da irren Sie sich, Herr Major. Wir sind der Vernunft durchaus zugänglich.«

»Wenn es genügen würde zu sagen, man sei Amerikaner, Engländer oder Franzose, um in das Land seiner Wahl gebracht zu werden – was sollte dann noch irgendjemanden davon abhalten, das zu tun?«

»Mütterchen Russland!«, rief Mechlis. »Die Loyalität zum Heimatland.«

»Eben diese Loyalität, Herr General, hält mich davon ab zu behaupten, ich sei Amerikaner.«

Mechlis nahm seinen Kneifer ab und musterte Alexander. »Kommen Sie ein wenig näher, Major Below. Lassen Sie sich ansehen.«

Alexander trat näher, bis er dicht vor dem großen Tisch stand. Hoch aufgerichtet stand er da und blickte Mechlis unerschrocken ins Gesicht. Mechlis musterte ihn schweigend und sagte dann: »Ich werde Sie jetzt noch einmal fragen, Herr Major. Und damit Sie nicht wieder vorschnell antworten, wie Sie es bisher getan haben, gebe ich Ihnen dreißig Minuten Zeit, um über Ihre Antwort nachzudenken. Man wird Sie nach draußen bringen und Sie nach Ablauf der dreißig Minuten wieder hereinholen. Dann werden wir Sie ein letztes Mal befragen. Folgende Fragen werde ich Ihnen stellen. Sind Sie Alexander Barrington, der Sohn von Jane und Harold Barrington aus den Vereinigten Staaten? Sind Sie im Jahr 1936 wegen Verbrechen am Vaterland festgenommen worden und dann auf dem Weg nach Wladiwostok entkommen? Haben Sie sich im Jahr 1937 unter dem falschem Namen Alexander Below einen Offiziersrang erschlichen? Haben Sie während des Krieges mit Finnland im Jahr 1940 versucht, aus der Roten Armee zu desertieren und über Karelien zu entkommen, was nur durch Dimitri Tschernenkos Eingreifen verhindert wurde? Waren Sie während Ihrer sieben Jahre in der Roten Armee ein Doppelagent? Sagen Sie jetzt nichts. Sie haben dreißig Minuten Zeit.«

Alexander wurde aus dem Zimmer geführt und nach draußen gebracht. Nach draußen! Er saß auf einer Bank, flankiert von zwei Wachsoldaten, und spürte den sanften, warmen Maiwind. Er dachte daran, dass er bald vierundzwanzig wurde. So saß er da, die Sonne schien, der Himmel war blau, und in der Luft hing der Duft von fernem Flieder, von blühendem Jasmin und vom Wasser des Sees.

Der Krieg, 1939

Als Mitglied der Leningrader Garnison, die in der Pawlow-Kaserne – den ehemaligen Quartieren der Kaiserlichen Garde des Zaren – stationiert war, war Alexander dafür verantwortlich, Straßenpatrouillen zu halten, Wachposten an der Newa zu stellen und die finnisch-russische Grenze zu befestigen. Im März 1918 hatte Wladimir Lenin halb Russland verschachert – Karelien, die Ukraine, Polen, Bessarabien, Lettland, Litauen und Estland –, um das Überleben des jungen kommunistischen Staates zu sichern. Die karelische Meerenge war an Finnland gegangen.

Nachdem Hitler und Stalin im September 1939 Polen unter sich aufgeteilt hatten, hatte Stalin von Hitler die Zusicherung erhalten, dass eine »Kampagne« gegen Finnland zur Rückgewinnung des umkämpften Landes nicht als Zeichen der Aggression gegen Deutschland gewertet würde. Im November 1939 griff Stalin Finnland an, um die karelische Meerenge zurückzuerobern. Alexander weigerte sich, den Krieg mit Finnland als »Kampagne« zu bezeichnen, wenn die Generalität auch noch so sehr darauf beharren mochte. Eine Kampagne bestand für ihn darin, dass zwei erwachsene Männer quer durch das Land reisten, den Wählern die Hand schüttelten und sich dann zur Wahl stellten. Sobald versucht wurde, ein Gebiet unter Einsatz von Panzern, Gewehren, Granaten und Menschenleben zu erobern, war das keine Kampagne mehr, sondern ein Krieg.

Alexander schlug seine erste Schlacht im Sumpfland der weiten karelischen Wälder. Unglücklicherweise sollte Komkow bezüglich Dimitri Recht behalten. Im Kampf erwies er sich als unbeschreiblich feige, und Komkow schrie ihm direkt in sein angsterfülltes Gesicht und musste ihn anschließend an einen Baum binden, um ihn am Desertieren zu hindern. Komkow hätte ihn am liebsten auf der Stelle erschossen, doch Alexander hielt ihn davon ab – nur um es von Stund an zu bereuen.

Doch auch ohne Dimitris Unterstützung gelang es den sowjetischen Soldaten schließlich, die unbesiegbaren Finnen zu überwältigen. Als alles vorbei war, zählte Alexander die Gefallenen. Es waren nur zwanzig Finnen dort im Wald gewesen, und sie waren alle tot. Doch dafür hatten sie hundertfünfundfünfzig Rotarmisten opfern müssen. Vierundzwanzig Soldaten, darunter Dimitri, kehrten mit Alexander nach Lisiy Nos zurück. Komkow war gefallen.

Im Jahr 1940 schickten die Finnen weitere Truppen nach Südkarelien und eroberten den Wald und die dreißig Meter zurück, die die sowjetische Armee sich erkämpft hatte, und noch zwanzig Kilometer dazu. Tausende sowjetische Soldaten mussten dabei ihr Leben lassen. Alexander befehligte nun drei Regimenter, ohne einen einzigen Soldaten zu kennen. Er hatte den Auftrag, die Finnen von der karelischen Meerenge nach Vyborg zurückzudrängen. Nach den Vorgaben der Roten Armee musste Vyborg in sowjetische Hand kommen – und Alexander unterstützte dieses Vorhaben, denn wenn sie einmal die Grenze überquert hatten, brauchte er mit Dimitri nur noch ein paar hundert Kilometer bis Helsinki zurückzulegen. Denn er hielt das Versprechen, das er Dimitri gegeben hatte, trotz allem. Alexander glaubte zu spüren, dass die Möglichkeit zur Flucht in greifbare Nähe rückte.

In den letzten Tagen der so genannten Kampagne, im März 1940, war Alexander Major Michail Stepanow unterstellt, einem Offizier von geradezu stoischer Haltung und mit unergründlichen Augen. Bewaffnet mit Granatwerfern und dreißig Männern, darunter auch Stepanows Sohn Jurij, wurde Alexander ausgesandt, um das Gebiet um die Sümpfe vor Vyborg freizukämpfen. Doch dreißig Maschinenpistolen und drei Granatwerfer konnten gegen die gut verschanzte finnische Armee nichts ausrichten. Alexanders Regiment gelang es nicht, die feindlichen Linien zu durchbrechen, und die fünf weiteren Regimenter, die vom finnischen Golf her vorrückten, scheiterten ebenfalls.

Als Alexander schließlich mit nur vieren seiner dreißig Männer zur Nachhut nach Lisiy Nos zurückkehrte, fragte Major Stepanow ihn nach seinem Sohn. Alexander erwiderte, er wisse nicht, was mit Jurij geschehen sei. Er wusste nur, dass sein Kampfgefährte gefallen war. Doch er erbot sich, allein in die Sümpfe zurückzukehren und Jurij Stepanow zu suchen. Der Major gab ihm sofort die Erlaubnis, befahl ihm aber, einen weiteren Mann mit sich in den Wald zu nehmen.

Alexander nahm Dimitri mit, und außerdem seine zehntausend Dollar. Mit nichts als dem Geld, ihren Waffen und ein paar Handgranaten machten sie sich auf den Weg in das Sumpfland nahe am finnischen Golf. Sie hatten nicht vor, in die Sowjetunion zurückzukehren.

Doch dann fanden sie Jurij Stepanow.

»Mein Gott, Dima, er lebt«, sagte Alexander, als er Stepanow umdrehte. Der junge Soldat atmete nur noch schwach. Alexander drückte ihm mit den Fingern die Zunge herunter, damit er leichter atmen konnte. »Er lebt«, sagte er noch einmal und sah Dimitri an.

»Stimmt. Aber nicht mehr lange.« Dimitri sah sich um. »Los, gehen wir. Wir haben nicht viel Zeit, wir müssen sehen, dass wir weiterkommen. Es ist der perfekte Moment. Alles ist ruhig.«

Alexander schnitt Stepanows Uniform auf, um zu sehen, wo er getroffen worden war. Er sah Blut am Rumpf des jungen Mannes, zähflüssiges, bräunliches Blut, doch er konnte nicht sagen, wie viel Blut Stepanow wohl schon verloren hatte. Seinem bleichen Gesicht nach zu urteilen, musste der Blutverlust jedoch hoch gewesen sein.

Jurij Stepanow schlug die Augen auf, murmelte etwas und streckte die Hand nach Alexander aus. Er wollte etwas sagen, doch es gelang ihm nicht.

»Alexander!«, rief Dimitri. »Los, gehen wir.«

»Dimitri!«, rief Alexander, ohne aufzublicken. »Hör auf he-

rumzubrüllen, und lass mich einen Augenblick nachdenken. Nur einen Augenblick, in Ordnung?«
Er hockte auf dem sumpfigen Boden neben Stepanow, horchte auf die schweren Atemzüge des Jungen und blickte in sein aschfahles Gesicht. Dreißig Meter vor ihnen lag die unbewachte, finnische Grenze. Dreißig Meter vor ihnen lag ein anderes Land, und dort gab es ein Meer, das ihn nach Stockholm bringen würde, und dort wiederum gab es ein Gebäude, in dem er um seine Freiheit bitten konnte. Und dann ... Alexander sah die weißen Schindelhäuser von Barrington vor sich, dazwischen die zinnoberroten Zuckerahornbäume. Er konnte Barrington förmlich riechen. Er holte tief Luft, und seine Lungen schmerzten. Er würde sich retten, Dimitri retten, der ihm geholfen hatte, seinen Vater noch einmal zu sehen, er würde wieder die Luft der Heimat atmen.
Er hatte mit allem gerechnet, mit Kämpfen, mit Kälte, er hatte damit gerechnet, schießen zu müssen, leiden zu müssen, schwimmen, im kniehohen Matsch liegen, zur Not auch sterben und Menschen töten zu müssen, die sich ihm in den Weg stellten. Nur mit einem hatte er nicht gerechnet: mit einem verwundeten Sohn und einem wartenden Vater.
Alexander holte noch einmal tief Luft. Barrington war verschwunden, er roch nur noch getrocknetes Blut, das Metall der Waffen, den schwefligen Geruch abgefeuerter Munition. Und er hörte, wie Jurij Stepanows Lungen um jeden Atemzug rangen.
Er würde den jungen Mann sterbend zurücklassen. Er würde den Sohn eines Vaters sterbend zurücklassen. Er würde seine Freiheit mit dem Tod dieses Jungen erkaufen. Alexander bekreuzigte sich. Gott erlegt mir diese Prüfung auf, dachte er. Jetzt soll ich zeigen, wer ich wirklich bin.
Er hob Stepanow an Armen und Beinen hoch und warf ihn sich über die Schulter. »Dima, ich muss ihn zurückbringen.«
Dimitri wurde bleich. »Was?«
»Du hast mich sehr gut verstanden.«
»Bist du denn völlig übergeschnappt? Du kannst doch nicht zurückgehen. Wir gehen auf keinen Fall zurück.«
»Ich schon.«

Dimitris stummer Schrei erschütterte den schweigenden Wald. »Was redest du da?«, zischte er. »Wir sind doch gar nicht seinetwegen hier. Er war doch nur ein Vorwand. Wir sind hierher gekommen, um zu fliehen.«
»Ich weiß«, sagte Alexander. »Aber ich kann nicht. Kannst du es?«
»Natürlich!«, schrie Dimitri. »Wir sind im Krieg, Alexander. Willst du dich jetzt etwa um jeden Einzelnen der vielen tausend Männer sorgen, die unter deinem Befehl gestorben sind?«
»Die habe ich nicht sterben lassen«, sagte Alexander.
»Wir gehen jetzt.« Dimitri knirschte mit den Zähnen.
»Gut«, sagte Alexander. »Wenn du gehen willst, gebe ich dir die Hälfte meines Geldes. Du wirst dich schon irgendwie nach Stockholm durchschlagen und dort herausfinden, was du weiter tun musst. Am besten gehst du nach Amerika.«
»Was redest du denn jetzt? Wieso ich? Du meinst wohl wir?«
»Nein, Dimitri. Ich habe dir doch gesagt, ich bringe Jurij zurück. Aber du bist jetzt hier. Du hast keinen Grund zurückzugehen.«
»Ich gehe aber nicht ohne dich!« Dimitri kreischte beinahe.
»Also gut«, sagte Alexander. »Dann gehen wir jetzt zurück, solange er noch lebt.«
Dimitri rührte sich nicht von der Stelle. »Wenn du mir jetzt sagst, dass du Stepanow nach Lisiy Nos zurückbringst, wird das deine letzte Tat als sowjetischer Soldat sein.«
Alexander trat dicht an Dimitri heran und stieß nun seinerseits zähneknirschend hervor: »Willst du mir etwa drohen, Dimitri?«
»Ja«, erwiderte Dimitri.
Alexander trat einen Schritt zurück und sah Dimitri mit grimmiger Entschlossenheit an. »Gut«, sagte er langsam. »Tu, was du willst. Geh und denunzier mich. Das macht es nur noch wichtiger, dass meine letzte Tat im Leben darin besteht, einem anderen Mann das Leben zu retten.«
»Ach, verdammt noch mal!«
»Es wird sich eine andere Möglichkeit ergeben! Wir haben doch immerhin diese Wälder gefunden. Wir werden zurück-

kommen. Das war unsere erste Möglichkeit, aber mit Sicherheit nicht die letzte. Wir werden zurückkommen, und dann werden wir fliehen. Wenn du mich beim NKWD denunzierst, kommst du selbst doch nie aus der Sowjetunion heraus. Du wirst hier versauern. Ich bin tot, und du wirst hier versauern.« Alexander schwieg einen Augenblick. »Ich sage dir, bald wird ganz Europa gegen Hitler in den Krieg ziehen. Wir werden eine andere Möglichkeit finden, aber natürlich nicht, wenn ich tot bin. Also, was machen wir? Du hast mir gerade gesagt, dass du nicht den Mut hast, allein zu gehen. Wenn du fliehen willst, musst du noch so lange den Mund halten, bis ich uns hier rausgebracht habe. Sei doch kein solcher Idiot. Bringen wir den Jungen zu seinem Vater zurück.«

»Nein!«, sagte Dimitri.

»Dann mach verdammt noch mal, was du willst.« Alexander hatte genug gesagt. Ohne auf Dimitri zu warten, drehte er sich um und ging davon, mit Stepanow über der Schulter. Hinter sich hörte er Dimitris zögernde Schritte. Dimitri war ein Feigling; es war ihm durchaus zuzutrauen, einen Mann von hinten zu erschießen – allerdings nicht, wenn dieser Mann versprochen hatte, ihm eines Tages zu helfen.

Nach einem stundenlangen Marsch durch das Sumpfland kamen sie schließlich zum Armeelager zurück. Es war schon fast dunkel, doch Alexander sah Michail Stepanow mit einem der NKWD-Grenzposten am Eingang des Lagers stehen und nach ihnen Ausschau halten. Nun kam er mit zitternden Knien auf Alexander zu und brachte kaum noch die Kraft auf, ihn zu fragen: »Lebt er?«

»Ja«, sagte Alexander. »Aber er braucht einen Arzt.«

Michail Stepanow nahm seinen Sohn in die Arme und trug ihn in ein Zelt. Dort legte er ihn auf ein unbenutztes Feldbett und saß schweigend neben ihm, während er eine Bluttransfusion erhielt und man ihm Morphium und eine Sulfonamidlösung spritzte. Alexander und Stepanow wuschen Jurij gemeinsam, und der Arzt nähte die drei Schusswunden. Doch Jurij hatte bereits zu lange Zeit im Wald gelegen, und die Wunden hatten sich entzündet.

Alexander ging hinaus, um etwas zu essen und eine Zigarette

zu rauchen, dann kam er zurück und setzte sich neben Stepanow. Jurij hatte das Bewusstsein wiedererlangt und sprach mit schwacher Stimme zu seinem Vater. »Paposchka«, sagte er. »Es wird mir bald besser gehen.«

»Ja, mein Sohn.« Stepanow nahm seine Hand.

»Ich habe Glück gehabt. Es hätte noch viel schlimmer kommen können.« Jurij schaute zu Alexander hinüber. »Stimmt's, Herr Leutnant?«

»Ja, das stimmt, Soldat«, sagte Alexander.

»Mama wird stolz auf mich sein«, sagte Jurij. »Muss ich wieder in den Kampf? Oder gibt der Herr Leutnant mir ein Weilchen frei, damit ich sie besuchen kann?«

»Sie können alle Zeit haben, die Sie brauchen«, sagte Alexander.

Doch dann sah er Stepanows gramerfülltes Gesicht und schwieg einen Augenblick. Schließlich fragte er: »Wo ist denn seine Mutter?«

»Sie ist 1930 gestorben.«

»Papa?«

»Ja?«

»Bist du denn stolz auf mich?«

»Sehr stolz, mein Sohn.«

Mehrere Stunden saßen sie so bei Jurij, tief in ihre eigenen Gedanken versunken, lauschten den gequälten Atemzügen des Jungen und beobachteten, wie seine Augen sich langsam hin und her bewegten.

Schließlich verklangen die gequälten Atemzüge, die Augen blieben still, und Major Stepanow senkte den Kopf und weinte. Alexander konnte es nicht ertragen und verließ das Zelt.

Er lehnte an einem Versorgungslaster und rauchte eine Zigarette, als Stepanow zu ihm trat.

»Es tut mir Leid, Herr Major«, sagte Alexander.

Stepanow reichte ihm die Hand. »Sie sind ein guter Soldat, Leutnant Below«, sagte er mit gepresster Stimme. »Ich bin schon seit 1921 bei der Roten Armee, und ich sage Ihnen, Sie sind ein guter Soldat. Woher kommt das, dass Sie so tapfer sind, dass Sie sich weigern, sich zurückzuziehen und die Toten zurückzulassen? Sie sollten nicht sagen, dass es Ihnen

Leid tut; Sie sollten sagen, dass Sie Ihr Bestes getan haben und dass es gut genug war. Durch Sie konnte ich mich von meinem einzigen Kind verabschieden. Durch Sie kann ich meinen Sohn begraben. Er wird Frieden finden. Und ich ebenfalls.« Stepanow ließ Alexanders Hand nicht los.
»Das war doch nicht der Rede wert«, sagte Alexander mit gesenktem Kopf.
Am 13. März 1940 endete der Winterkrieg. Die sowjetischen Streitkräfte konnten Vyborg nicht zurückerobern.

Vor Mechlis, 1943

Er musste die Frage beantworten, wer er war. Seine Zeit war gekommen, das wusste er. Als er aufstand, musste er an eine weitere Strophe aus Kiplings Gedicht *Wenn* denken, und ihm war fast so, als würde sein Vater sie rezitieren.

Setzt du deinen Gewinn auf eine Karte
Und bist nicht traurig, wenn du ihn verlierst,
Und du beginnst noch einmal ganz von vorne
Und sagst kein Wort, was du dabei riskierst.

Sie riefen ihn herein, und als er vor das Tribunal geführt wurde, war ihm beinahe fröhlich zumute.
»Nun, Herr Major, haben Sie nachgedacht?«
»Ja, Herr General.«
»Und wie lautet Ihre Antwort?«
»Meine Antwort lautet: Ich bin Alexander Below aus Krasnodar, Major der Roten Armee.«
»Sind Sie der ausgebürgerte Amerikaner Alexander Barrington?«
»Nein, Herr General.«
Danach schwiegen sie alle. Draußen wartete der frische Maitag, und Alexander wollte wieder nach draußen. Die Gesichter, die ihn anschauten, blickten ernst und ungerührt. Also blickte auch er ernst und ungerührt drein. Einer der Generäle klopfte mit einem Bleistift auf den Holztisch. Stepanow sah

Alexander an, ihre Blicke trafen sich, und Stepanow nickte unmerklich.
Schließlich ergriff General Mechlis das Wort. »Ich hatte schon befürchtet, dass Sie das sagen würden, Herr Major. Hätten Sie ›Ja‹ gesagt, dann hätten wir uns mit dem amerikanischen Außenministerium in Verbindung gesetzt. Jetzt aber stellt sich mir die Frage, was ich mit Ihnen anfangen soll. Ich bin befugt, frei über Ihr Schicksal zu verfügen. Während Sie draußen waren, habe ich mich mit meinen Kollegen beraten. Wir müssen eine schwierige Entscheidung treffen. Selbst wenn Sie die Wahrheit sagen, lasten die Anschuldigungen dennoch auf Ihnen und werden Ihnen anhaften, solange Sie in der Roten Armee sind. Die Gerüchte, das Misstrauen, die Anspielungen, das alles wird nie wieder ein Ende haben. Und das erschwert Ihre Aufgabe als Offizier ebenso wie unsere Aufgabe, Sie gegen weitere falsche Anschuldigungen von Männern zu verteidigen, die sich nicht von Ihnen befehligen lassen wollen.«
»Ich kann auch anspruchsvolle Aufgaben meistern.«
»Mag sein, aber uns kommt das wenig gelegen.« Mechlis hob die Hand. »Unterbrechen Sie mich nicht, Herr Major. Sollten Sie die Unwahrheit sagen, kommen dieselben Faktoren zum Tragen. Dann kommt allerdings noch hinzu, dass wir als staatliche Behörde, die ihre Bürger schützen will, einen schweren Fehler begangen haben und das Gesicht verlieren, wenn die Wahrheit schließlich doch ans Licht kommt. Und Sie wissen ja, wie das mit der Wahrheit ist: Am Ende kommt sie immer ans Licht. Sehen Sie ein, dass Sie für uns nicht mehr tragbar sind, ganz gleich, ob Sie die Wahrheit sagen oder uns belügen?«
»Gestatten Sie, Herr General«, mischte sich Stepanow ein. »Wir kämpfen einen verzweifelten Krieg. Wir verlieren mehr Soldaten, als wir einziehen können, unsere Waffen werden schneller zerstört, als wir sie herstellen können, und wir verlieren so viele kommandierende Offiziere, dass wir sie kaum noch ersetzen können. Major Below ist ein untadeliger Soldat. Wir werden doch sicherlich irgendeinen Posten in der Roten Armee für ihn finden.« Als keine Ein-

wände laut wurden, fuhr Stepanow fort: »Wir könnten ihn nach Swerdlowsk schicken, um Panzer und Kanonen herzustellen. Oder auch nach Wladiwostok, um Eisenerz zu schürfen, oder nach Kolyma oder Perm-35. An all diesen Orten kann er weiterhin ein produktives Mitglied des sowjetischen Staates bleiben.«
Mechlis winkte ab. »Wir haben schon genug Leute, die Eisenerz schürfen. Und warum sollten wir einen Major der Roten Armee für die Herstellung von Kanonen verschwenden?«
Alexander schüttelte innerlich belustigt den Kopf. Gut gemacht, Oberst Stepanow, dachte er. In ein paar Minuten werden sie mich anflehen, doch in der Armee zu bleiben, und dabei wollten sie mich eben noch am liebsten eigenhändig erschießen.
Stepanow setzte sich weiter für Alexander ein. »Er ist kein Major mehr. Bei seiner Verhaftung hat man ihn des Ranges enthoben. Ich sehe kein Problem darin, ihn nach Kolyma zu schicken.«
»Warum reden wir ihn dann immer noch als Major an?«, schnaubte Mechlis.
»Weil er doch bleibt, was er ist, ob er nun Rangabzeichen trägt oder nicht. Er ist seit sieben Jahren kommandierender Offizier. Er hat seine Männer durch den Winterkrieg geführt, er hat die Deutschen daran gehindert, die Newa zu überqueren, er hat an der Straße des Lebens mitgewirkt, und im vergangenen Sommer vier Kampagnen an der Newa unterstützt, um die Blockade zu durchbrechen.«
»Wir wurden schon verschiedentlich auf seine Leistungen hingewiesen, Oberst Stepanow«, bemerkte Mechlis und rieb sich die Stirn. »Jetzt müssen wir entscheiden, wie wir weiter mit ihm verfahren.«
»Ich schlage vor, ihn nach Swerdlowsk zu schicken«, sagte Stepanow.
»Das geht nicht.«
»Dann rehabilitieren Sie ihn.«
»Das geht ebenso wenig.«
Mechlis dachte eine Weile schweigend nach. Schließlich sagte er mit einem tiefen Seufzer: »Major Below, in der Nähe von

Wolkow, im Tal zwischen dem Ladogasee und den Sinjawino-Höhen, befindet sich eine Zugstrecke, die von den Deutschen mehrfach täglich aus den Bergen beschossen wird. Sind Sie damit vertraut?«

»O ja, Herr General. Meine Frau hat beim Anlegen der Bahnstrecke mitgeholfen, nachdem die Blockade durchbrochen war.«

»Bitte erwähnen Sie Ihre Frau nicht, Herr Major, das ist ein wunder Punkt. Die Bahnstrecke ist von entscheidender Bedeutung, um Lebensmittel und Treibstoff nach Leningrad zu bringen. Ich habe beschlossen, Sie einem Strafbataillon zuzuordnen, dessen Aufgabe es ist, die Schienen auf einer zehn Kilometer langen Strecke zwischen Sinjawino und dem Ladogasee neu zu verlegen. Wissen Sie, was ein Strafbataillon ist?«

Alexander schwieg. Er wusste es nur zu gut. In der Armee gab es Tausende von Männern, die ohne Deckung Brücken erstürmen und Flüsse überqueren, unter Beschuss Bahnstrecken verlegen und ohne Unterstützung durch die Artillerie als Erste in den Kampf ziehen mussten. Es gab nicht einmal genügend Gewehre für alle. In einem Strafbataillon erhielt nur jeder Zweite ein Gewehr, und wenn jemand fiel, nahm man ihm sein Gewehr ab. Die Strafbataillone waren die menschlichen Schutzschilde, mit denen sich die Sowjetunion Hitlers Truppen entgegenstellte.

Mechlis brach das Schweigen. »Haben Sie dem noch etwas hinzuzufügen, Herr Major? Ach ja, Sie werden hiermit offiziell Ihres Ranges enthoben.«

»Gut. Ich werde also Teil des Bataillons sein und es nicht befehligen, ist das korrekt?«

»Das ist nicht korrekt. Sie werden die Männer befehligen.«

»In dem Fall muss ich aber meinen Rang behalten.«

»Das ist nicht möglich.«

»Bei allem Respekt, Herr General. Ich kann nicht mal einem Kind Befehle erteilen, geschweige denn den harten und furchtlosen Männern eines Strafbataillons, die jeden Tag dem Tod ins Auge blicken, wenn mir die Rote Armee nicht die nötige Autorität dazu gibt. Wenn Sie wollen, dass ich die

Führung übernehme, müssen Sie mir auch die nötigen Voraussetzungen geben, damit ich die Männer befehligen kann. Andernfalls werde ich weder der Roten Armee noch den Kriegsanstrengungen noch Ihnen etwas nützen. Die Männer werden keinen meiner Befehle befolgen, die Bahnstrecke bleibt unterbrochen, und alle werden sterben. Sie können mich nicht auffordern, in der Armee zu bleiben ...«

»Das war keineswegs eine Aufforderung, sondern ein Befehl.«

»General Mechlis, ohne meinen Rang bin ich kein Offizier mehr. Ich habe nicht gelernt, etwas anderes zu sein. Sie können mich jederzeit in ein Strafbataillon schicken, aber ich kann es nicht befehligen. Ich akzeptiere jeden Rang, den Sie mir geben, Unteroffizier, Feldwebel, was auch immer. Aber wenn Sie mich zum Vorteil der Armee einsetzen wollen, muss ich ein Rangabzeichen haben.« Alexander ließ sich nicht beirren. »Sie als General sollten das besser verstehen als jeder andere. Erinnern Sie sich denn nicht mehr an General Meretskow? Er saß in Moskau im Gefängnis und wartete auf seine Hinrichtung. Doch dann haben die Machthaber beschlossen, dass er stattdessen das Kommando an der Front von Wolkow führen soll. Also wurde er zum General befördert und befehligte ein ganzes Heer, nicht nur eine Division. Was glauben Sie, wie es ihm ergangen wäre, wenn er versucht hätte, dieses Heer als der Bauer zu befehligen, der er eigentlich war? Wie viele Männer hätte er in den Tod schicken können, wenn er nur Unteroffizier gewesen wäre und nicht die Autorität eines Generals besessen hätte? Sie wollen, dass die Deutschen aus den Sinjawino-Höhen verschwinden? Ich sorge dafür, dass sie verschwinden. Aber ich brauche dazu meinen Rang.«

Mechlis musterte Alexander mit offensichtlichem Verständnis. »Sie haben mich überredet, Major Below. Also gut. In einer Stunde brechen Sie nach Sinjawino auf. Der Wachposten bringt Sie jetzt in Ihre Zelle zurück, damit Sie Ihre Sachen holen können. Ich muss Sie degradieren, aber Sie werden den Rang eines Hauptmanns behalten. Mehr ist nicht möglich. Wo sind Ihre Orden?«

Alexander verkniff sich ein erleichtertes Lächeln. »Sie wurden mir bei den ersten Verhören abgenommen. Mein Orden als Held der Sowjetunion ist verschwunden.«
»Ein Jammer«, sagte Mechlis.
»Ja, das stimmt, Herr General. Ich brauche außerdem neue Unterwäsche, neue Waffen und weitere Ausrüstung, ein Messer, ein Zelt ... Meine alte Ausrüstung ist verschwunden.«
»Sie sollten in Zukunft besser auf Ihre Besitztümer achten, Major Below.«
Alexander salutierte. »Ich werde es mir merken. Und noch eines, Herr General: Ich bin jetzt Hauptmann Below.«

15

Uspenskij, 1943

Man brachte Alexander zur Nachhut der aktuellen Front, damit er sich mit neuer Ausrüstung und neuer Kleidung versehen konnte. Anschließend wurde er mit einem Militärfahrzeug in das Lager gefahren, das das Strafbataillon beherbergte. Hunderte verbrauchter Männer, Verbrecher ebenso wie politische Gefangene, saßen auf dem feuchten Boden, ruhten sich aus, rauchten oder spielten Karten. Drei Männer hatten gerade eine Schlägerei angefangen, und Alexander trennte sie. Einer von ihnen war Nikolai Uspenskij.
»O nein, nicht Sie schon wieder«, stöhnte er.
»Was haben Sie denn hier verloren, Soldat?«, fragte Alexander kopfschüttelnd. »Sie haben doch nur eine Lunge.«
»Dasselbe kann ich Sie fragen. Ich dachte, Sie sind tot«, gab Uspenskij gut gelaunt zurück. »Ich dachte, die haben Sie erschossen. Nach dem Verhör, dem ich Ihretwegen unterzogen wurde, war ich sogar ziemlich sicher, Sie nicht noch mal zu Gesicht zu bekommen.«
Alexander bot ihm eine Zigarette an und nahm ihn beiseite. »Welchen Rang haben Sie hier? Unteroffizier?«
»Ich bin immer noch Leutnant«, erwiderte Uspenskij unge-

halten. Dann fuhr er in ruhigerem Ton fort. »Ich wurde vom Oberleutnant zum Leutnant degradiert.«

»Schön. Ich bin Ihr kommandierender Offizier. Wählen Sie zwanzig Männer aus, und ziehen Sie los, um die Schienen zu verlegen, damit der Zug durchkommt. Und tun Sie mir einen Gefallen: Prügeln Sie sich nicht mit Ihren Untergebenen. Das untergräbt Ihre Autorität.«

»Vielen Dank für den Hinweis.«

»Gehen Sie, und wählen Sie die Männer aus. Wer war bisher Ihr kommandierender Offizier?«

»Sie machen wohl Witze. Keiner natürlich. In den letzten zwei Wochen haben wir drei Hauptmänner verloren. Danach hat man die Majore an die Bahnstrecke geschickt, aber alle beide sind gefallen. Es ist niemand mehr übrig. Diese Idioten haben's immer noch nicht kapiert. Wenn die Deutschen die Bahnstrecke so gut sehen, dass sie sie ununterbrochen beschießen können, sehen sie natürlich auch die aufrecht stehenden Männer, die versuchen, sie zu reparieren. Erst heute Morgen haben wir wieder fünf Männer verloren, ehe wir auch nur ein Stück Schiene verlegen konnten.«

»Warten wir ab, wie es bei Dunkelheit aussieht.«

Doch auch im Schutz der Nacht erging es ihnen nur wenig besser. Uspenskij brach mit zwanzig Männern auf und brachte nur zwölf wieder zurück. Drei von ihnen waren schwer verwundet, zwei nur oberflächlich, und einer hatte sein Augenlicht verloren. Dieser Mann versuchte noch in derselben Nacht zu desertieren, wurde am Ufer des Ladogasees vom NKGB aufgegriffen und auf der Stelle erschossen.

Das Militärlager zwischen den Sinjawino-Höhen und dem Ladogasee befand sich in einer morastigen Ebene, wo einige Zelte und ein paar Holzhütten für die Obersten und die Brigadegeneräle errichtet worden waren. Zwei Bataillone waren hier untergebracht, die sich in drei Kompanien, achtzehn Züge und vierundfünfzig Trupps unterteilten, insgesamt vierhundertzweiunddreißig Männer. Da kaum noch kommandierende Offiziere übrig waren, hatte Alexander ein ganzes Bataillon aus zweihundertsechzehn Männern zu befehligen, die er in den Tod schicken konnte.

Stepanow hielt sich nicht dort auf, und Alexander hatte ihn seit der Anhörung vor dem Militärgericht nicht wieder gesehen. Er war wohl zu der Leningrader Garnison zurückgekehrt, bei der er schon seit vielen Jahren stationiert war. Alexander hoffte es für ihn.

Begegnung mit Dascha Metanowa, 1941

Alexander stand an seinem Stammplatz in der Sadko-Bar, direkt an der Theke. Er wäre sehr viel lieber im Offizierskasino gewesen, denn inzwischen umgab er sich nur ungern mit Rangniedrigeren. Der Abstand war einfach zu groß geworden.

Doch an diesem Samstagabend im Juni stand er an der Theke der Sadko-Bar und unterhielt sich mit Dimitri. Ganz in der Nähe standen zwei Mädchen, und Alexander warf einen kurzen Blick zu ihnen hinüber. Als er ein weiteres Mal hinschaute, merkte er, dass die eine seinen Blick mit unverhohlenem Interesse erwiderte. Er lächelte sie freundlich an. Dimitri schaute daraufhin ebenfalls hinüber, musterte die beiden, warf Alexander einen viel sagenden Blick zu und drehte sich dann ganz zu den Mädchen um.

»Dürfen wir den Damen was zu trinken spendieren?«, fragte er.

»Gern«, erwiderte die Größere, Dunkelhaarige, die Alexanders Blick erwidert hatte. Dimitri begann eine Unterhaltung mit der Kleineren, weniger Hübschen. Doch in der Bar war es schwierig, eine Unterhaltung zu führen, und Alexander fragte die Dunkelhaarige, ob sie einen Spaziergang machen wolle. Sie lächelte ihn an. »Gern.«

So traten sie in die warme Nacht hinaus. Es war kurz nach Mitternacht, und draußen war es noch nicht richtig dunkel. Das Mädchen summte vor sich hin, nahm ihn dann bei der Hand und lachte ihn an. »Muss ich raten«, fragte sie, »oder sagst du mir freiwillig, wie du heißt?«

»Alexander«, sagte er. Er fragte sie nicht nach ihrem Namen, weil es ihm inzwischen schwer fiel, sich Namen zu merken.

»Und willst du gar nicht wissen, wie ich heiße?«
Er lächelte. »Willst du denn, dass ich das weiß?«
Sie sah ihn erstaunt an. »Ob ich will, dass du weißt, wie ich heiße? Seid ihr Soldaten wirklich schon so tief gesunken? Fragt ihr eine Frau nicht mal mehr nach ihrem Namen?«
»Jetzt hör mal.« Alexander tätschelte ihre Hand. »Ich weiß nicht, wie tief die anderen Soldaten gesunken sind. Aber ich persönlich kann mir Namen nur schlecht merken.«
»Nun, vielleicht merkst du dir meinen ja, nach heute Nacht.« Sie lächelte viel sagend.
Alexander schüttelte leicht den Kopf und war bereits drauf und dran, ihr zu sagen, dass sie schon etwas sehr Außergewöhnliches tun musste, damit er sich ihren Namen merken konnte. Doch dann sagte er nur: »Also gut. Wie heißt du?«
»Daria«, sagte sie. »Aber alle nennen mich Dascha.«
»Schön, Daria-Dascha. Kannst du mich irgendwohin mitnehmen? Ist bei dir jemand zu Hause?«
»Ob jemand zu Hause ist? Wo lebst du denn? Natürlich! Ich bin nie auch nur eine Sekunde allein. Ich lebe mit meiner ganzen Familie zusammen, mit Mama, Papa, Babuschka, Deduschka und meinem Bruder. Und meine Schwester schläft mit mir im selben Bett.« Sie zog die Augenbrauen hoch und lachte. »Ich glaube, selbst ein Offizier wird nicht mit zwei Schwestern gleichzeitig fertig.«
»Das kommt darauf an.« Alexander legte den Arm um sie. »Wie sieht deine Schwester denn aus?«
»Wie eine Zwölfjährige«, sagte Dascha. »Kannst du mich denn irgendwohin mitnehmen?«
Alexander nahm sie mit in sein Quartier, da er an diesem Abend ohnehin an der Reihe war.
Dascha fragte ihn, ob sie sich ausziehen könne. »Es wäre mir unangenehm, wenn mittendrin jemand hereinkäme.«
»Nun, das hier ist eine Militärkaserne und kein Luxushotel«, sagte Alexander. »Wenn du dich ausziehst, Dascha, tust du es auf eigene Gefahr.«
»Ziehst du dich denn aus?«
»Mich haben hier alle schon nackt gesehen«, sagte Alexander. Doch schließlich zogen sie sich beide aus.

Sie gefiel ihm ebenso gut wie all die anderen Mädchen auch. Sie hatte einen typisch russischen, üppigen Körper mit breiten Hüften und großen Brüsten – seinen Quartiergenossen Grinkow hätte das in den Wahnsinn getrieben. Doch Alexander gefiel vor allem, dass Dascha etwas Vertrautes ausstrahlte, etwas Freundschaftliches, Unkompliziertes, das sich normalerweise erst einstellt, wenn man einander einige Zeit kennt. Und ihre Reaktion auf ihn war durchaus ungewöhnlich. Sie sagte: »Meine Güte … Alexander, woher kannst du das nur?«

»Was denn?« Er stützte sich auf die Arme auf und sah sie an.

»Na, das«, sagte sie. »Es gefällt mir, wie du … dich bewegst.«

»Hm«, sagte er. »Vielen Dank.«

Sie verbrachten eine Stunde miteinander. Dann kam Grinkow mit einem Mädchen herein und ließ sich nicht durch den Hinweis abhalten, dass er an diesem Abend nicht an der Reihe war. Alexander brachte Dascha bis zum Kasernentor.

»Also«, sagte sie. »Wirst du dich an meinen Namen erinnern, wenn ich nächstes Wochenende wiederkomme?«

»Aber sicher … Dascha, stimmt's?« Er lächelte sie an.

Am nächsten Wochenende kam sie tatsächlich mit ihrer Freundin wieder. Dummerweise war Dimitri bereits mit einem anderen Mädchen verschwunden, und Dascha wollte ihre Freundin nicht einfach so zurücklassen. Also gingen sie zu dritt am Newskij-Prospekt spazieren, bis die Freundin schließlich in den Bus stieg und nach Hause fuhr. Alexander nahm Dascha mit in die Kaserne, fand sein Quartier jedoch bereits besetzt.

»Du hast die Wahl«, sagte er zu ihr. »Entweder du gehst nach Hause oder du kommst mit hinein und beachtest die anderen einfach nicht.«

Dascha sah ihn an, und er konnte den Ausdruck in ihren Augen nicht recht deuten. »Na ja«, sagte sie schließlich. »Warum nicht? Meine Eltern müssen uns Kinder ja schließlich auch ignorieren, wenn wir so tun, als würden wir schlafen. Schlafen die anderen denn?«

»Wo denkst du hin?«, sagte Alexander.

»Ach so. Das ist mir dann doch ein wenig unangenehm.«

Alexander nickte. »Soll ich dich nach Hause begleiten?«
»Nein, lass nur.« Sie trat ganz nah an ihn heran. »Ich fand es letzte Woche wirklich schön.«
Alexander zögerte einen Augenblick. »Ich auch«, sagte er dann. »Gehen wir doch in den Admiralitätengarten.«
Als er sie zum dritten Mal am Samstagabend traf, fanden sie ein ruhiges Plätzchen am Ufer des Moika-Kanals, dort, wo die Boote anlegten. Es war abgeschieden genug, Dascha war nicht besonders laut, und Alexander hatte längst gelernt, leise zu sein. Es war nicht genug Platz, um sich hinzulegen, doch hinsetzen konnten sie sich.
»Alex – darf ich Alex zu dir sagen?«, fragte sie.
»Sicher«, sagte er.
»Erzähl mir von dir, Alex.« Sie lächelte ihn an. »Du bist ein hochinteressanter Mann.«
Sie waren eigentlich schon am Ende, und Alexander hoffte, bald in die Kaserne zurückkehren zu können. Er wollte schlafen. Der Sonntagmorgen begann um sieben Uhr, ganz gleich, wie lang die Nacht zuvor gewesen war. »Erzähl du mir etwas von dir«, sagte er.
»Was möchtest du denn wissen?«
»Hattest du schon viele Soldaten vor mir?«
»Nicht sehr viele.« Dascha lächelte. »Alexander, ich glaube nicht, dass wir ein solches Gespräch führen sollten. Sonst muss ich dir nämlich auch eine Frage stellen.«
»Gut.«
»Hattest du schon viele Frauen vor mir?«
Alexander lächelte. »Nicht sehr viele.«
Sie lachte. Und er lachte mit ihr.
»Ich will dir etwas verraten, Alex. Seit ich dich vor drei Wochen getroffen habe, kann ich nicht mehr aufhören, an dich zu denken.«
»Tatsächlich?«
»Ja. Und ich war seither mit keinem anderen Mann zusammen.« Sie schwieg kurz. »Kannst du dasselbe von dir behaupten?«
»O ja. Ich war seither auch mit keinem anderen Mann zusammen.«

Sie gab ihm einen kleinen Schubs. »Hör auf damit. Hast du noch ein bisschen Zeit?«
»Nein.« Er wollte ihr nicht sagen, dass ihm die Kondome ausgegangen waren. »Komm nächste Woche wieder. Dann habe ich Zeit.«
»Ach, komm«, bat sie neckisch und begann, ihn zu berühren. »Es geht bestimmt auch ganz schnell.«
»Nein, Dascha. Nächste Woche.«
Als sie fort war und Alexander in sein Quartier zurückkehren wollte, traf er auf dem Gang ein Mädchen, mit dem er im Mai eine Nacht verbracht hatte. Sie war nett, hübsch und betrunken und weigerte sich zu gehen, bevor er sich nicht die Hose aufgeknöpft hatte. Also tat er es.
Die Woche war lang, Alexander hatte Wachdienst, und Dimitri hatte einige Verabredungen mit verschiedenen Mädchen arrangiert. Am Samstagabend ging Alexander wie üblich in die Sadko-Bar, jedoch ohne besonderes Verlangen, ein Mädchen kennen zu lernen. Dann traf er eine Frau, die er schon lange nicht mehr gesehen hatte, und nachdem sie beide ein paar Gläser getrunken hatten, nahm er sie mit hinaus in die dunkle Gasse hinter der Bar und nahm sie dort an der Hauswand. Plötzlich fragte sie: »Willst du deine Zigarette denn gar nicht ausmachen?«, und Alexander stellte mit Erstaunen fest, dass er die Zigarette tatsächlich noch im Mund hatte. Er schickte das Mädchen nach Hause und ging zurück in die Bar.
Plötzlich hielten ihm von hinten zwei Hände die Augen zu, und eine Stimme rief: »Rate mal.«
Als er sich umdrehte, stand Dascha vor ihm. Er lächelte sie an. Diesmal war sie allein gekommen.
Eigentlich hatte er für diesen Samstag bereits genug. Doch für Dascha hatte der Abend gerade erst begonnen, und Alexander fühlte sich verpflichtet, ihr ein paar Bier zu spendieren und sich mit ihr zu unterhalten. Sie rauchten, scherzten ein wenig miteinander, und schließlich zog sie ihn mit sich nach draußen. »Es ist schon spät, Dascha«, protestierte er. »Ich muss morgen um sieben Uhr aufstehen.«
»Ich weiß«, sagte sie und tätschelte ihm den Arm. »Du hast

es immer so eilig. Ständig musst du ganz schnell woanders hin. Warum diese Eile, Alex?«
Er seufzte und musterte sie belustigt. »Also, was schlägst du vor?«
»Ich weiß nicht.« Sie lächelte. »Vielleicht noch mal dasselbe wie letzte Woche?«
Er versuchte, sich zu erinnern, doch aus irgendeinem Grund war ihm das vergangene Wochenende komplett entfallen. Er wusste, dass Dascha zu Recht empört sein würde, wenn er sich nicht erinnerte, und er gab sich große Mühe. Doch seit dem letzten Wochenende war einfach zu viel geschehen ... Er versuchte, sich zu konzentrieren. Es hieß, dass ein Krieg bevorstand.
»Weißt du nicht mehr? Unten am Kanal?«
Jetzt erinnerte er sich. »Und da möchtest du wieder hin?«
»Furchtbar gern.«
»Dann gehen wir.«
Später war es beinahe ein Uhr. »Alexander«, sagte sie, als sie keuchend auf ihm saß. »Ich muss sagen, du bist ein durchaus anstrengender Liebhaber ... und ich sage das nicht so einfach leichthin.«
»Vielen Dank.«
»Macht es dir auch Spaß?«
»Natürlich.«
»Du redest nicht gern, nicht wahr?«
»Worüber willst du denn reden?«
Sie lachte. »Hast du das Gefühl, dass alles schon gesagt ist?«
»Es ist alles gesagt, was mir wichtig ist.«
»Sollen wir uns nächste Woche wieder treffen?«
»Gern.«
»Hast du irgendwann mal einen freien Tag? Vielleicht kannst du ja zu uns zum Abendessen kommen. Ich wohne hier ganz in der Nähe, am Fünften Sowjet. Du könntest meine Familie kennen lernen.«
»Ich habe nicht viele freie Tage.«
»Wie wäre es mit Montag oder Dienstag?«
»Diesen Montag oder Dienstag?«
»Ja.«

»Ich überleg's mir. Nein, warte, ich muss ... vielleicht besser in der Woche danach.«
»Wir können doch nicht ewig so weitermachen.«
»Nein?«
»Nun, im Prinzip natürlich schon.« Sie lächelte. »Aber vielleicht können wir ja auch mal etwas gemeinsam unternehmen.«
»Was denn?«
»Ich weiß nicht. Irgendetwas Schönes. Wir könnten nach Zarskoje Selo fahren oder nach Peterhof.«
»Vielleicht«, sagte er unverbindlich. Dann hob er sie von sich herunter, stand auf und streckte sich. »Es ist schon spät, Dascha, ich muss los.« Er kehrte in die Kaserne zurück, und bevor er in sein Quartier ging, saß er noch ein wenig mit dem Dienst habenden Wachposten, Feldwebel Iwan Petrenko, bei einem Schluck Wodka und einer Zigarette zusammen.
»Glauben Sie, die Gerüchte stimmen, Leutnant? Wird es Krieg mit Hitler geben?«
»Ich fürchte, das lässt sich nicht mehr abwenden, Feldwebel.«
»Aber wie kann das sein? Das ist so, als würde England Krieg mit Frankreich beginnen. Deutschland und die Sowjetunion sind seit zwei Jahren Verbündete. Wir haben doch ein Abkommen.«
»Und wir haben Polen unter uns aufgeteilt, wie alte Freunde.« Alexander lächelte. »Vertrauen Sie Hitler, Petrenko?«
»Ich weiß es nicht. Aber ich kann nicht glauben, dass er dumm genug ist, uns anzugreifen.«
»Hoffen wir, dass Sie Recht haben«, sagte Alexander und drückte seine Zigarette aus. »Gute Nacht.«
Er wollte einfach nur schlafen, doch offenbar war das schon zu viel verlangt. Sowohl Marasow als auch Grinkow hatten Mädchen mitgebracht und waren unter der Bettdecke mit ihnen beschäftigt. Alexander wandte den Blick ab, legte sich auf sein Bett, zog die Decke über den Kopf und schloss die Augen.
»Alexander!«, rief da plötzlich eine durchdringende Frauenstimme. »Du Dreckskerl!«

Alexander seufzte tief auf, schob die Decke zurück und öffnete die Augen wieder. Das Mädchen, das eben noch bei Grinkow gewesen war, stand nun vor seinem Bett. Alexander hörte Grinkow kichern.
»Was habe ich denn jetzt wieder angestellt?«, fragte er mit müder Stimme. Sie war sichtlich betrunken, doch ihr leicht aufgedunsenes Gesicht kam ihm bekannt vor.
»Weißt du nicht mehr? Letzte Woche hast du zu mir gesagt, ich soll dich hier treffen. Drei Stunden habe ich vor dem verdammten Tor auf dich gewartet! Irgendwann habe ich's aufgegeben und bin in die Sadko-Bar gegangen, und was sehe ich da? Du amüsierst dich mit einem anderen Mädchen.«
Alexander stand nur ungern auf, doch er fürchtete, dass sie ihn jeden Augenblick ohrfeigen würde, und dabei wollte er nicht im Bett liegen. Er setzte sich auf den Bettrand. »Es tut mir wirklich Leid«, sagte er, obwohl er sich nur vage an sie erinnerte. »Ich wollte dir nicht wehtun.«
»Ach nein?«, rief sie viel zu laut. Grinkow lachte in sein Kissen hinein. Marasow und sein Mädchen waren anderweitig beschäftigt und interessierten sich nicht für den Vorfall. Und Alexander wollte nur seine Ruhe.
Er konnte sich nicht erinnern, wie sie hieß. Am liebsten hätte er ihr gesagt, sie solle verschwinden, doch er wollte sie vor all diesen Zeugen nicht noch mehr verstören. Also stand er auf, und sie ballte die Faust, um ihm ins Gesicht zu schlagen. Er packte sie am Handgelenk und schob sie kopfschüttelnd von sich. »Für so etwas bin ich wirklich nicht in der Stimmung.«
»Ihr seid doch alle gleich«, schimpfte sie. »Nichts als Frauenverächter und Hurenböcke seid ihr. Wir sind euch doch vollkommen egal.«
»Wir sind keine Frauenverächter«, erwiderte Alexander erstaunt. »Ich zumindest nicht. Aber …« Mein Gott, wie hieß sie bloß! »Wenn du uns Hurenböcke nennst, überleg mal, was du dann bist.«
Sie schnappte nach Luft.
»Hör zu«, sagte er. »Ich bin müde. Was willst du von mir?«

»Nur ein bisschen Respekt, Alexander. Sonst gar nichts. Ein bisschen Rücksicht.«
Alexander rieb sich die Augen. Das Ganze war wirklich lächerlich. »Hör zu, es tut mir Leid ...«
Sie fiel ihm ins Wort. »Du weißt ja nicht mal mehr meinen Namen!« Sie holte wieder zum Schlag aus, und diesmal hätte Alexander sie beinahe nicht daran gehindert. Doch dann griff er trotzdem nach ihrem Handgelenk. Er ließ sich nicht gern schlagen, von niemandem.
»Mir tut das arme Mädchen jetzt schon Leid, das sich mal in dich verliebt, du Dreckskerl!«, schrie sie. »Du wirst ihr das Herz brechen, du gefühlloser Klotz!«
Und damit rannte sie den Gang entlang, auf die Treppen zu. Alexander seufzte, dann rief er ihr hinterher: »Jetzt weiß ich es wieder – du heißt Elena!«
»Fahr zur Hölle«, schrie Elena und verschwand.
Na, das ist doch das richtige Abschiedswort für einen Soldaten, dachte Alexander und legte sich wieder ins Bett. Er sehnte sich nach einer Zigarette, nach einem ruhigen Ort, an dem er nur für kurze Zeit ganz allein sein und zur Ruhe kommen konnte, an dem er seinen verletzten Stolz pflegen und darüber nachdenken konnte, wie weit es mit ihm gekommen war seit Krasnodar, seit der jungen Larissa, die ihm kurz vor ihrem Tod noch etwas von ihrer Süße geschenkt hatte, und seit der Genossin Swetlana Wisselskaja, der Freundin seiner Mutter. Sie hatte damals zu ihm gesagt: Du hast unglaubliche Gaben, Alexander. Vergeude sie nicht. Und jetzt, dachte Alexander, konnte jeden Augenblick eines der Mädchen, die er so achtlos fallen gelassen hatte, mit einer Pistole in seinem Quartier auftauchen und ihn niederschießen. Und sein Grabstein würde die Inschrift tragen: »Hier ruht Alexander. Er konnte sich die Namen der Mädchen nicht merken, mit denen er schlief.«
Mit einem Gefühl des Abscheus vor sich selbst versuchte er einzuschlafen. Es war drei Uhr, am Morgen des 22. Juni 1941.

16

Die Bahnstrecke in den Sinjawino-Höhen, 1943

Alexander rief Uspenskij in sein Zelt. »Herr Leutnant, was ist denn in Feldwebel Werenkow gefahren?«
»Ich weiß nicht, was Sie meinen, Herr Hauptmann.«
»Nun, heute Morgen hat er mir nicht nur seine Ration Kaffee angeboten, sondern auch noch etwas von seinem Haferbrei.«
»Jawohl, Herr Hauptmann.«
»Warum bietet Werenkow mir seinen Haferbrei an, Herr Leutnant? Und warum offeriert mir Feldwebel Telikow seine Pariser? Was soll ich mit den Kondomen meines Feldwebels? Was geht hier eigentlich vor?«
»Nun, Sie sind der befehlshabende Offizier.«
»Ich habe aber nicht Befehl gegeben, mir Haferbrei oder Pariser anzubieten.«
»Die beiden wollten wahrscheinlich nur nett sein.«
»Und warum?«
»Das weiß ich nicht, Herr Hauptmann.«
»Ich werde die Wahrheit schon noch aus Ihnen herausbekommen, Leutnant.«

Das Lager war etwa einen Kilometer vom Ladogasee entfernt, und Alexander ging jeden Morgen zum See hinunter, um sich zu waschen. Im windstillen, lauen Frühsommer roch der See nach dem, was er war: ein Friedhof für unzählige sowjetische Soldaten.
Eines Morgens, als Alexander vom See zurückkam und am Messezelt vorbeiging, hörte er durch das Zelttuch Uspenskijs verschwörerische Stimme. Normalerweise wäre er einfach weitergegangen, doch dann hörte er seinen Namen und blieb stehen.
Uspenskij sprach mit Feldwebel Werenkow, einem jungen politischen Gefangenen, der vorher nicht beim Militär gewesen war, und mit Feldwebel Telikow, der seit zehn Jahren

beim Militär war und sich bis zum Feldwebel hochgearbeitet hatte. Eben sagte Uspenskij: »Halten Sie sich von unserem Kommandeur fern. Sprechen Sie ihn nicht direkt an, und sehen Sie ihm nicht in die Augen. Wenn Sie ihn etwas fragen wollen, fragen Sie mich. Und geben Sie das auch an Ihre Männer weiter. Es ist meine Aufgabe, Sie zu schützen.«
Alexander musste lächeln.
»Müssen wir denn beschützt werden?«, fragte Telikow. Er war ein vorsichtiger Mensch.
»Oh, ja«, sagte Uspenskij. »Glauben Sie mir, Sie müssen beschützt werden. Hauptmann Below mag sich ja wie ein ganz normaler Mensch verhalten, er mag auch vernünftig handeln und geduldig wirken. Aber wenn Sie sich nicht in Acht nehmen, bringt er Sie mit bloßen Händen um.«
Werenkow blieb skeptisch. »Hören Sie auf, das ist doch alles Blödsinn.«
Doch Uspenskij senkte die Stimme und fuhr unbeirrt fort: »Wissen Sie denn nicht, dass er einmal einem Reservesoldaten namens Dimitri Tschernenko den Arm abgerissen hat? Einfach abgerissen! Es war nur noch ein blutiger Stumpf übrig. Und das war noch nicht das Schlimmste. Der abgerissene Arm allein hätte ihn nicht umgebracht. Aber ein Schlag ins Gesicht, und er war halb tot. Ein einziger Schlag, Werenkow. Stellen Sie sich das mal vor.«
Alexander lachte in sich hinein. Wenn es nur so gewesen wäre! »Und weil Tschernenko immer noch nicht tot war, hat unser Kommandeur angeordnet, dass er an der finnischen Grenze exekutiert wird. Er selbst lag damals noch im Krankenhaus in Morozowo.«
»Sie nehmen uns doch auf den Arm.«
»Ich sage Ihnen, der fürchtet sich vor gar nichts. Nicht vor anderen Soldaten, auch nicht vor den Deutschen oder vor dem Tod, ja, nicht einmal vor dem NKGB. Und jetzt hören Sie mir genau zu, und erzählen Sie das niemandem ...« Uspenskijs Stimme war jetzt kaum mehr als ein Flüstern. »Als er in Morozowo im Gefängnis saß, ist ein Vernehmungsbeamter zu ihm gekommen ...«
»Warum saß er denn im Gefängnis?«

»Er war ein Doppelagent.«
»Jetzt hören Sie aber auf!«
»Es stimmt.«
»Und für wen war er Doppelagent?«
»Soviel ich weiß, für die Japaner. Aber das ist unwichtig. Passen Sie auf. Ein Vernehmungsbeamter kam zu ihm in die Zelle. Unser Kommandeur war unbewaffnet, man hatte ihm all seine Waffen abgenommen. Und wissen Sie, was dann passiert ist?«
»Er hat den Vernehmungsbeamten umgebracht?«
»Genau das hat er getan!«
»Aber wie?«
»Das weiß niemand.«
»Hat er ihn geschlagen?«
»Man hat keinerlei Spuren gefunden.«
»Vielleicht hat er ihn erwürgt?«
»Ich sagte doch, man hat keinerlei Spuren gefunden.«
»Aber wie denn dann? Mit Gift?«
»Mit gar nichts!«, flüsterte Uspenskij erregt. »Das ist es ja gerade! Niemand weiß, wie er es gemacht hat. Aber Sie sollten immer daran denken: Unser Kommandeur ist in der Lage, einen anderen Mann in einer winzigen Zelle zu töten, ohne alle Hilfsmittel, nur durch reine Willenskraft. Also halten Sie sich verdammt noch mal von ihm fern, sonst verspeist er Sie zum Frühstück.«
»Leutnant Uspenskij!« Alexander betrat das Zelt.
Uspenskij, Werenkow und Telikow sprangen auf. »Jawohl, Herr Hauptmann.«
»Herr Leutnant, hören Sie auf, unseren Feldwebeln Angst einzujagen. Ich schätze es nicht, dass Sie Lügen über mich verbreiten. Und nur der Vollständigkeit halber: Ich bin kein japanischer Doppelagent. Ist das klar?«
Sie schwiegen und sagten dann mit zitternden Stimmen: »Jawohl, Herr Hauptmann.«
»Und jetzt widmen Sie sich wieder Ihren Pflichten. Und zwar alle.«
Sie sahen ihn nicht an, als sie hastig das Zelt verließen. Und Alexander konnte sich ein Lächeln nur schwer verkneifen.

Nach einigen Wochen zeichnete sich ein Muster ab: Ob Alexander nun zwei oder drei Trupps zur Arbeit an der Bahnstrecke schickte, einen ganzen Zug, zwei Züge oder auch fünfzig Männer – sie kamen nicht zurück. Für die wenigen, die dennoch zurückkehrten, gab es nicht genug Verbandsmaterial, kein Antibiotikum, keine Blutkonserven, kein Morphium. Die Deutschen verbargen sich im Schutz der Sinjawino-Höhen und der Bäume, hatten jedoch offenbar uneingeschränkte Sicht auf die unterbrochene Bahnstrecke. Und dennoch: Auf irgendeine Weise mussten Vorräte nach Leningrad gebracht werden, also musste auch die Bahnstrecke auf irgendeine Weise repariert werden. Alexander blieb nichts anderes übrig, als immer wieder neue Männer auszuschicken. Es handelte sich immer wieder um dieselben fünf Kilometer; und ganz gleich, zu welcher Tageszeit und an welchem Punkt der Strecke Alexander seine Männer einsetzte, sie waren sofortigem Sperrfeuer von den Bergen her ausgesetzt. Es war Juni, und das Wetter war mild. Jeden Nachmittag ließ Alexander die Gefallenen von den Eisenbahnschienen holen und sie auf ein Feld jenseits des Pappelhains bringen. Dort wurden sie in Massengräber gelegt, die nicht einmal mehr zugeschüttet wurden. Einige Wochen zuvor hatten Bergarbeiter die Gräber ausgehoben, und noch waren sie nicht ganz mit Toten gefüllt. Das ganze Gebiet roch nach frischer Erde, frischem Wasser und frischem Tod. Nach Krieg.
Der 22. Juni 1943 kam und ging vorbei. Zwei Jahre war es her, dass der Krieg begonnen hatte. Zwei Jahre war es her, dass alles begonnen hatte.

Orbelis Kunstwerke, 1941

Um vier Uhr morgens wurde Alexander geweckt; er hatte kaum eine Stunde geschlafen. Es war ihm nur ein schwacher Trost, dass alle anderen ebenfalls geweckt und auf den Hof hinaus beordert wurden.
Es war der 22. Juni, Sommersonnenwende, der längste Tag des Jahres 1941. Ein Sonntag. Draußen war es bereits hell,

ein rosafarbener Morgen dämmerte. Oberst Michail Stepanow richtete das Wort an seine Garnison.
»Vor etwa einer Stunde hat Hitler unsere Schwarzmeerflotte vollkommen zerstört. Flugzeuge, Schiffe und Soldaten wurden vernichtet. Seine Truppen befinden sich jetzt auf sowjetischem Boden. Außerdem hat er unsere ukrainischen Grenzen vom nördlichen Preußen her angegriffen. Der Verteidigungsminister, Genosse Molotow, wird heute Mittag eine Erklärung abgeben. Wir befinden uns im Krieg.«
Ein Grollen erhob sich in den Reihen der verschlafenen Soldaten. Alexander stand schweigend da. Es überraschte ihn nicht; die Offiziere der Roten Armee sprachen schon lange von der Möglichkeit eines Krieges, und seit dem Winter mehrten sich Gerüchte über Hitlers Grenzbefestigungen. Doch sein erster Gedanke war: »Ein Krieg! Das gibt mir eine neue Möglichkeit zur Flucht.«
Alexander hielt sich mit Kaffee und Zigaretten wach, während er vier Stunden lang den Verteidigungsplänen lauschte. Schließlich erhielt er den Befehl, bis sechs Uhr abends in den Straßen von Leningrad zu patrouillieren. Um sechs sollte er in die Kaserne zurückkehren, um seinen Wachdienst anzutreten. Und so entfernte er sich um elf Uhr morgens dankbar von der Garnison.
Munteren Schrittes überquerte er den Heumarkt und ging den Newskij-Prospekt entlang, wo er einen Streit zwischen einer Frau und einem sehr viel größeren Mann schlichtete. Die Frau schlug den Mann mit ihrer Tasche und schrie ihn an. Es dauerte einige Minuten, bis Alexander begriff, dass sie so außer sich war, weil der Mann versucht hatte, sich vorzudrängeln. »Weiß er denn nicht, dass der Krieg begonnen hat? Was denkt der Genosse denn, was wir hier tun? Ich lasse ihn auf keinen Fall vor, und wenn die ganze Rote Armee anrückt.«
Alexander blickte den Mann mit hochgezogenen Augenbrauen an und sagte: »Sie hören ja, was sie sagt. Stellen Sie sich hinten an.«
Vor einem Lebensmittelladen musste er acht Frauen auseinander bringen, die sich ein Handgemenge lieferten. Einer der Frauen war eine Wurst aus der Tasche gefallen, und eine

andere hatte sie umgehend aufgehoben. Währenddessen hatte eine dritte Frau versucht, sich mit dem Mehl einer vierten davonzumachen. Doch Alexander versuchte sich nicht allzu lange in der Rolle König Salomons. Es zählte nicht zu seinen Stärken, mit acht aufgebrachten Frauen über eine Wurst zu diskutieren. Also ging er weiter, nur um gleich darauf den nächsten Streit vorzufinden. Diesmal ging es darum, wer als Erster in den Bus steigen durfte.

Alexander beschloss, den Newskij-Prospekt zu verlassen. Das war ja schlimmer als der Krieg selbst. Dort konnte man wenigstens die Waffe ziehen und den Feind erschießen. Er machte sich auf den Weg zum Dekabristenplatz, zum Standbild des Ehernen Reiters. Dort war es sehr viel ruhiger. Er blieb ein paar Minuten stehen, rauchte eine Zigarette und betrachtete das Standbild. Es war schon einige Wochen her, seit er das letzte Mal in der Bibliothek gewesen war, um nach seinem Buch zu sehen. Jetzt, da der Krieg begonnen hatte, war es sicherlich ratsam, das Buch zu holen und es bei sich zu behalten. Die Bibliotheken und Museen würden sich wohl für den Ernstfall rüsten und ihre wertvollen Exponate aus Leningrad fortbringen. Alexander rief sich ein paar Zeilen aus dem *Ehernen Reiter* in Erinnerung:

Und, nur vom Mondlicht blass umflossen,
Jagt er, der hoch die Rechte hebt,
Auf dröhnend galoppierndem Rosse,
Der Eh'rne Reiter selbst ihm nach.

Er musste darüber lächeln, dass er die Verse noch wusste, obwohl er sie seit Jahren nicht mehr gelesen hatte. Dann zündete er sich eine weitere Zigarette an und ging am Fluss entlang, vorbei am Admiralitätengarten, vorbei an der Palastbrücke, bis zur Eremitage. Dort sah er einen hoch gewachsenen Mann, der an der Brüstung lehnte und auf den Fluss hinab blickte. Der Mann zog eine Zigarette aus der Tasche und nickte Alexander mit ernstem Gesicht zu. Alexander erwiderte den Gruß und verlangsamte seine Schritte. »Haben Sie Feuer?«, fragte der Fremde.

Alexander blieb stehen und zückte sein Feuerzeug. »Ich habe meine Streichhölzer drinnen liegen lassen«, erklärte der Mann. »Vielen Dank.«
»Gern geschehen«, sagte Alexander.
Der andere reichte ihm die Hand. »Joseph Abgarowitsch Orbeli«, stellte er sich vor und strich sich etwas Asche aus dem langen, struppigen, bereits ergrauenden Bart.
»Hauptmann Alexander Below.« Sie schüttelten sich die Hand.
»Ach«, sagte Orbeli, den Blick wieder auf den Fluss gerichtet. »Stimmt es denn tatsächlich, Herr Hauptmann? Hat der Krieg begonnen?«
»Es stimmt, Bürger. Wie haben Sie davon erfahren?«
Orbeli deutete auf die Eremitage, ohne sich umzudrehen. »Bei der Arbeit. Ich bin der Kurator. Sagen Sie mir einmal ganz ehrlich: Was glauben Sie? Werden die Deutschen Leningrad einnehmen?«
»Warum sollten sie nicht?«, erwiderte Alexander. »Sie haben die Tschechoslowakei eingenommen, Österreich, Frankreich, Belgien, Holland, Dänemark, Norwegen, Polen. Europa ist in Hitlers Hand. Wo soll er sonst noch hin? Nach England kann er nicht, er fürchtet sich vor Wasser. Also muss er hierher kommen. Das hat er doch von Anfang an vorgehabt. Und er wird auch Leningrad einnehmen.« Mit Hilfe der Finnen, wollte er noch hinzusetzen, doch dann unterließ er es. Der Kurator blickte schon jetzt völlig verstört drein.
»Oh, *bosche moi*«, rief Orbeli aus. »Oh, *koschmar*. Was wird nur geschehen? Was wird aus meiner Eremitage? Sie werden uns bombardieren, wie sie es damals in London getan haben, nichts wird übrig bleiben von unserer Stadt, unseren Türmen, unseren Kirchen, unseren Nationaldenkmälern. Von unserer Kunst wird nichts übrig bleiben.« Die Stimme versagte ihm.
»St. Paul's Cathedral steht noch«, sagte Alexander, um ihn zu trösten. »Und auch die Westminster Abbey, Big Ben und die London Bridge. Die Deutschen haben die Nationaldenkmäler der Briten nicht zerstören können. Allerdings sind vierzigtausend Londoner ums Leben gekommen.«

»Ja, ja.« Orbeli winkte ungeduldig ab. »Menschen sterben ja immer im Krieg. Aber was wird aus meinen Kunstschätzen?«
Alexander trat einen Schritt zurück. »Nun, die Isaaks-Kathedrale und den Ehernen Reiter werden wir wohl kaum evakuieren können. Aber die Menschen werden wir evakuieren. Und Ihre Kunstschätze ebenfalls.«
»Aber wohin sollen wir sie bloß bringen?«, rief Orbeli mit schriller Stimme. »Wer kümmert sich um sie? Wo sind sie in Sicherheit?«
»Die Kunstschätze werden schon selbst auf sich aufpassen«, sagte Alexander. »Bringen Sie sie einfach irgendwo hin, das spielt keine Rolle. Sie sind überall sicherer als in Leningrad.«
»Meinen Tamerlan? Die Rembrandts, Renoirs und Fabergés? All meine unschätzbaren Kostbarkeiten soll ich einfach so im Stich lassen?«
Alexander tippte sich leicht an die Mütze. »Sie werden einen sicheren Ort finden. Und irgendwann ist der Krieg auch wieder vorbei. Guten Tag, Bürger.«
»An diesem Tag ist absolut nichts Gutes«, murmelte Orbeli vor sich hin. Dann wandte er sich ab und ging über die Straße zu seinem Museum zurück.
Belustigt ging Alexander weiter am Newa-Ufer entlang, vorbei am Winterpalast und am Moika-Kanal. Es war Sonntagnachmittag, und hier am Flussufer war alles ruhig, ganz anders als das wilde Durcheinander am Newskij-Prospekt, wo die Menschen in den Geschäften bis auf die Straße hinaus anstanden und es ein einziges Gedränge und Geschimpfe war. Hier war kaum jemand unterwegs, und Alexander fühlte sich sehr viel wohler. Er ging, das Gewehr über der Schulter, am Sommergarten vorbei und weiter in Richtung des Smolnij-Klosters.
An der Ecke der Ulitza Saltykow-Schedrin blieb er einen Augenblick stehen. Ein paar Blocks entfernt, rechts vom Fluss, erstreckte sich gleich an der Straße der malerische Taurische Garten. Alexander ging im Sommer gern dort entlang, das vermittelte ihm ein Gefühl der Ruhe. Aber am Smolnij-Kloster gab es möglicherweise Probleme, Menschenmengen, die außer Rand und Band gerieten. Wohin sollte er sich wenden?

Sollte er direkt zum Smolnij-Kloster gehen und anschließend noch einen Abstecher zum Taurischen Garten machen, oder sollte er am Park entlanggehen und dann zum Kloster abbiegen?
Er zündete sich eine Zigarette an und warf einen kurzen Blick auf die Uhr. Ihm blieb noch Zeit genug. Wozu die Eile? Die Menschenmengen würden in einer halben Stunde noch genauso außer sich sein wie in einer Viertelstunde. Er war allein und konnte schließlich nicht überall gleichzeitig sein. Also wandte er sich nach rechts und ging die Ulitzka Saltykow-Schedrin hinunter.
Die Straße lag verlassen da, und die Bäume wiegten sich im Sommerwind. Alexander dachte an Barrington, an die Wälder dort. Teddy und er hatten oft im Wald gelegen und dem Rauschen der Bäume über ihren Köpfen gelauscht. Er liebte dieses Geräusch.
Doch plötzlich hörte er etwas anderes: ein leises Singen. Es war nur undeutlich zu hören. Alexander blickte die Straße entlang, sah aber niemanden.
Dann schaute er hinüber auf die andere Straßenseite und sah dort ein Mädchen auf einer Bank sitzen.
Zuerst bemerkte er das lange, sehr hellblonde Haar, das ihr ins Gesicht fiel, dann sah er das weiße Kleid mit den roten Rosen darauf. Unter dem grünen Blätterdach der Bäume war sie wie ein heller Punkt dort auf der Bank, mit ihrem goldenen Haar, dem weißen Kleid, den blutroten Rosen. Sie aß ein Eis und sang leise vor sich hin, während sie immer wieder an der Waffel leckte. Alexander kannte das Lied. »Bald sehen wir uns in Lwow, mein Schatz und ich« – es war ein beliebtes Lied, das gerade jeder sang. Sie summte vor sich hin, leckte ihr Eis, ließ die nackten Beine baumeln – ihre Füße steckten in roten Sandalen – und strich sich dabei das Haar aus dem Gesicht. Sie schien nichts um sich her wahrzunehmen, weder Alexander, der wie vom Donner gerührt auf der anderen Straßenseite stand und zu ihr herübersah, noch den Krieg, die Welt oder all die anderen Dinge, die den Leningradern an diesem Sonntag wichtig schienen. Sie war ganz bei sich in diesem Augenblick, mit ihrem glänzenden Haar, ih-

rem schönen Kleid, ihrem Eis und ihrer leisen Stimme. Sie befand sich an einem Ort, den Alexander nicht kannte, trieb träge dahin auf einem Meer der Ruhe. Und er konnte sich nicht mehr von der Stelle rühren.

Bis heute konnte er sich nicht von dieser Stelle rühren, an der er sie zum ersten Mal gesehen hatte. Dort stand er immer noch, in der Gewissheit, dass sein Leben anders verlaufen wäre, wenn er geradeaus weitergegangen und nicht rechts abgebogen wäre. Auch nachdem er sie erblickt hatte, hätte er noch weitergehen können, hätte vorausschauend sein und die Straße nicht überqueren können. Er hätte sie einfach nur betrachten und dann weitergehen können – oder etwa nicht?

Doch Alexander wusste nichts an diesem sonnenerfüllten Sonntag, er dachte nichts, malte sich nichts aus. Er vergaß Dimitri, den Krieg, die Sowjetunion, die Fluchtpläne, ja selbst Amerika, und er überquerte die Straße, um zu Tatiana Metanowa zu gelangen.

Später sah er, wie sich ihre Hände bewegten, wenn sie redete. Ihre Finger waren schlank und wohlgeformt, die Nägel makellos gepflegt. Er fragte sie, warum sie sie so sauber halte, und sie erwiderte, sie habe einmal ein Mädchen mit schmutzigen Fingernägeln gekannt. Mit diesem Mädchen habe es nichts als Schwierigkeiten gegeben, und das habe sich ihr eingeprägt.

»Glaubst du, das lag an den schmutzigen Fingernägeln?«

»Davon bin ich überzeugt.«

Alexander sehnte sich danach, von ihren makellosen Händen berührt zu werden.

»Wo wohnst du, Tania?«

»Am Fünften Sowjet. Weißt du, wo das ist?«

Er war in dieser Gegend bereits Patrouille gegangen. »Am Grecheskij-Prospekt, ganz in der Nähe einer Kirche?«

»Stimmt, auf der anderen Straßenseite ist eine Kirche«, bestätigte sie.

»Allerdings ist ›Kirche‹ eigentlich nicht das richtige Wort für dieses Bauwerk. Dort werden doch nur Dokumente aufbewahrt.«

Sie musste lachen. »Tja«, rief sie übermütig. »Es ist eben eine sowjetische Kirche.«

Die kurze Zeit, die er an diesem Sonntag mit ihr verbracht hatte, war so schnell vergangen.

Alle Zeit, die er mit ihr verbracht hatte, war viel zu schnell vergangen, begrenzt vom Krieg, von seinen Eltern, seinem falschen Namen, von der Macht, die Dimitri über sein Leben besaß, und von Dascha. Slonko und Nikolai Uspenskij umzingelten ihn, die Sowjetunion griff ihn von allen Seiten an. Er musste lernen, weiterzuleben, sich nicht zu erinnern, dem endlosen, donnernden Nachhall dieser hundert Minuten allein mit ihr nicht mehr zu lauschen. Eine Busfahrt mit ihr, und er hatte sie ganz für sich allein, saß auf dem Platz neben ihr, ging mit ihr über das Marsfeld. Ein Blick auf das, was möglich war, ein Herz, das plötzlich lichterloh in Flammen stand. Und was war das Ergebnis? Die Ewigkeit in der Sowjetunion. Wo hätten sie sich verstecken können? Wohin hätten sie fliehen sollen?

Jener Sonntag kam und ging vorbei.

Das Marsfeld, der Juni, der Tod, das Leben, die weißen Nächte, Dascha, Dimitri, all das kam ... und ging vorbei.

Doch Alexander stand immer noch auf jener Straße, in der Sonne, und sah sie dort unter den Ulmen sitzen, sein Schicksal, in einem weißen Kleid mit roten Rosen, sah sie mit roten Lippen ihr Eis lecken, hörte sie vor sich hin singen. Sie gehörte ihm, ihm allein, hundert Minuten lang, einen Wimpernschlag lang. Dann war sie verschwunden. Das alles war geschehen, doch nun war es vorbei, der Sturm hatte es fortgeweht und nur eine helle Leere zurückgelassen. Und doch stand er immer noch auf jenem Fleck, gebannt auf jene Straße, und hielt sein weinendes Herz in Händen.

Paschas Verschwinden, 1941

Pascha, ihr Zwillingsbruder, war verschwunden. Anfangs schien alles in Ordnung zu sein. Er war in ein Sommerlager aufgebrochen. Doch dann hatte die Luftwaffe das Sommerlager unter Beschuss genommen, und die Rote Armee hatte die jungen Männer dort gezwungen, sich den Panzern entgegenzustellen. Und dann war Pascha verschwunden. Tatiana weigerte sich, das hinzunehmen, und fuhr nach Luga, um ihn zu suchen, obwohl Hitlers Truppen bereits am anderen Ufer des Flusses standen. Sie konnte nicht anders. Und Alexander brach auf, um sie zurückzuholen, weil auch er nicht anders konnte.

Ein weiterer Augenblick, in dem sie beinahe nur ihm gehörte. Als sie dort gemeinsam in seinem Zelt lagen, wollten beide an keinem anderen Ort der Welt mehr sein, und sie wussten es beide. Und das, obwohl Hitlers Truppen nur wenige hundert Meter entfernt standen, obwohl Tania sich die Rippen und das Bein gebrochen und allen Mut verloren, obwohl sie Pascha verloren hatte.

Er hörte ihr keuchendes Schluchzen. »Wir müssen ihn finden, Shura.«

»Ach, Tania.«

»Wir müssen. Ich kann nicht nach Hause zurück, solange ich ihn nicht gefunden habe. Ich kann doch nicht so versagen. Bitte. Du weißt nichts von meiner Familie. Du weißt nichts von mir.«

»Doch, Tania. Du und die anderen, ihr müsst lernen, mit dem zu leben, was euch bleibt.«

»Sag so etwas nicht. Ich kann nicht ohne ihn leben.«

Alexander brachte die Worte kaum heraus. »Es tut mir Leid, Tania.«

»Ich kann nicht, verstehst du? Er ist mein Bruder, begreifst du das denn nicht? Was, wenn er irgendwo auf mich wartet, und ich komme nicht? Wer soll ihn vor dem Feind retten, wenn nicht seine Familie? Wer? Ach, Alexander, was, wenn er sich fragt, wo ich so lange bleibe, warum ich nicht komme? Warum ich nicht zu ihm komme?«

»Warum sollte er sich das denn fragen?«

»Weil er weiß, wie ich bin. Ich würde ihn nie im Stich lassen, ich kann ihn nicht im Stich lassen.«

Alexander schwieg. Was für ein Glück Pascha hatte, jemanden wie Tatiana zu besitzen. »Tania, von ihm fehlt jede Spur.

Zwischen dir und Pascha stehen zwei Millionen deutsche Soldaten. Du kannst dich kaum bewegen, geschweige denn laufen. Du bist verletzt, du kannst ihm nicht mehr helfen. Lass ihn. Lass ihn mit Gott gehen.«

Und am nächsten Tag, im Wald, im Bombenhagel, als er sie mit seinem Körper schützte, konnte er es nicht mehr ertragen, konnte sich nicht mehr zurückhalten. Alexander küsste Tatiana. Sie hätten sterben können, dort im Wald, und wenn er daran dachte, was ihnen bevorstand, wünschte er sich das beinahe. Verzweiflung, Betrug, Dascha, Dimitri, Hitler, Stalin, nichts als Krieg um sie her. Er wünschte sich, für immer jung zu sein, in diesem Augenblick, unter den brennenden Bäumen.

Doch er starb nicht. Er brachte Tatiana zurück zu ihrer gequälten Familie.

Pascha wurde nie gefunden. Wochen später erhielten sie die Nachricht, dass er in einem brennenden Zug ums Leben gekommen sei. Sein Vater erholte sich nicht mehr davon, er ertränkte seine Trauer im Alkohol, bis auch von ihm nichts mehr übrig war. Pascha war sein einziger Sohn gewesen. Alexander dachte zum wiederholten Male voller Dankbarkeit daran, dass er seinen eigenen Vater im Gefängnis besucht hatte. Auch er war ein einziger Sohn gewesen. Wusste er noch, wie es war, einen Vater zu haben, eine Mutter, die sich abends über ihn beugten, ihn küssten, weinten?

Er wusste es nicht mehr.

Tatiana war für ihn die Chance, die er nicht ergriffen hatte, der Augenblick, der ihm für immer entglitten war. Er konnte seine Gefühle für sie nicht unterdrücken, und doch schien sie für ein anderes Leben bestimmt zu sein, für eine andere Zeit, einen anderen Mann.

Auch sie wollte mehr von Alexander. Doch er besaß nicht mehr. Er besaß nichts.

17

Weihnachten in New York, 1943

Tatiana und Anthony sollten den Heiligen Abend bei Vikki und ihren Großeltern verbringen. Als sie ankamen, fand Tatiana dort zu ihrer Überraschung auch Edward vor.
»Warum hast du ihn denn eingeladen?«, flüsterte sie Vikki in der Küche zu.
»Er möchte auch Weihnachten feiern, Tania.«
Tatiana saß neben Edward auf dem Sofa, nippte an einem Getränk, das sich »Eggnog« nannte, und hielt den sechs Monate alten Anthony auf dem Schoß, der auch einen Schluck Eggnog haben wollte. Edward erzählte ihr, dass seine Frau ihn vor vier Tagen vor die Tür gesetzt hatte. Offenbar konnte sie es nicht mehr ertragen, dass er so viel arbeitete und so wenig Zeit mit ihr verbrachte.
»Verstehe ich das richtig?«, fragte Tatiana. »Sie verbringen nicht genug Zeit mit ihr, und deshalb wirft sie Sie aus dem Haus?«
»Ganz genau.«
»Aber«, sagte Tatiana zögernd, »dann verbringen Sie doch noch weniger Zeit mit ihr.«
Edward musste lachen. »Ich glaube, sie mag mich einfach nicht besonders, Tania.«
»Das ist allerdings eine schlechte Voraussetzung für eine Ehe«, bemerkte Tatiana.
Vikki brachte ihnen ein paar Kekse mit Honig und betrachtete sie dabei mit so selbstzufriedener Miene, dass Tatiana sie später leise eine echte Unruhestifterin nannte.
Aus dem Radio erklang sanfte Weihnachtsmusik, es duftete nach Ingwer, nach Apfelkuchen und Pastasauce mit Knoblauch, und die Burgundertöne der Wohnung trugen ein Übriges zur festlichen Atmosphäre bei. Vikki trug ein braunes Samtkleid, das hervorragend zu ihrem samtigen braunen Haar und den samtigen braunen Augen passte, und Isabella

und Travis setzten ihren Gästen ein Mahl vor, das den Krieg vergessen ließ. Die Gespräche flossen so leicht dahin wie der Wein.

Später saß Tatiana im Schlafzimmer und stillte ihren Sohn. Die ganze Wohnung war erfüllt vom fröhlichen Lärm weihnachtlicher Geselligkeit, doch in diesem Zimmer war es ruhig, warm und dunkel. Sie schloss die Augen und wiegte sich leicht hin und her.

Sie fand keinen wahren Trost an diesem Weihnachtsabend, weder in der Christmette noch beim festlichen Abendessen, weder im Gebet noch im Schlaf, weder bei Vikki noch auf Ellis Island. Während sie ihren Sohn stillte, tropften salzige Tränen auf sein Gesicht herab. Sie machte sich nicht die Mühe, sie wegzuwischen, und aus ihren Tränen und ihrem Herzen drang nur ein Wort: Alexander.

Ellis Island war an den Weihnachtstagen ein unwirtlicher Ort – warum nur wirkte gerade das so beruhigend auf Tatiana? Sie spürte, dass nicht nur ihr Sohn, sondern auch die Verwundeten sie brauchten. Sie fütterte die Soldaten in ihren weißen Betten und raunte ihnen zu, dass sie an ihre Kameraden denken sollten, die kein Bett hatten und denen kein Trost zuteil wurde. »Natürlich nicht, Schwester Tania. Die werden ja auch nicht von Ihnen versorgt«, sagte ein verwundeter deutscher Kampfpilot. Er hieß Paul Schmidt und sprach Englisch mit starkem Akzent. Er war über dem Nordkanal im Einsatz gewesen, hatte die Tankschiffe bombardiert, die Nahrung und Waffen über die Nordsee bringen sollten. Man hatte ihn gerettet, nachdem sein Flugzeug über dem Meer abgeschossen worden war. Auf dem Weg in die USA hatte man ihm beide Beine amputieren müssen, und nun sollte er wieder zu Kräften kommen, damit er nach Hause zurückkehren konnte. Doch er erzählte Tatiana, dass er gar nicht nach Hause wollte. »Wenn ich noch beide Beine hätte, würden die Amerikaner mich doch für die Kriegsarbeit einsetzen, oder? Mit den Kameraden machen sie es doch genau so.«

»Vielleicht tun sie das ja trotzdem. Sie könnten beispielsweise Kühe melken.«

»Am liebsten«, sagte er lächelnd, »würde ich ein nettes amerikanisches Mädchen heiraten, damit ich nicht zurück muss.«
Tatiana erwiderte sein Lächeln. »Da sollten Sie eine der anderen Schwestern fragen«, sagte sie. »Ich bin keine Amerikanerin.«
»Das macht nichts.« Er betrachtete sie weiterhin mit unverhohlenem Interesse.
»Was würde denn Ihre Frau daheim dazu sagen, wenn Sie noch einmal heiraten?«
»Wir brauchen es ihr ja nicht zu erzählen.« Er grinste.
Tatiana erzählte ihm ein wenig von sich. Es fiel ihr leicht, den deutschen und italienischen Soldaten von ihrem alten Leben zu erzählen, viel leichter, als mit Vikki oder Edward darüber zu reden. Ihnen konnte sie nicht vermitteln, wie sie ihr Leben bisher verbracht hatte, konnte ihnen den Schnee von Leningrad und den Fluss von Lazarewo nicht nahe bringen. Doch die heimatlosen, sterbenden Männer verstanden sie, kannten sie.
»Ich bin froh, dass ich nicht mehr an der Ostfront bin«, sagte Paul Schmidt.
Ich nicht, wollte Tatiana sagen. Als ich noch an der Ostfront war, hatte mein Leben wenigstens einen Sinn. »Aber Sie wurden doch gar nicht an der Ostfront verwundet«, sagte sie schließlich. Mit gesenktem Kopf fuhr sie fort, ihn zu füttern, und hielt den Blick unverwandt auf den Metalllöffel und den weiß lasierten Teller gerichtet. Sie konzentrierte sich auf den Duft der Hühnerbrühe, auf das Gefühl des weißen, gestärkten Leinenstoffs an ihren Armen, auf seine Wolldecke, auf die leichte Kühle im Krankenzimmer. Sie versuchte, die Gedanken an die Ostfront wegzuschieben. *Sie füttert ihren Mann ... führt den Löffel an seine Lippen ... schläft auf einem Stuhl an seinem Bett ... entfernt sich von seinem Bett, dreht sich noch einmal um ...* Nein. NEIN.
»Sie können sich nicht vorstellen, was die Sowjets uns antun«, sagte er eindringlich.
»Doch, ich kann es mir vorstellen, Paul«, erwiderte Tatiana. »Im letzten Jahr habe ich als Krankenschwester in Leningrad

gearbeitet. Und vorher habe ich selbst erlebt, was ihr Deutschen unseren sowjetischen Soldaten angetan habt.«
Er schüttelte so heftig den Kopf, dass ihm ein wenig Brühe aus dem Mund lief und an seinem Kinn herunterrann. Tatiana wischte sie weg und führte ihm einen weiteren Löffel an die Lippen.
»Die Sowjets werden diesen Krieg gewinnen«, sagte er leiser. »Und wissen Sie, warum?«
»Nein.«
»Weil ihnen das Leben ihrer Männer absolut nichts wert ist.«
Beide schwiegen einen Augenblick.
»Ist denn Ihr Leben Hitler etwas wert?«, fragte Tatiana.
»Immerhin mehr, als es Stalin wert wäre. Hitler veranlasst, dass man uns gesund pflegt, um uns dann an die Front zurückzuschicken. Stalin ist das vollkommen egal. Er lässt die Männer sterben und schickt dann die Dreizehn- und Vierzehnjährigen an die Front. Und die sterben ebenfalls.«
»Bald ist niemand mehr übrig, den er an die Front schicken kann«, sagte Tatiana.
»Aber vorher wird er den Krieg gewinnen.«
Tatiana wurde zu einem anderen Verwundeten gerufen. Doch nach einiger Zeit kam sie zurück, brachte Paul ein Tablett mit ein paar Weihnachtsplätzchen und schenkte ihm Tee mit Milch ein.
»Sie irren sich übrigens«, sagte er zu ihr. »Ich bin auch in Russland verwundet worden, man hat mich über der Ukraine abgeschossen. Das hätte mich fast das Leben gekostet.«
Er hielt inne, von der Erinnerung überwältigt.
»Ich verstehe«, sagte Tatiana.
»Als ich wieder gesund war, hat man mich in den Nordkanal geschickt – da sollte es weniger gefährlich sein. Ein Witz! Mein Kommandeur war der Ansicht, ich hätte nicht mehr genug Biss. Aber wissen Sie was? Als ich über der Ukraine abgeschossen wurde, bin ich ein paar sowjetischen Partisanen in die Hände gefallen, und die haben mich am Leben gelassen. Sie hatten Mitleid mit mir. Ich weiß auch nicht warum, vielleicht weil es letztes Jahr an Weihnachten war.«

»Ich glaube nicht, dass man Sie wegen Weihnachten verschont hat«, sagte Tatiana sanft. »In der Sowjetunion ist Weihnachten ein Tag wie jeder andere.«
Er warf ihr einen Blick zu. »Sind Sie deswegen heute hier? Weil Ihnen die Feiertage nichts bedeuten?«
Sie schüttelte den Kopf. Sie wollte sich bekreuzigen, um Kraft zu schöpfen, doch sie tat es nicht. Sie wollte weinen, doch sie tat es nicht. Sie wollte stark sein, unerschütterlich, wie ein Fels, wie Alexander. Doch es gelang ihr nicht. »Ich bin hier«, sagte sie, »weil es die Verwundeten glücklich macht, wenn sie fern der Heimat nicht ganz allein sind.« Ihre Stimme zitterte. »Ich bin hier, weil ich hoffe … wenn ich Ihnen etwas Gutes tue, wenn ich Ihnen ein wenig Trost spende, dann tröstet vielleicht irgendwo, an irgendeinem Ort, jemand meinen …« Eine kleine Träne rann aus ihrem Augenwinkel.
Paul sah sie überrascht an. »Glauben Sie wirklich, dass das so funktioniert?«
»Ich weiß nicht, wie es funktioniert«, sagte Tatiana.
»Ist er an der Ostfront?«
»Ich weiß nicht, wo er ist«, sagte sie. Sie konnte die Sterbeurkunde in dem schwarzen Rucksack in ihrem Zimmer nicht in Worte fassen.
»Na, dann sollten Sie lieber beten, dass er nicht an der Ostfront ist. Dort überlebt er keine Woche.«
»Nein?« Offenbar zeigte sich ihre Mutlosigkeit nun auch in ihrem bleichen Gesicht, denn Paul tätschelte ihre Hand und sagte: »Ach, machen Sie sich nicht so viele Sorgen, Schwester Tania. Egal, wo er ist, hier oder im Jenseits – er wünscht sich bestimmt nur eines.«
»Was denn?«, flüsterte sie.
»Dass Sie in Sicherheit sind«, erwiderte Paul.

Weihnachten in New York, im Krieg. Im Jahr zuvor hatte Tatiana den Silvesterabend mit Dr. Matthew Sayers im Grecheskij-Krankenhaus verbracht, zusammen mit den sowjetischen Krankenschwestern. Sie hatten Wodka getrunken und das Glas an die Patienten weitergereicht, die bei Bewusstsein und kräftig genug waren. Tatiana hatte nur daran gedacht, dass sie bald an die Front fahren und Alexander treffen würde. Fünf Tage später wollten sie aufbrechen. Alexander wusste noch nichts davon, doch sie war fest entschlossen, irgendeine Möglichkeit zu finden, um mit ihrem Mann die Sowjetunion zu verlassen. Leningrad lag im Dunkeln, die Stadt war ein einziges Trümmerfeld. Am Silvesterabend wurde Pulkowo von deutschen Granaten getroffen, am Neujahrsmorgen bombardierten deutsche Flugzeuge die Stadt. Vier Tage später hatte Tatiana die Stadt in Dr. Sayers' Rotkreuz-Jeep verlassen und sich gefragt: Ob ich Leningrad wohl jemals wiedersehe?

Heute schien es so, als würde sie es tatsächlich niemals wiedersehen.

Doch sie sah New York zur Weihnachtszeit. Sie sah Little Italy, ein wahres Meer aus blinkenden, roten und grünen Lichtchen, sie sah die weißen Lichter in der 57. Straße, das Empire State Building mit seiner rot-grünen Spitze und den Weihnachtsbaum im Rockefeller Center. Die Lichter der hohen Gebäude erstrahlten für eine Stunde, weil Weihnachten war, und wurden anschließend wieder den Kriegsvorschriften entsprechend verdunkelt.

Tatiana stapfte durch die Kälte und den Schnee und schob Anthony in seinem Kinderwagen vor sich her. Um sie herum lärmten und liefen unzählige Menschen mit Einkaufstüten. Doch sie hatte keine Einkaufstüten, kaufte keine Geschenke. Sie durchstreifte das verschneite, lebhafte New York der Kriegsjahre und dachte daran, dass Alexander zehn Dezember seines Lebens in Boston verbracht hatte. Zehn Dezember voller Weihnachtslieder, bunter Päckchen, klingelnder Glöckchen und glitzernder Tannenbäume und einem Schild über einem der Cafés, auf dem in großen Lettern stand: »JESUS IST DER GRUND.«

Das alles hatte er erlebt, seine Eltern hatten ihm Geschenke gemacht, und am Weihnachtsmorgen hatte ihn der Weihnachtsmann besucht. Also ging Tatiana nun in einen Spielzeugladen und kaufte Anthony im Auftrag des Weihnachtsmanns eine Eisenbahn. Er war noch zu klein dafür, doch er würde schon hineinwachsen.

Bei Bergdoff, an der Ecke 58. Straße/Fifth Avenue, sah Tatiana ein paar wunderschöne Weihnachtsdecken im Schaufenster, und weil sie fror und an Alexander dachte, betrat sie das Geschäft und fragte nach dem Preis. Die Decken waren aus reinem Kaschmir und kosteten unsägliche hundert Dollar das Stück. Die Verkäuferin schien das Gespräch als beendet zu betrachten, nahm Tatiana die Decke aus der Hand und wandte sich ab.

»Ich nehme sie«, sagte Tatiana und zückte ihre Geldbörse. »Ich hätte gern drei. Welche Farben haben Sie im Angebot?«

In dieser Nacht schliefen Mutter und Sohn auf Ellis Island unter zwei Kaschmirdecken. Die dritte hob sie für Anthonys Vater auf.

New York zur Weihnachtszeit. Es gab Schinken und Käse, Milch und Schokolade und ein kleines Steak für jeden, und die Frauen liefen geschäftig umher, um die letzten Geschenke für ihre Kinder zu kaufen. Und die Männer kehrten zur Weihnachtszeit aus dem Krieg zurück.

Vikkis Mann blieb fort, denn er hatte sich von ihr scheiden lassen. Und auch Tatianas Mann blieb fort, denn sie hatte ihn verloren. Doch andere Männer kehrten heim.

Die Weihnachtsbäume erstrahlten in weißem Licht, und selbst auf Ellis Island schmückten die Schwestern einen Baum für die deutschen und italienischen Soldaten. Doch alle weigerten sich, an den Weihnachtstagen zu arbeiten, nicht für den doppelten oder den dreifachen Lohn, noch nicht einmal für eine Woche zusätzlichen Urlaub. Nur Tatiana arbeitete, für den dreifachen Lohn und eine Woche zusätzlichen Urlaub.

New York zur Weihnachtszeit.

Als sie Anthony im Kinderwagen die Mulberry Street in Little Italy entlangschob, auf dem Weg zu Vikkis Wohnung, sang Tatiana leise ein Lied vor sich hin, das sie im Krankenhaus im Radio gehört hatte.

Es führt ein langer, langer Weg
Bis ins Land meiner Träume,
Dort singt die Nachtigall,
Und der weiße Mond erstrahlt.

Eine lange Nacht des Wartens,
Bis mein Traum sich erfüllt
Und der Tag kommt, wenn ich ihn gehe,
Den langen, langen Weg, mit dir.

18

Alexander und die Deutschen, 1943

In Sinjawino starben weiterhin die sowjetischen Männer, und die Deutschen hielten sich in den Hügeln verschanzt. So viele Männer Alexander auch aussandte, sie starben alle. Doch Oberstleutnant Murawjew, der das Strafbataillon und noch einige andere Bataillone kommandierte, wollte keine Klagen hören. »Dies ist ein Strafbataillon«, sagte er. »Wissen Sie, was das bedeutet, Hauptmann Below?«
»Das weiß ich durchaus. Aber eines möchte ich Sie fragen. Ich war schon immer schlecht im Kopfrechnen. Wenn ich pro Tag dreißig Männer verliere, wie viele Tage wird es dann dauern, bis ich alle zweihundert Männer verloren habe?«
»Das kann ich Ihnen sagen«, erwiderte Murawjew. »Sechs Tage!«
»Richtig. Nicht einmal eine Woche. Die Deutschen liegen mit ihren dreitausend Mann in den Bergen, und wir haben kaum noch Männer übrig.«
»Machen Sie sich keine Gedanken. Sie bekommen weitere Männer, die Sie auf die Eisenbahnstrecke schicken können. Es kommen immer neue.«
»Das ist also unser Plan? Wir wollen zulassen, dass die Deutschen unsere Männer für ihre Zielübungen verbrauchen?«
Murawjew kniff die Augen zusammen. »Man hat mich schon vor Ihnen gewarnt. Sie sind ein Unruhestifter. Sie sollten immer daran denken, dass Sie ein Strafbataillon kommandieren. Die Sicherheit Ihrer Männer liegt nicht in meiner Verantwortung. Reparieren Sie einfach nur die Bahnstrecke, und halten Sie den Mund.«

Alexander ging, ohne vor Murawjew zu salutieren. Ganz offensichtlich musste er die Sache selbst in die Hand nehmen. Wenn man ihn nur tun lassen würde, was er für richtig hielt. Warum sollte sich Murawjew auch für seine Männer interessieren? Schließlich waren sie ja allesamt Verbrecher, und ihre Missetaten bestanden zum Beispiel darin, dass ihre Eltern einer Gruppe von Musikern angehört hatten, die Kontakt zu anderen Musikern in Frankreich pflegten – mochte die Gruppe auch längst aufgelöst und die Eltern längst tot sein. Andere waren in Kirchen aufgegriffen worden, bevor die *Prawda* Ende des letzten Jahres Stalin mit den Worten zitiert hatte, auch er glaube »an eine Art Gott«. Wieder andere hatten nichts ahnend jemandem die Hand geschüttelt, der bald darauf verhaftet wurde, oder neben jemandem gewohnt, der bereits verhaftet worden war. »Zu denen gehöre ich«, erklärte Uspenskij. »Ich hatte das Pech, das Bett neben Ihnen zu haben, Herr Hauptmann.« Alexander lächelte. Sie waren auf dem Weg zum Waffenlager. Alexander hatte Uspenskij gebeten, ihn zu begleiten. Er wollte einen 160-mm-Granatwerfer beantragen.

Tags zuvor war Alexander vor Sonnenaufgang im Schutz der Büsche den Abhang direkt an der Bahnlinie hinaufgeklettert und hatte von dort aus beobachtet, wie seine Männer den deutschen Bomben zum Opfer fielen. Mit einem Feldstecher hatte er ausmachen können, wo die drei Bomben hergekommen waren. Die feindlichen Truppen befanden sich in gut zwei Kilometern Entfernung. Er brauchte einen 160-mm-Granatwerfer; die Reichweite anderer Waffen war zu gering. Erwartungsgemäß war man bei der Intendantur nicht bereit, ihm die Waffe zur Verfügung zu stellen. Der Dienst habende Feldwebel erklärte, dem Strafbataillon stehe kein Granatwerfer zu und ein entsprechender Antrag müsse von Alexanders Vorgesetztem gestellt werden. Murawjew jedoch weigerte sich mit abfälligem Lachen, einen Antrag zu stellen.

»Ich habe innerhalb von sieben Tagen hundertzweiundneunzig Männer verloren. Haben wir überhaupt so viele Strafgefangene, wie zur Reparatur dieser Strecke gebraucht werden?«

»Befehl ist Befehl, Below! Der Granatwerfer wird von der Kompanie benötigt, die nächste Woche den Sturm auf die Sinjawino-Höhen führt.«

»Ihre Männer haben also vor, ein drei Tonnen schweres Gerät den Berg hinauf zu transportieren?«

Murawjew forderte Alexander auf, auf der Stelle sein Zelt zu verlassen.

Alexander hatte genug. Er rief Feldwebel Melkow zu sich, der im ganzen Bataillon für seine Trinkfestigkeit bekannt war. Noch am selben Abend machte Melkow den Wachposten vor der Holzhütte, die als Waffenlager diente, so betrunken, dass dieser auf seinem Stuhl einschlief und nicht hörte, wie Alexander und Uspenskij die quietschende Tür öffneten und den Granatwerfer nach draußen schoben. Sie mussten ihn in der Dunkelheit einen Kilometer weit transportieren. Melkow, der seine Aufgabe sehr ernst nahm, blieb derweil bei dem Wachposten zurück und flößte ihm alle fünfzehn Minuten einen weiteren Schluck Wodka ein.

Am Morgen, kurz vor fünf, begaben sich sieben von Alexanders Männern als Köder auf die Eisenbahnstrecke.

Alexander beobachtete durch den Feldstecher, von welchem Punkt in den Hügeln die erste Bombe kam, die nun pfeifend ihren Weg auf die Bahngleise nahm. Die Männer rannten um ihr Leben und brachten sich unbeschadet in Sicherheit. Alexander und Uspenskij mussten die schwere Munition gemeinsam in die Waffe laden. »Denken Sie daran, Leutnant Uspenskij«, sagte Alexander und zielte mit dem Granatwerfer in Richtung der Hügel. »Wir haben zwei Granaten und damit nur zwei Möglichkeiten, den Nazis den Garaus zu machen. Außerdem müssen wir das Ding in zwanzig Minuten zurückbringen. Um sechs findet der Wachwechsel statt.«

»Und Sie glauben wirklich, die merken nicht, dass zwei der schwersten Granaten fehlen?«

Alexander beobachtete durch den Feldstecher die morgendlich blauen Hügel. »Wenn wir die vermaledeiten Deutschen tatsächlich in die Luft jagen können, ist es mir völlig egal, ob jemand bemerkt, dass Granaten fehlen. Außerdem glaube ich nicht einmal, dass jemand etwas merkt. Wer soll

denn die Bestandsliste führen? Der betrunkene Wachposten vielleicht? Um den kümmert sich Melkow. Und er wird außerdem noch dreißig Maschinenpistolen für unsere Männer mitgehen lassen.«
Uspenskij musste lachen.
»Lachen Sie nicht«, sagte Alexander. »Ein solcher Angriff erfordert einiges Fingerspitzengefühl. Fertig?« Er hielt sein Feuerzeug an die Zündschnur.
Die Zündschnur brannte zwei Sekunden lang, dann ließ der Rückstoß den Boden erzittern wie bei einem Erdbeben, und die erste Granate schoss pfeifend durch die Luft. Sie flog anderthalb Kilometer weit, und Alexander beobachtete, wie sie zwischen den Bäumen niederging und explodierte. Als sie ihr Ziel erreichte, hatten sie die zweite Granate bereits auf den Weg gebracht. Diesmal schaute Alexander nicht mehr hin, um zu sehen, wo sie landete. Er war bereits damit beschäftigt, den Granatwerfer zu demontieren. Dann überließ er Uspenskij das Kommando über die verbleibenden Männer und brachte das schwere Geschütz ins Waffenlager zurück. Als er das Schloss wieder an der Tür befestigt und dem sturzbetrunkenen Wachposten den Schlüssel in die Tasche gesteckt hatte, war es zwei Minuten vor sechs. »Gut gemacht«, sagte er zu Melkow, als sie eilig zu ihren Zelten zurückkehrten.
»Vielen Dank, Herr Hauptmann«, erwiderte Melkow. »Es war mir ein Vergnügen.«
»Das sieht man«, gab Alexander lächelnd zurück. »Dass Sie mir aber nicht noch einmal so viel trinken, sonst landen Sie in der Arrestzelle.«
Der Wachsoldat blieb weitere vier Stunden bewusstlos. Anschließend wurde er wegen schwerster Pflichtverletzung vom Dienst suspendiert. »Sie können von Glück sagen, dass nichts entwendet wurde«, polterte Murawjew.
Die Strafe des Soldaten bestand darin, eine Woche unter Alexanders Kommando am Wiederaufbau der Eisenbahnstrecke mitzuarbeiten. »Haben Sie ein Glück, dass die Deutschen sich seit zwei Tagen ruhig verhalten«, bemerkte Alexander. »Sonst würden Sie in den sicheren Tod gehen.«
Während die Deutschen ihre versprengten Truppen ordneten,

reparierten Alexanders Männer ohne weitere Störung die Schienen, und fünf Züge mit Lebensmitteln und medizinischen Gütern konnten ungehindert nach Leningrad gelangen. Anschließend nahmen die deutschen Truppen die sowjetischen Soldaten wieder unter Beschuss, doch auch das währte nicht lange, da Murawjew Alexander den Granatwerfer diesmal freiwillig überließ. Nachdem die Position der feindlichen Truppen bestimmt war, bedurfte es nur noch weniger Granatenangriffe, dann stürmte ein Bataillon der 67. Armee die Sinjawino-Höhen. Alexander und seine Männer blieben zur Artillerieunterstützung am Fuß der Berge.
Das Bataillon kehrte nicht zurück, doch von diesem Tag an hörten die Deutschen auf, die Eisenbahnstrecke zu bombardieren.

Im Herbst 1943 wurde Alexanders Strafbataillon – das inzwischen nur noch aus zwei kleinen Kompanien von insgesamt hundertvierundvierzig Männern bestand – von der 67. Armee ans Newa-Ufer südlich von Pulkowo abkommandiert, wo die letzten Überbleibsel des deutschen Blockaderings um Leningrad noch standhielten. Alexander wurde mit Artillerie ausgerüstet, mit schweren Maschinengewehren, Granatwerfern, Panzerabwehrgeschossen und Handgranaten. Jeder seiner Männer erhielt eine Maschinenpistole und genügend Munition. Zwölf Tage lang beschoss Alexanders 7. Bataillon, zusammen mit zwei weiteren Bataillonen und einer motorisierten Kompanie, die Deutschen in Pulkowo. Sie erhielten sogar Unterstützung durch zwei Kriegsflugzeuge. Doch es half alles nichts.
Die Blätter fielen von den Bäumen, Feldwebel Melkow kam ums Leben, und es wurde kalt. Ein weiterer Winter begann, der vierzehnte, seit die Barringtons in die Sowjetunion gekommen waren, der zweite Winter nach dem, der Tanias ganze Familie dahingerafft hatte. Alexander verbrachte einen bitteren, blutigen Tag nach dem anderen mit dem Versuch, weiter den Berg hinauf zu gelangen. Man schickte ihm zweihundert neue Männer. Im Dezember 1943 wurden die Deutschen von der Ostseite des Berges vertrieben.

Von seiner Anhöhe in Pulkowo aus sah Alexander in einiger Entfernung Richtung Norden die wenigen Lichter Leningrads funkeln. An klaren Wintertagen konnte er, etwas näher an seinem Standort, die Schornsteine der Kirow-Fabrik erkennen, die nach wie vor Waffen für die Stadt herstellte. Durch den Feldstecher hätte er sogar die Fabrikmauer sehen können, vor der er Tag für Tag, Woche für Woche mit der Mütze in der Hand darauf gewartet hatte, dass Tatiana aus der Fabrik gelaufen kam.

Doch er brauchte keine Anhöhe in Pulkowo, um dieses Bild vor sich zu sehen.

Den Silvesterabend des Jahres 1943 verbrachte Alexander an einem Feuer vor seinem Zelt, zusammen mit seinen drei Oberleutnants, drei Leutnants und drei Feldwebeln. Sie tranken Wodka, und Uspenskij saß neben ihm. Sie alle blickten dem Jahr 1944 mit einiger Zuversicht entgegen. Die Deutschen zogen sich nach und nach aus Russland zurück. Und nach dem Sommer 1943, nach Sinjawino, der Schlacht von Kursk, nach der Befreiung von Kiew im November und der Befreiung der Krim, die nur wenige Wochen zurücklag, war auch Alexander überzeugt, dass es 1944 gelingen würde, die deutschen Truppen endgültig aus der Sowjetunion zu vertreiben. Er hatte Befehl, mit seinem Strafbataillon nach Westen vorzudringen und die Deutschen mit allen Mitteln nach Deutschland zurückzudrängen. Und das war auch sein Vorsatz für das neue Jahr. Er wollte in den Westen gelangen. Darin lag seine einzige Hoffnung.

Er gestattete sich ein weiteres Glas Wodka. Sie waren alle recht betrunken. Jemand erzählte einen schlechten Stalin-Witz, ein anderer jammerte nach seiner Frau. Alexander selbst gab sich weiterhin Mühe, nach außen hin unerschütterlich wie ein Fels zu wirken. Uspenskij stieß mit ihm an und leerte dann die Flasche.

»Warum bekommen wir keinen Heimaturlaub wie die anderen Soldaten?«, beklagte er sich in trunkener Sentimentalität. »Warum dürfen wir nicht wenigstens zum neuen Jahr einen Tag nach Hause?«

»Ich weiß nicht, ob es Ihnen aufgefallen ist, Leutnant Uspenskij, aber wir befinden uns mitten im Krieg. Morgen schlafen wir unseren Rausch aus, und übermorgen stehen wir wieder im Kampf. Noch in diesem Monat werden wir die deutsche Blockade um Leningrad endgültig durchbrechen. Die Nazis werden unsere Stadt aufgeben, und das ist dann unserem Einsatz zu verdanken.«

»Die verdammten Nazis sind mir so was von egal. Ich will meine Frau wiedersehen«, erklärte Uspenskij. »Sie haben wohl niemanden, zu dem Sie zurückwollen – darum wollen Sie auch unbedingt die Deutschen aus Russland verjagen.«

»Ich habe durchaus jemanden«, sagte Alexander zögernd.

Uspenskij sah ihn aufmerksam an. »Sie haben Familie?«

»Nein. Zumindest nicht hier.«

Aus einem unerfindlichen Grund wirkte Uspenskij nun noch niedergeschlagener.

»Es hat auch sein Gutes, Nikolai«, sagte Alexander und nannte den Leutnant zum ersten Mal beim Vornamen. »Immerhin sind wir nicht dem Feind in die Hände gefallen.«

Uspenskij schwieg.

»Wir haben innerhalb weniger Stunden eine ganze Flasche Wodka geleert«, fuhr Alexander fort. »Wir haben Schinken gegessen, geräucherten Hering, saure Gurken und sogar ein wenig frisches Schwarzbrot. Wir haben uns Witze erzählt, haben gelacht, geraucht. Denken Sie mal darüber nach, wie viel schlimmer es sein könnte.« Er wollte sich nicht gestatten, seine Gedanken in die langen Gänge seiner ganz persönlichen Folterkammer abschweifen zu lassen.

»Ich weiß ja nicht, wie es mit Ihnen ist, Herr Hauptmann, aber ich habe eine Frau und zwei kleine Söhne, die ich seit zehn Monaten nicht mehr gesehen habe. Das letzte Mal habe ich sie gesehen, kurz bevor ich angeschossen wurde. Meine Frau glaubt, dass ich tot bin. Ich bin mir sicher, dass meine Briefe sie nie erreicht haben, denn sie antwortet mir nicht.« Uspenskij unterbrach sich und erbebte wie ein junger Baum.

Alexander schwieg. *Ich habe auch eine Frau und ein Kind, das ich noch nie gesehen habe. Was ist wohl aus ihr und dem*

Baby geworden? Haben sie es geschafft? Sind sie in Sicherheit? Wie soll ich weiterleben, wenn ich nicht weiß, ob es ihr gut geht?

Ich kann es nicht. Ich kann nicht weiterleben, wenn ich nicht weiß, ob es ihr gut geht.

… dass du nicht erschrecken musst vor dem Grauen der Nacht, vor den Pfeilen, die des Tages fliegen …

Uspenskij trank direkt aus einer frisch geöffneten Flasche. »Ach«, sagte er und winkte ab. »Zum Teufel damit. Dieses Leben ist verdammt hart.«

Alexander nahm ihm die Wodkaflasche aus der Hand und trank selbst daraus. »Gibt es denn ein besseres?«, fragte er, zündete sich eine Zigarette an und sog den beißenden Rauch tief in seine zusammengeschnürte Kehle.

»Komm, Tania, betrinken wir uns.«

»Aber warum denn?«

»Rauchen wir, betrinken wir uns, feiern wir deinen Geburtstag und unsere Hochzeit. Hauen wir einfach mal so richtig auf den Putz.« Er zieht die Augenbrauen hoch.

»Du spinnst. Ich hatte vor einer Woche Geburtstag.« Sie lächelt. »Und wir haben schon gefeiert. Du hast mir Eiscreme gemacht, weißt du noch?«

Er packt sie und hebt sie vom Waldboden auf, der mit Kiefernnadeln übersät ist.

Sie schlingt die Arme um ihn. »Na gut, ich trinke einen Schluck Wodka mit dir.«

»Nicht nur einen Schluck, sondern eine unfassbare Menge. Wir erheben unser Glas …« Er schenkt ihnen beiden ein, am Feuer dort auf der Lichtung. Sie kniet erwartungsvoll auf der Decke, und er kniet vor ihr. »… und wir trinken auf unser wunderbares Leben.«

Tatiana hebt ihr Glas. »Also gut, Alexander. Trinken wir auf unser wunderbares Leben.«

19

New York, Juni 1944

Das Zimmer ist schlicht und weiß. Die Vorhänge bewegen sich kaum, das Fenster ist geschlossen. Kein Wind, kein Hauch dringt herein, keine rosige, klare Luft.

Ich sitze in meinem schlichten, weißen Zimmer auf dem Boden. Die beigefarbene Tür ist geschlossen, das silberne Schloss verriegelt. Die Türangeln sind rostig und quietschen, wenn sie bewegt werden.

Vor mir liegt mein schwarzer Rucksack, und dort lebt er weiter. Seine beigefarbene Mütze, das Schwarzweißfoto von ihm, mit den weißen Zähnen und den karamellfarbenen Augen.

Ich sitze auf dem grau gefliesten Boden, und draußen, kaum eine Stunde entfernt, liegt Bear Mountain. Dort erstrahlen die Bäume in Sepia und Zinnoberrot, in den Farben von Kupfer und Sonnenuntergängen, den Farben seiner Augen und seiner Lippen. In Sheep Meadow spiele ich Softball mit meinem weißen, hölzernen Schläger, so wie er damals, als er ein kleiner Junge war. Als er ein Pfadfinder war.

Ich kann eine Schlinge knüpfen, so wie er es mir gezeigt hat. Ich kann auf Bäume klettern, schaukele hin und her unter dem silbernen Mond, unter dem pflaumenfarbenen Himmel. Vor meinem Fenster, gleich hinter dem Rot, Weiß und Blau der amerikanischen Flagge, hinter dem goldenen Tor von Ellis Island, glitzert die Bucht wie Lapislazuli. Sie führt hinaus auf das salzige, lebendige Meer, hinaus auf den wilden, traurigen, klagenden Ozean.

Mein Farbenspektrum reicht vom Mond bis zur Sonne, von Rostrot bis zu Himmelblau. Die Weltmeere trennen uns, und wir versagen, wir verschwinden unter dem Schneesturm meines alten und meines zukünftigen Lebens. Im Schneesturm, im Nebel, im Rauch und im Eis. Das Eis hat Risse, es blutet. Du liegst darunter, und ich liege ebenfalls dort. Auf dem grau gefliesten Boden sitze ich, berühre den schwarzen Segeltuchstoff, den metallenen Umriss der Pistole, die vergilbten Seiten deines rettenden Buches, deine grünen, druckfrischen Dollars, von denen noch so viele übrig sind. Ich berühre das Bild von uns beiden, frisch verheiratet. Wie auf roten Flügeln fliegen wir aufeinander zu.

Und draußen heulen die Sirenen, der Ball prallt vom Schläger ab, das Baby schreit, das graue Eis blutet. Ich bleibe auf dem Boden sitzen, mit der schwarzen Segeltuchtasche vor mir, die all unsere Hoffnung enthält. Bis in alle Ewigkeit sitze ich hier auf dem Boden, der schwarz ist von den Farben meiner Trauer.

»Tania, was ist denn los?« Vikki stand in Tatianas offener Zimmertür. Anthony saß auf dem Boden und spielte, und Tatiana lag neben ihm, das Gesicht an die Fliesen gedrückt.

»Nichts.«

»Musst du denn heute nicht arbeiten?«

»Ich komme schon.«

»Was ist nur los mit dir?« Vikkis Stimme klang ernstlich besorgt.

»Nichts«, wiederholte Tatiana. Sie wusste, dass sie sicher entsetzlich aussah. Ihre Augen fühlten sich verquollen an, sie konnte kaum sehen.

»Es ist acht Uhr! Hast du geweint? Der Tag hat doch noch gar nicht angefangen.«

»Ich muss mich anziehen und meine Runde machen.«

»Willst du darüber reden?«

»Nein, das will ich nicht. Es geht mir gut. Ich habe heute Geburtstag. Ich werde zwanzig.«

»Herzlichen Glückwunsch! Warum hast du denn nichts gesagt? Das müssen wir doch feiern ... was ist denn? Was ist so schlimm daran, Geburtstag zu haben?«

»Ich kann gar nicht glauben, dass wir ausgerechnet an meinem Geburtstag heiraten«, sagt sie.

»So wirst du mich nie vergessen.«

»Wie könnte ich dich je vergessen, Alexander?«, fragt sie und streckt liebevoll die Hand nach ihm aus.

Tatiana feierte ihren Geburtstag nicht. Sie arbeitete den ganzen Tag und spielte abends mit ihrem fast einjährigen Sohn. Und in der Nacht, als durch die Vorhänge und das offene Fenster die salzige Luft ins Zimmer drang, kniete sie neben ihrem Bett und hielt die Eheringe umklammert, die sie an einer Schnur um den Hals trug. Sie war nun schon fast ein Jahr in den Vereinigten Staaten. Und in der Nacht ihres zwanzigsten Geburtstags saß Tatiana auf dem Boden ihres Zimmers auf Ellis Island und räumte ihren schwarzen Rucksack aus – zum ersten Mal, seit sie die Sowjetunion verlassen hatte. Nacheinander nahm sie alles heraus, die geladene, deutsche Pistole, *Der eherne Reiter*, das russisch-englische Wörterbuch, sein Foto, ihr Hochzeitsfoto, seine Offiziersmütze. Auch die Seitentaschen räumte sie aus. Und so fand sie schließlich Alexanders Orden als Held der Sowjetunion.

Lange Zeit, die halbe Nacht, wie ihr schien, blickte sie verständnislos darauf. Dann trat sie hinauf auf den Gang und betrachtete den Orden dort bei Licht, um sicherzugehen, dass sie sich auch nicht irrte.

Die Sonne ging auf und wieder unter. Es war warm draußen, das Wasser glitzerte. Und immer noch betrachtete sie den Orden. Sie war sprachlos. Das musste doch ein Irrtum sein. Ebenso klar wie die Segelboote in der Bucht sah Tatiana den Orden vor sich, der an der Lehne von Alexanders Stuhl hing, an dem Abend, als sie, in Begleitung von Dr. Sayers, zum letzten Mal bei ihm gewesen war. Damals hatte Alexander zu ihr gesagt: »Morgen Nachmittag komme ich als hoch dekorierter Oberstleutnant zurück.« Und Tatiana hatte ihn angestrahlt und einen Blick auf den Orden geworfen, der neben dem Bett im Lazarett an der Stuhllehne hing.

Wie war dieser Orden bloß in ihren Rucksack gekommen? Sie hatte ihn doch nicht genommen – er gehörte ihr ja nicht. »Was hat das zu bedeuten?«, murmelte sie vor sich hin. Doch je länger sie darüber nachdachte, desto weniger konnte sie es begreifen. Je mehr sie versuchte, klar zu denken, desto schneller stieß sie an die undurchdringliche Wand, die sich in ihrem Kopf aufgerichtet hatte.

Dr. Sayers hatte ihr den Rucksack doch gebracht, als sie auf dem Boden seines Büros lag, nachdem sie erfahren hatte, dass Alexanders Armeelaster explodiert und im Ladogasee versunken war. Sayers hatte ihren Rucksack geholt, ehe sie in den Rotkreuz-Jeep gestiegen und nach Finnland gefahren waren.

Und ein Teil von ihr saß immer noch dort auf dem Boden – am Morgen und in der Nacht, ob sie sich um die Patienten kümmerte oder einkaufen ging, ob sie zu Mittag oder zu Abend aß, Vikki oder Edward traf, auf Ellis Island war oder sich um Anthony kümmerte. Sie stieg in die Fähre und saß gleichzeitig dort auf dem Boden. Und jetzt lag ihr Rucksack vor ihr, mit Alexanders Orden darin.

Hatte Alexander ihr den Orden etwa geschenkt? Wie hätte sie das vergessen können?

Als Dr. Sayers ihr von Alexanders Tod berichtet hatte, hatte er ihr seine Offiziersmütze gegeben. Hatte er ihr vielleicht dabei auch den Orden gegeben? Sie glaubte nicht, dass es so gewesen war.

Oder vielleicht Oberst Stepanow? Nein, auch er nicht.

Sie stand vom Boden auf und hängte sich den Orden um den Hals, zu der Schnur, an der sie die Eheringe trug.

Ein Tag verging, dann ein weiterer und noch ein weiterer.

Ein deutscher Soldat sah den Orden an ihrem Hals und fragte sie in gebrochenem Englisch: »Wo Sie haben her? Das sehr mächtiger Orden, nur bester Soldat bekommt. Wo Sie haben her?«

Wann immer Tatiana ihren Sohn fütterte, wann immer sie ihn im Arm hielt und ihn betrachtete, dachte sie unvermittelt: *Wenn Alexander den Orden bei seinem Tod getragen hätte, würde er ihn immer noch tragen.* Sie wusste nur allzu gut, dass man sich bei einer Beförderung mit allen bisherigen Auszeichnungen schmückte, die man für Tapferkeit, Mut und militärische Leistungen erhalten hatte.

Der Doktor mag mir ja seine Mütze gegeben haben, aber er hätte Alexander doch nicht den Orden abgenommen. Und selbst wenn, dann hätte er ihn mir förmlich übergeben. Oder etwa nicht? *Hier, Tania, die Offiziersmütze Ihres Mannes und seine Tapferkeitsmedaille. Behalten Sie beides.*

Nein, jemand hatte den Orden vor ihr versteckt, ihn bewusst

in das kleinste Fach ihres Rucksacks gelegt, in das Geheimfach. Sonst war nichts in diesem Fach gewesen, und sie hätte den Orden gar nicht gefunden, wenn sie nicht den ganzen Rucksack ausgeräumt und den Stoff befühlt hätte.

Warum hatte Dr. Sayers den Orden versteckt? Warum hatte er ihn ihr nicht mitsamt der Offiziersmütze gegeben? Vielleicht hätte das zu viele Fragen aufgeworfen, vielleicht wäre sie ja misstrauisch geworden – aber misstrauisch weswegen? Tatiana versuchte verzweifelt herauszufinden, was an diesem Gedanken nicht stimmte. Doch es gelang ihr nicht. Sie schlief, arbeitete, kümmerte sich um ihren Sohn, und eines Nachts Mitte Juni schlug sie plötzlich mit einem Keuchen die Augen auf. Jetzt wusste sie, was es war.

Vielleicht wäre sie angesichts des Ordens tatsächlich außer sich geraten, hätte zu viel nachgedacht, zu viele Fragen gestellt. Vielleicht wäre sie tatsächlich misstrauisch geworden, aus welchem Grund auch immer. Doch Dr. Sayers konnte das alles gar nicht wissen. Nur einer hatte das voraussehen können: der Mann mit dem schwarzen Haar und den schützenden Armen. Er hatte es gewusst.

Alexander hatte gewollt, dass sie seine höchste Auszeichnung bekam, doch er hatte auch gewusst, dass sie es nicht ertragen konnte, den Orden sofort zu sehen, dass das zu viele Fragen für sie aufgeworfen hätte. Also hatte er Dr. Sayers gebeten zu warten. Auf dem Eis, im Lazarett, irgendwo, hatte er Dr. Sayers gebeten zu warten.

Es hatte also irgendein Täuschungsmanöver gegeben, und Dr. Sayers hatte davon gewusst.

War Alexanders Tod Teil dieses Plans gewesen? Und vielleicht auch Dimitris Tod?

»Tatiascha ... denk an Orbeli.« Das war das Letzte, was er zu ihr gesagt hatte. Denk an Orbeli. Was hatte er ihr damit sagen wollen? Denk an Orbeli.

Tatiana fand in dieser Nacht keinen Schlaf.

20

Weißrussland, Juni 1944

Alexander rief Nikolai Uspenskij in sein Zelt. Sie hatten im Westen von Litauen für zwei Tage ihr Lager aufgeschlagen, um zu rasten und weitere Befehle zu erwarten. »Leutnant Uspenskij, was ist jetzt wieder in Feldwebel Werenkow gefahren?«
»Ich weiß nicht, was Sie meinen, Herr Hauptmann.«
»Nun ja, heute Morgen hat er mir freudestrahlend verkündet, der Panzer sei jetzt repariert.«
Uspenskij strahlte ihn seinerseits an. »Das ist richtig, Herr Hauptmann.«
»Das überrascht mich doch ein wenig, Herr Leutnant.«
»Warum denn, Herr Hauptmann?«
»Nun«, sagte Alexander geduldig. »Zum einen wusste ich nicht, dass der Panzer reparaturbedürftig war.«
»O doch, das war er. Die Diesel-Kolben haben nicht mehr richtig gezündet, sie mussten neu ausgerichtet werden.«
Alexander nickte und sagte: »Sehr schön, Herr Leutnant, aber das führt mich direkt zum zweiten Punkt, der mich überrascht.«
»Und der wäre, Herr Hauptmann?«
»Verdammt noch mal, wir haben doch gar keinen Panzer!«
Uspenskij lächelte. »Da irren Sie sich, Herr Hauptmann. Wir haben einen. Folgen Sie mir.«
Draußen, am Waldrand, sah Alexander einen grünen Leichtpanzer stehen, auf dessen Flanken der Rote Stern und das Emblem »Für Stalin!« prangten.
Tania hatte in der Kirow-Fabrik an der Herstellung solcher Fahrzeuge mitgearbeitet. Alexander ging um den Panzer herum. Es war ein T-34, der ein wenig ramponiert wirkte, im Großen und Ganzen aber in gutem Zustand war. Die Fahrketten schienen intakt zu sein, und auch die Nummer des Panzers sagte Alexander zu: 623. Der Panzerturm und die

Kanone wirkten gewaltig. »Hundert Millimeter!«, verkündete Uspenskij.

Alexander sah ihn von der Seite an. »Worauf sind Sie eigentlich so verteufelt stolz? Haben Sie das Ding etwa selbst gebaut?«

»Nein, aber selbst geklaut!«

Alexander konnte sich ein Lachen nicht verkneifen. »Und wo?«

»Ich habe ihn da drüben aus dem Teich gefischt.«

»War er ganz unter Wasser? Ist die Munition nass geworden?«

»Nein, nein, nur das Fahrgestell und die Ketten standen im Wasser. Offenbar hat man ihn abgewürgt und dann nicht mehr zum Laufen bekommen.«

»Und wie haben Sie ihn zum Laufen bekommen?«

»Gar nicht. Ich habe dreißig Männer zusammengetrommelt, um ihn an Land zu ziehen. Dann hat Werenkow ihn repariert, und jetzt läuft er wie ein Uhrwerk.«

»Und wie ist er hierher gekommen?«

»Wen interessiert das? Wahrscheinlich mit dem Bataillon vor uns.«

»Es gab kein Bataillon vor uns. Haben Sie noch nicht gemerkt, dass wir die Vorhut sind und als Erste unter Beschuss kommen?«

»Na, dann war eben jemand auf dem Rückzug aus den Wäldern. Ich weiß es nicht. Im Teich trieb ein Leichnam, vielleicht war das ja der Richtschütze.«

»Offenbar kein besonders guter«, bemerkte Alexander.

»Ist das nicht großartig?«

»Und ob. Man wird ihn uns gleich wieder wegnehmen. Hat er genug Munition?«

»Er ist geladen bis zum Bersten. Wahrscheinlich ist er deshalb auch stecken geblieben. Eigentlich dürfte er nur dreitausend Ladungen von der 76,2-Millimeter-Munition an Bord haben, es sind aber sechstausend.«

»Und wie viele 100-Millimeter-Granaten?«

Uspenskij grinste. »Dreißig. Außerdem fünfhundert Ladungen 11,62-Millimeter-Munition für die Minenwerfer und fünfzehn Raketen. Und schauen Sie, hier, ein fest installiertes Maschinengewehr. Wir sind voll ausgerüstet, Herr Hauptmann.«

»Das wird man uns alles wieder wegnehmen.«

»Da muss man aber zuerst an Ihnen vorbei.« Uspenskij salutierte. »Denn Sie sind unser Panzerkommandant.«

»Es ist immer wieder erfreulich, wenn ein Leutnant seinem Hauptmann neue Pflichten zuweist«, sagte Alexander.

Mit Uspenskij als Fahrer, Telikow als Richtschütze und Werenkow als Ladeschütze gelang es Alexander mit Hilfe des Panzers, seine Männer von Frühjahr bis Sommer 1944 unbeschadet durch verschiedene Gefechte zu führen. Sie legten dreihundert Kilometer zurück und drangen von Weißrussland bis nach Ostpolen vor. Vor allem in Weißrussland mussten sie harte Gefechte austragen, denn die Deutschen wollten keinen Millimeter zurückweichen. Mit dem Helm auf dem Kopf bahnte sich Alexander entschlossen seinen Weg durch die weißrussische Landschaft und ließ sich durch nichts aufhalten, weder durch Teiche, Wälder oder den Verlust seiner Männer noch durch Dörfer, Frauen oder auch nur Müdigkeit. Die Ketten seines Panzers nutzten sich ab, doch Alexander drang weiter vor. Er hatte nur ein Ziel vor Augen: Deutschland.

So durchquerten sie Feld um Feld, Wald um Wald, Sumpflandschaften, Moore, Minenfelder und Unwetter. Sie schlugen ihre Zelte auf, fingen Fische in den Flüssen, brieten sie über dem offenen Feuer und aßen zu zweit aus einer Schüssel. Uspenskij aß stets aus derselben Schüssel wie Alexander. Dann fielen sie in einen unruhigen Schlaf, und bald darauf ging es wieder weiter, hinein in den Kugelhagel der deutschen Truppen. Drei sowjetische Armeen waren damit betraut, die Deutschen aus Russland zu vertreiben: die Heeresgruppe Ukraine, die Heeresgruppe Mitte und die Heeresgruppe Nord unter dem Kommando von General Rokossowskij, zu der Alexanders Bataillon gehörte. Doch die Sowjetunion wollte sich nicht allein mit der Vertreibung der deutschen Truppen zufrieden geben. Das Leid, das Russland in den vergangenen zweieinhalb Jahren erlitten hatte, sollte auf deutschem Boden gesühnt werden, und zu diesem Zweck mussten sich Millionen von Männern durch Litauen, Lettland, Weißrussland und Polen hindurchkämpfen. Stalin plante, im Herbst Berlin einzunehmen. Alexander glaubte zwar nicht recht daran, doch es sollte keinesfalls an ihm scheitern. Und so bahnte er sich seinen Weg über die Minenfelder, auf denen einst Kartoffeln angebaut worden waren und auf denen nun Soldaten lagen, tot und unbestattet. Die Überlebenden nahmen den Gefallenen die Waffen ab und setzten ihren Weg fort. In Alexanders Bataillon gab es ein gutes Dutzend Techniker, die die Minen aufspüren und entschärfen sollten, doch sie kamen immer wieder dabei ums Leben, und Alexander erhielt immer wieder neue Techniker. Schließlich ließ er sein ganzes Bataillon darin ausbilden, Minen aufzuspüren und Zündvorrichtungen zu entfernen. Und wenn sie schließlich ein Feld von Minen befreit und überquert hatten, gelangten sie meist in einen Wald, wo die Deutschen auf sie warteten. Fünf Strafbataillone drangen als Erste in die Wälder vor, durchquerten als Erste die Flüsse und die Sumpfgebiete, um den Weg für die eigentliche Armee zu bahnen. Immer mehr Wälder, immer mehr Felder.

Die Strafbataillone verloren zwar die meisten Männer im Kampf, doch sie wurden auch als Erste wieder mit Reservetruppen versehen. Es schien kein Mangel an politischen Gefangenen zu herrschen, die für Mütterchen Russland in den Tod geschickt werden konnten. Und um die sinkende Moral zu stärken, hatte Stalin beschlossen, der Roten Armee ein Gefühl von Würde zu verleihen und neue Uniformen einzuführen, die allerdings nur in gewisser Hinsicht neu waren. Nach den Anweisungen des Jahres 1943 trugen nun selbst die Offiziere der Strafbataillone die alten Uniformen der Kaiserlichen Armee des Zaren. Sie waren aus grauem Filzstoff, mit prangenden, roten Schulterklappen und goldenen Epauletten. So starb es sich doch viel würdiger im Schlamm, und es wurde zur großen Ehre, auf eine Landmine zu treten. Selbst Uspenskij mit seiner einen Lunge schien freier zu atmen, als er die Uniform anlegte, in der schon vor ihm tapfere Soldaten ihr Leben bereitwillig für ihren Herrscher hingegeben hatten.

Es war zwar noch Sommer, doch die Nächte waren bereits kühl und feucht. Immerhin waren die Flüsse noch nicht zugefroren, und die Männer konnten sich waschen und damit den Ausbruch von Typhus verhindern. Alexander wusste, dass sich die Armee keine Epidemie erlauben konnte, und so waren seine Männer alle kahl geschoren. Unter dem wachsamen Auge ihres Hauptmanns rasierten sie sich täglich, um keine Läuse zu bekommen. Sie waren am ganzen Körper haarlos. Wenn sie mehrere Tage hindurch in ein schweres Gefecht verwickelt gewesen waren, verbrachten sie anschließend einen ganzen Tag damit, sich am Fluss zu rasieren.
Entsprechend schwer fiel es Alexander oft, seine Männer auseinander zu halten. Einige waren etwas größer als der Durchschnitt, andere ein wenig kleiner. Manche hatten ein Geburtsmal, andere nicht, einige wenige hatten dunklere Haut, doch die meisten waren hellhäutig und sonnenverbrannt. Nur wenige hatten Sommersprossen. Manche hatten grüne Augen, andere braune, und ein gewisser Unteroffizier Jermenko hatte ein grünes und ein braunes Auge.
Im zivilen Leben kennzeichnet das Haar den Menschen, doch jetzt waren die Männer vom Krieg gezeichnet, von ihren Narben. Die Narben waren ihre unveränderlichen Kennzeichen: Sie stammten von Messerwunden, Schusswunden, offenen Knochenbrüchen, Granatsplittern und Brandverletzungen, sie befanden sich an Armen, auf Schultern, an Schienbeinen. Von denen, die noch am Leben waren, hatten nur sehr wenige Narben am Brustkorb, am Bauch oder am Kopf.
Alexander erkannte Leutnant Uspenskij am rasselnden Geräusch seines Atems und an der Narbe über seiner rechten Lunge. Feldwebel Telikow erkannte er an der blassen, drahtigen, hoch gewachsenen Gestalt und Feldwebel Werenkow an seinem stämmigen Körper, der früher einmal fast vollständig mit dichtem schwarzem Haar bedeckt gewesen war und nun übersät war mit schwarzen Stoppeln.
Alexander empfand es als durchaus vorteilhaft, dass die Männer nur wenige persönliche Merkmale aufwiesen. So ließ sich ihr Verlust leichter verkraften. Ein Mann fiel, und schon trat ein anderer haarloser, kahlköpfiger, narbenbe-

deckter Mann an seine Stelle. Alexanders Bataillon war im Norden Russlands aufgebrochen und hatte sich nach Litauen und Lettland vorgearbeitet. Als sie in Weißrussland angekommen waren, hatte Alexander den Befehl erhalten, von Rokossowskijs Heeresgruppe Nord zu Schukows Heeresgruppe Mitte zu wechseln. In der unbewaldeten Ebene von Weißrussland wurde ein Schlag gegen die Deutschen geführt, wie Alexander ihn noch nie zuvor erlebt hatte. Die Rote Armee verlor dabei allein in Weißrussland über 125 000 Männer und fünfundzwanzig Divisionen. Und Alexanders Bataillon drang immer weiter nach Süden vor, bis sie schließlich auf die nördlichsten Divisionen der Heeresgruppe Ukraine trafen.

Im Juni 1944 erreichte sie die Nachricht, dass amerikanische und britische Streitkräfte in der Normandie gelandet seien. Alexanders Bataillon legte daraufhin in zehn Tagen hundert Kilometer zurück und überwand vier deutsche Kompanien von je fünfhundert Mann. Die sowjetischen Armeelaster folgten ihnen mit Vorräten, Lebensmitteln und Ersatzmännern für die Gefallenen. Alexander war nicht aufzuhalten. Wie Genosse Stalin wollte auch er nach Deutschland. Doch während Stalin nach Vergeltung strebte, hoffte Alexander, dort Erlösung zu finden.

Der Schwarze Reiter der Apokalypse, 1941

Frustriert und ernüchtert, wie er war, meldete Alexander sich freiwillig zum Kampf gegen Finnland an der karelischen Front. Er wollte so weit wie möglich fort von der Familie Metanow.

Er versuchte, Dimitri zu überreden, mit ihm zu kommen, sprach von Tapferkeit, Orden und Beförderungen und meinte doch eigentlich Schießereien, Messerstechereien und Tod. Und natürlich weigerte sich Dimitri, in Karelien zu kämpfen, und wurde stattdessen in das Inferno von Tichwin abkommandiert, wo die Deutschen sich als haushoch überlegen erwiesen.

Alexander wurde mit tausend Mann nach Karelien geschickt, um die Finnen von der Transportstrecke nach Leningrad fern zu halten. Unter heftigen Gefechten vergingen Wochen, jeder Meter musste hart erkämpft werden. Schließlich, nach einem Tag unter schwerstem Beschuss, der dreihundert Rotarmisten das Leben gekostet hatte, begutachtete Alexander in der Abenddämmerung die Verluste. An diesem eisigen Septemberabend fand er sich ganz allein auf einem Feld, umgeben von toten sowjetischen Soldaten und toten Finnen. An der karelischen Front war Ruhe eingekehrt, der NKWD hatte sich in den Wald zurückgezogen, der einen halben Kilometer von der Frontlinie entfernt lag. Dort, wo Granaten eingeschlagen waren, loderten kleine Feuer, abgerissene Äste knackten unter seinen Schritten, der Schnee war schwarz vom Blut der Männer, in der Luft hing der beißende Geruch von verbranntem, menschlichem Fleisch, hier und da erklang ein Stöhnen. Und Alexander war ganz allein.
Es war still um ihn herum; nur in seinem Herzen herrschte Aufruhr. Er schaute zurück. Hinter ihm regte sich nichts. Er machte einen Schritt nach vorn, dann noch einen und noch einen. Er hielt seine Schpagin-Maschinenpistole in der Hand, hatte auch seine Pistole bei sich, trug seine Uniform. Nun befand er sich inmitten der gefallenen Finnen, am Waldrand. Es würde keine zwei Minuten dauern, eine finnische Uniform von einem der Gefallenen anzuziehen und sich eine finnische Maschinenpistole zu nehmen.
Dunkelheit. Stille. Er warf noch einen Blick zurück. Die NKWD-Leute machten keine Anstalten, näher zu kommen. Nur ein paar Monate mit ihr, ein paar Monate. In der weiten Landschaft seines Lebens waren diese Wochen, die verbotenen Augenblicke, die Nacht in Luga, die kurzen Begegnungen im Krankenhaus, der süße Moment im Bus, das weiße Kleid, die grünen Augen, das Lächeln, nichts weiter als ein Farbklecks am Rand, ein roter Klecks auf der Leinwand seines Lebens. Er machte noch einen Schritt vorwärts. Er konnte ihr nicht helfen, und auch Dascha und Dimitri nicht. Leningrad würde sie alle verschlingen, und Alexander wollte verdammt sein, wenn er dort blieb und dabei zusah. Noch

ein Schritt. Tot auf den eisigen, zerbombten Straßen der sterbenden Stadt Leningrad.

Nichts rührte sich auf dem ebenen Gelände, keine Laster, keine Straßen, keine Männer, nichts als Schützengräben und die Leichen der Gefallenen, und dazwischen Alexander. Noch ein Schritt in die richtige Richtung, noch einer und noch einer. Jetzt war er bereits auf der finnischen Seite. Bück dich, such dir einen großen Gefallenen, zieh seine Uniform an, nimm seine Maschinenpistole und lass deine zurück, lass dieses Leben zurück, das dir zuwider ist, mach noch einen Schritt nach vorn und geh. Geh, Alexander. Du kannst sie nicht retten. Geh.

Lange Minuten stand er dort, auf finnischem Boden, inmitten der gefallenen Feinde. Dieses Leben, das ihm zuwider war, enthielt doch etwas, das er nicht zurücklassen konnte.

Alexander drehte sich um und machte sich langsam auf den Weg zurück, im Licht der aufblitzenden Taschenlampen und der verlöschenden Feuer ... Er warf einen letzten Blick zurück auf die Bäume, hinter denen Finnland begann.

Stalin hatte Hitler Leningrad überlassen und kämpfte nun in Moskau um sein Leben. Hitler wiederum beschloss, an Leningrad nicht eine Kugel zu verschwenden und die Stadt stattdessen auszuhungern. Innerhalb weniger Monate waren die Straßen übersät mit unbestatteten Leichen. In den weiß verschneiten Straßen blieben die in weiße Tücher gehüllten Toten fast unversehrt. Die Überlebenden, die selbst am Ende ihrer Kräfte waren, nannten sie »Puppen«.

Je weniger Tatiana und ihre Familie zu essen hatten – ihre Mehl- und Hafervorräte schmolzen einfach so dahin –, desto dichter scharten sie sich um Alexander, baten ihn voll Verlangen um weitere Lebensmittel, weitere Rationen, wollten immer mehr und mehr. Gleichzeitig zog Tatiana sich immer weiter von ihm zurück, blieb im Türrahmen stehen, weit weg von ihm. Und je mehr sie an Gewicht verlor, desto stärker wurden seine Gefühle für sie. Mitten im Krieg, mitten in den wildesten Gefechten, zwischen den unbestatteten Toten und den frierenden, durchnässten, hungernden Menschen, wuchsen Alexanders Gefühle für Tatiana immer weiter, wie eine gut gedüngte und gewässerte Pflanze.

Was Leningrad ihnen gab – zweihundertfünfzig Gramm Brot aus Pappe – und was Alexander für sie abzweigte – Sojabohnen und Leinöl –, reichte nicht aus. Doch das schwarze Gebäck aus Sägespänen und Baumwollsamen, das er selbst aß, war seinem Herzen Nahrung genug.

Sie musste evakuiert werden, ganz gleich, wie.

Der November erstarb, es wurde Dezember. Die weißen, zerbombten Straßen Leningrads waren immer noch übersät von Leichen, die niemand mehr beerdigen oder auch nur fortbringen konnte. Wer immer das gekonnt hätte, war selbst bereits tot. Es gab keinen Strom mehr, kaum noch Wasser. Es gab kein Petroleum mehr, um die Öfen anzufachen und Brot darauf zu backen; doch das machte wenig aus, denn auch das Mehl war ausgegangen.

»Sag mir, Alexander, seit wann liebst du meine Schwester schon?«

»Sag mir, seit wann … seit wann liebst du sie?«

»Seit wann … liebst du … meine Schwester?«

Und Alexander hätte nur antworten können: »Wenn du mich gesehen hättest, Dascha, wie ich schweigend stand und eine flüchtige Erscheinung auf einer sonnigen Sonntagsstraße singen hörte: ›Bald sehen wir uns in Lwow, mein Schatz und ich‹ – dann würdest du die Antwort kennen.«

Lazarewo, 1942

Lazarewo – der Name allein erinnerte an Mythen, Legenden, Wunder, an Lazarus, den Bruder von Maria und Martha, der vier Tage tot war und von Jesus wieder zum Leben erweckt wurde. Ein Wunder von Gottes Hand, das den Glauben der Menschen stärken sollte und doch nur Seine Feinde so sehr gegen Ihn aufbrachte, dass sie beschlossen, den Gott und den Menschen zu töten.

Lazarewo – ein kleines Fischerdorf an den Ufern der mächtigen Kama, des Flusses, der seit zehn Millionen Jahren tausendfünfhundert Kilometer weiter südlich in das größte Meer der Welt floss. So viele Flüsse flossen in das Meer, und doch war es immer noch nicht voll.

Alexander ging nach Lazarewo mit nichts als seinem Glauben. Seit sechs Monaten hatte er nichts von ihr gehört. Er hätte sich nur sagen müssen: »Ich glaube nicht, dass sie überlebt hat, denn ich habe mit eigenen Augen Tausende sterben sehen, die stärker, widerstandsfähiger waren als sie. Sie war allein, sie war klein und schwach, sie hat es nicht geschafft.« Er hätte nichts weiter tun müssen, als sich zu sagen: »So ist es.« Er hätte nichts zu unternehmen brauchen. Wie einfach das gewesen wäre!

Doch er hatte inzwischen gelernt, dass in seinem Leben nichts einfach war. Es gab keinen einfachen Tag, keine einfache Entscheidung, keinen einfachen Weg. Er hatte nur dieses eine Leben. Und so ging er im Juni 1942 nach Lazarewo, dies eine Leben in Händen.

Und er fand sie am Ufer der Kama, wunderschön und ganz wiederhergestellt. Sie hatte nicht nur ihr früheres Strahlen zurückgewonnen, sondern wirkte stärker, klarer. Sie sandte Licht aus, wohin sie sich auch wandte.

Gemeinsam liefen sie hinunter zu dem mächtigen Fluss, und sie schaute nicht ein einziges Mal zurück.

Sie würde nie begreifen können, was ihre Unschuld ihm, dem Sünder, bedeutete, nach all den heillosen Dingen, die er getan und erlebt hatte. Doch er wusste und spürte, dass Tatiana sich ihm in dem Zelt am Ufer der Kama hingab, weil er der einzige Mann war, den sie jemals gewollt hatte. Alexander war der einzige Mann, den sie jemals geliebt hatte.

Er hatte lange davon geträumt, sie so zu sehen, schön und nackt und bereit für ihn. Und nun drückte er sie an sich. Er hatte Angst, ihr wehzutun. Noch nie zuvor war er mit einem unberührten Mädchen zusammen gewesen, und er wusste nicht recht, ob er alles richtig machte. Sie taufte ihn mit ihrem Körper. Es gab keinen Alexander mehr; der Mann, den er bisher gekannt hatte, starb und wurde wiedergeboren in dem vollkommenen Herzen, der vollkommenen Seele, die Gott ihm geschenkt hatte, ihm allein.

Er dachte daran, dass sie außer ihm auf der Welt niemanden mehr hatte, genau wie er selbst. Früher, ehe er zum Militär gegangen war, hatte er seine Eltern gehabt. Doch das war vorbei. Und noch früher, ehe sie in die Sowjetunion gereist waren, hatte er Großeltern gehabt und eine Tante. Vor der Sowjetunion hatte er Amerika gehabt. Doch all das war vorbei.

In den letzten fünf Jahre war er mit Frauen zusammen gewesen, an deren Namen und Gesichter er sich nicht erinnern konnte, mit Frauen, die ihm nichts weiter bedeuteten als ein schöner Augenblick an einem Samstagabend. Er war flüchtige Verbindungen eingegangen, die mit dem Augenblick vergangen waren. In der Roten Armee, in der Sowjetunion, gab es nichts Dauerhaftes, und auch für Alexander war nichts von Dauer.

Er hatte die letzten fünf Jahre zwischen jungen Männern verbracht, die jeden Augenblick vor seinen Augen sterben konnten, während er noch versuchte, ihnen Deckung zu geben, sie zu retten, sie zurück ins Lager zu bringen. Zu ihnen hatte er echte Verbindungen geknüpft, die jedoch ebenfalls von kurzer Dauer waren. Er wusste besser als jeder andere, wie flüchtig das Leben in diesem Krieg war.

Doch Tatiana hatte die Hungersnot überlebt, hatte sich blindlings ihren Weg durch den Schnee auf der Wolga gebahnt bis hierher in sein Zelt, um ihm zu zeigen, dass es etwas Dauerhaftes in seinem Leben gab. Es gab in seinem Leben etwas, das Tod, Leid und Entfernung nicht zerstören konnten, auch nicht die Zeit, der Krieg oder der Kommunismus. Das war unzerstörbar, flüsterte Tania. So lange ich lebe, das sagte ihm ihr Atem, ihr Körper und ihr Mund, so lange ich atme, so lange überdauerst du, Soldat.

Er glaubte. Und so heirateten sie im Angesicht Gottes.

Alexander saß auf einer Decke, an den Stamm einer Birke gelehnt, und sie saß rittlings auf ihm und küsste ihn so gierig, dass er kaum Luft bekam. »Tania …«, flüsterte er. »… Warte …«

Es war der dritte Morgen, an dem sie als Mann und Frau

erwacht waren. Sie waren aufgestanden, hatten sich gewaschen, Wasser getrunken und es sich schließlich unter der Birke bequem gemacht.

»Shura, Liebster, ich kann einfach nicht glauben, dass du mein Mann bist. Mein Mann. Wem kann ich das bloß erzählen?«

»Mir zum Beispiel.«

»Mein Mann, Shura, bis an unser Lebensende.«

»Hm.« Seine Hände liebkosten ihre Schenkel.

»Weißt du eigentlich, was das bedeutet? Du hast versprochen, dein Leben lang nur noch mit mir zu schlafen.«

»Das werde ich schon hinkriegen.«

»Weißt du, was ich gelesen habe? Nach den Sitten irgendeines afrikanischen Stammes würde mir deine Leber zustehen, als Zeichen deiner Liebe zu mir.« Sie kicherte.

»Du kannst meine Leber gern haben, Tatia. Ich fürchte nur, danach hast du nicht mehr viel von mir. Vielleicht solltest du vorher noch einmal mit mir schlafen.«

»Warte, Shura.«

»Nein. Zieh das Kleid aus. Zieh alles aus.«

Sie gehorchte.

»Und jetzt setz dich auf mich.«

»Aber du bist doch noch angezogen.«

»Ich weiß. Setz dich auf mich.« Er betrachtete sie mit gierigen Blicken. Tatiana hatte einen wunderschönen Körper – und Alexander hatte durchaus einige Vergleichsmöglichkeiten. Tania – klein, straff, gelenkig, glatt und zart vom Schlüsselbein bis zu den Fußsohlen – war die Erfüllung all seiner Wünsche. Seine jungfräuliche Ehefrau besaß alles, was er am Körper einer Frau schätzte. Sie hatte eine schmale Taille und schmale, wohlgeformte Hüften, sie hatte zarte Schenkel und üppige Brüste mit ständig aufgerichteten Brustwarzen. Sie war Samt und Seide, vom goldenen Scheitel bis zur Sohle, und auch in ihrem Innern. Alexanders Atem ging schneller. Er breitete die Arme aus. »Komm zu mir«, sagte er.

Tatiana setzte sich auf ihn. »So?«

»Das ist wunderbar«, sagte er und ließ seine Hände über ihren schimmernden Körper gleiten. Er stöhnte auf, als er sie berührte. Tatiana hob sich ein wenig in die Höhe, damit er ihre warmen Brüste küssen konnte. Er umfasste ihre Hüften und schloss die Augen. »Hast du gewusst, Tania, dass Frauen in Äthiopien sich für ihren frisch gebackenen Ehemann schön machen, indem sie sich eine Reihe von Schnitten am Oberkörper zufügen und dann Asche in die Wunden reiben, damit sich Narben bilden?«

Tatiana ließ sich wieder herabsinken und sah ihm direkt ins Gesicht. »Würdest du das schön finden?«, fragte sie.

»Nicht unbedingt.« Er lächelte. »Aber mir gefällt der Gedanke, aus Liebe ein Opfer zu bringen.«

»So, ein Opfer willst du also. Das kannst du haben. Wenn mich nicht alles täuscht, ist es in Äthiopien auch üblich, dass Frauen sich vom Hals abwärts rasieren.«

»Hm.«

»Gefällt dir das etwa?«

Er zog sie fest an sich und leckte mit der Zunge über ihre Lippen. »Ich müsste lügen, wenn ich behaupten würde, dass es mir nicht gefällt.«

»Shura!«

»Was denn? Wusstest du, dass bei manchen afrikanischen Stämmen die Frau schweigt, bis ihr Mann sie anspricht?«

»Ja, aber bei anderen Stämmen darf die Frau sowohl ihrem Mann als auch seinem Cousin schöne Augen machen, und beide können das Bett mit ihr teilen, wenn sie es wünscht. Wie gefällt dir das?« Sie sprach weiter, ohne ihm Gelegenheit zur Antwort zu geben. »Und in anderen Kulturen müsste ich mich vollkommen bedecken mit einer … na … wie heißt das Ding?«

»Mit so einem schwarzen Zelt?«, fragte Alexander lächelnd.

»Ja, aber wie heißt es richtig?«

»Du meinst eine Burka.«

»Genau! Eine Burka. Dort wäre ich also mein Leben lang von Kopf bis Fuß in eine Burka gehüllt, aber zu Beginn unserer Ehe müsstest du mir die Burka abnehmen und ich müsste nach oben greifen, um dir zu helfen. Und wessen Hand zuoberst liegt, der hat in der Ehe das Kommando.« Sie

brach in ein ansteckendes Lachen aus. »Was davon gefällt dir besser, werter Gatte?«
Alexander legte die Hände auf ihr Hinterteil. Einen Augenblick lang konnte er nichts sagen, weil sie ihn wieder küsste, um alle Dispute beizulegen. »Nun, zunächst einmal«, sagte er schließlich heiser, »hat die Schwester meines Vaters keine Kinder. Die Sache mit dem Cousin kommt also nicht in Frage. Und es würde mir durchaus gefallen, wenn du dich in ein schwarzes Zelt hüllen würdest, sodass dich niemand sieht außer mir. Und was den dritten Punkt betrifft: Ich kann mir nicht vorstellen, dass ein Winzling wie du auch nur irgendwo das Kommando übernimmt.«
»Dann schule deine Vorstellungskraft, Soldat«, gab Tatiana ungerührt zurück. Sie verschlang ihn mit den Lippen.
Nun war es Zeit für ihn, sich ebenfalls auszuziehen. Doch er konnte sich nicht rühren. Ihre Knie stemmten sich gegen seine Rippen, ihre Arme hielten seinen Kopf umschlungen, und ihre Lippen ließen nicht ab von seinem Mund.
Alexander stöhnte leise. »Barrington liegt zwar nicht in Afrika – aber weißt du, was wir damals dort gemacht haben? Wir haben uns die Handflächen aufgeschnitten und unser Blut vermischt, um uns zu beweisen, dass wir Freunde fürs Leben sind.«
»Das können wir gern tun, wenn du willst. Hier in Russland bringen wir unsere Verbundenheit allerdings meistens einfach dadurch zum Ausdruck, dass wir ein Baby bekommen.« Sie biss ihn leicht in den Nacken.
»Weißt du was?«, sagte Alexander. »Lass mich aufstehen, dann werden wir sehen, was wir tun können, um unsere Verbundenheit zum Ausdruck zu bringen.« Doch sie bewegte sich keinen Zentimeter, umschlang ihn nur noch fester. »Tania …«, sagte er. Doch sie antwortete nicht, ließ nur ihre Lippen sprechen. Und er spürte, wie seine Kräfte schwanden.
»Gerade hast du mich noch als Winzling bezeichnet«, flüsterte sie. »Und jetzt bekommst du mich nicht einmal mehr von dir herunter.«
Er versuchte gar nicht, sie von sich zu schieben. Mit einem Arm hielt er sie fest und sprang vom Boden direkt auf die

Füße, ohne sie loszulassen. »Du, meine Liebe«, sagte er, »bist sehr viel leichter als meine ganze Ausrüstung, die Waffen und der Granatwerfer, den ich immer bei mir habe, zusammen.« Mit der freien Hand knöpfte er seine Hose auf.
»Dann zeig mir doch mal deinen Granatwerfer«, flüsterte Tatiana heiser, ohne ihre Lippen von seinem Hals zu lösen.

21

Sam Gulotta in Washington, Juli 1944

Der Orden und Orbeli ließen Tatiana keine Ruhe. Und so nahm sie zwei Tag frei, was sie bis dahin noch nie getan hatte, und ging mit ihrem Sohn zur Pennsylvania Station. Dort kaufte sie sich eine Fahrkarte, fuhr nach Washington und begab sich in die Pennsylvania Avenue, zum amerikanischen Justizministerium. Nachdem sie vier Stunden lang von einem Büro für Einwanderungsangelegenheiten zum nächsten gelaufen war, stieß sie schließlich auf einen Angestellten, der ihr sagte, dass sie sich nicht nur im falschen Gebäude, sondern auch im falschen Ministerium befinde und sich an das Außenministerium in der C Street wenden müsse. Sie ging mit Anthony in ein kleines Café und erstand mit ihren Lebensmittelkarten Suppe und warme Schinken-Sandwiches. Es erschien ihr immer noch wie ein kleines Wunder, dass es in einem Land, das sich im Krieg befand, so wunderbare Fleischgerichte geben konnte.
Im Außenministerium arbeitete sie sich wieder von einem Büro zum nächsten, bis sie schließlich zum Büro für Konsulatsangelegenheiten kam. Dort blieb sie stehen, mit müden Beinen und einem müden Kind, und erklärte, sie werde sich nicht mehr von der Stelle rühren, bis sie mit jemandem sprechen könne, der sich mit der Problematik im Ausland lebender Exil-Amerikaner auskannte.
So lernte sie Sam Gulotta kennen.
Sam war ein sportlich wirkender Mann Mitte dreißig, mit lo-

ckigem, braunem Haar. Tatiana fand, dass er eigentlich wie ein Sportlehrer aussah und nicht wie ein Unterstaatssekretär für Konsulatsangelegenheiten, und sie sollte bald feststellen, dass sie sich darin nicht einmal grundlegend getäuscht hatte: Er erzählte ihr, dass er an den Nachmittagen und im Sommer-Camp häufig das Basketball-Team seines kleinen Sohnes trainierte. Doch zunächst trommelte Sam mit den Fingern auf seinen abgenutzten Holzschreibtisch, auf dem zahllose Papiere verstreut lagen, beugte sich vor und fragte: »Also, worum geht es?«

Tatiana holte tief Luft, zog den knatschigen Anthony fester an sich und fragte: »Hier?«

»Wo denn sonst? Beim Abendessen vielleicht? Natürlich hier.« Er lächelte, als er das sagte. Er war kein unfreundlicher Mensch, doch es war bereits fünf Uhr am Donnerstagnachmittag.

»Mr Gulotta, als ich noch in der Sowjetunion gelebt habe, habe ich einen Mann kennen gelernt und geheiratet, der als kleiner Junge nach Moskau gekommen ist. Ich glaube, damals war er noch amerikanischer Staatsbürger.«

»Tatsächlich?«, fragte Gulotta. »Was machen Sie denn dann hier in den Staaten? Und wie heißen Sie jetzt?«

»Mein Name ist Jane Barrington«, sagte Tatiana und zog zur Bekräftigung ihre Aufenthaltserlaubnis aus der Tasche. »Ich habe eine unbefristete Aufenthaltserlaubnis für die Vereinigten Staaten. Und bald bekomme ich auch die Staatsbürgerschaft. Aber mein Mann ... wie soll ich das erklären?« Sie holte noch einmal tief Luft und erzählte ihm dann alles, angefangen bei Alexander bis hin zur Sterbeurkunde des Roten Kreuzes und Dr. Sayers, der ihr die Flucht aus der Sowjetunion ermöglicht hatte.

Gulotta hörte ihr schweigend zu und sagte dann: »Sie erzählen mir viel zu viel, Jane Barrington.«

»Ich weiß, aber ich brauche Ihre Hilfe. Ich muss herausfinden, was mit meinem Mann passiert ist«, erwiderte sie mit schwacher Stimme.

»Sie wissen doch, was mit ihm passiert ist. Sie haben seine Sterbeurkunde.«

Wie sollte sie ihm die Sache mit dem Orden erklären? Er würde es nicht verstehen. Wer konnte das auch verstehen? Wie sollte sie ihm die Sache mit Orbeli erklären?
»Vielleicht ist er ja gar nicht tot.«
»Das wissen Sie sehr viel besser als ich, Mrs Barrington.«
Konnte sie einem Amerikaner das Konzept eines Strafbataillons vermitteln? Allen Zweifeln zum Trotz versuchte sie es.
»Verzeihen Sie, wenn ich Sie unterbreche, Mrs Barrington«, fiel Gulotta ihr ins Wort. »Was reden Sie da von Strafbataillonen und ranghohen Offizieren? Sie haben doch eine Sterbeurkunde. Ihr Mann, wer immer er sein mag, wurde nicht verhaftet, er ist ertrunken. Damit fällt er nicht mehr in meine Zuständigkeit.«
»Ich glaube, er ist vielleicht gar nicht ertrunken, Mr Gulotta. Vielleicht ist die Urkunde ja gefälscht, und er ist doch verhaftet worden. Und jetzt ist er vielleicht in einem der Strafbataillone.«
»Was veranlasst Sie dazu, das zu glauben?«
Sie konnte ihm keine überzeugenden Gründe nennen, brauchte es nicht einmal zu versuchen. »Durch ungesehene Umstände ...«
»Ungesehene?« Gulotta konnte sich ein Lächeln nicht verkneifen.
»Ich ...«
»Meinen Sie vielleicht ›unvorhergesehene‹?«
»Ja.« Tatiana errötete. »Mein Englisch ... ich lerne noch ...«
»Sie sprechen hervorragend Englisch. Fahren Sie fort.«
Vom anderen Ende des breiten Holztisches her musterte eine übergewichtige Frau mittleren Alters Tatiana grimmig und mit innigem Missfallen. »Mr Gulotta«, sagte Tatiana. »Sind Sie auch wirklich der richtige Ansprechpartner für mich? Vielleicht sollte ich mit jemand anderem reden.«
»Ich weiß nicht, ob ich der richtige Ansprechpartner bin.« Er blickte sie aus zusammengekniffenen Augen an. »Ich weiß ja immer noch nicht, warum Sie hier sind. Vielleicht bin ich der falsche Ansprechpartner. Aber mein Chef ist bereits gegangen. Also sagen Sie mir, was Ihr Anliegen ist.«

»Ich möchte, dass Sie herausfinden, was mit meinem Mann passiert ist.«
»Sonst nichts?«, fragte er ironisch.
»Nein, sonst nichts«, erwiderte sie ohne jede Ironie.
»Ich werde sehen, was ich tun kann. Genügt es, wenn ich Ihnen die Informationen nächste Woche zukommen lasse?«
Nun begriff Tatiana. »Mr Gulotta …«
Er faltete die Hände. »Jetzt hören Sie mir mal zu. Ich glaube, ich bin tatsächlich nicht der richtige Ansprechpartner. Aber ich glaube auch nicht, dass es überhaupt jemanden in diesem Ministerium – ach was, in der ganzen Regierung gibt, der Ihnen helfen kann. Sagen Sie mir noch einmal den Namen Ihres Mannes.«
»Alexander Barrington.«
»Nie gehört.«
»Haben Sie denn 1930 schon im Außenministerium gearbeitet? Damals ist er mit seinen Eltern ausgewandert.«
»Nein, damals habe ich noch studiert. Aber das spielt keine Rolle.«
»Ich habe Ihnen doch gesagt …«
»Ich weiß schon, ungesehene Umstände.«
Tatiana drehte sich um und wollte gehen, da legte er ihr plötzlich die Hand auf den Arm. Er war hinter seinem Tisch hervorgekommen und stand nun neben ihr. »Warten Sie. Wir haben eigentlich schon Feierabend. Warum sind Sie denn nicht früher zu mir gekommen?«
»Ich habe heute Morgen um fünf Uhr den Zug von New York hierher genommen, Mr Gulotta. Ich habe nur zwei Tage frei, Donnerstag und Freitag. Den ganzen Tag bin ich im Justizministerium und im Außenministerium von einem Büro ins nächste gelaufen. Sie sind der Erste, der überhaupt mit mir redet. Als Nächstes wäre ich ins Weiße Haus gegangen.«
»Ich glaube, der Präsident hat zu tun. Es handelt sich wohl um eine Invasion der Normandie. Wie ich höre, ist da ein Krieg im Gange.«
»Stimmt«, sagte Tatiana. »Ich habe als Krankenschwester in diesem Krieg gearbeitet, und das tue ich immer noch. Können die Sowjets Ihnen denn nicht helfen? Wir sind doch jetzt

Verbündete. Sie brauchen schließlich nur eine kleine Information.« Ihre Hände schlossen sich krampfhaft um die Griffe des Kinderwagens.

Sam Gulotta musterte sie aufmerksam. Tatiana war bereits kurz davor aufzugeben, doch Sam hatte gute Augen. Verständnisvolle, warme, mitfühlende Augen.

Also fuhr sie fort: »Sehen Sie sich seine Akte an. Sie haben doch sicher Akten zu den Leuten, die in die Sowjetunion ausgewandert sind. Wie viele werden das schon sein? Schauen Sie sich die Akte an, vielleicht finden Sie ja etwas darin. Sie werden sehen – er war noch ein kleiner Junge, als er aus Amerika fortgegangen ist.«

Sam gab einen zweifelnden Laut von sich, der sich irgendwo zwischen einem Glucksen und einem Stöhnen bewegte. »Gut, nehmen wir also an, ich schaue in seine Akte und stelle fest, dass er tatsächlich als kleiner Junge die Vereinigten Staaten verlassen hat. Was dann? Das wissen Sie doch schon.«

»Vielleicht finden Sie ja noch etwas anderes. Die Sowjetunion und die Vereinigten Staaten tauschen doch Informationen aus. Vielleicht können Sie ja herausfinden, was wirklich mit ihm passiert ist.«

»Gibt es denn etwas Wirklicheres als eine Sterbeurkunde?«, murmelte Gulotta vor sich hin. Dann sagte er laut: »Gut, und wenn ich nun durch irgendein Wunder herausfinden sollte, dass Ihr Mann noch am Leben ist. Was dann?«

»Das lassen Sie meine Sorge sein«, erwiderte Tatiana.

Sam seufzte. »Kommen Sie morgen früh wieder. Um zehn. Bis dahin versuche ich, seine Akte zu finden. Wann, sagten Sie, ist die Familie ausgewandert?«

»Im Dezember 1930.« Nun lächelte Tatiana zum ersten Mal.

Sie nahm sich ein Zimmer in einem kleinen Hotel an der C Street, ganz in der Nähe des Außenministeriums. Es gefiel ihr, sich ein Hotelzimmer nehmen zu können, ohne fürchten zu müssen, dass man sie wieder fortschickte oder nach ihren Papieren verlangte. Sie fragte einfach nach einem Zimmer, bezahlte drei Dollar und wurde in ein schönes Zimmer mit Bad geführt. Das war so einfach. Niemand beäugte sie misstrauisch, trotz ihres russischen Akzents.

Am nächsten Morgen stand sie schon kurz vor neun wieder vor der Tür des Büros für Konsulatsangelegenheiten und saß eine Stunde lang wartend auf der Bank. Sie hielt ihren Sohn auf dem Schoß, spielte mit seinen Fingern und sah sich mit ihm ein Bilderbuch an. Um Viertel vor zehn trat Gulotta auf den Flur hinaus und winkte sie in sein Büro. »Setzen Sie sich, Mrs Barrington«, sagte er. Vor ihm auf dem Tisch lag ein ausnehmend dicker Aktenordner. Einen Augenblick lang saß er schweigend da. Seine Hände ruhten auf der Akte, und er hielt den Blick gesenkt. Schließlich seufzte er tief auf. »In welchem Verhältnis, sagten Sie, stehen Sie zu Alexander Barrington?«

»Ich bin seine Frau«, sagte Tatiana leise.

»Jane Barrington?«

»Ja.«

»Jane Barrington ist der Name seiner Mutter.«

»Ich weiß, deshalb habe ich ihn mir ja ausgesucht. Ich bin nicht Alexanders Mutter.« Tatiana sah ihn misstrauisch an, und er erwiderte ihren Blick ebenso misstrauisch. »Ich habe ihren Namen angenommen, um aus der Sowjetunion zu fliehen.« Sie versuchte, zu begreifen, was ihm wohl Sorgen bereitete. »Was ist das Problem? Dass ich Kommunistin bin?«

»Wie lautet Ihr richtiger Name?«

»Tatiana.«

»Tatiana – und weiter? Wie lautet Ihr sowjetischer Name?«

»Tatiana Metanowa.«

Sam Gulotta sah sie einige Augenblicke lang, die ihr wie Stunden vorkamen, unverwandt an. Er hielt die Akte mit beiden Händen umklammert und ließ sie auch nicht los, als er schließlich fragte: »Darf ich Tatiana zu Ihnen sagen?«

»Natürlich.«

»Sie haben die Sowjetunion als Rotkreuz-Krankenschwester verlassen?«

»Ja.«

»Soso«, sagte Gulotta. »Sie haben großes Glück gehabt.«

»Ich weiß.« Tatiana sah auf ihre Hände hinunter.

»Inzwischen lässt die Sowjetunion niemanden vom Roten Kreuz mehr ins Land. Vor ein paar Monaten hat sich unser

Außenministerium erboten, das Rote Kreuz zur Unterstützung in die sowjetischen Krankenhäuser und Gefangenenlager zu schicken, und Außenminister Molotow hat höchstpersönlich abgelehnt. Es ist wirklich ein Wunder, dass Sie da rausgekommen sind.« Er betrachtete sie mit ehrlichem Erstaunen, und sie wäre seinem Blick am liebsten ausgewichen.

»Tatiana, ich will Ihnen von Alexander Barrington und seinen Eltern erzählen. Im Jahr 1930 hat die Familie die Vereinigten Staaten verlassen. Harold und Jane Barrington waren flammende Verfechter des Kommunismus. Sie haben in der Sowjetunion freiwilliges politisches Asyl beantragt, obwohl sie von der amerikanischen Regierung mehrfach aufgefordert wurden, das zu unterlassen, weil ihre Sicherheit so nicht garantiert werden konnte. Trotz seiner aufwieglerischen Aktivitäten in unserem Land war Harold Barrington nach wie vor amerikanischer Staatsbürger, und wir trugen Verantwortung für ihn und seine Familie. Wissen Sie, wie oft Harold Barrington verhaftet worden ist? Zweiunddreißigmal. Unseren Aufzeichnungen zufolge wurde sein Sohn dreimal mit ihm verhaftet. Zweimal hat er seine Sommerferien in einer Jugendvollzugsanstalt verbracht, weil seine Eltern beide im Gefängnis saßen und ihren Sohn offenbar lieber ebenfalls im Gefängnis wissen wollten als bei Verwandten …«

»Was für Verwandte?«, unterbrach ihn Tatiana.

»Harold hatte eine Schwester, Esther Barrington.«

Alexander hatte die Schwester seines Vaters nur einmal beiläufig erwähnt. Tatiana begann, sich Sorgen zu machen, weil Gulotta so leise sprach und seine Worte sorgsam zu wählen schien, als wolle er ihr die eigentliche schlechte Nachricht verheimlichen.

»Können Sie mir nicht erklären, was das alles zu bedeuten hat?«, fragte sie. »Was haben Sie mir zu sagen?«

»Lassen Sie mich zu Ende erzählen. Es stimmt, der Sohn hat seine amerikanische Staatsangehörigkeit nicht aufgegeben, doch seine Eltern haben es getan. Im Jahr 1933 haben sie ihre Pässe abgegeben, obwohl unsere Botschaft in Moskau noch einmal versucht hat, es ihnen auszureden. Im Jahr 1936 hat

Alexanders Mutter dann die amerikanische Botschaft aufgesucht und um Asyl für ihren Sohn gebeten.«
»Ich weiß. Dieser Ausflug hat sie und ihren Mann das Leben gekostet, und auch für Alexander wäre es das Ende gewesen, wenn er nicht auf dem Weg ins Gefängnis entkommen wäre.«
»Richtig«, sagte Gulotta. »Aber genau damit hat unsere Zuständigkeit für Alexander ein Ende. Als er auf dem Weg ins Gefängnis entkommen ist, war er bereits sowjetischer Staatsbürger.«
»Aber das wollte er doch gar nicht. Er ist zum Militär gegangen.«
»Hat er sich freiwillig verpflichtet?«
»Er hat sich freiwillig für die Offizierslaufbahn verpflichtet. Aber in der Sowjetunion haben alle jungen Männer die Pflicht, sich mit sechzehn zum Militärdienst zu melden, also hat er das getan.«
Sam blickte nachdenklich drein. »Aber als er sich zum Militärdienst gemeldet hat, ist er sowjetischer Staatsbürger geworden.«
»Ja.«
»Im Jahr 1936 haben sich die sowjetischen Behörden an uns gewandt und uns bei der Suche nach Alexander Barrington um Hilfe gebeten. Sie sagten, er sei ein flüchtiger Straftäter und wir hätten kein Recht, ihm freies Geleit zu gewähren, falls er sich an uns wenden sollte. In diesem Fall seien wir sogar aufgrund internationaler Abkommen verpflichtet, ihn umgehend an die Sowjetunion auszuliefern.«
Gulotta schwieg einen Augenblick. »Man hat uns gebeten, die sowjetischen Behörden umgehend davon in Kenntnis zu setzen, falls Alexander Barrington uns um Asyl bitten sollte, da er sowjetischer Staatsbürger sei und außerdem ein politischer Straftäter, der sich der Rechtsprechung entzogen habe.«
Tatiana stand auf.
»Er gehört nicht mehr zu uns«, sagte Gulotta. »Wir können Ihnen nicht helfen.«
»Vielen Dank, dass Sie sich die Zeit genommen haben«, sagte Tatiana mit zitternder Stimme. Ihre Hände krampften sich

um die Griffe des Kinderwagens. »Es tut mir Leid, dass ich Ihnen so viel Mühe gemacht habe.«
Gulotta stand ebenfalls auf. »Unsere Beziehungen zur Sowjetunion haben sich stabilisiert, weil wir für dieselbe Sache kämpfen. Dennoch herrscht auf beiden Seiten großes Misstrauen. Was wird geschehen, wenn der Krieg vorbei ist?«
»Ich weiß es nicht«, erwiderte Tatiana. »Was wird dann geschehen?«
»Warten Sie.« Gulotta ging um den Tisch herum und stellte sich vor seine Bürotür, ohne sie zu öffnen.
»Ich muss gehen«, sagte Tatiana tonlos. »Ich darf den Zug nach New York nicht verpassen.«
»Warten Sie«, sagte er noch einmal und streckte die Hand aus. »Setzen Sie sich noch einen Augenblick.«
»Ich möchte mich nicht mehr hinsetzen.«
»Hören Sie mir zu«, sagte Gulotta und deutete unbeirrt auf den Stuhl. Schließlich ließ sie sich dankbar darauf sinken. »Da ist noch etwas ...«
Er setzte sich auf den Stuhl neben ihr. Anthony griff nach seinem Hosenbein, und Gulotta lächelte. »Haben Sie wieder geheiratet?«
»Natürlich nicht«, erwiderte sie schwach.
Gulotta betrachtete das Kind.
»Es ist sein Sohn«, sagte Tatiana.
Gulotta schwieg eine Weile. »Erzählen Sie niemandem von Alexander Barrington«, sagte er schließlich. »Gehen Sie nicht zum Justizministerium und auch nicht zu den Einwanderungsbehörden in New York oder Boston. Sie sollten auch nicht seine Verwandten aufsuchen.«
»Warum nicht?«
»Tun Sie es nicht, nicht heute, nicht morgen und auch nicht in einem Jahr. Vertrauen Sie niemandem. Sie dürfen nicht riskieren, dass jemand Nachforschungen anstellt, selbst wenn der Betreffende es noch so gut meint. Wenn ich mit den Sowjets Kontakt aufnehme und mich nach Alexander Barrington erkundige, werden sie sich nicht sehr entgegenkommend zeigen. Und wenn ich sie frage, wo sich ein gewisser Alexander Below, der eigentlich Alexander Barrington heißt, aufhält,

falls er noch am Leben ist, dann bringt das die sowjetischen Behörden direkt auf seine Spur.«
»Das verstehe ich besser, als Sie glauben«, sagte Tatiana. Sie sah Gulotta nicht an, sondern hielt den Blick auf ihren Sohn gerichtet.
»Sie haben eine Aufenthaltsgenehmigung?«
Sie nickte. »Versuchen Sie, so schnell wie möglich die amerikanische Staatsangehörigkeit zu bekommen. Ist Ihr Sohn Amerikaner oder ...«
»Er ist Amerikaner.«
»Das ist sehr gut. Sehr gut.« Gulotta räusperte sich. »Und noch etwas ...«
Sie schwieg.
»Den Aufzeichnungen zufolge haben sich die sowjetischen Behörden im März letzten Jahres an das Außenministerium gewandt. Es ging um eine sowjetische Staatsbürgerin, eine gewisse Tatiana Metanowa, die wegen Spionage, Desertion und Verrats gesucht wurde und unter dem dringenden Verdacht stand, in den Westen fliehen zu wollen. Sie haben ein Telegramm geschickt und angefragt, ob eine Tatiana Metanowa Asyl in den Vereinigten Staaten beantragt oder versucht habe, Nachforschungen über ihren Mann anzustellen, einen gewissen Alexander Below, der im Verdacht stehe, eigentlich Alexander Barrington zu heißen. Offenbar hat Tatiana Metanowa ihre sowjetische Staatsbürgerschaft noch nicht aufgegeben. Im vergangenen Jahr haben wir geantwortet, dass sie uns nicht kontaktiert habe. Wir wurden gebeten, uns sofort mit den entsprechenden Behörden in Verbindung zu setzen, falls sie uns kontaktieren sollte, und ihr die Rechtsstellung als Flüchtling zu verweigern.«
Beide schwiegen lange. Schließlich fragte Sam Gulotta: »Hat Tatiana Metanowa versucht, Nachforschungen über Alexander Barrington anzustellen?«
Und schließlich erwiderte Tatiana kaum hörbar: »Nein.«
Sam nickte. »Das dachte ich mir. Dann brauche ich also auch nichts in diese Akte einzutragen.«
»Nein«, sagte Tatiana. Sie spürte, wie er ihr die Hand auf den Rücken legte und ihr leicht auf die Schulter klopfte.

»Wenn Sie mir Ihre Adresse geben, werde ich Ihnen schreiben, falls ich etwas erfahre. Aber Sie müssen verstehen …«
»Ich verstehe sehr gut«, flüsterte sie.
»Vielleicht hat dieser verfluchte Krieg ja bald ein Ende, und vielleicht damit auch das, was da in der Sowjetunion vor sich geht. Wenn sich die Lage ein wenig entspannt, können wir auch wieder Nachforschungen anstellen. Nach dem Krieg kann alles besser werden.«
»Nach welchem Krieg?«, fragte Tatiana, ohne aufzublicken.
»Es wird besser sein, wenn ich Ihnen schreibe, dann brauchen Sie meine Adresse nicht aufzubewahren. Sie erreichen mich am besten über das Krankenhaus auf Ellis Island. Eine andere Adresse habe ich noch nicht. Ich …« Sie brach ab. Obwohl sie die Zähne zusammenbiss und entschlossen das Kinn reckte, gelang es ihr nicht, Sam Gulotta die Hand zu reichen. Sie wollte es tun, doch es gelang ihr nicht.
»Wenn ich könnte, würde ich Ihnen helfen. Ich bin nicht der Feind«, sagte er leise.
»Nein«, sagte sie und ging an ihm vorbei aus dem Büro. »Aber wie sich herausstellt, bin ich es.«

Tatiana nahm sich zwei Wochen frei, um einen »dringend notwendigen Urlaub« anzutreten. Sie versuchte, Vikki dazu zu bringen, sie zu begleiten, doch Vikki war vollauf mit zwei Assistenzärzten und einem blinden Musiker beschäftigt und wollte nicht mitkommen.
»Ich lasse mich doch nicht auf irgendeine Überraschungsreise ein. Wo willst du denn eigentlich hin?«
»Anthony möchte den Grand Canyon sehen.«
»Anthony ist ein Jahr alt! Er möchte, dass seine Mutter sich endlich eine Wohnung sucht und einen neuen Mann, und das nicht unbedingt in dieser Reihenfolge.«
»Nein. Er will den Grand Canyon sehen.«
»Du hast gesagt, wir würden uns bald eine Wohnung suchen.«
»Wenn du uns begleitest, suche ich mir vielleicht eine Wohnung, wenn wir zurück sind.«
»Lügnerin!«

Tatiana lachte. »Vikki, ich fühle mich wohl hier auf Ellis Island.«

»Das ist ja das Problem. Du kannst dich hier gar nicht wohl fühlen. Du bist ganz allein, wohnst mit deinem Kind in einem kleinen Zimmer und benutzt ein Gemeinschaftsbad. Lieber Himmel, du bist jetzt in Amerika. Nimm dir eine Wohnung. Das machen Amerikaner so.«

»Du hast doch auch keine Wohnung.«

»Großer Gott! Ich habe aber wenigstens ein Zuhause.«

»Das habe ich auch.«

»Du willst einfach keine eigene Wohnung haben, damit du nicht Gefahr läufst, dich mit jemandem einzulassen.«

»Die Gefahr besteht ohnehin nicht.«

»Wann willst du endlich anfangen, jung zu sein? Glaubst du, er wäre dir treu, wenn er noch am Leben wäre? Er würde ganz bestimmt nicht auf dich warten, das sage ich dir. Er würde richtig auf den Putz hauen.«

»Vikki, warum hältst du dich eigentlich für so erfahren, wo du doch eigentlich gar keine Ahnung hast?«

»Ich kenne die Männer. Sie sind alle gleich. Und jetzt sag mir bloß nicht, dass deiner anders ist. Er ist Soldat, und die sind noch schlimmer als Musiker.«

»Musiker?«

»Lassen wir das.«

»Ich will mich nicht mit dir streiten, und außerdem muss ich mich um meine Patienten kümmern. Habe ich dir erzählt, dass ich jetzt halbtags beim Roten Kreuz arbeite? Man braucht dort dringend Unterstützung. Du solltest dich auch bewerben.«

»Glaub mir, er würde auf den Putz hauen. Und genau das solltest du auch tun.«

»Tania?« Sie hört sein Flüstern hinter sich. Es ist so dunkel, dass sie überhaupt nichts sieht; fast kommt es ihr so vor, als würde sie noch schlafen. »Tatia? Schläfst du?«

»Jetzt nicht mehr«, sagt sie und dreht sich zu ihm um. Sie riecht seinen Atem, eine Mischung aus Wodka, Zigaretten, Tee und dem Natron und dem Peroxyd, mit dem er sich die

Zähne putzt. Und dann riecht sie seinen männlichen Duft, nach Seife und nach Alexander. Sie hebt die Hand, um sein Gesicht zu berühren. »Shura, Liebster, was ist denn los? Kannst du nicht schlafen? Du hast doch sonst nie Probleme einzuschlafen.«

»Hörst du den Wind? Draußen ist ein richtiges Unwetter im Gange. Wenn es sich morgen wieder beruhigt hat, wollen wir dann früh aufstehen und zum Angeln gehen?«

»Sicher. Weck mich einfach auf, Soldat, dann komme ich mit.«

Er sucht im Dunkeln ihre Stirn und drückt seine Lippen darauf. Sie schmiegt sich an seine Brust und schließt die Augen – oder hat sie sie bereits geschlossen?

»Wir hatten einen guten Tag heute, nicht wahr, Tatia?«

»Natürlich, Liebster. Jeder Tag ist vollkommen. Es sind unsere Flitterwochen.« Sie lächelt in der Dunkelheit.

Er zieht sie enger an sich. »Wirst du mir vergeben, Tania, wenn ich sterbe?«

»Ja.«

»Wirst du mir auch vergeben, wenn ich ins Gefängnis komme?«

»Ja.«

»Wirst du mir vergeben …«

»Ich vergebe dir alles.«

Eng aneinander geschmiegt liegen sie im Dunkeln. »Es ist ein vollkommener Tag«, flüstert er. »Doch an seinem Ende wartet so viel Schmerz.«

»Nein«, sagt Tania und schlingt die Arme um ihn. »Das ist kein Schmerz, Shura. Das ist Liebe.«

22

Majdanek, Juli 1944

In Ostpolen machten sie am Waldrand Halt, um sich mit neuen Waffen zu versorgen und ein wenig auszuruhen.

»Warum müssen wir eigentlich ständig über Gott, die Deut-

schen, die Amerikaner, den Krieg und Genosse Stalin diskutieren?«, fragte Uspenskij.
»Das tun wir gar nicht«, bemerkte Telikow. »*Sie* tun es. Sie kommen immer wieder mit diesem ganzen Kram. Wissen Sie, worüber Hauptmann Below und ich gesprochen haben, bevor Sie dazugekommen sind?«
»Worüber denn?«, schnauzte Uspenskij.
»Wir haben darüber diskutiert, ob der Gelbbarsch oder der Flussbarsch sich besser schuppen lässt und aus welchem Fisch man die bessere Suppe zubereiten kann. Ich persönlich bin der Ansicht, dass Gelbbarschsuppe hervorragend schmeckt.«
»Das liegt nur daran, dass Sie noch keine Flussbarschsuppe probiert haben«, sagte Alexander. »Passen Sie auf, wenn Sie aufstehen, Ihnen fällt ja die ganze Munition aus der Tasche. Was sind Sie bloß für ein Soldat?«
»Ich bin ein Soldat, der eine Frau braucht, Herr Hauptmann. Egal, ob im Sitzen, im Stehen oder im Liegen – einfach nur eine Frau.« Telikow hob seine Magazine auf.
»Wir haben schon verstanden, Telikow. Die Armee stellt an der Front leider keine Frauen zur Verfügung.«
»Das ist mir bereits aufgefallen. Aber ich habe auch gehört, dass das 84. Bataillon ein paar Kilometer südlich von uns von drei Krankenschwestern begleitet wird. Warum haben wir nur Ärzte?«
»Weil Sie alle Strafgefangene sind. Und Sie sind zweihundert Mann. Die arme Frau würde hier keine Stunde überleben.«
»Mit Verlaub, Herr Hauptmann, das spielt für Männer wie uns keine Rolle.«
»Und genau deshalb bekommen Sie keine Krankenschwester«, sagte Alexander.
Telikow sah ihn überrascht an. »Sind Sie etwa dafür verantwortlich, dass wir keine Krankenschwester haben?«
»Das ist wirklich nicht besonders fair, Herr Hauptmann«, mischte sich Uspenskij ein. »Nur weil Ihre Eier offenbar längst vertrocknet sind, müssen wir doch nicht ebenfalls leiden. Im Gegensatz zu Ihnen sind wir aus Fleisch und Blut.«
»Stimmt, und in Kürze werden wir wieder einiges von die-

sem Blut vergießen, Herr Leutnant. Also reden Sie nicht von meinen Eiern, ordern Sie lieber Ihre Männer an die Front.«

Alexander war mit zweihundert Männern aufgebrochen, doch als sie schließlich Ende Juli 1944 in Majdanek ankamen, betraten nur noch achtzig das Konzentrationslager, das kaum drei Tage zuvor von sowjetischen Truppen befreit worden war. Es befand sich auf einem ebenen, mit bräunlichem Gras bewachsenen Feld, und die langen und niedrigen grünen Baracken verschmolzen fast mit der Umgebung. Alexander roch den süßlich-beißenden Geruch von verbranntem Fleisch, der in der Luft lag. Er sagte nichts, doch an der Stille, die sich nach und nach über die ganze Truppe senkte, merkte er, dass seine Männer es ebenfalls rochen.

»Warum mussten wir denn unbedingt hierher kommen?«, fragte Telikow. Er war neben Alexander getreten und schaute nun mit ihm gemeinsam durch den Stacheldrahtzaun auf die Stadt Lublin hinunter, die sich jenseits des Feldes am Fuß einer Anhöhe befand.

»Die Oberbefehlshaber wollen, dass wir wissen, was uns in Deutschland erwartet«, erklärte Alexander. »Wir sollen den Deutschen kein Mitleid entgegenbringen.«

Uspenskij fragte ihn, ob die Einwohner von Lublin wohl dasselbe rochen wie sie jetzt, und Alexander erwiderte, dass sie diesen Geruch wohl seit Monaten täglich ertragen mussten.

Das Lager war klein und wirkte fast friedlich, als habe der Mensch sich daraus zurückgezogen und nur Geister zurückgelassen ... Und Asche ... Knochen ... und die bläulichen Reste von Zyklon B an den Betonwänden. Oberschenkelknochen und Schlüsselbeine, Gucklöcher in Stahltüren, ein »Duschraum« auf der einen Seite des kleinen Lagers und Öfen mit langen, schmalen Schornsteinen. Dazwischen eine Straße und die Baracken, das Haus des Lagerkommandanten, die Unterkünfte der SS.

Sonst nichts.

Die Männer gingen langsam und schweigend umher, dann senkten sie den Kopf, und schließlich sammelten sie sich am Ende des Lagers und nahmen ihre Mützen ab.

»Man kann sich beim besten Willen nicht einreden, dass

das hier ein Zwangsarbeitslager war«, sagte Uspenskij zu Alexander.
»Nein, das kann man nicht.«
Doch es gab noch etwas anderes. Hinter den Öfen mit der weißen Asche und den weißen Resten menschlicher Knochen befanden sich wahre Dünen, wahre Pyramiden, übermannshohe Berge aus weißer Asche. Auch auf dem Feld lag die Asche verstreut, und darauf wuchsen riesige Kohlköpfe. Alexander, sein Leutnant, seine Feldwebel, Unteroffiziere und Soldaten standen da und betrachteten die Kohlköpfe, die so groß wie Kürbisse zu sein schienen. Schließlich sagte jemand, er habe noch nie so riesige Kohlköpfe gesehen, und wenn sie einen davon mitnähmen, könnten sie an diesem Abend eine Mahlzeit für alle achtzig Männer daraus zubereiten. Alexander verbot seinen Männern, die Kohlköpfe anzurühren. Doch dann erlaubte er ihnen, aus einem lang gestreckten hölzernen Lagerhaus voller Schuhe, Stiefel und Sandalen in allen Größen und Formen je ein Paar Stiefel mitzunehmen, denn er wusste, wie schwierig es war, in der Roten Armee neue Schuhe zu bekommen, vor allem für ein Strafbataillon. Die Schuhstapel türmten sich hinter Maschendraht drei Meter hoch vom Boden bis zur Decke.
»Wie viele Schuhe mögen das wohl sein?«, fragte Uspenskij.
»Bin ich etwa Mathematiker?«, fauchte Alexander. »Hunderttausende.«
Schweigend verließen sie das Lager und blieben am Stacheldrahtzaun nicht einmal stehen, um einen weiteren Blick auf die Kirchtürme der katholischen Stadt Lublin zu werfen, die nur wenige Kilometer entfernt lag.
»Wissen Sie, wem sie das angetan haben, Herr Hauptmann? Waren das Polen?«
»Hm. Es waren sicher Polen, hauptsächlich polnische Juden, glaube ich«, gab Alexander zur Antwort. »Dazu haben sich die Oberbefehlshaber allerdings nicht geäußert. Sie wollen die Wut der sowjetischen Armee in keiner Weise dämpfen.«
»Wie lange, glauben Sie, hat das gedauert?«, fragte Uspenskij.
»Majdanek ist vor acht Monaten eingerichtet worden. Zwei-

hundertvierzig Tage also. Eine Frau braucht neun Monate, um ein neues Leben zu gebären, und die haben nicht einmal so lange gebraucht, um anderthalb Millionen Leben auszulöschen.«
Keiner sagte ein Wort, bis sie einen guten Kilometer weit fort waren.

Später bemerkte Uspenskij: »Ein solcher Ort zeigt mir wieder einmal, dass der Kommunismus Recht hat. Es gibt keinen Gott.«
»So etwas ist nicht Gottes Werk, Uspenskij«, erwiderte Alexander.
»Wie kann Gott so etwas zulassen?«, rief Uspenskij aus.
»Ebenso, wie er Vulkanausbrüche und Massenvergewaltigungen zulässt. Gewalt ist etwas Schreckliches.«
»Es gibt keinen Gott«, wiederholte Uspenskij hartnäckig. »Majdanek, der Kommunismus und die Naturwissenschaften sind der Beweis dafür.«
»Zum Kommunismus will ich mich nicht äußern. Aber Majdanek beweist nur, wie unmenschlich der Mensch mit seinesgleichen verfahren kann. So etwas entsteht mitunter aus dem freien Willen, den Gott den Menschen gegeben hat. Hätte er alle Menschen gut gemacht, könnte man ja auch kaum noch von freiem Willen sprechen, nicht wahr? Und die Naturwissenschaften maßen sich nicht an, uns zu beweisen, dass hinter dem Universum ein göttlicher Wille steht.«
»Aber das sollten sie. Wozu sind sie denn sonst da?«
»Zum Experimentieren.«
»Tatsächlich?«
»Experimente wie diese: An diesem oder jenem Tag habe ich soundso viele Stunden geschlafen und mich danach folgendermaßen gefühlt. Ich habe eine Menge x an Nahrung zu mir genommen und konnte daraufhin soundso lange arbeiten. Wenn ich vierzig bin, bekomme ich langsam Falten – die Naturwissenschaft hat uns gezeigt, dass das den Beginn des Alters markiert. Aber wie kann eine Wissenschaft, die auf Messungen, Kombinationen, Mischungen und Beobachtungen basiert, uns sagen, was Schlaf eigentlich ist?« Alexander

lachte. »Die Wissenschaft, Uspenskij, kann zwar messen, wie lange wir schlafen, aber kann sie uns sagen, was wir geträumt haben? Sie kann unsere Reaktionen beobachten und festhalten, ob wir zucken, lachen oder weinen, aber kann sie uns sagen, was in diesen Momenten in unserem Kopf vorgeht?«

»Warum sollte sie das auch tun?«

»Sie kann nur über das Sichtbare, das Greifbare berichten. Die Wissenschaft kann weder in meinen noch in Ihren Kopf hineinsehen. Wie sollte sie Ihnen dann beweisen können, dass es einen Gott gibt? Sie kann mir ja noch nicht einmal sagen, woran Sie gerade denken, und dabei sind Sie doch ein offenes Buch.«

»So, bin ich das? Sie würden sich wundern, Herr Hauptmann. Ich werde Ihnen sagen, woran ich gerade denke ...«

»Wo wohl das nächste Bordell sein mag?«

»Woher wissen Sie das?«

»Sie sind ein offenes Buch, Herr Leutnant.«

Schweigend fuhren sie mit dem Panzer weiter.

Einige Zeit später fragte Uspenskij: »Und woran denken Sie, Herr Hauptmann?«

»Ich bemühe mich, so wenig wie möglich zu denken, Herr Leutnant.«

»Und was ist, wenn Sie nicht anders können?«

»Dann denke ich an die Boston Red Sox«, sagte Alexander, »und frage mich, ob sie wohl in diesem Jahr eine gute Saison hatten.«

»An wen?«

»Vergessen Sie's.«

»Großer Gott!«

»Jetzt rufen Sie ihn ja schon wieder an. Ich dachte, es gibt ihn nicht.«

»Und ich dachte, Sie denken nicht?«

Alexander lachte. »Ich werde Ihnen jetzt beweisen, Uspenskij, dass die Naturwissenschaft absolut unfähig ist, Ihnen einen Beweis der Nicht-Existenz Gottes zu liefern.« Er drehte sich um und ließ den Blick über die Kolonne von Männern schweifen, die unermüdlich hinter dem Panzer hermarschierten. »Schauen Sie, dort drüben geht Unteroffizier Valerij Jermenko. Die Rote Armee hat folgende Informationen über ihn: Er ist achtzehn Jahre alt und hat bisher bei seiner Mutter gewohnt. Er ist direkt vom Hof seiner Eltern auf dem Land nach Stalingrad gekommen. Dort hat er gekämpft und sich im Dezember 1942 den Deutschen ergeben. Als die Deutschen einen Monat später ihrerseits aufgegeben haben, wurde er ›befreit‹ und in ein Zwangsarbeitslager oberhalb der Wolga verbracht. Nun lautet meine Frage an Sie: Wie ist er hierher gekommen? Wie kommt dieser junge Mann dazu, mit uns durch Ostpolen zu marschieren, in einem Strafbataillon mit all dem anderen Abschaum, den sie in den sibirischen Arbeitslagern nicht haben wollten? Ich frage Sie: Wie ist er hierher gekommen?«

Uspenskij musterte erst Jermenko, dann Alexander. »Wollen Sie mir etwa erzählen, dass es einen Gott gibt, weil ein kleiner Mistkerl namens Jermenko es geschafft hat, in Ihrem Strafbataillon zu landen?«

»Ja.«

»Und warum genau soll ich das jetzt besser begreifen?«

»Das können Sie nicht. Aber wenn Sie sich zwei Minuten lang mit ihm unterhalten, werden Sie begreifen, warum Gott die Welt erschaffen haben muss und sie sich nicht selbst erschaffen haben kann.«

»Haben wir wirklich Zeit für solchen Unsinn?«

»Haben Sie eine bessere Idee?«

Kurz vor Lublin überquerten sie vorsichtig in einer Reihe ein Minenfeld. Der Sprengmeister fand alle Minen, bis auf die letzte. Sie begruben ihn in dem Loch, das die Mine in den Boden geschlagen hatte. »Gut«, sagte Alexander dann. »Wer von Ihnen wird unser neuer Sprengmeister?«

Keiner rührte sich.

»Wenn sich niemand freiwillig meldet, muss ich einen Freiwilligen bestimmen. Entscheiden Sie sich.«

In einer der hinteren Reihen hob ein kleiner Gefreiter die Hand. Er war so klein, dass er auch eine Frau hätte sein können, dachte Alexander, und selbst für eine Frau wäre er noch klein gewesen. Der Gefreite Estewitsch zitterte am ganzen

Körper, als er vortrat und fragte: »Wir kommen doch nicht so bald an ein weiteres Minenfeld, nicht wahr, Herr Hauptmann?«

»Wir kommen jetzt in eine Stadt, die vier Jahre lang von den Deutschen besetzt war. Ehe sie sich zurückgezogen haben, haben sie uns sicher noch ein paar Minen als Begrüßungsgeschenk dagelassen. Wenn Sie heute Nacht schlafen wollen, müssen Sie sich darauf gefasst machen, unsere Schlafstätte erst einmal von Minen zu säubern, Gefreiter.«

Estewitsch zitterte weiterhin wie Espenlaub.

Als sie kurz danach mit dem Panzer weiterfuhren, fragte Uspenskij: »Wollen Sie mir jetzt nicht auch den Schluss Ihrer faszinierenden Theorie verraten? Ich kann es kaum erwarten.«

»Ich fürchte, da müssen Sie sich noch ein wenig gedulden, Herr Leutnant. Ich erzähle es Ihnen heute Abend, falls wir lebend nach Lublin kommen.«

Estewitsch machte seine Arbeit gut. In einem kleinen, weitgehend intakten Haus spürte er fünf Minen auf, die die Deutschen vor ihrem Rückzug dort zurückgelassen hatten. Die achtzig Männer schlugen ihr Lager in dem baufälligen Gebäude auf, und als sie später draußen im Hof um ein Feuer saßen, fragte Alexander: »Denken Sie eigentlich manchmal darüber nach, Uspenskij, was Sie alles nicht wissen?«

Uspenskij lachte. »Das ist doch schon mal ein guter Anfang.«

»Denken Sie einmal darüber nach, wie oft Sie auf etwas stoßen, von dem Sie sagen: ›Woher soll ich das wissen?‹«

»So etwas sage ich nicht, Herr Hauptmann«, warf Uspenskij ein. »Ich sage immer: ›Woher *zum Teufel* soll ich das wissen?‹«

»Sie wissen nicht einmal, wie ein unbedeutender Unteroffizier der ersten Brigade unter mein Kommando gekommen ist, wenn er doch nach jedem Dafürhalten ganz woanders sein müsste. Und doch sitzen Sie hier und teilen mir im Brustton der Überzeugung mit, dass es keinen Gott gibt.«

Uspenskij dachte darüber nach. Dann sagte er: »Ich glaube, ich kann Jermenko nicht leiden. Ich spiele ernsthaft mit dem Gedanken, ihn auf eine Mine treten zu lassen.«

»Rufen wir ihn doch zu uns.«
»Oh, nein!«
»Bevor ich ihn herrufe, möchte ich Sie allerdings noch einmal daran erinnern, dass Sie in den letzten vier Stunden ein wissenschaftliches Experiment mit ihm durchgeführt haben. Sie haben ihn ganz genau beobachtet, Sie haben gesehen, wie er marschiert, wie er sein Gewehr trägt, wie er den Kopf hält. Kommt er aus dem Rhythmus? Zeigt er Anzeichen von Erschöpfung? Ist er hungrig? Vermisst er seine Mutter? Hat er schon einmal mit einer Frau geschlafen?« Alexander lächelte. »Wie viele dieser Fragen glauben Sie, beantworten zu können?«
»Eine ganze Menge«, antwortete Uspenskij unwirsch. »Ja, er ist hungrig. Ja, er ist erschöpft. Ja, er wäre gern woanders. Ja, er vermisst seine Mutter. Ja, er hat schon einmal mit einer Frau geschlafen. Das hat ihn nicht viel mehr gekostet als die Hälfte seines Monatssolds, damals in Minsk.«
»Und woher wissen Sie das alles?«
»Weil es auch auf mich zutrifft«, erwiderte Uspenskij.
»Nun gut. Sie wissen also die Antworten auf diese einfachen Fragen, weil Sie sich selbst kennen.«
»Wie bitte?«
»Sie wissen die Antworten, weil Sie in sich hineingehorcht haben und wissen, dass Sie zwar marschieren, Ihre Waffe halten und im Gleichschritt mit dem Soldaten neben Ihnen gehen, dass Sie aber trotzdem müde und hungrig sind und Sehnsucht nach einer Frau haben.«
»Ja.«
»Damit sagen Sie doch, dass hinter dem Offensichtlichen noch etwas anderes existiert, und das sagen Sie, weil Sie wissen, dass es bei Ihnen so ist. In Ihnen existiert etwas, das Sie dazu bringt, das eine zu sagen und das andere zu tun, zu marschieren und dennoch melancholisch zu sein, nach Huren Ausschau zu halten und dennoch Ihre Frau zu lieben, einen unschuldigen Deutschen zu erschießen und dennoch die Maus verschonen zu wollen, die zwischen den Minen herumläuft.«
»Es gibt keine unschuldigen Deutschen.«

Alexander fuhr unbeirrt fort. »Das, was Sie dazu bringt, zu lügen und Reue zu verspüren, Ihre Frau zu betrügen und sich schuldig zu fühlen, die Dorfbewohner zu bestehlen und zugleich zu wissen, dass Sie Unrecht tun – dieses Etwas ist auch bei Jermenko am Werk, und genau das kann die Wissenschaft nicht messen. Unterhalten wir uns mit ihm, dann werde ich Ihnen beweisen, wie weit Sie von der Wahrheit entfernt sind.«
Alexander schickte Uspenskij los, um Jermenko zu holen. Er bot den beiden Männern eine Zigarette und einen Schluck Wodka an und legte noch ein paar Äste ins Feuer. Jermenko gab sich zunächst misstrauisch, doch nach einem Glas Wodka wurde er ein wenig zutraulicher. Er war jung und äußerst zurückhaltend. Er sah Alexander und Uspenskij nicht in die Augen, rutschte unbehaglich auf seinem Platz herum und beantwortete jede Frage, die sie ihm stellten, mit »Nein, Herr Leutnant« oder »Ja, Herr Hauptmann«. Er erzählte ein wenig von seiner Mutter in Kharkow, von seiner Schwester, die zu Beginn des Krieges an Scharlach gestorben war, vom Leben auf dem Hof. Als sie ihn nach den Deutschen fragten, zuckte er die Achseln und erklärte, er lese keine Zeitung und gebe auch nicht allzu viel auf die Nachrichten. Er wusste nicht, worum es genau ging, befolgte einfach nur seine Befehle. Er machte einen kleinen Witz auf Kosten der Deutschen, leerte ein weiteres Glas Wodka und bat dann schüchtern um eine weitere Zigarette vor dem Schlafengehen. Alexander entließ ihn, und er ging.
Uspenskij zog die Augenbrauen hoch. »Na also – er ist ein Nichts. Ein Jedermann, genau wie Telikow oder der Sprengmeister, der vorhin umgekommen ist – genau wie ich.«
Alexander war damit beschäftigt, neue Zigaretten zu drehen. »Er will nichts von den Deutschen wissen, er geht einfach nur los und erschießt sie, wenn Sie ihm das sagen«, fuhr Uspenskij fort. »Er ist ein guter Soldat, einer, den man gern in seinem Bataillon hat. Er hat eine gewisse Kriegserfahrung, führt seine Befehle aus, beklagt sich nicht. Was will man mehr?«
»Sie haben ihn also eingehend beobachtet, und jetzt haben Sie ihn hergerufen und mit ihm geredet. Wir haben eine ge-

sellige halbe Stunde mit ihm verbracht. Wir haben ihn dazu gebracht, ein wenig aufzutauen, wir haben geplaudert, gescherzt, und jetzt wissen wir ein bisschen mehr über diesen Menschen, und das Experiment ist zu einem Ergebnis gekommen, stimmt's?«

»Stimmt.«

»Genau so hat die Wissenschaft die Erde und die Bewegungen des Mondes, der Sonne und der Sterne in unserer Galaxie beobachtet. Genau so hat das Teleskop der Astronomie dazu verholfen, die Milchstraße und die neun Planeten zu entdecken, genau so hat das Mikroskop Fleming und Lister befähigt, das Penizillin beziehungsweise das Phenol zu entdecken. Stimmt's? Wir haben Jermenko mit dem Teleskop beobachtet, während er marschiert ist, und dann haben wir ihn unter das Mikroskop gelegt, als er hier bei uns saß. Wir haben ihn betrachtet wie die Naturwissenschaften das Universum, auf die einzig mögliche Weise. Unser Beobachtungszeitraum war zwar kürzer, aber wir haben die naturwissenschaftlichen Methoden angewendet, die die Wissenschaftler einsetzen, um zu erklären, dass das Universum aus Atomen, Elektronen und Zellen aufgebaut ist. Vielleicht können wir ja noch herausfinden, welche Blutgruppe Jermenko hat? Glauben Sie, das würde uns helfen zu begreifen, was noch in diesem Mann steckt, der da mit uns marschiert?«

»Ja«, sagte Uspenskij. »Das glaube ich.«

Alexander zündete sich eine Zigarette an und gab Uspenskij ebenfalls Feuer. »Leutnant Uspenskij, Valerij Jermenko ist erst sechzehn Jahre alt. Mit zwölf Jahren hat er seinen Vater umgebracht. Es war Selbstjustiz, denn der Vater hat die Mutter jeden Tag geschlagen, und Jermenko konnte das einfach nicht mehr mit ansehen. Er hat ihn mit einem Stock zu Tode geprügelt. Wissen Sie, wie schwer es ist, einen ausgewachsenen Mann zu Tode zu prügeln, vor allem, wenn man praktisch noch ein Kind ist? Er hat sich der Justiz entzogen, indem er davongelaufen und zum Militär gegangen ist. Er hat ein falsches Alter angegeben, hat behauptet, er sei bereits vierzehn, und man hat ihn aufgenommen. Doch dann gab es immer wieder Zusammenstöße mit seinem Ausbilder, und irgendwann hat Jermenko ihm im Wald aufgelauert, als der Mann aus der Offiziersmesse zurückkam, und ihm das Genick gebrochen, weil er ihn ein paar Stunden vorher beim Zielschießen gedemütigt hatte. In Stalingrad hat er sich dadurch hervorgetan, dass er dreihundert Deutsche getötet hat – mit bloßen Händen und seinem Messer, da man es für zu gefährlich erachtet hatte, ihm ein Gewehr auszuhändigen. Das Gebäude, das er besetzt hielt, blieb während der gesamten Belagerung in sowjetischer Hand. Schließlich hat man Jermenko den Deutschen überlassen, weil man ihn loswerden wollte. Doch nach der Kapitulation der Deutschen kam er wieder zur Roten Armee zurück. Man hat ihn daraufhin in den Gulag geschickt, und dort hat er einen der Dienst habenden Wachposten aufgeschlitzt, ihm seine Uniform und sein Gewehr weggenommen und unbehelligt das Lager verlassen. Tausend Kilometer ist er gelaufen, bis zum Ladogasee. Wissen Sie, wo er hinwollte? Nach Murmansk. Er wollte auf eines der Lend-Lease-Schiffe gelangen. Offenbar hat er doch genügend Zeitungen gelesen, um zu wissen, wie das amerikanische Lend-Lease-Abkommen funktioniert hat, was versandt und hergestellt wurde und wie oft die Schiffe in den Hafen eingelaufen sind. Er wurde in Wolkow aufgegriffen, und General Meretskow wusste nicht recht, was er mit ihm anfangen sollte. Also hat er ihn mir überlassen.«

Uspenskij hielt die brennende Zigarette in der Hand, ohne sie zum Mund zu führen. »Herr Leutnant«, mahnte Alexander. »Sie sollten meine kostbaren Zigaretten nicht so vergeuden. Entweder Sie rauchen, oder Sie geben sie mir.«

Uspenskij drückte die Zigarette auf dem Boden aus und sagte, ohne den Blick von Alexander zu wenden: »Sie nehmen mich doch auf den Arm.«

»Weil das so meine Art ist?«

»Sie lügen mich an.«

»Das ist wohl auch meine Art.« Alexander lächelte.

»Verstehe ich Sie richtig ...?«

»Hinter dem sichtbaren Jermenko steht eine ganz eigene Persönlichkeit, die nur er selbst kennt. Jermenko allein weiß, was in ihm vorgeht. Und Sie allein wissen, warum Sie immer ein kleines Stück vor mir gehen, obwohl ich Ihr Vorgesetzter bin, und ich allein weiß, warum ich Ihnen das durchgehen lasse. Genau darauf will ich hinaus. Hinter der unscheinbaren Fassade befindet sich Jermenkos Seele, Ihre, meine, jedermanns Seele. Und selbst wenn die Wissenschaft in uns hineinschauen könnte, würde sie diese Seele nie entschlüsseln können. Wie viel mehr muss also noch hinter dem riesigen, unergründlichen Universum liegen.«

Uspenskij blickte nachdenklich drein. »Warum bringt dieser kleine Mistkerl Jermenko Ihnen so große Loyalität entgegen, Herr Hauptmann?«

»Weil Meretskow mir befohlen hat, ihn zu erschießen. Das habe ich nicht getan, und jetzt ist er mir bis in den Tod ergeben.«

»Und wegen Jermenko sind Sie überzeugt, dass es einen Gott gibt?«, fragte Uspenskij.

»Nein«, erwiderte Alexander. »Davon bin ich überzeugt, weil ich Ihn mit eigenen Augen gesehen habe.«

Buch zwei

Die Brücke zum Heiligen Kreuz

Auf denn! noch ist es Zeit,
Nach einer neuern Welt uns umzusehn!
Stoßt ab, und, wohl in Reihen sitzend, schlagt
Die tönenden Furchen; denn mein Endzweck ist,
Der Sonne Bad und aller Westgestirne
Zu übersegeln – bis ich sterben muss.

Alfred, Lord Tennyson

I

Die Brücke zum Heiligen Kreuz, Juli 1944

In Lublin ruhten Alexanders Männer aus, und es gefiel ihnen so gut, dass sie einmütig beschlossen zu bleiben. Lublin war ganz anders als die niedergebrannten, geplünderten Dörfer, durch die sie in Weißrussland gekommen waren, es war nahezu intakt. Von wenigen zerbombten, ausgebrannten Häusern abgesehen, war es ein hübsches, sauberes, warmes Städtchen mit weiß getünchten Häusern, schmalen Straßen und Plätzen mit gelben, stuckverzierten Fassaden. Sonntags wurden Marktstände errichtet, die tatsächlich Waren zum Kauf anboten, Obst, Schinken, Käse und saure Sahne. Nur von den Kohlköpfen hielten sich Alexanders Männer fern. In Weißrussland hatte es kaum Vieh gegeben; hier dagegen wurde saftiges, geräuchertes Schweinefleisch verkauft. Und von der frischen Milch, dem Käse und der Butter ließ sich auf genügend Kühe schließen, die nur zum Melken gehalten wurden. Es gab Eier und auch Hühner. »Wenn sich eine deutsche Besatzungsmacht so auswirkt, gebe ich Hitler in jedem Fall den Vorzug vor Stalin«, murmelte Uspenskij. »In unserem Dorf kann meine Frau nicht mal ein paar Zwiebeln ernten, ohne dass der Mann vom Kolchos kommt und sie ihr wegnimmt. Dabei baut sie ohnehin nur Zwiebeln an.«

»Sie hätten ihr raten sollen, Kartoffeln anzubauen«, sagte Alexander. »Schauen Sie sich all diese Kartoffeln an.« Die Händler verkauften auch Uhren, Kleider für die Frauen und Messer. Alexander versuchte, drei Messer zu erstehen, doch niemand wollte seine russischen Rubel haben. Die Polen hassten die Deutschen, doch den Russen brachten sie nicht viel mehr Sympathie entgegen. Sie waren zwar bereit, sich mit jedem zu arrangieren, der die Deutschen aus ihrem Land vertrieb, doch sie hätten es vorgezogen, wenn es nicht gerade die Russen gewesen wären. Schließlich hatten die Sowjets 1939 Polen mit Deutschland geteilt, und es erweckte den Anschein, als wollten sie ihren Teil nicht wieder hergeben. Und so blieben die Einwohner zurückhaltend und misstrauisch, und die Soldaten konnten nichts kaufen, wenn sie nicht zufällig etwas zum Eintauschen besaßen. Wohin sie sich auch wandten, keiner wollte ihre wertlose, russische Währung annehmen. Schließlich gelang es Alexander, einer alten Frau für zweihundert Rubel drei Messer und eine Brille für den halbblinden Feldwebel Werenkow abzuschwatzen.

Nachdem sie sich am Abend an Schinken, Eiern, Kartoffeln, Zwiebeln und einer Menge Wodka gütlich getan hatten, kam Uspenskij zu Alexander und flüsterte ihm aufgeregt zu, dass sie ein Bordell gefunden hatten und jetzt alle dorthin gehen würden. Ob Alexander nicht mitkommen wolle? Alexander lehnte ab.

»Nun kommen Sie schon, Herr Hauptmann. Nach dem, was wir in Majdanek gesehen haben, haben wir uns doch was Schönes verdient. Kommen Sie mit. Erleben Sie mal was.«

»Nein.«

»Was wollen Sie denn sonst machen?«

»Ich werde schlafen. In ein paar Tagen müssen wir die Brückenköpfe an der Wistula freikämpfen. Dafür brauchen wir all unsere Kräfte.«

»Ich habe noch nie was von der Wistula gehört.«

»Nun gehen Sie schon.«

»Verstehe ich Sie richtig? Wegen einem Fluss in einer fernen, finsteren Zukunft wollen Sie sich heute ein bisschen Spaß versagen?«

»Nein. Ich will nur schlafen, das ist es, was ich brauche.«

»Mit Verlaub, Herr Hauptmann, ich bin immerhin Ihr Arbeitstier und verbringe jeden Tag vierundzwanzig Stunden an Ihrer Seite. Ich weiß, was Sie brauchen. Sie haben es genauso nötig wie wir anderen. Kommen Sie mit. Diese Mädchen wollen doch unser Geld.«

»Und dabei hatten Sie heute doch schon so viel Glück damit, Ihre Rubel unters Volk zu bringen«, bemerkte Alexander mit einem Lächeln. »Sie haben sich doch nicht mal eine Uhr kaufen können, Uspenskij. Wieso glauben Sie, Sie könnten sich eine ganze Frau kaufen? Die pfeift auf Ihre Rubel.« Alexander saß vor seinem Zelt und polierte seine neu erworbenen Messer.

»Kommen Sie mit.«

»Nein. Gehen Sie nur. Wenn Sie wiederkommen, können Sie mir ja alles erzählen.«

»Sie sind wie ein Bruder für mich, Herr Hauptmann, aber ich werde nicht zulassen, dass Sie aus zweiter Hand leben. Jetzt kommen Sie schon. Ich habe gehört, es sind fünf hinreißende polnische Mädchen, und für dreißig Zloty sind sie bereit, uns alle ranzulassen.«

Alexander lachte. »Sie haben aber keine dreißig Zloty!«

»Aber Sie. Sie haben sogar sechzig. Nun kommen Sie schon.«

»Nein. Morgen vielleicht. Heute bin ich zu erschöpft.«

Als er allein war, wurde Alexander das Herz schwer. Im Kampf, als Panzerkommandant, wenn ein Angriff bevorstand oder wenn er einen anderen Menschen tötete, konnte er sein Herz wenigstens dazu zwingen zu vergessen.

Er tauchte ein Handtuch in einen Eimer Wasser, legte sich auf seine Pritsche und bedeckte sein Gesicht mit dem triefend nassen Tuch. Das kalte Wasser lief ihm an Hals, Wangen und Kopf hinunter.

»Leg dich hin, Shura, hier auf die Decke.«

Alexander gehorcht bereitwillig. Es ist ein ruhiger, warmer, sonniger Nachmittag. Er hat Holz gehackt, und sie hat gelesen. Jetzt würde er gern schwimmen gehen. Die Tage sind besser als die Nächte. Die Tage sind gegenwärtig, die Nächte nur das Ende eines weiteren Tages.

»Hat es dich müde gemacht, das Holzhacken?«

»Nein, mir geht es gut.«

»Aber ein bisschen müde wirst du doch sein?«

Er weiß nicht recht, was sie hören will. »Nun … ja. Ich bin schon ein bisschen müde.«

Tatiana lässt sich mit einem Lächeln auf ihn fallen und drückt seine Arme fest auf den Boden. »Gut«, sagt sie.

Ihr Duft dringt bis in sein Innerstes vor, und er unterdrückt den Impuls, sie auf die Schulter zu küssen. »Gut, und was jetzt?«, fragt er.

»Jetzt musst du versuchen, mir zu entkommen.«
»Wie weit soll ich denn entkommen?«, fragt Alexander. Er wirft sie mit einem Ruck auf die Decke und steht auf.
Sie schüttelt den Kopf. »Ich war noch nicht so weit. Leg dich wieder hin.« Sie versucht, ernst zu schauen, doch es gelingt ihr nicht recht.
Bereitwillig gehorcht er. Wieder drückt sie seine Arme zu Boden – ihre Hände können seine Handgelenke kaum ganz umfassen. Ihr Duft raubt ihm fast die Sinne. Es erregt ihn, wenn sie lebhaft und unerschrocken spielerische Kämpfe mit ihm ausficht, wenn sie ihm auf den Rücken springt, ihn zu Boden zieht, versucht, mit ihm zu ringen, wenn sie wild und ausgelassen durch das Wasser tobt – sie, die schüchterne, sinnliche Kindfrau, weckt unstillbares Verlangen in ihm.
»Bist du denn jetzt so weit?«, fragt er und blickt hinauf in ihr entschlossenes Gesicht, während sie noch versucht, herauszufinden, wie sie ihn am besten festhalten kann. Sie presst seine Handgelenke fest aneinander.
»Gut so«, sagt er. »Und was noch?«
»Lass mich nachdenken.«
Er macht die Augen zu.
Tatianas Beine schließen sich fest um seine Rippen.
»Fertig?«, fragt er.
Sie holt tief Luft. »Fertig.«
Doch noch bevor sie das Wort ganz ausgesprochen hat, hat Alexander sie bereits auf die Decke geworfen. Diesmal steht er nicht auf.
Sie richtet sich auf und fragt bekümmert: »Was mache ich denn nur falsch? Warum kann ich dich nicht festhalten?«
Er schiebt sie auf die Decke zurück. »Könnte es etwas damit zu tun haben, dass du einen Meter fünfzig bist und fünfundvierzig Kilo wiegst, während ich eins neunzig bin und neunzig Kilo wiege?« Er legt seine große, dunkle, dreckige Hand an ihre Alabasterkehle. Sie schiebt ihn von sich und sagt trotzig: »Nein. Erstens bin ich einen Meter siebenundfünfzig, da siehst du's. Und zweitens müsste ich rein physikalisch in der Lage sein, an der richtigen Stelle so viel Druck auszuüben, dass du dich nicht mehr bewegen kannst.«

Alexander bemüht sich redlich um eine ernste Miene. »Na gut«, sagt er. »Lass mich mal versuchen.« Er setzt sich auf sie und umfasst ihre Handgelenke. Dann lächelt er. »Darf ich dich bei diesem Spiel eigentlich küssen?«

»Auf keinen Fall«, verfügt Tatiana.

»Hm«, macht er. Er schaut ihr ins Gesicht. Er würde sie wirklich gern küssen, also senkt er den Kopf …

»Shura, das ist gegen die Spielregeln.«

»Das ist mir egal.« Er küsst sie. »Ein Zungenkuss ist an dieser Stelle absolut angebracht. Man sollte die Regeln im Spielverlauf festlegen.«

»Wie beim Poker, nicht wahr?«

»Jetzt fang mir bloß nicht mit Poker an.«

Sie verbeißt sich das Lachen. »Fertig?«

Er schaut auf sie herunter. »Fertig.«

Sie versucht, ihn abzuschütteln, doch sie kann sich nicht bewegen. Seine Knie umschließen ihre Rippen. Sie strampelt mit den Beinen, bäumt sich so weit auf, dass ihre Knie seinen Rücken berühren. Sie wirft den Kopf hin und her und versucht verzweifelt, den Oberkörper aufzurichten und die Handgelenke frei zu bekommen. »Warte«, keucht sie schließlich. »Ich glaube, ich hab's.«

»Weißt du was?«, sagt Alexander. »Ich halte deine Handgelenke jetzt nur mit einer Hand fest, vielleicht hilft das ja.« Er umfasst ihre beiden Handgelenke mit der rechten Hand und drückt sie fest zusammen.

»Fertig?«

Er lacht. »Ja, meine Süße.« Er versucht, ihren Blick aufzufangen, doch sie will nichts davon wissen. Alexander weiß genau, wenn ihre Augen sich begegnen, ist es vorbei mit diesem Teil des Spiels. Tatiana kennt diesen Blick, und wenn sie ihn sieht, stöhnt sie leise auf, selbst wenn sie gerade noch mit ihm gekämpft hat. Vor allem dann.

Sie strampelt immer noch hilflos mit den Beinen und kann die Handgelenke nicht aus seinem Griff befreien. Alexander liebkost durch das Kleid hindurch ihre Schenkel.

»Das ist nicht erlaubt«, sagt sie keuchend und kämpft tapfer weiter.

»Ach nein?« Seine Hand wird zudringlicher.
»Nein, ich verbiete es.«
»Na gut, Winzling. Komm schon.« Alexander küsst sie auf die Lippen, auf die Sommersprossen, auf die Augen. »Zeig mir, was du kannst.«
Tatiana dreht den Kopf zur Seite. »Ich glaube, ich weiß jetzt, was ich falsch mache«, sagt sie. »Versuchen wir es noch einmal.«
Seine Hand schließt sich fester um ihre Handgelenke. »Na los.«
Ihr Stöhnen ist fast tonlos, doch Alexander hört es trotzdem. »Du musst mich erst loslassen«, flüstert sie.
»Ich dachte, du weißt jetzt, was du falsch gemacht hast.«
»Das weiß ich auch. Du musst mich loslassen und dich hinlegen.«
Diesmal gehorcht Alexander ihr nur widerwillig.
Tatiana kniet sich zwischen seine Beine. Diesmal umfasst sie nicht seine Handgelenke, sondern zieht ihm die Hose aus, hebt dann ihr Kleid in die Höhe und setzt sich auf ihn. »Also ...«, murmelt sie, umfasst nun doch seine Handgelenke und nähert ihre Lippen seinem Gesicht. »Los geht's, Soldat.«
Alexander rührt sich nicht. Nur Tatiana bewegt sich, auf und ab.
»Na los«, sagt sie leise. »Wie hast du eben gesagt? Zeig mir, was du kannst. Versuch, mir zu entkommen.«
Alexander stöhnt leise auf, und Tania küsst ihn. »Ach, mein Liebster ...«, säuselt sie, im Rhythmus ihres Herzschlags, ihrer Bewegungen. »Was hast du gesagt ...«
»Nichts.«
»Aber sag mir doch, wer hat die Macht?«
Er schließt die Augen. Tatiana kapituliert, um ihm zu zeigen, dass ihre Unterwerfung, aus der er all seine Kraft zieht, ein Geschenk ist, dass er kein Anrecht darauf hat. Von ihr umschlossen nimmt er ihr Geschenk von ihr entgegen wie ein Lebenselixir.
Später hält sie seine Handgelenke weiter umschlossen, und er rührt sich nicht von der Stelle. Nur sein Herz schlägt rasch, und jeder Schlag gehört Tatiana.

»Ich wusste doch, dass ich erst etwas falsch gemacht habe«, sagt sie, lächelt ihn an und küsst ihn auf die Wange. »Ich wusste, es muss einen Weg geben, dich zu besiegen.«

»Du hättest mich einfach fragen können. Ich hätte dir schon verraten, wie das geht.«

»Warum hätte ich dich fragen sollen? Ich musste das selbst herausfinden.«

»Gut gemacht, Tatiascha«, murmelt Alexander. »Und das hast du wirklich gerade erst herausgefunden?«

Mitten in der Nacht wurde Alexander aus dem Schlaf gerissen. Uspenskij flüsterte ihm fröhlich und betrunken etwas ins Ohr, schüttelte ihn wach und gab ihm etwas Warmes, Weiches in die Hand. Alexander brauchte eine Weile, um zu begreifen, dass es sich um eine große, weibliche Brust handelte, die Brust einer nicht mehr ganz nüchternen Frau, die neben seinem Bett kniete, ihn ihren heißen Atem spüren ließ und etwas auf Polnisch flüsterte, das in etwa heißen mochte: »Wach auf, Soldat, du bist im Paradies.«

»Leutnant Uspenskij«, sagte Alexander auf Russisch. »Morgen stelle ich Sie unter Arrest.«

»Morgen werden Sie mich als Ihren Gott verehren. Sie ist bereits bezahlt. Viel Spaß.« Damit kroch Uspenskij aus dem Zelt und verschwand.

Alexander richtete sich auf und zündete seine Petroleumlampe an. Er blickte in das junge, recht hübsche Gesicht eines polnischen Mädchens. Während er sich aufrichtete, musterten sie einander. Sein Blick war müde, ihrer voll alkoholseliger Freundlichkeit. »Ich kann Russisch«, sagte sie zu ihm. »Bekomme ich jetzt Ärger, weil ich hier bin?«

»Ja«, sagte Alexander. »Du solltest wieder gehen.«

»Aber dein Freund ...«

»Er ist nicht mein Freund, er ist mein erklärter Feind. Er hat dich hierher gebracht, um dich zu ruinieren. Du musst sofort verschwinden.«

Er half ihr auf. Unter dem aufgeknöpften Kleid schauten ihre Brüste hervor. Alexander selbst war nackt bis auf die Unterhose. Er sah, wie sie ihn beifällig musterte. »Aber Herr

Hauptmann«, sagte sie dann. »Willst du mir etwa weismachen, dass du gefährlich bist? So siehst du gar nicht aus.« Sie streckte die Hand nach ihm aus. »Und so fühlst du dich auch nicht an.« Sie hielt inne und flüsterte dann: »Stehen Sie bequem, Soldat.«

Alexander trat einen Schritt zurück und zog seine Hose an. Sie versuchte, ihn davon abzuhalten, versuchte, ihn zu streicheln. Er seufzte; dann schob er sanft und vielleicht auch ein wenig widerwillig ihre Hand beiseite. »Wie heißt du?«

»Du kannst mir jeden Namen geben, der dir gefällt. Du hast deine Liebste zurückgelassen, nicht wahr? Das sehe ich dir an. Sie fehlt dir. Ich treffe viele Männer wie dich.«

»Das glaube ich gern.«

»Wenn sie mit mir zusammen waren, fühlen sie sich meist besser. Es erleichtert sie. Komm schon. Was kann denn Schlimmes passieren? Es wird dir Spaß machen.«

»Richtig«, sagte Alexander. »Genau das ist ja das Schlimme.«

Sie zog ein Kondom hervor und hielt es ihm hin. »Komm schon. Du brauchst keine Angst zu haben.«

»Ich habe keine Angst«, sagte Alexander.

»Na, dann komm.«

Er schloss seinen Gürtel. »Gehen wir. Ich begleite dich zurück.«

»Hast du Schokolade?«, fragte sie mit einem Lächeln. »Für ein bisschen Schokolade blase ich dir einen.«

Alexander schwankte, den Blick auf ihren bloßen Brüsten. »Wie es der Zufall will, habe ich tatsächlich Schokolade«, sagte er. Sein ganzer Körper schmerzte und sein Herz ebenfalls. »Du kannst sie haben.« Er hielt einen Augenblick inne. »Und du brauchst mir nicht mal einen zu blasen.«

Die Augen des Mädchens blickten einen Augenblick lang klar. »Ehrlich?«

»Ehrlich.« Er griff in seinen Tornister und reichte ihr ein paar in Stanniol verpackte Schokoladenriegel.

Sie schob die Riegel gierig in den Mund und verschluckte sie, fast ohne zu kauen. Alexander zog die Augenbrauen hoch. »Besser die Schokolade als mich«, murmelte er vor sich hin.

Das Mädchen lachte. »Willst du mich wirklich zurück be-

gleiten?«, fragte sie. »Es ist gefährlich auf den Straßen für ein Mädchen wie mich.«
Alexander nahm seine Maschinenpistole. »Natürlich. Gehen wir.«
Sie gingen durch die stillen, nächtlichen Straßen von Lublin. Aus einiger Entfernung hörte man Männer lachen, Gläser klirren – der Lärm eines ausgelassenen Festes. Das Mädchen hakte sich bei Alexander unter, und die Berührung von weichem, weiblichem Fleisch sandte eine bittersüße Welle durch seinen Körper.
Er spürte, wie sich sein Magen zusammenkrampfte, er spürte das Klopfen seines Herzens, ein Klopfen im ganzen Körper. Er drückte ihren Arm, schloss beim Gehen kurz die Augen und stellte sich die tröstliche Erlösung vor. Dann öffnete er die Augen wieder, schüttelte sich leicht und seufzte.
»Ihr seid auf dem Durchmarsch zur Wistula, nicht wahr?«, fragte sie. »Nach Pulawy?«
Alexander antwortete nicht.
»Soll ich dir sagen, woher ich das weiß? Zwei sowjetische Divisionen, eine Panzerdivision und eine Infanteriedivision, sind bereits dorthin marschiert. Tausend Männer insgesamt. Nicht einer ist zurückgekommen.«
»Sie sollen ja auch nicht zurückkommen.«
»Du hörst mir nicht richtig zu. Sie marschieren auch nicht weiter. Sie liegen alle im Fluss, jeder einzelne sowjetische Soldat.«
Alexander warf ihr einen nachdenklichen Blick zu.
»Diese Soldaten interessieren mich nicht, genauso wenig wie die Deutschen. Aber du warst nett zu mir und hast mich gut behandelt«, sagte sie. »Ich will dir einen besseren Weg verraten.«
Nun schenkte Alexander ihr seine volle Aufmerksamkeit.
»Ihr seid zu weit nördlich, damit haltet ihr direkt auf die deutschen Verteidigungslinien zu. Es sind Hunderttausende. Sie warten am anderen Ufer der Wistula, und sie töten alle, sie werden auch euch töten. In Weißrussland habt ihr es nur deshalb leicht gehabt, weil sie sich einen Dreck um dieses Gebiet scheren.«

Alexander wollte einwenden, dass sie es in Weißrussland keineswegs leicht gehabt hatten, doch er sagte nichts.
»Die Wistula ist der letzte große Fluss vor der Grenze zwischen Polen und Deutschland. Danach kommt nur noch die Oder, und die fließt praktisch durch Berlin. Wenn ihr den Fluss überquert und euch nördlich Richtung Warschau haltet, kommt ihr niemals durch, ganz egal, wie viele Panzer und Flugzeuge ihr auch habt.«
»Ich habe gar keine Flugzeuge«, sagte Alexander. »Und nur einen Panzer.«
»Ihr müsst fünfzig Kilometer nach Süden marschieren und den Fluss dann an seiner schmalsten Stelle überqueren. Dort gibt es eine Brücke, die allerdings vermint ist ...«
»Woher weißt du das?«
Sie lächelte. »Zunächst einmal habe ich früher in Tarnow gelebt, dort ganz in der Nähe. Und dann haben diese Idioten sich auf Deutsch unterhalten, als sie vor einem Monat hier abgezogen sind, weil sie dachten, ich verstehe sie nicht. Die halten uns alle für blöd. Ich weiß genau, dass die kleine, weißblaue Brücke dort vermint ist. Ihr dürft also nicht die Brücke überqueren, aber der Fluss ist dort verhältnismäßig seicht. Für die tieferen Stellen könnt ihr euch ein Floß bauen, aber wahrscheinlich könnt ihr ohnehin alle schwimmen. Auch den Panzer könnt ihr auf die andere Seite fahren. Der Wald ist dicht und bergig, dort gibt es sicher keine große Verteidigungslinie. Ich kann nicht garantieren, dass dort gar keine Truppen sind, aber es sind sicher nicht viele. Eigentlich sind dort nur deutsche und sowjetische Partisanen unterwegs. Wenn ihr es schafft, den Fluss zu überqueren, könnt ihr direkt in den Wald hinein, und jenseits des Waldes seid ihr praktisch schon in Deutschland! So habt ihr wenigstens eine Chance. Aber wenn ihr die Wistula bei Pulawy oder Dolny überquert, geht ihr in den sicheren Tod.«
Sie blieb stehen. »So, da wären wir.« Sie deutete auf ein kleines Wohnhaus, in dem alle Lichter brannten, und lächelte ihn dann an. »Daran erkennt man uns Sünderinnen. Die Lichter brennen die ganze Nacht.«
Er erwiderte ihr Lächeln.

»Ich danke dir«, sagte sie. »Ich bin froh, dass ich heute Nacht nicht noch mal ran musste. Ich bin erschöpft.« Sie legte ihm die Hand auf die Brust. »Trotzdem, mit dir hätte es mir nicht viel ausgemacht.«

Alexander zog ihr das Kleid zurecht. »Ich danke *dir*«, sagte er. »Wie heißt du?«

Sie lächelte. »Vera«, erwiderte sie. »Das heißt ›Glaube‹ auf Russisch, nicht wahr? Wie heißt du?«

»Ich heiße Alexander«, sagte er. »Und die weißblaue Brücke in der Nähe von Tarnow … hat die auch einen Namen?«

Vera küsste ihn leicht auf den Mund. »*Most do Swietokryszt.* Brücke zum Heiligen Kreuz.«

Am nächsten Morgen schickte Alexander fünf Männer Richtung Norden nach Pulawy, um die Wistula zu erkunden. Sie kamen nicht zurück. Er schickte fünf weitere nach Dolny, doch auch sie kamen nicht zurück.

Es war Anfang August, und aus Warschau erreichten sie nur wenige, dafür umso entsetzlichere Neuigkeiten. Obwohl immer wieder Pläne laut wurden, die deutschen Truppen aus Warschau und dem westlichen Wistula-Gebiet zu verdrängen, bewegte sich der Feind doch keinen Zentimeter. Die Zahlen der sowjetischen Verluste wuchsen ins Unermessliche, und die Polen, von den sowjetischen Truppen aufgehetzt und mit falschen Versprechungen geködert, hatten sich ihrerseits gegen die Deutschen aufgelehnt und wurden nun erbarmungslos niedergemetzelt.

Alexander wartete ein paar Tage ab, doch als die Nachrichten immer noch nicht besser wurden, ging er mit Uspenskij durch den Wald zum Fluss. Sie hielten sich am Ufer versteckt und beobachteten die schweigenden Schilfrohre auf der anderen Seite der Wistula. Wenn sie nach vorn schauten, konnten sie den Eindruck bekommen, allein zu sein. Doch hinter ihnen standen zwei NKGB-Schergen mit geschulterten Gewehren. Es war den Offizieren eines Strafbataillons nicht gestattet, sich allein auf polnischem Boden zu bewegen, nicht einmal zu Erkundungszwecken. Die NKGB-Truppen wichen ihnen nicht von der Seite. Sie kämpften nicht gegen die Deutschen, hatten nur den Befehl, die Strafgefangenen zu bewachen. Im vergangenen Jahr hatte es nicht einen Tag gegeben, an dem Alexander sie nicht hinter sich gespürt hatte.

»Ich hasse die Kerle«, brummte Uspenskij.

»Ich beachte sie gar nicht weiter.« Alexander biss die Zähne zusammen.

»Das sollten Sie aber. Die wünschen Ihnen nur Böses.«

»Das nehme ich nicht persönlich.«

»Das sollten Sie aber.«

Sie rauchten eine Zigarette. Es war ein sonniger, heller Morgen, und der Fluss weckte Erinnerungen ... Alexander zog heftig an seiner Zigarette, zündete sich dann eine weitere an und gleich danach noch eine, um die Erinnerung mit Nikotin zu dämpfen. »Uspenskij, ich brauche Ihren Rat.«

»Ich fühle mich geehrt, Herr Hauptmann.«

»Ich habe Befehl erhalten«, begann Alexander, »morgen bei Sonnenaufgang den Brückenkopf bei Dolny zu stürmen.«

»Sieht ziemlich ruhig aus«, sagte Uspenskij.

»Ja, nicht wahr? Aber was, wenn ...« Er zog noch einmal an der Zigarette. »Was, wenn ich Ihnen sagen würde, dass Sie morgen sterben?«

»Damit rechne ich schon seit drei Jahren, Herr Hauptmann.«

Doch Alexander fuhr fort. »Und wenn ich Ihnen sagen würde, dass wir auch ein Stück weiter den Fluss entlanggehen und damit vielleicht am Leben bleiben könnten, weil die deutschen Verteidigungslinien dort schwächer sind? Ich weiß nicht, wie viel länger wir überleben würden, und ich kann auch nicht sagen, ob es letztendlich eine Rolle spielt. Aber es scheint mir doch so, als würden uns an diesem Sommermorgen die Winde des Schicksals anwehen. Sie flüstern uns zu: Leb oder stirb.«

»Eine Frage, Herr Hauptmann: Was zum Teufel reden Sie da?«

»Ich spreche von Ihrem Leben, Uspenskij. Hier entscheidet sich, wie der Rest Ihres Lebens verläuft. Wenn Sie diesen Weg wählen, könnte es ein kurzer Rest sein.«

»Warum glauben Sie, dass es weiter unten am Fluss besser ist?«
Alexander zuckte die Achseln. Er wollte ihm nicht von dem Mädchen mit dem weichen Körper erzählen, dessen Name »Glaube« bedeutete. »Ich weiß einfach, dass diese Ruhe trügt.«
»Aber Sie haben doch auch einen Kommandeur, nicht wahr? Ich habe Sie doch heute Morgen selbst am Feldtelefon gehört. Sie haben von General Konew den Befehl erhalten, Dolny einzunehmen.«
Alexander nickte. »Das stimmt. Er schickt uns direkt in den Tod. Der Fluss ist zu breit und zu tief, die Brücke ist vollkommen ungeschützt. Ich wette, sie ist nicht einmal vermint. Die werden uns einfach von Dolny aus abknallen.«
Uspenskij zog sich ein wenig weiter ins Gestrüpp zurück. Dann sagte er: »Ich glaube, uns bleibt keine andere Wahl, Herr Hauptmann. Sie sind nicht General Konew, Sie müssen seinem Befehl folgen. Und er seinerseits muss nach dem Befehl von Genosse Stalin handeln.«
Alexander blickte nachdenklich drein. Er wandte den Blick nicht vom Flussufer ab. »Schauen Sie sich die Brücke an. Schauen Sie sich den Fluss an. Darin treiben die Leichen tausender sowjetischer Männer.« Er hielt einen Augenblick inne. »Und morgen treiben wir beide darin.«
»Ich sehe keine Leichen«, sagte Uspenskij leichthin. »Und irgendwer muss es ja schließlich geschafft haben«, setzte er ernster hinzu.
Alexander schüttelte den Kopf. »Nein. Keiner. Alle tot. Wie wir morgen.«
Er lächelte. »Schauen Sie sich die Wistula gut an, Leutnant Uspenskij. Bei Sonnenaufgang wird sie Ihr Grab sein. Genießen Sie Ihren letzten Tag auf Erden. Gott hat ihn ganz besonders schön werden lassen.«
Uspenskij lachte leise. »Gut, dass Sie es gestern noch mit dem Mädchen getrieben haben, was?«
Alexander stand auf, und sie machten sich auf den zehn Kilometer langen Rückweg nach Lublin. »Ich werde General Konew anrufen und ihn bitten, unseren Befehl zu ändern«,

sagte Alexander. »Aber dafür brauche ich Ihre volle Unterstützung, Herr Leutnant.«
»Ich bin an Ihrer Seite, Herr Hauptmann, bis ans Ende meiner Tage – zu meinem großen Kummer.«

Es gelang Alexander, Konew zu überreden, sie fünfzig Kilometer südlich die Wistula entlangmarschieren zu lassen – und es war keineswegs so schwierig, wie er befürchtet hatte. Konew wusste nur zu gut, was den sowjetischen Truppen in Dolny widerfuhr, und die Hauptdivisionen der ukrainischen Front waren noch ein gutes Stück von der Wistula entfernt. So hatte er nichts dagegen einzuwenden, es mit einer neuen Stellung zu versuchen.
Alexanders Bataillon machte sich zum Marsch in die Wälder bereit. Uspenskij murrte und zeterte ununterbrochen, während er Alexanders Zelt abbaute und die Ausrüstung zusammenpackte. Er hörte nicht auf zu murren, als er in den Panzer stieg und Telikow anschnauzte, er solle sich beeilen. Und er murrte weiter, als Alexander nicht in den Panzer stieg, sondern zu Fuß ging. Alexander lief hinter dem Panzer her, über einen schmalen Trampelpfad, der zwischen den sommerlichen Feldern hindurch in den Wald hineinführte, fünfzig hügelige Kilometer an der Wistula entlang. Er schaute sich um. Hinter ihm marschierte eine bis an die Zähne bewaffnete Schwadron des NKGB.
Dreimal schlugen sie ihr Lager auf und fingen Fische im Fluss. Aus Lublin hatten sie Karotten und Kartoffeln mitgenommen und viele Geschichten von warmen Mahlzeiten und heißen polnischen Mädchen. Sie sangen, rasierten sich, bis nicht ein Haar mehr auf ihren Körpern zurückblieb, und sie benahmen sich wie Pfadfinder, nicht wie eine Gruppe Schwerverbrecher auf einem Weg ohne Wiederkehr. Alexander sang am lautesten von allen, war fröhlicher als die anderen und ging, mit dem Wind im Rücken, schneller als all seine Männer.
Nur Uspenskij hörte nicht auf zu murren. Schließlich, eines späten Nachmittags, stieg er aus dem Panzer und ging ein Stück neben Alexander her.
»Aber nur, wenn Sie aufhören zu meckern.«

»Das ist mein gutes Recht als Soldat«, gab Uspenskij mürrisch zurück.
»Das mag sein, aber Sie haben bereits ausgiebig davon Gebrauch gemacht.« Alexander dachte an den Fluss und hörte Uspenskij nur mit halbem Ohr zu. »Gehen Sie ein bisschen schneller, Sie einlüngiger Simulant.«
»Herr Hauptmann, diese Hure in Lublin ... warum haben Sie sie wieder weggeschickt?«
Alexander gab ihm keine Antwort.
»Wissen Sie«, fuhr Uspenskij fort. »Ich musste sie in jedem Fall bezahlen, ob Sie sich nun mit ihr vergnügt haben oder nicht. Sie hätten sich also ruhig mit ihr vergnügen können. Das wäre mir gegenüber nur höflich gewesen, verdammt.«
»Beim nächsten Mal werde ich mich bemühen, rücksichtsvoller zu sein.«
»Ja, tun Sie das.« Uspenskij kam ein wenig näher. »Was ist denn nur los mit Ihnen, Herr Hauptmann? Haben Sie sie denn nicht angeschaut? Sie haben doch ihre Brüste gesehen. Der Rest war mindestens genauso appetitlich.«
»Tatsächlich?«
»Fanden Sie sie denn nicht ...«
»Sie war nicht mein Typ.«
»Mit Verlaub, Herr Hauptmann, was ist denn dann Ihr Typ? In dem Bordell gab es alle möglichen ...«
»Ich ziehe Frauen vor, die nicht in Bordellen angeboten werden.«
»Lieber Himmel, wir haben Krieg!«
»Das gibt mir genügend Gelegenheit, mich anderweitig zu beschäftigen, Herr Leutnant.«
Uspenskij räusperte sich. »Soll ich Ihnen von dem polnischen Mädchen erzählen?«
Ohne ihn anzusehen, sagte Alexander lächelnd: »Tun Sie das, Nikolai. Und lassen Sie nichts aus. Das ist ein Befehl.«
Uspenskij erzählte fünf Minuten lang. Nachdem er geendet hatte, schwieg Alexander einen Augenblick, dachte über das Gehörte nach und sagte dann: »Und das ist alles?«
»Die Geschichte hat länger gedauert als die Sache selbst!«, rief Uspenskij gekränkt. »Bin ich etwa Cicero?«

»Sie sind kein sonderlich begabter Unterhaltungskünstler. So langweilig kann Sex doch nicht sein, oder habe ich das nur vergessen?«

»Haben Sie das?«

»Ich glaube nicht.«

»Dann erzählen Sie mir doch mal eine Geschichte.«

Alexander schüttelte den Kopf und sagte: »Die Geschichten, die ich Ihnen erzählen könnte, habe ich tatsächlich vergessen. Und die, an die ich mich erinnere, kann ich Ihnen nicht erzählen.« Er spürte Uspenskijs prüfenden Blick. »Was ist denn?« Er schritt schneller aus. »Tempo, Männer!«, rief er seiner Truppe zu. »Schlaft nicht ein da vorn. Schneller! Hopp, hopp! Wir haben noch zwanzig Kilometer vor uns, bis wir unser Ziel erreichen. Keine Müdigkeit vorschützen!« Dann warf er Uspenskij einen Blick zu. »Was denn?«, schnauzte er, als er sah, dass der Leutnant ihn immer noch prüfend musterte.

»Wen haben Sie zurückgelassen, Herr Hauptmann?«

»Ich habe niemanden zurückgelassen«, erwiderte Alexander. Er ging schneller und hielt seine Maschinenpistole fester umklammert. »Ich wurde zurückgelassen.«

Bei Einbruch der dritten Nacht erreichten sie die Brücke. Der Funktechniker machte sich sofort auf die Suche nach einer Division der Heeresgruppe Ukraine, um Alexander eine telefonische Verbindung zu seinen Oberbefehlshabern zu ermöglichen.

Alexander war bereits vor Morgengrauen auf den Beinen. Er setzte sich ans Ufer und betrachtete den Fluss. Er war kaum sechzig Meter breit, und eine kleine, unauffällige Brücke spannte sich darüber, eine alte Holzbrücke, die noch Spuren alter, weißblauer Farbe aufwies. »*Most do Swietokryzst*«, flüsterte Alexander. Es war sehr früh am Sonntagmorgen, kein Mensch war zu sehen, doch jenseits der Brücke und jenseits des Flusses erhoben sich in der Ferne die Kirchtürme des Städtchens Swietokryzst und dahinter die dicht an dicht stehenden Eichenstämme des Heiligkreuz-Gebirges.

Alexander hatte eigentlich auf eine Division der Heeres-

gruppe Ukraine warten wollen, doch nun entschied er sich anders. Er würde sich nicht davon abhalten lassen, den Fluss als Erster zu überqueren.
Es war so friedlich, und es schien unvorstellbar, dass Himmel, Erde und Wasser schon bald vom Blut seiner Männer getränkt sein würden. Vielleicht sind ja gar keine Deutschen dort drüben auf der anderen Seite, dachte er. Vielleicht können wir den Fluss einfach überqueren und uns im Wald verstecken. Vor zwei Monaten waren amerikanische Truppen in Europa gelandet. Irgendwann würden sie auch Deutschland einnehmen. Ich muss einfach lange genug am Leben bleiben, um den Amerikanern in die Hände zu fallen ...
An dieser kleinen Brücke saß vielleicht manchmal ein Maler, und wäre es ein anderer Sonntag, würde er wohl die Familien malen, die in kleinen Booten auf dem Fluss ruderten, die Frauen mit weißen Hüten, die Männer mit dem Ruder in der Hand und die kleinen Kinder in ihren weißen Sonntagskleidern. Eine der Frauen auf dem Bild trägt vielleicht einen blauen Hut. Ihr Kind ist etwa ein Jahr alt. Sie hält es im Arm und lächelt, und der Mann erwidert ihr Lächeln und rudert ein wenig schneller, weil die Strömung stärker wird. Der Goldregen leuchtet, und der Maler hält all das in seinem Bild fest.
Alexander sehnte sich an diesem Morgen in seine Kindheit zurück. Er fühlte sich wie ein Achtzigjähriger. Wann war er zum letzten Mal lachend auf etwas zugelaufen, ohne ein Gewehr in der Hand? Wann hatte er zum letzten Mal mit schlenderndem Schritt eine Straße überquert?
Er wollte sich diese Fragen nicht beantworten, bevor er nicht die Brücke zum Heiligen Kreuz überquert hatte.

»FEUER ERÖFFNEN! FEUER ERÖFFNEN!«
Bald darauf starben sie im Fluss unter dem gnadenlosen Getöse feindlichen Feuers. Die Infanteristen versuchten als Erste, den Fluss zu überqueren, doch sie brauchten sofortige Unterstützung.
Der Panzer blieb auf dem steinigen Grund stecken und stand bis über die Ketten im Wasser. Werenkow lud eine 100-Millimeter-Granate in die Kanone und feuerte. Die Explosion

und die Schreie, die darauf folgten, zeigten Alexander nur allzu deutlich, dass Werenkow sein Ziel nicht verfehlt hatte. Er lud leichtere Munition nach, doch es blieb nicht viel Zeit, das Feuer zu eröffnen.
Der Panzer bot eine zu offensichtliche Zielscheibe, und Alexander wusste, dass er nicht lange standhalten würde. Er wollte den Panzer und die Munition nur ungern aufgeben, doch seine Männer waren wichtiger. »Springt!«, schrie er seiner Panzerbesatzung zu. »Wir werden beschossen!«
Sie sprangen und wurden dann ein Stück weit weggeschleudert, als eine Granate in den vorderen Teil des Panzers einschlug und explodierte. Betrübt über den Verlust seines einzigen Artilleriefahrzeugs begann Alexander, durch den Fluss zu waten. Er hielt seine Maschinenpistole hoch über dem Kopf und feuerte in kurzen Abständen auf den Brückenkopf direkt vor ihm. Uspenskij gab ihm von hinten und von der Seite Deckung, und Alexander hörte ihn brüllen, er solle zurückgehen, zurückbleiben, nach hinten gehen, stehen bleiben, in Deckung gehen ... Sein Leutnant versuchte sogar fluchend, ihn beiseite zu ziehen. Doch Alexander schenkte ihm keine Beachtung, schob ihn einfach von sich und kämpfte sich weiter vor. Telikow und Werenkow klammerten sich aneinander fest und schwammen gemeinsam. Nur Alexander war so groß, dass er den Fluss ganz durchwaten konnte, und auch ihm reichte das Wasser bis zum Hals.
Das Feuer schien von allen Seiten zu kommen, und bei jedem neuen Kugelhagel hatte Alexander das Gefühl, dass alle Geschosse genau auf seinen Helm zielten.
Um ihn her trieben seine Männer. Viele von ihnen waren von Granaten zerfetzt. Die Wistula verfärbte sich rot. Doch Alexander musste unbedingt das andere Ufer erreichen. Sobald sie sich auf dem Trockenen befanden, war alles möglich. Vom Wasser aus konnten sie nicht viel tun. Und das soll besser sein als Dolny und Pulawy?, dachte er. Hier ist die deutsche Verteidigungslinie schwächer?
Uspenskij brüllte schon wieder, doch diesmal galt es nicht Alexander. »Schau sich einer an, wie sie alle kreischen, die Schlappschwänze! Sind wir Männer oder Memmen?«

Da sah Alexander einen seiner Männer, der sich an einen Leichnam klammerte. Es war Jermenko.
»Unteroffizier!«, brüllte Alexander. »Wo ist Ihr Kampfgefährte?«
Jermenko deutete auf den Leichnam. »Hier, Herr Hauptmann.«
Alexander sah, dass Jermenko sich nur mit Mühe über Wasser halten konnte. Er schwamm zu ihm hinüber und schrie ihn an: »Was ist denn los mit Ihnen, Jermenko? Lassen Sie den Soldaten, und schwimmen Sie ans Ufer!«
»Ich kann nicht schwimmen, Herr Hauptmann!«
»Verflucht noch mal!« Alexander befahl Uspenskij, Telikow und Werenkow, Jermenko zu helfen. Sie waren noch etwa zehn Meter vom Ufer entfernt, als aus dem Gebüsch plötzlich drei deutsche Soldaten sprangen. Alexander zögerte nicht eine Sekunde und feuerte. Sie flogen durch die Luft. Dann kamen drei weitere, und wieder drei weitere. Alexander feuerte immer und immer wieder. Vier feindliche Soldaten sprangen in den Fluss und kamen mit gehobenen Waffen direkt auf ihn zu. Da warf sich Jermenko vor ihn, richtete seine Waffe auf die Deutschen und trieb sie zurück. Uspenskij, Telikow und Werenkow stellten sich wie eine Wand vor Alexander. »Zurück, Hauptmann!«, schrie Uspenskij. »Bleiben Sie zurück!« Er feuerte einen Schuss ab, verfehlte jedoch sein Ziel.
Alexander hob seine Schpagin hoch über Uspenskijs Kopf, feuerte und traf. »Wenn Sie das Ziel verfehlen, Leutnant, schießen Sie noch einmal!«, schrie er.
Doch jetzt waren fünf Deutsche im Wasser, nur wenige Meter vor ihnen. Alexander schoss ununterbrochen und versuchte, sich dem Brückenkopf zu nähern. Seine Männer bemühten sich, die Deutschen mit den Kolben ihrer Gewehre und ihren Bajonetten abzuwehren und ans Ufer zu gelangen, doch sie schafften es nicht. Im Wasser hatten sie keine Deckung, und es strömten immer mehr Deutsche heran.
Im Kampf waren drei von Alexanders fünf Sinnen besonders geschärft. Wie eine Eule im Dunkeln sah er die Gefahr, er roch das Blut wie eine Hyäne und hörte jedes Geräusch wie

ein Luchs. Er ließ sich nicht ablenken, nicht verwirren und war niemals unsicher, denn er sah, roch und hörte alles. Nur sein eigenes Blut schmeckte er nicht, und er fühlte nicht den eigenen Schmerz.

Aus dem Augenwinkel sah er einen Feuerblitz und konnte sich gerade noch rechtzeitig nach vorn werfen. Die Kugel verfehlte ihn um einen knappen halben Meter. Der deutsche Soldat war so wütend darüber, aus nächster Nähe verfehlt zu haben, dass er begann, mit dem Bajonett auf Alexander einzustechen. Er zielte auf den Hals, doch Alexander war ein ganzes Stück größer als er. So traf das Bajonett ihn nur am linken Schulterblatt und verursachte eine Schnittwunde am Arm. Alexander schwang seine eigene Waffe und trennte dem Deutschen beinahe den Kopf vom Körper. Der Mann sank ins Wasser, doch schon waren fünf weitere da. Trotz seines blutenden Arms zog Alexander sein Messer und sein Bajonett und kämpfte, bis auch diese fünf gefallen waren. Uspenskij nahm ihnen die Gewehre ab. Mit einer Waffe in jeder Hand näherten sie sich dem Ufer wie eine Mauer aus Kugeln, und man hielt sie nicht auf.

Jetzt sprangen keine Deutschen mehr aus den Büschen, und es wurde auch nicht mehr gefeuert. Plötzlich war alles ruhig, bis auf das Keuchen derer, die noch am Leben waren, und das Röcheln derer, die im Sterben lagen, bis auf das Gurgeln des Flusses, der die Toten verschlang. Alexanders Männer schleppten sich ans Ufer.

Alexander sehnte sich nach einer Zigarette, doch die waren alle durchnässt. Er sah zu, wie die NKGB-Schwadron vorsichtig den Fluss durchquerte; die Männer hielten ihre Gewehre und Granatwerfer hoch über dem Kopf.

»Verfluchte Weicheier«, flüsterte Uspenskij. Alexander erwiderte nichts, doch als die NKGB-Männer das Ufer erreicht hatten, stand er auf und sagte, ohne zu salutieren: »Sie hätten über die unverminte Brücke gehen sollen, wie es sich für Zivilisten gehört.«

Der Anführer, seinerseits völlig unversehrt, maß Alexander mit kühlem Blick und sagte: »Reden Sie gefälligst nicht in diesem Ton mit mir.«

»Sie hätten die verfluchte Brücke nehmen sollen, Genosse«, wiederholte Alexander. Er war blutüberströmt und hielt seine Maschinenpistole in der unverletzten Hand.
»Ich bin Leutnant der Roten Armee!«, brüllte der Mann ihn an. »Leutnant Sennew. Senken Sie Ihre Waffe, Soldat.«
»Und ich bin Hauptmann!«, brüllte Alexander zurück und hob seine Waffe noch ein Stück. »Hauptmann Below.« Ein weiteres Wort, und er hätte überprüft, ob sich noch Munition in der Schpagin befand.
Doch der NKGB-Mann wandte sich ab, bedeutete seinen Leuten, ihm vom Ufer weg in den Wald zu folgen, und zog sich leise fluchend zurück.
Alexander sammelte seine verbliebenen Männer am Ufer. Er wollte sich einen Überblick verschaffen, was von seinem Bataillon, das, wie er fürchtete, nun eher zu einem Zug geschrumpft war, noch übrig war. Doch der Arzt, ein Ukrainer namens Kremler, hielt ihn zurück, um ihn zu untersuchen. Er wusch die Schnittwunde an Alexanders Arm mit Phenol aus und gab dann Sulfonamid-Pulver direkt hinein, um sie zusätzlich zu desinfizieren. »Tiefe Wunde.« Mehr sagte Kremler nicht.
»Haben Sie genug Faden, um sie zu nähen?«
»Ich habe nur eine kleine Spule. Und wir haben viele Verletzte.«
»Nähen Sie meine mit drei Stichen. Sie muss nur zuhalten, das genügt.«
Kremler nähte die Wunde, wusch die kleineren Verletzungen am Kopf aus und verabreichte Alexander dann einen Schluck Wodka und eine Morphiumspritze in den Bauch. Dann kam Uspenskij herüber und baute sich vor ihm auf.
»Kann ich Sie kurz sprechen, Herr Hauptmann?«
Alexander saß im Ufersand und rauchte. Das Morphium machte ihn schläfrig. Er hob den Kopf. »Erst muss ich mit Ihnen reden. Wie viele Männer sind gefallen?«
»Die meisten. Wir haben noch zweiunddreißig Gefreite, drei Unteroffiziere, zwei Feldwebel, einen Leutnant – mich – und einen Hauptmann – Sie«, sagte Uspenskij in grimmigem Ton.

»Was ist mit Jermenko?«
»Lebt.«
»Und Werenkow?«
»Er hat eine Wunde am Hals und Granatsplitter im Bauch, und er hat die verfluchte Brille verloren, die Sie ihm verpasst haben. Aber er lebt.«
»Telikow?«
»Hat sich das Bein gebrochen, aber er lebt.«
»Wie um alles in der Welt hat er sich denn das Bein gebrochen?«
»Er ist gestolpert.« Uspenskij rang sich nicht einmal ein Lächeln ab.
»Was ist denn los? Geht es Ihnen gut?«
»Mir geht es gut. Ich habe nur das Gefühl, nicht mehr viel Hirn im Kopf zu haben, nach all dem Blut, das ich verloren habe.«
»Hatten Sie denn vorher so viel Hirn?«
Uspenskij ging vor Alexander in die Hocke. »Herr Hauptmann, nichts liegt mir ferner, als meinen Vorgesetzten zu kritisieren, aber ich finde, ich kann mir erlauben, Ihnen zu sagen, dass ich das, was hier passiert ist, was Sie hier zugelassen haben, für absoluten Irrsinn halte.«
»Damit kritisieren Sie mich, Herr Leutnant.«
»Herr Hauptmann …«
»Leutnant Uspenskij!« Alexander erhob sich. Seine Wunde blutete durch den Verband hindurch. »Es gab keinen anderen Weg.« Er hielt kurz inne. »Und wir haben immerhin den Fluss überquert.«
»Darum geht es nicht, Hauptmann Below. Konews 29. Panzerdivision befindet sich einen guten Tagesmarsch hinter uns. Wir hätten auf sie warten können. Aber wir sind direkt in den Fluss hineinmarschiert, direkt ins Feuer, wir haben nicht gewartet, keine Erkundungen eingezogen, nicht versucht, die feindlichen Stellungen zu zerstreuen. Nein, wir sind einfach losmarschiert! Genauer gesagt sind *Sie* einfach losmarschiert. *Sie*! Sie haben uns direkt in die Fänge der Deutschen geführt und dabei einen Großteil der Männer verloren, und jetzt sitzen Sie hier, sind selbst mehr tot als leben-

dig und tun so, als würden Sie nicht begreifen, warum ich wütend bin!«

Alexander drückte die Hand auf den Verband und sagte: »Sie können wütend sein, so viel Sie wollen, Leutnant, aber bitte nicht in meiner Gegenwart. Ich wollte nicht einfach dasitzen und auf Konew warten. Er hätte Tage gebraucht, um hier zu sein, der Überraschungseffekt wäre dahin gewesen, die Deutschen hätten Verstärkung geholt, und am Ende hätte der General uns trotzdem als Erste losgeschickt. Wir mussten losschlagen. Jetzt müssen wir uns zwar neu formieren, aber wir sind immerhin im Wald. Und wir haben einen Weg für die sowjetische Verstärkung freigekämpft, für die sowjetische Armee. Die Rote Armee wird es uns auf die ihr eigene bärbeißige Weise danken.« Er lächelte. »Ich garantiere Ihnen, wir sind die erste sowjetische Truppe, die die Wistula überquert hat.«

Uspenskij starrte ihn ungläubig an.

»So schlecht haben wir uns doch nicht geschlagen. Natürlich war es kein Triumph. Aber wir haben schon früher Männer verloren, Uspenskij. Erinnern Sie sich noch an Minsk, letzten April? Da haben wir dreißig Männer bei dem Versuch verloren, ein verdammtes Feld von Minen zu befreien. Hier handelt es sich um einen entscheidenden Fluss in Polen.«

»Herr Hauptmann, Sie haben uns praktisch unbewaffnet ins Feuer laufen lassen!«

»Ich habe Ihnen gesagt, Sie sollen Ihre Waffe über den Kopf halten, wenn Sie den Fluss überqueren.«

»Wir haben nur noch vierzig Männer!«

»Zählen Sie die zwanzig NKGB-Leute nicht mit?«

»Gut, vierzig Männer und zwanzig Weicheier!«

»Das stimmt, aber wir haben die Deutschen vom Flussufer vertrieben. Sie haben sich in die Wälder zurückgezogen. Und wenn wir in den Wald vorstoßen, werden wir das mit Verstärkung tun.«

Uspenskij schüttelte den Kopf. »Im Wald können wir nicht kämpfen. Ich kämpfe auf gar keinen Fall im Wald, das ist eine ganz andere Form der Kriegsführung. Man sieht doch gar nichts.«

»Das stimmt. Es tut mir Leid, dass ich den Krieg für Sie nicht angenehmer gestalten kann.«
»Wir haben den Panzer verloren, Ihren einzigen Schutz.«
»Meinen Schutz?«
»Grundgütiger Himmel!« Uspenskij verlor die Beherrschung. »Sie tun die ganze Zeit so, als wären Sie unsterblich, aber das sind Sie nicht ...«
»Wagen Sie es nicht, Uspenskij«, sagte Alexander laut. »Sie werden mich nicht anschreien, haben Sie verstanden? Was immer ich Ihnen sonst an Freiheiten lasse, diese lasse ich Ihnen nicht. Habe ich mich klar ausgedrückt?«
»Jawohl, Herr Hauptmann«, sagte Uspenskij leise und trat einen Schritt zurück. »Trotzdem, Sie sind nicht unsterblich, und Ihre Männer sind es erst recht nicht. Die Männer sind mir ja im Grunde gleichgültig, aber Sie können wir nicht ersetzen. Und es ist meine Aufgabe, Sie zu schützen. Wie können Sie sich bloß auf einen Kampf Mann gegen Mann im Fluss einlassen, wo Sie doch eigentlich ganz hinten bleiben sollen? Für wen halten Sie sich eigentlich, Hauptmann Below? Erst jetzt, wo ich mit eigenen Augen sehe, dass Ihr Blut genau so rot ist wie das von uns anderen, bin ich mir sicher, dass Sie ein Mensch sind.«
»Das ist nicht mein Blut«, sagte Alexander.
»Wie bitte?«
Doch Alexander schüttelte nur den Kopf.
»Was wird im Wald mit uns passieren?«, fragte Uspenskij.
»Wir werden uns bis zum Heiligkreuz-Gebirge durchschlagen. Es besteht die reelle Möglichkeit, dass uns die Munition ausgeht, denn die Deutschen sind besser ausgerüstet. Konew wird uns den Befehl geben, bis zum letzten Blutstropfen zu kämpfen. Das ist nun einmal so in einem Strafbataillon. Und es ist das Los eines sowjetischen Offiziers.«
Uspenskij sah Alexander verständnislos an. »Hierher haben Ihre Winde des Schicksals uns also geweht?«
»Ja. Denn die Rote Armee hat eine Kleinigkeit übersehen.«
»Und was wäre das?«
»Ich«, sagte Alexander, »habe nicht vor zu sterben.«

2

Barrington, August 1944

»Wo fahren wir denn hin?«, fragte Vikki. »Und warum? Ich habe keine Lust, mit dem Zug nach Massachusetts zu fahren, das ist viel zu weit. Was hast du nur immer mit deinen Zugreisen? Du warst doch gerade erst in Arizona – war das denn noch nicht weit genug? Es regnet, es ist scheußlich draußen, und außerdem habe ich gestern eine doppelte Schicht gearbeitet, und am Montag habe ich wieder Doppelschicht. Kann ich nicht einfach hier bleiben? Grammy macht ihre Lasagne. Ich muss mir die Nägel machen, mein Kleid bügeln und mir die Haare waschen. Hast du übrigens schon gehört, dass man sich jetzt die Beine und die Achseln rasiert? Das ist der letzte Schrei, und ich wollte es unbedingt ausprobieren. Ich hab's bei der Kosmetikerin gehört. Und du hast mir außerdem versprochen, mal mit dorthin zu kommen. Warum müssen wir denn unbedingt irgendwo hinfahren? Kann ich nicht einfach daheim bleiben und ein Bad nehmen?«

»Nein. Wir müssen fahren«, sagte Tatiana. Mit der einen Hand schob sie Anthonys Kinderwagen und mit der anderen Vikki vor sich her.

»Und warum muss ich unbedingt mitkommen?«

»Weil ich nicht allein fahren möchte. Und weil du meine Freundin bist.«

Vikki seufzte. Sie seufzte während der ganzen fünfstündigen Zugfahrt nach Boston. »Ich habe mitgezählt, Vikki. Das waren drei Seufzer pro Kilometer. Wir sind dreihundertsechsundachtzig Kilometer gefahren, also waren es tausendeinhundertachtundfünfzig Seufzer.«

»Das sind keine Seufzer«, erwiderte Vikki mürrisch. »Das sind Atemzüge.«

»Ja. Entnervte Atemzüge.« Tatiana hatte Sehnsucht nach ihrem Bruder. Pascha hätte sie einfach begleitet, ohne ein Wort des Missfallens. Er wäre einfach stoisch an ihrer Seite geblie-

ben. Ihre Schwester allerdings hätte ununterbrochen gemeckert, so wie Vikki es jetzt tat. »Ich hätte Edward fragen sollen«, murmelte Tatiana vor sich hin, während sie Anthony seine Jacke anzog. Auch in Boston regnete es.
»Und warum hast du das nicht gemacht?«
»Könntest du so nett sein und mir nicht ständig zeigen, wie du dich gerade fühlst? Ich will nicht die ganze Zeit hören, dass du schlechte Laune hast, weil du mir einen Gefallen tust. Tu es einfach und hör auf zu murren.« Vikki hörte auf zu seufzen.
Von Boston aus wollten sie ein Taxi nach Barrington nehmen, da es keine Zugverbindung gab. Der Taxifahrer informierte sie: »Das kostet aber zwanzig Dollar, wenn ich Sie bis dahin fahre.«
Vikki schnappte nach Luft und quietschte gleich darauf, weil Tatiana sie in den Oberschenkel kniff und, an den Taxifahrer gewandt, sagte: »Das geht in Ordnung.«
»Zwanzig Dollar? Bist du übergeschnappt?« Sie machten es sich hinten im Taxi bequem, Tatiana nahm Anthony auf den Schoß, und sie fuhren mit quietschenden Reifen los. »Für mich ist das ein halber Wochenlohn. Was zahlen sie dir denn?«
»Noch weniger. Aber wie sollen wir sonst dorthin kommen?«
»Ich weiß nicht. Mit dem Bus?«
»Das ist zu kompliziert.«
»Aber zurück kostet es doch noch mal zwanzig Dollar.«
»Richtig.«
»Willst du mir nicht endlich sagen, was wir hier wollen?«
»Wir besuchen Anthonys Familie.« Tatiana wusste, dass sie das eigentlich nicht tun sollte. Sam hatte sie gewarnt, doch sie konnte nicht anders. Und sie war aus unerfindlichen Gründen überzeugt, dass alles gut gehen würde.
Zudem hatte sie den Verdacht, dass sie Anthonys Verwandtschaft vielleicht schon bald um einen Gefallen bitten musste.
»Du hast Verwandte in den Vereinigten Staaten?«
»Ich nicht. Er schon. Ich brauche dich zur Unterstützung.

Wenn ich Hilfe brauche, kneife ich dich ganz fest in den Arm, etwa so.«
»Autsch!«
»Genau. Und solange ich das nicht tue, stehst du einfach da, lächelst und machst gar nichts.«
Eine Stunde später kamen sie in Barrington an. »Wohin genau?«, fragte der Taxifahrer.
»Lassen Sie uns hier raus.« Tatiana deutete auf ein prächtiges, weißes Gebäude an der Main Street. Dann bezahlte sie, und sie stiegen aus. Barrington war ein Städtchen mit weißen Fassaden und schwarzen Fensterläden. Grün belaubte Eichen säumten die sauberen Straßen. Es wirkte anheimelnd klein, und zwischen den Bäumen schauten weiße Kirchtürmchen hervor. An der Main Street befanden sich einige offene Geschäfte, ein Haushaltswarenladen, ein Café, ein Antiquitätenhändler. Ein paar Frauen gingen die Bürgersteige entlang, doch niemand schob einen Kinderwagen. Anthony war das einzige Kleinkind auf der Straße.
»Und du hast jetzt tatsächlich den Lohn von zwei Wochen für diesen Ausflug ausgegeben?« Vikki zog eine Bürste aus der Tasche, um ihr zerzaustes Haar in Ordnung zu bringen.
»Weißt du, was ich ausgegeben habe, um von England nach Amerika zu kommen? Fünfhundert Dollar. War es das wert?«
»Auf jeden Fall. Aber was willst du ausgerechnet hier?«
»Nimm mir bitte mal den Kinderwagen ab.«
»Moment, ich bin noch nicht fertig.« Vikki bürstete sich weiter die Haare. Tatiana warf ihr einen mahnenden Blick zu. »Ja, ja, schon gut.«
»Fragen wir, wo die Maple Street ist.«
Am Kiosk an der Ecke der Main Street erfuhren sie, dass die Maple Street nur wenige Straßen entfernt lag. Sie gingen durch den Regen dorthin.
»He, jetzt fällt mir was auf«, sagte Vikki. »Diese Stadt hier heißt Barrington, und du heißt Barrington mit Nachnamen. Ist das Zufall?«
»Das ist dir also gerade erst aufgefallen? Warte. Da sind wir.« Sie blieben vor einem großen, weißen Schindelhaus im Kolonialstil stehen. Es hatte schwarze Fensterläden, und im

Vorgarten standen Ahornbäume. Sie gingen den kleinen Gartenweg entlang, drei Stufen hinauf und blieben dann vor der Haustür stehen, ohne zu klingeln.
»Und was machen wir jetzt?«
Tatiana verließ plötzlich der Mut. »Vielleicht sollten wir wieder gehen«, sagte sie.
»Machst du Witze? Der ganze weite Weg, und jetzt sollen wir wieder gehen?« Damit drückte Vikki auf die Klingel.
Tatiana ließ den Kinderwagen unten an der Treppe stehen und nahm ihren Sohn auf den Arm.
Eine elegant gekleidete und perfekt frisierte ältere Dame mit strengem Blick öffnete die Tür. »Ja?«, fragte sie schroff.
»Wollen Sie eine Spende? Warten Sie, ich hole meine Geldbörse.«
»Wir wollen keine Spende«, sagte Tatiana rasch. »Wir sind gekommen ... ich bin gekommen, um mit Esther Barrington zu reden.«
»Ich bin Esther Barrington«, sagte die Dame. »Und wer sind Sie?«
»Ich ...« Tatiana zögerte. Dann deutete sie auf ihren Sohn.
»Das ist Anthony Alexander Barrington«, sagte sie. »Alexanders Sohn.«
Esther ließ den Schlüsselbund fallen, den sie in der Hand hielt. »Wer sind Sie?«
»Ich bin Alexanders Frau«, sagte Tatiana.
»Und wo ist Alexander?«
»Das weiß ich nicht.«
Esther lief rot an. »Na, das überrascht mich gar nicht. Dass Sie es allen Ernstes wagen, hierher zu kommen, zu mir! Für wen halten Sie sich eigentlich?«
»Ich bin Alexanders Frau ...«
»Es ist mir völlig egal, wer Sie sind! Und halten Sie mir nicht Ihren Sohn unter die Nase, als müsste ich mich plötzlich für ihn interessieren. Es tut mir sehr Leid für Sie ...« Ihr strenger Ton strafte die Worte Lügen. »Es tut mir sehr Leid, aber ich habe nichts mit Ihnen zu schaffen.«
Tatiana trat einen Schritt zurück. »Es tut mir Leid«, sagte sie.
»Sie haben Recht. Ich wollte nur, dass Sie ...«

»Ich weiß schon, was Sie wollen! Sie kommen hierher und zeigen mir Ihren kleinen Bastard. Und? Glauben Sie etwa, das macht es besser?«

»Was soll es denn besser machen?«, fragte Vikki.

Esther antwortete nicht auf Vikkis Frage, sondern sprach nur noch lauter. »Wissen Sie, was Ihr Schwiegervater zu mir gesagt hat, als er vor vierzehn Jahren zum letzten Mal durch diese Tür gegangen ist? Er sagte: ›Du hast nichts mehr mit meinem Sohn zu schaffen, alte Fotze.‹ Das hat er zu mir gesagt! Mit meinem Neffen, meinem Alexander, sollte ich nichts mehr zu schaffen haben. Dabei wollte ich nur helfen. Ich habe ihm vorgeschlagen, seinen Sohn zu mir zu nehmen, während er mit seiner Frau in die Sowjetunion geht und ihrer beider Leben ruiniert. Gespuckt hat er auf mein Angebot. Er wollte nichts mehr mit mir und unserer Familie zu tun haben. Er hat mir nie geschrieben, kein Telegramm geschickt. Ich habe nie mehr auch nur ein Wort von ihm gehört.« Sie hielt inne und holte Luft. »Was macht er denn jetzt, der Lump?«

»Er ist tot«, sagte Tatiana leise.

Esther brachte nicht einmal ein »Oh« heraus. Ihre Hand krampfte sich um die Türklinke, sie trat schwankend einen Schritt zurück, dann sagte sie: »Nun gut. Aber wagen Sie es nicht, als Wildfremde hierher zu kommen und mir weismachen zu wollen, dass Ihr wildfremdes Kind mich etwas angeht.« Und damit knallte Esther die Tür so fest zu, wie es ihr mit ihrer zitternden Hand nur möglich war, und ließ die beiden jungen Frauen auf der Treppe stehen.

»Hm«, sagte Vikki. »Wie hattest du dir das vorgestellt?«

Tatiana kämpfte mit den Tränen. Sie drehte sich um und ging die Stufen hinunter. »Auf jeden Fall besser.«

Was hatte sie erwartet? Sie wusste nicht, was für ein Verhältnis Alexanders Vater zu seiner Schwester gehabt hatte, bevor die Barringtons die Vereinigten Staaten verlassen hatten. Doch Esthers Reaktion machte eines unmissverständlich klar: Sie hatte nie auch nur ein Wort aus der Sowjetunion gehört, weder von ihrem Bruder noch von ihrer Schwägerin, geschweige denn von Alexander. Und eigentlich war Tatiana nur nach Barrington gekommen, um herauszufinden, ob Esther vielleicht Informationen besaß, die ihr weiterhelfen konnten. Offensichtlich gab es keine solchen Informationen, also hatte Tatiana hier nichts mehr zu tun. Die Aussicht auf entfernte Verwandtschaft, vielleicht sogar eine familiäre Bindung für ihren Sohn – das alles lag ihr in diesem Augenblick fern. Sie hatte nur ein Ziel: Sie wollte die Wahrheit über Alexander herausfinden.

Also setzte sie Anthony wieder in seinen Wagen, und sie gingen den Gartenweg entlang und zurück auf die Straße.

»Vierzehn Jahre«, sagte Vikki. »Man sollte meinen, sie hätte das inzwischen überwunden. Manche Leute sind wirklich nachtragend.«

Sie gingen langsam die Straße hinunter. »Sag mal, was war das für ein Wort?«, fragte Tatiana. »Was hat Alexanders Vater zu ihr gesagt, als er gegangen ist?«

»Denk nicht darüber nach. Eine Dame benutzt solche Wörter nicht. Unsere liebe Esther hat etwas von einem Soldaten an sich. Irgendwann bringe ich dir ein paar englische Schimpfwörter bei.«

»Ich kenne viele englische Schimpfwörter«, sagte Tatiana. Dann setzte sie leiser hinzu: »Nur dieses nicht.«

»Woher willst du die denn kennen?« Vikki gab ihr einen Stups. »Die stehen doch nicht in Wörterbüchern oder Sprachführern, zumindest nicht in denen, die ich kenne.«

»Ich hatte früher einmal einen sehr guten Lehrer«, sagte Tatiana.

Sie waren schon wieder auf der Hauptstraße, als plötzlich ein Auto neben ihnen am Straßenrand hielt. Esther stieg aus. Ihr Make-up war verwischt, die Augen waren rot vom Weinen, und ihr graues, akkurat frisiertes Haar wirkte zerzaust. Sie trat Tatiana in den Weg. »Es tut mir Leid«, sagte sie. »Es war ein Schock, Sie da plötzlich stehen zu sehen. Wir haben nichts mehr von meinem Bruder gehört, seit er das Land verlassen hat. Ich hatte keine Ahnung, was aus der Familie geworden ist. Im Außenministerium hat man sich geweigert, uns Auskunft zu geben.«

Zurück in Esthers Haus bekamen die beiden jungen Frauen

ein reichhaltiges Mahl aus Schinken, Brot und Fleischbrühe, tranken Kaffee, und Anthony konnte im oberen Stockwerk sein Mittagsschläfchen halten.

Trotz des jahrelangen Grolls weinte Esther bittere Tränen, als Tatiana ihr von Harold, seiner Frau und Alexander berichtete. Sie bestand darauf, dass Tatiana und Vikki bis Sonntag bleiben sollten, und so blieben sie. Esther war eine warmherzige Frau, die selbst keine Kinder hatte. Sie war einundsechzig Jahre alt, ein Jahr jünger als Harold, und das einzige Mitglied der Familie Barrington, das noch am Leben war. Ihr Mann war fünf Jahre zuvor gestorben, und jetzt lebte sie allein mit Rosa, die ihr seit vierzig Jahren den Haushalt führte.

»Hat Alexander hier gelebt?« Tatiana wandte den Blick nicht von Esthers Gesicht ab. Sie wagte nicht, sich umzusehen, denn sie fürchtete sich davor, Spuren des Kindes Alexander zu entdecken.

Esther schüttelte den Kopf. »Sein Haus lag etwa anderthalb Kilometer von hier entfernt. Ich habe keinen Kontakt zu den Leuten, die jetzt dort wohnen, es sind hochnäsige Schnösel. Aber wenn du willst, können wir vorbeifahren, dann kannst du es dir anschauen.«

»Direkt hinter dem Haus beginnt der Wald, nicht wahr?«

»Inzwischen nicht mehr«, erwiderte Esther. »Jetzt stehen dort lauter Häuser. Der Wald war sehr schön. Alexander hatte ein paar Freunde ...«

»Teddy und Belinda?«

»Gibt es eigentlich irgendetwas, das du nicht über ihn weißt?«

»Ja«, sagte Tatiana. »Ich weiß nicht, wo er jetzt ist.«

»Teddy ist 1942 in der Schlacht von Midway gefallen. Und Belinda ist als Krankenschwester an die Front gegangen. Sie ist jetzt in Nordafrika oder in Italien, oder wo die Truppen sonst gerade sind. Armer Alexander. Armer Teddy. Armer Harold.« Esther schüttelte den Kopf. »Harold war ein Dummkopf. Er hat seine Familie zerstört und den Jungen – diesen wundervollen, unglaublichen Jungen ... Hast du ein Foto von ihm dabei?«

Tatiana schüttelte den Kopf. »Er ist wohl so geblieben, wie er damals war, Esther. Und du hast nie etwas von ihm gehört?«
»Natürlich nicht.«
»Auch nichts über ihn?«
»Kein Wort. Warum auch? Man wollte mir ja nicht einmal sagen, ob er tot ist, man wollte mir überhaupt nichts sagen.«
Tatiana erhob sich zögernd. »Wir müssen aufbrechen.«
Esther sprang auf. »Ich habe noch etwas für dich.«
Sie reichte Tatiana eine kleine Tasche aus Leinwandstoff, die mit einem Stückchen Schnur verschlossen war. In der Tasche fand Tatiana drei kurze Lederschnüre, die halb zu einem dickeren Zopf geflochten waren, drei verrostete Nägel, einen kleinen Stößel, zwei zerbrochene Muscheln und ein Foto, auf dem der kleine Alexander, vielleicht acht Jahre alt, neben einem etwas pummeligen Jungen, wahrscheinlich Teddy, bei Ebbe im Meer stand. Sein breites Lächeln ließ sein ganzes Gesicht leuchten.
»Und schau, hier ist ein Foto von Alexander als Kleinkind.«
Das Foto, das Esther ihr reichte, zeigte den etwa zweijährigen Alexander, dunkelhaarig, mit rundem, lachendem Gesicht, das Ebenbild seines Sohnes. Esther hielt Tatiana das Foto hin, und sie wollte danach greifen. Doch ihre Hand zitterte so sehr, dass sie es nicht halten konnte. Vikki bemerkte es und wandte den Blick ab, und auch Esther merkte es, schob das Foto in Alexanders alte Tasche und tätschelte Tatianas Arm.
»Wir müssen jetzt wirklich gehen«, flüsterte Tatiana.
Im Zug zurück nach New York sah Vikki schweigend aus dem Fenster.
»Was ist denn los, Vikki?«
»Nichts. Ich denke nur nach«, sagte Vikki. »Als ich dich kennen gelernt habe, hast du so unkompliziert auf mich gewirkt, bis auf die verblasste Narbe auf deiner Wange.«
Tatiana betrachtete ihren Sohn und legte dann die Hand auf Vikkis Knie. »Ich bin auch gar nicht kompliziert«, sagte sie. »Ich muss einfach nur herausfinden, was aus meinem Mann geworden ist.«

»Du hast mir und Edward doch erzählt, er ist tot.«
»Vielleicht war ich da etwas voreilig«, sagte Tatiana und sah zum Fenster hinaus, während der Zug durch die regennasse, sommerliche Landschaft von Massachusetts fuhr.
»Hast du nach mir gesucht?«, hatte sie ihn einmal gefragt. Und er hatte geantwortet: »Mein ganzes Leben lang.«
Tatiana sagte nichts mehr. Sie lehnte den Kopf an die Rückenlehne, strich Anthony übers Haar, schloss die Augen und öffnete sie nicht mehr, bis sie in die Grand Central Station einfuhren.

3

Im Heiligkreuz-Gebirge, Oktober 1944

Tief im dichten, undurchdringlichen Wald des Gebirges, hundert Kilometer vom Fluss entfernt, standen Alexander und seine Männer sechs Wochen nach der Überquerung der Wistula an einem kalten Herbstnachmittag seit drei Stunden unter Beschuss.
Sie lebten im Wald, schliefen im Wald. Wenn es eine Kampfpause gab, stellten sie ihre Zelte auf, wenn der Kampf weiterging, hüllten sie sich in ihre Uniformmäntel und schliefen auf dem Boden. Sie zündeten Feuer an, doch im Wald Nahrung zu finden erwies sich als schwieriger, als ihnen lieb war. Die Kaninchen hüpften davon, wenn das Bataillon sich näherte. Es gab nur wenige Bäche und noch viel weniger Fische. Doch wenn sie auf einen Bach stießen, konnten sie sich immerhin waschen. Die Heidelbeerzeit war bereits vorbei, und sie hatten längst genug von Pilzen. Wenn sie nicht gut genug gekocht waren, riefen die Pilze bei den Männern fürchterliche Magenkrämpfe hervor, und schließlich musste Alexander den Verzehr von Pilzen verbieten. Die Telefonleitung brach in dem unebenen Gelände immer wieder zusammen, und die Armeerationen reichten nie so lange, bis die Verstärkung eintraf. Alexander stellte aus Schweineschmalz und

Asche selbst Seife her. Doch seine Männer hatten kein Interesse mehr daran, sich sauber zu halten und die Ausbreitung von Läusen zu verhindern. Sie wussten um den Zusammenhang zwischen Läusen und Typhus, doch es kümmerte sie nicht. Sie wollten das Schmalz lieber essen, die Seife war ihnen gleichgültig. Oft waren ihre Gesichter und Körper wochenlang von Schießpulver, Schlamm und Blut bedeckt. Sie litten alle unter Fußbrand, denn es gelang ihnen nie, richtig trocken zu werden.

Sie waren das einzige Bataillon im Wald, und sie wollten das Gebirge erklimmen und auf die andere Seite gelangen. Doch wie in Sinjawino und Pulkovo hatten die Deutschen auf den Gipfeln Stellung bezogen und brauchten nur wenige Männer, um Alexanders Truppe zurückzuschlagen.

Anfangs waren sie gut vorangekommen. Doch dann hatten die Deutschen sie im Vorgebirge plötzlich aufgehalten, und es war ihnen nicht gelungen, die feindlichen Linien zu durchbrechen, obwohl sie zweimal Verstärkung und zusätzliche Munition erhalten hatten. Nun war bereits seit acht Tagen keine weitere Verstärkung eingetroffen. Zwischen den Schusswechseln hörten sie von morgens bis abends deutsche Stimmen zwischen den Bäumen. Sie schienen nicht nur von oben zu kommen, sondern auch von rechts und links. Alexander vermutete, dass es sich nicht mehr nur um eine Verteidigungslinie handelte: Die Deutschen hatten sie umstellt. Seine Truppe war nicht einen Meter vorangekommen, und schon wieder war es kurz vor Einbruch der Dunkelheit.

Er musste aus dieser ausweglosen Situation entkommen, sonst würde er in diesem Wald den Tod finden. Werenkow war bereits gefallen. Der arme Kerl war kaum in der Lage gewesen, den Feind zu sehen, also hatte er blindlings drauflosgefeuert, hatte sich aber selbst nicht in Deckung begeben können. Mit viel Glück war er bis in den Wald gekommen, doch dort hatte sein Glück ein Ende gehabt. Alexander und Uspenskij beerdigten ihn in dem Loch, das die tödliche Granate geschlagen hatte, und stellten einen Ast mit seinem Helm daran auf das Grab.

»Verdammt noch mal, wer ist das?«, fragte Alexander plötzlich in einer Feuerpause. »Ich könnte schwören, ich hätte Russisch gehört. Habe ich Wahnvorstellungen, Uspenskij? Hören Sie nur.«
»Ich höre nur das Selbstladegewehr 43.« Die deutschen Truppen verwendeten dieses Modell.
»Ja, natürlich, aber hören Sie genau hin. Sie sind gerade beim Nachladen, und man hört ganz deutlich, dass jemand Befehle auf Russisch ruft. Ich schwöre bei Gott, das ist Russisch.«
Uspenskij sah Alexander mitleidig an. »Vermissen Sie Russland sehr, Herr Hauptmann?«
»Verflucht noch mal«, rief Alexander. »Ich sage Ihnen, die sprechen Russisch.«
»Sie glauben also, wir schießen auf Russen?«
»Ich weiß es nicht. Das wäre doch zu unwahrscheinlich, oder? Wie sollten die hierher kommen?«
»Hm. Herr Hauptmann, haben Sie je von der Wlassow-Armee gehört?«
»Die Wlassow-Armee?«
»Sowjetische Kriegsgefangene und Partisanen, die die Seiten gewechselt haben.«
»Ja, von denen habe ich gehört«, fauchte Alexander. Er hatte keine Lust, sich mit Uspenskij über solche Dinge zu unterhalten, während er verzweifelt versuchte, seine Männer zu retten.
Uspenskij hatte offensichtlich kein Gespür für die drängenden Probleme. Da saß er hinter seinem Baum, lud seine Schpagin und legte in aller Ruhe die Granaten zurecht, die er in Alexanders Granatwerfer laden sollte.
Natürlich wusste Alexander von der Wlassow-Armee. In der Ursuppe, aus der nach und nach der Partisanenkrieg mit den Deutschen entstanden war, hatte sich die Wlassow-Armee – unter der Führung ihres Namensgebers, des russischen Generals Andrej Wlassow – aus russischen Soldaten zusammengesetzt, die in deutsche Kriegsgefangenschaft geraten und anschließend übergelaufen waren und nun gegen die Rote Armee kämpften. Sie schrieben sich den Kampf für ein freies

Russland auf die Fahne. Nachdem er bei Hitler keine Unterstützung für seine anti-stalinistische Russische Befreiungsbewegung gefunden hatte, stand Wlassow selbst seit einiger Zeit in Deutschland unter Arrest. Doch zahlreiche Russen kämpften auch weiterhin unter seinem Namen in deutschen Brigaden.

»Aber das kann nicht die Wlassow-Armee sein«, sagte Uspenskij.

»General Wlassow ist ganz sicher nicht hier, aber seine Männer kämpfen doch weiterhin auf deutscher Seite. Er hatte über hunderttausend Soldaten. Vielleicht sind ein paar davon hier im Wald.«

Gleich darauf hörten sie in einer kurzen Feuerpause klar und deutlich, wie jemand auf Russisch rief: »Los, nachladen!«

Alexander wechselte einen Blick mit Uspenskij, zog die Augenbrauen hoch und sagte: »Warum muss ich eigentlich immer Recht behalten?«

»Und was nun? Wir haben keine Munition mehr.«

»Das stimmt nicht«, erwiderte Alexander ungerührt. »Ich habe noch vier Magazine und eine halbe Trommel. Außerdem wird bald Verstärkung kommen.« Das war eine Lüge. Die Telefonleitung war wieder einmal zusammengebrochen, und nun war zu allem Überfluss auch noch der Funktechniker tot.

»Da sind mindestens dreißig von denen im Wald.«

»Dann schieße ich wohl besser nicht daneben, was?«

»Das mit der Verstärkung ist gelogen. Wir haben doch bereits welche bekommen. Vor zwei Wochen hat Konew Ihnen dreihundert Männer mit Gewehren und Munition geschickt. Die sind jetzt alle tot.«

»Hören Sie auf zu jammern, Leutnant. Sagen Sie Ihren Männern, sie sollen das Feuer eröffnen.«

Zehn Minuten später war Alexanders Trommel leer. Auch seine Männer hatten aufgehört zu feuern.

»Wie weit ist es noch bis zur deutschen Grenze?«, fragte Uspenskij.

»Etwa hunderttausend deutsche Truppen weit.«

Uspenskij seufzte. »Und was nun?«
»Ziehen Sie Ihr Messer. Wir müssen uns auf Nahkampf im Wald gefasst machen.«
»Sie sind ja wahnsinnig.« Uspenskij sprach leise, damit ihn niemand sonst hörte.
»Haben Sie einen besseren Vorschlag?«
»Wenn ich einen besseren Vorschlag hätte, wäre ich kein Leutnant, sondern Hauptmann, und Sie würden Befehle von mir entgegennehmen.« Uspenskij schwieg einen Augenblick. »Haben Sie jemals von irgendwem Befehle entgegengenommen?«
Alexander lachte leise. »Falls Sie es noch nicht bemerkt haben sollten, Herr Leutnant: Ich habe auch Vorgesetzte.«
»Tja, und wo sind die jetzt? Sie müssen Ihnen den Befehl zum Rückzug geben.«
»Ein Rückzug ist ausgeschlossen, das wissen Sie doch. Hinter uns befinden sich zwei Dutzend NKGB-Leute, die dafür sorgen, dass wir das nicht tun. Die würden uns einfach erschießen.«
Alexander schwieg und blickte nachdenklich drein. Sie saßen nebeneinander auf dem moosigen Boden, den Rücken an einen Baum gelehnt. »Die NKGB-Leute erschießen uns also, wenn wir den Rückzug starten?«, fragte Uspenskij.
»Auf der Stelle.« Alexander sah ihn nicht an.
»Sie *erschießen* uns?«
Nun sah Alexander ihn doch an. »Was wollen Sie damit sagen, Herr Leutnant?«, fragte er gedehnt.
»Nichts weiter, Herr Hauptmann. Man sollte nur annehmen, dass sie dann auch etwas haben, womit sie uns erschießen können.«
Alexander schwieg einen Augenblick, dann sagte er: »Holen Sie mir Unteroffizier Jermenko.«
Kurze Zeit später kehrte Uspenskij mit Jermenko zurück, der sich Blut vom Arm wischte.
»Jermenko, wie ist es um Ihre Munition bestellt?«
»Ich habe noch drei Magazine, drei Handgranaten und ein paar Mörsergranaten.«
»Sehr gut. Lassen Sie mich Ihnen die Situation erklären. Wir

haben kaum noch Munition, und da draußen ist mindestens ein Dutzend Deutsche unterwegs.«

»Ich glaube, Herr Hauptmann, das ist mehr als ein Dutzend. Außerdem haben die genug Munition.«

»Sind Sie ein guter Schütze? Werden Ihre Ladungen für ein Dutzend Männer reichen?«

»Nein, Herr Hauptmann, ganz sicher nicht. Ich besitze kein Scharfschützengewehr.«

»Haben Sie irgendeine Idee?«

»Das fragen Sie mich, Herr Hauptmann?«

»Das frage ich Sie, Jermenko.«

Jermenko hielt inne, bewegte nachdenklich die Lippen und rückte seinen Helm zurecht. Er stand stramm, und die Wunde an seinem Arm blutete weiter. Alexander schickte Uspenskij los, um Verbandszeug zu holen. Jermenko dachte immer noch nach.

Alexander bedeutete ihm, sich hinzuhocken, dann untersuchte er die Wunde des Unteroffiziers. Es war nur ein Streifschuss am Trizeps, der jedoch stark blutete. Alexander legte einen Druckverband an und sagte dann: »Sagen Sie mir, was Sie sich denken, Unteroffizier.«

Jermenko erwiderte leise: »Vielleicht sollten wir die … Nachhut nach Munition fragen, Herr Hauptmann.« Er deutete nach hinten.

»Da haben Sie absolut Recht. Aber was ist, wenn sie Nein sagen?«

»Dann müssen wir sie so fragen, dass sie nicht Nein sagen können.«

Alexander klopfte Jermenko auf die Schulter.

Mit noch leiserer Stimme sagte der Unteroffizier: »Ich weiß, dass sie Dutzende halbautomatische Gewehre haben, außerdem drei oder vier Maschinenpistolen, und sie haben ihre Munition längst noch nicht verschossen. Sie haben auch Granaten und Mörsergranaten, und außerdem Wasser und Nahrung.«

Alexander und Uspenskij wechselten einen Blick. »Sie haben absolut Recht«, sagte Alexander, während er den Verband an Jermenkos Arm befestigte. »Aber ich denke, sie werden

sich nicht allzu leicht von ihrer Munition trennen. Fühlen Sie sich dieser Aufgabe gewachsen?«
»Jawohl, Herr Hauptmann. Ich brauche einen weiteren Mann, der sie ablenkt.«
Alexander stand auf. »Das werde ich sein.«
»Herr Hauptmann!«, rief Uspenskij. »Auf keinen Fall. Lassen Sie mich das machen.«
»Sie können uns gern begleiten. Aber was immer Sie tun, erzählen Sie denen nicht, dass Sie nur eine Lunge haben.« Alexander reichte Jermenko den Holzknüppel, den er selbst angefertigt hatte. Kleine, scharfe Granatsplitter steckten darin, und der Griff war an einer Schnur aus Baumrinde befestigt, sodass sich der Knüppel gut schwingen ließ. Jermenko nahm ihn, gab Uspenskij Munition für seine Tokarew, und Alexander lud seine Schpagin mit seinem letzten Fünfunddreißiger-Magazin. Dann gingen sie schweigend durch den Wald zum NKGB-Lager. Alexander sah etwa ein Dutzend Männer gesellig um ein anheimelnd flackerndes Feuer sitzen. Sie unterhielten sich und lachten.
»Bleiben Sie hier, Uspenskij«, sagte er. »Ich will erst mit ihnen reden und sie um Hilfe bitten. Sie beide warten hier auf mich. Wenn ich mich umdrehe und das Gewehr schultere, heißt das, dass wir uns friedlich geeinigt haben. Wenn ich es dagegen im Arm halte, ist das Gegenteil der Fall. Klar?«
»Sonnenklar«, sagte Jermenko. Doch Uspenskij machte ein grimmiges Gesicht, seufzte und schwieg. Er nahm die Aufgabe, Alexander zu schützen, offenbar viel zu ernst.
»Leutnant! Ist das klar?«
»Jawohl, Herr Hauptmann.«
Alexander ließ Uspenskij und Jermenko im Gebüsch zurück und näherte sich den Männern auf der kleinen Lichtung. Sie drehten sich nicht um, hoben nicht einmal den Kopf, als er herankam. »Genossen«, sagte er und trat in ihren Kreis. »Wir brauchen Ihre Hilfe. Wir haben keine Munition mehr, die Verstärkung ist noch nicht da, und ich kann niemanden über das Feldtelefon erreichen. Von zwei Bataillonen sind mir nur noch zwanzig Männer übrig geblieben, und ich habe keinerlei Unterstützung. Wir brauchen Ihre Patronen und

Ihre Granaten. Außerdem benötigen wir Verbandszeug und Wasser für unsere Verwundeten. Und wir müssen Ihr Telefon benutzen, um den Kommandoposten anzurufen.«

Die Männer blickten ihn einen Moment lang schweigend an, dann brachen sie in schallendes Gelächter aus. »Sie nehmen uns ja wohl auf den Arm, was?«

»Ich habe Befehl, die Verteidigungslinie hier im Wald zu durchbrechen.«

»Ganz offensichtlich haben Sie den Befehl nicht befolgt, Herr Hauptmann«, sagte Leutnant Sennew und warf Alexander einen spöttischen Blick zu.

»Ich befolge meine Befehle durchaus, Herr Leutnant«, sagte Alexander. »Das Blut meiner Männer zeugt von meinem Gehorsam. Aber jetzt brauche ich Ihre Waffen.«

»Hauen Sie ab«, sagte Sennew.

»Ich bitte Sie um Unterstützung für Ihre Waffenbrüder. Wir kämpfen doch schließlich auf derselben Seite, oder etwa nicht?«

»Ich sagte, Sie sollen abhauen.«

Alexander seufzte. Langsam wandte er sich von den Männern am Feuer ab, die Schpagin im Arm. Noch ehe er sich ganz umgedreht hatte, sah er, wie Jermenko den Knüppel mit den Granatsplittern durch die Luft wirbelte, der sich gleich darauf mit durchdringendem Heulen in Sennews Stirn grub. Jermenko musste näher gekommen sein und alles mit angehört haben, um so einsatzbereit zu sein. Alexander wirbelte herum, zielte mit der Schpagin und gab einen Schuss nach dem anderen ab. Er setzte die Automatikfunktion nicht ein und verschwendete auch keine Kugel mehr an Sennew. Er gab fünf Schüsse ab, Jermenko schoss sechsmal, dann war alles vorbei. Den NKGB-Männern war nicht einmal Zeit genug geblieben, ihre Waffen zu ziehen.

Uspenskij und Jermenko nahmen alle Waffen und Vorräte mit, und Alexander legte die Toten übereinander. Als sie sich etwa zwanzig Schritte entfernt hatten, warf er eine Handgranate und hob dann die Hand, um seine Augen zu schützen. Die Granate explodierte, und die drei Männer beobachteten kurz, wie die Flammen emporzüngelten.

»Vielleicht sollten wir ihnen einen letzten Soldatengruß zukommen lassen.« Uspenskij salutierte. »Lebt wohl und fahrt zur Hölle.«
Jermenko lachte.
Als sie ihr Lager erreicht hatten, schlug Alexander dem Unteroffizier anerkennend auf die Schulter. »Gut gemacht«, sagte er und bot ihm eine Zigarette an.
»Vielen Dank, Herr Hauptmann«, sagte Jermenko. Dann räusperte er sich. »Erbitte Genehmigung, den gegnerischen Kommandeur ausfindig zu machen. Ich glaube, wenn wir uns den Kommandeur schnappen, fällt die ganze Verteidigung in sich zusammen.«
»Tatsächlich?«
»Ja. Diese Truppe wirkt sehr zerfahren. Sie kommen von vorn und von der Seite, feuern einfach drauflos, völlig ungeordnet. Die kämpfen nicht wie ausgebildete Soldaten, sondern wie Partisanen.«
»Wir befinden uns im Wald, Unteroffizier«, sagte Alexander. »Da kann man keine Schützengräben erwarten.«
»Vernünftiges Verhalten kann man aber trotzdem erwarten, und davon merke ich nicht viel. Sie sind schwer bewaffnet und schießen auf uns, als wäre es ihnen völlig egal, wie lange sie das durchhalten können. Sie verteidigen den Wald, als hätten sie endlose Mengen an Verstärkung im Rücken.«
»Und warum sollte sich das ändern, wenn Sie mir den Kommandeur bringen?«
»Ohne ihren Kommandeur werden sie sich zurückziehen.«
»Und wir sind immer noch hier im Wald.«
»Wir könnten zur Seite ausweichen, nach Süden. Dann treffen wir irgendwann auf die südukrainische Front.«
»Dort wird man sich sicher ganz besonders freuen, uns zu sehen. Mein Befehl lautet, diesen Wald zu durchbrechen.«
»Das werden wir auch tun, nur eben von der Seite. Wir sind seit zwei Wochen hier, haben fast alles verloren, wir haben keine Reserveeinheiten, und die Deutschen rühren sich nicht vom Fleck. Bitte, Herr Hauptmann, lassen Sie mich Ihnen den Kopf des Kommandeurs bringen. Dann ziehen die sich zurück, Sie werden sehen. Die Deutschen kommen nicht gut

zurecht ohne Kommandeur. Und wir können dann die seitliche Route einschlagen.«

Uspenskij stieß Alexander in die Seite. »Warum sagen Sie ihm nicht, dass es Russen sind?«, flüsterte er.

»Sie glauben doch nicht etwa, dass das für ihn eine Rolle spielt?«, flüsterte Alexander zurück.

Er griff zum neu erworbenen Feldtelefon und nahm Kontakt zu Hauptmann Gronin vom 28. Bataillon auf, das sich vier Kilometer südlich von seinem Standort befand. Er erzählte Gronin nichts von den erschossenen NKGB-Männern, sondern bat ihn nur um schnellstmögliche Verstärkung. Doch wie sich herausstellte, standen deutsche Truppen zwischen ihnen, die Gronin überwinden musste, um Alexander mit Verstärkung zu versorgen. Trotz hörbarer Erschöpfung gelang es dem Hauptmann, laut genug zu werden, um Alexander zusammenzustauchen: »Sie machen wohl Witze? Verstärkung? Für wen halten Sie sich eigentlich? Von mir kriegen Sie keine Verstärkung! Kämpfen Sie mit dem, was Sie haben, bis der Rest des Heeres zu Ihnen stößt.« Damit warf er den Hörer auf die Gabel.

Alexander legte ruhig auf und sah zu Uspenskij und Jermenko hinüber, die neben ihm standen und ihn erwartungsvoll anschauten. »Was hat er gesagt, Herr Hauptmann?«, fragte Uspenskij.

»Er sagt, die Verstärkung wird in ein paar Tagen hier sein. Bis dahin müssen wir durchhalten.« Er nahm einen Schluck Wasser aus seiner Feldflasche und brummte missbilligend: »Der NKGB hatte sogar das bessere Wasser.« Dann sagte er: »Gut, Jermenko. Bringen Sie mir den Kommandeur. Aber nehmen Sie jemanden mit.«

»Aber Herr Hauptmann ...«

»Keine Widerrede. Sie nehmen einen weiteren Mann mit, einen guten Soldaten, der verschwiegen und loyal ist und dem Sie vertrauen können.«

»Dann würde ich gern ihn mitnehmen, Herr Hauptmann.« Jermenko deutete auf Uspenskij.

»Sind Sie jetzt völlig verrückt geworden? Ich bin immerhin Leutnant ...«

»Uspenskij!« Alexander brachte ihn zum Schweigen. Er zündete sich eine Zigarette an, musterte die beiden Soldaten, lächelte dann und sagte: »Den Leutnant können Sie leider nicht haben, Jermenko. Er gehört mir. Suchen Sie sich jemand anders aus.« Er schwieg einen Augenblick. »Sie sollten einen besseren Mann auswählen. Nehmen Sie Smirnoff mit.«
»Vielen Dank für Ihr Vertrauen, Herr Hauptmann«, brummte Uspenskij.
»Keine Ursache, Herr Leutnant.«

Eine Stunde später kam Smirnoff zurück. »Wo ist Unteroffizier Jermenko?«
»Er hat es nicht geschafft«, sagte Smirnoff.
Alexander schwieg einen Augenblick. Dann sagte er: »Das war nicht meine Frage, Unteroffizier. Ich habe Sie gefragt, wo er ist.«
»Ich sagte Ihnen doch, er ist tot, Herr Hauptmann.«
»Und ich frage Sie, wo er ist. Ich werde Ihnen die Frage so oft stellen, bis Sie sie beantworten. Wo ist er?«
Smirnoff schaute Alexander verwirrt, erschöpft und ein wenig gekränkt an. »Ich verstehe Sie nicht …«
»Wo ist Ihr toter Kamerad, Smirnoff?«
»Da, wo er gefallen ist, Herr Hauptmann. Er ist auf eine Mine getreten.«
Alexander richtete sich auf. »Sie haben also Ihren Kampfgefährten, der Ihnen Deckung gegeben hat, tot auf feindlichem Boden zurückgelassen?«
»Ja, Herr Hauptmann«, stammelte Smirnoff. »Ich musste doch weg von dort, hierher zurück.«
»Unteroffizier Smirnoff, Sie sind der Uniform, die Sie tragen, nicht würdig. Sie verdienen das Gewehr nicht, das Ihnen anvertraut wurde, damit Sie Ihr Vaterland verteidigen. Einen gefallenen Soldaten auf feindlichem Boden zurückzulassen …«
»Aber er ist doch tot, Herr Hauptmann«, erwiderte Smirnoff ängstlich.
»Das sind Sie auch bald!«, schrie Alexander ihn an. »Und wer bringt dann Ihren Leichnam auf sowjetische Seite? Ihr Kampfgefährte ist tot, er kann es nicht mehr tun.« Er wink-

te ungeduldig ab. »Gehen Sie mir aus den Augen.« Smirnoff wandte sich zum Gehen, doch Alexander hielt ihn noch einmal zurück: »Bevor Sie gehen, sagen Sie mir noch, ob Sie irgendetwas herausgefunden haben, das uns nützlich sein kann. Oder sind Sie nur ins Feindgebiet vorgedrungen, um einen Soldaten dort tot zurückzulassen?«

»Nein, Herr Hauptmann.« Smirnoff sah ihn nicht an.

»Also?«

»Ich habe herausgefunden, Herr Hauptmann, dass der Kommandeur kein Deutscher ist, sondern Russe. Es wurde auch Deutsch gesprochen, aber der Kommandeur ist auf jeden Fall Russe. Er gibt der Truppe Befehle auf Deutsch, spricht aber Russisch mit seinem Leutnant. Er hat noch etwa fünfzig Männer.«

»Fünfzig!«

»Ja. Und sie tun nichts ohne seinen Befehl.« Smirnoff schwieg kurz. »Ich weiß das, weil wir sehr nah herangekommen sind. Dabei haben wir auch gemerkt, dass das Gebiet rund um sein Zelt vermint ist. Aber ich weiß jetzt, wo ich hintreten muss. Ich brauche nur nach Jermenkos Leiche zu suchen, die Mine ist ja bereits hochgegangen. Von dort aus kann ich eine Granate in das Zelt des Kommandeurs werfen. Dann wird er zerfetzt, und seine Männer geben auf.«

Alexander schwieg. »Sind Sie sicher, dass er Russe ist?«

»Ganz sicher.«

Smirnoff brach auf. Eine halbe Stunde verging, eine Stunde, doch er kam nicht zurück. Nachdem anderthalb Stunden vergangen waren und der Wald immer noch schwarz und undurchdringlich blieb, gab Alexander die Hoffnung auf. Wahrscheinlich war der dumme, vorlaute Kerl auf eine weitere Mine getreten und hatte die feindlichen Truppen damit gewarnt. Und jetzt lag er irgendwo tot und wartete darauf, dass Alexander kam und ihn holte.

»Ich gehe selbst, Uspenskij«, sagte Alexander. »Falls mir etwas zustoßen sollte, haben Sie das Kommando.«

»Das können Sie nicht machen, Herr Hauptmann.«

»Und ob ich das kann. Und ich komme erst zurück, wenn

entweder ich tot bin oder der Kommandeur. Dieser verdammte Smirnoff! Den armen Jermenko einfach im Wald zurückzulassen!« Alexander stieß einen Fluch aus. »Jetzt sind es wenigstens zwei, so sehe ich, wo ich hintreten kann. Wenn ich bloß einen Panzer hätte, dann wäre ich jetzt nicht in dieser ausweglosen Lage.«

»Sie hatten einen Panzer. Und wenn Sie nicht mit aller Gewalt allein den Fluss durchquert hätten, dann hätten Sie ihn immer noch.«

»Halten Sie den Mund«, sagte Alexander. Er griff nach seiner Maschinenpistole, bewaffnete sich zusätzlich mit einer Pistole und fünf Handgranaten und rückte seinen Helm zurecht.

»Ich komme mit Ihnen.« Uspenskij stand auf.

»Nichts da«, sagte Alexander. »Ihren rasselnden Atem hört man doch bis Krakau. Bleiben Sie hier, bis ich wiederkomme. Ich bin in einer Stunde wieder da.«

»Schauen Sie, dass Sie auch wirklich wiederkommen, Herr Hauptmann.«

Lautlos wie ein sibirischer Tiger schlich Alexander durch den dunklen Wald, auf die flackernden Lichter des deutschen Lagers zu. Er hielt eine kleine Taschenlampe zwischen den Zähnen und leuchtete damit ins Unterholz, um Leichen, aufgewühlte Erde oder irgendein anderes Anzeichen für Minen bemerken zu können. Die Pistole hielt er im Anschlag und das Messer gezückt.

Bald fand er Smirnoff, der tatsächlich auf eine Mine getreten war. Einen Meter weiter lag Jermenko. Alexander machte mit der Pistole das Kreuzzeichen über den Männern.

Dann schaltete er die Taschenlampe aus, und nachdem seine Augen sich an das Dunkel gewöhnt hatten, erkannte er das Zelt des Kommandeurs in etwa fünf Metern Entfernung. Außerdem sah er die Minen, die einfach auf dem Boden lagen. In der Eile hatte man sich nicht einmal die Mühe gemacht, sie zu vergraben. Wenn seine Männer bloß nicht ihrerseits so in Eile gewesen wären, dass sie trotzdem darauf getreten waren.

Er sah das Flackern einer Taschenlampe, und gleich darauf

erschien ein Schatten vor dem Zelt. Jemand räusperte sich und fragte: »Herr Hauptmann? Sind Sie wach?«
Alexander hörte eine Männerstimme etwas auf Deutsch sagen und gleich darauf ins Russische wechseln. Der Kommandeur bat den Soldaten auf Russisch, ihm etwas zu trinken zu bringen und sich danach nicht einen Meter vom Zelt zu entfernen. »Zwei sind ja bereits auf die Minen getreten. Aber es kommen sicher noch mehr, Borow. Ich bin hier zwar gut versteckt, aber wir dürfen kein Risiko eingehen.«
Danke für den Hinweis, dachte Alexander. Dann klemmte er sich das Messer zwischen die Zähne und zog eine Handgranate. Er wusste, er musste schnell und genau handeln und durfte das Zelt auf keinen Fall verfehlen.
Der Soldat verließ das Zelt und salutierte noch einmal vor seinem Kommandeur, ehe er die Zeltklappe schloss. Alexander wollte eben den Stift aus der Granate ziehen, da sagte der Adjutant: »Ich bin gleich zurück, Hauptmann Metanow.«
Alexander ließ sich geräuschlos zu Boden sinken. Die Granate fiel ihm aus der Hand, der Adjutant verschwand. Hatte er tatsächlich »Metanow« gesagt?
Sein geplagter Geist spielte ihm Streiche, das lag auf der Hand. Mit zitternder Hand hob Alexander die Granate wieder auf. Doch es gelang ihm nicht, sie zu werfen.
Er war so kurz davor gewesen. Er hätte den Kommandeur und seinen Adjutanten ganz einfach töten können. Und nun? Falls er sich verhört hatte, war das umso schlimmer. Wenn er nur ein bisschen besser vergessen könnte, weniger wehleidig wäre, dann läge er jetzt nicht kaum drei Schritte vom Zelt des deutschen Kommandeurs auf dem Boden und würde sich einbilden, den Namen »Metanow« zu hören.
Mit wenigen, vorsichtigen Schritten näherte er sich dem Zelt. Er vermutete, dass der Hauptmann in so großer Nähe seiner Schlafstätte keine Minen mehr verlegt hatte, und er behielt Recht. Er streckte die Hand aus und berührte den Zeltstoff. Drinnen brannte eine kleine Taschenlampe, und Alexander hörte Papier rascheln. Er hielt den Atem an.
Vorsichtig kroch er um das Zelt herum und begann, die Kordeln von den Zeltpflöcken zu lösen. Er holte tief Luft, zück-

te die Pistole – er konnte den Hahn nicht spannen, das Geräusch wäre zu laut gewesen – und nahm das Messer fest in die Hand. Dann zählte er bis drei und sprang auf das Zelt, sodass es auf den Kommandeur herabfiel. Der Mann konnte sich darunter nicht mehr bewegen. Alexander hielt ihn umklammert und drückte ihm den Lauf seiner Tokarew, deren Hahn er inzwischen gespannt hatte, an die Schläfe. »Keine Bewegung«, flüsterte er auf Russisch. »Keine Bewegung.« Mit einer Hand griff er unter die Zeltplane und tastete den Boden nach der Pistole des Kommandeurs ab. Er fand sie und außerdem ein Messer neben dem Bett. Als er eine leichte Bewegung des Mannes spürte, wiederholte er eindringlich: »Keine Bewegung, haben Sie verstanden? Oder soll ich vielleicht lieber Deutsch reden?« Doch da er dem Kommandeur nicht recht traute, versetzte Alexander ihm einen heftigen Faustschlag, sodass er das Bewusstsein verlor. Dann zog er die Zeltplane beiseite und leuchtete dem Mann mit der Taschenlampe ins Gesicht. Er war noch jung; früher musste er dunkelhaarig gewesen sein, jetzt war er kahl rasiert. Eine lange Narbe zog sich vom Auge bis hinunter zum Kieferknochen, an Kopf und Hals klebte Blut. Offenbar war er verwundet worden, und die Wunden waren noch nicht lange verheilt. Er war sehr dünn und bleich im fahlen Licht der Taschenlampe. Er mochte Russe oder auch Deutscher sein, er war nichts und doch alles, und Alexander fand in seinem Gesicht keine Antwort auf seine brennende Frage.
Er zog den Kommandeur unter der Zeltplane hervor und warf ihn sich über die Schulter. Lange bevor der Adjutant mit dem Wasser zurückkam, war Alexander schon den Abhang hinunter im Wald verschwunden und auf dem Weg zurück in sein Lager.
Uspenskij stockte der Atem, als er Alexander mit dem feindlichen Kommandeur herankommen sah. Er hatte angespannt vor dem Zelt gewartet und war ganz offensichtlich voller Angst und Sorge. Nun sprang er auf, doch ehe er noch etwas sagen konnte, unterbrach ihn Alexander auch schon mit einer energischen Handbewegung: »Kein Wort. Holen Sie mir ein Seil.«

Gemeinsam fesselten sie den Mann hinter dem Zelt an einen Baum. Die ganze Nacht hindurch saß Alexander dort und betrachtete den Gefangenen, endlose, quälende Stunden lang. Schließlich öffnete der Mann die Augen und erwiderte Alexanders Blick, wütend und fragend zugleich. Alexander näherte sich ihm und nahm ihm den Knebel ab.
»Sie Dreckskerl«, sagte der Gefangene auf Russisch. »Sie hätten mich doch einfach erschießen können. Stattdessen zwingen Sie mich, meine Männer mitten im Kampf im Stich zu lassen.«
Alexander schwieg.
»Warum zum Teufel starren Sie mich so an?«, fragte der Kommandeur laut. »Überlegen Sie sich, wie ich am liebsten sterben möchte? Von mir aus langsam und qualvoll, das ist mir völlig gleichgültig.«
Alexander öffnete den Mund. Doch bevor er etwas sagte, führte er dem Mann eine Feldflasche mit heißem Kaffee an die Lippen und ließ ihn ein paar Schlucke trinken. »Wie heißen Sie?«, fragte er.
»Kolontschak«, erwiderte der Mann.
»Ist das Ihr richtiger Name?«
»Natürlich.«
»Wie heißen Sie mit Vornamen?«
»Andrej Kolontschak.«
Alexander griff nach seiner Schpagin. »Hören Sie«, sagte er. »Wenn das wirklich Ihr Name ist, muss ich Sie töten, damit Ihre Männer weder einen Helden noch einen Märtyrer aus Ihnen machen.«
Der Mann lachte auf. »Glauben Sie etwa, ich habe Angst vor dem Tod? Schießen Sie ruhig, Genosse. Ich bin bereit.«
»Sind die Männer, die Sie zurückgelassen haben, auch bereit zu sterben?«
»Natürlich. Wir sind alle bereit dazu.« Der Mann richtete sich ein wenig weiter auf und sah Alexander unerschrocken ins Gesicht.
»Wer sind Sie? Sagen Sie es mir.«
»Ihnen? Für wen halten Sie sich? Sind Sie vielleicht mein Waffenbruder? Ich sage Ihnen gar nichts. Sie sollten mich töten,

sonst stoße ich gleich meinen Schlachtruf aus, und meine Männer greifen an, auch wenn sie bei diesem Angriff sterben. Und Sie verlieren die jämmerliche Hand voll Männer, die Sie noch haben. Sie bekommen nicht ein Wort aus mir heraus.«

»Sie befinden sich ganz hinten in meinem Lager, und Ihre Männer sind mehr als anderthalb Kilometer weit weg. Schreien Sie, so viel Sie wollen, schreien Sie wie ein Mädchen. Niemand wird Sie hören. Wie heißen Sie?«

»Andrej Kolontschak, das sagte ich doch schon.«

»Ihr Familienname ist also eine Mischung aus Alexander Koltschak, dem Admiral der Weißen Armee im Russischen Bürgerkrieg, und der Partisanin Kolontai?«

»Genau.«

»Warum hat Ihr Adjutant dann ›Hauptmann Metanow‹ zu Ihnen gesagt?«

Der Mann blinzelte. Für den Bruchteil eines Augenblicks wandte er den Blick ab, doch das genügte schon. Dieser kurze Seitenblick traf Alexander in die Tiefen seines Herzens. Er wich ein wenig zurück und fragte dann, ohne den Mann anzusehen: »Hauptmann Pawel Metanow?«

Der Gefangene antwortete nicht. Und auch Alexander schwieg. Er betrachtete seine Waffe, seine Hände, das Moos am Boden, seine Stiefel, die Steine. Schließlich holte er einmal tief und schmerzlich Luft und fragte: »Pascha Metanow?«

Als er aufblickte, sah der Mann ihn mit der verwunderten und ergriffenen Miene eines Reisenden an, der in einem fremden Land plötzlich und unerwartet ein Wort in seiner Muttersprache hört.

»Ich verstehe nicht«, sagte er mit schwacher Stimme. »Wer sind Sie?«

»Ich«, sagte Alexander, doch seine Stimme versagte, und er konnte nicht weitersprechen. *Ich ... Ich ... Ich flehe zu einem tauben Himmel empor. Doch der Himmel ist nicht taub. Er hat mir ein Zeichen geschickt.*

Alexander betrachtete den Mann, der da an den Baum gefesselt vor ihm saß, mit einer Mischung aus Trauer, Verwirrung und Fassungslosigkeit. »Ich bin Alexander Below«, stieß er schließlich hervor. »1942 habe ich ein Mädchen namens Tatiana Metanowa geheiratet ...« So sehr es Alexander auch schmerzte, ihren Namen auszusprechen, den Gefangenen schien es noch viel mehr zu schmerzen, den Namen zu hören. Er zuckte zusammen und keuchte. Dann erschlaffte er und schüttelte verzweifelt den Kopf. »Nein, seien Sie still. Das kann nicht sein. Nehmen Sie Ihre Maschinenpistole. Erschießen Sie mich.«

Alexander ließ die Schpagin sinken und trat näher an den Mann heran. »Mein Gott, Pascha, was hast du dir nur dabei gedacht? Was hast du getan?«

»Reden wir nicht von mir«, sagte Pascha Metanow. »Sie haben ... du ... hast Tania geheiratet? Dann geht es ihr also gut?«

»Sie ist fort«, sagte Alexander.

»Ist sie etwa tot?«

»Ich glaube nicht.« Alexander sprach leiser. »Sie hat die Sowjetunion verlassen.«

»Das verstehe ich nicht. Wo ist sie denn?«

»Pascha ...«

»Wir haben Zeit. Wir haben unendlich viel Zeit. Erzähl es mir.«

»Sie ist durch Finnland entkommen, ganz allein. Sie war schwanger.« Alexanders Stimme war kaum mehr als ein Flüstern. »Ich weiß nicht, ob sie es geschafft hat, ob sie in Sicherheit ist, in Freiheit. Ich weiß gar nichts. Man hat mich verhaftet und mir dann dieses Strafbataillon unterstellt.«

»Was ist mit ... meiner ...« Paschas Stimme wollte versagen. »... Familie?«

Alexander schüttelte den Kopf.

»Hat irgendjemand überlebt?«

»Niemand«, stieß Alexander leise hervor.

Der Soldat kämpfte tapfer um seine Worte. »Was ist mit meiner Mutter?«

»Deine Mutter, dein Vater, beide Großeltern, deine Schwester Dascha, Marina und ihre Eltern – alle sind sie Leningrad zum Opfer gefallen. Nur Tania ist am Leben geblieben. Und sie ist fort.«

Einige schreckliche Augenblicke lang blieb Pascha sprachlos. Dann weinte er.
Alexander hielt den Kopf so weit gesenkt, dass sein Kinn die Brust berührte. Er wollte es nicht sehen, es nicht hören.
Schließlich sagte Pascha mit untröstlicher Stimme: »Warum? Du hättest mich einfach töten können, und ich hätte das alles nie erfahren. Dann würde es mir besser gehen. Ich dachte, sie sind evakuiert worden, sind in Sicherheit. Ich dachte, sie sind in Molotow. Ich habe mich mit dem Gedanken getröstet, dass sie am Leben sind. Warum musstest du mich verschonen? Siehst du denn nicht, dass ich das gar nicht will? Wäre ich denn zum Feind übergelaufen, wenn ich auch nur einen Augenblick geglaubt hätte, dass mein Leben etwas wert ist? Wer hat dir erlaubt, hier aufzutauchen und mich zu retten?«
»Niemand«, sagte Alexander. »Aber auch ich habe dich nicht gebeten, einfach so aufzutauchen. Ich wollte eine Granate in dein Zelt werfen. Du wärst tot gewesen, und wir hätten deine Truppe ausgelöscht. Stattdessen musste ich hören, wie dich jemand bei deinem richtigen Namen nennt. Warum musste ich das hören? Frag dich das mal.« Er hielt einen Augenblick inne. »Kann ich dich losbinden?«
»Tu das«, sagte Pascha. »Dann reiße ich dir mit bloßen Händen das Herz aus dem Leib.«
»Wenn ich nur noch eines hätte«, sagte Alexander. Dann stand er auf und legte Pascha mit schwerer Hand den Knebel an.

Der Morgen kam und mit ihm die Wut. Alexander konnte das alles nicht begreifen. Er musterte Pascha, der missmutig, gefesselt und geknebelt an seinem Baum saß, und wünschte sich die Muße, über all das nachdenken zu können. Zu allem Überfluss regnete es. Sie waren zum Sterben in das Heiligkreuz-Gebirge gekommen, und nun würden sie auch noch im Regen sterben.
Alexander bot Pascha etwas zu essen an, doch er lehnte ab. Auch eine Zigarette schlug er aus.
»Wie wär's mit einer Kugel?«

Pascha sah ihn nicht einmal an.
Der Feind verhielt sich ruhig an diesem Morgen. Das überraschte Alexander nicht, und er wusste, dass es auch Pascha nicht überraschte. Die Truppe hatte ihren Kommandeur verloren.
»Verdammt, was ist denn nur los mit dir?«, fragte Alexander schließlich und nahm Pascha den Knebel ab.
»Warum hast du mir von mir meiner Familie erzählt.« Pascha sprach vollkommen ausdruckslos.
»Du hast mich gefragt.«
»Du hättest lügen können. Du hättest sagen können, dass es allen gut geht.«
»Hättest du das denn gewollt?«
»Ja und nochmals ja. Einen kleinen Trost für einen sterbenden Mann im Regen, das hätte ich gewollt.«
Alexander trocknete Pascha das regennasse Gesicht.
Dann sammelte er seine Männer und ließ sie zwischen den Bäumen Stellung beziehen. Nach einer morgendlichen Zigarette eröffneten sie zaghaft das Feuer, doch der Feind reagierte nicht. Im Wald schienen die Kriegsgeräusche immer aus nächster Nähe zu kommen. Ob nun in einem Meter oder einem Kilometer Entfernung gefeuert wurde: Unter dem Blätterdach, im dichten Unterholz klang alles bedrohlich nah. Das war das Schlimmste daran.
Sie stellten das Feuer ein und blieben unter den Bäumen sitzen. Alexander saß schweigend neben Pascha. Er hatte noch einmal versucht, Gronin über das Feldtelefon zu erreichen, doch die Leitung war zusammengebrochen, und er hatte keine Verbindung bekommen. Ihm blieben nur noch neunzehn Männer – und eine Geisel, der beide Seiten den Tod wünschten. Sie hatten kaum noch Munition.
Uspenskij kam zu ihm und flüsterte, dass sie den Kommandeur töten müssten, um im Wald voranzukommen. Doch Alexander erwiderte, er wolle damit noch warten.
Stunden vergingen, und es regnete ununterbrochen. Schließlich hob Pascha den Kopf und bedeutete Alexander, ihm den Knebel abzunehmen.
»Jetzt hätte ich doch gern eine Zigarette«, sagte er dann.

Alexander gab ihm Feuer, und nach einem tiefen Zug fragte Pascha: »Wie hast du sie überhaupt kennen gelernt?«
»Das Schicksal hat uns zusammengeführt«, erwiderte Alexander. »Am ersten Tag des Krieges war ich in der Stadt auf Patrouille, und sie saß auf einer Bank und aß ein Eis.«
»Das sieht ihr ähnlich«, sagte Pascha. »Sie sagt zu allem Ja und dann macht sie doch, was sie will. An diesem Tag hatte sie ganz klare Anweisungen: nicht trödeln, einfach nur losgehen und etwas zu essen besorgen.« Er blickte Alexander an. »An diesem Tag habe ich sie zum letzten Mal gesehen. Sie und meine ganze Familie.«
»Ich weiß.« Mit schwerem Herzen fuhr Alexander fort: »Was soll ich denn jetzt mit dir machen, Pascha Metanow, Bruder meiner Frau?«
Pascha zuckte die Achseln. »Das ist dein Problem. Ich habe fünfzig Männer hier im Wald, fünf Leutnants, fünf Feldwebel. Was glaubst du, was die ohne mich tun werden? Sie werden ganz bestimmt nicht kapitulieren. Wahrscheinlich werden sie sich so weit zurückziehen, bis sie auf die Panzerdivisionen der Wehrmacht treffen, die die Westhänge des Gebirges verteidigen. Weißt du, wie viele Soldaten euch dort erwarten? Eine halbe Million. Wie weit wirst du wohl kommen mit deinen neunzehn Männern? Ich weiß doch, wie Strafbataillone funktionieren. Ihr bekommt keine Verstärkung, solange es andere Bataillone gibt, die welche brauchen. Was hast du also vor?«
»Mein Leutnant rät mir, dich zu töten.«
»Da hat er auch Recht. Ich kommandiere die letzten verbliebenen Wlassow-Soldaten. Wenn ich tot bin, gibt es uns nicht mehr.«
»Woher willst du das wissen?«, fragte Alexander. »Wie ich höre, toben sich die Wlassow-Soldaten gerade in Rumänien aus und vergewaltigen dort die Frauen.«
»Was hat das mit mir zu tun? Ich bin in Polen.«
Alexander ließ resigniert die Hände sinken. »Was ist damals passiert? Deine Familie hätte das gern gewusst.«
»Sprich nicht von meiner Familie«, sagte Pascha mit bebender Stimme. »Hast du mich nicht schon genug gequält?«

»Deine Eltern haben es nie verwunden, dass du spurlos verschwunden bist.«
»Mama war immer so empfindsam.« Pascha begann erneut zu weinen. »Ich dachte, es ist einfacher für sie, nichts zu wissen und vom Schlimmsten auszugehen. Das hier ist doch nur ein einziges, langsames Sterben.«
»Tania ist in das Sommerlager gefahren, um nach dir zu suchen.«
»Sie war schon immer eine Närrin«, sagte Pascha voll trauriger Zärtlichkeit.
Alexander rückte ein wenig näher an ihn heran. »Sie hat das Lager verlassen vorgefunden und ist nach Luga weitergereist, nur Tage, bevor die Deutschen die Front dort genommen haben. Sie wollte dich in Nowgorod suchen. Man hatte ihr gesagt, dass die Jungen aus dem Lager dorthin geschickt worden seien.«
»Geschickt ist gut ...« Pascha schüttelte den Kopf und lachte bitter. »Gott hält seine schützende Hand über Tania, das war schon immer so. In Nowgorod wäre sie mit Sicherheit umgekommen, und dabei war ich gar nicht dort, nicht einmal in der Nähe. Ich bin im Zug am Ilmensee vorbeigefahren, und wenige Kilometer weiter südlich haben die Deutschen diesen Zug in die Luft gesprengt.«
»Am Ilmensee?«
Keiner der beiden Männer wagte es, den anderen anzusehen.
»Hat sie dir davon erzählt?«
»Ja, das hat sie«, erwiderte Alexander.
Pascha lächelte. »An diesem See haben wir unsere Kindheit verlebt. Tania war die Königin des Ilmensees. Dann hat sie also nach mir gesucht? Meine Schwester war immer schon etwas Besonderes. Sie wäre wohl die Einzige gewesen, die mich hätte finden können.«
»Stimmt. Aber jetzt habe ich dich gefunden.«
»O ja, im gottverdammten Polen! Ich war nicht in Nowgorod. Die Deutschen haben unseren Zug in die Luft gejagt, und dann haben sie uns noch beschossen, obwohl sich die Leichen bereits haushoch stapelten. Mein Freund Wolodja und ich haben als Einzige überlebt. Wir haben uns aus dem

Trümmerhaufen herausgekämpft und versucht, sowjetische Truppen zu finden. Aber das ganze Gebiet war bereits in deutscher Hand, und Wolodja hatte sich schon Wochen zuvor im Lager das Bein gebrochen, deshalb sind wir nicht sehr weit gekommen. Nach ein paar Stunden wurden wir gefangen genommen. Für Wolodja hatten die Deutschen keine Verwendung. Sie haben ihn erschossen.« Pascha schüttelte den Kopf. »Ich bin froh, dass seine Mutter das nie erfahren hat. Kanntest du seine Mutter? Nina Iglenko?«

»Ja, ich kannte sie. Sie hat Tania immer Essen abgeschwatzt, für die beiden Söhne, die ihr noch geblieben waren.«

»Was ist aus ihnen geworden?«

»Auch sie sind Leningrad zum Opfer gefallen.« Alexander senkte den Kopf noch ein wenig tiefer. Seine Stirn berührte nun beinahe den schlammigen Boden.

Er wollte Pascha nach der Wlassow-Armee fragen, doch er fand nicht die rechten Worte. Es war ein einzigartiger Fall, dass sich eine Million Soldaten von der eigenen Armee abgewandt hatten und zum verhassten Feind übergelaufen waren, um im eigenen Land gegen das eigene Volk zu kämpfen. Natürlich hatte man schon von Spionen gehört, auch von Doppelagenten und vereinzelten Verrätern. Aber eine Million Soldaten? Schließlich brachte er nichts weiter heraus als die Frage: »Pascha, was hast du dir bloß dabei gedacht?«

»Wobei denn? Hast du etwa nicht gehört, was in der Ukraine passiert ist? Stalin hat seine eigenen Männer einfach so den Deutschen überlassen.«

»Natürlich habe ich davon gehört«, sagte Alexander müde. »Ich bin seit 1937 bei der Roten Armee. Ich weiß alles. Ich kenne jeden Erlass, jedes Gesetz, jede Verordnung.«

»Und weißt du auch, dass unser großer Feldherr es zum Verbrechen am Vaterland erklärt hat, in Gefangenschaft zu geraten?«

»Sicher weiß ich das. Und die Familien der Kriegsgefangenen bekommen keine Lebensmittel mehr.«

»Stimmt. Aber weißt du auch, dass Stalins eigener Sohn von den Nazis gefangen genommen wurde?«

»Ja.«

»Und als Stalin das erfahren und sich den Konflikt ausgemalt hat, der daraus entstehen konnte, weißt du, was er da getan hat?«
»Das Gerücht besagt, er hätte seinen Sohn verstoßen«, sagte Alexander und zog sich den Helm tiefer in die Stirn.
»Das Gerücht hat Recht. Ich habe von der deutschen SS gehört, dass man den Sohn ins Konzentrationslager Sachsenhausen bei Berlin gebracht hat. Dort wurde er exekutiert.«
»Ja.«
»Sein eigener Sohn! Worauf soll ich dann noch hoffen?«
»Keinem von uns bleibt eine Hoffnung«, sagte Alexander. »Nur diese eine: Stalin weiß nicht, wer wir sind. Das ist unser Vorteil, das kann uns vielleicht sogar retten.«
»Er weiß, wer ich bin.«
Alexander hatte die Befürchtung, dass Stalin auch wusste, wer er war. Ein ausländischer Spion in den Reihen seiner Offiziere. Er sah Pascha eindringlich an. »Das alles ist trotzdem keine Rechtfertigung dafür, auf der Seite des Feindes gegen das eigene Volk zu kämpfen. Soviel ich weiß, gilt das in der Armee als Hochverrat. Was glaubst du, was mit dir passiert, wenn man dich erwischt, Pascha?«
Pascha kämpfte gegen die Fesseln an und warf den Kopf hin und her. »Nichts, was mir nicht auch passiert wäre, wenn ich als Kriegsgefangener zurückgekehrt wäre«, sagte er schließlich. »Du solltest mich nicht einfach so verurteilen. Du kennst mich nicht, du weißt nichts von meinem Leben.«
»Dann erzähl mir davon.« Alexander rückte noch ein wenig näher heran. Sie saßen nebeneinander unter dem Baum und wandten der stillen Frontlinie den Rücken zu.
»Im ersten Winter 1941 haben die Deutschen mich in ein Gefangenenlager in Minsk gesteckt. Wir waren sechzigtausend Leute in diesem Lager, sie konnten uns nicht alle mit Lebensmitteln versorgen, und das wollten sie auch gar nicht. Es gab keine Decken, keine Kleidung, keine Medikamente, und dank der sowjetischen Führung bekamen wir nicht einmal Hilfe vom Roten Kreuz. Und natürlich gab es auch keine Lebensmittelpakete von unseren Familien und auch keine Briefe. Gar nichts. Als Hitler Stalin ein Gegenseitigkeitsabkom-

men für die Kriegsgefangenen vorschlug, hat Stalin erwidert, er wisse nicht, wovon die Rede sei, denn er sei sich sicher, dass es keine russischen Kriegsgefangenen gebe, da kein russischer Soldat so unpatriotisch sein könne, sich den gottverdammten Deutschen zu ergeben, und er sei nicht bereit, einseitige Vereinbarungen mit den Deutschen zu schließen. Also sagte Hitler: Gut, uns soll's recht sein. Wie ich schon sagte, waren sechzigtausend Menschen in dem Gefangenenlager, und am Ende des Winters waren nur noch elftausend übrig. Schon sehr viel übersichtlicher, nicht wahr?«

Alexander nickte schweigend.

»Im Frühjahr bin ich geflohen und an den Flüssen entlang bis in die Ukraine gekommen, wo ich prompt wieder von den Deutschen aufgegriffen wurde. Diesmal haben sie mich nicht in ein Kriegsgefangenenlager, sondern in ein Arbeitslager gesteckt. Ich dachte immer, es sei ungesetzlich, Gefangene Zwangsarbeit verrichten zu lassen, aber offenbar fallen sowjetische Soldaten und Flüchtlinge nicht unter diese Gesetze. Es waren viele ukrainische Juden dort in dem Lager, und irgendwann fiel mir auf, dass sie nach und nach verschwanden. Ich konnte nicht recht glauben, dass sie alle entkommen waren und sich den Partisanen angeschlossen hatten. Und bald darauf erhielt ich Gewissheit, denn im Sommer 1942 ließ man uns, die wir keine Juden waren, riesige Gräber ausheben und anschließend die unzähligen Toten mit Erde zuschütten. Ich wusste, ich würde dort nicht lange sicher sein, denn ich hatte den Eindruck, dass die Deutschen uns Russen auch nicht besonders wohlgesinnt waren. Am meisten verabscheuten sie natürlich die Juden, doch die Russen standen gleich an nächster Stelle, und Angehörige der Roten Armee waren ganz besonders verhasst. Man wollte uns nicht einfach nur töten, man wollte uns vernichten, uns schlagen und aushungern, uns körperlich und geistig brechen und uns schließlich verbrennen. Ich hatte genug von alldem, also bin ich im Sommer 1942 geflohen. Und als ich so plündernd durchs Land zog, in der Hoffnung, mich irgendwie nach Griechenland durchzuschlagen, bin ich auf eine Gruppe von Männern gestoßen, die für Andrej Wlassows Russische Befreiungsarmee kämpften. Ich wusste, das ist mein Schicksal, und ich habe mich ihnen angeschlossen.«

»Ach, Pascha.«

»Was denn?«

Alexander stand auf.

»Was hätte meiner Schwester wohl besser gefallen: Wenn ich von Stalins oder von Hitlers Hand gestorben wäre? Ich habe mich Wlassow angeschlossen, weil er mir das Leben versprach. Sowohl Stalin als auch Hitler wollten meinen Tod. Hitler behandelt ja seine Hunde noch besser als seine sowjetischen Kriegsgefangenen.«

»Hitler liebt Hunde mehr als Kinder.«

»Hitler und Stalin hatten beide dasselbe Schicksal für mich bestimmt. Nur General Wlassow wollte mein Leben erhalten. Und ich habe mein Leben in seinen Dienst gestellt.«

Alexander lud seine Maschinenpistole und sagte: »Und wo ist Wlassow jetzt, da du ihn brauchst? Er wollte die Nazis unterstützen, aber Faschisten, Kommunisten und Amerikaner haben alle eines gemeinsam: Sie verabscheuen Verräter.«

Alexander zog sein Messer aus dem Stiefelschaft und beugte sich vor. Pascha wich zurück. Alexander warf ihm einen erstaunten Blick zu, zuckte dann die Achseln und zerschnitt die Fesseln an seinen Handgelenken. »Andrej Wlassow wurde von den Deutschen gefangen genommen. Er hat einige Zeit in einem deutschen Gefängnis verbracht, dann wurde er an die Sowjetunion ausgeliefert. Du hast auf Wlassows Seite gekämpft, obwohl er in diesem Krieg schon seit Jahren keine Rolle mehr spielt. Seine ruhmreichen Tage sind längst vorbei.«

Pascha stand auf und streckte ächzend seine steifen Glieder. Dann sagte er: »Meine ruhmreichen Tage sind auch vorbei.«

Sie blickten einander an. Pascha war sehr viel kleiner als Alexander und hatte große Ähnlichkeit mit Georgij Wasiljewitsch Metanow, seinem und Tatianas Vater. Nun sah er zu Alexander auf und sagte: »Wir geben wirklich ein schönes Paar ab. Ich kommandiere die wenigen verbliebenen Wlassow-Soldaten, eine fast schon ausgestorbene Gattung. Mein Bataillon steht an vorderster Front, weil die Deutschen wollen, dass unser eigenes Volk uns den Garaus macht. Und dich hat man losgeschickt, um mich zu töten, an der Spitze eines Bataillons voller Strafgefangener, die weder kämpfen noch schießen können und zu wenige Waffen haben.« Er lächelte. »Was wirst du meiner Schwester erzählen, wenn du sie im Himmel wiedersiehst? Dass du in der Hitze des Gefechts ihren Bruder getötet hast?«

»Pascha Metanow«, sagte Alexander. »Was meine Aufgabe auf dieser Welt auch sein mag, ich bin recht sicher, dass sie nicht darin besteht, dich zu töten. Komm mit. Wir müssen diesem Wahnsinn ein Ende setzen. Du wirst deinen Männern befehlen zu kapitulieren.«

»Hast du mir eben nicht zugehört? Meine Männer werden sich dem NKGB niemals ergeben. Und außerdem: Hast du irgendeine Vorstellung davon, was dich erwartet, wenn du weiter vorstößt?«

»Natürlich. Die Deutschen werden vernichtend geschlagen. Vielleicht nicht von uns in diesem gottverdammten Gebirge, aber sonst überall. Hast du nichts von der zweiten Front und von General Patton gehört? An der Oder, in der Nähe von Berlin, werden wir auf die Amerikaner treffen. Das erwartet uns. Wenn Hitler nur einen Funken Vernunft besitzt, wird er kapitulieren, seinem Land die zweite Demütigung in diesem Jahrhundert ersparen und zugleich noch ein paar Millionen Leben retten.«

»Scheint dir Hitler der Mensch zu sein, der bedingungslos kapituliert oder sich auch nur um ein Leben schert, geschweige denn um eine Million? Wenn er zugrunde geht, wird er die ganze Welt mit sich reißen.«

»Das tut er ja bereits«, sagte Alexander. Er wollte nach Uspenskij rufen, doch Pascha legte ihm die Hand auf den Arm. »Warte«, sagte er. »Lass uns das noch einen Augenblick überdenken.«

Sie setzten sich auf einen Baumstamm und zündeten sich Zigaretten an. »Alexander«, sagte Pascha. »Da hast du ganz schön was angerichtet, dass du mich nicht getötet hast.«

»Ja, nicht wahr?«, erwiderte Alexander ungerührt. »Aber wie dem auch sei, wir müssen schnell zu einer Lösung kom-

men. Sonst haben wir bald beide keine Truppe mehr, die wir kommandieren können.«
Pascha schwieg einen Augenblick. »Dann wären wir beide allein hier im Wald«, sagte er dann. Alexander sah ihn von der Seite an. Was wollte er andeuten?
Pascha beugte sich zu ihm herüber und fuhr fort: »Ich werde meine Männer dazu bringen, sich zu ergeben, wenn du mir garantierst, dass du sie nicht dem NKGB auslieferst.«
Alexander lachte kurz auf. »Und was soll ich sonst mit ihnen anfangen?«
»Nimm uns in deine Truppe auf. Wir haben Waffen: Granaten, Handgranaten, Granatwerfer und Karabiner.«
»Eure Waffen hätte ich euch ohnehin abgenommen, Pascha. Die Besiegten legen ihre Waffen nieder, das ist so üblich. Glaubst du, deine Männer laufen einfach so noch einmal über und kämpfen jetzt für die Gegenseite?«
»Wenn ich es ihnen sage, tun sie es.«
»Wie können sie das?«
»Was schlägst du denn vor? Sollen wir uns etwa zerstreuen?«
»Zerstreuen? Dann kannst du auch gleich ›desertieren‹ sagen.«
Pascha schwieg. Dann sagte er: »Es ist aussichtslos, Alexander. Jenseits des Berges da drüben stehen fünfhunderttausend Männer.«
»Ja, und über den Berg kommen dreizehn Millionen Männer, um sie zu töten.«
»Mag sein. Aber was wird dann aus uns?«
»Ich brauche die Waffen deiner Truppe.«
»Gut, dann hast du unsere Waffen und neunzehn Männer. Was um Himmels willen hast du vor?«
Alexanders Stimme war nicht mehr als ein Flüstern. »Mach dir keine Gedanken darüber, was ich vorhabe. Ich will einfach ...«
»Was?«
»Ich will nach Deutschland, Pascha. Ich muss unbedingt lange genug am Leben bleiben, um das zu schaffen.«
»Warum?«
Weil die Amerikaner auf dem Weg nach Berlin sind. Weil die

Amerikaner Deutschland befreien werden, die Kriegsgefangenenlager und schließlich auch mich. Doch Alexander sagte nichts von alledem.

»Heilige Mutter Gottes«, sagte Pascha. »Du hast den Verstand verloren.«

»Stimmt.«

Pascha sah Alexander lange an, dort in dem tropfenden, regennassen Wald, während die Zigarette zwischen seinen zerschundenen Fingern zu Asche verglühte. »Alexander, weißt du denn gar nichts über die Deutschen? Hast du denn nichts gehört? Wie kannst du nur so leichtgläubig sein?«

»Ich bin nicht leichtgläubig, im Gegenteil. Ich weiß alles, und trotzdem habe ich noch Hoffnung. Jetzt sogar noch mehr als vorher.« Er sah Pascha an. »Warum, glaubst du, habe ich dich gefunden?«

»Damit du einen Sterbenden quälen kannst.«

»Nein, Pascha. Ich werde dir helfen, aber dafür müssen wir aus diesem Wald herauskommen. Wir beide, du und ich. Habt ihr medizinische Ausrüstung?«

»Ja. Verbandszeug, Sulfonamid, Morphium, sogar etwas Penizillin.«

»Gut, das werden wir alles brauchen. Wie sieht es mit Lebensmitteln aus?«

»Wir haben jede Menge Konserven. Trockenmilch. Trockenei. Sardinen. Schinken. Brot.«

»Brotkonserven?« Alexander musste lächeln.

»Wovon hast du denn gelebt?«

»Vom Fleisch meiner Männer«, sagte Alexander. »Sind deine Soldaten Russen?«

»Die meisten, ja. Aber es sind auch zehn Deutsche dabei. Was sollen wir mit denen anfangen? Sie werden sich sicher nicht auf unsere Seite schlagen und gegen ihr eigenes Heer kämpfen.«

»Natürlich nicht. So etwas ist ja auch völlig unvorstellbar.« Pascha wandte sich ab.

»Wir nehmen sie einfach gefangen«, sagte Alexander.

»Ich dachte, ein Strafbataillon darf keine Gefangenen nehmen.«

»Hier im Wald gelten meine eigenen Regeln«, erwiderte Alexander. »Man hat uns schließlich ganz uns selbst überlassen. Also, hilfst du mir?«

Pascha zog ein letztes Mal an seiner Zigarette, drückte sie dann aus und rieb sich die Nässe aus dem Gesicht. »Ich helfe dir. Aber dein Leutnant wird etwas dagegen haben. Er will mich doch umbringen.«

»Das lass mal meine Sorge sein«, sagte Alexander.

Uspenskij war nicht leicht zu überzeugen.

»Sind Sie jetzt völlig übergeschnappt?«, zischte er Alexander wütend zu, als dieser ihm den Plan unterbreitete, Paschas Einheit in seine Truppe zu integrieren.

»Haben Sie einen besseren Vorschlag?«

»Ich dachte, Gronin kommt mit Verstärkung?«

»Das war gelogen. Rufen Sie die Männer zusammen.«

»Ich schlage vor, den Kommandeur zu töten, und dann hier im Wald zu warten, bis wir neue Waffen und neue Männer bekommen.«

»Ich werde den Kommandeur nicht töten, und ich werde auf nichts und niemanden warten. Es wird keiner kommen.«

»Herr Hauptmann, Sie verstoßen gegen die Regeln. Wir dürfen die Deutschen nicht gefangen nehmen. Wir müssen den Kommandeur töten.«

»Leutnant Uspenskij, hören Sie auf mit dem Unsinn, und holen Sie mir meine Männer her.«

»Herr Hauptmann ...«

»Leutnant! Tun Sie, was ich sage!«

Uspenskij drehte sich mit misstrauischer Miene zu Pascha um, der ohne Fesseln neben Alexander stand.

Die beiden musterten einander mit unverhohlenem Missfallen.

»Warum haben Sie ihn losgebunden, Herr Hauptmann?«, fragte Uspenskij leise.

»Kümmern Sie sich einfach um Ihre eigenen Angelegenheiten, und überlassen Sie alles andere mir. Wegtreten!«

Alexander, Uspenskij und Telikow befehligten vierzehn Gefreite und zwei Unteroffiziere. Mit Paschas Bataillon würden

es über sechzig Männer sein, die deutschen Kriegsgefangenen nicht eingerechnet.
»Meine Leute müssen sicher sein können, dass ich es bin. Ich muss sie rufen«, sagte Pascha.
»Gut«, erwiderte Alexander. »Ich bleibe neben dir stehen, und du rufst. Dann wissen sie Bescheid.« Er bedeutete Pascha, ihm zu folgen, doch Uspenskij trat ihm in den Weg.
»Mit Verlaub, Herr Hauptmann, Sie werden sich nicht in die Schusslinie begeben.«
»Doch, das werde ich, Herr Leutnant«, sagte Alexander und schob Uspenskij mit dem Lauf seiner Maschinenpistole beiseite.
»Herr Hauptmann«, sagte Uspenskij. »Haben Sie jemals Schach gespielt? Wissen Sie, dass man bei diesem Spiel oft die eigene Königin opfert, um die Königin des Gegners zu bekommen? Die werden Sie beide töten.«
Alexander nickte. »Das mag ja sein, Uspenskij, aber ich bin hier nicht die Königin. Es gehört ein bisschen mehr dazu, als mich zu töten.«
»Wer Sie tötet, gewinnt das Spiel. Lassen Sie den Kerl allein gehen. Soll er die Kugeln doch mit den Zähnen fangen. Aber wenn Ihnen etwas passiert, haben wir niemanden mehr.«
»Da irren Sie sich, Leutnant. Es gibt immer noch Sie. Passen Sie auf. Wir haben den direkten Befehl erhalten, uns durch diesen Wald zu kämpfen.« Alexander senkte die Stimme. »Und inzwischen ist mir auch klar, warum. Wegen denen – wegen der Wlassow-Armee. Stalin will, dass der eine sowjetische Abschaum dem anderen den Garaus macht.« Pascha stand in der Nähe, und Alexander wollte nicht, dass er ihn hörte. Er nahm Uspenskij beiseite. »Wir haben nur die eine Anweisung, weiter vorzustoßen, und nur die eine Verantwortung, unsere Männer zu schützen. Uns bleibt fast nichts mehr. Sie würden Metanow doch auch verschonen, wenn Sie damit das Leben Ihrer Männer retten könnten.«
»Nein«, sagte Uspenskij. »Ich würde den Dreckskerl eigenhändig erschießen.«
»Nikolai«, sagte Alexander leise. »Wenn Sie ihm auch nur ein Haar krümmen, sind Sie ein toter Mann. Ich sage Ihnen

das nur, damit Sie die Lage richtig einschätzen und nicht versehentlich eine patriotische Anwandlung bekommen. Ich will, dass Ihnen klar ist, dass es hier um Ihr Leben geht. Wenn ihm etwas passiert, ganz egal was, dann werde ich Sie zur Verantwortung ziehen.«

»Herr Hauptmann ...«

»Haben Sie mich verstanden?«

»Nein. Was haben Sie denn mit ihm, er ist doch nur ein wertloser ...«

»Dieser Mann ist der Bruder meiner Frau«, sagte Alexander.

Uspenskijs Miene veränderte sich. Er schien etwas zu begreifen, zu verstehen, irgendein Bild zu vervollständigen; fast schien es, als habe er auf etwas Derartiges gewartet. Alexander konnte den Ausdruck nicht recht deuten, der über das Gesicht seines Leutnants huschte. Dann sagte Uspenskij: »Das wusste ich nicht.«

»Wie sollten Sie auch?«

Alexander und Pascha machten sich auf den Weg. Es war früher Nachmittag, und im Wald war es still, bis auf das Tröpfeln des Regens auf dem Blätterdach. Eine beunruhigende, unerklärliche Stille. Ein brennender Ast brach ab, fiel zu Boden und brannte dort langsam weiter, trotz der spätherbstlichen Feuchtigkeit. Pascha Metanow blieb zehn Meter von Alexander entfernt stehen und rief aus voller Kehle: »Hier ist Hauptmann Kolontschak. Hört mich jemand? Schickt Leutnant Borow zu mir.«

Im Wald blieb es still. »Nicht schießen!«, rief Pascha. »Schickt Borow her!«

Ein Schuss zerriss die Stille, und die Kugel verfehlte Pascha nur knapp. Alexander schloss die Augen und dachte: Das ist doch Wahnsinn. Ich kann ihn nicht sehenden Auges dem Feuer aussetzen. Er rief Pascha zurück und ließ einen seiner Unteroffiziere holen, um Metanow Deckung zu geben, während dieser noch einmal nach seinem Leutnant rief. Doch diesmal wurde von der anderen Seite nicht mehr gefeuert, und bald darauf hörten sie eine Stimme: »Kommandeur Kolontschak?«

»Ich bin es, Borow«, antwortete Pascha.

»Wie lautet die Losung?«
Pascha warf Alexander einen Blick zu. »Wenn er dich das fragen würde, wüsstest du es?«
»Nein.«
»Kannst du es nicht erraten?«
»Mach keine Spielchen. Es geht um das Leben deiner Männer.«
»Irrtum. Es geht um das Leben *deiner* Männer.«
»Sag ihm die Losung, Pascha.«
»Die Königin vom Ilmensee«, rief Pascha Metanow und schwenkte ein weißes Taschentuch.
Nach kurzem, gequältem Schweigen sagte Alexander schließlich: »Deine Schwester würde es sicher zu schätzen wissen, dass in der Hitze des Gefechts ihr Name fällt.«
Borow trat zwischen den grauen Baumstämmen hervor, die kaum dreißig Meter entfernt standen und die beiden feindlichen Bataillone voneinander trennten. Alexander hatte bereits zu viel Zeit im Wald verbracht, auf Bergen, im Morast und im Sumpfland, er hatte zu oft auf Phantome geschossen, auf Schatten, auf herabfallende Äste. Nun senkte er den Kopf, voll Dankbarkeit, dass der Kampf wenigstens für den Augenblick beendet war.
Er hörte, wie Pascha mit Borow sprach, der sich misstrauisch und widerwillig zeigte. »Bitte um Erlaubnis, nicht zu kapitulieren, Herr Hauptmann.«
»Abgelehnt«, erwiderte Pascha. »Sehen Sie einen anderen Ausweg?«
»Einen ehrenvollen Tod«, sagte Borow.
Alexander trat einen Schritt vor. »Sagen Sie Ihren Männern, sie sollen ihre Waffen niederlegen und zu uns kommen.«
»Hauptmann Below!«, unterbrach ihn Pascha. »Überlassen Sie das mir.« Er wandte sich wieder an Borow. »Die Deutschen nehmen wir gefangen.«
Borow lachte auf. »Wir lassen sie also im Stich? Na, die werden sich freuen.«
»Sie werden tun, was sie tun müssen.«
»Und was wird aus uns anderen?«
»Wir kämpfen für die Rote Armee.«

Mit fassungsloser Miene trat Borow einen Schritt zurück. »Was hat das zu bedeuten, Herr Hauptmann? Das ist unmöglich.«
»Borow, ich wurde gefangen genommen. Ihnen bleibt keine Wahl. Es geht um mein Leben.«
Und Borow senkte den Kopf, als bliebe ihm tatsächlich keine andere Wahl.
Einige Zeit später erklärte Pascha: »Borow ist mir auf ewig treu ergeben. Er ist für mich, was Uspenskij für dich ist.«
»Uspenskij bedeutet mir gar nichts«, sagte Alexander.
»Red keinen Unsinn.« Pascha hielt einen Augenblick inne. Sie befanden sich auf dem Rückweg zum sowjetischen Lager. Paschas Männer gingen vor ihnen, die zehn deutschen Soldaten waren an den Händen gefesselt. »Vertraust du ihm, Alexander?«
»Wem?«
»Uspenskij.«
»Soweit ich überhaupt jemandem vertraue, ja.«
»Was heißt das?«
»Worauf willst du hinaus?«
Pascha räusperte sich. »Vertraust du ihm Persönliches an?«
»Ich vertraue niemandem Persönliches an.« Alexander blickte starr geradeaus.
»Das ist gut.« Pascha hielt noch einmal inne. »Ich bin mir nicht sicher, ob er vertrauenswürdig ist.«
»Nun, er hat mir über die Jahre hinweg seine Loyalität bewiesen. Er ist durchaus vertrauenswürdig. Ich vertraue ihm dennoch nicht völlig.«
»Gut«, sagte Pascha.

Die sowjetische Verstärkung blieb aus – in dieser Hinsicht sollte Alexander Recht behalten. Es stellte sich schnell heraus, dass es nicht genügend kaiserliche Uniformen für Pascha und seine russischen Soldaten gab. Alexander hatte zwar über zweiundvierzig Männer verloren, die meisten hatte er jedoch in ihren nassen und blutverschmierten Paradeuniformen beerdigt. Nun befehligte er zweiundvierzig Männer in deutschen Uniformen und mit deutschen Haar-

schnitten. Er befahl ihnen, sich die Köpfe zu rasieren, doch die deutschen Uniformen behielten sie.
Auch Pascha sollte Recht behalten. Aus dem Gebirge kamen deutsche Reservetruppen herunter, auf der Suche nach dem russischen Bataillon. Doch anstelle der Wlassow-Armee fanden sie nun Alexanders Bataillon vor. Obwohl die Gegner an Waffengewalt überlegen waren, befanden sich Alexanders Männer doch erstmals auf einem Berg und damit im Vorteil. Unter großen Mühen schlugen sie erst die Artillerie zurück und dann die Infanterie, was sich als sehr viel einfacher erwies. Sie überquerten den Berg und hatten nur fünf Männer verloren. Alexander verkündete, er werde künftig nur noch von Anhöhen aus kämpfen. Pascha erwiderte, das deutsche Heer habe zunächst nur eine kleine Truppe ausgesandt, um Alexander aufzuhalten. Beim nächsten Mal würden es Tausende sein und danach Zehntausende.

Und Pascha sollte auch diesmal Recht behalten.
Auf der anderen Seite des Heiligkreuz-Gebirges gerieten sie erneut in einen Wald und in schwere Gefechte. Tags darauf stießen sie auf schwere Artillerie und gerieten unter heftigen Beschuss durch Maschinengewehre, Granaten und Mörser. Der Regen ließ nach, und der Wald fing Feuer. Alexander büßte wiederum fünf Männer ein.
Am nächsten Tag kamen weitere deutsche Truppen hinzu, und das Bataillon schmolz auf drei Einheiten zusammen. Verbandszeug und Sulfonamid halfen nichts, und den Männern blieb keine Zeit, eine Verteidigung aufzubauen, Bunker zu errichten oder Schützengräben auszuheben. Sie fanden Deckung zwischen den Bäumen, doch das Granatfeuer brachte die Bäume zu Fall, und so fielen auch die Männer. Nichts und niemand konnte ihre abgetrennten Glieder wieder befestigen.
Nach vier Tagen waren nur noch zwanzig Männer übrig: Alexander, Pascha, Uspenskij, Borow und sechzehn Fußsoldaten.
Einer von Alexanders Männern wurde im Wald von einem Insekt gestochen. Am nächsten Tag war er tot. Nun waren

nur noch neunzehn Männer übrig, genauso viele wie vor der Begegnung mit Pascha. Immerhin blieben ihnen noch die Kriegsgefangenen, die sie im Austausch gegen ihr Leben anbieten konnten.

Das deutsche Heer rückte nicht weiter vor, doch es zog sich auch nicht zurück und verhielt sich auch nicht ruhig. Es schien nur ein Ziel zu verfolgen: Alexanders Bataillon auszulöschen.

Sie hielten einen weiteren Tag stand; dann hatten sie keine Bomben und keine Granaten mehr, und die Magazine der Gewehre waren beinahe leer. Borow fiel, und Pascha begrub ihn weinend im schlammigen Boden unter den feuchten Blättern. Dann fiel Feldwebel Telikow, und als sie ihn begruben, weinte Uspenskij.

Sie hatten kein Verbandszeug mehr und keine Lebensmittel. Sie sammelten Regenwasser in großen Blättern und gossen es in ihre Feldflaschen. Das Morphium war aufgebraucht, der Arzt tot. Alexander verband eigenhändig die Wunden seiner Männer.

»Und was nun?«, fragte Pascha.

»Ich habe nicht die geringste Ahnung«, erwiderte Alexander. Die einzige Möglichkeit schien der Rückzug zu sein.

»Wir können uns nicht zurückziehen«, sagte Alexander, als Uspenskij ihm diesen Vorschlag unterbreitete.

»Stimmt, Herr Leutnant«, sagte Pascha. »Sie wissen doch, dass Rückzug mit dem Tod bestraft wird.«

»Halten Sie die Klappe«, fuhr Uspenskij ihn an. »Am liebsten würde ich Sie mit dem Tod bestrafen.«

Alexander und Pascha wechselten einen Blick. »Und da wundern Sie sich noch, dass ich die Deutschen dem Tod vorgezogen habe«, sagte Pascha schließlich.

»Von wegen«, gab Uspenskij zurück. »Sie haben die Deutschen Ihrem eigenen Volk vorgezogen, Sie Dreckskerl.«

»Schauen Sie sich doch nur an, wie unser Volk mit seiner Armee umgeht!«, rief Pascha. »Man hat Sie ohne jede Unterstützung in diese Schlacht geschickt, in den sicheren Tod. Und um die Sache noch zu erschweren, um noch weiter Salz in Ihre Wunden zu streuen, hat man die Kapitulation zum Verbre-

chen gegen das Vaterland erklärt! Wo hat man so etwas je gehört? An welchem anderen Ort, in welcher anderen Armee? Sagen Sie es mir.« Pascha gab einen höhnischen Laut von sich. »Und Sie wundern sich, dass ich so gehandelt habe.«
»Nimm nicht alles so persönlich, Pascha«, mischte sich Alexander ein. »Wen interessiert es denn schon, ob wir sterben?«
Pascha sah ihn nur schweigend an, und Alexander schwieg ebenfalls. Er saß an einen zerborstenen Baumstamm gelehnt, hatte sich in seinen durchnässten Uniformmantel gehüllt und schnitzte mit dem Messer einen Spieß. Uspenskij, der unter einem anderen Baum saß, rief ihm zu, er solle sich nicht mit so nutzlosen Dingen beschäftigen, und Alexander erwiderte, er werde mit diesem Spieß einen Fisch fangen und ihn dann ganz allein essen. Uspenskij könne seinethalben verhungern. Pascha bemerkte trübsinnig, dass Borow immer Fische für sie gefangen habe und dass er sein bester Freund und drei Jahre lang seine rechte Hand gewesen sei. Uspenskij verkündete, er werde gleich in Tränen ausbrechen, und Alexander befahl beiden, den Mund zu halten. Die Nacht brach herein.

Alexander und Tatiana spielen »Verstecken im Krieg«. Alexander steht reglos im Wald und lauscht auf ein Geräusch von ihr. Doch er hört nur die Käfer, die Zecken, die Fliegen und die Bienen. Unmengen Insekten, keine Tatiana. Er schaut nach oben, sieht jedoch nichts. Langsam macht er ein paar Schritte vorwärts. »Tania«, ruft er. »Wo steckst du denn, kleine Tania? Wo bist du? Versteck dich nur gut vor mir, ich habe nämlich das Gefühl, dass ich dich unbedingt finden muss.« Damit will er sie zum Lachen bringen. Er hält noch einmal inne und lauscht. Nicht ein Laut. Manchmal, wenn sie in der Nähe ist, hört er, wie sie den Hahn der Pistole spannt, die er ihr gegeben hat. Doch heute hört er keinen Laut.
»Tania!« Er geht durch den Wald, dreht sich alle paar Sekunden um, um zu sehen, was hinter ihm vor sich geht. Das Spiel ist zu Ende, wenn es ihr gelungen ist, sich von hinten an ihn heranzuschleichen und ihm die Pistole an die Rippen zu

drücken. »Tatia, ich wollte dir noch etwas Wichtiges erzählen. Hörst du mich?«
Er lauscht. Nicht ein Laut. Er muss lächeln.
Da fällt ihm plötzlich Moos auf den Kopf. Sie will ihn reizen. Wo ist das hergekommen? Er schaut sofort nach oben, doch sie ist nicht zu sehen. Er schaut sich um. Keine Spur von ihr. Sie zieht bei diesem Spiel immer sein Tarnhemd über, das macht sie praktisch unsichtbar. Er kann sich das Lachen kaum noch verkneifen. »Tatiascha, hör auf, mit Moos nach mir zu werfen. Warte nur, bis ich dich finde …« Er hört ein Geräusch und hebt den Kopf. Ein Schwall Wasser rauscht auf ihn herab, ein ganzer Eimer. Er ist nass bis auf die Haut und flucht. Der Eimer baumelt deutlich sichtbar von einem Ast herab, doch sie ist nirgends zu sehen. Die Schnur, an der der Eimer hängt, verschwindet rechts neben Alexander hinter einem umgestürzten Baumstamm. »Also gut, jetzt reicht's. Du hast es so gewollt. Warte nur, Tania«, ruft er, während er sein nasses Hemd auszieht. »Jetzt kannst du was erleben.« Er geht auf den Baumstamm zu. Plötzlich hört er ein leises Zischen, und im nächsten Moment bedeckt weißes Pulver sein Haar und sein Gesicht. Es ist Mehl, das in seinem feuchten Haar schnell zur klebrigen Masse wird. Alexander kann es kaum fassen. Wie lange mag sie das schon geplant haben, ihn in den Wald zu locken, direkt unter den Wassereimer und dann auch noch unter den Mehlsack? Es erfüllt ihn mit Staunen, dass sie eine so unüberwindliche Gegnerin ist. »Also gut, Tania, das reicht jetzt wirklich«, ruft er. »Wenn du glaubst, du kannst es so weit treiben, dann warte nur, bis ich …« Er geht auf den Baumstamm zu, doch dann hört er leise Schritte hinter sich. Ohne sich umzudrehen, streckt er die Hand aus und greift nach ihr, als sie hinter ihm steht. Doch er erwischt nur die Pistole. Tatiana stößt einen kleinen Schrei aus, lässt die Pistole los, die in seiner Hand zurückbleibt, und rennt durch den Wald davon. Er jagt ihr nach. Der Wald wuchert wild an diesem Teil des Flusses; es ist nicht mehr der gepflegte Kiefernhain, der sich von Molotow nach Lazarewo zieht und ihre Lichtung umgibt. Hier ist alles überwuchert vom Unterholz der Eichen und der Pappeln,

von Nesseln und Moos. Alexander kommt nur langsam voran zwischen den niedrig hängenden Zweigen und den umgestürzten Bäumen. Doch sie lässt sich durch nichts aufhalten. Sie springt einfach über die Hindernisse hinweg oder drängt sich darunter durch, schlägt kreischend Haken und hebt im Laufen sogar noch eine Hand voll Moos und Blätter auf, die sie nach ihm wirft.

Nun hat er genug. »Pass auf deine Rückendeckung auf!«, ruft er und überholt sie seitlich. Ohne sich um die Büsche zu scheren, die ihm den Weg versperren, springt er über drei umgestürzte Baumstämme, stellt sich ihr keuchend in den Weg und hält die Pistole auf sie gerichtet. Er ist durchnässt und über und über mit Mehl bedeckt. Tatiana kreischt auf und versucht wegzulaufen, doch Alexander ist bereits über ihr und wirft sie auf den bemoosten Boden. »Wo willst du denn hin?«, fragt er keuchend. Sie versucht, sich loszumachen, doch er hält sie fest. »Was hast du denn vor, du schlaues Mädchen? Du bist sehr viel schlauer, als gut für dich ist – aber jetzt entkommst du mir nicht mehr.« Er reibt seine mehlverklebte Wange an ihrem Gesicht.

»Hör auf«, keucht sie. »Du machst mich ja ganz dreckig.«

»Ich werde noch ganz andere Dinge mit dir machen.«

Sie setzt sich tapfer zur Wehr, bekommt schließlich die Hände frei und versucht, ihn zu kitzeln. Doch das hilft nicht viel. Er umfasst ihre Handgelenke und presst sie über ihrem Kopf zusammen. »Du glaubst gar nicht, was du jetzt für einen Ärger bekommst, du Mehl werfendes, kleines Ungeheuer. Was hast du dir dabei gedacht? Wie lange hast du gebraucht, um das zu planen?«

»Fünf Sekunden.« Sie lacht. »Du bist eben ein bisschen einfältig.« Sie versucht immer noch, sich aus seinem Griff zu befreien.

Alexander hält mit einer Hand ihre Handgelenke umfasst, schiebt ihr das Tarnhemd bis zum Hals hoch und legt ihren Bauch, ihre Rippen und ihre Brüste frei. »Hörst du jetzt auf, dich zu wehren?«, fragt er. »Ergibst du dich?«

»Niemals!«, ruft sie. »Lieber gehe ich aufrecht zugrunde …«

Alexander nähert sein Gesicht ihren Rippen und kitzelt sie mit seinen Bartstoppeln. Tatiana muss kichern. »Hör auf«, ruft sie. »Hör auf, mich zu foltern. Wirf mich lieber in den Kuss-Kerker.«

»Der Kuss-Kerker ist viel zu gut für so was wie dich. Du hast eine härtere Strafe verdient. Ergibst du dich?«, fragt er noch einmal.

»Niemals!«

Er kitzelt sie von neuem mit seinen Lippen und seinen Bartstoppeln. Er weiß, dass er vorsichtig sein muss. Einmal hat er sie so gekitzelt, dass sie das Bewusstsein verloren hat. Jetzt lacht sie haltlos und strampelt mit den Beinen. Er legt sein eines Bein über ihre, hält ihr weiterhin die Hände über dem Kopf zusammen und fährt mit der Zunge an ihren Rippen entlang. »Ergibst ... du ... dich?«, fragt er keuchend.

»Niemals!«, quietscht sie, und Alexander gleitet ein wenig höher hinauf und nimmt ihre Brustwarze zwischen die Lippen. Er hört nicht auf, bis ihr Quietschen schließlich in leises Stöhnen übergeht.

Dann hält er einen Augenblick inne. »Ich frage dich zum letzten Mal. Ergibst du dich?«

Sie stöhnt. »Nein.« Dann hält sie einen Augenblick inne. »Du wirst mich wohl töten müssen, Soldat ... Setz all deine Waffen ein.«

Alexander hält ihre Handgelenke fest und liebt sie dort auf dem bemoosten Boden. Er hört nicht auf, ist auch nicht sanft mit ihr, solange sie sich nicht ergibt. Als die erste Woge sie überflutet hat, fragt er keuchend: »Und, Gefangene, was sagst du nun?«

Tatianas Stimme ist nicht viel mehr als ein Flüstern, als sie erwidert: »O bitte, Wärter, ich will noch mehr ...«

Er muss lachen, doch er gibt ihr mehr.

»Ergibst du dich?«

»Bitte, ich will mehr ...«

Und sie bekommt mehr.

»Lass meine Hände los«, flüstert Tatiana an seinem Mund. »Ich will dich berühren.«

»Ergibst du dich?«

»Ja, ich ergebe mich, ich ergebe mich.«

Er lässt sie los, und sie berührt ihn. Und dann hat er nicht mehr zu geben.
Als er von ihr ablässt, sind ihr Gesicht, ihre Brüste und ihr Bauch ebenfalls mit Mehl bedeckt. »Komm, steh auf«, flüstert er.
»Ich kann nicht«, erwidert sie leise. »Ich kann mich nicht bewegen.«
Er trägt sie zurück zur Kama, und dort ruhen sie aus und waschen sich in ihrem seichten, steinigen, von Baumwipfeln überdachten Wasserloch zwischen den Fischen.
»Wie viele Wege gibt es wohl, dich zu töten?«, murmelt Alexander. Er hebt sie auf sich und küsst sie.
»Nur eine«, erwidert Tatiana und schmiegt ihr nasses, warmes Gesicht an seinen nassen Hals.

In den eisigen Wäldern Polens hielten sich Alexander, Pascha, Uspenskij und Danko, der einzige verbliebene Gefreite, im Gestrüpp versteckt. Der Feind hatte sie umstellt, die Munition war ihnen ausgegangen, und sie waren dreckig, blutverschmiert und durchnässt. Alexander und Pascha warteten auf einen Einfall oder auf den Tod.
Die deutschen Truppen hatten Benzin verschüttet und sowohl vor ihnen als auch zu beiden Seiten den Wald in Brand gesteckt.
»Alexander …«
»Ich weiß, Pascha.« Sie saßen, wenige Meter voneinander entfernt, an zwei dicke Eichenstämme gelehnt. Alexander spürte die Hitze der Flammen im Gesicht.
»Wir sitzen in der Falle.«
»Richtig.«
»Und wir haben keine Munition mehr.«
»Richtig.« Alexander schnitzte an einem Stück Holz.
»Das war's dann wohl, oder? Es gibt keinen Ausweg mehr.«
»Das denkst du jetzt, aber es muss einen geben. Er ist uns nur noch nicht eingefallen.«
»Wenn er uns einfällt, ist es vielleicht schon zu spät«, gab Pascha zu bedenken.
»Dann müssen wir eben ein bisschen schneller denken.« Ale-

xander musterte Pascha. Er musste Tatianas Bruder aus den Wäldern herausbringen, auf welchem Weg auch immer. Irgendwie musste er ihn retten, für sie. Doch in seinen dunkelsten Augenblicken fürchtete Alexander, Pascha nicht retten zu können.

»Wir können nicht kapitulieren.«

»Ach nein?«

»Nein. Was glaubst du, was die Deutschen mit uns machen? Wir haben Hunderte ihrer Männer getötet, da werden sie wohl kaum Nachsicht üben.«

»Es ist Krieg. Sie werden schon Verständnis dafür haben. Sprich etwas leiser, Pascha.« Alexander wollte nicht, dass Uspenskij sie hörte, doch Uspenskij hörte grundsätzlich alles.

Pascha senkte die Stimme. »Und du weißt auch, dass ein Rückzug für mich nicht in Frage kommt.«

»Ja, das weiß ich.«

Sie schwiegen, und Alexander fuhr fort, einen Speer aus dem Ast zu schnitzen, um seine Hände zu beschäftigen. Pascha reinigte seine Maschinenpistole. Plötzlich stieß er ein Schnauben aus.

»Was ist denn, Pascha?«

»Ach nichts. Ich dachte nur, wie ironisch es ist, dass ich gerade hier mein Ende finde.«

»Warum?«

»Mein Vater war vor langer Zeit einmal hier, als noch Frieden war. Er hat eine Geschäftsreise nach Polen gemacht. Das hat uns damals furchtbar beeindruckt. Und wenn mich nicht alles täuscht, war er sogar in dieser Gegend. Er hat uns großartige Geschenke mitgebracht. Die Krawatte, die er mir geschenkt hat, habe ich getragen, bis sie ganz ausgefranst war. Dascha war der Ansicht, dass es nichts Besseres gibt als polnische Schokolade. Und Tania hatte sich den Arm gebrochen, musste aber trotzdem unbedingt das Kleid anziehen, das unser Vater ihr mitgebracht hatte.«

Alexander hielt beim Schnitzen inne. »Was war das für ein Kleid?«

»Ich weiß nicht mehr. Ein weißes Kleid. Sie war noch viel zu

dünn und zu klein dafür und trug den Arm in Gips, aber sie hat es trotzdem getragen und war furchtbar stolz darauf.«
»Waren ...« Alexanders Stimme zitterte. »Waren Blumen auf dem Kleid?«
»Ja. Rote Rosen.«
Alexander stöhnte auf. »Wo hat dein Vater das Kleid gekauft?«
»Ich glaube, das war in einem Marktstädtchen namens Swietokryszt. Ja, richtig, Tania hat es immer ihr ›Kleid vom Heiligen Kreuz‹ genannt. Sie hat es jeden Sonntag getragen.«
Alexander schloss die Augen und versuchte, seine zitternden Hände zu beruhigen.
Er hörte Paschas Stimme. »Was glaubst du, was würde meine Schwester tun?«
Alexander blinzelte und versuchte, Tatianas Bild aus seinem gequälten Geist zu verjagen. Er sah sie vor sich, wie sie in jenem Kleid auf der Bank saß und Eis aß, wie sie mit wippendem Rock in jenem Kleid barfuß über das Marsfeld lief, wie sie in jenem Kleid auf den Stufen der Kirche in Molotow stand und er sie im Arm hielt, seine Braut.
»Würde sie den Rückzug antreten?«, fragte Pascha.
»Nein. Das würde sie nicht.« Das Herz in seiner Brust zog sich zusammen. Er griff nach seiner Maschinenpistole und ging zu Pascha hinüber. Und ehe sich Uspenskij schwerfällig von seinem Baumstumpf erhoben hatte und so nah herangekommen war, dass er sie hören konnte, flüsterte Alexander: »Pascha! Deine Schwester, deine schwangere Schwester, hat es geschafft, ganz allein aus diesem gottverdammten Russland herauszukommen. Sie hatte eine Waffe, aber die hat sie sicher nicht benutzt. Ohne einen Menschen zu töten, ohne auch nur einen Schuss abzugeben, hat sie ganz allein einen Weg gefunden, mit dem Baby im Bauch aus den Sümpfen nach Helsinki zu gelangen. Und wenn sie bis nach Finnland gekommen ist, dann muss ich daran glauben, dass sie es auch noch weiter geschafft hat. Ich muss darauf vertrauen. Ich habe dich gefunden, und ich kann nicht glauben, dass das grundlos geschehen ist. Wir sind noch vier Männer, acht, wenn man die Deutschen mitzählt. Sie sind unsere Geiseln.

Wir haben Messer, Bajonette, Streichhölzer, wir können uns weitere Waffen beschaffen, und im Gegensatz zu Tania werden wir sie auch einsetzen. Sitzen wir doch nicht hier herum und reden uns ein, wir sind am Ende. Versuchen wir doch wenigstens, stärker zu sein als Tatiana. Es wird nicht leicht, aber wir müssen es versuchen. In Ordnung?«

Alexander bekreuzigte sich und küsste seinen Helm. »Wir müssen durch den brennenden Wald hindurch, auf die andere Seite, Pascha. Näher an die Deutschen heran. Wir müssen einfach.«

»Es ist zwar aussichtslos – aber in Ordnung.«

Die verbliebenen Gefangenen und Uspenskij waren deutlich schwieriger zu überzeugen.

»Wovor haben Sie denn Angst?«, fragte Alexander. »Sie haben nur eine Lunge; inmitten von Rauch und Feuer kann das von Vorteil sein.«

»Ich werde gar nicht in die Verlegenheit kommen, Rauch einzuatmen, weil ich vorher verbrenne«, gab Uspenskij zurück.

Doch schließlich waren alle zum Vorstoß bereit. Alexander ermahnte sie zu größter Vorsicht. Pascha, die leer geschossene Maschinenpistole über der Schulter, fragte: »Fertig?«

»Fertig«, erwiderte Alexander. »Pass gut auf dich auf, Pascha. Es geht nur ums Überleben. Und halt dir den Mund zu.«

»Ich kann nicht laufen und mir gleichzeitig den Mund zuhalten. Aber ich schaffe das schon. Denk daran, die Nazis haben damals meinen Zug in die Luft gejagt. Ich bin Feuer gewöhnt. Gehen wir. Ich versuche, durch meine Mütze zu atmen. Versprich mir nur, dass du mich nicht hängen lässt.«

»Ich lasse dich nicht hängen«, sagte Alexander. Er griff nach seinem leeren Granatwerfer und band sich ein nasses, blutverschmiertes Tuch vor den Mund. Dann liefen sie ins Feuer hinein.

Alexander atmete durch das feuchte Tuch, während sie durch den brennenden Wald rannten. Uspenskij hielt den Atem an, solange er konnte, und atmete durch seinen regennassen Uniformmantel. Doch Pascha lief ungeschützt mitten in das Inferno hinein. Mutig, dachte Alexander. Mutig und leichtsinnig. Irgendwie gelang es ihnen, die Flammen hinter sich zu lassen. Dieses eine Mal waren die feuchten Kleider von Vorteil, da sie nur schwer Feuer fingen. Und weil alle Männer kahl geschoren waren, boten sie den Flammen auch keine zusätzliche Angriffsfläche. Einer der Gefangenen hatte Pech: Ein Ast fiel ihm auf den Kopf, und er verlor das Bewusstsein. Einer seiner Kameraden warf ihn sich über die Schulter und drang weiter vor.

Als sie das Feuer hinter sich gelassen hatten, sah Alexander zu Pascha hinüber und merkte, dass sein Leichtsinn wohl doch größer gewesen war als sein Mut. Pascha war bleich. Er wurde langsamer, blieb schließlich stehen. Sie waren immer noch von dichtem Rauch umgeben.

Alexander blieb ebenfalls stehen. »Was ist los?«, fragte er. Er nahm das feuchte Tuch vom Mund und musste sofort husten und keuchen.

»Ich weiß nicht«, krächzte Pascha, die Hand an der Kehle.

»Mach den Mund auf.«

Pascha tat es, doch es half nichts. Plötzlich fiel er um wie ein gefällter Baum, und die Laute, die aus seiner Kehle drangen, waren die eines Mannes, der an einem Fremdkörper erstickt, der keine Luft mehr bekommt.

Alexander legte Pascha das feuchte Tuch über Mund und Nase. Doch es half nichts, und er selbst konnte kaum atmen. Die lodernden Flammen waren besser gewesen als dieser Rauch mitten im dichten Wald. Uspenskij zog ihn am Arm. Die Deutschen waren bereits ein gutes Stück entfernt; Danko hielt sie mit seiner Maschinenpistole in Schach. Doch Alexander konnte nicht weiter, konnte Pascha nicht einfach zurücklassen.

Er musste etwas tun. Pascha hustete, keuchte, versuchte verzweifelt, Atem zu holen, doch es gelang ihm nicht. Alexander packte ihn kurz entschlossen, warf ihn sich über die Schulter, hielt sich das Tuch vor Mund und Nase und rannte los. Uspenskij folgte ihm.

Wie viel Zeit mochte er damit verloren haben, Pascha wegzutragen? Dreißig Sekunden? Eine Minute? Es war schwer zu sagen, doch es war in jedem Fall zu viel Zeit. Bald würde es zu spät sein. Sobald sich der Rauch ein wenig lichtete, rief Alexander Uspenskij zu sich.

»Wo ist der Arzt?«, keuchte er.

»Der Arzt ist tot. Haben Sie das vergessen? Wir haben ihm den Helm weggenommen.«

Alexander konnte sich kaum erinnern.

»Hatte er nicht einen Assistenten?«

»Der ist schon vor sieben Tagen gefallen.«

Vorsichtig hob Alexander Pascha von seiner Schulter, setzte sich auf den Boden und hielt ihn fest. Uspenskij musterte ihn.

»Was ist denn los mit ihm?«

»Ich weiß es nicht. Er ist nicht getroffen worden, und er hat wohl auch nichts verschluckt.« Doch zur Sicherheit bog er Paschas Kopf zurück, steckte ihm die Finger in den Mund und tastete nach eventuellen Fremdkörpern. Er fand keine, doch als er neben der Speiseröhre nach der Öffnung der Luftröhre tastete, konnte er sie nicht finden. Paschas Kehle schien vollkommen zugeschwollen. Rasch kniete Alexander sich neben ihn, hielt ihm die Nase zu und versuchte es mit Mund-zu-Mund-Beatmung. Nichts. Er versuchte es noch einmal, doch es half nichts. Noch einmal tastete er nach der Öffnung der Luftröhre und fand sie nicht. Alexander bekam es mit der Angst zu tun. »Was zum Teufel passiert da?«, murmelte er. »Was ist los mit ihm?«

»Ich habe so was schon mal erlebt«, sagte Uspenskij. »In Sinjawino. Da sind ein paar Männer gestorben, weil sie zu viel Rauch eingeatmet hatten. Die Kehle schwillt an und verschließt sich vollständig. Wenn die Schwellung wieder nachlässt, sind sie meistens schon tot.« Er atmete immer noch durch seinen nassen Mantel. »Er ist erledigt«, fügte er hinzu. »Er kann nicht atmen, Sie können nichts mehr für ihn tun.« Alexander hätte schwören können, eine gewisse Genugtuung in Uspenskijs Stimme zu hören. Doch ihm blieb keine Zeit, darauf zu reagieren. Er legte Pascha flach auf den Rücken, rollte das blutverschmierte Tuch zusammen und legte es ihm als Stütze in den Nacken. Dann durchwühlte er seinen Tornister nach seinem Füllfederhalter. Er war zerbrochen, doch die Tinte war nicht ausgelaufen. Sowjetische Wertarbeit.

Alexander zerlegte den Füllfederhalter, nahm den hohlen Tintentank heraus und zückte dann sein Messer.
»Was haben Sie denn vor, Herr Hauptmann?« Uspenskij deutete auf das Messer in Alexanders Hand. »Wollen Sie ihm die Kehle durchschneiden?«
»Ja«, sagte Alexander. »Und jetzt seien Sie still, und bringen Sie mich nicht durcheinander.«
Uspenskij kniete sich neben ihn. »Das sollte ein Scherz sein.«
»Leuchten Sie mit der Taschenlampe auf seine Kehle, und wackeln Sie nicht. Das ist ja wohl nicht zu viel verlangt. Außerdem halten Sie dieses Plastikröhrchen und das Stück Schnur hier. Wenn ich Sie darum bitte, geben Sie mir das Röhrchen. Klar?«
Alexander holte tief Luft. Er wusste, dass ihm nicht mehr viel Zeit blieb. Er betrachtete seine Hände. Sie zitterten nicht. Dann tastete er Paschas Kehle ab, bis er den Adamsapfel fand. Ein Stückchen tiefer spannte sich die Haut über einer kleinen Höhlung. Alexander wusste, dass die Luftröhre an dieser Stelle direkt unter der Haut lag. Wenn er vorsichtig vorging, würde er dort einen kleinen Schnitt machen, das Röhrchen einführen und Pascha so das Atmen ermöglichen können. Doch es durfte nur ein kleiner Schnitt sein. Er hatte so etwas noch nie gemacht. Seine Hände waren eigentlich nicht für so feinmotorische Tätigkeiten geschaffen, ganz anders als Tatianas Hände. »Los geht's«, flüsterte er, hielt den Atem an und setzte das Messer an Paschas Kehle. Nach dem Flackern des Lichtstrahls zu urteilen, zitterten Uspenskij die Hände. »Leutnant, halten Sie die Lampe ruhig!«
Uspenskij gab sich alle Mühe. »Haben Sie so etwas schon mal gemacht, Herr Hauptmann?«
»Nein. Aber ich habe es schon gesehen.«
»War es erfolgreich?«
»Nicht sonderlich«, erwiderte Alexander. Er hatte zwei Ärzten bei zwei verschiedenen Gelegenheiten bei einem Luftröhrenschnitt zugesehen. Keiner der beiden Soldaten hatte überlebt. Einmal war der Schnitt zu tief gewesen, und das schwere Messer hatte die empfindliche Luftröhre ganz durchtrennt. Beim zweiten Mal hatte der Soldat zwar geat-

met, aber dennoch nie wieder die Augen geöffnet. Langsam durchschnitt Alexander Paschas Haut. Sie schien sich dem Messer widersetzen zu wollen. Blut quoll hervor, und er konnte nicht mehr genau sehen, was er tat. Er hätte ein Skalpell brauchen können, doch er hatte nur sein Offiziersmesser, mit dem er sich rasierte und mit dem er Menschen tötete. Er schnitt ein wenig tiefer und noch ein wenig tiefer. Dann klemmte er sich das Messer zwischen die Zähne und hielt die Haut mit den Fingern auseinander, sodass zu beiden Seiten der Luftröhre ein wenig Knorpel sichtbar wurde. Alexander durchtrennte vorsichtig die Luftröhrenmembran, und plötzlich erklang ein zischendes Geräusch aus Paschas Kehle, als Luft von außen einströmte. Alexander hielt die kleine Wunde mit den Fingern auseinander, bis die Lungen sich mit Luft gefüllt hatten und die Luft wieder durch die kleine Öffnung in der Kehle entwichen war. Es erfüllte nicht ganz dieselbe Funktion wie die oberen Atemwege, doch es würde genügen.

»Das Röhrchen, Leutnant.«

Uspenskij reichte es ihm. Alexander schob das kurze Plastikröhrchen bis zur Hälfte in die Öffnung hinein und gab sich Mühe, die Luftröhre nicht ganz zu blockieren.

Dann atmete er erleichtert auf. »Das haben wir gut hingekriegt, Pascha«, sagte er. »Die Schnur, Uspenskij.« Er befestigte das eine Ende der Schnur an dem Röhrchen und schlang sie dann um Paschas Hals, damit das Röhrchen nicht herausrutschen konnte.

»Wie lange wird es dauern, bis die Schwellung abklingt?«, fragte er Uspenskij.

»Woher soll ich das wissen?«, gab Uspenskij zurück. »Die Männer, die ich mit zugeschwollener Kehle erlebt habe, sind alle gestorben, bevor die Schwellung zurückgegangen ist. Ich weiß es nicht.«

Pascha lag in Alexanders Arm und atmete langsam und unregelmäßig, aber trotzdem tief durch das schmutzige Plastikröhrchen. Alexander betrachtete sein dreckverschmiertes, angestrengtes Gesicht und dachte, dass dieser ganze Weltkrieg ein einziges Warten auf den Tod war. Und dennoch

strömte nun für Pascha Leben durch den leeren Tintentank eines kaputten, sowjetischen Füllfederhalters.
Einmal waren es Grinkow, Marasow, Werenkow, Telikow und Jermenko, einmal war es Dascha gewesen und einmal würde es Alexander sein. Jetzt war er noch am Leben, und im nächsten Augenblick hätte er bereits auf dem Eis des Ladogasees verbluten können, die eiskalten, durchnässten Kleider sein Leichentuch.
Doch einen Atemzug lang war Alexander auch geliebt worden. Einen tiefen Atemzug, einen kurzen, qualvollen Wimpernschlag seiner schmerzenden Augen lang war er so sehr geliebt worden.
»Hörst du mich, Pascha?«, fragte Alexander. »Blinzele, wenn du mich hören kannst.« Und Pascha blinzelte.
Alexander presste die Lippen zusammen, und sein Atem ging flach. Ein Gedicht von T. E. Hulme kam ihm in den Sinn, »Fantasie eines gefallenen Herrn in kalter, bitterer Nacht«:

Einst fand in feinem Spiel der Geige ich Ekstase,
Im Blitzen goldner Absätze auf hartem Pflaster.
Jetzt seh ich:
Wärme ists woraus Poesie gemacht ist.
O Gott, mach klein
Die alte, sternzerfressne Himmelsdecke,
Dass ich sie um mich legen kann und lieg bequem.

4

New York, Oktober 1944

Edward Ludlow stürmte durch die Doppeltüren der Krankenstation auf Ellis Island, griff nach Tatianas Hand und zog sie auf den Gang hinaus. »Tatiana, ist das wahr, was ich da gesehen habe?«
»Ich weiß es nicht. Was haben Sie denn gesehen?«
Er war kreidebleich.

»Was ist denn los?«, fragte sie.
»Ist das wirklich wahr? Ich habe im NYU-Krankenhaus den Plan vom Roten Kreuz gesehen, mit den Namen der Krankenschwestern, die nach Europa gehen sollen. Der Name Jane Barrington steht darauf. Sagen Sie mir auf der Stelle, dass es sich um eine andere Jane Barrington handelt, dass es reiner Zufall ist.«
Tatiana schwieg.
»Nein. Bitte. Nein.«
»Edward …«
Er nahm ihre beiden Hände. »Haben Sie mit irgendjemandem darüber gesprochen?«
»Nein, natürlich nicht.«
»Was denken Sie sich bloß dabei? Die Amerikaner sind schon in Europa, Hitler wird von zwei Seiten bedrängt. Der Krieg ist bald zu Ende. Es ist nicht nötig, dorthin zu gehen.«
»Die Menschen in den Kriegsgefangenenlagern brauchen dringend Medikamente, Lebensmittel und Hilfe.«
»Sie bekommen Hilfe, Tatiana. Von anderen Krankenschwestern.«
»Wenn das so ist, warum sucht das Rote Kreuz dann Freiwillige?«
»Die suchen andere Freiwillige. Nicht Sie.«
Sie gab keine Antwort, und Edward fuhr fort. »Mein Gott, Tatiana«, sagte er mit Angst in der Stimme. »Was soll denn aus Anthony werden?«
»Eigentlich wollte ich ihn zu seiner Großtante nach Massachusetts bringen. Aber ich glaube, sie schafft es nicht mehr, einen kleinen Jungen zu bändigen.« Tatiana sah den Ausdruck in Edwards Augen und entzog ihm ihre Hände. »Esther hat gesagt, ich kann ihn bei ihr lassen. Sie sagt, ihre Haushälterin Rosa kann ihr helfen, sich um ihn zu kümmern, aber ich halte das für keine gute Idee.«
»Ach nein?«
Tatiana ging nicht auf seinen sarkastischen Ton ein, sondern fuhr fort. »Vielleicht lasse ich ihn bei Isabella …«
»Bei Isabella? Bei einer Wildfremden?«
»Sie ist nicht wildfremd. Sie hat mir angeboten …«

»Aber sie weiß nicht, was ich weiß, Tatiana, sie weiß ja nicht einmal, was Sie wissen. Und ich weiß noch einiges mehr als Sie. Sagen Sie mir die Wahrheit: Wollen Sie nach Europa, um Ihren Mann zu suchen?«
Tatiana gab keine Antwort.
»Mein Gott, Tatiana.« Edward schüttelte den Kopf. »Mein Gott. Sie haben mir doch erzählt, dass er tot ist.«
»Wovor haben Sie denn solche Angst, Edward?«
Verwirrt und verzweifelt fuhr er sich mit der Hand über die Stirn und trat einen Schritt zurück. »Tania«, sagte er dann mit zitternder Stimme. »Vor kurzem hat Heinrich Himmler die Kontrolle über die deutschen Kriegsgefangenenlager übernommen. Als Erstes hat er verboten, dass die amerikanischen Kriegsgefangenen Pakete oder Briefe erhalten, und er hat die Inspektion der Lager durch das Internationale Rote Kreuz untersagt. Er hat uns versichert, dass alle Gefangenen der alliierten Streitkräfte eine gerechte Behandlung erfahren werden, bis auf die Sowjets. Im Augenblick hat das Rote Kreuz also keine Erlaubnis, die deutschen Kriegsgefangenenlager zu inspizieren. Das zeigt nur zu deutlich, wie verzweifelt die Deutschen sind. Sie wissen, dass der Krieg so gut wie verloren ist, und sie scheren sich nicht mehr darum, wie es ihren Gefangenen ergeht. Im letzten Jahr und im Jahr davor haben sie sich noch dafür interessiert, doch jetzt ist ihnen das gleichgültig. Die Sperre für das Rote Kreuz wird sicher bald wieder aufgehoben. Aber selbst dann: Was glauben Sie denn, wie viele Kriegsgefangenenlager es gibt? Zwei? Es sind Hunderte, und Dutzende weitere italienische, französische, englische und amerikanische Lager. Und wissen Sie, wie viele Kriegsgefangene dort sind? Hunderttausende, und das ist noch eine vorsichtige Schätzung.«
»Himmler wird seine Meinung ändern. 1943 ist das schon einmal geschehen, wurde aber schnell wieder aufgegeben, weil man gemerkt hat, dass dann auch die eigenen Leute in Gefangenschaft schlecht behandelt wurden.«
»Ja, da glaubte Deutschland auch noch, den Krieg gewinnen zu können! Aber seit die Alliierten in der Normandie gelandet sind, wissen die Nazis, dass ihre Tage gezählt sind. Und

sie interessieren sich nicht mehr für das Schicksal ihrer eigenen Männer. Soll ich Ihnen sagen, woher ich das weiß? Deutschland hat das Rote Kreuz seit 1943 nicht mehr aufgefordert, die Kriegsgefangenenlager hier in den Vereinigten Staaten zu inspizieren.«

»Warum auch? Man weiß doch, dass die Amerikaner die deutschen Gefangenen gut behandeln.«

»Nein, man weiß nur, dass der Krieg fast verloren ist.«

»Himmler wird seine Meinung ändern«, wiederholte Tatiana starrsinnig. »Das Rote Kreuz wird die Lager inspizieren dürfen.«

»Hunderttausende Gefangene in Hunderten von Lagern. Rechnen wir eine Woche pro Lager, dann sind das zweihundert Wochen, und da ist die Reisezeit dazwischen noch nicht eingerechnet. Vier Jahre. Was denken Sie sich bloß?«

Tatiana schwieg. So weit hatte sie nicht gedacht.

»Tatiana«, sagte Edward. »Bitte gehen Sie nicht.«

Er schien sich die Sache sehr zu Herzen zu nehmen, und Tatiana wusste nicht, was sie sagen sollte.

»Was wird aus Ihrem Sohn, Tatiana?«

»Isabella kümmert sich um ihn.«

»Für immer? Wird sie sich auch noch um ihn kümmern, wenn seine Mutter an einer Seuche oder einer Kriegsverwundung gestorben ist?«

»Edward, ich will nicht nach Europa, um dort zu sterben.«

»Nein? Sie werden aber nicht viel dagegen tun können. Die Front rückt bald nach Deutschland vor. Polen ist in sowjetischer Hand. Was, wenn die Sowjets nach Ihnen suchen? Was geschieht dann mit Jane Barrington, mit Tatiana Metanowa? Wenn Sie nach Deutschland gehen oder auch nach Polen, Jugoslawien, in die Tschechoslowakei oder nach Ungarn, dann gehen Sie dorthin, um zu sterben. Wie es auch immer ausgeht, Sie werden ganz sicher nicht zurückkommen.«

Das ist nicht wahr, wollte sie rufen. Doch sie wusste ja, dass die Sowjets nach ihr suchten. Sie wusste, dass sie ein unermessliches Risiko einging. Alexander war im Vergleich dazu winzig klein. Und sie wusste auch, wie schlecht ihr Plan war. Alexander hatte immerhin Orte gehabt, an denen er nach ihr suchen konnte, Luga, Molotow. Er hatte gewusst, wohin sie evakuiert worden war, er hatte einen Ort, einen Namen, Lazarewo. Sie hatte nur seine Sterbeurkunde. Und mit der zerknitterten Sterbeurkunde in der Hand wollte sie nach ihm suchen, in jedem Kriegsgefangenenlager, das zur Inspektion freigegeben wurde. Und wenn sie ihn dort nicht fand, wollte sie auf irgendeinem Weg nach Leningrad zurückkehren, Oberst Stepanow aufsuchen und ihn nach Alexander fragen. Und wenn er nichts wusste, wollte sie die Generäle Woroschilow und Mechlis fragen. Wenn nötig, wollte sie auch nach Moskau fahren und Stalin persönlich zur Rede stellen.

»Tania, bitte gehen Sie nicht«, sagte Edward noch einmal.

Sie sah ihn an. »Wer oder was ist Orbeli?«

»Orbeli? Das haben Sie mich doch schon gefragt. Woher soll ich das wissen? Ich habe keine Ahnung. Was hat Orbeli mit alldem zu tun?«

»Als ich ihn zum letzten Mal sah, hat er zu mir gesagt: ›Denk an Orbeli‹. Vielleicht ist Orbeli ja ein Ort in Europa, wo ich ihn treffen soll.«

»Ehe Sie Ihr Kind zurücklassen und an die Front gehen, sollten Sie erst einmal herausfinden, was Orbeli ist.«

»Das habe ich versucht«, sagte sie. »Aber ich habe nichts gefunden. Niemand weiß es.«

»Wahrscheinlich hat es gar nichts zu bedeuten, Tania.«

Edwards Sorge machte Tatiana zu schaffen. Wie sollte sie sich bloß rechtfertigen? »Mein Sohn wird es gut haben«, sagte sie mit schwacher Stimme.

»Ohne Vater und ohne Mutter?«

»Isabella ist eine wunderbare Frau.«

»Isabella ist eine Fremde, und sie ist sechzig Jahre alt! Sie ist nicht seine Mutter. Was wird aus Anthony, wenn sie stirbt?«

»Dann kümmert sich Vikki um ihn.«

Edward lachte freudlos auf. »Vikki kann sich doch kaum um sich selbst kümmern. Sie schafft es nicht, pünktlich zu sein, Termine einzuhalten, ihr Leben nach jemandem zu richten. Sie richtet sich nicht nach Ihrem Sohn, nicht einmal nach Ihnen oder nach ihren Großeltern, sondern nur nach sich selbst. Ich bete, dass sie niemals Kinder hat. Sie hilft Ihnen doch auch jetzt nicht viel mit Anthony. Warum glauben Sie dann, dass sie sich um ihn kümmern wird, wenn Sie, ihre einzige Bindung zu ihm, fort sind? Wie lange wird sie das wohl durchhalten?« Edward holte tief Luft. »Und wissen Sie, was passiert, wenn er keine Eltern mehr hat? Dann kommt er in ein Waisenhaus. Ehe Sie nach Europa gehen und sich umbringen lassen, sollten Sie sich vielleicht einmal eins dieser Häuser ansehen, in dem Ihr fünfzehn Monate altes Kind enden wird.«

Tatiana wurde bleich.

»Sie haben die Sache nicht durchdacht, das weiß ich«, sagte Edward. »Denn wenn Sie das getan hätten, würden Sie es lassen. Das weiß ich ganz genau, und wissen Sie, warum?«

»Warum?«, fragte sie leise.

Edward griff wieder nach ihrer Hand. »Ich weiß es, weil ich gesehen habe, was Sie für die Menschen tun, die durch das goldene Tor kommen. Ich weiß es, weil Sie, Tatiana, immer das Richtige tun.«

Sie antwortete nicht.

»Er hat schon seinen Vater verloren«, sagte Edward. »Nehmen Sie Ihrem Sohn nicht auch noch seine Mutter. Sie sind für ihn das Einzige auf der Welt, die einzige Verbindung zu sich selbst, seiner Vergangenheit und seinem Schicksal. Wenn er Sie verliert, wird er sein ganzes Leben lang ziellos umhertreiben. Das würden Sie ihm antun, das würden Sie ihm hinterlassen.«

Tatiana blieb still. Ihr war plötzlich sehr kalt. Edward drückte ihre Hand. »Tania«, sagte er. »Tun Sie es nicht für Vikki oder für mich, auch nicht für die Verwundeten oder für die Einwanderer hier auf Ellis Island. Tun Sie es für Ihren Sohn. Gehen Sie nicht.«

Tatiana wusste nicht, was sie tun sollte. Doch der Same des Zweifels war gesät und schlug rasch Wurzeln. Sie rief Sam Gulotta an und erfuhr, dass er nichts von Alexander gehört hatte. Er bestätigte ihr die schrecklichen Zustände in den deutschen Kriegsgefangenen- und Konzentrationslagern, berichtete ihr vom Schicksal der sowjetischen Soldaten, die dort gefangen gehalten wurden. Je länger Tatiana darüber nachdachte, desto wahnsinniger erschien ihr der eigene Plan, desto größer wurden ihre Schuldgefühle gegenüber ihrem Kind.

Sie fragte jeden, der ihr begegnete, nach Orbeli, die deutschen und italienischen Soldaten, die Krankenschwestern und die Flüchtlinge, und schließlich ging sie in die New York Public Library. Doch nicht einmal dort, in all den Nachschlagewerken, Mikrofilmen, Zeitschriften, Zeitungen, Atlanten, Landkarten und Bibliographien, fand sie auch nur den kleinsten Hinweis auf Orbeli.

Schließlich dachte sie immer seltener an das rätselhafte Wort. Es erschien ihr so sinnlos, dass es an Bedeutung für sie verlor. Es war kein Wald, kein Dorf, keine Festung und auch nicht der Name eines Generals. Wahrscheinlich war es tatsächlich nur eine sinnlose Bemerkung gewesen, mit der Alexander ihr irgendetwas Kleines, Unwichtiges mitteilen wollte, einen Witz oder eine Anekdote – etwas, das man schnell vergaß, wenn Wichtigeres dazwischenkam. Es war keine Botschaft gewesen, nur eine kleine Bemerkung, und kurz darauf war er im See ertrunken, und sie hätte es einfach vergessen sollen. Sie hatte die Bemerkung nur deshalb nicht vergessen, weil die späteren Geschehnisse ihr eine größere Tragweite verliehen hatten, als sie eigentlich verdiente.

Aber was war mit dem Orden? Wie war der in ihren Rucksack gekommen?

Doch schließlich fand Tatiana auch dafür eine Erklärung. Als Dr. Sayers ihr von Alexanders Tod berichtet hatte, hatte er wohl einfach nur vergessen, ihr zu sagen, dass er dem Sterbenden den Orden abgenommen hatte, anstatt ihn damit im See zu bestatten. Er hatte ihr sicher noch sagen wollen, dass er den Orden in das kleine, geheime Fach ihres Rucksacks gesteckt hatte. Doch dann war so viel geschehen, und er war gestorben, ohne es ihr sagen zu können.

Tatiana ging nicht nach Europa.

5

Polen, November 1944

Alexander schlief an einen Baum gelehnt und hielt Paschas Kopf in seinen Schoß gebettet. Im Morgengrauen ließ die Schwellung in Paschas Kehle nach. Er hielt die Öffnung des Plastikröhrchens zu und atmete ein paar Mal keuchend durch den Mund. Alexander schöpfte Hoffnung und verschloss die Wunde so gut wie möglich mit dem medizinischen Klebeband, das er bei sich trug. Er wollte das Röhrchen noch nicht herausnehmen, weil er fürchtete, dass Pascha es noch einmal brauchen würde. Pascha hielt die Öffnung mit dem Zeigefinger zu und krächzte: »Kleb es zu, sonst kann ich nicht sprechen.«

Alexander klebte das Ende des Röhrchens zu und wartete, während Pascha angestrengt und keuchend ein paar Atemzüge tat.

»Hör zu, Alexander«, flüsterte er schließlich mit schwacher Stimme. »Ich habe eine Idee. Nimm mich auf die Schulter und trag mich fort aus diesem Niemandsland bis an die Verteidigungslinie. Ich habe doch eine deutsche Uniform an.«

»Ja?«

»Meine deutsche Uniform wird dich retten.« Er deutete auf Uspenskij und holte noch einmal tief Luft. »Und wenn du ihn auch retten willst, dann soll er auch einen verwundeten Deutschen tragen. Haben wir noch welche, oder sind sie alle tot?«

»Ich glaube, einer hat eine Gehirnerschütterung.«

»Wunderbar. Du kapitulierst und bringst ihnen ihre verwundeten Männer.«

»Die anderen drei können allein gehen.«

»Sehr gut. Aber es muss klar sein, dass du das Kommando hast, du darfst nicht zulassen, dass die Gefangenen für dich sprechen. Wenn du an die Verteidigungslinie kommst, sagst du auf Deutsch: ›Schießen Sie nicht.‹«

»Ist das alles?«, sagte Alexander. »Warum haben wir das dann nicht schon 1941 gesagt? Oder 1939?« Er lächelte. Pascha atmete angestrengt weiter.
»Was hecken Sie denn jetzt schon wieder aus?«, fragte Uspenskij. »Sie wollen doch nicht etwa kapitulieren?«
Alexander schwieg.
»Herr Hauptmann, Sie wissen doch, dass wir nicht kapitulieren können.«
»Und den Rückzug antreten können wir auch nicht.«
»Das werden wir auch nicht tun. Wir bleiben einfach hier und warten, bis Verstärkung kommt.«
Pascha und Alexander wechselten einen Blick. »Wir werden kapitulieren, Uspenskij. Ich habe hier einen Verwundeten. Er muss so schnell wie möglich medizinisch versorgt werden.«
»Nein, da mache ich nicht mit. Die bringen uns um«, sagte Uspenskij. »Und die Rote Armee wird uns verstoßen.«
»Vielleicht kehren wir ja gar nicht mehr zur Roten Armee zurück?«, sagte Pascha, während Alexander ihm vorsichtig aufhalf.
»Na, Sie haben gut reden. Sie sind halb tot und haben nichts zu verlieren. Aber wir anderen lassen unsere Familien zurück.«
»Ich habe zwar keine Familie«, sagte Alexander. »Aber Uspenskij hat Recht.«
Uspenskij sah Pascha mit zufriedenem Lächeln an.
»Bleiben Sie hier, Nikolai«, fuhr Alexander fort. »Warten Sie, bis die Rote Armee Sie holen kommt.«
Uspenskijs Lächeln schien wie weggewischt. »Herr Hauptmann! Sie haben doch auch Familie! Sagten Sie nicht, Sie haben eine Frau? Und hat er« – er deutete anklagend auf Pascha – »nicht eine Schwester?«
Alexander und Pascha antworteten nicht.
»Sorgen Sie sich denn gar nicht um sie? Man wird sie ins Lager nach Archangelsk bringen, weil Sie kapituliert haben.«
Aus Archangelsk war niemand je zurückgekehrt.
Pascha schenkte Uspenskij keine weitere Beachtung und sah Alexander an. »Fertig?«, fragte er.

Alexander nickte und winkte die vier deutschen Gefangenen heran. Einer der Männer war bereits im Delirium, ein zweiter hatte eine zwar oberflächliche, aber dennoch stark blutende Kopfverletzung.
Uspenskij schien kaum noch Luft zu bekommen – er klang beinahe wie Pascha. »So weit ist es jetzt also gekommen? Sie, Hauptmann Below, sind fünfzehnhundert Kilometer vorgedrungen, haben sich durch ganze Divisionen und Regimenter gekämpft, durch Minenfelder und Todeslager, durch jeden Fluss und über jeden Berg, nur um sich jetzt den Deutschen zu ergeben?« Er war vollkommen fassungslos.
»Ja.« Alexanders Stimme bebte. »Ich bin am Ende. Und Sie kommen jetzt entweder mit, oder Sie bleiben hier.«
»Ich bleibe hier«, sagte Uspenskij.
Alexander salutierte.
»Das ist alles seine Schuld«, stieß Uspenskij hervor. »Ehe er aufgetaucht ist, waren Sie ein ehrbarer Mann. Dann haben Sie ihn gefunden, und weil er seine Seele an den Teufel verkauft hat und sehr gut damit lebt, haben Sie sich gedacht, das können Sie doch auch.«
Alexander sah Uspenskij aufmerksam an. »Warum nehmen Sie das so persönlich, Nikolai? Was hat es mit Ihnen zu tun?«
»Offenbar sehr viel«, warf Pascha ein. »Aus welchem Grund auch immer.«
»Ach, fahren Sie zur Hölle! Mit Ihnen hat keiner geredet. Warum atmen Sie nicht weiter durch Ihr Röhrchen und halten die Klappe? Ohne ihn wären Sie jetzt schon Würmerfraß.«
»Uspenskij!«, mahnte Alexander. »Sie vergreifen sich im Ton. Kommandeur Metanow ist ein ranghöherer Offizier.«
»Ich respektiere seinen Rang nicht. Den hat der Teufel verliehen«, schnauzte Uspenskij. »Gehen Sie ruhig, Herr Hauptmann. Worauf warten Sie noch? Gehen Sie, und lassen Sie Ihre lebendigen Männer zurück.«
Der Gefreite Danko meldete sich schüchtern zu Wort. »Mich lässt er nicht zurück. Ich gehe mit ihm.«
Uspenskij riss die Augen auf. »Heißt das, Sie lassen nur mich zurück?«
»Sieht so aus«, sagte Pascha mit einem Lächeln.

Uspenskij wollte sich auf ihn stürzen, doch Alexander ging rechtzeitig dazwischen. Pascha, so mutig und leichtsinnig er auch sein mochte, hatte im Kampf keine Chance, nicht einmal gegen Uspenskij mit seiner einen Lunge. Er brauchte seine ganze Kraft zum Atmen.
»Was habt ihr zwei nur immer?« Alexander hielt Pascha fest. »Pascha …«
»Ich traue ihm nicht, Alexander, ich traue ihm ganz und gar nicht.«
»Na, Sie müssen gerade reden«, fauchte Uspenskij.
»Seit ich ihn zum ersten Mal gesehen habe«, fuhr Pascha fort, »hatte ich ein ungutes Gefühl bei ihm.« Sein Atem ging keuchend, und er schwieg.
Alexander nahm ihn ein wenig beiseite. »Uspenskij ist in Ordnung«, flüsterte er. »Er ist mir die ganze Zeit hindurch nicht von der Seite gewichen. Wie Borow.«
»Er ist dir also nicht von der Seite gewichen«, wiederholte Pascha.
»Ja. Nehmen wir ihn mit und gehen wir. Wenn wir weiter so viel Lärm machen, haben die Deutschen sich bald wieder für einen neuen Kampf gerüstet.«
Pascha schwieg. Alexander bog ihm den Kopf zurück und überprüfte das Klebeband an der Wunde. »Du musst jetzt aufhören zu reden. Wir müssen dich so schnell wie möglich zu einem Arzt bringen, der das hier näht. Also halt diesmal einfach nur den Mund und überlass die Sache mir.«
Alexander kehrte zu Uspenskij zurück. »Nikolai, auch wenn Sie seinen Rang nicht respektieren, bleibt Ihnen doch nichts anderes übrig, als mir zu gehorchen. Ich kann Sie nicht allein hier im Wald lassen, da könnte ich Sie genauso gut erschießen. Ich befehle Ihnen, Ihre Waffe niederzulegen und sich gemeinsam mit uns anderen zu ergeben.« Er senkte die Stimme. »Es ist zu Ihrem Besten.«
»Ach, verdammt. Na gut«, sagte Uspenskij. »Ich komme mit. Aber nur unter Protest, das sage ich Ihnen.«
»Sie tun doch alles unter Protest. Haben Sie in diesem ganzen Krieg je irgendetwas aus eigenem, freiem Willen getan?«
Uspenskij antwortete nicht.

»Pascha glaubt, Sie sind es nicht einmal wert, in einen Schweinekoben gesperrt zu werden.«
»Sie haben mich sicher verteidigt, Herr Hauptmann, und ihm gesagt, dass ich das durchaus wert bin.«
»Stimmt genau. Jetzt kommen Sie.«
Die Männer legten ihre Waffen nieder und ließen sie auf dem Waldboden zurück. Die beiden deutschen Gefangenen, die noch allein gehen konnten, gingen voraus, und die anderen folgten ihnen. Alexander trug Pascha auf dem Rücken, Uspenskij den Deutschen mit der Kopfverletzung und Danko den, der im Fieberwahn lag. So marschierten sie in einer Reihe durch den Wald, vorbei an den gefällten Bäumen und den Schützengräben, vorbei an den Bunkern und dem Gestrüpp. Unbewaffnet ging Alexander auf die deutsche Verteidigungslinie zu, die sich über einen halben Kilometer erstreckte. Er wusste, er würde nicht verhindern können, dass man auf ihn schoss, auch wenn er noch so oft »Schießen Sie nicht!« rief. Also machte er einen Umweg und näherte sich der Flanke.
Schließlich wurde er auf Deutsch angerufen: »Halt! Bleiben Sie stehen. Kommen Sie nicht näher!«
Alexander sah zwischen den Bäumen zwei Wachsoldaten mit Maschinenpistolen. Er folgte dem Befehl und blieb stehen. »Schießen Sie nicht! Schießen Sie nicht!«, rief er auf Deutsch.
»Sag ihnen, dass ihr verwundete Deutsche dabeihabt«, flüsterte Pascha ihm ins Ohr. »›Wir haben verwundete Deutsche bei uns.‹«
Alexander rief: »Wir haben …«
»… verwundete …«
»… verwundete Deutsche bei uns.«
Auf der deutschen Seite blieb es still, als würde man sich beraten.
Alexander schwenkte das blutverschmierte, ehemals weiße Tuch, das er bei sich trug. »Wir ergeben uns!«, rief er auf Deutsch.
»Sehr gut«, lobte Pascha. »Dann hat man euch also beigebracht, es zu sagen, und euch anschließend verboten, es zu tun.«

»Das habe ich in Polen gelernt.« Alexander schwenkte das weiße Tuch. »Wir haben verwundete Deutsche!«, rief er noch einmal. »Wir ergeben uns!«
Die Deutschen nahmen alle vier gefangen und brachten Pascha und die anderen deutschen Soldaten in das Feldlazarett. Paschas Wunde wurde genäht, und er erhielt Antibiotika. Dann wurde Alexander befragt. Man wollte wissen, warum er deutsche Gefangene gemacht habe, obwohl das gegen die sowjetischen Vorschriften verstieß. Auch die deutschen Soldaten wurden befragt und sagten aus, dass Pascha, den man bisher wie einen Deutschen behandelt hatte, eigentlich Russe war. Daraufhin nahm man ihm seine deutsche Uniform ab, enthob ihn seines Ranges und steckte ihn in Sträflingskleidung. Als es ihm besser ging, wurde er mit Alexander und Uspenskij in ein Offizierslager bei Kattowitz gebracht. Danko, der nur einfacher Soldat war, kam in ein anderes Kriegsgefangenenlager.
Alexander wusste, dass die Deutschen sie nur deshalb nicht getötet hatten, weil sie ohne Waffen, dafür aber mit verwundeten Soldaten an die Verteidigungslinie gekommen waren. Die Deutschen verachteten die Sowjets, weil sie oft ihre eigenen Verwundeten auf dem Schlachtfeld verbluten ließen. Alexander, Uspenskij und Danko waren verschont worden, weil sie sich wie Menschen verhalten hatten und nicht wie sowjetische Soldaten.

Pascha hatte Alexander bereits erzählt, dass es in Deutschland zwei Arten von Kriegsgefangenenlagern gab, und er sollte Recht behalten. Das Lager, in dem sie sich befanden, war in zwei Bereiche unterteilt: einer für die alliierten Kriegsgefangenen, der andere für die sowjetischen. In den Alliierten-Lagern wurden die Gefangenen den Kriegsregeln entsprechend behandelt, und der Text der Genfer Konvention von 1929 wurde dort voll Stolz zur Schau gestellt. Im sowjetischen Teil des Lagers, der mit Stacheldraht von dem der Alliierten getrennt war, behandelte man die Gefangenen nach Stalins Regeln. Sie erhielten keine medizinische Versorgung und bekamen nur Wasser und Brot. Sie wurden verhört, verprügelt, gefoltert, und schließlich ließ man sie sterben. Die sowjetischen Gefangenen, die noch am Leben waren, mussten Gräber für die Toten ausheben.

Alexander war es gleichgültig, wie man ihn behandelte. Sie waren in der Nähe der deutschen Grenze, nur wenige Kilometer von der Oder entfernt, und Pascha war bei ihm. Er wartete geduldig darauf, dass das Rote Kreuz das Lager inspizieren würde, und war erstaunt und ein wenig entmutigt, als die Inspektion ausblieb. Im Alliierten-Lager gab es ebenfalls kranke und sterbende Soldaten, doch auch die Franzosen und Engländer wurden nicht vom Roten Kreuz aufgesucht. Niemand konnte ihm eine zureichende Erklärung dafür geben, nicht einmal der Major, der ihn verhörte, nicht einmal die Wachsoldaten vor seiner Baracke. Pascha mutmaßte, irgendetwas müsse vorgefallen sein, das die Deutschen dazu gebracht habe, dem Roten Kreuz den Zutritt zu den Lagern zu verweigern.

»Nun, sie sind immerhin dabei, einen Krieg zu verlieren«, sagte Uspenskij. »Da weicht jeder mal von den Regeln ab.«

»Mit Ihnen hat keiner geredet«, fauchte Pascha.

»Lieber Himmel, ihr zwei!«, rief Alexander aus.

»Uspenskij«, sagte Pascha. »Warum lassen Sie uns nicht einmal einen Augenblick allein? Warum sind Sie die ganze Zeit bei uns?«

»Was haben Sie denn zu verbergen, Metanow?«, fragte Uspenskij. »Warum wollen Sie plötzlich unbedingt allein sein?«

Alexander entfernte sich ein paar Schritte, doch beide folgten ihm. Mit einem resignierten Seufzer fügte sich Pascha schließlich in Uspenskijs Anwesenheit und sagte: »Ich finde, wir sollten versuchen zu fliehen. Was hat es für einen Sinn, hier zu bleiben?«

Alexander schnaubte verächtlich. »Es gibt hier weder Flutlicht noch Wachtürme. Von Fliehen kann also nicht die Rede sein.« Er deutete auf ein Loch von fünf Metern Durchmesser im Stacheldrahtzaun. »Ich würde das eher als Weggehen bezeichnen.«

Er selbst hatte ursprünglich nicht fliehen wollen, denn er gab die Hoffnung nicht auf, dass das Internationale Rote

Kreuz doch noch kommen würde. Doch die Wochen vergingen, die Zustände im Lager wurden immer verheerender, und das Rote Kreuz blieb aus. Schließlich beschloss Alexander, dass ihnen keine andere Wahl blieb. Das Loch im Zaun war inzwischen geflickt worden. Mit Drahtschneidern durchtrennten sie den Zaun an einer anderen Stelle und versuchten zu fliehen. Vier Stunden später griffen sie zwei Wachsoldaten, die ihnen in einem VW Kübel gefolgt waren, wieder auf. Nach ihrer Rückkehr sagte der Lagerkommandeur, Oberstleutnant Kiplinger, zu Alexander: »Haben Sie den Verstand verloren? Wo wollten Sie denn hin? Sie können nirgendwo anders hin, es wird immer nur ein weiteres Lager sein. Diesmal lasse ich noch Gnade vor Recht ergehen. Aber versuchen Sie das nicht noch einmal.« Er bot Alexander eine Zigarette an.

»Wo bleibt das Rote Kreuz, Herr Kommandeur?«, fragte Alexander.

»Was interessiert Sie das Rote Kreuz? Die haben ohnehin nichts für Sie. Sowjetischen Gefangenen stehen keine Lebensmittelpakete zu, Herr Hauptmann.«

»Das ist mir klar. Ich will einfach nur wissen, warum niemand kommt.«

»Neue Verordnungen. Die Lager dürfen nicht mehr inspiziert werden.«

Alexander hielt sich so gut wie möglich sauber, rasierte sich sorgfältig und versuchte, sich nützlich zu machen, indem er dem Kommandeur seine Arbeitskraft anbot. Kiplinger verstieß damit gegen die Genfer Konvention, doch er ließ Alexander seinen Willen und gab ihm eine Säge, einen Hammer und Nägel, damit er weitere Baracken für die Gefangenen errichten konnte. Uspenskij half ihm, doch die Arbeit in der feuchten, kalten Winterluft erwies sich als zu anstrengend für einen Mann mit nur einer Lunge. Pascha meldete sich freiwillig zum Küchendienst und brachte genug Essen für sich und Alexander und mit einigem Widerwillen auch für Uspenskij beiseite.

So verging der November 1944. Es wurde Dezember, und das Lager füllte sich. Alexander konnte kaum schnell genug neue Baracken errichten. Normalerweise fassten die Baracken beider Lagerteile etwa tausend Männer, doch nun waren sie bis zum Bersten mit zehntausend Männern gefüllt.

»Leutnant Uspenskij«, sagte Alexander. »Ich muss mich wundern, dass so viele sowjetische Soldaten hier sind, nachdem die Verordnungen bezüglich der Kapitulation doch sehr klar sind. Das begreife ich einfach nicht. Können Sie es mir erklären?«

»Das sind sicher Abtrünnige, genau wie Sie, Herr Hauptmann.«

Es gab nicht genug Wasser und nicht genug Lebensmittel für alle. Die Gefangenen vernachlässigten die Hygiene, sodass sich Krankheiten verbreiteten. Der Stacheldrahtzaun wurde entfernt, und die beiden Lager wurden zusammengelegt. Ganz offensichtlich wussten die Deutschen nicht recht, was sie mit den fünftausend sowjetischen Kriegsgefangenen anfangen sollten.

Neben den sowjetischen Soldaten gab es Rumänen, Bulgaren, Türken und Polen im Lager, doch nicht einen einzigen Juden.

»Wo sind all die Juden?«, fragte ein Franzose, der gebrochen Englisch sprach. Alexander antwortete trocken auf Russisch, sie seien in Majdanek, doch der Franzose verstand ihn nicht und ging. Uspenskij war in der Nähe, und Alexander wollte nicht, dass er ihn Englisch sprechen hörte.

»Woher wissen Sie denn, Herr Hauptmann, dass keine Juden im Lager sind?«, fragte Uspenskij, als sie zu ihrer Baracke zurückgingen.

»Wissen Sie noch, wie man uns gewaschen und entlaust hat, als wir hergebracht wurden?«, fragte Alexander.

»Ja. Man will die Leute eben nicht verhören, wenn sie völlig verdreckt sind. Das wird routinemäßig gemacht.«

»Da haben Sie völlig Recht, Leutnant. Und dabei wird auch ganz routinemäßig überprüft, ob man beschnitten ist. Wenn Sie das wären, wären Sie ganz sicher nicht hier.«

Bald darauf verbreiteten sich Gerüchte über herbe Verluste der Amerikaner im Hurtgen-Wald in der Nähe der belgi-

schen Ardennen, über bestialische Kämpfe und Gemetzel. Es schien kein Ende, keine Kapitulation in Sicht zu sein.
Jeden Morgen ging Alexander an die Arbeit, reparierte und errichtete Baracken und beaufsichtigte die anderen Gefangenen, und am Nachmittag reparierte er den Stacheldrahtzaun um das Lager und die Fenster der heruntergekommenen Hütten, säuberte entladene Waffen und tat alles, was ihm möglich war, um sich beschäftigt zu halten. Dafür erhielt er besseres Essen, doch das alles genügte nicht. Pascha berichtete von seinen Erfahrungen im Gefangenenlager bei Minsk, wo die Deutschen die sowjetischen Soldaten einfach hatten sterben lassen, weil sie nicht wussten, was sie sonst mit ihnen anfangen sollten.
»Die alliierten Kriegsgefangenen können sie aber nicht so einfach sterben lassen.«
»Ach nein? Wer soll sie dessen denn beschuldigen? Wir vielleicht? Ich finde, wir sollten noch einmal versuchen zu entkommen. Du reparierst doch die ganze Zeit den gottverdammten Zaun, weil er so marode ist.«
»Ja, aber man hat auch einen Wachposten extra für mich abgestellt.«
»Den bringen wir einfach um, und dann flüchten wir.«
»Morgen feiern die Katholen Weihnachten. Wir sollten ihn vielleicht nicht gerade an Weihnachten umbringen.«
»Seit wann bist du denn so religiös?«, fragte Pascha.
»Oh, der Hauptmann hat eine lange und innige Beziehung zu Gott«, bemerkte Uspenskij, und Pascha und er lachten gemeinsam über Alexander, dem das sehr viel lieber war als die offene Feindschaft, die sie sonst an den Tag legten.
Aus Anlass des Weihnachtsfests erhielten sie eine Kohlenration außer der Reihe, um die Baracken zu heizen, und außerdem ein wenig Wodka. In ihrem Quartier befanden sich noch zwanzig weitere Offiziere. Sie tranken, spielten Karten und Schach und waren schließlich so betrunken, dass sie lauthals sowjetische Lieder anstimmten, »Stenka Rasin« und »Katjuscha«. Gegen Morgen schliefen alle tief und fest.
Am Tag nach Weihnachten ging es dem Wachsoldaten nicht gut. Er schlief auf seinem Posten ein, und sie versuchten noch

einmal zu entkommen. Doch es war Winter, und sie kamen nur schlecht voran. Sie stiegen in einen Militärzug – andere Züge verkehrten nicht –, und schon an der nächsten Station wurden sie von einem Polizisten aufgegriffen, der Verdacht geschöpft hatte, weil die gestohlenen Uniformen nicht richtig saßen. Als man sie wieder nach Kattowitz zurückbrachte, war der Wachsoldat bereits an einer Rippenfellentzündung gestorben und hatte sich damit der Todesstrafe wegen grober Pflichtverletzung entzogen. Alexander, Pascha und Uspenskij wurden zu Kommandeur Kiplinger zitiert. »Hauptmann Below, Sie wissen, dass ich dieses Lager nicht sehr strikt führe. Mir ist gleichgültig, was Sie tun. Wenn Sie Arbeit wollen, gebe ich Ihnen Arbeit. Wenn Sie mehr zu essen haben wollen und es genug gibt, bekommen Sie auch das. Ich gewähre Ihnen Ausgang im ganzen Lager und lasse Sie nicht bewachen, solange Sie innerhalb dieser Grenzen bleiben. Mir erscheint das wie ein gerechtes Arrangement. Sie sind da offenbar anderer Ansicht, und diese beiden Witzbolde hier folgen Ihnen aufs Wort. Aber jetzt ist Schluss damit. Sie werden das Lager verlassen. Ich habe Ihnen bereits beim letzten Mal gesagt, dass ich Ihnen so etwas nicht noch einmal durchgehen lasse. Wissen Sie, dass man mich hinrichten kann, wenn unter meiner Führung Gefangene verschwinden?«
»Wohin bringt man uns?«
»An einen Ort, von wo Sie so schnell nicht entkommen werden«, sagte Kiplinger mit zufriedener Miene. »In die Burg Colditz.«

6

New York, Januar 1945

Am Neujahrstag fuhr Tatiana mit Anthony ans andere Ufer der Bucht, um einen einsamen Spaziergang zu machen. Anschließend traf sie sich mit Vikki zum Schlittschuhlaufen im Central Park. Sie fuhren mit dem Bus in den nördlichen Teil

der Stadt und stiegen an der Ecke 59. Straße/Sixth Avenue aus. Tatiana bat Vikki, mit Anthony in den Park vorauszugehen, weil sie noch kurz etwas zu erledigen habe.
Sie betrat eine Telefonzelle neben dem Plaza Hotel, zögerte eine Weile und spielte mit den Zehn-Cent-Stücken in ihrer Tasche. Sie zog die Münzen hervor und zählte sie, obwohl sie wusste, wie viele es waren. Schließlich wählte sie eine Nummer.
»Frohes neues Jahr, Sam«, sagte sie in den Hörer. »Störe ich?«
»Frohes neues Jahr, Tatiana. Sie stören gar nicht, ich nutze den Feiertag, um im Büro ein paar Dinge aufzuarbeiten.«
Tatiana schwieg und hielt den Atem an.
»Leider habe ich nichts für Sie«, sagte Sam.
»Gar nichts?«
»Nein.«
»Man hat sich nicht mit Ihnen in Verbindung gesetzt …«
»Nein.«
»Nicht einmal meinetwegen?«
»Nein. Ich denke, man ist dort gerade mit anderen Dingen beschäftigt, zum Beispiel damit, wie man Europa am besten aufteilt.«
Sie atmete langsam aus. »Es ist albern von mir, immer anzurufen und Sie in Verlegenheit zu bringen.«
»Das macht mir nichts aus, wirklich. Rufen Sie nächsten Monat wieder an.«
»Das mache ich. Sie sind wirklich sehr nett zu mir. Vielen Dank.« Tatiana legte auf und blieb ein paar Sekunden stehen, den Kopf an den kühlen Metallrahmen der Telefonzelle gelehnt.

Tatiana hatte schließlich widerstrebend eingewilligt, gemeinsam mit Vikki eine Wohnung zu nehmen, und im Januar 1945 zogen sie ein. Tatiana hatte eine Wohnung mit vier Zimmern, zwei Bädern und fester Miete gefunden, im sechsten Stock eines Hauses in der Church Street, ganz in der Nähe von Bowling Green und Battery Park. Von ihrem Zimmerfenster aus konnte sie den Hafen von New York und die

Freiheitsstatue sehen, und wenn sie hinaus auf die Feuerleiter kletterte, sah sie auch Ellis Island.
Die Wohnung kostete fünfzig Dollar im Monat. Vikki beklagte sich anfangs darüber, dass sie es nicht gewöhnt sei zu arbeiten, um ihre Miete zu zahlen, sondern um sich neue Kleider zu kaufen. Doch bald fühlten sich beide sehr wohl in ihrem neuen Zuhause. Tatiana hatte endlich genug Platz für all die Bücher, die sie unablässig kaufte, Anthony hatte ein eigenes Zimmer. Und auch Tatiana hatte ein Zimmer für sich allein – theoretisch zumindest. Praktisch schlief sie in Anthonys Zimmer, auf dem Fußboden neben seinem Bett. Sie erklärte, sie werde in ihrem eigenen Zimmer schlafen, sobald sie aufhöre, ihn zu stillen. Als er achtzehn Monate war, stillte sie ihn nicht mehr, schlief jedoch weiterhin auf dem Fußboden.

Brot. Ein wunderbares Nahrungsmittel aus Mehl, Milch, Butter, Salz, Eiern und Hefe. Vikki erkundigte sich, warum sie abends um elf noch unbedingt Hefeteig von Hand anfertigen mussten, und Tatiana erklärte: »Damit ich am Morgen nicht aus dem Haus gehen muss, um frisches Brot für meine Familie zu kaufen.« Danach fragte Vikki nicht mehr, doch jeden Morgen genoss sie Tatianas frisch gebackene Hörnchen, Brötchen oder auch einen knusprigen Laib Brot mit einer Tasse schwarzem Kaffee und einer Zigarette, leckte sich die Lippen und sagte: »Unser tägliches Brot gib uns heute.«
»Amen«, sagte Tatiana.
»Am-m«, plapperte Anthony.
»Wo hast du nur gelernt, so wunderbares Brot zu backen, Tania?«
»Von meiner Schwester. Sie hat mir das Kochen beigebracht.«
»Sie muss eine hervorragende Köchin gewesen sein.«
»Sie war vor allem eine gute Lehrerin.« *Sie hat mir beigebracht, mir die Schuhe zuzubinden und die Uhr zu lesen, und sie hat mir das Schwimmen beigebracht.*
»Woran ist sie gestorben?«
»Sie ... sie hatte nicht genug tägliches Brot.«

Ich arbeite nicht genug, dachte Tatiana, den Blick an die Decke gerichtet. Der Tag hat einfach zu viele Minuten und Sekunden, um sie alle zu füllen. Wie heute. Ich bin um sechs Uhr aufgestanden und habe Anthony fertig gemacht, um ihn zu Isabella zu bringen – dem Himmel sei Dank, dass sie auf ihn aufpasst. Dann war ich von acht bis vier auf Ellis Island, dann bis sechs beim Roten Kreuz, um eine Stunde lang Blutspenden zu nehmen und die medizinischen Hilfspakete zusammenzustellen, die in die Kriegsgefangenenlager nach Europa geschickt werden. Dann habe ich Anthony bei Isabella abgeholt, bin mit ihm im Park spazieren gegangen, habe eingekauft, Abendessen gemacht, ein bisschen mit Anthony gespielt, ihn gebadet und ins Bett gebracht, ein wenig Radio gehört, mich mit Vikki unterhalten und den Hefeteig für morgen vorbereitet. Jetzt ist es bereits nach eins, Vikki und Anthony schlafen, und ich liege hier und starre an die Decke, weil es nicht genug für mich zu tun gibt. Ich muss mich immer weiter beschäftigen, bis ich sogar zu müde bin für die Alpträume. Bis ich von meinem Leben in Amerika so erschöpft bin, dass ich sein Gesicht nicht mehr vor mir sehe.

Er legt die Hände um ihre Taille, sein Gesicht ist nass, sein Haar ebenfalls, und seine Zähne glitzern wie die Wellen des Flusses. Er lacht vor Freude, zählt: eins, zwei, drei, wirft sie dann, so weit er kann, in die Kama und springt ihr nach. Sie taucht unter ihm durch, macht sich von ihm los und schwimmt davon. Er verfolgt sie, droht ihr alle erdenklichen grässlichen Strafen an, wenn er sie erst erwischt, und sie schwimmt ein wenig langsamer, damit er sie erwischen kann.

Voller Entschlossenheit buk Tatiana Brot und kaufte mit ihren Lebensmittelkarten sieben verschiedene Sorten Schinken. Sie kaufte Töpfe, Pfannen und Küchengeräte, Handtücher und Bettlaken. Sie liebte die Geschäfte, die Obststände, die Metzgereien, die Supermärkte und die kleinen Feinkostläden an der Ecke. Ihr Körper bewegte sich unermüdlich, doch ihr Geist hing beharrlich der Vergangenheit nach. Er hatte sie gefunden, verwaist in Lazarewo, wo sie

auf ihn wartete. Er hatte sie vervollständigt, sie zu dem gemacht, was sie war.
Doch sie konnte ihn nicht finden, hatte es nicht einmal versucht. Wie wenig Mühe sie sich bisher gegeben hatte. Da gab es kein »Ich werde nicht rasten noch ruhen, bis ich dich gefunden habe« – nur ein »Tut mir Leid, Shura, ich konnte keinen Babysitter finden«. Sie verspürte Hass auf sich selbst, und dieses Gefühl war ihr neu. Nicht einmal in der Zeit, als sie zwischen Dascha und Alexander stand, hatte sie sich selbst so verabscheut.
Wie oft Vikki sie auch fragte, Tatiana weigerte sich, am Samstagabend im Ricardo's in Greenwich Village tanzen zu gehen. Sie weigerte sich, ein neues Kleid zu kaufen oder auch nur neue Schuhe.
»Du musst mal mit mir ins Elk's Rendezvous nach Harlem kommen«, sagte Vikki. »Es ist fantastisch dort! Man kann wunderbar tanzen, und es sind viele Ärzte da.«
»›Eine Frau, die einen neuen Liebhaber sucht, wird zur wildesten Furie.‹« Tatiana zitierte aus einem Buch, das sie gerade gelesen hatte. »Kennst du *Das Grab ohne Frieden* von Cyril Connolly? Ich kann es dir nur wärmstens empfehlen.«
»Du solltest nicht die ganze Zeit lesen. Hast du Lust, ins Apollo zu gehen und *Des Menschen Hörigkeit* anzuschauen, den neuen Film mit Bette Davis und Leslie Howard?«
»Vielleicht ein andermal.«
»Aber es gibt kein anderes Mal! Lass uns doch diesen Freitagabend in den Schönheitssalon gehen. Ich habe von dir erzählt, sie möchten dich dort gern kennen lernen. Wir gönnen uns eine Maniküre, und danach gehen wir Dim Sim essen, in der Mott Street. Du musst unbedingt chinesisches Essen probieren. Und dann gehen wir ins Elk's Rendezvous.«
»Bis nach Harlem?«
»Das ist der beste Ort für einen kleinen Jitterbug.«
»So nennt man das also heutzutage.«
»Werd nicht frech!« Vikki sah sie mit einem kleinen Lächeln an. »Also, kommst du mit?«
»Ein andermal, ja?«

»Tania«, verkündete Vikki eines Abends, als sie sich gemeinsam auf dem Sofa zusammengerollt hatten, um zu lesen. »Ich glaube, ich weiß jetzt, was mit dir nicht stimmt.«

»Und das wäre?«

»Du bist einfach trübsinnig. Natürlich musst du lernen, zu fluchen wie ein alter Seebär und stolz und aufrecht zu gehen, als würde dir die ganze Welt gehören, du musst mit mir in den Schönheitssalon kommen und dir eine Behandlung gönnen. Aber als Allererstes brauchst du einen Mann.«

»Gut«, sagte Tatiana. »Und wo finden wir diesen Mann?«

»Ich rede ja nicht von Liebe«, sagte Vikki, als hätte Tatiana um diese zusätzliche Erklärung gebeten.

»Natürlich nicht.«

»Nein. Ich meine nur, du solltest dich mal so richtig amüsieren. Du bist viel zu ernst und machst dir zu viele Gedanken. Ständig machst du dir Sorgen, arbeitest, bist Mutter. Ellis Island, das Rote Kreuz, Anthony, das ist alles zu viel.«

»Ich mache mir nicht ständig Sorgen«, versuchte Tatiana sich zu verteidigen.

»Du bist hier in Amerika, Tania! Natürlich haben wir Krieg, aber der Krieg ist nicht hier bei uns. Du dagegen bist hier. Du wolltest doch immer nach Amerika.«

»Ja«, sagte Tatiana. *Aber ich wollte nicht allein kommen.*

»Ist es hier denn nicht viel besser als bei dir in der Sowjetunion?«

Sie sitzen in zwei Ruderbooten und fahren auf dem Ilmensee um die Wette, um zu sehen, wer es als Erster bis zur Mitte des Sees schafft. Ein Kilometer ununterbrochenen Ruderns. Tatiana blickt entschlossen drein, geht methodisch vor und lässt sich nicht aus der Ruhe bringen. Es treibt Pascha schier in den Wahnsinn, dass es ihm nicht gelingt, seine Schwester zu schlagen. Am Ufer hüpfen Dascha und Cousine Marina auf und ab und feuern Tania an, während die Erwachsenen hinter ihnen Pascha anfeuern. Es ist Sommer, und die Luft duftet nach dem frischen Wasser.

Keiner ist mehr da, weder am Ilmensee noch in Luga, noch in Leningrad oder in Lazarewo. Und doch lassen sie sie einfach nicht los. Und auch er lässt sie einfach nicht los.

Tatiana schob ihr Leben innerlich beiseite und trank einen Schluck Tee. »Erzähl mir von deiner ersten Liebe«, sagte sie.

»Er hieß Tommy und war Sänger in einer Band. Mein Gott, war der niedlich. Klein und blond und …«

»Aber du bist doch so groß.«

»Ich weiß. Ich konnte ihn richtig an mich drücken, wie ein Kind. Es war wunderbar. Er war siebzehn und so talentiert. Ich bin immer heimlich über die Feuerleiter nach draußen geklettert, um bei seinen Auftritten im Sid's an der Bowery dabei zu sein. Ich war wirklich hin und weg von ihm.«

»Und was ist dann passiert?«, fragte Tatiana, ohne den Blick von ihrer Tasse zu heben.

»Nun ja, ich habe herausgefunden, was Musiker nach ihren Auftritten so treiben.«

»Aber sagtest du nicht, du warst dabei?«

»Ich musste ja wieder nach Hause. Er sagte mir immer, er werde *später* noch vorbeikommen. Irgendwann habe ich dann herausgefunden, dass er sich zwischen dem Ende des Auftritts und *später* mit einem Haufen Mädchen im Hinterzimmer des Klubs vergnügt. Und anschließend kam er um fünf Uhr früh über die Feuerleiter in mein Zimmer und war mit mir zusammen.«

»O nein!«

»Ich habe drei Wochen lang geweint. Dann habe ich Jude kennen gelernt.«

»Und wer ist Jude?«

»Der Zweite.«

Tatiana musste lachen. Vikki legte ihr die Hand auf den Rücken und streichelte ihr Haar. »Tania«, sagte sie mit sanfter Stimme. »Es gibt eine zweite Liebe, und auch eine dritte. Und wenn du ganz viel Glück hast, sogar eine vierte und eine fünfte.«

»Das fühlt sich schön an«, sagte Tatiana und schloss die Augen.

»Soweit ich weiß, soll man nur ein Jahr lang Schwarz tragen und trauern. Und ich verrate dir noch etwas: Jude war viel besser als Tommy. Ich habe mehr für ihn empfunden. Er war ein besserer ...« Vikki hielt inne. »Er war ein besserer Mensch. Er konnte alles besser.«

Tatiana nickte.

»Tania, du hast nur vergessen, wie sich ein toller Mann anfühlt.«

»Ich wünschte, ich hätte es vergessen.«

Vikki zog sie an sich. »Ach, Tania«, sagte sie. »Das kriegen wir schon hin. Ich verspreche es dir. Wir bringen dich noch dazu, zu vergessen.«

Einst hatten sich die jungen Mädchen und die jungen Männer in den Vollmondnächten am Lagerfeuer getroffen, wo gesungen und gescherzt wurde, wo es Wein gab und schöne Kleider, wo getanzt wurde zu lauter Musik und noch lauterem Gelächter. Ein Augenpaar hatte in ein anderes geblickt, das Mädchen hatte Herzklopfen bekommen, der junge Mann war zu ihr getreten, sie standen nebeneinander, blickten einander an, und ...

Einst hatte es die erste Liebe gegeben. Vikki hatte sie erlebt und auch Edward und Isabella und Travis. Die erste Liebe, den ersten Kuss, all die ersten Dinge. Einst waren sie so jung gewesen, doch dann waren sie älter geworden.

Die Zeit verging wie die Zyklen des Mondes, die Musik verklang, das Mädchen zog das schöne Kleid aus, das Feuer erlosch, und sie lachten nicht mehr. Doch irgendwann, so sicher, wie die Sonne am Morgen wieder aufging, stand ein anderer Mann vor dem Mädchen in dem schönen Kleid und lächelte, und sie sahen einander an.

Nun war es nicht mehr die erste Liebe, nicht mehr der erste Kuss. Doch es war dennoch Liebe, die Küsse waren süß, und das Herz klopfte immer noch.

So ging das Mädchen weiter. Sie tat es, weil sie leben und glücklich sein wollte. Sie wollte wieder Liebe empfinden, nicht nur am Fenster sitzen und aufs Meer hinausblicken. Sie wollte nicht zurückdenken. Sie wollte den ersten Mann vergessen. Nur an das erste Gefühl wollte sie sich noch erinnern, es nehmen und es für einen anderen Mann empfinden. Sie wollte wieder lächeln, weil ihr Herz zu voll und zu lebendig

war, um niemals mehr zu lieben, weil ihr Herz empfinden und schneller schlagen wollte.
Und weil das Leben noch so lang war.
Sie ging weiter, hörte auf, sich zu grämen, sie lächelte, zog ein neues, schönes Kleid an und stand bald darauf neben einem anderen Mann. Nun sang sie wieder und lachte, denn sie war ja nicht gestorben, sie war immer noch auf der Welt und immer noch derselbe Mensch, ein Mensch, der von Zeit zu Zeit einmal lachen musste. Das tat sie, obwohl sie wusste, dass sie in all den vielen Tagen, die noch vor ihr lagen, nie mehr so lieben würde wie damals, als sie siebzehn war.
Um sich selbst zu schützen, schirmte sie auf ihrem Weg durchs Leben ihre leidende Seite ab. Sie achtete darauf, sie keinen zu großen Erschütterungen auszusetzen, und verbarg sie vor den Augen anderer. Und mit der Zeit gelang es ihr immer besser, ihre Missbildung vor der Welt zu verstecken. Mit der Zeit lernte sie, sich einzureden, dass jeder Mensch sein Kreuz zu tragen hatte und dieses nun einmal ihres war.
Sie empfand es als großes Glück, ihren kleinen Jungen zu haben, ihren Sohn, nicht allein sein zu müssen, Liebe und Leben um sich zu haben. Und damals, als sie jung war, hatte sie viel mehr bekommen, als sie verdiente.
Eines Tages würde sie vom Sofa aufstehen, dem Fenster den Rücken zudrehen, sich von der Feuerleiter abwenden, den schwarzen Rucksack wegpacken und die Schnur mit den Ringen von ihrem Hals nehmen. Eines Tages würde sie, wenn sie Musik hörte, nicht mehr daran denken, wie er mit ihr auf der Lichtung unter dem roten Mond Walzer getanzt hatte, in ihrer Hochzeitsnacht.
Eines Tages. Doch heute war jeder Atemzug der Zukunft gefärbt vom Atem der Vergangenheit, und jeder Wimpernschlag brannte Alexander tiefer und tiefer in sie ein. Sie war so geblendet von dem, was einmal gewesen war, dass sie nicht mehr sah, was das Leben noch für sie bereithielt. Sie dachte nur daran, was er an ihr geliebt, von ihr gebraucht, sich von ihr gewünscht hatte, und daran, was sie ihm gegeben hatte. War es genug gewesen?

Die Erinnerung – dieser Dämon, dieser grausame Feind jeglichen Trostes.
Es gab kein Vergessen. Schlimmer noch, die Qualen, die sie jeden Augenblick empfand, wurden stärker, je mehr Zeit verging. All die Dinge, die ihr in Lazarewo beinahe normal, beinahe wahr erschienen waren, schienen plötzlich wie Prophezeiungen, erhielten eine übersinnliche Bedeutung, einen Sinn, den sie damals noch nicht gehabt hatten.
Warum hatten sie geangelt, geschlafen oder geputzt? Warum war sie zu ihrem Nähzirkel gegangen? Sie hasste sich dafür, geißelte sich dafür, damals auch nur irgendetwas anderes getan zu haben. Wie hatte sie in Lazarewo ein ganz normales Leben mit ihm führen können, obwohl sie schon damals wusste, dass ihre gemeinsame Zeit so flüchtig war wie der Schnee? Wenn er damals auf der Straße gewusst hätte, was auf dem Spiel stand, hätte er nicht einfach den Kopf gesenkt und wäre an ihr vorbeigegangen? Wenn er nur gewusst hätte, was er verlieren würde, für eine Stunde der Verzückung, eine Minute der Glückseligkeit.
Er hatte sie immer so gern berührt. Und sie hatte ruhig dagesessen, mit leicht geöffneten Beinen, sodass er sie berühren konnte, wann immer er wollte. Und er hatte es getan, immer wieder. Ja, sagte er, das war es, was ein Soldat auf Heimaturlaub wollte, und immer wieder war noch lange nicht genug. Seine Finger berührten sie, während sie ruhig auf der Bank saß, und dann berührten seine Lippen sie, und sie verhielt sich nicht mehr ganz so ruhig. Für ihn hatte es nichts gegeben als das Jetzt, kein Später, nur den Wahnsinn des Jetzt.
Ich treibe dich in den Wahnsinn, schrie die Erinnerung, und Tatiana stand am winterlichen Fenster und roch den salzigen Geruch der Ewigkeit. Nach außen hin wirst du umhergehen und lächeln, als wärst du eine ganz normale Frau, doch innerlich wirst du dich winden und auf dem Scheiterhaufen brennen. Ich gebe dich niemals frei, du kommst nie wieder frei.

7

Burg Colditz, Januar 1945

Es mochte stimmen, was von der Burg Colditz behauptet wurde. Ganz offensichtlich gab es keinerlei Fluchtmöglichkeiten. Und es gab auch keine Arbeit. Den Männern dort blieb nichts weiter zu tun, als zu schlafen, Karten zu spielen und zweimal am Tag einen Spaziergang zu machen. Sie standen um sieben zum Appell auf und löschten jeden Abend um zehn das Licht. Dazwischen lagen drei Mahlzeiten und die beiden einstündigen Spaziergänge.

Die Burg Colditz war eine ausgedehnte Festungsanlage aus dem fünfzehnten Jahrhundert im Norden Sachsens, zwischen Leipzig, Dresden und Chemnitz. Sie erhob sich von einem steilen Berg über dem Fluss Mulde und war im Süden von Gräben, im Osten von nahezu senkrechten Abhängen und im Norden und Westen von unüberwindlichen Steilhängen begrenzt. Die Burg selbst war direkt aus dem Fels gehauen: Dort, wo sie endete, begann der Berg.

Das Hochsicherheitsgefängnis in der Burg unterstand der Führung einiger kluger und wohl organisierter Deutscher, die ihre Aufgabe sehr ernst nahmen und absolut unbestechlich waren. Das erfuhr Alexander von den fünf anderen sowjetischen Offizieren, die bereits in der kleinen, kalten Steinzelle mit den vier Stockbetten untergebracht waren.

Es gab eine Krankenstation und eine Kapelle, einen Desinfektionsraum, zwei Essräume, ein Kino und sogar einen Zahnarzt für die Gefangenen. Die deutschen Wärter ihrerseits waren sehr gut untergebracht, wurden bestens verpflegt und fühlten sich ganz offensichtlich wie zu Hause. Der Kommandeur hatte fast ein Viertel der Burg für sich.

Man brachte die berüchtigtsten Ausbrecher aus den anderen Kriegsgefangenenlagern nach Colditz. Alle fünfzehn Meter stieß man dort auf einen bewaffneten Wachposten, ob nun zu ebener Erde, auf speziell angelegten Brücken oder auf

Wachtürmen. Die Gefangenen waren rund um die Uhr unter Aufsicht. Nachts wurde die Burg von Flutlichtlampen angestrahlt. Es gab nur eine Möglichkeit, hinein- und hinauszugelangen, über eine Zugbrücke, die direkt in die Quartiere der deutschen Gefängniswärter und des Kommandeurs führte.

Es schien, als wären für jeden der hundertfünfzig Gefangenen zwei Wärter abgestellt. Alexander brachte die einunddreißig Januartage damit zu, sie bei ihren Runden durch den riesigen Innenhof zu beobachten. Der Hof war mit grauen Steinen gepflastert und erinnerte ihn ein wenig an die Pawlow-Kaserne in Leningrad. Er fragte sich, was wohl aus Oberst Stepanow geworden war.

Einunddreißig Tage lang beobachtete er die Wärter, beim Essen, beim Duschen, auf dem Hof. Zweimal in der Woche durften sich die Gefangenen bei guter Führung in kleinen Gruppen von zwölf Mann eine Stunde lang auf der Außenterrasse an der Westseite der Burg aufhalten. Es war eine eingezäunte Steinterrasse, und darunter, jenseits der Brüstung, befand sich ein grasbewachsener, vollkommen umzäunter Garten, den die Gefangenen jedoch nicht betreten durften. Alexander legte stets das beste Benehmen an den Tag und durfte daher zweimal in der Woche auf die Terrasse hinaus. So konnte er auch von dort aus die Männer beobachten, die ihn bewachten. Vom Fenster seiner Zelle aus beobachtete er die Wachablösung. Sein Bett befand sich auf gleicher Höhe mit dem Fenster, und die Zelle lag im dritten Stock, direkt über der Krankenstation, mit Blick nach Westen. Alexander war froh, dass sich das Fenster nach Westen hin öffnete. Das hatte etwas Hoffnungsvolles. Unter ihm befand sich die lange, schmale Terrasse und darunter der lange, schmale Garten.

Es schien unmöglich, aus Colditz zu entkommen.

Doch wie hatte Tania das Unmögliche geschafft? Wie war sie nach Finnland gekommen, nachdem Dimitri tot und Sayers schwer verwundet worden war? Alexander wusste es nicht, doch er war überzeugt davon, dass sie es irgendwie nach Finnland geschafft hatte. Also musste es auch einen Weg ge-

ben, aus der Burg zu entkommen. Er hatte ihn bloß noch nicht gefunden.
Pascha und Uspenskij legten sehr viel weniger Optimismus an den Tag. Sie gingen mit ihm spazieren, interessierten sich aber nicht für die Wachposten. Alexander hätte sich gern im Hof mit den britischen Kriegsgefangenen unterhalten, doch er wollte sich nicht in die Lage bringen, sich bei Pascha oder Uspenskij für sein akzentfreies Englisch rechtfertigen zu müssen.
Es schien keine Amerikaner auf der Burg zu geben, nur Briten und Franzosen, außerdem einen Polen und die fünf sowjetischen Offiziere, mit denen sie die Zelle teilten.
Der Pole war ein General mit Namen Bor Komarowskij. Alexander kam beim Essen mit ihm ins Gespräch. Komarowskij hatte 1942 in Polen die Widerstandsbewegung gegen Hitler und die Sowjetunion angeführt. Als er verhaftet worden war, war er direkt nach Colditz gekommen, um zu gewährleisten, dass er auch in Haft blieb. Er erzählte Alexander bereitwillig von früheren Fluchtversuchen und schenkte ihm sogar seine alten Reliefkarten der umliegenden Gegend, doch er sagte ihm auch klar und deutlich, dass er nicht zu hoffen brauche, aus der Burg zu entkommen. Selbst die Gefangenen, die es aus der Festung heraus geschafft hatten, waren nach wenigen Tagen wieder verhaftet worden. »Und das beweist nur wieder, was ich schon seit langem glaube«, sagte Komarowskij. »Trotz sorgfältigster Planung kann man aus einer wirklich schwierigen Lage nur entkommen, wenn Gott seine Hand im Spiel hat.«
Tania ist aus der Sowjetunion entkommen, hätte Alexander gern gesagt. Muss ich noch mehr Beweise anführen?
Nachts, auf seiner Pritsche, stellte er sich ihre Arme vor. Er überlegte, wo er sie suchen sollte ... Wo mochte sie sein? Wenn sie immer noch auf ihn wartete, wo konnte er sie dann finden? In Helsinki? In Stockholm? In London? In Amerika? Und wo in Amerika, in Boston, in New York? Vielleicht an einem wärmeren Ort, in San Francisco oder in der Stadt der Engel? Matthew Sayers hatte sie nach New York bringen wollen, und Tatiana hatte diesen Plan sicher weiterverfolgt,

als der Arzt tot war. Dort würde Alexander seine Suche beginnen.
Es missfiel ihm, wenn seine Fantasie solche Sackgassen einschlug. Trotzdem stellte er sich gern ihr Gesicht vor, wenn sie sich wiedersehen würden, ihren bebenden Körper, den Geschmack ihrer Tränen. Er stellte sich vor, wie sie auf ihn zukommen, vielleicht auch auf ihn zu rennen würde.
Und das Kind, wie alt war es jetzt? Eineinhalb Jahre. War es ein Junge oder ein Mädchen? Wenn es ein Mädchen war, dann war es vielleicht blond wie die Mutter. Und wenn es ein Junge war, war er vielleicht dunkelhaarig, wie sein ehemals dunkelhaariger und jetzt kahl geschorener Vater. Mein Kind. Wie mag es sein, ein kleines Kind im Arm zu halten, es in die Luft zu werfen?
Er steigerte sich in eine verzweifelte Raserei hinein, wenn er an ihre Hände auf seinem Körper dachte und an seine Hände auf ihrem Körper.
Nachdem sie ihn verlassen hatte, hatte der Schmerz unvermindert in seinem Körper getobt, den stürmischen März, den feuchten April, den trockenen Mai und den warmen Juni hindurch. Im Juni war es am schlimmsten gewesen. Der Schmerz war so stark, dass er oft geglaubt hatte, keinen weiteren Tag, keine Minute dieser Sehnsucht, dieses Verlangens mehr überstehen zu können.
Dann war ein Jahr vergangen und ein weiteres, und nach und nach hatte der Schmerz nachgelassen. Doch vor der Sehnsucht, vor dem Verlangen gab es kein Entrinnen.
Manchmal dachte er an Vera, das Mädchen in Polen. Sie hatte sich ihm angeboten, und er hatte ihr stattdessen Schokolade geschenkt. Würde er heute noch so stark sein, wenn eine Vera des Weges kam?
Auf der Burg Colditz gab es kein Entrinnen, weder vor den Gedanken noch vor der Angst noch vor dem quälenden Verlangen. Und auch nicht vor der Erkenntnis, dass inzwischen viele Monate, sogar Jahre vergangen waren. Wie lange konnte eine treue Ehefrau auf ihren toten Mann warten? Selbst seine Tatiana, der hellste Stern am Firmament – wie lange würde es dauern, bis sie ihren Weg weiterging? Wie lange

würde sie warten, bis sie ihr blondes Haar löste und nach der Arbeit jemand anderem lächelnd entgegentrat?
Er wandte das Gesicht zum Fenster. Er musste aus der Burg entkommen, um jeden Preis.

»Schaut einmal, Genossen«, sagte er zu Pascha und Uspenskij, als sie eines kalten Nachmittags im Februar auf der Terrasse standen. »Ich möchte euch etwas zeigen.« Er deutete mit den Augen auf die beiden Wachposten, die an den beiden Enden der rechteckigen, sieben Meter breiten und zwanzig Meter langen Terrasse standen.
Dann führte er sie wie zufällig an die steinerne Brüstung, zündete sich eine Zigarette an und warf dabei einen beiläufigen Blick nach unten. Pascha und Uspenskij schauten ebenfalls hinunter. »Und was sehen wir da?«, fragte Pascha.
In dem kleinen Garten unter ihnen, der dieselbe Form wie die Terrasse hatte, waren zwei Wärter postiert, der eine in einer etwas erhöht stehenden Pagode, der andere auf einem speziell errichteten Steg.
»Und?«, fragte Uspenskij. »Vier Wachposten, Tag und Nacht. Und hinter dem Garten befindet sich ein senkrechter Steilhang. Gehen wir.« Er wandte sich ab.
Alexander hielt ihn am Arm fest. »Warten Sie, und hören Sie mir zu.«
»Oh, nein«, erwiderte Uspenskij.
Pascha beugte sich vor. »Lass ihn gehen, Alexander«, sagte er. »Wir brauchen ihn nicht. Fahren Sie zur Hölle, Uspenskij. Mir werden Sie nicht fehlen.«
Uspenskij blieb, und Alexander begann: »Tagsüber stehen zwei Wachen unten im Garten und zwei hier oben auf der Terrasse. In der Nacht sind hier oben keine Wachen, weil es unsinnig ist, die ganze Zeit ins Flutlicht zu schauen. Stattdessen kommt ein zusätzlicher Wachposten im Garten hinzu, sodass dort unten drei Wachen stehen. Der dritte Wachposten behält den Stacheldrahtzaun über dem sechzehn Meter tiefen Steilhang im Auge, der zum Fuß des Berges und in die Freiheit führt.« Alexander hielt einen Augenblick inne. »Um Mitternacht passiert dann zweierlei. Zum einen findet die

Wachablösung statt, zum anderen werden die Flutlichter so gedreht, dass sie die Terrasse und die Burg anstrahlen. Ich habe das alles nachts vom Fenster aus beobachtet. Die Wachen verlassen ihren Posten, und die neuen kommen, um sie abzulösen.«

»Wir wissen, was Wachablösung bedeutet, Herr Hauptmann«, warf Uspenskij ein. »Was wollen Sie damit sagen?«

Alexander wandte sich von der Brüstung ab und blickte zur Burg hinauf. Er zog wie unbeteiligt an seiner Zigarette. »Ich will damit sagen«, fuhr er fort, »dass wir während der Wachablösung, wenn die Flutlichter aus sind, mit einem langen Seil aus unserem Fenster klettern könnten. Dann überqueren wir die Terrasse, springen in den Garten hinunter, laufen zum Stacheldrahtzaun, schneiden ihn durch, lassen uns mit einem weiteren Seil den Steilhang hinunter und sind frei.«

Pascha und Uspenskij schwiegen. Dann sagte Uspenskij: »Und wie lang soll dieses Seil sein?«

»Alles in allem neunzig Meter.«

»Ob wir das wohl im Essraum bekommen? Oder sollen wir bei der Hausverwaltung nachfragen?«

»Wir knüpfen Bettlaken zusammen.«

»Das werden aber viele Bettlaken.«

»Pascha hat sich doch mit Anna, einem der Hausmädchen, angefreundet.« Alexander lächelte. »Da müsste es ja wohl möglich sein, ein paar zusätzliche Bettlaken zu bekommen.«

»Augenblick mal«, sagte Pascha. »Wir sollen aus unserem Fenster springen, neun Meter tief, auf Betonboden ...«

»Richtig.«

Pascha trat mit dem Fuß auf den Boden. »Beton, Alexander!«

»Wir halten uns einfach am Seil fest und lassen uns an der Wand hinunter.«

»Und dann überwinden wir auf dieselbe Weise die dreizehn Meter bis zum Garten, laufen vierzehn Meter durch den Garten, durchschneiden den Stacheldrahtzaun und lassen uns an einem weiteren Seil sechzehn Meter den Abhang hinunter?«

»Genau. Das zweite Seil können wir im Dunkeln anbringen, da die Flutlichter diesen Teil der Mauer dann nicht mehr anstrahlen.«

»Mag sein, aber die Wachen nehmen doch wieder ihre Posten ein.«
»Bis dahin müssen wir durch den Zaun und im Schutz der Bäume sein.«
»So!«, rief Pascha. »Und das lange weiße Seil aus Bettlaken, das aus unserem Fenster baumelt? Glaubst du nicht, dass die Wachposten das in der diskreten Flutlichtbeleuchtung sehen?«
»Einer unserer Zellengenossen muss uns helfen und das Seil wieder nach oben ziehen. Konstantin ist bestimmt dazu bereit.«
»Und warum genau sollte er uns helfen?«
»Weil er nichts Besseres zu tun hat. Und weil wir ihm all unsere Zigaretten geben und ihm das Hausmädchen Anna vorstellen werden.« Alexander lächelte. »Und nicht zuletzt, weil er, wenn es funktioniert, in der nächsten Nacht selbst flüchten kann. Der Stacheldrahtzaun ist dann ja schon durchgetrennt.«
Uspenskij meldete sich zu Wort. »Wie üblich, Genosse Metanow, haben Sie vergessen, dem Hauptmann eine entscheidende Frage zu stellen. Was ist mit der Zeit? Wie viel Zeit bleibt uns, bis die neuen Wachen ihren Posten beziehen und die Flutlichter wieder eingeschaltet sind?«
»Sechzig Sekunden.«
Uspenskij legte den Kopf in den Nacken und brach in schallendes Gelächter aus. Pascha stimmte ein. »Ach, Herr Hauptmann, Sie können wirklich sehr amüsant sein, immer trocken und witzig.«
Alexander zog an seiner Zigarette und schwieg. Pascha hielt inne und starrte ihn an, den Mund noch zum Lachen verzogen. »Das ist doch nicht etwa dein Ernst?«
»Das ist mein voller Ernst.«
»Er nimmt uns auf den Arm, Genosse«, sagte Uspenskij zu Pascha. »Das kann er lange durchhalten. Er ist ein echter Witzbold.«
Alexander rauchte seelenruhig weiter. »Was wollt ihr denn sonst tun? Zwei Jahre damit verbringen, einen Tunnel zu graben? Uns bleiben keine zwei Jahre. Ich bin nicht einmal

sicher, ob uns sechs Monate bleiben. Die Briten hier sind der Ansicht, dass der Krieg im Sommer vorbei ist.«

»Woher wissen Sie das?«, fragte Uspenskij.

»Ich verstehe ein wenig Englisch, Leutnant«, schnauzte Alexander ihn an. »Im Gegensatz zu Ihnen bin ich nämlich zur Schule gegangen.«

»Herr Hauptmann, ich weiß Ihre Scherze wirklich zu schätzen. Aber warum sollten wir einen Tunnel graben? Warum sollten wir uns an Bettlaken aus dem Fenster lassen? Warum warten wir nicht einfach ein paar Monate, bis der Krieg vorbei ist?«

»Und was dann, Uspenskij?«

»Dann ... dann«, stammelte Uspenskij. »Ich weiß nicht, was dann. Aber genauso gut kann ich Sie fragen: Was jetzt? Warum wollen Sie sich einen Abhang hinunterstürzen? Wo wollen Sie dann hin?«

Pascha und Alexander sahen Uspenskij an und gaben ihm keine Antwort.

»Das dachte ich mir«, sagte Uspenskij. »Ich mache nicht mit.«

»Leutnant Uspenskij«, sagte Pascha. »Haben Sie in Ihrem ganzen verdammten Leben jemals Ja gesagt? Wissen Sie, was auf Ihrem Grabstein stehen wird? ›Hier ruht Nikolai Uspenskij. Er sagte Nein.‹«

»Ihr zwei seid wirklich wahnsinnig lustig«, sagte Uspenskij und ging davon. »Der Gipfel des Komischen. Ich komme um vor Lachen. Ha. Ha. Ha.«

Alexander und Pascha drehten sich wieder um und schauten in den Garten hinunter. Pascha fragte, wie sie den Stacheldraht durchtrennen sollten.

»Ich habe einen Drahtschneider aus dem Lager in Kattowitz mitgehen lassen«, erwiderte Alexander lächelnd. »Und Komarowskij hat mir seine deutschen Militärkarten überlassen. Wir müssen es nur bis zur Schweizer Grenze schaffen.«

»Und wie weit ist das?«

»Sehr weit«, gab Alexander zu. »Ein paar hundert Kilometer.« Aber nicht so weit wie von Leningrad nach Helsinki, wollte er hinzufügen. Nicht so weit wie von Helsinki nach

Stockholm. Und längst nicht so weit wie von Stockholm nach Amerika, wie Tania und er es geplant hatten.
Pascha schwieg eine Weile. »Wenn es schief geht, zahlen wir einen hohen Preis.«
»Aber Pascha, was bleibt dir denn anderes übrig? Selbst wenn du aus irgendeinem Grund denken solltest, dass mir eine andere Wahl bleibt – und mir bleibt keine, das darfst du mir glauben –, was geschieht mit dir, wenn du auf Burg Colditz bleibst?«
Pascha zuckte die Achseln. »Ich sage ja gar nicht, dass ich dich nicht unterstütze oder nicht mitkomme. Ich sage nur ...«
Alexander klopfte ihm auf die Schulter. »Du hast Recht, das Risiko ist gewaltig. Aber der Lohn ebenfalls.«
Pascha sah zum Fenster ihrer Zelle im dritten Stock hinauf. Dann ließ er den Blick über die Terrasse schweifen, auf der sie standen, und schließlich schaute er in den Garten hinunter. »Wie um alles in der Welt sollen wir das in sechzig Sekunden schaffen?«
»Wir müssen uns eben beeilen.«

Sie brachten die beiden Wochen bis Mitte Februar mit Planungen zu. Sie beschafften sich Medikamente und Verbandszeug, Lebensmittelkonserven und einen Kompass, stahlen Bettlaken aus der Wäscherei, zerschnitten sie nachts, im Schutz der Dunkelheit, flochten sie zu Seilen und versteckten sie dann in ihren zerschlissenen Matratzen. Uspenskij half zwar bei der Herstellung der Seile, erklärte aber beharrlich, er werde nicht mitkommen. Dennoch wussten alle Insassen der Zelle, dass er es schließlich doch tun würde. Die größte Schwierigkeit bestand darin, sich zivile Kleidung zu beschaffen. Doch schließlich gelang es Pascha, Anna zu überreden, einige Kleidungsstücke aus der Wäsche der deutschen Offiziere zu entwenden. Man hatte ihnen ihre Waffen abgenommen, aber Alexander hatte immer noch seinen Tornister mit einem stabilen Messer, einem Spaten, dem Drahtschneider, dem kaputten Füller und etwas Geld darin. In der Nacht vor der Flucht beschaffte Anna ihnen sogar deutsche Pässe.

»Wir können kein Deutsch«, sagte Uspenskij. »Das wird uns also gar nichts nützen.«

»Ich kann Deutsch«, entgegnete Pascha. »Und wenn wir deutsche Kleidung tragen, ist es nur recht und billig, dass wir auch deutsche Pässe haben.«

»Und was haben Sie diesem jungen, naiven Geschöpf versprochen, damit sie ihre Stelle und ihr Auskommen für Sie riskiert?«, fragte Uspenskij spöttisch.

»Mein Herz.« Pascha lächelte. »Und dass ich ihr stets treu ergeben sein werde.«

»Soso. Das bedeutet so einem Mädchen sicher eine ganze Menge.«

Schließlich kam die Nacht heran, in der die Flucht geplant war. Der vereinbarte Zeitpunkt rückte näher. Alles war bereit.

Es war elf Uhr abends, und Uspenskij schlief tief und fest. Er hatte darum gebeten, erst zehn Minuten vor dem Aufbruch geweckt zu werden. Alexander schien es wichtig, ausgeruht zu sein, doch er selbst konnte schon seit der Nacht zuvor kein Auge zutun.

Er saß mit Pascha vor dem geschlossenen Fenster auf dem Boden und zog an den Seilen, um sich davon zu überzeugen, dass sie auch wirklich fest um den Fuß eines der in den Boden zementierten Stockbetten vertäut waren.

»Glaubst du, Konstantin ist stark genug, das Seil gerade zu halten?«, fragte Pascha leise. »Er sieht eigentlich nicht besonders kräftig aus.«

»Er schafft das schon.« Alexander zündete sich eine Zigarette an, und Pascha tat es ihm gleich.

»Werden wir Erfolg haben, Alexander? Werden wir es schaffen?«

»Ich weiß es nicht.« Alexander schwieg einen Augenblick. »Ich weiß nicht, welches Schicksal Gott uns zugedacht hat.«

»Jetzt redest du schon wieder von deinem Gott. Bist du denn auch wirklich auf alles vorbereitet?«

Alexander zögerte kurz, ehe er antwortete. »Auf alles«, sagte er. »Nur nicht auf das Scheitern.«

»Alexander?«

»Ja?«
»Denkst du manchmal an dein Kind?«
»Was glaubst du denn?«
Pascha schwieg.
»Was willst du hören? Ob ich glaube, dass sie noch an mich denkt? Oder ob ich glaube, dass sie mich schon vergessen hat, ein neues Leben führt und glücklich ist? Dass sie tatsächlich an meinen Tod glaubt, ihn als Tatsache hingenommen hat?« Alexander zuckte die Achseln. »Ich denke ununterbrochen darüber nach. Ich lebe nur in meinem Herzen. Aber was kann ich tun? Ich muss einfach versuchen, sie zu finden.«
Pascha schwieg, und Alexander lauschte seinen raschen Atemzügen.
»Was ist, wenn sie jetzt glücklich ist?«
»Ich hoffe, sie ist glücklich.«
»Ich meine ...«, fuhr Pascha fort, doch Alexander schnitt ihm das Wort ab.
»Hör auf.«
»Tania ist von Natur aus ein glücklicher Mensch und unverwüstlich. Sie ist loyal und treu, sie ist beharrlich, gibt niemals auf, aber sie kann sich auch wie ein Kind an kleinen Dingen freuen. Du weißt doch, dass es Menschen gibt, die das Unglück förmlich anziehen.«
»Ja, ich weiß, dass es die gibt«, sagte Alexander und sog den Rauch seiner Zigarette ein.
»Tania gehört nicht zu diesen Menschen.«
»Ich weiß.«
»Was ist, wenn sie wieder geheiratet hat, glücklich ist und sich ein schönes Leben eingerichtet hat?«
»Wenn sie glücklich ist, bin ich es auch.«
»Aber was geschieht dann?«
»Nichts. Wir begrüßen sie, du bleibst, und ich gehe.«
»Du setzt doch nicht dein Leben aufs Spiel, um dann einfach zu gehen, Alexander.«
»Nein.« *Ich bin wie ein Lachs, der im Süßwasser geboren ist und im Salzwasser lebt, der dreitausendzweihundert Kilometer gegen die Strömung anschwimmt, durch Flüsse und Seen,*

um zurück in sein Süßwasser zu kommen, zu laichen und dann zu sterben. Mir bleibt keine andere Wahl.

»Was ist, wenn sie dich vergessen hat?«

»Das hat sie nicht.«

»Vielleicht nicht vergessen – aber was ist, wenn sie nicht mehr so empfindet wie früher? Wenn sie ihren neuen Mann liebt, mit ihm Kinder hat, dich anschaut und entsetzt ist?«

»Pascha, du hast eine kranke Fantasie. Halt jetzt endlich den Mund.«

»Als ich fünfzehn war, Alexander, war ich in ein Mädchen in Luga verliebt, und wir verbrachten einen wunderbaren Monat miteinander. Als ich im nächsten Jahr wieder nach Luga kam, dachte ich, unsere Romanze würde weitergehen. Und weißt du was? Sie konnte sich nicht einmal an mich erinnern. Ist das nicht erbärmlich?«

»Ziemlich erbärmlich.« Sie mussten beide lachen. »Ganz offensichtlich hast du etwas falsch gemacht, wenn sie dich so schnell vergessen konnte.«

»Jetzt halt aber du den Mund.«

Alexander zweifelte nicht einen Augenblick daran: Wie immer Tatianas Leben jetzt aussehen mochte, sie hatte ihn nicht vergessen. In seinen Träumen hörte er sie immer noch weinen. Von Zeit zu Zeit träumte er von ihr, und sie war nicht in Lazarewo, sondern an einem anderen Ort, mit einem anderen Gesicht. Dann sprach sie zu ihm, bettelte, flehte ihn an – doch trotz dieses anderen Ortes, trotz des neuen Gesichts spürte Alexander noch ihren reinen Atem, der ihm Leben einhauchte.

»Glaubst du, sie wird sich freuen, mich wiederzusehen?«, fragte Pascha.

»Sie wird wahrscheinlich entsetzt sein.«

»Alexander.« Paschas Stimme war nicht viel mehr als ein Flüstern. »Was ist, wenn wir sie nicht finden?«

»Pascha, du machst mich noch zum Kettenraucher.« Alexander zündete sich eine weitere Zigarette an. »Hör zu, ich weiß auch nicht auf alles eine Antwort. Sie weiß, dass ich nie aufhören werde, nach ihr zu suchen, solange ich das kann.«

»Und was machen wir mit Uspenskij?«, fragte Pascha. »Können wir ihn nicht hier lassen? Wir vergessen einfach, ihn zu wecken.«

»Ich glaube, das wird er merken, wenn er aufwacht.«

»Na und?«

»Und dann schickt er sie auf unsere Fährte.«

»Ja, das würde er wohl tun. Das ist so seine Art. Er ist ein wenig ... bösartig, findest du nicht auch?«

»Das kann man wohl sagen«, erwiderte Alexander. »Das ist eine sowjetische Eigenschaft.«

»Und bei Uspenskij ist sie besonders ausgeprägt«, murmelte Pascha, doch Alexander war bereits aufgestanden und schüttelte Uspenskij wach. Es war bald Mitternacht. Es wurde Zeit.

Alexander öffnete das Fenster. Die Nacht war regnerisch und stürmisch, und man konnte nicht viel sehen. Für sie war das ein Vorteil. Die Wachen würden bei diesem Regen sicher nicht freiwillig nach oben schauen.

Jeder hatte sich das Ende eines Seils um die Taille gebunden, den Rest des Seils hielten sie zusammengerollt in der Hand. Ihre Habseligkeiten trugen sie auf dem Rücken, und Alexander hatte sich den Drahtschneider in den Stiefel geschoben. So standen sie da und warteten auf das Signal von Konstantin. Die Wachposten auf der Terrasse hatten sich bereits zurückgezogen. Sobald die Wachen aus dem Garten verschwunden waren, würde Konstantin winken, und Alexander würde als Erster springen, nach ihm Pascha und dann Uspenskij.

Ein paar Minuten nach Mitternacht winkte Konstantin endlich und gab dann den Weg frei. Alexander ließ sich aus dem kleinen Fenster fallen. Das Seil war vier Meter lang. Er schlug heftig an die nasse Steinwand, dann rollte er das Seil nach und nach ab, während er an der Wand entlang nach unten lief. Pascha und Uspenskij folgten ihm ein wenig langsamer. Alexander lief über die Terrasse, sprang über die Brüstung und ließ das Seil nach und nach hinab. Es war zu kurz, endete etwa zwei Meter über dem Gras. Doch das war nicht schlimm: Er ließ einfach los, fiel in das dichte, eiskalte, nasse Gras, rollte ab, sprang auf und rannte auf den Stacheldrahtzaun zu, den Drahtschneider bereits in der Hand. Pascha war hinter ihm, und Uspenskij folgte keuchend in einigem Abstand. Als sie Alexander ein paar Sekunden später einholten, hatte er den Zaun bereits durchtrennt. Sie zwängten sich durch das Loch und versteckten sich zwischen den Bäumen am Rand des Abhangs. Die Flutlichtlampen gingen an. Die Wachposten ließen sich in dieser Nacht wegen des schlechten Wetters offenbar mehr Zeit, nach draußen zu kommen. Alexander schaute an der erleuchteten Burgmauer hinauf, um zu sehen, ob Konstantin das Seil wieder durchs Fenster hereingezogen hatte. Vielleicht, vielleicht auch nicht, das konnte er im Regen schlecht erkennen. Die Wachen waren immer noch nicht auf ihrem Posten, und so blieb Alexander genügend Zeit, ein fünfzehn Meter langes Seil an den Ästen einer dreihundertjährigen Eiche zu befestigen. Diesmal ließ er Uspenskij und Pascha den Vortritt. Als er die Wachen schließlich in den Garten kommen sah, waren die beiden schon ein paar Meter weit gekommen, und Alexander folgte ihnen. Langsam bewegten sie sich an dem feuchten, glitschigen Abhang nach unten. Es war stockfinster, und das war auch gut so, denn Uspenskij rief plötzlich: »Habe ich Ihnen eigentlich je erzählt, Herr Hauptmann, dass ich Höhenangst habe?«

»Nein, und jetzt ist auch wirklich nicht der richtige Zeitpunkt dafür.«

»Ich habe das Gefühl, es ist genau der richtige Zeitpunkt.«

»Es ist stockfinster. Sie können gar keine Höhen erkennen. Los, beeilen Sie sich ein bisschen.«

Alexander war durchnässt bis auf die Haut. Die Mäntel, die sie trugen, waren zwar aus dickem Leinwandstoff, aber offensichtlich nicht wasserdicht. Wozu dienten sie dann überhaupt?

Kurze Zeit später ließen sie das Seil los und kamen auf dem Boden auf. Alexander schnitt ein Loch in den Stacheldrahtzaun, der die Burg am Fuß des Berges begrenzte, und dann waren sie in Freiheit.

Jetzt wünschte sich Alexander nur noch besseres Wetter. Wer war bei einem solchen Unwetter schon gern auf der Flucht?

»Alles in Ordnung?«, fragte er. »Das haben wir großartig hingekriegt.«
»Bei mir ist alles in Ordnung«, sagte Uspenskij keuchend.
»Bei mir auch«, sagte Pascha. »Aber beim Aufkommen habe ich mich ein bisschen am Bein verletzt.«
Alexander zog seine Taschenlampe hervor. Paschas Hosenbein war eingerissen, doch er blutete kaum. »Wahrscheinlich der Stacheldraht. Es ist nur ein Kratzer. Gehen wir.«

Sie liefen, liefen Tag und Nacht. Nachts rasteten sie in Scheunen und träumten vom Laufen, und als sie aufwachten, waren sie erschöpft. Alexander lief langsam, Pascha noch langsamer, und Uspenskij schien sich kaum von der Stelle zu bewegen. Sie durchquerten Felder, Wälder und Flüsse. Ein Tag verging, dann ein weiterer, doch sie waren höchstens dreißig Kilometer von der Burg entfernt. Drei erwachsene Männer mit fünf gesunden Lungen, und dennoch nur dreißig Kilometer. Sie hatten noch nicht einmal Chemnitz hinter sich gelassen. Es fuhren keine Züge, und sie mieden asphaltierte Straßen. Wie sollten sie es in diesem Tempo jemals bis zum Bodensee und zur Schweizer Grenze schaffen?
Am dritten Tag wurde Pascha noch langsamer. Er sagte kaum etwas, und am Abend des dritten Tages wollte er nichts essen. Er erklärte, er habe keinen Hunger, als Alexander ihm ein wenig Fisch anbot. Uspenskij scherzte, das sei kein Problem, er werde schon alles aufessen, und Alexander gab ihm den Fisch und musterte Pascha besorgt. Er untersuchte die Wunde an seinem Unterschenkel. Sie war offen, stark gerötet, und gelblicher Eiter quoll daraus hervor. Alexander tupfte Jodlösung und Sulfonamid darauf und verband die Wunde. Pascha behauptete zu frieren, doch als Alexander ihm die Hand auf die Stirn legte, fühlte sie sich warm an.
Sie errichteten aus den Laken einen Unterstand, krochen alle drei hinein und versuchten vergeblich, sich aneinander zu wärmen. Doch mitten in der Nacht wachte Alexander schwitzend auf. Im ersten Moment glaubte er, der Unterstand habe Feuer gefangen, und sprang erschrocken auf. Aber es war kein Feuer, es war Paschas fieberglühender Körper.

»Was ist denn los mit dir?«, flüsterte Alexander.
»Ich fühle mich nicht gut«, hauchte Pascha fast tonlos.
Um sie herum war es ganz still, man hörte keinen Laut. Alexander legte Pascha feuchte Tücher auf die Stirn. Das schien das Fieber ein wenig zu lindern. Doch dann waren die Wasservorräte aufgebraucht, die Tücher waren heiß von Paschas Stirn, und er glühte immer noch. Alexander ging hinaus in den Regen, um das Wasser aufzufüllen.
»Ich fühle mich nicht gut«, murmelte Pascha vor sich hin.
Am Morgen waren seine Lippen aufgesprungen und blutig. Alexander nahm ihm den Verband ab. Die Wunde schien unverändert, nur der Eiter hatte sich jetzt grünlich verfärbt. Alexander desinfizierte die Wunde und rieb sie mit Sulfonamid ein. Dann löste er ein wenig Sulfonamid-Pulver in Regenwasser auf und flößte es Pascha ein. Pascha schluckte es und musste sich gleich darauf übergeben. Alexander fluchte und schrie ihn an, und Pascha flüsterte: »Es dauert schon zu lange, Alexander. Ich glaube, ich bin einfach schon zu lange durchnässt und durchgefroren.«
Die Temperatur lag nur knapp über dem Gefrierpunkt, und der Regen war zu Eisregen geworden. Alexander hüllte Pascha in seinen Mantel, doch sein Körper glühte, und so nahm Alexander den Mantel wieder fort.
Als es aufhörte zu regnen, zündete Alexander ein Feuer an, um Paschas Kleider zu trocknen, gab ihm eine Zigarette und einen Schluck Whiskey aus der Feldflasche. Pascha zitterte am ganzen Körper, doch er trank den Whiskey.
»Was machen wir denn jetzt?«, fragte Uspenskij.
»Warum reden Sie eigentlich so viel?«, schnauzte Alexander ihn an.
Schließlich beschlossen sie weiterzugehen. Pascha tat sein Bestes. Er versuchte, einen Fuß vor den anderen zu setzen und die Arme so zu bewegen, dass sie ihm zusätzlichen Halt gaben. Doch seine zitternden Knie gaben immer wieder nach. »Ich muss ein bisschen ausruhen«, flüsterte er. »Das wird schon wieder.« Er setzte sich auf den Boden. Alexander stützte ihn, half ihm auf die Füße, und schließlich hob er ihn hoch und legte ihn sich über die Schulter.

»Herr Hauptmann ...«
»Ein Wort, Uspenskij, und ich werde Sie mit bloßen Händen ...«
»Schon gut.«
Sie gingen weiter, und Alexander trug Pascha auf dem Rücken, den ganzen, grauen Vormittag hindurch. Dann setzte er ihn ab, gab ihm ein wenig Regenwasser zu trinken, hob ihn wieder auf und trug ihn den ganzen, grauen Nachmittag hindurch, immer weiter.
Irgendwann, auf einer Schotterstraße im Südosten Sachsens, wurde Pascha immer schwerer und schwerer, und Alexander fühlte sich erschöpft. Der Tag neigte sich bereits dem Ende zu. Sie schlugen ein Lager auf und saßen am Feuer. Alexander angelte durch ein Loch im Eis eines kleinen Sees am Rand des Waldes. Er fing einen Gelbbarsch, kochte ihn in Wasser und gab Pascha die Fischbrühe mit ein wenig Sulfonamid-Pulver darin zu trinken. Anschließend teilte er sich den Fisch mit Uspenskij.
Uspenskij schlief, und Alexander saß da, rauchte und legte eiskalte Tücher auf Paschas glühende Stirn. Als Pascha fror, deckte er ihn mit zwei Mänteln zu und nahm schließlich auch noch Uspenskijs Mantel dazu.
Keiner von ihnen sagte ein Wort.
Am nächsten Morgen sah Pascha Alexander aus fieberverquollenen Augen an und schüttelte den Kopf, als wollte er sagen: Lass mich zurück. Doch Alexander schüttelte seinerseits den Kopf, hob ihn auf und trug ihn weiter. Kein Sonnenstrahl zeigte sich. Der graue Februarhimmel schien sich nur wenige Meter über ihnen zu befinden.
Alexander wusste, dass sie nicht anhalten und um Hilfe bitten konnten – ohne Pascha konnten sie sich nicht auf Deutsch verständigen. Außerdem hatte die sächsische Polizei die Nachricht von dem Ausbruch sicher bereits verbreitet und war auf der Suche nach drei Männern, die kein Deutsch sprachen.
Doch mit dem kranken Pascha würden sie ohnehin nicht sehr weit kommen. Er musste gesund werden. Schließlich fanden sie eine kleine Scheune, in der sie den kalten Morgen

unter dem Heu verbrachten. Doch bald schon hielt Alexander es nicht mehr aus, dort zu sitzen, Paschas gequälten Atemzügen zu lauschen und seinen Kampf mit der Krankheit und sein fieberheißes Gesicht zu beobachten. Er stand auf.
»Wir müssen weiter. Wir müssen vorwärtskommen.«
»Kann ich Sie einen Augenblick sprechen?«, fragte Uspenskij.
»Auf keinen Fall«, sagte Alexander.
»Draußen, vor der Scheune, nur einen Augenblick.«
»Ich habe Nein gesagt.«
Uspenskij warf einen Blick auf Pascha, der mit geschlossenen Augen da lag. Er schien nicht mehr bei Bewusstsein zu sein.
»Herr Hauptmann, es geht ihm immer schlechter.«
»Gut, ich danke Ihnen, Dr. Uspenskij, das wäre dann alles.«
»Was sollen wir tun?«
»Wir müssen weiter. Vielleicht stoßen wir ja auf einen Rotkreuz-Konvoi.«
»Weder in Colditz noch in Kattowitz ist jemand vom Roten Kreuz aufgetaucht. Warum glauben Sie, dass wir hier jemanden treffen?«
»Vielleicht treffen wir ja auch die Amerikaner.«
»Sind die denn schon so weit vorgedrungen?«
»Uspenskij, ich habe die letzten vier Monate in Gefangenschaft verbracht, genau wie Sie. Woher zum Teufel soll ich wissen, wie weit die Amerikaner vorgedrungen sind? Ich nehme an, dass sie hier irgendwo sind. Haben Sie denn nicht die Kampfflugzeuge gehört, die Richtung Dresden geflogen sind?«
»Herr Hauptmann ...«
»Kein Wort mehr, Leutnant. Gehen wir.«
»Wohin denn? Er braucht Hilfe.«
»Also müssen wir ihm Hilfe verschaffen. Es nützt nichts, in einer Scheune herumzusitzen.«
Damit hob er Pascha auf und hievte ihn sich auf den Rücken. Pascha war nicht mehr in der Lage, sich festzuhalten.
Alexander sah die Straße kaum noch, auf der er ging. Es erforderte all seine Kraft, einen Fuß vor den anderen zu setzen. Jede Stunde blieb er stehen, gab Pascha zu trinken, legte ihm ein kaltes Tuch auf die Stirn und wickelte ihn fester in die

beiden Mäntel. Dann ging er weiter, ohne seinen Mantel, und Uspenskij ging neben ihm her.

Irgendwann drang Uspenskijs Stimme an sein Ohr. »Herr Hauptmann«, rief er. »Herr Hauptmann.«

»Was denn?« Alexander schaute sich nicht um, das konnte er gar nicht. Er ging einfach weiter. Uspenskij trat vor ihn, stellte sich ihm in den Weg und zwang ihn, stehen zu bleiben. »Was ist denn, Leutnant?«

Uspenskij legte Alexander eine Hand auf die Schulter. »Es tut mir Leid, Herr Hauptmann, aber er ist tot.«

Alexander schob ihn beiseite. »Gehen Sie mir aus dem Weg.«

»Er ist tot, Herr Hauptmann. Hören Sie auf damit. Bitte.«

»Uspenskij!« Alexander holte tief Luft und senkte dann die Stimme. »Er ist nicht tot, nur bewusstlos. Uns bleiben nur noch ein paar Stunden Tageslicht. Die sollten wir nicht verschwenden, indem wir hier nutzlos auf der Straße stehen.«

»Er ist tot, Herr Hauptmann«, flüsterte Uspenskij. »Sehen Sie doch selbst.«

»Nein«, sagte Alexander. »Er kann nicht tot sein. Das ist unmöglich. Lassen Sie mich in Ruhe. Entweder Sie gehen mit mir weiter, oder Sie gehen in die andere Richtung. Aber lassen Sie mich in Ruhe.«

Und damit ging er weiter, und Pascha hing schlaff auf seinem Rücken. Eine halbe Stunde, eine Stunde lang ging er so, dann blieb er auf der leeren, unasphaltierten Straße stehen, unter einem einsamen, kahlen Baum, und legte Pascha auf den Boden. Er glühte nicht mehr vor Fieber, und er rang auch nicht mehr nach Atem. Er war kalt und bleich, und seine Augen blickten starr ins Leere.

»Nein, Pascha«, flüsterte Alexander. »Nein.« Er fühlte ihm die Stirn, dann schloss er ihm die Augen. Ein paar Minuten stand er so über ihn gebeugt, dann sank er zu Boden. Er wickelte den toten Pascha in seinen Mantel und nahm ihn in die Arme, als wollte er ihn wärmen. Dann schloss er selbst die Augen.

Die ganze Nacht hindurch saß Alexander auf der einsamen Straße, an den Baum gelehnt. Er öffnete die Augen nicht, sagte nichts, saß nur da und hielt Tatianas Bruder in den Armen.

Uspenskij sprach vielleicht zu ihm, doch er hörte es nicht. Er merkte nicht, ob er schlief, spürte weder die Kälte noch den harten Boden noch die raue Rinde des Baumes an Rücken und Kopf.

Als der Morgen kam und graues Licht sich über die sächsische Landschaft breitete, öffnete Alexander die Augen. Uspenskij lag neben ihm und schlief, in seinen Mantel gehüllt. Paschas Körper war steif und eiskalt.

Tatiana, halb verhungert, krank und dem Tode nahe, hatte einen Leichensack für ihre Schwester genäht. Dann hatte sie Daschas Leiche auf einem Schlitten auf den Ladogasee gezogen, sie in einem Loch im Eis versenkt und ein Gebet gesprochen. *Lass meine Schwester Dascha in Frieden ruhen, und gib ihr im Himmel so viel vom täglichen Brot, wie sie nur essen kann.* So hatte Tatiana gebetet, als sie dort ganz allein auf den Knien lag.

Tatiana hat es geschafft. Also schaffe ich es auch.

Alexander stand auf, wusch sich mit Whiskey das Gesicht und spülte sich den Mund damit aus. Dann zog er seinen Spaten aus dem Tornister und begann, eine Grube auszuheben. Uspenskij wachte auf und half ihm. Drei Stunden brachten sie damit zu, mühselig eine Grube zu graben. Sie war nur einen Meter tief, doch das musste genügen. Alexander deckte Paschas Gesicht mit dem Mantel zu, damit keine Erde darauf fallen würde. Mit einem Stückchen Schnur fertigte er ein Kreuz aus zwei Ästen und legte es dem Toten auf die Brust; dann hoben sie ihn gemeinsam auf und legten ihn in die Grube, und mit zusammengebissenen Zähnen füllte Alexander das flache Grab mit frischer Erde auf. In einen dicken, breiten Ast schnitzte er die Worte PASCHA METANOW und das Datum, 25. Februar 1945. Dann nahm er einen weiteren Ast und band ein zweites Kreuz daraus, das er in den Boden steckte.

Alexander und Uspenskij standen reglos da, dann salutierte Alexander am Grab. »Der Herr ist mein Hirte«, flüsterte er unhörbar vor sich hin. »Mir wird nichts mangeln. Er weidet mich auf einer grünen Aue und führet mich zum frischen Wasser. Und ob ich schon wanderte im finstern Tal …« Er

brach ab, ließ sich neben dem Baum auf den Boden sinken und zündete sich eine Zigarette an.
Uspenskij fragte, ob sie jetzt weitergehen würden.
»Nein«, sagte Alexander. »Ich möchte noch eine Weile hier sitzen.«
Ein paar Stunden vergingen, dann fragte Uspenskij ihn erneut.
»Uspenskij«, sagte Alexander, und seine Stimme klang dabei so niedergeschlagen, dass er sie selbst kaum wiedererkannte. »Ich werde ihn nicht verlassen.«
»Aber Herr Hauptmann!«, rief Uspenskij. »Was ist mit den Winden des Schicksals, die Sie vorantreiben?«
»Da müssen Sie mich missverstanden haben, Nikolai«, sagte Alexander, ohne aufzublicken. »Ich habe wohl gesagt, dass sie mir ins Gesicht blasen.«
Am nächsten Tag griff die deutsche Polizei sie an derselben Stelle auf, setzte sie in ein Panzerfahrzeug und brachte sie in die Burg Colditz zurück.
Alexander wurde von den deutschen Wärtern zusammengeschlagen und anschließend unter Einzelarrest gesetzt. Dort blieb er so lange, dass er jedes Zeitgefühl verlor.
Mit Pascha starb auch sein Glaube. Nichts hatte Sinn in einer Welt, in der Alexander Pascha Metanow nur gefunden hatte, um ihn wieder zu verlieren.
Gib mich frei, Tatiana, bitte gib mich frei, vergib mir, vergiss mich, lass mich dich vergessen. Kann ich nicht nur eine Minute lang frei von dir sein, frei von deinem Gesicht, frei von deiner Freiheit, von deinem Feuer und deinen Gefühlen, einfach nur frei, frei, frei.
Der rituelle Flug über den Ozean fand nicht mehr statt, und mit ihm schwand alle Wärme aus seiner Fantasie. Ein Gefühl der Taubheit breitete sich in ihm aus, ließ ihn vom Herzen her erfrieren, eine betäubende Verzweiflung ergriff Besitz von ihm, lähmte seine Sehnen, seine Adern, seine Nerven und seine Venen, bis er schließlich innerlich ganz steif war, aller Hoffnung beraubt und Tatianas beraubt. Endlich. Doch noch nicht völlig.

8

New York, April 1945

Im April marschierten die Amerikaner und die Russen in ganz Deutschland ein, und in der ersten Maiwoche kapitulierte das Land bedingungslos. Der Krieg in Europa war vorbei. Doch im Pazifik mussten die Amerikaner weiterhin herbe Verluste hinnehmen bei dem Versuch, die Japaner von sämtlichen Brückenköpfen und Inseln zurückzudrängen.

Der 23. Juni kam, und Tatiana wurde einundzwanzig. Wie lange musste man wohl trauern, bis die Jahre den Schmerz linderten? Wie lange musste die Zeit, mussten die gnadenlosen Tage und Nächte, Monate und Jahre den Stein der Trauer in der Kehle behauen, bis er schließlich nicht viel mehr als ein glatt geschliffener Kieselstein war? Jedes Mal, wenn man seinen Namen denkt, spürt man den Stein in der Kehle, jedes Mal, wenn man seinen Sohn anschaut, spürt man den Stein. An Weihnachten, am eigenen Geburtstag, an seinem Geburtstag am 13. März kann man einen Tag lang nicht atmen, und so geht ein weiterer Tag dahin und ein weiteres Jahr. Die Jahre vergehen wie im Flug, der Schmerz sitzt tief in der Kehle, und alles Leben muss daran vorbei. Alles – das eigene Glück, die Zuneigung zu anderen Menschen, die Freude am Leben, am Trost, an Annehmlichkeiten, die Freude am Kind, das Essen auf dem Teller, das Getränk daneben, jedes Gebet, jeder Händedruck – alles muss daran vorbei.

Im Sommer 1945 willigte Vikki ein, mit Tatiana und Anthony im Zug nach Arizona zu fahren. Tatiana wollte eine Urlaubsreise machen, um ihre neu erworbene amerikanische Staatsbürgerschaft zu feiern.

Erst im Zug eröffnete sie ihrer Freundin, dass sie einen kurzen Aufenthalt in Washington einlegen müssten. Diesmal ging sie nicht ins Außenministerium hinein, sondern blieb ruhig auf der Bank unter den Bäumen in der C Street sitzen.

Vikki rauchte, Anthony saß im Gras und spielte. Schließlich sagte Vikki: »Das nennst du einen kurzen Aufenthalt? Wir haben nur zwei Wochen Urlaub.«

Tatiana betrachtete die Angestellten, die das Gebäude verließen, um zum Mittagessen zu gehen. Schließlich sah sie Sam Gulotta nach draußen kommen. Er ging an der Bank vorbei, doch Tatiana sprach ihn nicht an. Er ging noch ein paar Meter weiter, dann blieb er plötzlich stehen, drehte sich um, sah sie einen Augenblick an und kam dann langsam zurück.

Tatiana sah zu ihm auf und sagte: »Hallo. Ich wollte Sie nicht belästigen.«

Gulotta lächelte und setzte sich neben sie. »Sie belästigen mich überhaupt nicht. Ich freue mich, Sie zu sehen. Aber ich habe keine Neuigkeiten für Sie.«

»Gar nichts?«

»Nein. Ganz Europa ist ein einziges Durcheinander.« Er schwieg einen Augenblick. »Ich weiß, ich habe Ihnen gesagt, dass ich Nachforschungen anstellen könnte, wenn sich die Lage etwas entspannt hat … aber ich habe mich leider geirrt. Es wird nicht einfacher; im Gegenteil, es wird immer schlimmer. Wir, die Franzosen, die Briten und die Sowjets stehen jetzt allesamt in Deutschland – viel schlimmer noch: allesamt in Berlin. Ein diplomatischer Fauxpas, und nächste Woche bricht der Dritte Weltkrieg aus.«

»Ich weiß.« Sie stand auf. »In jedem Fall danke ich Ihnen.«

»Sind Sie schon amerikanische Staatsbürgerin?«

»Ja, seit kurzem.«

»Möchten Sie vielleicht einen Happen essen gehen?«, fragte Gulotta. »Es ist Mittag, wir könnten uns ein Sandwich holen.«

»Das würde ich gern, aber vielleicht ein anderes Mal. Ich bin mit einer Freundin und meinem Sohn hier. Aber ich habe Ihnen etwas mitgebracht. Ich habe sie heute Morgen gebacken.« Tatiana zog eine Tüte mit fleischgefüllten Piroggen hervor. »Beim letzten Mal haben Sie gesagt, dass Sie die mögen …«

»Sehr sogar, vielen Dank.« Er nahm die Tüte entgegen. »Aber ich wäre auch gern mit Ihnen zum Mittagessen gegangen.«

Tatiana warf einen Blick zu Vikki hinüber, die mit Anthony auf dem Rasen Fangen gespielt hatte und jetzt näher kam. »Sam, das ist meine Freundin, Vikki Sabatella.«
Vikki und Sam gaben einander die Hand. Dann verabschiedete sich Tatiana von Sam.
Nachdem er außer Sichtweite war, kniff Vikki Tatiana fest in den Arm. »Tania, du kleines Miststück! Du Geheimniskrämerin! Das hast du also die ganze Zeit getrieben!«
»Ich habe gar nichts getrieben, Vikki«, erwiderte Tatiana ruhig.
»Ach nein? Ist er verheiratet?«
»Er war verheiratet.« Tatiana hielt inne und überlegte, was sie Vikki von Sam erzählen sollte. Dann entschied sie sich für die Wahrheit. »Seine Frau ist vor drei Jahren bei einem Flugzeugabsturz ums Leben gekommen, bei einem Transport mit Hilfsgütern für unsere Truppen in Okinawa. Er zieht seine beiden Söhne allein groß.«
»Aber Tatiana!«
»Vikki, ich habe nicht die Zeit, dir das alles zu erklären.«
»Du hast zwei Wochen Zeit. Aber wir haben dreizehn Millionen Soldaten da draußen, und sobald wir den Krieg gewonnen haben, kommen sie alle zurück nach Hause, und zwar durch den Hafen von New York.«
»Tatsächlich? Es gibt ja in Amerika auch keine andere Hafenstadt.«
»Genau. Und jetzt erklär mir bitte, warum du bis nach Washington fahren musst, um einen Mann zu finden, wenn es in unserem schönen New York bald nur so von Männern wimmeln wird?«
»Das sage ich dir nicht.«

Nachdem sie fünf Tage am Grand Canyon verbracht hatten, mietete Tatiana ein Auto und fuhr nach Süden in Richtung Tucson. Vikki, die in der Stadt aufgewachsen war, hatte keinen Führerschein.
Sie kamen durch Phoenix, das in Vikkis Augen nur »schon wieder so ein staubiges Kaff« war. An einem heißen Sommerabend saßen sie auf einer Decke auf der Motorhaube ihres

Mietwagens und genossen den Sonnenuntergang. Im Südosten Arizonas erstreckt sich die Sonora-Wüste, die größte Wüste Nordamerikas, mit ihren weißen Saguaro-Kakteen über Hunderte von Kilometern hinweg bis nach New Mexico. In der Ferne sieht man die Ausläufer der Maricopa-Berge. Der indigoblaue Himmel bildet einen starken Kontrast zu den Karmesin- und Erdtönen des Bodens. Manchmal hoppelt ein Eselhase vorbei und scheucht eine Gilakrustenechse auf, die bisher unbeweglich dalag. Doch davon abgesehen ist die Wüste still.

Sie saßen auf der Motorhaube, an die Windschutzscheibe gelehnt. Im Osten erhoben sich die Superstition Mountains, im Westen die Berge von Maricopa. Der zweijährige Anthony kroch über den Boden, auf der Suche nach einer Schlange.

»Anthony«, rief Vikki und wischte sich den Schweiß von der Stirn. »Steh vom Boden auf. Weißt du nicht, dass Schlangen ihre Beute mit Haut und Haar verschlingen?«

»Gut, Vikki«, sagte Tatiana. »Das reicht.«

»Mit Haut und Haar, Anthony«, betonte Vikki noch einmal.

»Anthony großer Junge. Anthony will kleine Schlange.« Für seine zwei Jahre konnte er schon recht gut sprechen.

»Du bist kein großer, sondern ein kleiner Junge.«

»Vikki.«

»Was denn?«

Tatiana sah sie nur an und sagte nichts.

»Warum machst du das immer? Du sagst meinen Namen, als müsste ich genau wissen, was du meinst. Was denn?«

»Das weißt du ganz genau.«

»Nein, ich werde nicht damit aufhören. Machst du dir denn gar keine Sorgen um ihn?«

»Eigentlich nicht«, sagte Tatiana. »Anthony, wenn du deine Schlange findest, sag mir Bescheid. Dann nehmen wir sie mit nach New York und kochen sie.«

»Das wäre mal eine nette Abwechslung nach dem ganzen Schinken.« Vikki lehnte sich zurück und trank einen Schluck Wasser.

Anthony fand keine Schlange, doch die Suche machte ihn bald müde. Völlig verstaubt und mit schmutzigen Händchen kletterte er auf die Motorhaube und auf Tatianas Schoß und schmiegte sich in ihren Arm. Sie gab ihm ein wenig Wasser zu trinken.

Mit Anthony auf dem Schoß sagte Tatiana, ohne Vikki anzusehen: »Schön, nicht?«

»Dein Sohn? Stimmt. Die Wüste sieht allerdings ziemlich karg aus, finde ich.« Vikki zuckte die Achseln. »Es ist natürlich schön, mal etwas anderes zu sehen. Aber leben will ich hier nicht. Hier gibt es doch nur Kakteen.«

»Im Frühling blühen lauter Wildblumen. Das muss noch viel schöner sein.«

»Hm. In New York ist es im Frühling auch schön.«

Tatiana schwieg einen Augenblick, dann sagte sie: »Die Wüste ist etwas Unglaubliches ...«

»Ja, sie ist schon nett. Hast du mal die Steppe gesehen?«

Tatiana antwortete nicht sofort. »Ja«, sagte sie schließlich zögernd. »Aber sie ist ganz anders. Die Steppe ist kalt und trostlos. Hier haben wir jetzt über dreißig Grad, und im Dezember, an Weihnachten, sind es immer noch einundzwanzig Grad. Die Sonne steht hoch am Himmel, und es ist nicht so dunkel. Im Dezember bräuchte ich hier nichts weiter anzuziehen als einen langärmeligen Pullover.«

»Was tragen die Leute in Arizona im Winter?«, fragt Dascha Alexander.

»Einen langärmeligen Pullover.«

»Ach, du erzählst mir doch Märchen. Das kannst du Tania erzählen, ich bin zu alt für Märchen.«

»Du glaubst mir doch, Tania, oder?«

»Ja, Alexander.«

»Würdest du gern in Arizona leben, im Land der Kleinen Quelle?«

»Ja, Alexander.«

»Na und?«, sagte Vikki. »Jetzt ist es jedenfalls glühend heiß. Wenn wir nicht bald weiterfahren, werden wir noch gebraten.«

Tatiana schüttelte sich unmerklich, um die Erinnerung zu verjagen. »Ich meine ja nur. Mit der Steppe ist das nicht zu vergleichen. Mir gefällt es hier.«

»Aber, Tania, das ist doch ein absolutes Niemandsland«, erwiderte Vikki.
»Ich weiß. Ist das nicht fantastisch? Nirgendwo Menschen.«
»Und das ist fantastisch?«
»Irgendwie schon ... ja.«
»Nun, ich kann mir beim besten Willen nicht vorstellen, dass jemand sich hier ein Grundstück kauft, um darauf zu leben.«
Tatiana räusperte sich. »Deine Freundin vielleicht«, sagte sie dann.
»Welche Freundin?«
»Ich.«
»Du willst hier leben?« Vikki hielt inne und drehte sich zu ihr um. »Willst du etwa hier ein Grundstück kaufen?«, fragte sie fassungslos.
»Stell dir mal vor, ich hätte schon ein Grundstück gekauft, am Rand der Sonora-Wüste, wo ein Saguaro-Kaktus und Wüstensalbei wachsen«, sagte Tatiana leise.
»Das glaube ich dir nicht.«
Tatiana schwieg.
»Du hast tatsächlich hier ein Grundstück gekauft?«
Tatiana nickte.
»Dieses Grundstück hier?«
Sie nickte noch einmal.
»Wann denn?«
»Im letzten Jahr, als ich mit Anthony hier war.«
»Ich hätte doch mitkommen sollen! Warum hast du das gemacht? Und von welchem Geld?«
»Es hat mir gefallen.« Sie betrachtete das Grundstück, das sich bis zum Fuß der Berge erstreckte. »Ich habe mein Leben lang noch nie etwas besessen. Ich habe es von dem Geld gekauft, das ich aus der Sowjetunion mitgebracht habe.«
Alexanders Geld.
»Aber liebe Güte, warum ausgerechnet hier?« Vikki sah sie an. »Das war bestimmt nicht sehr teuer.«
»Es war nicht sehr teuer.« Es hatte nur vier Leben gekostet. Das von Harold, das von Jane, das von Alexander. Und das von Tatiana. Sie drückte Anthony fester an sich.

Vikki musterte sie aufmerksam. »Hast du noch mehr solcher Überraschungen auf Lager? Oder war das jetzt alles?«

»Das war alles.« Tatiana lächelte, und dann schwieg sie und blickte nach Westen, betrachtete die Berge von Maricopa, den Sonnenuntergang, die riesigen Saguaro-Kakteen, die Wüste und die viertausendachthundertfünfzig Dollar, mit denen sie neununddreißig Hektar der Vereinigten Staaten von Amerika erworben hatte.

9

Die Befreiung von Burg Colditz, April 1945

Im April befreiten die Amerikaner die Burg Colditz nach dreitägigem Kampf – das besagten wenigstens die Gerüchte. Alexander hatte zwar Artilleriefeuer gehört, doch dann traf er im Hof der Burg nur eine Hand voll amerikanischer Soldaten an. Es gelang ihm, sich einem der Grüppchen zu nähern und um eine Zigarette zu bitten. Und während er sich über die Flamme des Feuerzeugs beugte, sagte er einem der Soldaten, er sei Amerikaner und heiße Alexander Barrington, und wenn man seine Geschichte überprüfe, könne man ihm vielleicht helfen. Der Soldat lachte und sagte: »Klar, und ich bin der König von England.« Alexander hätte gern noch mehr gesagt, doch da gesellte sich Uspenskij dazu und bat ebenfalls um eine Zigarette.

Alexander hoffte auf eine weitere Chance, doch sie blieb aus. Früh am Morgen nach der Befreiung durch die Amerikaner trafen sowjetische Beamte – ein General, zwei Oberste und so etwas wie ein stellvertretender Außenminister – mit einer hundert Mann starken Truppe auf der Burg ein, um die sieben sowjetischen Kriegsgefangenen abzuholen, »damit sie gemeinsam mit ihren Waffenbrüdern siegreich in das unterlegene Deutschland einmarschieren konnten«.

Man brachte sie zu einem wartenden Zug. Ein ganzer Zug für sieben Männer?, dachte Alexander, doch es stellte sich heraus,

dass der ganze Zug bereits voller sowjetischer Bürger war. Nicht alle waren Soldaten, es waren auch einige Arbeiter darunter und Männer, die jahrelang in Polen gelebt hatten. Es saßen Tausende in diesem Zug. Ein Betonarbeiter erzählte, er habe mit seiner Frau und drei Kindern in Bayern gelebt, und man habe ihn dennoch mitgenommen. Andere bestätigten das: »Ich hatte auch Familie. Meine Mutter, zwei Schwestern, und seit dem Tod meines Bruders auch meine drei Nichten.« Alexander wollte wissen, wo die Familienangehörigen waren. »Die mussten wir zurücklassen«, erwiderte der Mann.
»Aber warum haben Sie Ihre Familie denn nicht mitgenommen?«, fragte Uspenskij. Er war mit Handfesseln an Alexander gekettet.
Der Betonarbeiter gab keine Antwort.
Der Zug bahnte sich langsam seinen Weg durch Mitteldeutschland. Es gab kaum noch Straßenschilder, und so war es fast unmöglich festzustellen, wo sie waren. Sie schienen Hunderte von Kilometern zurückzulegen. Schließlich hielt der Zug, und man befahl ihnen auszusteigen. Nach einem zweistündigen Marsch standen sie vor einem offensichtlich verlassenen Kriegsgefangenenlager. Die NKGB-Männer – Alexander hatte inzwischen begriffen, dass es sich nicht um Beauftragte der Roten Armee handelte – beschlagnahmten das Gelände und erklärten es zum Übergangslager.
»Ein Übergangslager auf dem Weg wohin?«, fragte Uspenskij, doch niemand gab ihm Antwort. Kurz darauf änderte das Lager erneut seine Bezeichnung und wurde als Untersuchungs- und Identifizierungslager deklariert.
Sie verbrachten die letzten beiden Aprilwochen des Jahres 1945 dort, hinter einem Stacheldrahtzaun, und sahen zu, wie in aller Eile Flutlichtmasten installiert und Wachtürme errichtet wurden. Dann verbreitete sich die Nachricht, dass der Krieg vorbei und Hitler tot sei. Am Tag nach der deutschen Kapitulation wurden die Felder jenseits des elektrischen Stacheldrahtzauns vermint. Alexander und Uspenskij beobachteten, wie sich mindestens ein halbes Dutzend Männer, darunter auch der Betonarbeiter, mit den Minen anlegte und den Kampf verlor.

»Was wissen die, das wir nicht wissen?«, fragte Uspenskij misstrauisch, während sie zusammen mit ein paar anderen dabei zusahen, wie die Leichen der Flüchtigen in ein Massengrab geworfen wurden.
»Die Frage müsste anders lauten«, sagte Alexander. »Was wissen die, das sie dazu bringt, über ein Minenfeld zu laufen, anstatt in einem vergleichsweise harmlosen Übergangslager zu bleiben?«
»Sie wollen eben nicht nach Hause zurück«, bemerkte ein anderer Mann.
»Aber warum nicht?«, fragte Uspenskij.
Alexander zündete sich eine Zigarette an und schwieg. Er fragte sich, warum das Lager militärisch organisiert war, obwohl so viele der Insassen Zivilisten waren. Das Wecksignal und der Zapfenstreich wurden geblasen, es gab Ausgangssperre, militärische Inspektionen der Baracken sowie eine klare Verteilung sämtlicher Pflichten. Das alles war höchst merkwürdig und verwirrend.

Ein paar Tage später hielt der stellvertretende Außenminister, Iwan Skotonow, der direkt aus Moskau angereist war, eine Rede vor den Männern. Sie durften nicht einfach als Masse zusammenstehen, sondern mussten in Reih und Glied antreten. Es war ein windiger Tag im Mai, und Skotonow, im Anzug und mit fettigem Haar, konnte sich kaum verständlich machen. Schließlich ergriff er ein Megaphon. »Bürger! Genossen!«, rief er. »Stolze Söhne Russlands! Ihr habt dabei geholfen, einen Feind zu besiegen, wie ihn unsere große Nation bisher nicht gekannt hat! Euer Vaterland ist stolz auf euch! Euer Vaterland liebt euch! Und euer Land braucht euch für den Wiederaufbau, der das Land wieder groß machen soll, das unser teurer Führer und Lehrer, Genosse Stalin, für euch gerettet hat. Euer Land ruft nach euch. Ihr werdet mit uns zurückkehren, und euer Land wird euch als Helden begrüßen und euch mit Beifallsstürmen überschütten!«
Alexander dachte an den Betonarbeiter aus Bayern, der seine Frau und seine Kinder zurückgelassen hatte und über ein Minenfeld gelaufen war, um zu ihnen zurückzukehren.

»Was ist, wenn wir nicht zurück wollen?«, rief jemand.
»Genau, wir hatten doch ein Leben hier. Warum sollen wir das aufgeben?«
»Weil ihr sowjetische Staatsbürger seid«, erwiderte Skotonow freundlich. »Ihr gehört nicht hierher. Ihr gehört zurück nach Hause!«
»Ich stamme aus Polen«, sagte der Mann. »Aus Krakau. Was soll ich in der Sowjetunion?«
»Über diesen Teil Polens wird seit Jahrhunderten debattiert, und die Sowjetunion hat nun verfügt, dass er Teil unseres Vaterlandes ist.«
Am Abend nach dieser Rede versuchten vierundzwanzig Männer zu entkommen. Einem gelang es sogar, das Minenfeld unbeschadet zu überqueren, doch dann traf ihn eine Kugel aus dem Gewehr eines Wachsoldaten. »Er wurde nur verwundet, nicht getötet«, versicherte Skotonow am nächsten Morgen der unruhigen Menge. Doch man sah den Mann niemals wieder.
Die Insassen des Lagers schienen sich in drei Gruppen aufzuteilen: Flüchtlinge aus der Zeit der deutschen Besatzung Polens, Rumäniens, der Tschechoslowakei und der Ukraine, Zwangsarbeiter, die von den Deutschen zur Rüstungsarbeit getrieben worden waren, und Soldaten der Roten Armee, wie Alexander und Uspenskij.
Ende Mai wurden diese drei Gruppen voneinander getrennt, in separaten Baracken untergebracht und getrennt verköstigt. Die Flüchtlinge verschwanden nach und nach aus dem Lager, bald darauf auch die Zwangsarbeiter.
»Und immer in der Nacht, ist Ihnen das aufgefallen?«, sagte Alexander. »Wir wachen auf, und sie sind nicht mehr da. Ich wünschte, ich würde es schaffen, einmal bis drei Uhr morgens wach zu bleiben. Dann könnte man wahrscheinlich einiges beobachten.«
Auf einem seiner täglichen Spaziergänge im Hof traf er einen Zwangsarbeiter, der ihn um eine Zigarette bat und dann sagte: »Haben Sie gehört? Letzte Nacht sind fünf der Jungs verschwunden, mit denen ich die letzten vier Jahre verbracht habe. Haben Sie das nicht mitbekommen? Man hat sie nach

draußen gebracht und sie an Ort und Stelle schuldig gesprochen, mitten auf dem Hof.«

»Schuldig? Weswegen denn?«

»Wegen Vaterlandsverrat. Weil sie für den Feind gearbeitet haben.«

»Vielleicht sollte man denen mal erklären, was Zwangsarbeit bedeutet.«

»Das haben sie ja auch versucht. Aber wenn es ihnen wirklich widerstrebt hätte, für die Deutschen zu arbeiten, hätten sie ja auch fliehen können, nicht wahr?«

»Vielleicht sollten wir ja versuchen zu fliehen«, sagte Uspenskij. »Was meinen Sie, Herr Hauptmann?«

Ein Pole trat zu ihnen, lachte und sagte: »Sie können nicht fliehen. Wo wollen Sie denn hin?« Alexander und Uspenskij drehten sich zu ihm um. Inzwischen hatte sich eine kleine Gruppe Männer auf dem Hof versammelt. Der Pole reichte ihnen die Hand und stellte sich vor: »Lech Markiewicz. Freut mich, Sie kennen zu lernen. Es gibt keinerlei Fluchtmöglichkeit, Bürger. Wissen Sie, wer mich von Cherbourg in Frankreich hergebracht und den Sowjets ausgeliefert hat?«

»Wer denn?«

»Die Briten. Und wissen Sie, wer meinen Freund Wasja hier aus Brüssel hergebracht und den Sowjets ausgeliefert hat? Die Franzosen.«

Wasja nickte bestätigend.

»Und Stepan wurde von den Amerikanern ausgeliefert. Die haben ihn von Ravensburg hergebracht, das ist nur zehn Kilometer vom Bodensee und der Schweizer Grenze entfernt. Das ist die Situation. Die Alliierten erklären sich freudig bereit, Millionen von uns an die Sowjets auszuliefern. In dem Übergangslager in Lübeck, wo ich vorher war, waren viele Flüchtlinge aus Dänemark und Norwegen. Keine Soldaten wie Sie, auch keine Zwangsarbeiter wie ich, sondern Flüchtlinge, die durch den Krieg ihre Heimat verloren hatten und versucht haben, in Kopenhagen ein neues Zuhause zu finden. Die wurden alle den Sowjets zurückgebracht. Also erzählen Sie mir nichts von Flucht. Die Chancen sind längst vertan. Jetzt kann man nirgendwo mehr hin. Früher

war Europa in Hitlers Hand. Jetzt gehört halb Europa der Sowjetunion.«
Und damit hakte er sich bei Wasja und Stepan unter und ging lachend davon.
Doch noch in derselben Nacht führte Lech Markiewicz, ein gelernter Elektriker, im elektrischen Zaun einen Kurzschluss herbei und entkam. Am nächsten Morgen war er nicht mehr im Lager. Niemand wusste, was aus ihm geworden war.

Jede Nacht kamen Konvois mit weiteren Männern und brachten andere fort, Hunderte und Aberhunderte von ihnen. Tagsüber galt das Lager weiterhin als Zwischenstation auf einem Weg mit unbekanntem Ziel. Sie wurden schlecht verpflegt, durften einmal in der Woche ein Bad nehmen und wurden regelmäßig geschoren und entlaust. Und doch kamen nach und nach immer neue Russen an, und die alten Russen verschwanden.
Eines Nachts Ende Juli wurden Alexander, Uspenskij und ihre Quartiergenossen geweckt. Man befahl ihnen, ihre Sachen zusammenzupacken, dann führte man sie in den hinteren Teil des Lagers. Dort warteten drei Lastwagen. Sie wurden in Zweiergruppen aufgeteilt und aneinander gefesselt. Alexander und Uspenskij bildeten eine Zweiergruppe. Sie fuhren einige Zeit durch die Nacht. Alexander vermutete, dass sie zu einem Bahnhof gebracht wurden, und so war es auch.

10

New York, August 1945

Eines Sonntags im Sommer spazierten Tatiana, Vikki und Anthony am späten Vormittag über den Markt an der Second Avenue in der Lower East Side. Wie alle anderen Passanten sprachen auch sie über die Kapitulation der Japaner eine Woche zuvor, nach dem Atomschlag auf Nagasaki. Vikki war der Ansicht, die zweite Bombe sei unnötig gewesen, doch Tatiana wies darauf hin, dass die Japaner nach dem Abwurf auf Hiroshima noch nicht kapituliert hätten. »Wir haben ihnen nicht genug Zeit gelassen. Was sind schon drei Tage? Man hätte ihnen ein paar Tage mehr lassen sollen, um ihren Stolz zu überwinden. Was glaubst du, warum haben sie uns in den letzten drei Monaten immer wieder angegriffen, obwohl sie wussten, dass sie den Krieg nicht gewinnen können?«

»Ich weiß es nicht. Warum hat Deutschland immer weitergemacht? Dort wusste man doch schon 1943, dass der Krieg verloren ist.«

»Aber Hitler war wahnsinnig.«

»Und Hirohito nicht?« Doch da wurde Tatiana plötzlich förmlich umlagert, von einer ganzen Menschenmenge, wie es schien. In Wahrheit war es nur eine sechsköpfige Familie, Vater, Mutter und vier Töchter im Teenager-Alter. Sie fassten Tatiana bei den Händen, bei den Armen und begruben sie regelrecht unter sich.

»Tania? Tania? Bist du noch da?«, rief Vikki.

Die Frau streichelte Tatianas Haar und redete auf Ukrainisch auf sie ein. Ihr Mann tupfte sich die Augen und schenkte Anthony ein Eis und einen Lutscher. Anthony nahm die Geschenke mit dem Strahlen eines Zweijährigen entgegen und ließ dann beides prompt auf den Boden fallen.

»Was sind denn das für Leute?«, fragte Vikki fassungslos.

»Mama kennt viele Leute«, antwortete Anthony und zog seine Mutter am Rock.

Vikki richtete sich auf und murmelte vor sich hin: »Das ist allerdings wahr. Nur keine Männer.«

»Eis, Mama. Will Eis.«

Die Familie redete Ukrainisch mit Tatiana, die ihnen auf Russisch antwortete. Sie küssten ihr die Hände und ließen schließlich wieder von ihr ab. Tatiana hob Anthony auf und ging weiter. Vikki folgte ihr.

»Tatiana?«

»Was denn?«

»Tu nicht so unschuldig. Willst du uns nicht erklären, was da gerade passiert ist?«

»Anthony braucht keine Erklärungen. Nicht wahr, Schätzchen?«
»Nein, Mama. Anthony braucht Eis.«
Tatiana kaufte ihm ein neues Eis. Dann warf sie Vikki einen Blick zu und zuckte die Achseln. »Was denn? Die slawische Seele ist nun mal sehr überschwänglich.«
»Die waren nicht nur überschwänglich, sie sind praktisch vor dir auf die Knie gefallen. Allein aus ihren Gesten habe ich entnommen, dass sie ohne weiteres bereit wären, dir ihre Erstgeborene auf dem Altar zu opfern.«
Tatiana lachte. »Ach mein Gott, das war wirklich nichts Besonders. Sie sind vor etwa einem Jahr auf Ellis Island angekommen. Der Mann hatte seine Frau mit den Kindern in die Türkei geschickt, als die Deutschen die Ukraine besetzten. Er selbst war zwei Jahre lang in Kriegsgefangenschaft, dann ist er in die Türkei entkommen und hat fast ein Jahr lang in Ankara nach seiner Familie gesucht. 1944 hat er sie dann endlich wiedergefunden, und einen Monat später, im Juli, sind sie in New York angekommen, gesund, aber ohne Papiere. Doch es kommen ja zu viele Flüchtlinge. Der Mann hätte auch ohne Papiere bleiben dürfen, er kann arbeiten und sich nützlich machen, als Bauarbeiter oder Anstreicher oder was auch immer. Aber seine Frau kann weder nähen noch stricken, und sie kann kein Englisch. In der Türkei hat sie sich und ihre Kinder drei Jahre lang mit Betteln durchgebracht.« Tatiana schüttelte den Kopf. »Wenn sie bloß Englisch gesprochen hätten, dann wäre alles viel einfacher gewesen. Aber was sollte ich machen? Man hätte sie alle zurückgeschickt.« Sie beugte sich hinunter, rückte Anthonys Baseballkappe zurecht und wischte ihm Vanilleeis vom Kinn. »Kannst du dir vorstellen, wie sie reagiert haben, als ich ihnen sagen musste, dass der Mann bleiben darf, die Frau und die Kinder aber nicht? Wohin sollen wir denn zurück?, haben sie mich gefragt. In die Ukraine? Wir sind doch geflüchtet! Wir kommen ins Straflager, wir kommen nie mehr frei. Und weißt du, was fünf Frauen in solchen Lagern bevorsteht? Also, Vikki, was sollte ich machen? Ich bin losgegangen und habe der Frau eine Stelle als Putzfrau in einem Ge-

schäft verschafft. Die Töchter konnten auf die drei kleinen Kinder des Ladenbesitzers aufpassen. Sie sind auf Ellis Island geblieben, bis ich den Mann von der Einwanderungsbehörde dazu bewegt hatte, ihnen ein vorläufiges Visum auszustellen.« Tatiana zuckte die Achseln. »Es ist Wahnsinn, was zurzeit da vor sich geht. Sie wollen niemanden mehr durchlassen. Gerade heute wurde wieder ein Mann zurück nach Litauen geschickt, dabei hat ihm gar nichts gefehlt. Er hatte nur eine kleine Infektion im rechten Ohr! Sie haben ihn unter Quarantäne gestellt, und morgen wird er einfach so zurückgeschickt. Nur, weil er ein rotes Ohr hat!« Tatiana stieg die Röte ins Gesicht. »Ich habe den armen Kerl gefunden, wie er da in einem Zimmer saß und sich die Augen ausweinte. Er hat mir erzählt, dass seine Frau schon seit zwei Jahren in Amerika ist und auf ihn wartet. Sie hatten eine Schneiderei. Also habe ich sein Ohr untersucht ...«

»Moment mal, welchen Mann von der Einwanderungsbehörde hast du eigentlich eben gemeint?«, unterbrach Vikki sie. »Doch nicht etwa diesen Geier, diese Schlange, den gefürchteten Vittorio Vassman?«

»Doch, genau den. Er ist sehr nett.«

Vikki brach in schallendes Gelächter aus. »Der erlaubt doch nicht einmal seiner eigenen Mutter, ihr Auto in seiner Garage zu parken. Und den hast du dazu gebracht, ein vorläufiges Visum auszustellen? Was hast du dafür getan?«

»Ich habe Piroggen für seine kranke Mutter und Blinchiki für ihn gebacken und ihm gesagt, dass er eine sehr schwere Aufgabe hat, die er bemerkenswert gut erfüllt.«

»Bist du mit ihm ins Bett gegangen?«

Tatiana seufzte. »Du bist unmöglich.«

»Edward, weißt du eigentlich, was Tatiana hier auf Ellis Island treibt?«

»O ja, und ob ich das weiß.«

Sie saßen zu dritt beim Mittagessen in der Cafeteria des Krankenhauses, in der es inzwischen von Ärzten und Krankenschwestern nur so wimmelte, seit Ellis Island wieder eine Anlaufstelle für Flüchtlinge war. Brenda war nicht mehr unter ihnen; sie hatte zum allgemeinen Erstaunen im Juni 1945 gekündigt, weil ihr Mann aus dem Krieg im Pazifik heimgekehrt war. Niemand hatte gewusst, dass Brenda verheiratet war.

Vikki erzählte Edward von der Begegnung in der Lower East Side. Edward nickte und schaute Tatiana so liebevoll an, dass sie den Blick abwandte und Vikki erstaunt die Augen aufriss.

»Vikki«, sagte er, »jeder hier auf Ellis Island weiß über Tatiana Bescheid. Was glaubst du, weshalb man sie nicht mehr auf die Flüchtlingsschiffe lässt? Sie lässt alle Flüchtlinge durch, jeden einzelnen. Die Leute haben schon von ihr gehört, wenn sie hier ankommen, und wollen alle von ihr untersucht werden.«

»Das mit den Flüchtlingen kann ich ja noch verstehen. Aber wie bringt sie Vassman dazu, ihnen Visa auszustellen?«

»Sie hypnotisiert ihn jeden Morgen. Und wenn das nicht hilft, tut sie ihm etwas in den Kaffee.«

»Willst du damit sagen, sie sieht ihn morgens?«

»Jetzt hört aber auf, ihr zwei«, sagte Tatiana. »Das reicht.«

Doch Edward fuhr fort: »Vor ein paar Tagen erst waren drei Frauen am Samstagnachmittag hier und haben nach Tatiana gefragt. Sie sind mit der Fähre herübergekommen, um nach ihr zu suchen.«

»So wie deine Frau damals nach dir gesucht hat?«, fragte Tatiana sanft.

»Nicht ganz«, gab Edward zurück. »Meine baldige Exfrau ist schließlich nicht hierher gekommen, um mir ihre treuen Dienste bis ans Ende ihrer Tage anzubieten, so wie es diese Leute tun, wenn sie nach dir suchen.«

»Ich weiß gar nicht, wovon du redest«, sagte Tatiana. »Sie wollten mir bestimmt nur ein paar Äpfel schenken.«

»Ein paar Äpfel, eine Bluse und vier Bücher.« Edward lächelte. »Du warst nicht da, aber ich habe ihnen gesagt, ich könnte ihnen deine Adresse geben ...«

»Edward!«, riefen die Mädchen entsetzt wie aus einem Munde.

Er lachte. »Also keine Äpfel frei Haus?«

»Nein«, erwiderte Tatiana.

Der Kioskbesitzer, der ihnen die *Herald Tribune* verkaufte, musterte Tatiana und sagte dann: »Sie sind Schwester Tatiana, nicht wahr?«
»Wer will das wissen?«, fragte Tatiana wachsam.
Der Mann lächelte. »Man nennt Sie den Engel von Ellis Island. Nehmen Sie die Zeitung, Sie brauchen nicht zu bezahlen. Nehmen Sie sie ruhig. Durch Sie habe ich Hunderte neue Kunden.«
Als sie weitergingen, sagte Vikki: »So langsam begreife ich. Lieber Himmel! Du tust das gar nicht für diese Menschen.«
»Was meinst du?«
»Du tust es nur für dich selbst. Gerade hast du diesen Mann gefragt: ›Wer will das wissen?‹, als würdest du auf jemanden warten, der fragt, ob du Schwester Tatiana bist.«
»Da irrst du dich, wie so oft. Wie kann man nur immer so falsch liegen?«
»Auf wen wartest du?«
»Das ist mir noch von früher geblieben«, erklärte Tatiana. »Wenn jemand nach einem fragt, hat das meistens nichts Gutes zu bedeuten.«
»Erzähl mir doch nichts. Auf wen wartest du?«
»Auf niemanden.«
»Wo nimmst du nur die ganze Zeit her? Du hast ein Kind, zwei Arbeitsstellen, und wir wohnen zusammen. Woher nimmst du die Zeit, noch Geheimnisse zu haben?«
»Was für Geheimnisse? Ich tue doch gar nichts. Von Zeit zu Zeit frage ich unseren Hausmeister, ob er nicht noch einen Portier sucht. Ist das denn so schlimm?«
»Ich weiß es nicht, ich frage ihn ja nicht. Warum fragst du ihn?«
»Weil es mich nichts kostet«, erwiderte Tatiana. »Aber Diego aus Rumänien hat jetzt eine feste Arbeit.«
»Du bist unglaublich.« Vikki schloss die Wohnungstür auf und legte den Arm um Tatiana. »Ist das dein Vermächtnis an Amerika?«
»Nicht mein Vermächtnis«, sagte Tatiana. »Sondern mein Dank.«

Vikki war abends nur selten daheim. Sie ging tanzen oder ins Kino, zum Abendessen oder traf sich mit Freunden in einer Bar. Wenn sie spätabends zurückkam, hatte sie häufig zu viel getrunken und wollte reden, und Tatiana, die meist ohnehin noch wach war, ganz gleich, wann Vikki nach Hause kam, erfüllte ihr diesen Wunsch. Eines Abends allerdings lag sie bereits im Bett und schlief. Doch Vikki ließ sich davon nicht abhalten. Sie zog ihr Kleid aus und kroch zu Tatiana ins Bett; dann schlug sie die Hände vors Gesicht und seufzte tief auf.

»Also?«, fragte Tatiana.

»Oh, du schläfst gar nicht?«

»Nein, jetzt nicht mehr.«

Vikki nahm die Hände vom Gesicht. Sie war sichtlich beschwipst. »Ach, Tania, ich konnte kein Taxi kriegen. Und dann bin ich den ganzen Weg vom Astor Place hierher zu Fuß gegangen, auf den hohen Absätzen. Ich habe ganz wunde Füße.«

Tatiana hörte ihrer Stimme an, dass Vikki den Tränen nahe war. Alkohol am Abend rief oft die sentimentale Italienerin in ihr wach. Tatiana streckte die Hand aus und strich ihrer Freundin übers Haar. »Was ist denn los, Gelsomina?«

»Was mache ich da eigentlich die ganze Zeit, Tania? Was? Heute bin ich mit einem echten Idioten ausgegangen, einem richtigen Mistkerl. Todd. Der, den ich letzte Woche kennen gelernt habe.«

»Ich habe dir doch gesagt, du sollst dich von ihm fern halten.«

»Aber anfangs war er so nett.«

»Letzte Woche, meinst du?«

»Ja. Aber diese Woche war er nur noch fordernd und schrecklich. Draußen vor der Bar hat er mich viel zu hart angefasst. Ich habe ihn kaum abschütteln können. Zum Glück kam ein Auto vorbei. Aber dann wollte er mit mir nach Hause kommen, und ein Nein wollte er nicht akzeptieren.«

»Warum sollte er auch? Schließlich hast du gleich beim ersten Mal Ja gesagt.«

»Ach, Tatiana, ich will doch nur einen netten Mann kennen lernen, der mich liebt. Ist das denn so falsch?«

War Dascha jeden Freitag und Samstag nach der Arbeit ausgegangen, hatte sie etwas mit ihrem Chef, einem verheirateten Zahnarzt, angefangen, weil auch sie einen netten Mann kennen lernen wollte, der sie liebte? Und dann hatte sie einen netten Mann getroffen, einen hoch gewachsenen Offizier der Roten Armee, in der Sadko-Bar. »Warte nur, bis du ihn kennen lernst, Tania. Einen so attraktiven Mann hast du noch nie gesehen!«

»Nein, das ist nicht falsch.«

»Ich wünschte, ich hätte diesen Harry wieder. Der war so goldig.«

Harry war ein schwerer Trinker gewesen. Doch das sagte Tatiana nicht.

»Ich wünschte, ich hätte Jude wieder oder Mark oder auch meinen Exmann. Bevor der Krieg zu Ende war, war alles besser. Jetzt kommen diese ganzen Männer zurück und wollen uns, aber sie wissen nicht, wie sie mit uns umgehen sollen. Sie erwarten, dass wir so sind wie ihre Kumpels im Krieg.«

»Aber wissen wir denn, wie wir mit ihnen umgehen sollen?«

»Ich will mein liebevolles Herz zurück.« Jetzt brach Vikki endgültig in Tränen aus. »Weißt du, wovor ich mich am meisten fürchte? Dass ich werde wie meine Mutter, genau so entwurzelt. Ich will nicht so werden wie sie. Es heißt immer, wir werden alle wie unsere Mütter. Glaubst du das?« Doch ehe Tatiana antworten konnte, redete Vikki schon wieder weiter. »Meine Mutter hat mich allein gelassen, ist aus New York weggegangen, ins Ausland, ist viel herumgereist, hat wahrscheinlich auch viel geliebt. Und am Ende ist sie doch in einem Heim gelandet, irgendwo in Montecito. Stell dir das mal vor. Ich weiß nicht einmal, wo Montecito ist, und meine Mutter sitzt dort im Irrenhaus.«

»Das tut mir Leid. Und sie tut mir auch Leid.«

»Weißt du, was ich manchmal denke?«, flüsterte Vikki mit einem kleinen Schluchzen. »Manchmal denke ich, ich will einfach nur meine Mutter wiederhaben. Ist das nicht lächerlich?«

»Nein«, erwiderte Tatiana. »Ich will meine Mutter auch wiederhaben.«

»Hattest du eine gute Mutter?«
»Ich weiß nicht. Sie war einfach meine Mutter.«
»Und hattest du eine gute Schwester?«
»Ich hatte eine sehr gute Schwester«, flüsterte Tatiana. »Sie hat mich huckepack getragen, als ich klein war, und später hat sie mich vor bösen Buben beschützt. Ich will sie alle wiederhaben, meine Schwester, meinen Bruder.« Sie schloss die Augen. *Pascha und Tania halten sich gemeinsam an einem Seil fest, das über dem Fluss Luga baumelt. Sie schwingen hin und her, ein-, zwei-, dreimal, dann lassen sie sich ins Wasser fallen. Pascha und Tania rennen am Ufer der Luga entlang, nehmen Anlauf und springen hinein.*
»Aber willst du denn nicht auch Liebe? Ich will Liebe. Ich will ein hübsches, kleines Haus auf Long Island, ein Auto und zwei Kinder. Ich will das, was meine Großeltern haben. Sie sind für einander da, seit dreiundvierzig Jahren.«
»Aber das willst du doch gar nicht, Vikki. Du willst keine Kinder. Das ist nicht das Richtige für dich. Du bist ein unsteter Geist.«
Vikki sah Tatiana blinzelnd im Dunkeln an. Ihre Wimperntusche war zerlaufen und hinterließ dunkle Schlieren unter ihren Augen. »Aber vielleicht wäre es doch etwas für mich.« Tatiana hörte nicht auf, Vikkis Haar zu streicheln, doch sie schüttelte den Kopf.
»Was weißt du denn schon? Du gehst ja praktisch nie aus dem Haus.«
»Wohin soll ich auch gehen? Ich bin doch schon zu Hause.« Vikki streckte die Hand aus und berührte Tatianas Haar. »Bist du denn kein unsteter Geist?«
»Ich wünschte, ich wäre es.«
Vikki rückte näher heran und legte die Arme um Tatiana. Tatiana schloss die Augen und lag an Vikki geschmiegt, so wie sie sich früher, in einem anderen Leben, in der Wohnung am Fünften Sowjet an Dascha geschmiegt hatte.
»Tania«, sagte Vikki. »Wie hast du es geschafft, dich in der ganzen Zeit nie jemandem hinzugeben?«
Tatiana gab keine Antwort. »Warst du je mit einem anderen Mann als deinem Ehemann zusammen?«

Tatiana rückte von ihr ab. Die Gedanken zu ertragen, in der Nacht und in Gegenwart eines anderen Menschen, das ging beinahe über ihre Kräfte. »Nein«, sagte sie leise. »Ich habe mich verliebt, als ich sechzehn war. Ich habe nie einen anderen geliebt. Und ich war auch nie mit einem anderen zusammen.«

»Ach, Tania. Dann hat meine Grammy also Recht. Sie sagt immer: ›Die Kleine ist noch dabei, ihren Travis zu verwinden.‹«

Tatiana schwieg. Vikki rückte wieder näher heran und legte die Arme um sie.

»Aber du hast doch seinen Sohn. Ist das denn kein Trost?«

»Doch, solange ich nicht an seinen Vater denke.«

»Willst du dich denn nicht wieder verlieben? Heiraten? Glücklich sein? Mein Gott, Tatiana.« Vikki seufzte. »Du hast ... so viel zu geben.« Sie zog Tatiana enger an sich. »Edward ist jetzt geschieden. Warum gehst du nicht einmal mit ihm zum Abendessen? Warum speist du ihn immer mit Mittagessen ab?«

»Edward hat etwas Besseres als mich verdient.«

»Edward ist da anderer Ansicht. Und ich auch.«

Tatiana lachte leise und streichelte Vikkis Arm. »Ich kriege das schon hin«, flüsterte sie. »Das hast du doch selbst gesagt. Ich kriege das schon hin.«

Stunden verbrachten sie so in der Dunkelheit, ohne zu schlafen. Vikki wurde wieder nüchterner und trank Wasser. Sie lag im Bett, unter der Decke, und rauchte eine Zigarette.

»Versprich mir, dass du einmal mit ihm zum Abendessen gehst. Was kann denn ein Abendessen schaden?«

»Warum interessierst du dich denn so dafür?«

Vikki lächelte. »Weil ich weiß, dass er sich sehr freuen würde. Und außerdem finde ich, ihr wärt ein wirklich tolles Paar.«

»Ein Paar? Vergiss es. Ich dachte, wir reden vom Abendessen.«

»Ja – von einem Abendessen als Paar.«

»Das heißt aber noch viel mehr. Und als Nächstes reden wir dann von einem hübschen, kleinen Haus.«

»Und was wäre so schlimm daran?«
»Ich muss jetzt schlafen. Mach doch, was du willst.«
Sie konnte Vikki nicht von den schrecklichen Gedanken erzählen und auch nicht von den schönen. Sie konnte ihr nicht vom Himmel erzählen und von all dem Leid.
Doch wie tröstlich es war, neben einem anderen Menschen einzuschlafen, nicht allein zu sein. Wie beruhigend es war, neben einem atmenden Körper und einem bebenden Herzen zu liegen, dunkles Haar an der Schulter zu spüren, überhaupt irgendetwas zu spüren.

Vova hat nur gesagt: »Mach dir keine Sorgen, Alexander. Wir kümmern uns schon um Tania, wenn du weg bist.«
Doch als sie zu Hause sind, sitzt Tatiana auf dem Stuhl vor Alexander und schaut ihn verwirrt an.
Seine rasende Eifersucht kennt keine Grenzen, sie stürzt sich auf jeden Schuljungen in Lazarewo. Je näher seine Abreise rückt, desto schlimmer wird es. Und in dieser Nacht ist der Höhepunkt erreicht.
»Ich frage dich«, sagt Alexander, und in seiner Stimme liegt beißender Sarkasmus.
Tatiana sagt: »Shura, Liebster ...«
»Ich frage dich«, wiederholt er lauter. »Unterbrich mich gefälligst nicht.« Er läuft vor ihr auf und ab wie ein Raubtier in seinem Käfig. »Sag mir einfach nur, wie lange du warten willst, bis du zulässt, dass Vova sich um dich kümmert? Oder Wlasik mit seiner Gitarre. Frag ihn doch mal, was für ein Instrument er sonst noch beherrscht. Vielleicht macht er ja auch Hausbesuche. Oder soll ich ihn selbst fragen?«
Sie schaut ihn fassungslos an und schweigt. Sie ist ihm nicht böse – wie könnte sie auch? Sie weiß doch, dass er sie anbetet, dass er selbst wünscht, sie weniger zu lieben.
»Antworte mir, verdammt noch mal«, ruft er und macht einen drohenden Schritt auf sie zu.
Sie sitzt auf ihrem Stuhl, die Arme vor der Brust verschränkt. »Ich bitte dich ...«
»Du kannst bitten, so viel du willst«, antwortet er unbarmherzig. »Soll ich nun persönlich mit Wlasik reden? Oder

wirst du es mit den Worten versuchen, die ich dir beigebracht habe, sobald du mich vermisst?« Seine Augen sprühen Flammen. Er packt sie am Arm und zieht sie hoch.

Tatiana macht sich von ihm los. »Lass mich.« Sie will nach hinten ausweichen, findet sich aber zwischen dem Nähtisch und der Ziegelwand des Bauernofens eingekeilt. Also macht sie einen Schritt nach vorn und versucht, an ihm vorbei in den offeneren Teil der Hütte zu gelangen. Doch Alexander geht ihr nicht aus dem Weg, lässt sie nicht vorbei und drängt sie mit seinem Körper in die Ecke zurück. »Wir sind noch nicht fertig, Tania«, sagt er.

»Shura!«

»Schrei mich nicht an!«

»Shura! Hör auf!«, ruft sie laut und versucht noch einmal, an ihm vorbei zu kommen. Doch er lässt sie nicht aus der Ecke heraus, und diesmal schubst er sie mit den Händen zurück.

»Du sollst aufhören! Hör auf! Es geht hier doch um nichts.«

»Für dich vielleicht nicht.«

»Bist du verrückt geworden?« Sie wirft sich gegen ihn. »Geh mir aus dem Weg.«

»Zwing mich doch dazu.«

»Shura!«, schreit sie und kämpft verzweifelt gegen die Tränen an. Sie zittert am ganzen Körper. »Bitte, hör auf.« Ihre Unterlippe bebt, so große Anstrengung kostet es sie, nicht zu weinen. Über ihr rammt Alexander seine Stirn gegen die Wand. Dann tritt er beiseite.

»Was soll das, Alexander? Glaubst du, es macht mir weniger aus, dass du fortgehst, wenn du dich so aufführst? Mach nur weiter. Glaubst du, dann bin ich froh, wenn du endlich weg bist? Glaubst du, irgendetwas auf der Welt kann mir das Leben erleichtern, wenn du fort bist?«

»Du scheinst das offenbar zu glauben«, erwidert Alexander und zieht sich noch ein wenig weiter von ihr zurück.

Tatiana sieht ihn an, und plötzlich wird ihr alles klar. »Warte mal. Es geht hier nicht um mich. Es geht überhaupt nicht um mich.« Sie stößt ein ersticktes Stöhnen aus. »Es geht um dich – du glaubst, wenn du dir vorstellst, dass ich mich mit dem Nächstbesten aus dem Dorf einlasse, wirst du weniger

für mich empfinden. Du denkst dir: Hoffentlich wird Tania mich betrügen, dann wird es viel leichter für mich, zu sterben und sie zu verlassen.«
»Halt den Mund, Tania.«
»Nein«, brüllt sie. »Das willst du doch, oder? Du stellst dir das Schlimmste vor, und schon bin ich nicht mehr deine Frau, sondern nur noch ein herzloses Flittchen. Wie wunderbar – und schon ist mein Mann frei! Ich bin ja nur eine kleine Hure, die in kürzester Zeit einen anderen Kerl gefunden hat, der dich ersetzt.« Sie ist so wütend, dass sie die Fäuste ballt.
»Tania, ich habe gesagt, du sollst den Mund halten.«
»Nein!«, schreit sie. Sie stellt sich auf die Ofenbank, um ein wenig größer zu sein, sich ein wenig mutiger zu fühlen. »Das willst du doch, das brauchst du. Du willst dir das Unmögliche vorstellen, um mich loszuwerden.« Die Tränen laufen ihr über die Wangen. »Aber ganz egal, wie sehr du es brauchst«, schreit sie wütend. »Das bekommst du nicht von mir. Auf keinen Fall. Du kannst alles von mir haben, aber ich werde nicht so tun, als wäre ich eine Hure, nur damit du dich besser fühlst, wenn du mich allein lässt.«
»Du hörst jetzt auf damit, ist das klar?«
»Sonst was?«, ruft sie. »Zwing mich ruhig dazu, Alexander. Diesmal werde ich meinen Mund nicht halten.«
»Nein, natürlich nicht!«, brüllt er und tritt in hilfloser Wut gegen den Wasserkessel.
»So ist es recht!«, schreit sie. »Du wolltest doch kämpfen. Das kannst du haben.«
Er knirscht mit den Zähnen und stürzt sich auf sie. »Du weißt ja gar nicht, was kämpfen heißt«, sagt er. Er hebt sie von der Ofenbank, reißt ihr Kleid entzwei, zieht sie hinunter auf den Holzfußboden, hält sie fest, zerreißt ihre Unterwäsche, zwingt ihr die Beine auseinander und drückt sich schwer auf sie nieder.
Tatiana schließt die Augen. Er ist grob mit ihr. Erst will sie ihn nicht in sich aufnehmen, doch es ist unmöglich, seinen gequälten Körper von sich zu stoßen. »Soldat …«, stößt sie stöhnend hervor. »Du kannst mich nicht mitnehmen, aber du kannst mich auch nicht zurücklassen …«

»Doch, ich kann dich mitnehmen«, flüstert er.

Plötzlich zieht er sich mit einem hilflosen, ächzenden Laut von ihr zurück, geht nach draußen und lässt Tatiana zusammengerollt, hustend und keuchend auf dem Boden liegen.

Er sitzt auf der Bank und raucht mit zitternden Händen eine Zigarette. Tatiana tritt zu ihm, in ein weißes Laken gehüllt. Ihre Stimme bebt. »Morgen«, stößt sie mühsam hervor, »ist unser letzter Tag hier in Lazarewo.« Sie kann ihn nicht ansehen, und auch er weicht ihrem Blick aus. »Bitte, lass uns damit aufhören.«

»Einverstanden.«

Sie lässt das Laken zu Boden fallen und kommt ganz nah an ihn heran. »Vorsicht«, sagt Alexander leise und schaut auf seine brennende Zigarette.

»Es ist zu spät, um vorsichtig zu sein«, erwidert Tatiana. »Unser Ende steht bevor. Was interessiert mich deine Zigarette?«

Später, im Bett, hält Alexander sie lange an seine warme Brust gedrückt, ohne zu reden, ohne sich zu rühren, fast ohne zu atmen und auch ohne zu beenden, was er begonnen hat. Schließlich sagt er: »Ich kann dich nicht mitnehmen. Es ist zu gefährlich für dich. Das kann ich nicht riskieren ...«

»Pst.« Tatiana küsst ihn auf die Brust. »Das weiß ich doch. Ich gehöre dir, Shura. Heute willst du das vielleicht nicht, heute Nacht wünschst du dir vielleicht, dass alles anders wäre. Aber ich gehöre nur dir allein, das war schon immer so und wird auch immer so bleiben. Nichts kann etwas daran ändern. Dein Zorn nicht, deine Fäuste nicht, dein Körper nicht, nicht einmal dein Tod.«

Er gibt ein gequältes Krächzen von sich.

»Shura, Liebster.« Sie beginnt zu weinen. »Wir sind Waisen, Alexander, du und ich. Wir haben nur noch einander. Ich weiß, dass du alle Menschen verloren hast, die du je geliebt hast, aber mich wirst du nicht verlieren. Das schwöre ich dir bei meinem Ehering, bei meiner Unschuld, die du mir genommen hast, bei meinem Herzen, das du mir brichst, und bei deinem Leben. Ich schwöre dir, ich bleibe ewig deine treue Ehefrau.«

»Tania«, flüstert er. »Versprich mir, dass du mich nicht vergisst, wenn ich sterbe.«

»Du wirst nicht sterben, Soldat«, sagt sie. »Du wirst nicht sterben. Du musst leben! Lebe, atme weiter, krall dich am Leben fest, lass es nicht los. Versprich mir, dass du für mich weiterleben wirst. Und ich verspreche dir, wenn alles vorbei ist, werde ich auf dich warten.« Sie schluchzt. »Wenn alles vorbei ist, wann immer das auch sein mag, Alexander, werde ich hier sein und auf dich warten.«

Das Leben offenbarte sich in Kleinigkeiten. In dem Hafenarbeiter, der am Landungssteg der Fähre stand, die sie jeden Morgen nahm, der sie anlächelte und »Guten Morgen« sagte, ihr einen Kaffee und eine Zigarette anbot und dann während der dreizehnminütigen Fahrt neben ihr an Deck saß. In Benjamin, dem Spieler an der zweiten Base im Park, der sie bei dem Versuch, einen Aus-Schlag zu erwischen, versehentlich umrannte und zu Boden stieß und dann ein paar Sekunden reglos auf ihr liegen blieb – so lange, dass Edward, der Fänger, zu ihnen kam und sagte: »Okay, das reicht, wir sind hier beim Softballspiel und nicht im Ricardo's.« In Vikki, die ihr jeden Morgen die Lippen anmalte, bevor sie zur Arbeit ging, und sie dann auf die Wange küsste. Tatiana wischte den Lippenstift weg, sobald sie die Wohnung verlassen hatte.

Doch eines Morgens wischte sie ihn nicht weg. Und eines Freitagabends sagte sie nicht Nein, als Vikki fragte, ob sie mit ins Ricardo's komme.

Das Leben offenbarte sich in dem Börsenmakler in Anzug und Krawatte, der im Café an der Ecke Church Street/Wall Street neben Tatiana und Vikki saß und über ihre Gespräche lachen musste. Es offenbarte sich in dem Familienvater, dem Tatiana eine Einreiseerlaubnis verschafft hatte und der sie auf Ellis Island aufsuchte, um sie zu fragen, ob sie nicht seinen ältesten Sohn heiraten wolle, der Maurer sei und sie gut versorgen könne. Er hatte den Jungen gleich mitgebracht, damit Tatiana ihn sich ansehen konnte. Er war ein hoch gewachsener, muskulöser, fröhlicher junger Mann von etwa achtzehn Jahren und betrachtete Tatiana mit hingebungsvoller, schwärmerischer Miene. Sie trank einen Kaffee mit ihm in der Krankenhaus-Cafeteria und erklärte ihm, dass sie sich geschmeichelt fühle, ihn aber trotzdem nicht heiraten könne. Das Leben offenbarte sich in den Mittagessen, zu denen sie sich zweimal in der Woche mit Edward traf, in den Bauarbeitern und den Installateuren in der Innenstadt, oder in dem Hot-Dog-Verkäufer, der ihr lächelnd einen Hot Dog und eine Cola reichte.

Tatiana verbrachte ihre Tage auf den Flüchtlingsschiffen, untersuchte die Nachkriegs-Flüchtlinge und führte sie auf die Fähre nach Ellis Island, oder sie war im Krankenhaus und untersuchte die Flüchtlinge dort. Die Nachmittage verbrachte sie im Krankenhaus der NYU, ging zwischen den Betten umher und blickte jedem Mann ins Gesicht. Falls er hierher kam, würde er an einem dieser beiden Orte sein – auf Ellis Island oder im NYU-Krankenhaus. Doch seit Kriegsende waren bereits vier Monate vergangen. Bisher waren eine Million Soldaten nach Hause zurückgekehrt, gut dreihunderttausend davon über New York. Wie oft konnte Tatiana die Verwundeten noch fragen: Wo haben Sie gekämpft? Waren Sie in Europa stationiert? Sind Ihnen in den Kriegsgefangenenlagern sowjetische Offiziere begegnet? War vielleicht einer darunter, der Englisch mit Ihnen gesprochen hat? Tatiana betrat jedes Schiff, das in den Hafen von New York einlief, blickte in zahllose Gesichter europäischer Flüchtlinge. Wie oft konnte sie sich noch von amerikanischen Soldaten von den Gräueln in Nazi-Deutschland berichten lassen? Wie viele Geschichten darüber, was mit den sowjetischen Gefangenen in den deutschen Lagern geschehen war, konnte sie noch ertragen? Wie viele Berichte über die Toten, Hunderttausende, Millionen von Toten? Kein Blut, kein Penizillin konnte die sowjetischen Soldaten retten, die die Deutschen einfach verhungern ließen. Wie lange konnte sie es wohl ertragen, all diese Dinge zu hören, immer und immer wieder?

Abends holte sie Anthony bei Isabella ab. Oft blieb sie mit Vikki zum Essen dort, und sie sprachen über Bücher, Filme und die neueste Mode. Dann kehrten sie nach Hause zurück, brachten Anthony ins Bett und saßen noch ein Weilchen auf dem Sofa, unterhielten sich oder lasen. Am nächsten Tag ging alles wieder von vorne los, und dann begann eine neue Woche und eine weitere und noch eine.

Einmal im Monat fuhr sie mit Anthony nach Barrington, um Esther und Rose zu besuchen. Doch sie hatten keine Neuigkeiten. Und einmal im Monat rief sie auch Sam Gulotta an, der ebenfalls keine Neuigkeiten hatte.

Der Wiederaufbau in New York ging deutlich schneller voran als im übrigen Land. Auch in Europa wurde eifrig Wiederaufbauarbeit geleistet. Die Flüchtlinge, die auf Ellis Island ankamen, wurden nach und nach wieder zu Einwanderern. Die Kriegsveteranen wurden aus dem Krankenhaus entlassen. Jede Woche sah Tatiana in ihr Postfach, doch niemand schrieb ihr. Sie wartete auf ihn, wider alle Vernunft. Am Samstagabend ging sie tanzen, am Freitagabend ins Kino, sie bereitete das Abendessen zu, spielte Softball im Central Park, las englische Bücher, ging mit Vikki aus und liebte ihren Sohn. Doch bei alledem sah sie jedem Mann ins Gesicht, der ihr entgegenkam, musterte jeden männlichen Rücken, in der Hoffnung, es möge sein Gesicht, sein Rücken sein. Wäre er in der Lage gewesen, zu ihr zu kommen, er hätte es längst getan. Hätte er eine Fluchtmöglichkeit finden können, er wäre längst geflohen. Wäre er noch am Leben gewesen, sie hätte längst etwas von ihm gehört.

Doch sie hörte nichts.

»Das ist nur der Anfang deines Lebens«, sagt er zu ihr. »Auch nach dreihundert Millionen Jahren wird es dich noch geben.«

»Ja«, flüstert sie. »Aber ohne dich.«

11

Das Vaterland, 1945

Der Zug hielt einmal, zweimal, fünfzehnmal auf dem Weg – dem Weg wohin? Alexander versicherte Uspenskij, sie würden es zu gegebener Zeit erfahren. Doch sie erfuhren nichts.

Zweimal stiegen sie um, beide Male in tiefer Nacht. Alexander kam es vor wie ein schrecklicher Traum, wenn er mit klirrenden Fesseln die Gleise überquerte und die Metallstufen hinaufstieg. Jedes Mal konnte er es kaum erwarten, endlich wieder auf seiner Holzpritsche liegen und die Augen schließen zu können.

Der Zug rollte unermüdlich weiter Richtung Osten. In den Wagons wurden die gefesselten Männer durcheinander gerüttelt, die aus dem Krieg ins Vaterland zurückkehren sollten. Alexander und Uspenskij aßen wässrigen Haferbrei aus einer Schüssel, und bei jedem Ruckeln des Zuges verschütteten sie ein wenig.

Und der Zug fuhr weiter, durch Ebenen und durch Wälder, er überquerte die Elbe.

Alexander verbarg sein Gesicht in der Armbeuge. Die Kama war mit einer dicken Eisschicht überzogen. Die ganze Nacht hindurch stand ihm ihr lachendes, sommersprossiges Gesicht vor Augen.

Der Zug fuhr durch die Berge, zwischen Kiefern und Moos hindurch, vorbei an steinernen Höhlen, Tag für Tag, Nacht für Nacht. Ein Monat ging vorbei, und sie waren immer noch nicht am Ziel. Sie aßen Haferbrei, zum Frühstück und zum Abendessen.

Nachts wurde es kalt im Wagon. Um sie her erstreckte sich die endlose norddeutsche Landschaft. Er schlief, und er träumte von ihr.

Schreiend schreckt sie hoch, setzt sich im Bett auf, stößt etwas von sich, das sich vor ihr zu befinden scheint. Alexander richtet sich schlaftrunken auf, sitzt ein wenig hinter ihr im Bett. »Tania, Tania«, sagt er und greift nach ihrem Arm. Doch sie reißt sich mit überraschender Kraft von ihm los, voller Angst und Wut, und ohne sich auch nur umzudrehen, versetzt sie ihm mit dem Rücken ihrer geballten Faust einen Schlag, mitten ins Gesicht. Er ist nicht darauf vorbereitet und kann ihr nicht mehr ausweichen. Blut schießt ihm aus der Nase. Er ist jetzt sehr viel wacher. Besorgt packt er sie an den Armen, hält sie fest und sagt mit lauter, tiefer Stimme: »Tania!« Das Blut rinnt ihm aus der Nase, über den Mund, das Kinn, die Brust.

Es ist mitten in der Nacht, und der helle, bläuliche Mond wirft gerade so viel Licht in die kleine Hütte, dass Alexander den Umriss ihrer keuchenden Gestalt vor sich sieht und die dunklen Tropfen, die auf das weiße Laken fallen.
Tania wacht auf, atmet tief durch und zittert am ganzen Körper. Er glaubt, sie nun beruhigt loslassen zu können, und lockert seinen Griff.
»Oh, Shura«, sagt sie. »Du kannst dir nicht vorstellen, was ich gerade geträumt habe.« Dann dreht sie sich zu ihm um und schnappt entsetzt nach Luft. »Lieber Himmel, was ist denn mit dir passiert?«
Alexander sitzt da und hält sich die Nase.
Tatiana springt aus dem Bett und holt eilig ein Handtuch. Dann kommt sie zurück, lehnt sich mit dem Rücken an die Wand und zieht ihn zu sich heran. »Komm her«, sagt sie. »Schnell, komm her.« Sie bettet seinen Kopf auf ihre Knie, sodass er ein wenig erhöht liegt, und hält ihm das Handtuch an die Nase.
»Sehr schön«, sagt Alexander nasal. »Aber so kriege ich keine Luft.« Er richtet sich kurz auf, spuckt ein wenig Blut aus, legt dann den Kopf wieder auf ihre Knie und hält das Handtuch ein wenig von seinem Mund weg.
»Entschuldige, Liebling«, flüstert Tania. »Das wollte ich nicht ... aber du kannst dir nicht vorstellen, was ich geträumt habe.«
»Da musst du mich ja mindestens mit einer anderen Frau erwischt haben«, sagt Alexander.
»Viel schlimmer«, erwidert sie. »Du warst am Leben, aber du konntest dich nicht bewegen. Du lagst vor mir, und da waren Leute, die mich zwingen wollten, dich Stück für Stück aufzuessen. Sie ...«
»Was für Leute?«
»Ich konnte ihre Gesichter nicht erkennen. Sie hielten mich an den Armen fest, und einer schnitt Fleisch von deinem Körper und stopfte es mir in den Mund.«
Er schaut zu ihr empor. »Du hast mich bei lebendigem Leib aufgegessen?«, fragt er erstaunt.
Sie schluckt schwer.

Alexander zieht die Augenbrauen hoch.
»Hier, an der Seite.« Sie berührt ihn an der rechten Seite, unterhalb der Rippen. »Da hat ein Stück gefehlt.«
»Und woher hast du gewusst, dass ich noch am Leben war?«
»Du hast die Augen bewegt, geblinzelt und mich mit den Blicken angefleht, dir zu helfen.« Sie schließt die Augen. »Mein Gott ...«
»Und du wolltest mir also helfen, indem du nach den Leuten geschlagen hast, die dich festhielten?«
Sie nickt und schaut aus tränenverschleierten Augen auf ihn herab. »Was habe ich gemacht?«, fragt sie tonlos.
»Ich glaube, du hast mir die Nase gebrochen«, erwidert er trocken.
Tania fängt an zu weinen.
»Das war nur ein Witz«, sagt er und streckt die Arme nach ihr aus. »Das war nur ein Witz, Tatia. Es blutet nur, das hört bald wieder auf.«
Er sieht ihre schuldbewusste Miene. Ihr angespanntes Gesicht trägt noch Spuren des Traumes.
»Es geht mir gut«, sagt er. »Es geht mir gut, Tania.« Er dreht den Kopf ein wenig und küsst ihre nackte Brust, dann schmiegt er seine Wange an ihren Körper, und sie drückt ihn an sich. Mit einer Hand hält sie ihm das Handtuch an die Nase, und mit der anderen streichelt sie sein Haar.
»Du warst am Leben«, flüstert sie. »Und man hat mir Stückchen von deinem Fleisch zu essen gegeben. Verstehst du?«
»O ja«, sagt Alexander. »Und zum Beweis blute ich jetzt.«
Tania küsst ihn auf die Stirn. Nach einiger Zeit lässt die Blutung nach. »Ich gehe mich waschen. Und morgen kümmern wir uns um die Bettlaken.«
»Warte ... geh nicht. Ich hole dir etwas zum Waschen. Steh auf – kannst du aufstehen? Wir haben doch Wasser hier drinnen. Soll ich dir helfen? Hier, nimm meinen Arm.«
»Tania«, sagt Alexander. Er nimmt ihren Arm, steht auf und setzt sich auf die Ofenbank. »Ich hatte nur Nasenbluten. Ich bin nicht todkrank.«
»Nein, aber morgen bist du grün und blau.« Sie feuchtet ein kleines Handtuch an, setzt sich neben ihn auf die Ofenbank

und wäscht ihm sanft das Blut von Gesicht, Hals und Brust. »Ich bin ja gemeingefährlich«, murmelt sie. »Sieh nur, wie ich dich zugerichtet habe.«
»Hm. Eines weiß ich sicher: So habe ich dich noch nie erlebt. Du warst in einem Zustand, den ich manchmal bei Soldaten im Krieg beobachtet habe. Die normalen Körperkräfte verzehnfachen sich. Ich konnte dich kaum an den Armen halten, und du hast richtig fest zugeschlagen.«
»Das sehe ich. Es tut mir Leid. So, nun bist du wieder sauber. Aber du darfst jetzt nicht schlecht von mir träumen, Shura.«
»Dass du vor mir liegst und ich dich bei lebendigem Leibe aufesse?«, fragt er mit einem Lächeln. »Das wäre ein furchtbarer Traum.«
»Nein, das darfst du nicht träumen, und auch sonst nichts Schreckliches. Leg dich hin. Soll ich dir helfen?«
»Ich denke, ich schaffe es allein.«
Sie sagt, sie sei gleich zurück. Kurze Zeit später kommt sie wieder und hat das Handtuch im kalten, nächtlichen Wasser der Kama ausgewaschen. »Hier, leg dir das auf die Nase, damit sie nicht so sehr anschwillt. Vielleicht bist du dann morgen ja nicht völlig grün und blau.«
Er liegt auf dem Rücken, mit dem kalten, feuchten Handtuch auf dem Gesicht. »So kann ich nicht schlafen«, sagt er dumpf.
»Wer hat denn was von Schlafen gesagt?« Sie kniet sich zwischen seine Beine, und er stöhnt unter dem Handtuch auf.
»Was kann ich tun, um das wieder gutzumachen?«, fragt sie.
»Da fällt mir gar nichts ein ...«
»Ach nein?«
Ihre Stimme klingt wie ein Schnurren, ihre hauchzarten Finger berühren ihn, und er spürt ihre warmen Lippen. Dann nimmt sie ihn in den Mund, während das kalte, feuchte Handtuch sein Gesicht bedeckt.

Der Zug hielt, sie stiegen aus und mussten in Reih und Glied vor dem kleinen, vom Krieg zerstörten Bahnhofsgebäude Aufstellung nehmen. Alexander zog ein Paar Stiefel über, obwohl er sicher war, dass sie ihm nicht gehörten. Sie waren viel zu klein. Benommen standen die Männer in der Dunkelheit, die nur schwach von einer flackernden Flutlichtlampe erleuchtet wurde. Ein Leutnant öffnete einen versiegelten Umschlag, nahm ein Blatt Papier heraus und verlas mit herrischer Stimme die Mitteilung, dass die siebzig Männer, die vor ihm standen, verschiedener Staatsverbrechen angeklagt wurden.

»O nein«, flüsterte Uspenskij.

Alexander blieb unbeteiligt. Er wollte nur zurück auf seine hölzerne Pritsche. Ihn konnte nichts mehr überraschen. »Machen Sie sich keine Sorgen, Nikolai.«

»Ruhe dahinten!«, brüllte der Leutnant, der die Anklagen verlas. »Sie haben Vaterlandsverrat begangen, gemeinsame Sache mit dem Feind gemacht, in den feindlichen Gefangenenlagern gegen Russland gearbeitet, für den Feind gekocht, Gebäude errichtet und Waffen gesäubert. Die Gesetzeslage bezüglich Vaterlandsverrat ist sehr klar. Sie alle sind nach Paragraph 58 des Gesetzbuchs 1B verhaftet und werden mit mindestens fünfzehn Jahren Freiheitsentzug in verschiedenen Zwangsarbeitslagern bestraft, bis Sie schließlich nach Kolyma verbracht werden. Ihre Haft beginnt sofort. Als Erstes werden Sie frische Kohlen in unsere Dampflok schaufeln. Kohle und Schaufeln finden Sie am Rand der Gleise. Der nächste Aufenthalt ist ein Arbeitslager im Osten Deutschlands. Also, an die Arbeit.«

»Nein, nicht Kolyma«, rief Uspenskij. »Das muss ein Irrtum sein.«

»Ich bin noch nicht fertig!«, brüllte der Leutnant. »Below, Uspenskij, vortreten!«

Sie kamen langsam ein paar Schritte nach vorn und zogen die Ketten ihrer Fesseln hinter sich her. »Sie beide haben sich nicht nur in die Hand des Feindes begeben, was in jedem Fall eine Haft von fünfzehn Jahren nach sich zieht, sondern sind zudem der Spionage und Sabotage in Kriegszeiten angeklagt. Hauptmann Below, Sie werden Ihres Ranges und Ihres Titels enthoben. Dasselbe gilt für Sie, Leutnant Uspenskij. Hauptmann Below, Ihre Haftdauer beträgt fünfundzwanzig Jahre. Leutnant Uspenskij, Ihre Haftdauer beträgt ebenfalls fünfundzwanzig Jahre.«

Alexander stand ruhig da, als hätte er die Worte kaum gehört. Doch Uspenskij rief: »Haben Sie mich nicht verstanden? Das muss ein Irrtum sein. Ich gehe doch nicht fünfundzwanzig Jahre in Haft. Sprechen Sie noch einmal mit dem General …«

»Ich habe klare Befehle erhalten. Sehen Sie, hier.« Der Leutnant hielt Uspenskij das Dokument hin.

Uspenskij schüttelte den Kopf. »Nein, Sie verstehen mich nicht. Da muss wirklich ein Fehler vorliegen. Das weiß ich aus zuverlässiger Quelle …« Er warf einen Blick zu Alexander hinüber, der ihn mit kühlem Erstaunen musterte.

Während sie Kohlen in den Ofen der Dampflok schaufelten und anschließend die Vorratsfächer auffüllten, sagte Uspenskij kein Wort mehr. Doch als sie wieder in ihren Wagon zurückkehrten, war er zu Alexanders Verwirrung sichtlich zornig.

»Wird wohl jemals der Tag kommen, an dem ich frei bin?«

»Ja. In fünfundzwanzig Jahren.«

»Ich meine, frei von Ihnen!« Uspenskij versuchte, sich von Alexander abzuwenden. »Der Tag, an dem ich nicht mehr an Sie gekettet bin, an dem ich nicht mehr neben Ihnen schlafen, Sie unterstützen und aus einer Schüssel mit Ihnen essen muss.«

»Warum sind Sie denn so pessimistisch? Soviel ich weiß, gibt es in den Lagern in Kolyma keine Geschlechtertrennung. Vielleicht finden Sie ja eine hübsche, kleine Lagerfrau.«

Sie setzten sich auf ihre Pritsche. Alexander legte sich sofort hin und schloss die Augen, doch Uspenskij knurrte, dass es unbequem sei und er neben einem Mann von Alexanders Körpergröße nicht genug Platz habe. Der Zug fuhr ruckelnd an, und Uspenskij fiel von der Pritsche.

»Was ist denn nur los mit Ihnen?«, fragte Alexander. Er streckte die Hand aus, um ihm aufzuhelfen. Doch Uspenskij nahm seine Hand nicht.

»Ich hätte nie auf Sie hören sollen. Ich hätte nicht kapitulieren sollen. Wenn ich mich nur nicht eingemischt hätte, dann wäre ich jetzt ein freier Mann.«

»Haben Sie denn nicht zugehört, Uspenskij? Flüchtlinge,

Zwangsarbeiter, Menschen, die in Polen gelebt haben, in Rumänien, sogar in Bayern! Menschen aus Italien, Frankreich, Dänemark und Norwegen – sie alle werden unter den gleichen Bedingungen zurückgeschickt. Warum sollten dann ausgerechnet Sie ein freier Mann sein?«
Uspenskij gab keine Antwort. »Fünfundzwanzig Jahre! Sie haben auch fünfundzwanzig Jahre bekommen. Interessiert Sie das denn gar nicht mehr?«
»Ach, Nikolai.« Alexander seufzte. »Nein, es interessiert mich nicht mehr. Ich bin sechsundzwanzig Jahre alt. Ich werde immer wieder zu Zwangsarbeit in Sibirien verurteilt, seit ich siebzehn bin.« Wenn er seine erste Haft in Wladiwostok angetreten hätte, wäre sie jetzt schon beinahe vorbei.
»Da haben Sie's! Sie, Sie. Herrgott, es geht immer nur um Sie. Seit dem verfluchten Unglückstag, als ich das Pech hatte, in Morozowo das Bett neben Ihnen zu bekommen, dreht sich mein ganzes Leben nur noch um Sie. Warum muss ich fünfundzwanzig Jahre bekommen, nur weil eine gottverdammte Krankenschwester mir das Bett neben Ihnen gegeben hat?« Er sprach immer lauter und klirrte mit seinen Ketten. Die anderen Gefangenen wollten schlafen und gaben ihm recht klar zu verstehen, er solle »verdammt noch mal die Klappe halten«.
»Diese gottverdammte Krankenschwester«, sagte Alexander leise, »war meine Frau. Sie sehen also, mein lieber Nikolai, wie tief Ihr Schicksal mit meinem verknüpft ist.«
Uspenskij schwieg ein paar Minuten lang.
»Das habe ich nicht gewusst«, sagte er schließlich. »Aber natürlich. Schwester Metanowa. Daher kenne ich den Namen. Ich habe mich die ganze Zeit gefragt, warum mir Paschas Nachname so bekannt vorkam.« Er hielt einen Augenblick inne. »Und wo ist sie jetzt?«
»Ich weiß es nicht«, sagte Alexander.
»Schreibt sie Ihnen denn nicht?«
»Sie wissen doch, dass ich keine Briefe bekomme. Und ich schreibe auch selbst keine. Mein Füllfederhalter ist kaputt.«

»Aber sie war doch dort im Lazarett, und jetzt soll sie plötzlich verschwunden sein? Ist sie zu ihrer Familie zurückgegangen?«
»Nein, die sind alle tot.«
»Vielleicht zu *Ihrer* Familie?«
»Die sind auch alle tot.«
»Und wo ist sie dann?«, rief Uspenskij mit schriller Stimme.
»Was soll das werden, Uspenskij? Ein Verhör?«
Uspenskij schwieg.
»Nikolai?«
Keine Antwort. Alexander schloss die Augen.
»Die haben es mir versprochen«, flüsterte Uspenskij. »Sie haben mir geschworen, *geschworen*, dass mir nichts passieren wird.«
»Wer?« Alexander hielt die Augen geschlossen.
Uspenskij gab keine Antwort.
Da öffnete Alexander die Augen. »Wer?«, fragte er und richtete sich auf. Uspenskij wich ein wenig zurück, doch er kam nicht weit, da sie ja aneinander gefesselt waren.
»Niemand, niemand«, murmelte er. Dann warf er Alexander einen verstohlenen Blick zu und zuckte die Achseln.
»Die alte Geschichte eben«, sagte er dann in möglichst beiläufigem Ton. »1943, kurz nach unserer Verhaftung, sind sie zu mir gekommen und haben mich vor die Wahl gestellt. Ich konnte mich von einem Erschießungskommando hinrichten lassen, wegen Verstoß gegen Paragraph 58 – das war die eine Möglichkeit. Ich habe mir das kurz durch den Kopf gehen lassen und dann gefragt, was die andere Möglichkeit ist. Da sagten sie …« Er sprach ausdruckslos, als wäre ihm bereits alles gleichgültig. »Sie sagten, Sie seien ein gefährlicher Straftäter, aber man brauche Sie im Krieg. Man habe Sie im Verdacht, abscheuliche Verbrechen gegen das Vaterland begangen zu haben, aber da unser Land sich stets strikt an die Gesetze halte, wolle man Ihre Rechte wahren – das haben die allen Ernstes gesagt. Sie wollten Ihnen das Leben schenken, damit Sie sich irgendwann selbst erhängen.«
Deshalb also war Uspenskij ihm niemals von der Seite gewichen. »Und hat man Sie gefragt, Uspenskij, ob Sie mein Gal-

gen sein wollen?«, fragte Alexander. Seine Hände krampften sich um seine Fußfesseln. Uspenskij gab keine Antwort.

»Ach, Nikolai«, sagte Alexander in ausdruckslosem Ton. »Ach, Nikolai.«

»Warten Sie ...«

»Ich will nichts mehr hören.«

»Aber ...«

»Nein!«, schrie Alexander und stürzte sich auf Uspenskij. In hilflosem Zorn packte er ihn beim Kragen und schlug seinen Kopf gegen die Wand des Wagons. »Ich will nichts mehr hören!«

Uspenskij lief rot an und keuchte, doch er machte keinen Versuch, sich zu wehren. »Hören Sie mir zu ...«, flüsterte er heiser.

Doch Alexander rammte seinen Kopf noch einmal gegen die Wand.

»Geht's ein bisschen leiser dahinten?«, protestierte jemand mit schwacher Stimme. Niemand wollte sich einmischen. Ein Mann weniger bedeutete, dass ein anderer ein Stück Brot mehr bekam.

Uspenskij hustete und blutete aus der Nase von dem schweren Schlag am Hinterkopf. Doch er setzte sich nicht zur Wehr.

Alexander holte aus und versetzte ihm einen Faustschlag ins Gesicht, und Uspenskij fiel von der Pritsche auf den Boden. Alexander trat mit dem Stiefel nach ihm. »Über zwei Jahre lang war ich jeden Tag mit Ihnen zusammen«, sagte er, und seine Stimme bebte so, dass er selbst darüber erschrak. Er lief Gefahr, einen weiteren Menschen kaltblütig umzubringen. Doch es war anders als mit Slonko, wo ihn der Zorn plötzlich und unaufhaltsam überfallen hatte. In seinen Zorn auf Uspenskij mischte sich Zorn auf sich selbst, weil er so unvorsichtig gewesen war, und ein Gefühl tiefer Verletzung, weil ihn der Mensch, der ihm am nächsten stand, so lange betrogen hatte. Diese Gefühle nahmen Alexander die Kraft, und so ließ er schließlich von ihm ab, zog sich zurück und sank auf die Pritsche zurück. Sie waren immer noch aneinander gefesselt.

Uspenskij brachte eine Weile keinen Ton heraus. Er rang nach Atem, wischte sich das Gesicht. Doch als er schließlich etwas sagte, klang seine Stimme ruhig. »Ich wollte damals nicht sterben«, sagte er. »Die haben mir einen Ausweg geboten und gesagt, ich soll ihnen Informationen über Sie zukommen lassen, ob Sie Ihrer Frau zur Flucht verholfen haben oder ob Sie Amerikaner sind, wie man vermutete. Für solche Informationen, sagten sie, würden sie mich freilassen. Ich würde mein Leben zurückbekommen und meine Frau und meine Kinder wiedersehen.«

»Das war allerdings ein Angebot«, sagte Alexander.

»Ich wollte nicht sterben!«, rief Uspenskij. »Gerade Sie sollten das doch verstehen! Ich musste monatlich einen Bericht abliefern über alles, was Sie gesagt und getan haben. Unser Gespräch über Gott hat sie besonders interessiert. Einmal im Monat wurde ich in die NKGB-Kommandozentrale gerufen und über Sie befragt. War mir irgendetwas Verdächtiges aufgefallen? Hatten Sie sich irgendwie verraten? Hatten Sie je Sätze oder Wörter gesagt, die mir unpassend oder fremdländisch vorkamen? Dafür bekam meine Frau jeden Monat eine Extra-Ration, und ihr Anteil an meinem Sold wurde erhöht. Und ich bekam auch ein paar Rubel mehr ...«

»Sie haben mich also für ein paar Silberlinge verkauft, Nikolai? Sie haben mich verschachert, um sich Ihre Huren zu finanzieren?«

»Sie haben mir doch sowieso nicht vertraut.«

»Ich *habe* Ihnen vertraut.« Alexander ballte die Fäuste. »Ich habe Ihnen nur nichts erzählt. Aber ich war der Meinung, dass Sie mein Vertrauen verdienen. Ich habe Sie sogar meinem Schwager gegenüber verteidigt.« Und nun begriff Alexander. »Er hat Sie von Anfang an verdächtigt, und er hat immer wieder versucht, mir das zu sagen.« Pascha hatte ebenso viel Menschenkenntnis besessen wie Tatiana. Alexander stöhnte laut auf. Er hatte nicht hören wollen, und das war nun das Ergebnis. Er hätte Uspenskij ja sogar alles erzählt, doch er hatte ihn nicht in Gefahr bringen, ihn nicht mit Informationen belasten wollen, die ihn sein jämmerliches Leben kosten konnten.

Uspenskij schwieg einen Augenblick. »Ich habe ihnen alles erzählt, was ich über Sie wusste. Ich habe ihnen erzählt, dass Sie mit den Amerikanern auf der Burg Colditz Englisch gesprochen haben. Und ich habe ihnen erzählt, wie Sie mit den Briten in Kattowitz gesprochen haben. Ich habe erzählt, dass Sie kapitulieren wollten. Ich habe alles erzählt, was ich wusste. Und trotzdem soll ich jetzt fünfundzwanzig Jahre kriegen?«

»Na, überlegen Sie mal.«

»Ich begreife das einfach nicht!«

»Ach nein?«, brüllte Alexander. »Sie haben Ihre gottverdammte Seele verkauft, für eine trügerische Freiheit, und jetzt wundern Sie sich, dass Ihnen keins von beidem bleibt? Haben Sie wirklich geglaubt, die halten sich an ihre Versprechungen? Haben Sie wirklich geglaubt, denen liegt etwas an Ihnen, nur weil Sie ihnen ein paar nutzlose Informationen gegeben haben? Meine Frau haben sie trotzdem nicht gefunden, und das werden sie auch nicht. Mich wundert ehrlich gesagt, dass Sie nur fünfundzwanzig Jahre bekommen haben.« Alexander senkte die Stimme. »Normalerweise entlohnt man solche Taten mit der Ewigkeit.«

»Ach, Sie nehmen das wieder alles so persönlich. Ich muss ins Gefängnis, verdammt, und Sie ...«

»Ich bin seit zwei Monaten an Sie gefesselt, Nikolai«, sagte Alexander. »Gefesselt! Seit fast drei Jahren haben wir beide an der Front aus demselben Helm gegessen und aus derselben Feldflasche getrunken.«

»Meine Loyalität galt immer nur dem Staat«, sagte Uspenskij leise. »Ich wollte, dass das so ist. Ich wollte, dass man mich schützt. Man hat mir gesagt, Sie wären ohnehin so gut wie tot, auch ohne mein Zutun.«

»Und warum erzählen Sie mir das jetzt? Was bringt es, mir das alles zu erzählen?«

»Warum sollte ich es Ihnen nicht erzählen?« Uspenskijs Stimme war nur noch ein Flüstern.

»Mein Gott, wann werde ich endlich klug? Kein Wort mehr, Uspenskij«, sagte Alexander. »Nie wieder. Wenn Sie mich ansprechen, werde ich nicht antworten. Und wenn Sie nicht aufhören, werde ich Mittel und Wege finden, Sie zum Schweigen zu bringen.«

»Versuchen Sie's doch.« Uspenskij hielt den Kopf gesenkt.

Alexander warf die Kette nach ihm und rückte so weit von ihm ab, wie es die Fesseln erlaubten. »Sie sind es nicht einmal wert zu sterben«, sagte er und drehte sich zur Wand.

Und immer noch wussten sie nicht, wohin sie fuhren. Draußen war es sommerlich warm, es regnete nicht, und die Nachtluft, die durch die kleinen Öffnungen in den Wagon drang, roch nach Wald. Alexander schloss die Augen und rieb sich die Nase. Er konnte die Erinnerung an das nasse Handtuch und an Tatianas Mund körperlich spüren. Je länger die Fahrt dauerte, desto klarer wurde die Erinnerung, bis er schließlich beinahe laut aufstöhnte. Er spürte, wie das Blut aus seiner Nase auf das weiße Laken tropfte, wie Tatiana seinen Kopf an die Brust drückte und murmelte: *»Ich musste dich bei lebendigem Leibe aufessen, Shura.«*

12

Jeb, November 1945

Tatiana willigte schließlich ein, mit Edward auszugehen. Vikki wollte auf Anthony aufpassen. Tatiana machte sich ein wenig zurecht, zog einen blauen Rock und einen beigefarbenen Pullover aus Merinowolle an. Doch sie weigerte sich, ihr Haar zu lösen, so sehr Vikki auch versuchte, sie dazu zu überreden. Sie trug es wie immer zu einem langen Zopf geflochten und wollte sich auch nicht schminken. Dann zog sie ihren Mantel an und setzte sich auf das Sofa, um zu warten. Sie nahm Anthony auf den Schoß und sah sich mit ihm ein Bilderbuch an.

»Warum bist du denn bloß so nervös?« Vikki lief herum und sammelte die Zeitungen auf, die sich überall stapelten. »Du hast doch schon so oft mit ihm zu Mittag gegessen und dich mit ihm unterhalten. Nur der Name des Essens hat sich geändert.«

»Und die Tageszeit.«

»Ja, die auch.«

Tatiana sagte nichts und gab vor, in Anthonys Bilderbuch vertieft zu sein.

Schließlich kam Edward. Er trug einen Anzug, und Vikki machte ihm ein Kompliment. Auch Tatiana war der Ansicht, dass Edward attraktiv aussah. Er war recht groß, schlank und wirkte seriös. Er machte eine gute Figur, im Anzug ebenso wie im Arztkittel. Seine Augen blickten ernst und freundlich. Sie fühlte sich wohl und doch zugleich ausgesprochen unwohl in seiner Gesellschaft.

Er führte sie ins Restaurant Sardi's in der 44. Straße. Tatiana aß einen Krabbencocktail und ein Steak und anschließend ein Stück Schokoladenkuchen mit Kaffee.

Nach anfänglichem betretenem Schweigen stellte sie ihm den ganzen Abend Fragen und hörte ihm zu. Sie fragte ihn zu Medizin und Chirurgie, zu den Verwundeten, den Sterbenden und den Kranken, sie fragte ihn, in welchen anderen Krankenhäusern er gearbeitet habe, warum er sich entschlossen habe, Arzt zu werden, und was dieser Beruf heute noch für ihn bedeute. Sie fragte ihn, welche Länder er gesehen und welcher der Orte, die er kannte, ihm am besten gefallen habe. Sie sah ihm in die Augen und lachte an den richtigen Stellen.

Und irgendwann, nachdem der Schokoladenkuchen abgetragen war und bevor der Kellner mit der Rechnung kam, während sie so dasaß, nickte und ihm mit leicht geneigtem Kopf zuhörte, sah Tatiana vor ihrem geistigen Auge eine Art Farbfoto. Sie saß mit Edward an einem Tisch, genau wie jetzt. Doch der Tisch war größer, sie waren sehr viel älter, und um sie herum saßen ihre erwachsenen Kinder, lauter Töchter.

Tatiana sprang unvermittelt auf und fragte den Kellner nach der Uhrzeit. »Zehn Uhr? Mein Gott, schon so spät! Ich muss zurück zu Anthony. Es war ein sehr schöner Abend. Vielen Dank.«

Edward war ein wenig überrumpelt und brachte sie im Taxi

nach Hause. Die ganze Fahrt hindurch saß sie schweigend da und sah aus dem Fenster. Etwa auf Höhe der 23. Straße sagte Edward: »Wie hast du das nur gemacht? Ich muss dich ja schrecklich gelangweilt haben, weil ich die ganze Zeit nur von mir gesprochen habe.«
»Überhaupt nicht«, sagte sie. »Das war hochinteressant. Du weißt doch, ich will immer alles wissen.«
»Vielleicht sprechen wir beim nächsten Mal ein wenig über dich.«
»Ach, ich bin langweilig«, sagte sie. »Da gibt es nichts zu reden.«
»Was gefällt dir am besten an Amerika, nachdem du jetzt schon ein paar Jahre hier bist?«
»Die Menschen«, erwiderte sie, ohne nachzudenken.
Edward musste lachen. »Aber Tania, du kennst doch fast nur Einwanderer!«
Sie nickte. »Aber das sind die wahren Amerikaner. Sie sind aus den richtigen Gründen hier. New York ist eine großartige Stadt.«
»Und was gefällt dir noch? Was gefällt dir am besten?«
»Der wunderbare Schinken«, sagte sie. »Ich glaube, ich mag all die Annehmlichkeiten. Alles, was in Amerika gemacht und hergestellt wird, dient dazu, das Leben ein bisschen angenehmer zu machen. Das gefällt mir. Die Musik ist schön, die Kleider sind bequem. Die Decken kratzen nicht. Gleich an der nächsten Ecke kann man Milch und Brot kaufen. Die Schuhe passen, die Sessel sind weich. Es ist schön hier.« Sie schaute aus dem Fenster, während sie die 14. Straße entlangfuhren. »So vieles ist hier selbstverständlich«, fügte sie leise hinzu.
Das Taxi hielt vor ihrem Haus. »Also dann ...«, sagte sie.
»Tania«, sagte Edward mit gefühlvoller Stimme und machte Anstalten, sie zu umarmen.
Sie beugte sich vor, gab ihm einen Kuss auf die Wange und sagte: »Vielen Dank für den wunderschönen Abend.« Und damit stieg sie hastig aus dem Taxi.
»Bis Montag«, rief er ihr nach, doch sie lief bereits durch die Haustür, die Diego aus Rumänien sogleich ehrerbietig für sie geöffnet hatte.

Tania, Tania.
Ich höre, wie er laut nach mir ruft. Ich drehe mich um, und da steht er, ruft meinen Namen.
Tania, Tania.
Ich drehe mich um, ich muss mich einfach umdrehen, und da steht er, in seiner Uniform, das Gewehr über der Schulter. Er läuft auf mich zu, ganz außer Atem. Und immer noch genauso jung.
Warum nur höre ich ihn so deutlich? Warum hallt seine Stimme immer noch nach in meinem Kopf, in meiner Brust, in meinen Armen und Händen, in meinem Herzen, das kaum noch schlägt, in meinem kalten Atem? Warum ruft er so laut, so ohrenbetäubend?
In der Nacht ist alles ruhig. Aber am Tag, zwischen all den Menschen ... So langsam ich auch gehe, so reglos ich auch sitze, ich höre, wie er meinen Namen ruft.
Tania, Tania ...
Warum muss ich das hören?
Hat er nicht gesagt, ich soll bei Nacht auf die Sternenwinde lauschen? Das bin ich, hat er mir zugeflüstert. Ich rufe dich zurück nach Lazarewo. Aber warum schreit er jetzt bloß so? Ich bin doch hier, Shura! Ruf nicht mehr nach mir. Ich gehe nicht weg.
Tania, Tania ...

An einem kalten, sonnigen Samstagnachmittag drehten Tatiana, Vikki und Anthony dick vermummt ihre übliche Runde über den Markt an der Second Avenue. Vikki plauderte, Tatiana hörte ihr mit halbem Ohr zu und hielt Anthony an den Schultern fest. Er wollte seinen Kinderwagen heute selbst schieben und rammte damit immer wieder andere Passanten. Vikki trug alle Einkaufstaschen und versäumte es nicht, in regelmäßigen Abständen darauf hinzuweisen, wie ungerecht ihr das erschien.
»Und außerdem wüsste ich wirklich gern, warum du nicht mehr mit Edward ausgehen willst.«
»Ich habe doch nicht gesagt, dass ich das nicht will«, erwiderte Tatiana sanft. »Ich habe ihm nur gesagt, dass ich noch

mehr Zeit brauche, um mich an den Gedanken zu gewöhnen. Und wir essen doch immerhin zusammen zu Mittag.«

»Ach was, Mittagessen. Das ist nun mal nicht dasselbe wie Abendessen. Er versteht schon, wenn er eine Abfuhr bekommt.«

»Das ist keine Abfuhr. Ich gehe es nur etwas … langsamer an.«

Doch Vikki war schon wieder bei einem völlig anderen Thema. »Ich weiß ja, dass du heute wieder Brot mit Schinken zum Abendessen willst. Aber ich dachte mir, wir könnten vielleicht mal etwas anderes machen, nicht immer nur Brot und Fleisch. Was hältst du von Spaghetti mit Fleischklößchen?«

»Woraus bestehen denn Spaghetti?«

»Woher soll ich das wissen? Die wachsen irgendwo in Italien, wie die Oliven, und meine Großmutter kauft sie in einem speziellen Laden.«

»Spaghetti bestehen aus Weizen und Mehl.«

»Ja und?«

»Und Fleischklößchen bestehen aus Fleisch.«

»Ja und?«

Doch Tatiana gab keine Antwort mehr. Einen halben Block entfernt hatte sie eine hoch gewachsene männliche Gestalt erblickt. Sie hielt Anthonys Hand fester umklammert und versuchte, den Mann genauer zu sehen, doch auf der Second Avenue herrschte reger Betrieb. Tatiana legte den Kopf zur Seite, ging ein paar Schritte nach rechts und beschleunigte dann ihre Schritte.

»Was ist denn?«

»Komm mit, ein bisschen schneller. Verzeihung«, sagte sie zu den Leuten, die vor ihnen gingen. »Verzeihen Sie, bitte.«

»Warum plötzlich die Eile? Tania! Du hast meine Frage noch nicht beantwortet.«

»Was für eine Frage?«

»Ja und? Das war meine Frage. Also?«

»Spaghetti mit Fleischklößchen sind auch nichts anderes als Brot und Fleisch. Verzeihung«, wandte sie sich wieder an die Leute vor ihr. Sie zog Anthony hinter sich her, der ihr auf seinen kurzen Beinchen kaum folgen konnte. »Los, mein Sohn, nicht trödeln.« Doch sie sah Anthony dabei nicht an, auch Vikki nicht und auch nicht die Leute, an denen sie sich mit dem Kinderwagen vorbeidrängte. »Schnell, Vikki, schnell.« Schließlich nahm sie Anthony auf den Arm, drückte der schwer bepackten Vikki auch noch den Kinderwagen in die Hand und rief: »Ich muss mich beeilen ...« Dann rannte sie los. Sie konnte sich nicht mehr beherrschen. Sie rannte auf die Straße, am Bürgersteig entlang, und versuchte, die beiden Männer einzuholen, die schon fast einen Block von ihr entfernt waren. Sie wusste nicht recht, was sie tun sollte; beinahe hätte sie laut gerufen, sie sollten stehen bleiben. Doch dann, keuchend und mit klopfendem Herzen, holte sie sie an der nächsten Ampel ein, und weil sie kaum ein Wort herausbekam, legte sie dem Mann einfach die Hand auf den Arm. *Alexander?*, wollte sie sagen, doch ihre Stimme versagte.

Der Mann war sehr groß und breitschultrig. Sie ließ die Hand auf seinem Arm ruhen, bis er sich umdrehte und sah, wie sie ihn anstarrte. Er lächelte. Tatiana wurde rot, zog die Hand zurück und wandte den Blick ab, doch es war bereits zu spät.

»Ja, Süße?«, fragte er. »Was kann ich für dich tun?«

Sie wich ein wenig zurück und begann, auf Russisch draufloszureden, weil ihr plötzlich nicht ein einziges englisches Wort mehr einfallen wollte. Schließlich besann sie sich auf ein paar Brocken der Sprache, die sie sonst so gut beherrschte und jetzt kaum wiedererkannte. »Ich ... tut mir ... Leid ... ich gedacht, Sie sind irgendwo anders, jemand anders ...«

»Für dich bin ich jeder Mann der Welt. Wer soll ich denn sein, Süße?«

Inzwischen hatte Vikki sie mit den Einkaufstaschen und dem Kinderwagen eingeholt. Sie wirkte erhitzt und verärgert. »Tania! Was glaubst du eigentlich ...« Doch als sie die beiden Männer sah, unterbrach sie sich und lächelte.

Der hoch gewachsene Mann stellte sich als Jeb vor. Sein Freund hieß Vincent.

Jeb war zwar dunkelhaarig, doch er hatte das falsche Gesicht. Und dennoch: Als sie dort so nah bei ihm stand und in seine freundlichen, lachenden Augen schaute, verspürte Tatiana eine winzige Sehnsucht, einen Hauch von Verlangen.

Als sie kurze Zeit später weitergingen, fragte Vikki: »Warum muss bei dir eigentlich immer alles so extrem sein, Tania? Jahrelang schaust du keinen einzigen Mann an, und dann rennst du plötzlich lauter alte Damen über den Haufen, um einen Mann die Straße entlang zu verfolgen. Was ist nur los mit dir?«

Am nächsten Tag rief Jeb an.

»Bist du wahnsinnig?«, rief Vikki. »Du hast ihm unsere Telefonnummer gegeben? Du weißt doch gar nichts über ihn.«

»Doch«, sagte Tatiana. »Ich weiß, dass er in Japan war, bei der Marine.«

»Ich verstehe dich nicht. Du kennst ihn doch gar nicht. Seit zwei Jahren versuche ich, dich dazu zu überreden, mit Edward auszugehen …«

»Vikki, ich will mich nicht mit Edward trösten. Er hat etwas Besseres verdient.«

»Edward ist da anderer Ansicht. Willst du dich etwa mit Jeb trösten?«

»Ich weiß nicht.«

»Also, mir gefällt er nicht«, erklärte Vikki rundheraus. »Es hat mir nicht gefallen, wie er dich angeschaut hat. Ich kann gar nicht glauben, dass du dir von allen Männern gerade einen ausgesucht hast, den ich nicht mag.«

»Das wird sich schon geben.«

Doch es gab sich nicht. Tatiana war es unangenehm, dass sie sich so zu Jeb hingezogen fühlte, und sie wagte nicht, allein mit ihm auszugehen. Also lud sie ihn zum Abendessen ein.

»Und was willst du kochen? Rühreier mit Schinken? Brot mit Schinken, Salat und Tomaten? Oder Kohlrouladen – mit Schinken?«

»Kohlrouladen sind eine gute Idee. Es gibt Kohlrouladen mit Brot.«

So kam Jeb zum Abendessen. Vikki weigerte sich, auch nur einen Augenblick das Zimmer zu verlassen, und Anthony kroch den ganzen Abend unter dem Tisch herum. Schließlich ging Jeb wieder.

»Es hat mir von Anfang an nicht gefallen, wie er dich angeschaut hat, und jetzt gefällt er mir noch viel weniger«, verkündete Vikki, als er fort war. »Findest du nicht auch, dass er ziemlich herablassend ist?«

»Wieso?«

»Er hat dich jedes Mal unterbrochen, wenn du etwas gesagt hast. Hast du das etwa nicht gemerkt? Natürlich hat er es immer mit einem Lächeln getan. So ein Heuchler. Aber dir muss doch wenigstens aufgefallen sein, dass er deinen Sohn kaum beachtet hat.«

»Er musste ihn notgedrungen beachten. Dank deiner Fürsorge war Anthony ja den ganzen Abend bei uns.«

»Findest du nicht, dass Anthony jemand Besseren als Jeb verdient?«

»Doch«, sagte Tatiana. »Aber es gibt gerade keinen Besseren. Was soll ich denn tun?«

»Edward ist besser als Jeb«, erwiderte Vikki.

»Warum versuchst du es dann nicht mal bei Edward? Er ist noch zu haben.«

»Glaubst du etwa, das hätte ich nicht versucht?«, rief Vikki. »Aber für mich interessiert er sich eben nicht.«

Vikki hatte Recht, was Jeb betraf. Er war besitzergreifend und herablassend. Doch Tatiana konnte es nicht ändern: Sie wollte seine starken Arme um sich spüren.

Sie dachte an Alexander. In jeder Einzelheit stellte sie ihn sich vor und schuf sich damit ihre ganz private Hölle. Sie war wie das Männchen der Gottesanbeterin, das zu seinem Weibchen kriecht, obwohl es genau weiß, dass es aufgefressen wird, sobald das Weibchen mit ihm fertig ist. Und dennoch kriecht das Männchen immer weiter, die Augen geschlossen, das Herz versiegelt, es kriecht bis an das Tor zwischen Leben und Tod und dankt Gott dafür, dass es am Leben ist.

»Wirst du mir vergeben, Tania, wenn ich sterbe?«

»Ich werde dir alles vergeben.«

Ein paar Wochen vor Weihnachten, als Tatiana kam, um Anthony abzuholen, setzte Isabella sie an den Tisch, gab ihr eine Tasse heißen Tee und fragte: »Was ist los, Tania?«

»Nichts.«
Isabella musterte sie schweigend.
Tatiana betrachtete ihre Hände. »Ich wünschte, es wäre einfacher, daran zu glauben.«
»An was zu glauben?«
»An dieses Leben. An mich. Daran, dass ich das Richtige tue.« Doch eigentlich wollte sie sagen: Ich will ihn nicht vergessen.
»Aber natürlich tust du das Richtige, Kindchen«, sagte Isabella. »Du gehst den Weg, den jede Frau geht, wenn ihr Mann gestorben ist. Geh ihn weiter und glaube an dein Leben.«
»Aber was, wenn er nicht tot ist?«, flüsterte Tatiana. »Ich brauche einen Beweis, damit ich glauben kann.«
»Aber wenn du einen Beweis hättest«, erwiderte Isabella, »wäre es ja kein Glaube mehr.«
Tatiana antwortete nicht.
»Beiß die Zähne zusammen und mach weiter«, sagte Isabella. »So wie du es bisher gemacht hat.«
»Liebe Isabella«, sagte Tatiana. »Du weißt, ich bin Weltmeisterin im Zähnezusammenbeißen. Aber es wird von Tag zu Tag schwerer.« *Jeder Tag bringt mich weiter von ihm fort, und ich hasse jeden Tag dafür.*
»Aber gerade, wenn es ganz dunkel um dich her ist, brauchst du deinen Glauben am meisten.« Isabella sah Tatiana nachdenklich an. »Kleines, es muss doch besser sein als am Anfang. Als du nach New York gekommen bist, warst du so unglücklich. Das muss doch jetzt besser sein?«
»Das ist es auch, Isabella«, erwiderte Tatiana. Nach außen hin schien ihr Leben gut zu verlaufen. Doch da war immer noch dieser verflixte Orden. Und dieser verflixte Orbeli.
»Würde es dir besser gehen, wenn du mehr Beweise hättest als die Sterbeurkunde?«
Tatiana gab keine Antwort. Was sollte sie auch sagen?
»Du solltest beten, dass er tot ist, Kindchen. Bete dafür, dass er seinen Frieden gefunden hat, dass er sich nicht mehr quälen muss. Es fehlt ihm an nichts, er ist frei. Er ist dein Schutzengel, der über dich wacht.«

»Sag mir nicht, dass er tot ist, Isabella«, sagte Tatiana. »Denn wenn ich das glaube, fällt es mir noch viel schwerer, weiter zu leben – wo mich doch eine einzige Kugel zu ihm bringen könnte.«
»Würde er dich denn noch nehmen«, fragte Isabella, »wenn du von eigener Hand stirbst und deinen Sohn als Waisen zurücklässt?«
»Warum nicht?«, gab Tatiana zurück. »Er ist ja schließlich auch gestorben und hat seinen Sohn als Waisen zurückgelassen.«
»Wenn es einfacher für dich ist, musst du eben glauben, dass er noch am Leben ist.«
»Aber wenn er noch am Leben ist, wie soll ich dann mein Leben weiterführen?« Sie stieß einen Schrei aus, in dem so viel körperliche Qual mitklang, dass Isabella erbleichte und ein wenig von ihr abrückte.
»Mein Gott, Tania«, flüsterte sie. »Ich will dir helfen. Wie kann ich dir nur helfen?«
Tatiana stand auf. »Du kannst mir nicht helfen.« Sie rief nach Anthony und griff nach ihrer Tasche. »Es muss schön sein, die Dinge so klar sehen zu können. Aber wie solltest du das auch nicht tun? Du hast Travis. Für dich ist es einfach zu glauben – du hast den lebenden Beweis.«
»Du auch – da ist er«, sagte Isabella. Sie deutete auf Anthony, der aus der kleinen Kammer gesprungen kam, seiner Mutter in die Arme lief und erklärte:
»Mama, ich will Eis zum Abendessen.«
»Das bekommst du, mein Sohn«, sagte Tatiana. Und sie hielt Wort.

»Mama, warum hat Timothy einen Papa, und warum hat Ricky einen Papa und Sean auch?«
»Was ist denn das für eine Frage, Schätzchen?« Sie gingen durch den Battery Park zum Kindergarten. Es war Anthonys zweite Woche dort. Tatiana wollte, dass er mehr gleichaltrige Kinder kennen lernte, denn sie hatte das Gefühl, dass er zu viele Erwachsene um sich hatte. Er legte die Stirn in Falten wie ein Erwachsener, und das gefiel Tatiana nicht. Er sprach

zu flüssig, war zu ernst, zu nachdenklich für ein Kind von zweieinhalb Jahren. Sie hatte gehofft, der Kindergarten würde ihm gut tun.

Und nun das.

»Warum habe ich keinen Papa?«

»Du hast doch einen Papa, Schätzchen. Aber er ist nicht da, wie der Papa von Mickey und der von Bobby und der von Phil. Deren Mütter sind auch allein. Du hast noch Glück, du hast deine Mama und Vikki und Isabella ...«

»Aber Mama, wann kommt Papa denn zurück? Rickys Papa ist zurückgekommen. Er bringt ihn immer in den Kindergarten.«

Tatiana ließ den Blick in die Ferne schweifen.

»Ricky hat sich seinen Papa zu Weihnachten gewünscht. Vielleicht kann ich mir ja auch meinen Papa zu Weihnachten wünschen?«

»Ja, vielleicht«, flüsterte Tatiana.

»Der Krieg ist doch vorbei«, sagte Anthony. »Warum kommt er nicht zurück, wenn der Krieg vorbei ist?« An der Tür zum Kindergarten wollte er nicht, dass seine Mutter ihm einen Kuss gab oder ihn hineinbrachte. Er straffte die Schultern, legte die Stirn in ernste Falten und ging allein durch die Tür, die kleine Kindergartentasche in der Hand.

Die vier Phasen der Trauer. Anfangs hatte sie unter Schock gestanden, dann hatte sie es nicht wahrhaben wollen. Diese Phase hatte bis heute Morgen angehalten. Nun war sie in eine neue Phase eingetreten, die des Zorns. Wann würde sie wohl in der Lage sein, ihr Schicksal anzunehmen?

Doch sie wollte es gar nicht annehmen. Sie sehnte sich nur nach Erlösung. Wann würde sie endlich erlöst werden?

Sie war so zornig auf ihn. Er wusste doch ganz genau, dass sie nicht ohne ihn leben wollte. Er wusste, dass ihr das Leben ohne ihn nichts wert war. Hatte er etwa geglaubt, es würde ihr in Amerika, zwischen all den Nachkriegsgerätschaften, den Radios und der Aussicht auf einen Fernsehapparat, besser gehen als im Gulag?

Aber nein. Es gab ja noch Anthony. Der Kleine war kein Gespenst, er war ein Junge aus Fleisch und Blut, und er wäre in jedem Fall zur Welt gekommen. Was wäre im Gulag aus ihm geworden?

Sie starrte ins Wasser hinunter. *Wie lange würde ich wohl brauchen, wenn ich jetzt hineinspringen und losschwimmen würde, wie der letzte Fisch im Meer, bis dahin, wo es Winter ist und das Wasser eiskalt? Immer langsamer und langsamer würde ich schwimmen, und schließlich würde ich aufhören, mich zu bewegen. Vielleicht ist er ja dort, auf der anderen Seite des Lebens, vielleicht wartet er ja dort auf mich, streckt mir die Hand entgegen und fragt: »Warum kommst du denn erst jetzt zu mir, Tatia? Ich warte schon so lange.«*

Sie trat von der Brüstung der Fähre zurück. *Nein. Er steht dort auf der anderen Seite, er sieht mich an, schüttelt den Kopf und sagt: »Tania, sieh dir Anthony an, er ist das vollkommene Kind. Wie glücklich du sein kannst, dass du ihn berühren darfst. Ich wünschte, ich könnte das auch. Wo immer ich auch bin – du sollst wissen, dass ich mir das wünsche. Ich wünsche mir so sehr, meinen Sohn berühren zu können.«*

Sie zog sich in sich selbst zurück, in den kleinen Raum, in dem Tatiana Metanowa weiterlebte. Dort trat sie ein, schloss die Tür hinter sich und setzte sich mit ihrem schwarzen Rucksack auf den Boden. In diesem Raum gab es keinen Anthony, keine Isabella, keine Vikki, keinen Edward und keinen Jeb. Dort gab es nur Tania und Shura.

Sie springen in die Kama und versuchen, mit bloßen Händen Barsche zu fangen. Alexander gewinnt immer. Er ist schnell wie der Blitz und kann unter Wasser sehr weit sehen.

Es gibt nur Tania und Shura. Sie bringt ihm bei, wie man Pfannkuchen macht, doch er schaut gar nicht recht hin, denn er betrachtet nur sie. »Shura«, sagt sie. »Wie oft muss ich dir das denn noch erklären?« Und er murmelt: »Nun, wenn ich richtig mitgezählt habe, war das jetzt das dritte Mal. Aber was soll ich machen? Du bist einfach hinreißend, wenn du kochst.«

»Shura …«

Doch es ist schon zu spät. Die Pfannkuchen sind vergessen.

Sie warf die Tür zu diesem verdammten Raum hinter sich ins

Schloss. Sie hasste diesen Raum. Warum hatte er nicht schon in Stockholm in Flammen aufgehen können? Alles andere war doch auch verbrannt, warum nicht dieser Raum?
Doch Anthony brauchte seine Mutter. Er konnte nicht als Waisenkind zurückbleiben, nicht hier in Amerika und auch nicht dort in der Sowjetunion. Und seine Mutter konnte ihn nicht verlassen, diesen niedlichen Jungen mit den klebrigen Händen, dem schokoladeverschmierten Mund und dem schwarzen Haar. Etwas zog sich in ihr zusammen, wenn sie ihn ansah, wenn sie sein schwarzes Haar berührte.
»Lass mich dein Haar waschen, Shura«, sagt sie. Sie sitzt auf dem Boden und schaut auf die Lichtung hinaus.
»Aber mein Haar ist sauber, Tania. Wir haben es doch erst heute Morgen gewaschen.«
»Ach, komm, bitte. Gehen wir schwimmen. Lass mich dein Haar waschen.«
»Na gut. Aber nur, wenn ich etwas anderes waschen darf ...«
»Du kannst tun, was immer du willst. Komm mit.«
Jedes Mal, wenn sie ihren Sohn anschaute, zog sich etwas in ihr zusammen.

In dieser Nacht kletterte sie hinaus auf die Feuerleiter, ohne Mantel und ohne Mütze, saß dort und atmete schweigend die kalte Seeluft ein. Diese Luft roch so gut. New York war zweifellos die zweitschönste Stadt auf Erden.
New York, das jeden Tag pulsierte, als wäre es tatsächlich das Herz der Welt. Jetzt gab es keine Verdunkelung mehr in der Nacht, und alle Gebäude erstrahlten wie ein endloses Feuerwerk. In den Straßen wimmelte es von Menschen, überall waren die Kanaldeckel geöffnet, es dampfte aus dem Untergrund, und auf allen Telegrafen- und Strommasten saßen Arbeiter und verlegten neue Leitungen, neue Drähte. Jeden Tag erklang ab sieben Uhr morgens geschäftiger Baulärm von allen Seiten, und dazwischen hörte man Sirenen, Busse, Hupen und Taxis. Die Lebensmittelläden waren wohl gefüllt mit Waren, in den Cafés gab es Donuts, und die kleinen Imbisse servierten Schinken, in den Geschäften stapelten sich Bücher, Schallplatten und Polaroid-Kameras, aus allen

Lokalen ertönte Musik. Und all die Liebespärchen, unter den Bäumen, auf den Bänken, in Uniform und Anzug, in Arztkitteln und Schwesternschuhen. Im Central Park, in den sie jedes Wochenende gingen, saß auf jedem Fleckchen Gras eine Familie beim Picknick. Auf dem See schaukelten unzählige Boote.

Und dann wurde es Nacht.

Am Hafen stand die Freiheitsstatue und streckte Gott ihren Arm entgegen, und auf der Feuerleiter saß Tatiana. In der Silvesternacht, am Weihnachtsabend, in der Nacht zum 23. Juni und in der Nacht zum 13. März saß sie um drei Uhr früh auf der Feuerleiter in der frischen Luft und lauschte, lauschte über den Ozean hinweg auf die Atemzüge eines Mannes.

Das Feuer ist fast verloschen, und er hat schließlich doch ein Ende gefunden. Jetzt ist er eingeschlafen, während er noch auf ihr liegt. Er hat sich verausgabt, sich dann ein wenig an sie geschmiegt, und nun ist er eingeschlafen. Sie versucht nicht einmal, ihn von sich herunterzuschieben. Er ist schwer, und das ist wundervoll. Er liegt auf ihr, ist ihr so nahe. Sie riecht ihn, küsst sein feuchtes Haar und seine stoppligen Wangen. Sie streichelt seine Arme. Fast schämt sie sich dafür, wie sehr sie seine muskulösen Arme liebt. »Shura«, flüstert sie. »Hörst du mich, Soldat?«

Sie schläft nicht, hält ihn ganz einfach fest, lauscht seinen Atemzügen, hört, wie das Feuerholz zu Asche niederbrennt, hört das Klopfen der Regentropfen draußen und das Wispern des Windes. Hier drinnen ist es warm, dunkel und gemütlich. Sie lauscht seinen entspannten Atemzügen. Er ist glücklich, wenn er schläft. Noch plagen ihn keine Alpträume, keine Traurigkeit. Nichts quält ihn, wenn er schläft. Er atmet – so friedlich, so zufrieden, so lebendig.

Tatiana wusste, dass nichts schwerer war, als einfach weiterzumachen. Jeden Morgen brachte sie ihren Sohn in den Kindergarten, ging zur Arbeit und kümmerte sich um die Einwanderer auf Ellis Island. Manchmal gab es Pfirsiche, manchmal kam am Hafen ein Wind auf, und jedes Mal versuchte Tatiana, die Sprache des Windes zu verstehen. Doch

es gelang ihr nicht. Sie versuchte, Alexanders Gott sprechen zu hören, doch auch das gelang ihr nicht.
Sie klagte nicht über ihr Leben, denn sie hatte alles, was sie brauchte, um weiterzumachen.
Anfangs war es nicht leichter gewesen, das wusste sie. Doch warum kam ihr das Leben inzwischen so viel schwieriger vor? Es gab so viel darin, wenn man es oberflächlich betrachtete. Doch dann spürte sie, wie sie sich unter der Oberfläche langsam zurechtfand ... als ob ...
Wenn sie die Augen schloss, konnte sie sich ein Leben vorstellen ... Ein Leben ohne ihn. Sie konnte sich vorstellen, ihn zu vergessen.
Der Krieg lag hinter ihr, Russland und Leningrad lagen hinter ihr. Und auch Tatiana und Alexander lagen hinter ihr.
Früher war das einmal Wirklichkeit gewesen, doch jetzt gab es Wörter, die ihr die Sinne betäubten. Englische Wörter, ein neuer Name. Und über allem lag, wie eine warme Decke, ein neues Leben in dem unglaublichen, maßlosen, pulsierenden Amerika. Ein strahlendes, neues Leben in einem wundervollen, weitläufigen, neuen Land. Gott machte es ihr so leicht wie nur möglich, ihn zu vergessen. Das schenke ich dir, sprach Gott zu ihr. Ich schenke dir jeden Tag Sonne und Freiheit, ich schenke dir Wärme und Annehmlichkeiten. Ich schenke dir Sommertage in Sheep Meadow und Coney Island, ich schenke dir Vikki, eine Freundin fürs Leben, und ich schenke dir Anthony, deinen Sohn. Ich schenke dir auch Edward, falls du dich einmal neu verlieben möchtest. Ich schenke dir Jugend und Schönheit, falls du dich nicht unbedingt in Edward verlieben möchtest. Ich schenke dir New York, die lebendigste Stadt der Welt. Ich schenke dir die Jahreszeiten und Weihnachten, Softball, Tanzen, asphaltierte Straßen und Kühlschränke, ein Auto und ein Grundstück in Arizona. All das schenke ich dir. Und ich verlange nichts weiter, als dass du ihn vergisst und das alles annimmst.
Und Tatiana senkte den Kopf und nahm es an.
Die Wochen vergingen, mit Arbeit und mit den Menschen, in deren Augen sie lesen konnte, was sie ihnen bedeutete – mit Edward, dem sie ansah, was er für sie empfand, und mit der

wunderbaren, unmöglichen Vikki. Auch in ihren Augen las Tatiana immer wieder, was sie ihr bedeutete. Sie gingen gemeinsam ins Kino, sahen Theaterstücke am Broadway, machten Weiterbildungskurse an der NYU. Tatiana zog ein hübsches Kleid und Schuhe mit hohen Absätzen an und ging ins Ricardo's, und dort stellte sie fest, dass sie wieder eine weitere Woche durchlebt hatte, als müsste es so sein, als würde Alexander tatsächlich in weite Ferne rücken.

Doch jeden Morgen fuhr Tatiana mit der Fähre nach Ellis Island, und jeden Morgen sah sie nur eines, während das Boot sich seinen Weg durch die Wellen des Hafenbeckens bahnte. Sie sah keine zweite, dritte, vierte oder fünfte Liebe. Keine Musiker, kein Ricardo's, keine Vikki, keinen Jeb und keinen Segen. Sie sah nur Alexanders Augen und las darin, was sie ihm bedeutet hatte. Jeden Tag, auch wenn sie ihn vergaß, auch wenn sie sich nach dem Leben sehnte, sah sie dennoch seine Augen, die ihr sagten, was sie für ihn gewesen war.

Und was wäre ihr auch geblieben, wenn sie ihm nicht so viel bedeutet hätte? Nichts. Nur die Sowjetunion. Zwei rechteckige Räume am Fünften Sowjet, ein Ausweis, vielleicht eine Datscha, in der sie mit ihrem Kind den Sommer verbringen konnte. Sie würde in alle Ewigkeit in einer Schlange stehen und sich bei Wind und Wetter die Steppmütze über die Ohren ziehen.

Und mit jedem Tag, an dem sie ihn vergaß, wuchsen auch ihre Schuldgefühle. Sie glaubte, ihn sagen zu hören: »Wie kannst du mich vergessen? All das habe ich dir geschenkt. Wie kannst du mich so schnell vergessen, wenn ich doch mit meinem Leben für deines bezahlt habe?«

Die Monate, all die vielen, vielen Monate.

Alexander, Alexander, Alexander ...

Tania, Tania ...

Das bist du, ich weiß es, das ist der erbarmungslose Reiter, der mich zurückruft, zurück nach Lazarewo ...

Wir haben sie durchlebt, die Verzückung, die Hingabe, als hätten wir gewusst, dass sie uns für den Rest unseres Lebens genügen muss.

Siehst du unser zerwühltes Bett, unsere Petroleumlampe? Siehst du den Kessel mit dem Wasser, das ich für dich gekocht habe, siehst du die Arbeitsfläche, die du für mich angebracht hast, damit ich darauf die Kartoffeln zubereiten kann, die es nicht gab, und unsere Kohlpasteten? Siehst du die Zigaretten, die ich für dich gedreht, die Kleider, die ich für dich gewaschen habe, und siehst du meine Hände an deinem Körper, meine Lippen, die dich überall berühren, mein Ohr, das ich an deine Brust lege, um dein Herz schlagen zu hören? Sag mir, siehst du das alles noch, in deinem Herzen? Gott schütze dich, wenn du am Leben bist, mein unerbittlicher Alexander.

Doch wenn du als Engel über mich wachst, komm nicht hierher, folge mir nicht in die Superstition Mountains, komm nicht hierher, wenn es so dunkel und kalt um mich ist. Ich lebe in der Wüste, ich betrachte die Winde und die wilden Blumen im Frühling. Komm nicht hierher.

Komm lieber mit mir dorthin, wohin ich fliege, folge mir über die Meere und Ozeane und die Flüsse, die uns trennen, nimm meine Hand, lass mich dich führen, durch die Kiefernzapfen, durch die Kiefernnadeln, damit wir uns die Füße in der Kama benetzen können, während die Sonne hinter den kahlen Gipfeln des Urals hervorschaut und uns einen weiteren Tag verspricht und zugleich einen Tag weniger. Komm mit mir in den Fluss, lass dich mit mir treiben, schwimm mit mir gegen die Strömung ans andere Ufer. Du hast immer ein wenig Angst, dass ich abgetrieben werde, dass die Strömung mich flussabwärts zieht, ins Kaspische Meer. Ich rufe: *Schwimm schneller, schneller*, und du lächelst und schwimmst schneller, lässt mich dabei aber nicht aus den Augen. Du bist immer ein Stückchen vor mir, ich sehe dein leuchtendes Gesicht. Komm noch einmal mit mir dorthin, lass uns noch einen Morgen erleben, noch ein Feuer, noch eine Zigarette, lass uns noch einmal schwimmen gehen, lass mich noch einmal dein Lächeln sehen, ein letztes Mal in dieser Ewigkeit, die wir Lazarewo nennen.

13

Oranienburg, 1945

Alexander wusste nicht mehr, wie viel Zeit vergangen war, als der Zug schließlich endgültig hielt und man ihnen befahl auszusteigen. Man hatte ihn schon längst von Uspenskij losgemacht und an den kleinen, blonden, freundlichen Leutnant Maxim Misnoij gekettet. Misnoij sprach wenig und schlief sehr viel. Uspenskij hatte einen gebrochenen Kiefer davongetragen und war in einen anderen Wagon verfrachtet worden. Während der Fahrt im Zug hatte Maxim Misnoij Alexander einiges aus seinem Leben erzählt. Als die Deutschen 1941 in Russland einmarschiert waren, hatte er sich freiwillig zum Kriegsdienst gemeldet. Doch 1942 hatte er immer noch keinen Revolver für sein leeres Halfter. Viermal war er von den Deutschen gefangen genommen worden, dreimal war er entkommen. Die Amerikaner hatten ihn aus dem Konzentrationslager Buchenwald befreit, doch als getreuer Rotarmist war er die Elbe entlanggereist, um sich den Russen beim Kampf um Berlin anzuschließen. Für seine Tapferkeit hatte man ihm den Roten Stern verliehen. Doch bald darauf hatte man ihn in Berlin verhaftet und wegen Hochverrats zu fünfzehn Jahren verurteilt. Er war zu gutmütig, um sich darüber zu grämen.

Nachdem sie den Zug verlassen hatten, mussten sie in Zweierreihen zwei Kilometer weit marschieren, eine Straße entlang, die durch den Wald führte und schließlich in einen Pfad zwischen dicken Bäumen überging, der vor einem weißen, verzierten Tor endete. Auf dem Weg passierten sie ein großes, gelbes Torhaus. Oben auf dem Haus befand sich eine große Uhr, und rechts und links davon standen zwei Wachposten mit Maschinenpistolen.

»Ist das Buchenwald?«, fragte Alexander Misnoij.

»Nein.«

»Auschwitz?«

»Nein, auch nicht.«
Über dem Tor stand in eisernen Lettern der deutsche Satz »Arbeit macht frei«.
»Was mag das wohl heißen?«, fragte jemand hinter ihnen.
»›Ihr, die ihr herkommt, lasset alle Hoffnung‹«, zitierte Alexander Dante.
»Aber da steht doch: ›Arbeit macht frei‹«, wandte Misnoij ein.
»Sage ich doch ...«
Misnoij lachte. »Das ist sicher eins der Lager für politische Gefangene. Sachsenhausen, nehme ich an. Die Inschrift in Buchenwald lautet anders. Sie ist für Schwerverbrecher bestimmt.«
»Also für Leute wie Sie?«
»Genau, für Leute wie mich.« Er lächelte freundlich. »Sie lautet: Jedem das Seine.«
»Die Deutschen sind wirklich ein Ausbund an Inspiration«, bemerkte Alexander.
Es handelte sich tatsächlich um das Lager Sachsenhausen. Das teilte ihnen der neue Lagerkommandant mit, ein abstoßender, fettleibiger Mann namens Brestow, der eine ausgesprochen feuchte Aussprache hatte. Sachsenhausen war zur selben Zeit wie Buchenwald errichtet worden und hatte als Zwangsarbeitslager und zwischenzeitlich auch als Vernichtungslager gedient. Die Homosexuellen, die in der Ziegelfabrik vor den Toren arbeiten mussten, waren dorthin gekommen, außerdem vereinzelte Juden und vor allem sowjetische Soldaten. Fast jeder sowjetische Offizier, der das Tor durchschritten hatte, hatte dort auch sein Grab gefunden. Die sowjetischen Behörden nannten das Lager inzwischen »Speziallager Nr. 7«, was darauf schließen ließ, dass es noch mindestens sechs weitere Lager dieser Art geben musste.
Während man sie durch das Lager führte, hatte Alexander den Eindruck, dass unter den Gefangenen, die zwischen den Baracken umhergingen oder auf dem Arbeitsgelände beschäftigt waren, nur wenige Russen waren. Er sollte Recht behalten. Die meisten Insassen des Lagers waren Deutsche. Man brachte die sowjetischen Männer in einen separaten Trakt

jenseits der Umzäunung des Hauptlagers. Sachsenhausen hatte den Grundriss eines gleichschenkligen Dreiecks, doch während des Krieges hatten die Nazis festgestellt, dass die vierzig Baracken innerhalb der Lagermauern nicht genug Platz für die alliierten Kriegsgefangenen boten. Also waren rechts neben dem Tor zwanzig weitere Ziegelbaracken errichtet worden. Die Nazis bezeichneten diesen Teil als Lager der Klasse II und brachten die gefangenen Alliierten dort unter.
Jetzt war das Speziallager Nr. 7 in zwei Zonen unterteilt. Zone I im Hauptteil des Lagers diente der »Schutzhaft« für deutsche Zivilisten und Soldaten, die während des sowjetischen Vormarsches durch Deutschland aufgegriffen worden waren. Die zusätzlichen Baracken bildeten die Zone II, in der die deutschen Offiziere festgehalten wurden, die von den westlichen Alliierten freigelassen, von den sowjetischen Truppen aber wieder gefangen genommen und für Verbrechen gegen die Sowjetunion vor ein Kriegsgericht gestellt worden waren.
Auch die sowjetischen Gefangenen wurden in Zone II untergebracht. Obwohl sie sich im selben Teil des Lagers befanden wie die deutschen Offiziere, hatten sie doch mehrere Baracken für sich, und die Mahlzeiten und die Appelle fanden zu unterschiedlichen Zeiten statt. Alexander fragte sich, wie lange es wohl dauern würde, bis man die Gefangenen in dem bereits stark überfüllten Lager nicht mehr trennen, sondern sie allesamt als Feinde der Sowjetunion behandeln würde.
Alexander und seine Mitgefangenen erhielten den Befehl, eine Umzäunung um ein quadratisches Gelände gleich neben ihren Baracken zu errichten. Das Gelände sollte als Friedhof dienen für diejenigen, die im Speziallager Nr. 7 starben. Alexander empfand es als vorausschauende Handlung des NKGB, einen Friedhof errichten zu lassen, noch ehe es Todesfälle gab. Er fragte sich, wo die Deutschen wohl ihre toten Gefangenen bestattet haben mochten – beispielsweise Stalins Sohn.
Bei einem Rundgang durch das Lager zeigte man den Männern eine Ausbuchtung in der Hauptmauer. Dort befanden sich ein Erschießungsgraben und ein Krematorium. Der sow-

jetische Wärter erklärte ihnen, dass die deutschen Schweine sich hier der sowjetischen Kriegsgefangenen entledigt und sie mit einem Genickschuss durch einen Spalt in der Mauer getötet hätten, während sie an einer Messlatte standen. »Kein alliierter Soldat hat diesen Graben je zu Gesicht bekommen«, sagte der Wärter.

Alexander schüttelte ebenso fassungslos wie spöttisch den Kopf und murmelte: »Woran das wohl liegen mag?« Die Bemerkung brachte ihm einen Schlag mit dem Gewehrkolben und einen Tag Arrest im Lagergefängnis ein.

Anfangs arbeitete Alexander auf dem Arbeitsgelände, einem großen, abgezäunten Areal, auf dem die sowjetischen Gefangenen spazieren gehen konnten und das Holz hackten, das in den Wäldern rund um Oranienburg gefällt wurde. Doch schon bald meldete er sich freiwillig als Holzfäller. Nun wurde er jeden Morgen um Viertel nach sieben, gleich nach dem Appell, mit einem Konvoi in den Wald gefahren und erst am Abend wieder ins Lager zurückgebracht. Er arbeitete unermüdlich, erhielt besseres Essen und konnte draußen im Freien sein und seinen Gedanken nachhängen. Das gefiel ihm recht gut, bis es Ende September langsam kälter wurde. Schon im Oktober war ihm die Arbeit verhasst, und er wünschte sich halbherzig, in einem der warmen Zimmer beim Löten oder Hämmern sitzen und Tassen oder Schlösser herstellen zu können. Im Grunde hatte er keine Lust, in einem der Fabrikräume festzusitzen, doch es schien ihm erstrebenswert, im Warmen zu sein. Stattdessen war er draußen, seine Stiefel waren kaputt und undicht, und die Handschuhe, die man ihm aushändigte, hatten Löcher an den Fingern. Wenigstens konnte er sich bewegen, sodass ihm ein wenig wärmer wurde. Die zehn Soldaten, die die zwanzig Gefangenen bewachten, waren natürlich dem Wetter entsprechend gekleidet, doch sie mussten zehn Stunden lang ruhig stehen und traten deshalb fröstelnd von einem Fuß auf den anderen. Das verschaffte Alexander ein schwaches Gefühl der Befriedigung.

Als es kälter wurde, füllte sich der Friedhof. Alexander bekam den Befehl, Gräber auszuheben. Die Deutschen hielten sich nicht gut in den sowjetischen Lagern. Sie hatten sechs harte Kriegsjahre überstanden, doch nun, im Speziallager Nr. 7, verfielen sie und starben. Immer mehr Gefangene wurden gebracht, und der Platz reichte längst nicht mehr aus. Die Baracken waren überfüllt, und die Stockbetten, die auf dem Arbeitsgelände hergestellt wurden, standen dicht an dicht.

Das Speziallager Nr. 7 unterstand nicht der Berliner Militärverwaltung, sondern fiel unter das Kommando der Lagerhauptverwaltung der Sowjetunion, des GULAG. Und die Haft in einem Gulag unter sowjetischer Führung hatte etwas an sich, das Alexander und den fünftausend anderen sowjetischen Gefangenen ein klägliches, demütigendes Gefühl immer währenden Elends vermittelte. Die meisten der Männer kamen aus anderen Kriegsgefangenenlagern und waren in gewisser Weise an die Entbehrungen und Einschränkungen gewöhnt. Doch selbst der härteste Winter in einem deutschen Kriegsgefangenenlager hatte ihnen kein solches Gefühl von Endlosigkeit und völliger Vernichtung gegeben. Damals waren sie wenigstens noch Soldaten gewesen, und irgendeine Hoffnung war ihnen immer noch geblieben: die Hoffnung auf Sieg, auf Flucht, auf Befreiung. Doch nun war der Sieg da, Befreiung bedeutete, sich den Sowjets zu unterwerfen, und es gab keinerlei Möglichkeit, im sowjetisch besetzten Deutschland aus Sachsenhausen zu entkommen. Dieses Gefängnis, diese Haft schien das Ende aller Hoffnung, das Ende allen Glaubens, das absolute Ende zu sein.

Nach und nach verebbte der Strom der quälenden Erinnerungen.

Im Krieg hatte er sie noch in jeder Einzelheit vor sich gesehen: ihr Lachen, ihre Scherze, ihre Kochkünste. Auch in Kattowitz und auf der Burg Colditz war es noch so gewesen, und er hatte sich oft gegen diese Vorstellung gewehrt.

Hier in Sachsenhausen hätte er sie gern detailliert vor sich gesehen, doch es gelang ihm nicht mehr. Der Gulag hatte sie verpestet.

Er berührt sie. Sie bebt, ihr Körper unter seinen Händen wird von Konvulsionen geschüttelt. Alexander umfasst ihre Beine, während er sich in ihr bewegt, und die ganze Zeit über stöhnt sie, erbebt hilflos und haucht von Zeit zu Zeit: »Oh, Shura.« Und Alexander zerbricht fast an seiner Erregung und seiner Angst. Er hält ihren zitternden Körper fester umfasst und zieht sich dann für einen Augenblick zurück. Er hört ihren verzweifelten Protestschrei, doch er kümmert sich nicht darum. Sie gehört jetzt ihm, und er wird mit ihr tun, was er will. Und er weiß, was er will: sie enger an sein Herz drücken, spüren, wie sie unter seinen Händen zerfließt, ihn ganz umgibt. Je hilfloser sie ist, je stärker er ihr Verlangen spürt, desto mehr fühlt er sich als Mann. Doch manchmal, wenn er sie so fest an sich drückt, will er auch, dass Lazarewo nicht untergeht wie der Mond. Das kann nicht geschehen, obwohl sie sich das beide am meisten wünschen. Und so gibt er ihr, was er ihr geben kann.

»Gefällt's dir, Süße?«, flüstert er.

»Oh, Shura«, flüstert sie. Sie schafft es kaum, die Augen zu öffnen, schlingt ihm die Arme um den Hals.

»Das war noch nicht alles«, sagt er. »Mein Gott, wie du zitterst.«

»Shura, ich kann nicht … ich kann nicht … O ja, jetzt …«

»Ja, Liebste, ja. Jetzt.«

Er schließt die Augen und hört ihren Schrei, der kein Ende nehmen will. Er lässt nicht von ihr ab, und sie schreit von neuem auf.

Jetzt bin ich ein Mann. Jetzt, da meine heilige Jungfrau unter meinen Händen erbebt, bin ich erst zum Mann geworden.

Und ihr Schrei will kein Ende nehmen.

»Mein Gott, Tania, ich liebe dich«, flüstert er an ihrem Haar. Er hält die Augen geschlossen und würde am liebsten ebenfalls aufschreien.

Ihr Körper unter ihm ist erschlafft. Sie liegt da und streichelt sanft seinen Rücken.

»Fertig?«, fragt er.

»Fix und fertig«, erwidert sie.

Doch für Alexander ist das erst der Anfang.

Nur noch daran konnte er jetzt denken. Es gab nichts anderes mehr, keine Lichtung, keinen Mond, keinen Fluss. Kein Bett, keine Decken, kein Gras und kein Feuer, kein Kitzeln, keine Spiele, kein Vorspiel und kein Nachspiel. Es gab keinen Anfang und kein Ende, nur noch Tanias Körper unter ihm und ihn, der auf ihr lag und sie fest an sich drückte. Immer lagen ihre Arme um seinen Hals, immer umschlang sie ihn mit den Beinen. Und immerzu hörte er ihren Schrei. Sie war verpestet vom Gulag, wo es keine echten Männer gab.

Wir sind keine Männer mehr. Wir leben nicht wie Männer, verhalten uns nicht wie Männer. Wir gehen nicht auf die Jagd, um Nahrung zu finden, wir bieten den Frauen, die wir lieben, keinen Schutz, wir bauen keine Häuser für unsere Kinder, und wir setzen die Fähigkeiten nicht ein, die Gott uns geschenkt hat. Wir nutzen weder unser Gehirn noch unsere Körperkraft, noch unsere Fortpflanzungsorgane zum Leben. Ich habe mich immer über den Krieg definiert. Im Krieg wusste ich stets genau, wer ich war – Major, Hauptmann, Oberleutnant, Leutnant. Ich war ein Krieger. Ich habe Waffen getragen, einen Panzer kommandiert, meine Männer in den Kampf geführt, Befehle befolgt. Es gab feststehende Regeln, klar verteilte Rollen, vorgeschriebene Wege. Oft habe ich nicht geschlafen, oft hatte ich nasse Kleider und sehr viel öfter noch Hunger, und von Zeit zu Zeit wurde ich auch von einer Kugel oder einer Granate getroffen. Doch selbst damit konnte man rechnen.

Hier schenken wir niemandem auch nur ein Stück von uns. Mit unserer Menschlichkeit haben wir auch unsere Männlichkeit eingebüßt. Wir haben verloren, was uns zu den Männern gemacht hat, die wir waren. Wir kämpfen nicht einmal mehr, so wie wir es im Krieg getan haben. Damals waren wir Tiere, aber wir waren wenigstens noch Männer. Wir haben einen Vorstoß gewagt. Wir haben die feindlichen Linien zerrissen, sind in sie eingedrungen, haben ihre Verteidigung durchstoßen. Wir haben als Männer gekämpft.

Und jetzt krempelt man uns um, um uns dann als Eunuchen wieder in die Gesellschaft zu entlassen. Entmannt wird man uns zu unseren treulosen Frauen zurückschicken, zurück in die Städte, in denen wir nicht mehr leben können, zurück in ein Leben, in dem wir uns nicht mehr zurechtfinden. Wir können unsere Männlichkeit niemandem mehr beweisen, uns selbst nicht und auch nicht unseren Frauen und Kindern. Wir haben nichts als unsere Vergangenheit, die wir hassen, die wir zerpflücken, auf die wir händeringend zurückschauen. Die Zeit, als wir noch Männer waren, uns wie Männer verhielten, arbeiteten und kämpften. Und wie Männer liebten. Nur noch neuntausend Tage wie diesen gilt es zu durchleben, bis man uns der Welt zurückgibt, die wir von Hitler befreit haben.

Schon bald hatte er auch ihre Brüste vergessen, ihr Gesicht und ihre Stimme, die seinen Namen rief. Zurück blieben nur seine männliche Kraft und ihr weibliches Stöhnen. Und schließlich war auch das verschwunden.

Er holte weit aus, hielt einen Augenblick inne, um in den Wald hinein zu lauschen, und schlug dann zu. Und mit jedem Hieb der Axt schlug Alexander sein Leben entzwei.
Lag ihm wirklich so wenig daran, dass er so schnell aufgab? Wie oft hatte das Schicksal ihn nicht nach Finnland geführt? Hatte er nicht in seiner Jugend oft genug den vorbestimmten Pfad verschmäht und die Götter vertröstet? Jedes Mal hatte ihn irgendetwas zurückgehalten.
Stepanows Sohn – damals hatte er nicht anders handeln können. Und während der Blockade, als er die Finnen im Norden bei Karelien zurückgeschlagen hatte? Er hatte eine Maschinenpistole gehabt, die fünf NKWD-Männer nur einfache Gewehre. Sie wären in Sekundenschnelle tot gewesen, und er hätte frei sein können. Aber nein, er hatte gewartet, bis Dimitri die Gelegenheit bekam, ihn zu zerstören, Tatiana zu zerstören.
Alexander schwang die Axt, fassungslos über sich selbst.
Er hätte fortgehen, sie vergessen können. Dann hätte auch sie ihn vergessen, sie hätte den Krieg überstanden und weiter in Leningrad gelebt. Sie hätte geheiratet und mit ihrem Mann und dessen Mutter in zwei Zimmern gelebt. Sie hätte ein Kind bekommen und nie ein anderes Leben gekannt. Doch

Alexander hatte ein anderes Leben gekannt, und nun kannten sie es beide, nun waren sie beide innerlich zerrissen. Aber sie lebt jetzt irgendwo, trägt hochhackige Schuhe, schminkt sich die Lippen rot, und all die Soldaten, die aus dem Krieg heimkehren, liegen ihr zu Füßen. Und sie sagt: »Stimmt, ich hatte einmal einen Ehemann, und ich habe ihm ein Versprechen gegeben. Aber jetzt ist er tot. Komm, tanz mit mir, schau dir meine hochhackigen Schuhe an und mein wunderschönes Haar, lass uns beim Tanzen den Krieg vergessen. Ich lebe schließlich, und er ist tot. Natürlich war ich traurig, aber dann ging der Krieg zu Ende, und ich konnte wieder atmen. Und jetzt tanze ich sogar.«

Er schwang seine Axt.

Ich atme den gefrorenen Boden ein, ich atme Eis, es füllt meine Lunge, und mein Atem wird zu Feuer.

Ich bin damals nicht fortgegangen, weil ich ein eingebildeter Kerl war. Ich habe gedacht, ich würde schon irgendwann eine andere Gelegenheit finden. Ich habe geglaubt, ich wäre unsterblich und der Tod könnte mir nichts anhaben. Schließlich war ich schon einmal schlauer und stärker als der Tod, schlauer und stärker als die Sowjetunion. Ich bin dreißig Meter tief in die Wolga gesprungen, habe mich mit leeren Händen durch das halbe Land geschlagen. Kresty und Wladiwostok konnten mir nichts anhaben, nicht einmal der Typhus hat mich erwischt. Aber dafür hat Tatiana mich erwischt. Wenn ich hier rauskomme, bin ich einundfünfzig.

Er fühlte sich alt, weil er mit ihr so jung gewesen war.

Alexander hatte zu viel Zeit im Wald verbracht, war zu lange allein mit seinen Gedanken gewesen. Die tödliche, unheimliche Stille ringsum ängstigte ihn, ließ ihn frösteln. Er sah sich um. Plötzlich hörte er ein Geräusch. Was war das? Es klang irgendwie vertraut. Er hielt den Atem an. Ob er es wohl noch einmal hören würde?

Ja, da war es, ganz in der Nähe. Ein leises Lachen. Alexander legte ein Stück Holz auf seinen Baumstumpf und holte mit der Axt aus. Doch dann hielt er in der Bewegung inne.

Da war es wieder, das leise, perlende Geräusch, so vertraut, dass ihm die Glieder schmerzten. *Tatiana*, flüsterte er.

Sie kommt auf ihn zu, und sie ist ganz bleich. Sie trägt einen gepunkteten Badeanzug, und ihr Haar fällt ihr lang den Rücken hinunter. Sie kommt ganz nah heran und setzt sich auf den Baumstumpf, sodass er kein Holz mehr hacken kann. Er zündet sich eine Zigarette an und mustert sie schweigend. Er weiß nicht recht, was er zu ihr sagen soll.

»Alexander«, sagt sie schließlich. »Du lebst. Und du bist so alt geworden. Was ist mit dir geschehen?«

»Wie sehe ich denn aus?«, fragt er.

»Du siehst aus, als wärst du fast fünfzig.«

»Das bin ich auch.«

Sie lächelt. »Du bist fünfzig, und ich bin siebzehn.« Sie lacht hell und melodisch auf. »So ungerecht kann das Leben sein. Ätsch-bätsch.«

»Erinnerst du dich noch an Lazarewo, Tania? An unseren Sommer 1942?«

»Was für ein Sommer 1942? Ich bin schon 1941 gestorben. Jetzt bin ich ewig siebzehn. Erinnerst du dich noch an Dascha? Dascha! Komm her! Schau mal, wen ich getroffen habe.«

»Was soll das heißen, Tania? Du bist gestorben? Das ist doch gar nicht wahr. Schau dich doch an. Nein, ruf Dascha nicht her.«

»Dascha, komm her! Natürlich bin ich gestorben. Wie hätten meine Schwester und ich denn in Leningrad überleben sollen? Das war völlig unmöglich. Eines Morgens habe ich es nicht mehr geschafft, Wasser nach oben zu holen. Auch die Lebensmittelrationen konnte ich nicht mehr abholen. Da haben wir uns zusammen ins Bett gelegt, das war schön. Wir konnten uns kaum noch rühren. Ich habe eine Decke über uns gebreitet. Dann ist das Feuer ausgegangen, und das Brot ging zu Ende, und wir sind nicht mehr aufgestanden.«

»Warte, warte.«

Tania lächelt ihn an, mit ihren weißen Zähnen, ihren Sommersprossen, ihren Zöpfen, ihren Brüsten. »Warum hackst du denn Holz, Alexander?«

»Tania ... wo war ich? Warum habe ich dir nicht geholfen?«

»Mir geholfen? Wie denn?«

»Mit Brot, mit Lebensmittelrationen. Warum habe ich dich nicht aus Leningrad weggebracht?«
»Was meinst du denn damit? Wir haben dich doch seit September nicht mehr gesehen. Wo bist du eigentlich hingegangen? Du hast gesagt, du wirst Dascha heiraten, und dann bist du einfach verschwunden. Sie hat gedacht, du bist ihr davongelaufen.«
»Ihr?«, fragt Alexander entsetzt. »Und was ist mit dir?«
»Was soll mit mir sein?«, fragt sie fröhlich.
»Was ist mit unserem Gespräch an der Isaaks-Kathedrale? Was ist mit Luga?«
»Isaaks-Kathedrale? Luga? Wo bleibst du denn, Dascha? Du glaubst nicht, wen ich hier getroffen habe!«
»Tania«, sagt er. »Warum tust du so, als würdest du mich gar nicht kennen? Warum spielst du mir etwas vor? Du brichst mir das Herz. Hör auf damit. Sag etwas, irgendetwas, um mich zu trösten.«
Sie hält in der Bewegung inne, schaut ihn an und sagt: »Alex, was soll das ...«
»Wie hast du mich gerade genannt?«
»Alex ...«
»So hast du mich doch nie genannt.«
»Was meinst du denn damit? So haben wir dich die ganze Zeit genannt.«
Alexander versucht verzweifelt aufzuwachen. Er kann diesen Traum nicht weiterträumen, sonst wird er noch verrückt. Aber er ist ja wach. Seine Axt liegt vor ihm. Tania hüpft auf einem Bein. »Luga, Tania. Erinnerst du dich nicht an Luga?«
»Da hatten wir früher eine Datscha. Nach dem Krieg wollten wir dorthin zurück, aber das haben wir nicht mehr geschafft.«
»Woher kennst du mich?«, fragt er. »Woher weißt du, wer ich bin?«
»Was soll denn das heißen?« Ihr helles Lachen ist wie die Wellen des Flusses. »Du bist doch der Freund meiner Schwester.«
»Und wie haben wir beide uns kennen gelernt?«
»Sie hat uns einander vorgestellt. Sie hat schon seit Wochen

von dir gesprochen, und dann bist du schließlich zum Abendessen gekommen.«

»Und wann?«

»Ich weiß nicht mehr. Irgendwann im Juli.«

»Und was ist mit Juni? Dem 22. Juni? Da haben wir uns doch kennen gelernt? Der Krieg hat angefangen, und wir beide sind uns an einer Bushaltestelle begegnet. Weißt du das nicht mehr?«

»Am 22. Juni? Ganz bestimmt nicht.«

»Hast du denn nicht auf einer Bank ein Eis gegessen?«

»Doch ...«

»Und hat dich nicht ein Soldat – ich nämlich – von der anderen Straßenseite aus beobachtet?«

»Da war kein Soldat«, sagt sie entschieden. »Es war kein Mensch auf der Straße. Ich habe mein Eis gegessen, dann ist der Bus gekommen und hat mich zum Newskij-Prospekt gefahren. Ich habe Kaviar gekauft. Der hat aber nicht lange gereicht, hat uns nicht über den Winter gebracht.«

»Aber wo war ich?«, ruft er.

»Woher soll ich das wissen?«, zwitschert sie und hüpft weiter herum. »Ich habe jedenfalls niemanden gesehen.«

Kreidebleich schaut er ihr ins Gesicht. Nicht ein Funke von Zuneigung zeigt sich darin, nur Belustigung. »Und warum habe ich deiner Schwester während der Blockade nicht geholfen?«, stößt er mühsam hervor.

Sie senkt die Stimme und flüstert aufgeregt: »Ich weiß ja nicht, ob das stimmt, Alexander. Aber Dimitri hat uns erzählt, du bist geflohen und nach Amerika gegangen – ganz allein. Ist das wirklich wahr? Hast du uns tatsächlich zurückgelassen und bist geflohen?« Sie lacht. »Das ist wundervoll. Amerika! Unglaublich! Dascha, jetzt komm endlich.« Sie dreht sich wieder zu Alexander um. »Dascha und ich haben den ganzen Winter über von nichts anderem geredet. Sogar am letzten Morgen, als wir im Bett lagen, haben wir noch gesagt: Denk nur, Alexander ist jetzt satt und sitzt im Warmen. War es denn im Krieg auch warm in Amerika? Das haben wir uns gefragt. Gab es Weißbrot?«

Alexander steht längst nicht mehr aufrecht. Er ist im Schnee

auf die Knie gesunken. »Tania ...«, sagt er verzweifelt und blickt zu ihr empor. »Tatia ...«
»Wie nennst du mich?«
»Tatiascha, meine Frau. Tania, Mutter meines einzigen Kindes, erinnerst du dich denn nicht an unser Lazarewo?«
»Woran?« Sie runzelt die Stirn. »Du benimmst dich wirklich merkwürdig, Alexander. Was redest du denn da? Ich bin nicht deine Frau, ich bin niemandes Frau.« Sie lacht auf und zuckt die Achseln. »Und Mutter? Du weißt doch ganz genau, dass ich nicht mal einen Freund hatte.« Ihre Augen glitzern. »Ich habe das Leben nur durch meine süße Schwester kennen gelernt. Jetzt komm endlich, Dascha, schau, wen ich getroffen habe. Erzähl mir mehr von deinem Alexander. Wie war er?« Und damit hüpft sie in den Wald hinein, ohne sich noch einmal nach ihm umzuschauen. Und bald verklingt ihr Lachen.
Alexander ließ die Axt sinken, stand auf und ging davon.

Man griff ihn im Wald auf und brachte ihn in das Lager zurück. Nach zwei Wochen im Lagergefängnis öffnete Alexander mit einer Nadel, die er im Stiefel versteckt hatte, das Schloss seiner Fußfesseln. Man legte ihm neue Fesseln an und zog ihm die Stiefel aus. Da knackte er das Schloss mit einem kleinen, geraden Stückchen Stroh, das er auf dem Boden der Einzelzelle gefunden hatte. Man schlug ihn dafür und hängte ihn vierundzwanzig Stunden lang kopfüber an den Beinen auf. Bei dem Versuch, sich aufzurichten, verrenkte er sich beide Knöchel.
Danach ließ man ihn auf dem Stroh in der Zelle liegen und fesselte ihm die Arme über dem Kopf. Dreimal am Tag kam jemand herein und stopfte ihm Brot in den Mund. Eines Tages wandte Alexander den Kopf ab und weigerte sich, das Brot zu essen. Nur das Wasser trank er. Am nächsten Tag lehnte er das Brot erneut ab. Danach bekam er keines mehr.
Eines Nachts öffnete er die Augen. Er fror und war durstig, er war verdreckt, und sein ganzer Körper schmerzte. Er konnte sich nicht rühren. Er versuchte, ein wenig Stroh aufzuheben, um sich damit zuzudecken, doch es gelang ihm

nicht. Er wandte den Kopf nach links und starrte die dunkle Wand an. Dann wandte er den Kopf nach rechts und blinzelte erstaunt.

Dort saß Harold Barrington, den Rücken an die Wand gelehnt. Er trug eine weite Hose und ein weißes Hemd, und sein Haar war akkurat gekämmt. Er sah jung aus, jünger noch als Alexander. Eine ganze Weile saß er schweigend da. Alexander traute sich nicht zu blinzeln, weil er fürchtete, sein Vater könnte dann verschwinden.

»Vater?«, flüsterte er.

»Was geschieht mit dir, Alexander?«

»Ich weiß es nicht. Ich glaube, es ist aus mit mir.«

»Unsere Wahlheimat lässt dich also im Stich?«

»Ja.«

»Sie hat dich bereits einmal betrogen mit diesem idiotischen Krieg, ein zweites Mal, als sie dir verweigert hat, in einem feindlichen Gefangenenlager wie ein menschliches Wesen behandelt zu werden, und nun betrügt sie dich ein drittes Mal, indem sie dich dafür bestraft, dass du für sie gekämpft hast.«

»Ja. Und all meine Freunde sind entweder tot, oder ich habe sie für immer verloren.«

»Vergiss sie. Hast du geheiratet?«

»Ja, das habe ich.«

»Wo ist deine Frau?«

»Ich weiß es nicht.« Alexander schwieg einen Augenblick. »Ich habe meine Frau seit vielen Jahren nicht mehr gesehen.«

»Wartet sie auf dich?«

»Ich glaube, das hat sie längst aufgegeben. Sie führt ihr eigenes Leben.«

»Und du? Führst du auch dein eigenes Leben?«

»Ja«, sagte Alexander. »Das tue ich. Ich führe das Leben, das ich mir eingebrockt habe.«

Harold saß schweigend im Dunkeln. »Nein, mein Sohn«, sagte er dann. »Du führst das Leben, das ich dir eingebrockt habe.«

Alexander hatte solche Angst zu blinzeln.

»Ich dachte, du wirst es weit bringen, Alexander. Das haben wir beide gedacht, deine Mutter und ich.«

»Ich weiß, Vater. Und eine Zeit lang ging es mir auch recht gut.«
»Ich hätte mir ein anderes Leben für dich gewünscht.«
»Ich auch.«
Harold stand auf und beugte sich über Alexander. »Wo ist mein Sohn?«, flüsterte er. »Wo ist der Junge, dem ich den Namen Alexander Barrington gegeben habe? Ich will meinen Sohn wiederhaben. Ich will ihn in den Armen wiegen, bis er einschläft, so wie ich es getan habe, als er gerade geboren war.«
»Ich bin doch hier«, sagte Alexander.
Mit versagender Stimme flüsterte Harold: »Frag nach Brot, Alexander. Bitte. Sei nicht so stolz.«
Alexander gab keine Antwort.
Harold beugte sich näher heran und flüsterte:

»Wenn du dein Herz bezwingst und alle Sinne,
nur das zu tun, was du von dir verlangst,
auch wenn du glaubst, es gibt nicht mehr da drinnen
außer dem Willen, der dir sagt: ›Du kannst!‹«

Jetzt musste Alexander doch blinzeln. Und Harold war verschwunden.

14

New York, Dezember 1945

Tatiana war dabei, Anthony ins Bett zu bringen, da fragte er plötzlich: »Mama, kann Jeb nicht mein Papa sein?«
»Ich glaube nicht, Schätzchen«, erwiderte Tatiana.
»Und Edward?«
»Ja, vielleicht. Magst du ihn?«
»Ja, ich mag ihn. Er ist nett zu mir.«
»Stimmt, Schätzchen. Edward ist ein guter Mann.«
»Erzählst du mir eine Geschichte, Mama?«

Tatiana kniete sich neben Anthonys Bett und faltete die Hände wie zum Gebet. »Willst du die Geschichte hören, wie Pu der Bär und Ferkel einen Topf Honig gefunden haben, der niemals leer wird? Pu wurde furchtbar dick und musste eine Diät machen …«

»Nein, die mag ich nicht. Ich will eine heimliche Geschichte.«

»Ich kenne aber keine unheimlichen Geschichten.«

»Heimliche Geschichte«, verlangte er, so energisch, dass sie nichts dagegenhalten konnte.

Tatiana dachte nach. »Gut, dann erzähle ich dir von Danaë, der Frau in der Truhe.«

»In der Truhe?«

»Ja. In der Stadt, wo ich geboren bin, in Leningrad, hing im Museum ein Bild von ihr, das der große Maler Rembrandt gemalt hat. Als der Krieg ausbrach, wurden alle Bilder aus dem Museum fortgebracht, und ich weiß nicht, wo Danaë und all die anderen jetzt sind.«

»Erzähl mir von der Frau in der Truhe, Mama.«

Tatiana holte tief Luft. »Es war einmal ein sehr feiger Mann, der hieß Akrisius. Er hatte eine Tochter, und die hieß Danaë.«

»War sie jung?«

»Ja.«

»Und war sie eine wunderschöne Prinzessin?« Anthony kicherte.

»Ja.« Tatiana hielt kurz inne. »Aber dann hat das Orakel Akrisius gewarnt …«

»Was ist ein Orakel?«

»Das ist jemand, der dir sagt, was in der Zukunft passiert. Das Orakel hat Akrisius gewarnt, dass der Sohn seiner Tochter ihn töten wird. Und da bekam er große Angst …«

»Weil er nicht sterben wollte?«

»Genau. Und darum hat er Danaë in eine Kammer aus Bronze gesperrt, damit niemand zu ihr konnte und sie kein Baby bekommen würde.«

Anthony lächelte. »Aber dann ist doch jemand gekommen?«

»Ja, ganz genau. Zeus ist gekommen.« Tatiana kniete mit gefalteten Händen da. »Zeus ist in Danaës Bronzekammer eingedrungen. Er hat sich in einen goldenen Regen verwandelt, und Danaë wurde von einem Gott geliebt ... und sie bekam ein Baby, einen Sohn. Und weißt du, wie sie ihn genannt hat? Sie nannte ihn Perseus.«

»Perseus«, wiederholte Anthony.

Tatiana nickte. »Als Akrisius herausfand, dass seine Tochter einen Sohn hatte, bekam er solche Angst, dass er nicht mehr wusste, was er tun sollte. Er wagte nicht, den Jungen zu töten, aber er wollte ihn auch nicht am Leben lassen. Also packte er Mutter und Kind in eine Truhe und setzte sie auf dem stürmischen Meer aus.«

Anthony lauschte gebannt.

»Da trieben sie dahin, ohne Essen und ganz allein. Danaë fürchtete sich sehr, doch Perseus hatte keine Angst.« Tatiana lächelte. »Denn er wusste tief in seinem kleinen Herzen, dass sein Vater nicht zulassen würde, dass ihm oder seiner Mutter etwas geschah.« Sie schwieg einen Augenblick. »Und sein Vater ließ das tatsächlich nicht zu. Zeus bat Poseidon, den Gott des Meeres, den Sturm zur Ruhe kommen zu lassen, sodass sie in ihrer kleinen Arche ruhig übers Wasser treiben konnten, bis sie schließlich auf einer Insel in Griechenland ans Ufer gespült wurden.«

Anthony lächelte. »Das hab ich gewusst, dass ihnen nichts passiert.« Er holte tief Luft. »Und wenn sie nicht gestorben sind, dann leben sie noch heute?«

»Ja.«

»Was ist mit Perseus passiert?«

»Irgendwann, wenn du ein bisschen älter bist, erzähle ich dir, was die Zukunft für Perseus bereithält.«

»Bist du dann auch ein ... Orakel?«

»Ja.«

»Aber er ist nicht gestorben, oder?«

»Oh, nein. Er wuchs heran, und alle Leute auf der Insel konnten gleich sehen, dass Perseus von nobler Abstammung sein musste, dass er nicht nur der Sohn eines Königs war, sondern der Sohn eines Gottes. Er wurde stark, nahm an allen Wettkämpfen teil und übertraf alle seine Kameraden. Aber seine Gedanken kreisten immer um die tapferen Taten, mit denen er sich eines Tages als Held erweisen würde.«

Anthony schaute seine Mutter mit großen Augen an. »Ist Perseus denn ein Held geworden?«
»Ja, mein Sohn«, erwiderte Tatiana. »Perseus ist ein ganz großer Held geworden. Und wenn du ein bisschen älter bist, erzähle ich dir, was er mit der Medusa und dem Meeresungeheuer gemacht hat. Aber jetzt sollst du erst einmal süße Träume haben. Du musst vom Luna-Park träumen und von Zuckerwatte und vom Versteckspielen an der Hafenpromenade. In Ordnung?«
»Warte, Mama ... hat das Orakel denn Recht gehabt? Hat Perseus den ... Mann getötet?«
»Ja, Perseus hat Akrisius tatsächlich getötet. Aber aus Versehen. Er wollte es nicht.«
»Also hatte er doch Recht damit, die beiden wegzuschicken.«
»Wahrscheinlich schon. Aber es hat ihm nur wenig gebracht.«
»Stimmt. Das war aber nicht so richtig heimlich, Mama. Erzählst du mir nächstes Mal vom Meeresungeheuer?«
»Vielleicht. Ich hab dich lieb.« Sie schloss die Zimmertür hinter sich.

Vikki war ausgegangen, zu einer der zahlreichen Weihnachtsfeiern im Krankenhaus. Sie hatte Tatiana überreden wollen, sie zu begleiten, doch Tatiana hatte keine Lust gehabt. Nun saß sie mit einer Tasse Tee und der *New York Times* am Küchentisch, und im Radio liefen die neuesten Berichte von den Nürnberger Prozessen. Plötzlich klingelte es an der Tür.
Draußen stand Jeb. Er trug seine weiße Marineuniform, wirkte groß, breitschultrig und ...
»Was machst du denn hier?«, fragte Tatiana erstaunt. Sie hatte ihn nicht erwartet.
»Ich wollte dich sehen«, sagte Jeb und trat an ihr vorbei in die Wohnung.
»Komm doch rein«, murmelte sie leise und schloss die Wohnungstür. »Es ist schon recht spät.«
»Recht spät für was?«
Tatiana ging in die Küche. »Möchtest du eine Tasse Tee?«

»Wie sieht's mit Bier aus? Hast du was da?«
»Nein, nur Tee.«
Sie schenkte ihm eine Tasse ein und setzte sich dann nervös neben ihn auf das Sofa. Jeb nahm einen Schluck und stellte dann die Tasse beiseite. »Ruhig ist es hier«, sagte er. »Ist diese Vikki gar nicht da?«
»Sie ist nur kurz weg«, sagte Tatiana.
»Um elf Uhr abends?«
»Sie kommt sicher jeden Moment zurück.«
»Soso.« Jeb musterte sie eingehend. »Weißt du, mir ist aufgefallen, dass wir beide noch nie so richtig allein waren.« Er streichelte ihren Oberschenkel.
»Tatsächlich?« Tatiana rückte nicht von ihm ab.
»Ja. Warum kommst du nie zu mir?«
»Wohnst du nicht mit Vincent zusammen?«
»Was hat das denn damit zu tun?«
»Nun, du bist auch nicht allein.«
»Gut, aber Vikki ist ununterbrochen da«, sagte er abfällig. »Und Anthony auch.«
Tatiana kniff die Augen zusammen. »Anthony kann nirgendwo anders hin«, sagte sie zögernd.
»Mag sein. Aber jetzt schläft er doch wohl?«
»Ja, aber er hat einen leichten Schlaf.«
»Soso.« Unvermittelt schlang er die Arme um sie, und sie spürte seine Lippen auf ihrem Mund.
»Warte«, rief sie und versuchte, den Kopf wegzudrehen. »Ich bekomme keine Luft, ich muss doch atmen.« Sie versuchte, ihn wegzuschieben, doch er ließ es nicht zu.
»Hey«, sagte er. »Du riechst so gut ... und wir sind ganz allein.«
»Bitte lass mich los.«
»Ach, Tania, Süße, du weißt ja gar nicht, mit wem du es hier zu tun hast.«
»Und du weißt nicht, mit wem du es zu tun hast«, erwiderte sie, schob gewaltsam seinen Kopf von sich weg und glitt dann unter ihm hervor. »Es tut mir Leid, Jeb«, sagte sie keuchend. »Ich bin müde, und ich muss sehr früh aufstehen. Würdest du jetzt bitte gehen?«

»Gehen?«, fragte er irritiert. »Ich gehe nirgendwo hin, bis ich nicht …« Er sprach den Satz nicht zu Ende. »Was glaubst du, warum ich hergekommen bin?«
»Das weiß ich nicht, Jeb, und ich will auch gar nicht darüber nachdenken. Offenbar willst du dich mit mir streiten. Aber mir ist nicht nach Streiten zumute.«
»Ich habe nicht vor, mit dir zu streiten, Tatiana«, sagte er, stand vom Sofa auf und kam auf sie zu. »Danach ist mir gar nicht zumute.«
»Nun, ich habe auch keine Lust, irgendetwas anderes zu tun«, erwiderte Tatiana. Langsam wurde sie von Zorn erfasst, auf ihn, seine Marineuniform, seine Körpergröße und sein Haar, und gleichzeitig spürte sie Zorn auf sich selbst und eine gewisse Reue. Sie begann, wieder klarer zu denken. War sie denn wirklich so leicht zu durchschauen gewesen?
»Tania, ich habe das Gefühl, du hältst mich hin«, erklärte Jeb und setzte sich wieder auf das Sofa.
»Keineswegs. Wir müssen uns nur erst besser kennen lernen.«
»Na, das haben wir ja jetzt wohl zur Genüge getan! Ehrlich gesagt würde ich dich gern noch ein bisschen anders kennen lernen.«
Tatiana betrachtete Jeb mit kühlem Blick, wie er da saß, mit weit gespreizten Beinen, die Arme auf der Rückenlehne des Sofas. »Mein Kind schläft im Nebenzimmer. Was denkst du dir dabei, so laut zu reden und dich so aufzuführen?« Sie wollte zur Wohnungstür gehen.
Jeb sprang auf und hielt sie am Arm fest. »Ich gehe nicht.«
»O doch, Jeb, das tust du«, sagte sie. »Wenn du mich jemals wiedersehen willst, dann gehst du jetzt.«
»Soll das eine Drohung sein?«, fragte er und begann, an ihrem Pullover zu ziehen. »Was willst du denn mit mir machen?« Er lachte auf. »Mich vor die Tür setzen? Mich aufhalten?«
»Beides«, sagte sie.
Da griff er nach ihr und zog sie rüde an sich. »Ich sehe doch, wie du mich anschaust«, flüsterte er. »Du glaubst immer, ich merke das nicht, aber ich merke es. Du willst es doch auch, Tania.«

»Hör auf«, sagte sie und versuchte verzweifelt, sich von ihm loszumachen. Ein Anflug von Trauer befiel sie, Trauer um sich selbst.

Er lachte nur und hielt sie noch ein wenig fester. Tatiana griff nach seinem Arm und kniff ihn mit aller Kraft ins Handgelenk. »Jetzt reiß dich zusammen.«

»Autsch!«, rief er laut. »Du magst es wohl ein bisschen härter? Das willst du also?« Er zog sie noch fester an sich und drängte sie zum Sofa.

»Begreifst du denn nicht?«, keuchte sie. »Ich will überhaupt nichts, ich habe einen schrecklichen Fehler gemacht.«

»Und jetzt ist es zu spät, meine Liebe. Ich habe genug davon, dich ständig in Watte zu packen.«

Sie konnte sich nicht rühren, und sie hatte das alles, sich selbst so unendlich satt, und sie wusste nicht, was sie tun sollte. Alexander hat mich geliebt, dachte sie. So soll mein Leben nicht aussehen. Sie tat, als wollte sie Jeb küssen, und biss ihn dann, so fest sie konnte, in die Lippe. Er schrie auf, und sie schubste ihn von sich weg und sprang auf die Füße.

Auch er sprang auf, und ehe Tatiana weglaufen oder sich auch nur ducken oder abwenden konnte, holte er aus und schlug ihr ins Gesicht. Tatiana sank unter dem Schlag zu Boden und konnte kaum noch etwas sehen, doch sie versuchte sofort, sich aufzurichten, denn sie hatte ein leises Geräusch vom anderen Zimmer her gehört. Anthony stand im Schlafanzug in der Tür, dicht an die Wand gepresst. Er zitterte und starrte Jeb an. »Das darfst du nicht …«, sagte er mit leiser Stimme. »Du darfst meiner Mama nicht wehtun.«

Tatiana kroch auf ihn zu. Jeb fluchte und wischte sich das Blut vom Mund.

Tatiana schob Anthony zurück in sein Zimmer und flüsterte ihm zu: »Bleib hier und komm nicht raus, ganz egal, was passiert. Verstanden?« Sie ging rasch zum Schrank hinüber und zog aus einer Ecke ganz weit unten ihren schwarzen Rucksack hervor.

Anthony gab keine Antwort. Seine Lippen bebten.

»Hast du mich verstanden? Komm auf keinen Fall nach draußen.«

Er nickte.

Tatiana schloss die Tür hinter sich. Blut tropfte ihr aus der Nase, und sie spürte, dass ihr Auge zuschwoll. Sie schaute Jeb an und sah ihn mit völlig anderen Augen. Wie hatte sie nur so verblendet sein können? Sie hatte geglaubt, Alexander wenigstens teilweise ersetzen zu können; sie hatte geglaubt, es würde gut gehen, wenn sie sich nahm, was ihr so sehr fehlte, wonach es sie so sehr verlangte, sie hatte geglaubt, dass sie sich dann besser fühlen, dass es sie trösten würde. Und was hatte sie damit angerichtet!

Schwer atmend richtete Tatiana ihre deutsche P-38-Pistole auf Jeb und sagte: »Verschwinde aus meiner Wohnung!«

Erstaunt betrachtete er die Pistole, dann brach er in schallendes Gelächter aus. »Wo um alles in der Welt hast du denn dieses kleine Spielzeug her?«

»Mein Mann, der Vater meines Sohnes, hat sie mir gegeben, um mich vor Barbaren wie dir zu schützen«, sagte sie. »Mein Mann war Major bei der Roten Armee. Er wusste, wie man mit diesen Dingern umgeht, und er hat es mir beigebracht. Und jetzt verschwinde.«

Breitbeinig stand sie da und hielt die Pistole mit beiden Händen umklammert.

»Ist die denn überhaupt geladen?«, fragte Jeb gönnerhaft.

Tatiana zögerte einen Augenblick, dann spannte sie den Hahn, zielte mit der Mündung leicht an Jebs Kopf vorbei, holte tief Luft und schoss. Jeb machte ein paar schwankende Schritte nach hinten und verlor das Gleichgewicht. Die Kugel durchschlug den Putz und bohrte sich tief in die Hauswand. Obwohl der Schuss sehr laut gewesen war, kam Anthony nicht aus seinem Zimmer. Von unten wurde etwas halbherzig an die Decke geklopft, um ihr zu signalisieren, leiser zu sein. Tatiana ging zu Jeb und schlug ihm mit dem Griff der Pistole ins Gesicht. »Ja. Sie ist geladen«, sagte sie. »Und jetzt mach, dass du hier rauskommst.«

»Bist du denn total übergeschnappt?«, schrie er und versuchte, mit den Händen sein Gesicht zu schützen.

Sie trat einen Schritt zurück und richtete die Waffe erneut auf ihn.
»Das wird dir noch Leid tun! Das wird dir sehr Leid tun. Du kannst dir sicher sein, dass ich nicht noch einmal herkomme«, erklärte Jeb, während er sich aufrappelte. Tatiana hielt weiterhin die Waffe auf ihn gerichtet.
»Ich glaube, das werde ich überstehen. Verschwinde.«
Als er weg war, verriegelte Tatiana die Tür und legte die Kette vor. Sie wusch sich Hände und Gesicht und ging dann zu ihrem Sohn, der zusammengekauert in einer Ecke seines Zimmers hockte. Sie trug ihn zurück ins Bett und deckte ihn zu, doch sie brachte kein Wort heraus. Schweigend steckte sie die Decke um ihn fest und verließ das Zimmer.
Sie stieg hinaus auf die Feuerleiter und saß dort in der kalten Nachtluft. Sechs Stockwerke unter ihr raste ein Krankenwagen mit Martinshorn durch die Church Street.
Das ist genug, dachte Tatiana. Das reicht. Ich spüre es. Ich kann nicht mehr weiter. Ich will mich auf seinen Schlitten legen, die Augen schließen, und er zieht mich durch den Schnee, den Fünften Sowjet entlang bis zu meinem Haus. Und wenn wir dort ankommen, werde ich seine Hand nicht mehr an meiner Wange spüren.
Sie betrachtete die Pistole in ihrem Schoß. Sieben Kugeln waren noch darin, und sie dachte: Es wird nur den Bruchteil einer Sekunde dauern. Nicht einmal so lange. Nur ein Tausendstel einer Sekunde wird es dauern, und alles ist vorbei. Es ist so einfach.
Sie schloss die Augen. *Was für ein Trost das sein würde. Nicht mehr aufzuwachen, nicht mehr an ihn zu denken, dort auf dem Eis. Was für ein Trost es sein würde, nicht länger zu ersticken. Nicht mehr zu lieben.*
Und nicht mehr zu leiden, zu sehnen und zu trauern. Es ist, als wäre die Trauer nicht nur mein Recht, mein Privileg, mein Los, sondern auch meine Strafe. Ich liebkose die Trauer, wie ich früher ihn liebkost habe; solange sie bei mir ist, ist auch er bei mir, solange ich vorgebe zu leben, kann ich ihm nahe sein. Ich habe drei Jahre damit verbracht, und nun steht mir das vierte bevor, ich bin allein, verzweifelt, lasst mich in

Ruhe, lasst mich die Trauer betrachten, mit all meiner Begierde, mit all meiner Leidenschaft.
Wir dachten beide, ich wäre stark. Wir dachten, ich könnte es schaffen, darüber hinwegkommen. Aber wir haben uns getäuscht. Ich komme nicht über dich hinweg, obwohl ich es will. Ich will es so sehr.
Was für eine Erlösung es wäre, nicht mehr für uns beide leben zu müssen. Was für eine Freude. Tatiana betrachtete die Pistole in ihrer ausgestreckten Hand.
Doch in ihrer dunkelsten Stunde hörte sie die Stimme ihres Sohnes. »Mama?«
Er stand in seinem Baumwollschlafanzug am offenen Fenster, seine Unterlippe bebte, und er sah sie dort mit der Pistole.
»Anthony«, sagte sie. »Geh wieder in dein Zimmer.«
»Nein. Du sollst mich ins Bett bringen.«
»Geh wieder ins Bett. Ich komme gleich.«
»Nein. Du sollst jetzt mitkommen.« Er fing an zu weinen.
Mit starrem Blick betrachtete sie die Pistole, dann legte sie sie auf die Feuerleiter und kletterte ins Zimmer zurück.
Sie brachte ihn ins Bett und deckte ihn zu. »Bald ist Vikki wieder da«, flüsterte sie.
»Nein«, sagte Anthony. »Ich will Vikki nicht. Ich will dich. Leg dich neben mich.«
»Aber Anthony …«
»Mama, leg dich neben mich.«
Tatiana legte sich angezogen neben Anthony auf das Bett. Sie bemühte sich, ihr böse zugerichtetes Gesicht zu schützen, und legte dann den Arm um ihn. »Von jetzt an wird alles besser, mein Sohn«, sagte sie. »Das verspreche ich dir. Ich gebe dir mein Ehrenwort, wie es dein Vater tun würde. Alles wird gut.«
»War mein Papa wirklich Major in der Roten Armee?«, fragte Anthony leise.
»Ja.«
Der Kleine schwieg einen Augenblick. »Er hätte nicht vorbeigeschossen.«
»Ruhig, Anthony.«
Tatiana dachte an den nächsten Tag. Die Angst überwinden,

weiterleben, gegen alle Angst. Schlimmer noch: Weiterleben gegen den Tod und weiterlieben gegen ihn. Nur Mut, Tatiana. Nur Mut, Liebste, nur Mut, meine geliebte Frau. Steh auf, für mich, und mach weiter. Mach weiter, sorge für unseren Sohn, und ich werde für dich sorgen.

Alexander, ihr Schutzengel, Alexander, der schönste aller Engel, schwebte über ihr, traurig verhüllt, und flüsterte ihr zu: »*Weißt du noch, Tania, was du deiner Schwester gesagt hast, als sie sterbend auf dem Eis lag, auf der Straße des Lebens, als sie im Schnee zusammenbrach und keinen einzigen Schritt mehr weiter konnte. Komm, Dascha, hast du gesagt, steh auf. Alexander versucht, dir das Leben zu retten. Zeig ihm, dass dein Leben dir etwas bedeutet. Steh auf und geh weiter, bis zu dem Laster, Dascha.*

Nun, dasselbe sage ich jetzt zu dir. Zeig mir, dass dein Leben dir etwas bedeutet. Steh auf und geh weiter, bis zu dem Laster, Tania.«

Tatiana lag neben Anthony, bis er eingeschlafen war. Es war schon sehr spät, und Vikki war immer noch nicht zurück. Schließlich stand sie auf und legte die Pistole in den Rucksack zurück. Sie sah sich die anderen Dinge darin nicht an, doch sie nahm die Schnur mit den Eheringen von ihrem Hals, drückte einen raschen Kuss darauf und legte sie dann ebenfalls in den Rucksack. Dort sollten sie ruhen, neben seiner Mütze, seinem *Ehernen Reiter* und dem Foto von ihm, als ihm die Tapferkeitsmedaille verliehen wurde, weil er Jurij Stepanow gerettet hatte. Dort sollten sie ruhen, neben dem Orden, den er dafür erhalten hatte, dass er Dr. Matthew Sayers vom Eis des Sees gerettet hatte – seinem Orden als Held der Sowjetunion. Die Ringe, die Orden, die Fotografie, das Buch, das Geld, die Mütze. Das Hochzeitsfoto. All das lag nun in dem Rucksack, und auch Alexander lag darin.

Und Tatiana ebenso.

15

New York, Januar 1946

Es war Neujahr. Wie jedes Jahr ging Tatiana, deren Auge immer noch angeschwollen war und sich in allen Regenbogenfarben verfärbte, mit Vikki und Anthony im Central Park Schlittschuh laufen. Später spazierten sie die 59. Straße entlang, auf dem Weg zur Bushaltestelle, und Vikki warf Tatiana immer wieder neugierige Seitenblicke zu.

»Was schaust du mich denn so an?«

Vikki gab keine Antwort.

»Was ist los?«

»Wir sind schon an drei Telefonzellen vorbeigekommen.«

»Ja und?«

»Willst du mich denn gar nicht bitten, ein paar Minuten auf Anthony aufzupassen, und dann deinen Neujahrsanruf machen?«

Tatiana blickte die Straße hinunter. »Nein«, sagte sie dann. »Aber sag mal, glaubst du, dass Edward vielleicht noch einmal mit mir ausgeht?«

Vikki strahlte sie an. »Ich glaube, er wird außer sich sein vor Freude.«

Sie saß mit Edward beim Mittagessen in der Cafeteria des NYU-Krankenhauses und aß Suppe und ein Thunfisch-Sandwich. Tatiana liebte Thunfisch mit Majonäse, Salat und Tomaten. Bevor sie nach Amerika gekommen war, hatte sie noch nie Thunfisch gegessen, geschweige denn Salat.

»Tania, hat dir kürzlich jemand ein blaues Auge geschlagen?«

Er war Arzt, er merkte alles. Daran würde sie in Zukunft denken müssen. »Ich bin ausgerutscht und hingefallen. Mach dir keine Gedanken. Übrigens«, fügte sie dann munter hinzu und griff über den Tisch hinweg nach seiner Hand. »*Solange ein Herz schlägt* soll ein ganz großartiger Film sein. Hast du Lust, ihn dir anzusehen?«

»Na, sicher. Wann denn?«
»Wie wäre es Freitagabend? Komm doch nach der Arbeit vorbei. Ich mache etwas zum Abendessen, und dann gehen wir ins Kino.«
Edward schwieg einen Augenblick. »Ich soll *am Abend* bei dir vorbeikommen?«, fragte er ungläubig.
»Ja, das wäre schön.«
Edward betrachtete ihre Hand auf seiner, dann sah er sie an. »Da kann doch irgendwas nicht stimmen. Was ist los? Hast du erfahren, dass du nur noch fünf Tage zu leben hast?«
»Im Gegenteil«, erwiderte Tatiana. »Ich habe festgestellt, dass ich noch siebzig Jahre zu leben habe.«

Am nächsten Tag saß sie in einem der Behandlungszimmer auf Ellis Island und füllte Formulare für einen polnischen Flüchtling aus. Eine ihrer Kolleginnen kam herein und flüsterte: »Draußen ist jemand, der dich sprechen möchte.«
Tatiana blickte kaum von ihrem Formular auf. »Wer denn?«
»Ich kenne ihn nicht. Er sagt, er ist vom Außenministerium.«
Nun blickte Tatiana doch auf. Draußen auf dem Gang stand Sam Gulotta und wartete auf sie.
»Hallo, Tatiana«, sagte er. »Wie geht es Ihnen? Sind Sie gut ins neue Jahr gekommen?«
»Ja, danke, und Sie?«, stieß sie hervor. Dann brachte sie kein weiteres Wort mehr heraus. Langsam streckte sie die Hand aus, um sich an der Wand abzustützen. Sie hoffte, dass Sam es nicht merken würde.
»Ich habe auf Ihren Anruf gewartet.«
Langsam und vorsichtig zuckte sie mit den Achseln. Er sollte nicht merken, wie sehr sie zitterte. »Ich wollte Sie nicht belästigen. Sie hatten all die Jahre so viel Geduld mit mir …«
Sam sah sich um. »Können wir uns hier irgendwo in Ruhe unterhalten?«
Sie gingen nach draußen und setzten sich auf eine Bank bei dem kleinen Spielplatz, auf dem Anthony früher gespielt hatte.
»Ich hatte wirklich gehofft, dass Sie mich anrufen«, sagte Sam.

»Was ist denn passiert?«, fragte sie. »Sucht man immer noch nach mir?«
Er schüttelte den Kopf. Tatianas Finger krampften sich so fest um den Sitz der Bank, dass ihre Knöchel weiß wurden. Sie war froh, dass sie ihr Zähneklappern jetzt auf die Kälte schieben konnte.
»Was ist los?«, flüsterte sie. »Wissen Sie etwas Neues? Ist er tot?«
»Ja, ich weiß etwas Neues. Es kam eine Anfrage herein. Wie üblich ist sie natürlich zuerst bei der völlig falschen Abteilung gelandet und hat danach sämtliche Abteilungen der Einwanderungsbehörde durchlaufen.« Sam schüttelte den Kopf. »Wann die Leute wohl endlich begreifen, dass es einen Unterschied zwischen Einwanderern und Auswanderern gibt ...«
»Sam ...« Mehr brachte Tatiana nicht heraus.
»Ach ja, natürlich. Ich wollte Ihnen nur kurz erklären, warum bei uns alles immer so lange dauert. Aber ich sollte Ihnen von der Anfrage erzählen. Sie ist nur ganz kurz. Ein amerikanischer Soldat der Alliierten, der Obergefreite Paul Markey von der 273. Infanterie-Division, hat sich bereits im vergangenen Sommer an das Außenministerium gewandt und gefragt, ob man dort Informationen über einen Amerikaner namens Alexander Barrington habe.«
Tatiana schwankte und sackte auf der Bank in sich zusammen. Eine Zeit lang konnte sie kein Wort herausbringen.
»Tania?«
»Ja?« Ihre Stimme schien nicht zu ihr zu gehören. »Sam, wer ist dieser Gefreite Markey?«
»Der Obergefreite Paul Markey aus Des Moines in Iowa. Er ist einundzwanzig und hat drei Jahre lang bei den Streitkräften gedient. Letzte Woche habe ich bei ihm zu Hause angerufen und mit seiner Mutter gesprochen.« Sam senkte den Kopf. »Er ist letzten Sommer aus Europa zurückgekehrt und aus dem Kriegsdienst entlassen worden. Wahrscheinlich hat er damals seine Anfrage eingereicht. Aber ich fürchte, es gibt nichts Gutes von ihm zu berichten. Er hat sich im Oktober das Leben genommen.«

Tatiana stöhnte auf und blinzelte. »Nein, Sam. Ich meine, es tut mir natürlich Leid für ihn, aber … wer war dieser Paul Markey? Wo ist er gewesen?«
»Ich weiß nicht viel mehr über ihn, als dass er seine Anfrage telefonisch eingereicht hat.«
»Und wer hat mit ihm gesprochen?«
»Eine Dame namens Linda Clark.«
»Sollten wir nicht mit ihr reden?«
»Das habe ich bereits getan. Sie hat mir ihre Notizen zu dem Gespräch damals gegeben.«
Tatiana hielt den Atem an.
»Paul Markey hat ihr erzählt, dass er mit seinem Regiment die Burg Colditz befreit hat, eine Festung in Ostdeutschland, die als Offizierslager diente. Die Amerikaner sind am 16. April 1945 in die Burg einmarschiert, und unter den Hunderten alliierten Kriegsgefangenen befanden sich auch ein paar sowjetische Offiziere, etwa ein Dutzend. Einer von ihnen hat Markey in erstaunlich akzentfreiem Englisch angesprochen und ihn um Hilfe gebeten. Er sagte, er sei Amerikaner und heiße Alexander Barrington, und er hat gefragt, ob Markey seine Geschichte nicht überprüfen lassen und versuchen könne, ihm zu helfen.«
Tatiana brach in Tränen aus. Ihre Schultern bebten, sie schlug die Hände vors Gesicht, und die Tränen rannen ihr zwischen den Fingern hindurch. Sam legte ihr die Hand auf die Schulter und tätschelte sie sanft.
Nach ein paar Minuten beruhigte sie sich ein wenig. »Ich wusste, er hat mich angelogen. Ich wusste es einfach«, flüsterte sie. »Ich konnte es spüren. Ich hatte zwar keine Beweise, aber ich habe es gewusst.«
»Was ist mit der Sterbeurkunde?«
»Eine Fälschung, nichts als eine Fälschung.« Sie stöhnte gequält auf. »Um mich dazu zu bringen, die Sowjetunion zu verlassen.«
»Aber wie soll er denn von Leningrad auf die Burg Colditz gekommen sein?«
»Das habe ich Ihnen doch schon gesagt. Mit einem Strafbataillon. Als das sowjetische Heer die Deutschen aus der

Sowjetunion zurückgedrängt hat, war er mit seinem Bataillon dabei. Und offenbar ist er dann in ein Kriegsgefangenenlager gekommen, auf diese Burg Colditz.«
»Wollen Sie hören, was Markey Linda Clark noch erzählt hat?«
»Ja«, sagte sie mit einem kleinen Schluchzen. »Was ist mit den befreiten Gefangenen passiert?«
»Alle sind nach Hause zurückgekehrt, bis auf die Sowjets. Markey hat Linda erzählt, dass am Tag nach der Befreiung, am 17. April, ein sowjetischer Konvoi in die Burg gekommen ist und die sowjetischen Offiziere, auch den Betreffenden, weggebracht hat.«
»Wohin hat man sie gebracht?«
»Das wusste Markey nicht. Er hat Linda erzählt, dass er im Sommer in die Vereinigten Staaten zurückgekehrt sei und nur aus Neugier nachgefragt habe. Im Oktober hat jemand vom Büro für Konsulatsangelegenheiten bei ihm in Iowa angerufen, um ihm zu sagen, dass Alexander Barrington tatsächlich gebürtiger Amerikaner sei, aber seit 1930 in der Sowjetunion lebe. Drei Tage später hat Markey sich das Leben genommen. Das hat mir seine Mutter erzählt.«
Tatiana schwieg einen Augenblick und versuchte, ihre Stimme wieder in die Gewalt zu bekommen. »Was ist denn das für eine Befreiung?«, fragte sie schließlich. »Die Amerikaner sind gekommen und haben die Burg Colditz befreit. Warum dann nicht auch die sowjetischen Gefangenen? Warum war er einen Tag später überhaupt noch dort?«
Sam gab keine Antwort.
Tatiana hob den Kopf und wischte sich die Tränen vom Gesicht. »Sam?«
»Ja?«
»Ich dachte eigentlich, das ist eine rhetorische Frage, aber Sie schweigen so betreten, dass ich glauben muss, es gibt eine Antwort auf diese Frage.«
Er sagte nichts.
»Sam!«
»Warum lassen Sie eigentlich nie locker? Was soll ich Ihnen sagen?« Er seufzte. »Ich habe das nur gehört, und ich weiß

nicht, wie viel davon wahr ist. Aber im Außenministerium hat sich ein Gerücht verbreitet, das vom Verteidigungsministerium kommt. Es heißt, die amerikanischen Truppen hätten vor der Befreiung den Befehl erhalten, alle sowjetischen Soldaten, die sie finden, zu bewachen, bis die Rote Armee sie abholt.«

»Aber warum?«

»Das weiß ich nicht.«

»Woher kam dieser Befehl?«

»Von oben.«

»Von wie weit oben?«

Sam schwieg ein paar lange Sekunden. Dann sagte er: »Von ganz weit oben.«

Am Abend kam Tatiana nach Hause und sagte: »Vikki, wir müssen eine kleine Reise machen.«

Vikki ließ sich auf das Sofa sinken. »Lieber Gott, nein. Bitte nicht. Jedes Mal, wenn du von einer kleinen Reise sprichst, fahren wir furchtbar weit. Wohin soll es denn diesmal gehen?«

»Nach Iowa. Der arme Edward. Ich fürchte, ich muss unsere Verabredung absagen.«

»Iowa? Nein. Das kommt gar nicht in Frage. Da kannst du allein hinfahren. Ich komme nicht mit, und Anthony auch nicht. Wir weigern uns. Hast du verstanden?«

Sie schauten aus dem Zugfenster, und Vikki sagte zu Anthony: »Schau mal, es ist doch ganz schön hier. All diese Felder. Was glaubst du, Anthony, wächst auf den Feldern?«

»Weizen«, antwortete er. »Und Mais.«

Vikki warf einen Blick zu Tatiana hinüber, die tat, als wäre sie in ihr Buch vertieft. »Woher weißt du das denn so genau?«

»Mama nennt sie so. Weizenfelder und Maisfelder.«

»Ach so.«

Tatiana lächelte.

Des Moines war eine kleine Stadt inmitten der Felder. In Iowa war es im Januar bitterkalt, und Vikki erklärte, damit habe sie nicht gerechnet. »Wie bin ich bloß auf die Idee gekommen, dass es hier warm sein würde? Iowa wird doch immer als Staubloch bezeichnet und leidet unter der Dürre. Wo soll denn die Dürre herkommen, bei diesen eisigen Temperaturen?«

»Im Winter gibt es keine Dürreperioden, Vikki«, erklärte Tatiana und knöpfte sich den Mantel zu. »Komm, wir nehmen uns ein Taxi.«

»Du immer mit deinen Taxis. Weiß diese Frau eigentlich, dass wir kommen?«

»Ich habe ihr geschrieben.«

»Und hat sie geantwortet?«

»Eigentlich nicht.«

»*Eigentlich* nicht? Ich wusste gar nicht, dass es zwischen antworten und nicht antworten noch etwas gibt.«

»Ich bin sicher, dass sie mir noch geantwortet hätte, aber wir sind so schnell aufgebrochen, dass ihr keine Gelegenheit dazu geblieben ist.«

»Verstehe. Also drängen wir uns jetzt ohne Einladung einer Farmerswitwe auf, die gerade ihren Sohn verloren hat.«

Die kleine Farm der Markeys befand sich am Stadtrand von Des Moines. Das Silo neben dem Haus war hinter Bäumen und Schneeverwehungen verborgen und erweckte den Eindruck, lange nicht benutzt worden zu sein. Die Frau, die ihnen öffnete, war sehr bleich und wirkte gebrechlich, doch sie lächelte freundlich und sagte: »Tatiana? Kommen Sie herein. Ich habe Sie schon erwartet. Ich bin Mary Markey. Ist das Ihr Sohn? Komm, Anthony.« Sie streckte ihm die Hand entgegen. »Ich habe Mais-Muffins gemacht, und du kannst mir helfen, sie aus der Form zu nehmen. Magst du Mais-Muffins?«

Vikki und Tatiana folgten ihr in die Küche. »Wie machst du das bloß immer?«, flüsterte Vikki.

»Was denn?«

»Du klingelst bei wildfremden Leuten, und sie empfangen dich, als würden sie dich schon ihr Leben lang kennen.«

Die Küche war einfach und alt, aber sehr ordentlich. Sie setzten sich an den Holztisch, tranken Kaffee und aßen die Mais-

Muffins. Dann ging Vikki mit Anthony nach draußen in den Schnee. Mary nahm ihre Kaffeetasse in beide Hände und sagte: »Ich möchte Ihnen gern helfen, Tatiana. Seit ich Ihren Brief bekommen habe, versuche ich, mich zu erinnern, was mein Sohn mir erzählt hat. Wissen Sie, ich hatte ihn drei Jahre lang nicht gesehen, und als er zurückkam, war er sehr verschlossen. Mir gegenüber, und auch seinen alten Freunden und der ganzen Welt gegenüber. Das Mädchen, mit dem er während der Highschool zusammen war, hat einen anderen geheiratet. So ein junges Ding wartet eben nicht lange. Also saß Paul hier herum oder fuhr mit dem Wagen in die nächste Bar. Manchmal hat er davon gesprochen, die Farm wieder in Betrieb zu nehmen, aber sein Vater war schon so lange tot, das war alles nicht sehr wahrscheinlich.« Sie schwieg, und Tatiana wartete. »Er hat immer so abwesend gewirkt. Und dann hat er sich umgebracht, mit einem der vielen Gewehre hier im Haus. Das hat mich sehr erschüttert, und ich habe vieles von dem, was er mir erzählt hat, einfach vergessen.«

»Das kann ich verstehen. Alles, woran Sie sich erinnern, kann mir nützlich sein.«

»Ich weiß noch, dass Paul ein paar Tage vor seinem Tod diesen Anruf bekommen hat. Er hat mir nichts davon erzählt, aber er hat für den Rest des Nachmittags hier am Tisch gesessen. Er wollte nichts essen. Dann ist er ausgegangen, ist spätabends zurückgekommen und saß dann wieder hier oder draußen auf der Veranda. Ich habe ihn gefragt, das können Sie mir glauben. Immer wieder habe ich ihn gefragt, was los ist. Und schließlich hat er gesagt: ›Mutter, wir haben dieses Lager befreit, das in einer Burg war. Da war ein Mann, ein Russe, der hat behauptet, Amerikaner zu sein, und ich habe ihm nicht geglaubt. Ich habe ihm irgendwas ... Flapsiges geantwortet. Und dann habe ich ihn nicht mehr gesehen ... Am nächsten Tag kam die Rote Armee und hat die sowjetischen Kriegsgefangenen abgeholt. Aber irgendwie ist er mir nicht aus dem Kopf gegangen, weil er so gut Englisch gesprochen hat. Und als ich wieder in den Staaten war, habe ich in Washington angerufen, einfach, um mein Gewissen zu beruhigen.‹ Dann hat er so ein halb ersticktes Geräusch von sich gegeben und gesagt: ›Weißt du noch, der Anruf, den ich heute Nachmittag bekommen habe? Das war jemand vom Außenministerium. Der Mann war früher tatsächlich mal Amerikaner. Er war Amerikaner, und aus irgendeinem Grund saß er dort fest.‹ Ich habe versucht, ihn zu trösten, habe ihm gesagt: ›Immerhin hat man ihn in seine Heimat zurückgebracht, genau wie man dich in deine Heimat zurückgebracht hat.‹ Aber Paul hat abgewunken und gesagt: ›Das verstehst du nicht, Mutter. Wir hatten – ich hatte den Befehl, alle sowjetischen Soldaten zu bewachen, bis die Rote Armee kommen und sie abholen würde.‹

›Ja und?‹, habe ich gefragt.

›Warum musste die Armee sie abholen? Warum konnten sie nicht freiwillig in Grüppchen zurückkehren, wie wir oder die Briten es gemacht haben? Unsere Armee hat uns ja auch nicht abgeholt. Und der springende Punkt ist, dass der Mann kein Sowjetbürger war.‹ Ich habe es einfach nicht begriffen, verstehen Sie? Ich habe ihm gesagt, er habe nicht mehr tun können, und da hat er gesagt: ›Nur weil mir die Hände gebunden waren, fühle ich mich noch lange nicht besser, Mutter.‹ Dann hat er die Hände vors Gesicht geschlagen, und ich habe zu ihm gesagt: ›Kind, was hast du denn mit der Sowjetunion zu schaffen? Du hast diese Leute doch nicht dorthin zurückgeschickt.‹ Und er ließ den Kopf auf die Tischplatte sinken und sagte: ›Aber wenigstens diesem einen hätte ich vielleicht helfen können.‹«

Tatiana stand auf, ging zu Mary hinüber und legte die Arme um sie. »Aber das hat er ja getan, Mary. Das hat er getan.«

Mary nickte.

»Ich fühle mit Ihnen«, sagte Tatiana.

»Ich schaffe das schon. Meine Tochter wohnt ganz in der Nähe. Seit mein Mann 1938 gestorben ist, bin ich allein. Ich werde es schon schaffen.« Sie hob den Kopf. »Glauben Sie, dass es Ihr Mann war?«

»Davon bin ich überzeugt«, erwiderte Tatiana.

Auf der Zugfahrt zurück betrachtete sie gedankenverloren den Schnee auf den Feldern vor den Fenstern. Anthony schlief, und Tatiana dachte, Vikki würde ebenfalls schlafen. Doch dann öffnete Vikki die Augen und fragte: »Und was nun?«

Tatiana antwortete nicht.

»Und was nun?«, fragte Vikki noch einmal.

»Ich weiß nicht auf alles eine Antwort, Vikki«, sagte Tatiana. »Ich weiß nicht, was nun.«

Aber das Leben hatte plötzlich wieder ein wenig Sinn. Alexander war nicht im See ertrunken. Irgendwo da draußen in der Welt war er noch am Leben. Irgendwo im größten Land der Welt, das sich über ein Sechstel der gesamten Landmasse der Erde erstreckte und zur Hälfte aus Tundra und ewigem Eis, zu einem Viertel aus Steppe und zu einem Achtel aus Nadelwald bestand, in dem Land aus Wüste und Ackerland, dem Land mit dem größten See der Welt, dem größten Meer der Welt und der längsten befestigten Grenze, in dem Land des umfangreichsten sozialistischen Experiments – dort war Alexander.

All die kleinen Wege ihres Glaubens hatten sie zu ihm geführt, und er war noch am Leben.

Und was nun?

Gleich nach ihrer Rückkehr rief Tatiana Sam an, doch er konnte nicht herausfinden, was aus den sowjetischen Kriegsgefangenen aus der Burg Colditz geworden war. Das sowjetische Militär wollte keine Auskunft geben, und die Beziehungen der beiden Länder waren unterkühlt.

Sam hatte zwei weitere Gefreite kontaktiert, die zusammen mit Markey auf der Burg gewesen waren, doch ihnen war kein sowjetischer Gefangener aufgefallen, der Englisch gesprochen hatte, und Markey hatte ihnen auch nicht von ihm erzählt.

»Rufen Sie das sowjetische Verteidigungsministerium an, und fragen Sie dort, was aus den Gefangenen geworden ist.«

»Und was soll ich denen sagen? Haben Sie vielleicht irgendwo einen gewissen Alexander Barrington versteckt?«

»Machen Sie keine Witze. Sie wissen doch genau, dass Sie seinen Namen nicht erwähnen dürfen.«

»Ach ja, richtig. Ich darf ja eigentlich gar keine Erkundigungen über ihn einziehen.«
»Dann rufen Sie eben hier im Verteidigungsministerium an.«
»Und wen genau soll ich da anrufen?«
»Jemanden, der meine Frage beantworten kann. Fragen Sie, was mit den sowjetischen Gefangenen aus der Burg Colditz geschehen ist. Und wenn man das nicht weiß, fragen Sie ganz allgemein, was mit den sowjetischen Offizieren in Deutschland passiert ist.«
»Tania, Sie wissen doch, was mit den Gefangenen geschehen ist!«
»Ich muss wissen, wohin sie gebracht worden sind«, sagte sie. »Deshalb brauchen Sie mich nicht gleich anzuschreien.«
»Und wenn ich das tatsächlich herausfinde, was fangen Sie dann an mit dieser Information?«
»Überlassen Sie das mir, das ist meine Aufgabe. Erledigen Sie Ihren Teil.«
Tatiana holte ihre Verabredung mit Edward nicht nach.

Ein paar Tage später rief sie Sam noch einmal an. Er hatte von einem Generalmajor aus General Pattons Truppe erfahren, dass die Sowjets im Jahr zuvor all ihre so genannten Staatsangehörigen zusammengetrieben und in Übergangslager gebracht hatten, wo sie bleiben sollten, bis sie in die Sowjetunion zurückgebracht werden konnten.
»Wie viele Leute sind das?«
»Das hat mir der Generalmajor nicht gesagt. Er hat auch keine Schätzung abgegeben.«
»Können Sie eine Schätzung abgeben?«
»Noch viel weniger als er.«
»Und wo sind diese Übergangslager?«
»In allen Teilen Deutschlands.«
Tatiana schwieg nachdenklich.
»Tania, er ist inzwischen bestimmt schon wieder in der Sowjetunion. Es ist fast zehn Monate her, dass die Burg Colditz befreit wurde. Aber wo immer er auch sein mag, die Sowjets sind nicht bereit, uns auch nur einen ihrer Männer zu überlassen, selbst wenn wir sie sehr freundlich darum bitten. Sie

geben uns ja nicht einmal unsere eigenen Männer zurück. Viele unserer Soldaten sind auf sowjetischer Seite nach dem Kampfeinsatz verschollen. Aber wir bekommen keinerlei Informationen.«

»Alexander ist auch nach dem Kampfeinsatz verschollen«, sagte Tatiana.

»Nein, das ist er nicht! Die Sowjets wissen ganz genau, wo er ist!« Dann fügte Sam leiser hinzu: »Haben Sie es denn nicht gehört, Tania? Die Sterberate in den sowjetischen Kriegsgefangenenlagern ist astronomisch hoch.«

»Ja«, sagte sie. »Und ich habe immer noch die Sterbeurkunde, der Sie so vertraut haben. Damals haben Sie mir gesagt, er sei mit Sicherheit ertrunken.«

»Das hier ist viel schlimmer.«

»Wie kann es schlimmer sein? Wir müssen einfach nur herausfinden, wo er ist.«

»In der Sowjetunion!«

»Dann treiben Sie ihn in der Sowjetunion auf, Sam! Er ist amerikanischer Staatsbürger, Sie tragen Verantwortung für ihn.«

»Mein Gott, Tatiana! Wie oft soll ich Ihnen das denn noch erklären? Er hat seine Staatsbürgerschaft 1936 verloren.«

»Nein, das hat er nicht. Ich muss jetzt aufhören, Sam, ich muss mich um die Patienten kümmern. Ich rufe Sie morgen wieder an.«

»Davon bin ich überzeugt.«

16

Die Nürnberger Prozesse, Februar 1946

»Komm, lass uns ausgehen«, maulte Vikki verdrießlich. »Warum hörst du dir das denn an? Gehen wir doch lieber ins Kino oder in ein Café, oder gehen wir spazieren.« Sie schlug mit der Hand auf den Küchentisch. »Langsam habe ich es wirklich satt. Seit Monaten hören wir uns diesen Kram an.

Ich werde bestimmt niemals zulassen, dass wir uns einen Fernseher anschaffen.«

Tatiana saß dicht neben dem Radio und lauschte den Mitschriften der Nürnberger Prozesse, die verlesen wurden. »Ich höre mir das nicht an, weil mir nichts Besseres einfällt«, erklärte sie und drehte das Radio lauter. »Es ist absolut fesselnd.«

»Siehst du mich gefesselt? Der Krieg ist vorbei, und die sind sowieso alle schuldig und werden gehängt. Wann ist es denn endlich genug? Das geht jetzt schon seit Monaten so. Die Generäle sind doch alle schon verurteilt, jetzt geht es nur noch um das Fußvolk. Ich kann es bald wirklich nicht mehr hören.«

»Dann geh doch spazieren«, sagte Tatiana, ohne den Blick vom Radio zu wenden. »Geh und bleib zwei Stunden weg.«

»Wenn ich irgendwann mal ganz verschwinde, wirst du es bereuen.«

»Stimmt. Aber nicht, wenn du für zwei Stunden verschwindest.«

Vikki brummte vor sich hin und setzte sich dann neben Tatiana an den Tisch. »Nein, nein. Ich will das auch hören.«

»Gerade sprechen sie von Leningrad«, sagte Tatiana. »Hörst du?«

> »In den verbrecherischen Plänen der faschistischen Verschwörer nahm die Zerstörung der Hauptstädte der Sowjetunion einen besonderen Platz ein. Und dabei nahm die Zerstörung von Moskau und Leningrad wieder einen ganz besonderen Platz ein. Durch ihre ersten erfolgreichen militärischen Aktionen trunken gemacht, schmiedeten die Hitleristen wahnsinnige Pläne zur Zerstörung der den Sowjetmenschen so teueren großen Industrie- und Kulturzentren und schufen hierfür besondere Sonderkommandos. Sie beeilten sich sogar, ihre ›Entscheidung‹ bekannt zu geben, dass die Kapitulation dieser Städte abzulehnen sei.
>
> Es ist hervorzuheben, dass Ausdrücke wie ›dem Erdboden gleichmachen‹ oder ›vom Erdboden ausradieren‹

von den hitlerischen Verschwörern oft gebraucht wurden, und dass es sich dabei nicht nur um Drohungen, sondern um die verbrecherischen Taten selbst handelte. Ich werde dem Gerichtshof zwei Dokumente vorlegen, in denen die Absichten der faschistischen Verschwörer enthüllt sind.

Das erste Dokument ist eine geheime Anweisung der Seekriegsleitung vom 22. September 1941, betitelt: *Die Zukunft der Stadt Petersburg.* Darin heißt es, dass ›der Führer beschlossen hat, die Stadt Petersburg auszuradieren‹, dass geplant wird, die Stadt fest zu blockieren und mit Artillerie aller Kaliber zu beschießen und durch unaufhörliche Bombardierung Leningrad dem Erdboden gleichzumachen. In der Anweisung heißt es außerdem, dass, wenn die Übergabe der Stadt angeboten wird, diese Angebote von den Deutschen abgelehnt werden sollten.

Das zweite Dokument ist ebenfalls ein geheimer Kommandobefehl des OKW vom 7. Oktober 1941 und von dem Angeklagten Jodl unterschrieben. Ich verlese einige Auszüge aus diesem Schreiben:

›Der Führer hat erneut entschieden, dass eine Kapitulation von Leningrad oder später von Moskau nicht anzunehmen ist, auch wenn sie von der Gegenseite angeboten würde.‹

Und weiter der vorletzte Abschnitt dieser Seite:

›Kein deutscher Soldat hat daher diese Städte zu betreten. Wer die Stadt gegen unsere Linien verlassen will, ist durch Feuer zurückzuweisen. Das Leben deutscher Soldaten für die Errettung russischer Städte vor einer Feuersgefahr einzusetzen oder deren Bevölkerung auf Kosten der deutschen Heimat zu ernähren, ist nicht zu verantworten.‹

Die Hitler-Verschwörer setzten ihre verbrecherischen Absichten der Vernichtung Leningrads mit ungeheuerer Grausamkeit in die Tat um.

Ich verlese:

›Infolge der barbarischen Aktionen der deutsch-faschistischen Eindringlinge wurden in Leningrad und seiner Umgebung 8961 Wirtschafts- und Nebengebäude mit einem Gesamtrauminhalt von 5 192 427 m^3 vollständig in Trümmer gelegt und 5869 Gebäude mit einem Gesamtrauminhalt von 14 308 288 m^3 teilweise zerstört. Vollständig zerstört wurden 20 627 Wohnhäuser mit einem Rauminhalt von 25 429 780 m^3, und teilweise zerstört wurden 8788 Häuser mit einem Rauminhalt von 10 081 035 m^3. Vollständig vernichtet wurden 6 und teilweise zerstört 66 Gebäude religiöser Kultgemeinschaften. Die Hitler-Leute vernichteten, zerstörten und beschädigten Einrichtungen verschiedener Art im Werte von über 718 Millionen Rubel und Industrieeinrichtungen, landwirtschaftliche Maschinen und Werkzeuge im Werte von über 1043 Millionen Rubel.‹

Dieses Dokument stellt fest, dass die Hitleristen Tag und Nacht aus der Luft und durch Artilleriebeschuss Straßen, Wohnhäuser, Theater, Museen, Krankenhäuser, Kindergärten, Lazarette, Schulen, Institute und Straßenbahnen sowie wertvolle Kunst- und Kulturdenkmäler planmäßig zerstörten.

Viele Tausende von Bomben und Geschossen sind auf historische Bauten von Leningrad, auf seine Uferstraßen, Gärten und Parkanlagen abgeworfen und abgeschossen worden. Ich zitiere:

›Zum Beschuss Leningrads gab es bei den Batterien einen Munitionssondervorrat, der über das Limit hinaus in unbeschränkten Mengen angeliefert wurde ... Alle Geschützbedienungen wussten, dass das Beschießen von Leningrad die Zerstörung dieser Stadt und die Vernichtung seiner Zivilbevölkerung bezweckte.‹«

»Hast du das gewusst, als du dort warst?«, fragte Vikki.
»Ich habe nichts davon gewusst«, erwiderte Tatiana. »Aber ich habe es durchlebt.«

Staatsjustizrat Raginsky: »Herr Vorsitzender! Um die Vorlage des Beweismaterials zu meinem Vortrag vollauf zu erschöpfen, bitte ich um die Erlaubnis, einen Zeugen vernehmen zu dürfen, der hier anwesend ist, Joseph Abgarowitsch Orbeli …«

Tatiana ließ die Teetasse fallen, aus der sie gerade getrunken hatte, und sie fiel auf die Küchenfliesen und zerbrach. Tatiana sank auf die Knie, hob die Scherben auf und stieß dabei immer wieder tief verstörte, kleine Schreie aus. Vikki sprang ebenfalls auf und fragte entsetzt: »Um Himmels willen, was ist denn los mit dir?«
Tatiana bedeutete ihr mit einer Hand zu schweigen. Mit der anderen Hand hielt sie eine der Scherben dicht an den Mund gepresst und lauschte der Radioübertragung.

»Orbeli wird über die Zerstörung von Kultur- und Kunstdenkmälern in Leningrad aussagen.«
Vorsitzender: »Wie heißen Sie?«
Zeuge: »Joseph Abgarowitsch Orbeli.«
Staatsjustizrat Raginsky: »Sagen Sie bitte, Herr Zeuge, welche Stellung nehmen Sie ein?«
Orbeli: »Direktor des Staatsmuseums Eremitage.«

Tatiana stöhnte verzweifelt auf.
»Was ist denn?«, fragte Vikki bestürzt. »Was ist?«
»Pscht!«

Staatsjustizrat Raginsky: »Waren Sie während der deutschen Blockade in Leningrad?«
Orbeli: »Jawohl, ich war dort.«
Staatsjustizrat Raginsky: »Wissen Sie etwas von der Zerstörung der Kultur- und Kunstdenkmäler in Leningrad?«
Orbeli: »Jawohl.«
Staatsjustizrat Raginsky: »Können Sie dem Gerichtshof mitteilen, was Ihnen bekannt ist?«
Orbeli: »Ich war Augenzeuge der vom Feinde unternommenen Maßnahmen gegen das Museum ›Eremitage‹. Im Verlauf von langen Monaten wurden die Gebäude be-

schossen und von Flugzeugen aus systematisch bombardiert. Die Eremitage wurde von zwei Fliegerbomben und ungefähr dreißig Artilleriegeschossen getroffen, wobei die Geschosse dem Gebäude beträchtlichen Schaden zufügten. Die Bomben zerstörten die Kanalisation und das Wasserleitungsnetz in der Eremitage.«

Dr. Laternser: »In welchem Teil von Leningrad liegen diese Gebäude? Im Südteil, im Nordteil, Südwestteil, Südostteil der Stadt?«

Orbeli: »Der Winterpalast und die Eremitage befinden sich im Zentrum der Stadt an den Ufern der Newa.«

Dr. Laternser: »Können Sie mir sagen, ob in der Nähe des Schlosses Eremitage und des Winterpalastes sich Industrien, insbesondere Rüstungsindustrien, befinden?«

Orbeli: »Soviel ich weiß, gibt es in der Umgebung der Eremitage keine Rüstungsindustrien. Sollte Ihre Frage die Gebäude des Generalstabs meinen, so befinden sich diese auf der anderen Seite des Schlossplatzes. Sie erlitten durch die Beschießung weit weniger Schaden als der Winterpalast. Die auf der gegenüberliegenden Seite des Schlossplatzes befindlichen Gebäude des Generalstabs wurden meines Wissens nur von zwei Geschossen getroffen.«

Dr. Laternser: »Wissen Sie etwas darüber, ob vielleicht in der Nähe dieser Gebäude, die Sie genannt haben, auch Artilleriebatterien standen?«

Orbeli: »Auf der ganzen Fläche um den Winterpalast und der Eremitage stand keine einzige Artilleriebatterie, da von Anfang an Maßnahmen getroffen wurden, um überflüssige Erschütterungen an den Stellen, wo sich solche Museumswerte befanden, zu vermeiden.«

Dr. Laternser: »Haben die Fabriken, die sich in Leningrad während der Belagerung befanden, haben die auch in dieser Zeit noch weitergearbeitet in der Rüstungsindustrie?«

Orbeli: »Ich verstehe Ihre Frage nicht? Welche Fabriken? Meinen Sie die Leningrader Fabriken im Allgemeinen?«

Dr. Laternser: »Die Leningrader Rüstungsfabriken, haben die in dieser Zeit der Belagerung noch weitergearbeitet?«

Orbeli: »In der unmittelbaren Nähe der Eremitage und des Winterpalastes hat keine Rüstungsfabrik gearbeitet, da es dort keine Rüstungsindustrie gab, und während der Belagerung wurden dort auch keine gebaut. Ich weiß aber, dass Leningrad natürlich für die Kriegsrüstung gearbeitet hat, und zwar mit Erfolg.«

Dr. Servatius: »Herr Zeuge, der Winterpalast liegt an der Newa. Wie weit ist die nächste Brücke über die Newa von dem Palast entfernt?«

Orbeli: »Die nächste Brücke, die Palastbrücke, ist fünfzig Meter vom Palast entfernt. Das ist die Breite des Kais. Wie ich jedoch bereits erwähnte, wurde diese nur von einem einzigen Geschoss getroffen. Diese Tatsache bestätigt meine Annahme und meine Überzeugung, dass der Winterpalast absichtlich beschossen wurde. Ich kann es nicht gelten lassen, dass bei der Beschießung der Brücke diese nur einen Treffer, während das daneben stehende Gebäude davon dreißig erhielt.«

Dr. Servatius: »Herr Zeuge! Das sind Schlussfolgerungen, die Sie ziehen. Haben Sie irgendwelche artilleristischen Kenntnisse, dass Sie beurteilen können, ob das Ziel das Schloss oder die daneben liegende Brücke war?«

Orbeli: »Ich war wohl nie Artillerist, aber ich nehme an, dass, wenn die deutsche Artillerie eine Brücke beschießt, sie diese unmöglich nur ein einziges Mal treffen kann, während sie dem in einiger Entfernung stehenden Schlosse dreißig Treffer zufügt. So weit bin ich schon Artillerist.«

Dr. Servatius: »Noch eine letzte Frage: Sind Sie während der ganzen Belagerungszeit in Leningrad gewesen?«

Orbeli: »Ich befand mich in Leningrad vom ersten Tage des Krieges an bis zum 31. März 1942. Als die Deutschen aus der Umgebung von Leningrad vertrieben wurden, kehrte ich zurück und habe dann Peterhof, Zarskoje Selo und Pawlowsk besichtigen können.«

Staatsjustizrat Raginsky: »Wir haben keine weiteren Fragen mehr.«

Vorsitzender: »Der Zeuge kann sich zurückziehen.«

Tatiana schaute zu Vikki empor, rappelte sich dann mühsam auf, setzte sich an den Tisch, ließ den Kopf auf die Tischplatte sinken und schloss die Augen. Vikki legte ihr die Hand auf die Schulter.

»Es geht mir gut«, flüsterte sie tonlos. »Ich brauche nur einen Augenblick.«

Orbeli, dort auf der Straße, wie er sich von seinen Kisten verabschiedete. Seine Miene hatte Tatiana sehr bewegt. Sein Gesicht hatte sie nicht vergessen.

Er betrachtet die Kisten mit so tiefem Leid, als müsste er sich von seiner ersten großen Liebe trennen.

»Wer ist dieser Mann?«, fragt Tatiana.

»Der Kurator der Eremitage.«

»Und warum schaut er die Kisten so an?«

»Weil sie die große Leidenschaft seines Lebens bergen. Er weiß nicht, ob er sie jemals wiedersieht.«

Tatiana betrachtet den Mann lange. »Er sollte fester daran glauben, findest du nicht?«

»Da hast du Recht, Tania. Er sollte ein wenig fester daran glauben. Nach dem Krieg wird er seine Kisten wiedersehen.«

»So wie er sie anschaut, wird er sie nach dem Krieg eigenhändig zurückholen«, erwidert sie.

Tatiascha – denk an Orbeli.

Und Orbelis Gesichtsausdruck hatte sich in Alexanders Augen gespiegelt, als Tatiana im Lazarett in Morozowo von ihm fortgegangen war, einfach so, ohne nachzudenken, ohne einen Blick zurück. Mach's gut, Liebling, pass auf dich auf. Von Orbeli musst du mir beim nächsten Mal erzählen, wenn wir uns sehen. Und damit war sie aus der Tür, hatte sich ein letztes Mal umgedreht, ihn noch einmal angeschaut und Joseph Abgarowitsch Orbeli in seinen Augen gesehen. Sie hatte sich immer gefragt, woran sein Blick sie erinnert hatte. Jetzt wusste sie es.

Jeden Tag stehe ich wieder zum letzten Mal an deinem Bett.

Ich salutiere und sage: Schlaf gut, Herr Major, bis später.
Und du sagst: Bis später, Tania.
Und ich gehe hinaus. Du rufst mir noch etwas nach, und ich drehe mich um, richte meinen Blick voll Vertrauen auf dich, meine glücklichen, hoffnungsvollen Augen.
Und du sagst zu mir, mit gefasster, tiefer, ruhiger Stimme: Tatiascha – denk an Orbeli.
Ich runzele einen Augenblick die Stirn, doch ich stutze nicht einmal, weil ich an so vieles denken muss, weil du so gelassen wirkst und weil Dr. Sayers nach mir ruft. Und deshalb sage ich nur, ohne den Blick von dir zu wenden: Ich muss los, Shura. Erzähl mir morgen davon, Liebling. Doch jetzt begreife ich – du kannst nichts mehr sagen, du hast all deine Kraft verbraucht. Du schweigst und nickst, und ich verschwinde unbekümmert zwischen den Krankenbetten. An der Tür drehe ich mich noch einmal um, ganz beiläufig und unbeschwert, und da halte ich inne.
Und dort stehe ich bis heute.
Orbeli.

In der Februarnacht saß Tatiana in der aquamarinblauen Stille auf der kalten Feuerleiter, in Alexanders Kaschmirdecke gehüllt, und atmete die Seeluft ein, während Manhattan unter ihr leuchtete.
Du wirst lernen, ohne mich zu leben. Du wirst für uns beide leben. Das hatte Alexander einmal zu ihr gesagt.
Jetzt wusste sie mit Sicherheit, was sie schon seit langem vermutet und gefürchtet hatte: Alexander hatte ihr sein Leben zum Geschenk gemacht. Seine Botschaft an sie lautete: »Das ist für dich. Ich kann mich selbst nicht retten, nur dich, und du musst gehen und das Leben führen, das dir und nur dir allein bestimmt ist. Du musst stark und glücklich sein, du musst unser Kind lieben, und irgendwann musst du auch wieder einen anderen Menschen lieben. Du musst wieder lernen, zu lieben, zu lächeln, mich beiseite zu legen, du musst lernen, die Hand eines anderen Mannes zu halten, die Lippen eines anderen Mannes zu küssen, du musst wieder heiraten und weitere Kinder bekommen. Du musst dein Leben führen – für mich

und für dich. Du musst es so führen, wie wir es gemeinsam getan hätten.« Das alles lag in diesem einen Wort: Orbeli.

Im Krieg waren die Dinge so viel klarer gewesen, Gut und Böse ließ sich so einfach bestimmen. Gefahr, Vergebung, Entbehrungen. *Gefühle, Qualen, Leidenschaft.*

Ich sehe ihn deutlich vor mir, auch im Frieden noch. Doch er ist hinter so viel Leben verborgen. So viele Traditionen und Feiertage. Weihnachten, Thanksgiving, Ostern, der Labor Day, der Kolumbustag, der Unabhängigkeitstag, unzählige Geburtstage, darunter mein eigener, dieser schreckliche, wundervolle Tag. Feste, Festessen, Sonnenschein und Wärme. Von früh bis spät fülle ich meine Tage mit Leben, mit all den Dingen, die er sich für mich gewünscht hat.

Doch mein Fundament liegt tief unter diesem hohen Haus begraben, dessen Fenster glänzen und dessen Dach sich hoch in den Himmel reckt. Dort unten wachsen Bäume und Büsche, Stiefmütterchen im Winter und Tulpen im Frühjahr, sie bedecken mein Herz, das dort im Verborgenen heilt. Manchmal fahre ich mir mit der Hand über die Brust, und wenn ich mein Herz berühre, spüre ich einen leichten Schmerz, dort, wo die Nerven noch wund und offen liegen. Dann fährt ein kurzer, heftiger Schauer durch meinen Körper bis in meinen Kopf hinein, kaum länger als ein tiefer Atemzug: Alexander.

Vergib mir, dass ich dich den Schrecken des Krieges überlassen habe, dass ich so rasch bereit war, an deinen Tod zu glauben. Ich war nur langsam im Lieben, aber umso schneller im Verlassen.

Wo ist er? Wo ist mein edler Reiter, wo mein goldener Ring und meine Kette, wo ist meine schwarze Tasche, wo mein schönster Tag?

So saß Tatiana dort über dem Meer und wünschte sich, ihr Leben möge endlich anfangen oder enden. Doch sie war noch nicht am Ende angelangt, und sie stand auch nicht am Anfang. In Wahrheit war sie nirgendwo.

Wie lange würde diese Phase wohl dauern? Würde es jemals einen Zeitpunkt geben, an dem sie sich nicht in einer Phase befand, sondern einfach nur lebte?

Sie hatte sich doch nur ein Wort von ihm gewünscht. Nun,

Orbeli war seine letzte Botschaft an sie gewesen. »Ich schicke dich an einen Ort, wo du in Sicherheit sein wirst«, sagte er ihr damit. »Verzweifle nicht, und hab Vertrauen.«
Aber warum jetzt? Was sollte sie jetzt nur tun? Irgendetwas musste sie doch tun – aber was? Und was immer sie tun, wohin sie auch immer gehen würde, sie musste ihren Sohn zurücklassen. War das nicht leichtsinnig? Grenzte das nicht an Wahnsinn? Ja, das tat es.
Sollte sie wirklich fortgehen und ihren Sohn verlassen? Was würde Alexander sagen, wenn er erfuhr, dass sie seinen Sohn im Stich gelassen hatte, um in die Welt hinauszuziehen und inmitten all des Schreckens nach ihrem Mann zu suchen?
Tatiana saß reglos da und sog die Luft in sich ein, das Wasser und den Himmel. Sie suchte am Himmel nach Perseus, doch sie fand ihn nicht, sie suchte nach dem Vollmond, doch sie sah ihn nicht. Es war schon spät, und der Mond war hinter Wolken verborgen.
Ihr kleiner Junge brauchte seine Mutter. Aber brauchte er sie mehr als Alexander seine Frau? War das die Wahl, die sie treffen musste? Eine Entscheidung zwischen Vater und Sohn? Musste sie den einen um des anderen willen verlassen? Sie musste sich mit dem Gedanken vertraut machen, dass sie vielleicht nie mehr zurückkommen würde. Wollte sie ihrem Kind ein solches Leben zumuten? Sie brauchte doch einfach nur hier zu bleiben, weiterzumachen wie bisher.
Doch hier gab es keine Tatiana. Tatiana war immer noch bei Alexander. Sie hielt ihn in den Armen, auf dem Ladogasee, wo sie sich jeden Abend mit ihm zur Ruhe legte. Sie hielt seinen blutenden Körper in den Armen, auf dem Eis des Ladogasees. Damals hätte sie ihn loslassen, ihn Gott überlassen können, der nach ihm rief. Doch sie hatte ihn nicht losgelassen. Und deshalb war sie jetzt hier in Amerika und stand an der Wegscheide ihres weiteren Lebens. Das war der entscheidende Augenblick, und was immer sie auch zu tun beschloss, es würde den weiteren Verlauf ihres Lebens beeinflussen.
Der eine Weg erstreckte sich klar und eben vor ihr, der andere war dunkel und voller Zweifel. Wenn sie blieb, wählte sie das Gute; wenn sie ging, warf sie sich dem Unbekannten

in die Arme. Wenn sie blieb, war sein Opfer nicht umsonst gewesen; wenn sie ging, wählte sie den Tod. Aber konnte sie ein Leben ohne ihn wählen?

Konnte sie sich ein Leben ohne ihn vorstellen? Jetzt natürlich nicht, aber vielleicht in zehn, zwanzig oder auch in fünfzig Jahren? Sah sie sich selbst mit siebzig, ohne ihn? Sah sie sich mit Edward, ihrem Mann, und den Kindern, die sie ihm geboren hatte, an einem großen Tisch sitzen?

Der eherne Reiter würde sie bis an ihr Lebensende verfolgen, das spürte sie. Bis in alle Ewigkeit, Tag und Nacht, würde sie seinen schweren Hufschlag hinter sich hören, in jeder leidvollen Stunde, in jedem schwachen Augenblick, in der Dunkelheit und bei Tageslicht. Durch ganz Amerika würde er ihr folgen, so wie er es die elfhundert Tage und Nächte hindurch getan hatte, die hinter ihr lagen. Wie lange würde Tatianas Leben noch währen? Wie lange würde der eherne Reiter währen?

Orbeli – war er nicht der Beweis, dass Alexander, wo immer er sein mochte, in seiner dunkelsten Stunde nach ihr rief? Und wenn sie glaubte, dass er noch am Leben war, und nicht versuchte, ihn zu finden, dann wandte sie sich von ihm ab. War es das, was sie wollte?

Vielleicht würde es ihr ja gelingen, das dunkle Fenster zu schließen, das direkt in die Nacht führte, und nicht mehr auf seine Stimme zu horchen. Vielleicht würde es ihr ja gelingen, sich davon zu überzeugen, dass Alexander ihr verzeihen würde, wenn sie sich von ihm abwandte, wenn ihr Herz gleichgültig blieb. Doch ihre eigenen Worte, ihre eigenen, früheren Gedanken, hallten immer wieder in ihr nach.

»So wie er sie anschaut, wird er sie nach dem Krieg eigenhändig zurückholen«, sagt sie.

Sie muss zurückkehren und ihren Soldaten wiederfinden, denkt sie im Bus, am Tag ihrer ersten Begegnung.

Stell dir drei Fragen, Tatiana, dann wirst du wissen, wer du bist. Worauf hoffst du? Woran glaubst du? Und die wichtigste Frage von allen: Was liebst du?

Sie kletterte in die Wohnung zurück, schloss das Fenster und legte sich ins Bett, zu ihrem Sohn.

»Vikki, ich muss mit dir reden«, sagte Tatiana am nächsten Morgen, als sie gemeinsam in der Küche standen, um vor der Arbeit noch schnell einen Kaffee und ein Croissant zu sich zu nehmen.
»Kann das nicht bis heute Abend warten? Wir sind ohnehin schon spät dran, Anthony muss in den Kindergarten.«
Tatiana nahm die Hand ihrer Freundin. Vikki hatte ein paar Hörnchenkrümel um den Mund und sah entzückend aus, wie sie dort stand, schmal und dunkelhaarig, und mit liebevollem Erstaunen auf Tatiana heruntersah. Tatiana umarmte sie. »Ich habe dich wirklich sehr lieb«, sagte sie. »Und jetzt setz dich, ich muss mit dir reden.«
Vikki setzte sich.
»Vikki, du weißt, dass ich jetzt seit fast drei Jahren auf Ellis Island arbeite, dass ich mich freiwillig beim Roten Kreuz gemeldet habe, mich um die Kriegsveteranen kümmere und jedes Flüchtlingsschiff inspiziere, das in den Hafen einläuft. Du weißt, dass ich jeden Monat Sam Gulotta in Washington anrufe und dass ich damals Kontakt zu Esther aufgenommen habe. Und das alles hatte nur einen Grund.«
»Und welchen?«, fragte Vikki mit vollem Mund.
»Ich wollte herausfinden, was mit Alexander geschehen ist.«
»Ach so?«
»Aber ich habe nichts herausfinden können.«
Vikki tätschelte Tatianas Hand.
»Und deshalb muss ich jetzt mehr tun.«
Vikki lächelte. »Noch mehr als nach Iowa fahren?«
»Jetzt brauche ich deine Hilfe.«
»Oh, nein!« Vikki verdrehte die Augen. »Wo fahren wir diesmal hin?«
»Ich würde dich liebend gern mitnehmen«, sagte Tatiana. »Aber diesmal brauche ich dich für eine sehr viel größere Aufgabe.«
»Was denn für eine Aufgabe? Und wo willst du überhaupt hin?«
»Ich werde Alexander suchen.«
Vikki ließ ihr Hörnchen fallen. »Und wo willst du das tun?«, fragte sie fassungslos.

»Zunächst in Deutschland. Dann werde ich weiter nach Polen gehen und schließlich in die Sowjetunion.«

»Was?«

»Hör mir zu …«

Vikki ließ die Arme vor sich auf die Tischplatte sinken. Dann schlug sie ein paar Mal mit der Stirn auf den Tisch und schüttelte verzweifelt den Kopf.

»Hör auf damit, Vikki.«

»Das ist bisher mit Abstand das Beste. Ich glaube nicht, dass du das noch übertreffen kannst. Massachusetts war ja schon nicht schlecht, Iowa war noch besser, und Arizona war der bisherige Höhepunkt. Aber das schlägt wirklich alles.«

»Bist du fertig?«

»Was redest du da überhaupt?« Vikki schlug mit der Faust auf den Tisch. »Das kannst du doch nicht ernst meinen. Kein Mensch geht freiwillig nach Deutschland.«

»Das Internationale Rote Kreuz schon. Und ich auch.«

»Aber das Rote Kreuz darf doch gar nicht dorthin.«

»Doch. Und ich werde mitgehen.«

»Das kannst du nicht machen! Anthony und ich können nicht mit dir kommen, wenn du mit dem Roten Kreuz in die Besatzungszone fährst.«

»Ich weiß. Ich will auch gar nicht, dass ihr mitkommt. Ich möchte, dass Anthony hier bleibt, wo er in Sicherheit ist …«

Vikki starrte sie mit offenem Mund an.

»Ich möchte, dass er hier bei dir bleibt.« Sie griff wieder nach Vikkis Hand. »Ich will, dass er bei dir bleibt«, wiederholte sie. »Denn du liebst meinen Sohn, und er liebt dich, und du wirst dich um ihn kümmern, als wäre er dein eigenes Kind. Du wirst dich für mich um ihn kümmern, für mich und seinen Vater.«

»Tania«, flüsterte Vikki heiser. »Du bist verrückt. Das kannst du nicht machen.«

Tatiana drückte ihre Hand. »Hör mir zu, Vikki. Als ich noch davon überzeugt war, dass er tot ist, war ich ebenfalls tot. Paul Markey und Joseph Orbeli haben mich wieder zum Leben erweckt. Mein Mann braucht mich. Er ruft nach mir, und du musst mir glauben, wenn ich dir sage, dass er meine Hilfe

braucht. Paul Markey hat ihn letztes Jahr im April lebendig in Sachsen gesehen, obwohl er doch tot im Ladogasee liegen sollte, tausend Kilometer entfernt, in der Nähe von Leningrad. 1944 hat Edward mir ausgeredet, nach Europa zu gehen. Er sagte, ich hätte nichts in der Hand, und damit hatte er Recht. Aber jetzt habe ich etwas in der Hand, und deshalb werde ich gehen. Ich muss nur sicher sein, dass du dich um meinen Sohn kümmerst.« Tatiana schwieg einen Augenblick. »Ganz egal, was passiert. Deine Großeltern werden dir dabei helfen.«
Vikki schüttelte hilflos den Kopf.
»Ich kann hier nicht einfach weiter mein schönes Leben führen und ihn in der Sowjetunion verrotten lassen. Das verstehst du doch, oder?«
Doch Vikki schüttelte nur immer weiter den Kopf.
»Er braucht mich, Vikki. Auf Ellis Island helfe ich wildfremden Menschen. Was bin ich denn für eine Ehefrau, wenn ich nicht auch meinem Mann helfe?«
»Eine vernünftige?«, hauchte Vikki.
»Nein, eine schlechte«, erwiderte Tatiana.

Am selben Tag fuhr sie mit dem Zug nach Washington.
Sam Gulotta komplimentierte drei Leute aus seinem Büro nach draußen und schloss dann die Tür.
»Wie geht es Ihnen, Sam?«, begann Tatiana. »Ich brauche Ihre Hilfe.«
»Langsam kann ich es nicht mehr hören, Tatiana. Glauben Sie etwa, ich verstehe Sie nicht? Glauben Sie, ich weiß nicht, was Sie durchmachen? Warum helfe ich Ihnen wohl seit Jahren? Glauben Sie, ich würde irgendetwas unversucht lassen, wenn es einen Weg gäbe, meine Carol zurückzubringen? Ich würde alles tun, alles dafür geben, sie zurückzubekommen. Deshalb habe ich mich für Sie krumm gelegt. Ich habe alles getan, was mir möglich war. Aber jetzt kann ich Ihnen nicht mehr helfen.«
»Doch, das können Sie«, sagte sie ruhig. »Sie müssen mir einen Pass für Alexander ausstellen.«
»Wie soll ich ihm denn einen Pass ausstellen?« Sam geriet völlig außer sich. »Auf welcher Grundlage?«

»Er ist amerikanischer Staatsbürger, und um zurückzukommen, braucht er einen Pass.«
»Von wo soll er denn zurückkommen? Wie oft soll ich Ihnen noch sagen ...«
»Kein einziges Mal mehr. Das Außenministerium sagt selbst, dass er seine Staatsbürgerschaft nicht verloren hat.«
»Das ist nicht wahr.«
»O doch. Im Bundesgesetzbuch heißt es wörtlich zur doppelten Staatsbürgerschaft ...« Sie zog ein Blatt Papier aus der Tasche und las davon ab: »›Das Gesetz setzt voraus, dass der amerikanische Staatsbürger die ausländische Staatsbürgerschaft *freiwillig* angenommen hat.‹« Sie wiederholte das entscheidende Wort noch einmal. »Freiwillig.« Dann lehnte sie sich mit befriedigter Miene zurück.
»Und warum schauen Sie mich jetzt an wie die Katze, die das Sahnetöpfchen ausgeschleckt hat?«
»Ich wiederhole es gern auch noch ein drittes Mal: freiwillig.«
»Ich habe Sie bereits beim ersten Mal verstanden.«
»Und ich zitiere weiter.« Sie las wieder von ihrem Blatt ab. »›Die ausländische Staatsbürgerschaft muss aus freiem Willen und mit dem Vorhaben angenommen werden, die amerikanische Staatsbürgerschaft aufzugeben.‹«
Sam rieb sich die Augen. »Mag ja sein, dass es so im Gesetz steht. Worauf wollen Sie hinaus?«
»In der Sowjetunion ist ein junger Mann mit sechzehn Jahren *gezwungen*, sich zum Militärdienst zu melden.« Und noch einmal wiederholte Tatiana das Schlüsselwort. »Gezwungen.«
»Mein Gott, was soll denn das? Ich hatte Sie bereits beim ersten Mal verstanden.«
»Freiwillig. Gezwungen. Ihnen ist doch klar, dass sich diese beiden Wörter widersprechen?«
»Ja, das ist mir klar. Schön, dass Sie mir die englische Sprache erklären, Tania.«
»Aber genau darauf will ich hinaus. Er hat seine Staatsbürgerschaft nicht freiwillig aufgegeben. Er wurde dazu gezwungen, mit sechzehn in die Rote Armee einzutreten.«

»Sie haben mir doch erzählt, dass er mit achtzehn auf die Offiziersschule gegangen ist. Das klingt mir doch nach einer freiwilligen Handlung.«

»Das mag sein, aber sechzehn kommt vor achtzehn. Mit sechzehn hat man ihn gezwungen, sich zum Militär zu melden, und ihn damit glauben gemacht, er habe jedes Recht auf die amerikanische Staatsbürgerschaft verwirkt.« Sie hielt einen Augenblick inne. »Aber er hat das Recht noch. Und Sie müssen ihm helfen.«

Sam starrte Tatiana fassungslos an. Schließlich sagte er: »Wissen Sie etwa mehr als ich? Kennen Sie seinen aktuellen Aufenthaltsort?«

»Ich weiß gar nichts. Ich wünschte, Sie könnten mir auch dabei helfen. Aber ich weiß mit Sicherheit, dass er einen Pass braucht, wo immer er auch ist.«

»Einen Pass? Tania! Er befindet sich in sowjetischer Hand. Verstehen Sie? Warum können Sie nicht endlich begreifen, dass er wirklich unwiderruflich verloren ist? Die sowjetische Maschinerie hat ihn in ihrer Gewalt, und die hat bereits Millionen ihrer jungen Männer den Deutschen zum Fraß vorgeworfen.«

Tatiana schwieg. Ihre Unterlippe zitterte ein wenig.

»Und außerdem brauche ich ein Foto, um ihm einen Pass auszustellen. Eines der vorgeschriebenen Schwarzweiß-Fotos, die nur das Gesicht zeigen, ohne jede Kopfbedeckung. Ich nehme nicht an, dass Sie ein solches Foto haben?«

»Nein, so ein Foto habe ich nicht.«

»Dann kann ich Ihnen auch nicht helfen.«

Sie stand auf. »Er ist amerikanischer Staatsbürger, und er sitzt hinter dem Eisernen Vorhang fest. Er braucht Sie.«

Sam erhob sich ebenfalls. »Die Sowjets weigern sich, uns Informationen über unsere verschollenen Soldaten zukommen zu lassen. Warum sollten sie uns dann Informationen über einen Mann geben, den sie seit zehn Jahren suchen?«

»So oder so«, sagte Tatiana. »Ich werde jetzt gehen. Wenn ich Sie brauche, schicke ich Ihnen ein Telegramm.«

»Davon bin ich überzeugt.«

Buch drei

Alexander

Sie kommt, sie, mein Leben, mein Los,
Sie kommt, meine Taube, mein Lieb;
Sagt die rote Rose: »Sie naht, sie naht«,
Und die weiße weint: »Sie verweilt«;
Und der Rittersporn lauscht: »Sie ist da, sie ist da«,
Und die Lilie haucht: »Komm herbei«.

ALFRED, LORD TENNYSON

I

Ostdeutschland, März 1946

Tatiana ging mit nichts als ihrem Glauben nach Deutschland.

Sie wurde einem Team zugeteilt, das aus einer weiteren Krankenschwester namens Penny und einem Arzt namens Martin Flanagan bestand. Penny war eine lebhafte, rundliche, fröhliche junge Frau, die sogar noch kleiner war als Tatiana. Martin war mittelgroß, trug einen kleinen Bauch unter seinen Anzughemden und war von unwahrscheinlichem Ernst. Sein dünnes Haar ging ihm bereits aus, und Tatiana fragte sich, ob das vielleicht der Grund für seine Humorlosigkeit sein konnte. Dennoch hatte sie Martin gegenüber keine Vorbehalte – bis er sie am Tag vor der Abreise zurechtwies, weil sie zu viele Mullverbände in die medizinischen Hilfspakete gepackt hatte.

»Kann man denn überhaupt zu viele medizinische Güter haben?«, fragte Tatiana.

»Selbstverständlich. Wir haben ganz klare Anweisungen: eine Rolle Mullverband und eine Rolle Heftpflaster pro Paket. Sie haben von beidem je zwei hineingetan.«

»Ja und?«

»Damit verstoßen Sie gegen die Vorschriften, Schwester Barrington.«

Langsam nahm Tatiana die zweite Rolle Mullverband wieder heraus, doch kaum hatte Martin ihr den Rücken zugedreht, warf sie drei weitere Rollen in das Paket. Penny sah es und unterdrückte ein Kichern. »Du solltest ihn nicht zu sehr reizen. Er hat sehr genaue Vorstellungen davon, wie die Dinge zu sein haben.«

»Offenbar hat er keine anderen Sorgen«, erwiderte Tatiana. Was würde Martin wohl sagen, wenn sie sich die Haare färbte und Make-up auflegte? Wie würde er reagieren, wenn sie ihn beim Vornamen nannte oder gar duzte? Das fand sie

gleich am nächsten Morgen heraus, als sie ihn fragte: »Fertig zum Aufbruch, Martin?«
Er räusperte sich und sagte: »Es wäre mir recht, wenn Sie mich weiterhin Dr. Flanagan nennen, Schwester Barrington.«
Ihre Haarfarbe und ihr Make-up kommentierte er nicht. Tatiana hatte sich am Morgen der Abreise das Haar schwarz gefärbt, nachdem sie sich von Anthony verabschiedet hatte. Sie wollte nicht, dass er seine Mutter so verändert sah, also hatte sie ihn wie gewöhnlich in den Kindergarten gebracht, ihn wie gewöhnlich umarmt und so ruhig wie möglich zu ihm gesagt: »Also, Anthony, denk daran, was wir besprochen haben. Mama muss mit dem Roten Kreuz auf eine Geschäftsreise gehen. Aber ich komme so schnell wie möglich zurück, und dann machen wir irgendwo Urlaub, wo es schön ist. In Ordnung?«
»Ja, Mama.«
»Wo wolltest du noch gleich hin?«
»Nach Florida.«
»Das hört sich großartig an. Da fahren wir hin.«
Er sagte nichts, schlang nur die Arme um ihren Hals.
»Du wirst dich schon wohl fühlen bei Vikki. Du weißt doch, wie viel Spaß es ihr macht, sich um dich zu kümmern. Bestimmt bekommst du jeden Tag Donuts und Eis von ihr.«
»Ja, Mama.«
Sie sah ihm nach, als er durch die Tür hineinging, mit seinem kleinen Rucksack auf dem Rücken. Dann lief sie ihm nach.
»Anthony! Anthony!«
Er drehte sich um.
»Noch einen Kuss für Mami, Schätzchen.«
Vikki hatte sich an diesem Tag freigenommen, um ihr beim Haarefärben zu helfen und sich von ihr zu verabschieden. Tatiana hatte beschlossen, sich das Haar zu färben und sich zu schminken, um nicht zufällig erkannt zu werden. Es dauerte drei Stunden, bis ihr langes Haar gefärbt war. Vikki sprach ihr Mut zu. »Das erste Mal ist das Schwierigste. Danach brauchst du nur noch alle fünf bis sechs Wochen die Ansätze nachzufärben. Vielleicht bist du ja bis dahin sogar schon wieder hier?«

»Ich weiß es nicht.« Tatiana glaubte nicht recht daran. »Am besten gibst du mir so viel Farbe mit, dass ich ein paar Mal nachfärben kann.«
»Wie viel denn?«
»Ich weiß nicht. Vielleicht für ein Dutzend Mal.«
Vikki tuschte Tatiana die Wimpern, umrandete ihre Augen mit schwarzem Kajal, trug eine dicke Schicht Make-up auf, um die Sommersprossen zu verdecken, und ein wenig Rouge.
»Ich kann gar nicht fassen, dass du dir das jeden Tag antust«, sagte Tatiana.
»Und ich kann nicht fassen, dass du ausgerechnet jetzt Make-up auflegst, wo du zu einer Kamikaze-Mission ins Kriegsgebiet aufbrichst.«
»Das ist keine Kamikaze-Mission. Ich frage mich nur, wie ich das ohne dich hinkriegen soll. Vorsicht, nicht so viel Lippenstift!« Lippenstift ließ ihre Lippen sehr voll und auffällig erscheinen, und das war nicht die Wirkung, die Tatiana erzielen wollte. Sie betrachtete sich im Spiegel und erkannte sich selbst kaum wieder. »Und, wie findest du's?«
Vikki beugte sich vor und küsste Tatiana auf den Mundwinkel. »So erkennt dich niemand.«
Martin – oder besser gesagt: Dr. Flanagan – sagte kein Wort, als sie sich einige Zeit später am Hafen trafen; er räusperte sich nur und wandte den Blick ab. Penny dagegen zeigte sich verblüfft. »Du hast so wunderschönes, blondes Haar, und da färbst du es schwarz?«, fragte sie ungläubig. Sie selbst hatte kurzes hellbraunes Haar.
Tatiana erwiderte ungerührt: »Ich habe immer das Gefühl, dass die Leute mich nicht ernst nehmen. Ich dachte, wenn ich mir das Haar schwarz färbe und mich ein bisschen schminke, hilft das vielleicht.«
»Dr. Flanagan«, rief Penny. »Nehmen Sie Tatiana ernst?«
»Sehr ernst sogar«, erwiderte Martin.
Die beiden jungen Frauen konnten sich nur mit Mühe das Lachen verkneifen.
Vikki hatte Tatiana zum Hafen begleitet. Nun umarmte sie sie und ließ sie lange Zeit nicht los. »Bitte komm zurück«, flüsterte sie.

Tatiana antwortete nicht.
Martin und Penny warfen erstaunte Blicke zu ihnen hinüber.
»Italiener sind nun mal sehr sentimental«, erklärte Tatiana, als sie mit ihnen über die Landeplanke ging. Sie drehte sich noch einmal um und winkte Vikki zu.
Für die Reise trug Tatiana eine weiße Hose, einen weißen Kittel und ein weißes Kopftuch mit einem roten Kreuz darauf. In einem Laden für Militärausstattung hatte sie sich den größten und besten Segeltuchrucksack gekauft, der vorrätig war, mit unzähligen Reißverschlussfächern und einer wasserdichten Zeltdecke daran. In diesen Rucksack packte sie eine Schwesterntracht zum Wechseln, ein paar persönliche Gegenstände, Unterwäsche und olivfarbene, unauffällige Zivilkleidung für sich und für einen groß gewachsenen Mann. Außerdem nahm sie die dritte Kaschmirdecke mit, die sie an ihrem ersten Weihnachtsfest in New York gekauft hatte. Sie packte auch die P-38 ein, die Alexander ihr während der Blockade von Leningrad gegeben hatte. Ihre Schwesterntasche füllte sie bis zum Bersten mit Mullbinden und Heftpflastern, Penizillin- und Morphiumspritzen. In ein weiteres Fach des Rucksacks packte sie einen Colt 1911 und einen unglaublich teuren Colt Python, den angeblich besten Revolver der Welt, der keine Kugeln abfeuerte, sondern kleine Bomben. Außerdem erstand sie hundert Magazine für die Pistole, hundert Schuss 357-Munition für den Revolver und drei 9-mm-Ladestreifen für die P-38 sowie zwei Offiziersmesser. Sie kaufte das alles bei dem weltberühmten Waffenhändler Frank Lava. »Wenn Sie das Bestmögliche wollen«, versicherte ihr der Besitzer persönlich, »dann nehmen Sie den Python. Auf der ganzen Welt gibt es keinen Revolver, der leistungsfähiger, zielsicherer und gefährlicher ist.«
Als Tatiana nach einer Packung mit hundert Magazinen fragte, zog Frank Lava nur kurz die Augenbrauen hoch. »Das sind achthundert Ladungen Munition.«
»Ja, und dazu noch die Revolvermunition. Glauben Sie, das reicht nicht? Soll ich vielleicht noch mehr nehmen?«
»Nun, das hängt ganz davon ab«, erwiderte er. »Was genau haben Sie denn vor?«

Tatiana dachte einen Augenblick nach. »Geben Sie mir besser noch fünfzig Ladungen für den Python.«
Und schließlich kaufte sie noch Zigaretten.
Als sie fertig war, konnte sie den Rucksack kaum alleine tragen. Sie lieh sich einen kleineren Rucksack von Vikki und packte die Waffen hinein, sodass sie ihre persönlichen Gegenstände auf dem Rücken und den kleineren Rucksack über der Schulter tragen konnte. Die Tasche mit den Waffen war sehr schwer, und Tatiana fragte sich, ob sie es nicht doch ein wenig übertrieben hatte.
Zuletzt nahm sie die Eheringe aus ihrem schwarzen Rucksack. Sie hingen immer noch an der Schnur, die sie im Lazarett in Morozowo um den Hals getragen hatte. Nun legte sie sich die Ringe wieder um den Hals.
Seit Edward von ihrer Kündigung bei der Gesundheitsbehörde erfahren hatte, hatte er sich geweigert, mit ihr zu sprechen. Kurz vor der Abreise besuchte Tatiana ihn auf Ellis Island, um sich zu verabschieden. Doch er blickte sie nur finster an und sagte: »Ich will nicht mit dir reden.«
»Das weiß ich«, sagte sie. »Und es tut mir Leid. Aber was soll ich denn tun, Edward?«
»Hier bleiben.«
Sie schüttelte den Kopf. »Er ist noch am Leben ...«
»Er war am Leben. Vor fast einem Jahr.«
»Genau, er war am Leben! Was soll ich tun? Ihn einfach im Stich lassen?«
»Das ist doch Wahnsinn. Deinen Sohn lässt du ja auch im Stich.«
»Edward«, sagte Tatiana. Sie nahm seine Hand und sah ihn liebevoll an. »Es tut mir so Leid. Beinahe hätten wir ... Aber ich bin nicht allein. Ich bin keine Witwe. Ich bin verheiratet, und mein Mann ist vielleicht noch irgendwo am Leben. Ich muss versuchen, ihn zu finden.«

Sie fuhren auf einem Schiff der Linie Cunard White Star nach Europa, und es dauerte zehn Tage, bis sie in den Hamburger Hafen einliefen. Das Güterschiff war voll mit hunderttausend medizinischen Hilfspaketen für die Gefangenenlager, dazu kamen Lebensmittellieferungen und Care-Pakete. Die Hafenarbeiter brachten einen halben Tag damit zu, die Güter auf große Lastwagen zu verladen, die sie zum Rotkreuz-Krankenhaus in Hamburg bringen sollten. Dort sollten sie dann auf die verschiedenen Jeeps des Roten Kreuzes verteilt werden.

Diese weißen Jeeps mussten so ausgestattet sein, dass ein Team von drei Rotkreuz-Mitarbeitern – zwei Krankenschwestern und ein Arzt oder auch drei Krankenschwestern – vier Wochen lang ohne fremde Hilfe darin leben und arbeiten konnte. Der Arzt war dabei, um sich nötigenfalls um Kranke und Verwundete zu kümmern, und das kam sehr häufig vor. Die Flüchtlinge in den Vertriebenenlagern, die das Rote Kreuz bisher inspiziert hatte, litten unter allen erdenklichen Übeln: Pilzinfektionen, Augenentzündungen, Ekzeme, Zeckenbisse, Kopfläuse, Filzläuse, Schnittwunden, Brandwunden, Schürfwunden, offene Wunden, Hunger, Durchfall und Austrocknung.

In einem solchen weißen Jeep fuhren Tatiana, Penny und Martin durch die überall verstreuten Flüchtlingslager in Norddeutschland, Belgien und den Niederlanden. Sie hatten genügend Lebensmittelvorräte, um sich selbst zu verpflegen, doch die Vertriebenen hatten nichts, und es gab viel zu wenig Lebensmittelpakete, die verteilt werden konnten. Ein paar Mal täglich hielt Martin an, um jemandem zu helfen, der vor ihnen die Straße entlanghumpelte oder im Straßengraben lag. Ganz Westeuropa taumelte unter dem Ansturm der Heimatlosen, und allerorts schossen Flüchtlingslager wie Pilze aus dem Boden.

Doch weit und breit war kein einziger sowjetischer Flüchtling zu sehen. Es waren Unmengen Soldaten unterwegs, Franzosen, Italiener, Marokkaner, Tschechen und Briten, doch nicht ein einziger sowjetischer Soldat.

Nach siebzehn Lagern und tausend und abertausend Gesichtern war es Tatiana nicht gelungen, einen sowjetischen Soldaten zu finden, der in Leningrad gekämpft hatte, geschweige denn jemanden, der von einem gewissen Alexander Below gehört hatte. Tausend Gesichter, tausend Hände, die

sich ihr entgegenstreckten, tausend Stirnen, die sie berührte, tausend kranke, schmutzige Verzweifelte.
Er war nicht hier, das wusste sie, das spürte sie. Hier war er nicht. Jeden hoffnungslosen Tag entfernte sie sich von Penny und Martin und ging allein von einem Lager zum nächsten. Die Lager befanden sich meist recht nah beieinander, und Tatiana wollte keine Begleitung, keine Gespräche, sie wollte sich selbst in die Lage versetzen, ihn spüren, ihn finden zu können. Das Herz wurde ihr schwer, sie spürte es kaum noch, und sie spürte auch nicht, wo er sein mochte.
Sie zog sich von Penny und Martin zurück und sehnte sich nach dem Sonnenuntergang in New York, nach dem Gesicht ihres Sohnes, der nun schon eine Ewigkeit von drei Monaten ohne seine Mutter war. Sie sehnte sich nach ofenwarmem Brot, nach gutem Kaffee, nach dem glücklichen Gefühl, mit einem Buch in ihre Kaschmirdecke gehüllt auf dem Sofa zu sitzen, neben Vikki, während Anthony im Nebenzimmer spielte. Der blonde Haaransatz wuchs schneller nach, als sie ein Badezimmer und einen Spiegel finden konnte, um ihn nachzufärben. Sie gewöhnte sich an, ihr Schwesternkopftuch die ganze Zeit zu tragen.
Drei Monate. Seit März war sie mit dem Jeep unterwegs, verteilte Pakete, verband Wunden, erteilte erste Hilfe, durchquerte das zerstörte Europa und senkte jeden Tag den Kopf zum Gebet, während sie einen weiteren Flüchtling versorgte, einen weiteren Flüchtling begrub: Bitte, lass ihn hier sein. Weitere Baracken, ein weiteres Lazarett, eine weitere Militärstation. Lass ihn hier sein, lass ihn hier sein.
Doch die Hoffnung, der Glaube hatte sie trotz allem noch nicht verlassen. Jeden Abend ging sie zu Bett, und jeden Morgen erwachte sie mit neuer Kraft und suchte weiter nach ihm.
Ein Ukrainer, der praktisch in ihren Armen starb, trug eine P-38 bei sich. Tatiana nahm seinen Tornister mit, der acht Granaten und fünf Ladestreifen mit je acht Schüssen enthielt. Sie schlich sich zum Jeep und versteckte den neuen Schatz mitsamt ihrer Waffentasche unter einer Klappe im Boden, einem langen, schmalen Fach, in dem normalerweise Krücken und zusammenklappbare Tragen transportiert wurden.

Doch als Tatiana schließlich begriff, dass Alexander nicht an einem Ort sein konnte, wo sie keine Spur von ihm fand, verlor sie rasch das Interesse an diesem Teil Europas und schlug vor, andere Orte aufzusuchen.

»Sie sind also nicht mehr der Ansicht, dass die Vertriebenen unsere Hilfe brauchen, Schwester Barrington?«, fragte Martin, als sie sich Antwerpen näherten.

»Doch, natürlich. Aber es gibt noch so viele andere, die ebenfalls unsere Hilfe brauchen. Wir sollten zu dem amerikanischen Militärstützpunkt hier in der Nähe fahren und mit Charles Moss, dem Kommandanten, reden.« Das Internationale Rote Kreuz hatte ihnen eine Liste mit den Namen und Standorten sämtlicher amerikanischer Institutionen und aller bekannten Vertriebenenlager in Europa zur Verfügung gestellt.

»Was glauben Sie, Colonel Moss: Wo werden wir am nötigsten gebraucht?«, fragte Tatiana den Kommandanten des Stützpunkts.

»Wahrscheinlich in Berlin. Ich würde Ihnen aber nicht empfehlen, dorthin zu fahren.«

»Warum nicht?«

»Wir fahren auf keinen Fall nach Berlin«, warf Martin ein.

»Die Sowjets haben die deutschen Soldaten zusammengepfercht und halten sie dort fest«, erklärte Moss. »Nach allem, was ich höre, sind die Flüchtlingslager hier wie ein Seebad an der Riviera, verglichen mit den Zuständen dort. Die Sowjets haben es dem Roten Kreuz bisher leider nicht gestattet, in den Lagern Pakete zu verteilen. Dabei wäre Hilfe dort wirklich bitter nötig.«

»Wo werden die Deutschen denn festgehalten?«, erkundigte sich Tatiana.

»Ironischerweise in den Konzentrationslagern, die sie selbst errichtet haben.«

»Und warum würden Sie uns davon abraten, dorthin zu gehen?«

»Berlin ist eine tickende Zeitbombe. In dieser Stadt sind drei Millionen Menschen ohne Nahrung.«

Tatiana verstand nur zu gut, was das bedeutete.

»Die Stadt würde täglich etwa dreieinhalb Millionen Kilo Lebensmittel brauchen«, fuhr Moss fort. »Aber man kann nur knapp zwei Prozent davon zur Verfügung stellen.«
Auch das konnte Tatiana sich nur zu gut ausmalen.
»Die Abwasseranlagen funktionieren nicht, die Trinkwasseranlagen auch nicht, es gibt nicht genug Krankenhausbetten und praktisch keine Ärzte. Dort herrschen Ruhr und Typhus, das ist etwas anderes als unsere kleinen Augenentzündungen hier. Die Menschen dort brauchen Wasser, medizinische Versorgung, Getreide, Fleisch, Butter, Zucker und Kartoffeln.«
»Auch in der Westzone?«, fragte Tatiana.
»Dort ist es ein wenig besser. Aber um die Konzentrationslager in Ostdeutschland zu erreichen, müssten Sie die sowjetische Zone durchqueren. Und davon rate ich Ihnen nachdrücklich ab.«
»Sind die Sowjets denn überhaupt nicht zugänglich?«
»Doch«, erwiderte Moss. »Etwa so zugänglich wie die Hunnen.«
Nachdem sie Antwerpen verlassen hatten, fragte Tatiana: »Was meinen Sie, Dr. Flanagan? Sollten wir nicht nach Berlin fahren?« *Dort sind die sowjetischen Soldaten.*
Er schüttelte den Kopf. »Das entspricht nicht unseren Plänen. Wir haben klare Anweisungen: Norddeutschland und die Niederlande.«
»Ja, aber in Berlin werden wir gebraucht. Sie haben doch gehört, was der Colonel gesagt hat. Hier in der Gegend gibt es genug Personal.«
»Irrtum, es gibt nicht einmal ansatzweise genug.«
»Mag sein, aber in Ostdeutschland ist niemand.«
Penny mischte sich ein. »Tania hat Recht, Martin. Fahren wir nach Berlin.«
Martin rümpfte die Nase.
»Moment mal. Wieso darf sie Sie Martin nennen?«, fragte Tatiana.
»Sie darf es nicht«, erwiderte er. »Sie tut es einfach.«
»Martin und ich reisen schon seit 1943 gemeinsam durch Europa«, erklärte Penny. »Damals war er noch Assistenz-

arzt. Wenn er will, dass ich ihn Dr. Flanagan nenne, soll er gefälligst Schwester Davenport zu mir sagen.«
Tatiana musste lachen. »Aber Penny, du heißt doch gar nicht Davenport mit Nachnamen, sondern Woester.«
»Der Name Davenport hat mir schon immer gut gefallen.«
Alle drei saßen vorne, in der Fahrerkabine des Jeeps. Tatiana war zwischen dem stocksteifen Martin und Pennys weichem Körper eingezwängt.
»Nun kommen Sie schon, Dr. Flanagan, schauen wir uns diese Arbeitslager einmal an«, sagte Tatiana. »Haben Sie denn nicht das Gefühl, dort gebraucht zu werden? Sie sind Arzt, und in Berlin gibt es nicht genug Ärzte. Sie müssen dahin gehen, wo man Sie braucht.«
»Ärzte werden überall gebraucht«, erwiderte Martin. »Warum müssen wir uns ausgerechnet in den Berliner Treibsand begeben? Wir werden untergehen.«
Doch schließlich fuhren sie doch nach Berlin, nach einem kurzen Zwischenhalt in Hamburg, um ihre Vorräte aufzufüllen. Martin weigerte sich, den Jeep ganz mit medizinischen Hilfspaketen und Lebensmittelpaketen zu beladen, und wies darauf hin, dass die Ladeflächen nach den Vorschriften nur bis zu einer Höhe von einem Meter beladen werden durften. Doch Tatiana und Penny ließen nicht locker, bis der Jeep bis unters Dach beladen war. Tatiana konnte ihr Versteck im Boden des Wagens nun nicht mehr erreichen. Doch sie nahm an, dass sie es ohnehin erst brauchen würde, wenn der Jeep schon sehr viel leerer war.
Bis an die Zähne bewaffnet, wie sie war, hätte Tatiana Berlin eigenhändig einnehmen können. Und auch darüber hinaus war sie bestens ausgerüstet. Sie hatte sogar zwanzig Anderthalb-Liter-Flaschen Wodka dabei, die sie in Hamburg von ihrem eigenen Geld gekauft hatte.
»Was wollen Sie denn damit? Wir brauchen keinen Wodka.«
»Sie werden sehen, Martin, ohne Wodka kommen wir nicht weit.«
»Ich will dieses Zeug nicht in meinem Jeep haben.«
»Glauben Sie mir, Sie werden es nicht bereuen.«
»Ich halte den Genuss von Alkohol für eine äußerst schädli-

che Gewohnheit. Als Arzt kann ich solches Verhalten nicht dulden.«
»Sie haben ja so Recht. Dulden Sie es nicht.« Tatiana ließ die Türen des Jeeps ins Schloss fallen, als wäre das Thema damit beendet, und Penny verbiss sich das Lachen.
»Sie sind mir auch keine Hilfe, Schwester Woester. Haben Sie mich nicht verstanden, Schwester Barrington? Ich bin nicht der Ansicht, dass wir Alkohol mitführen sollten.«
»Waren Sie schon einmal auf sowjetischem Gebiet, Dr. Flanagan?«
»Nun … nein.«
»Das dachte ich mir. Und genau deshalb sollten Sie mir in dieser Hinsicht vertrauen. Nur in dieser Hinsicht, in Ordnung? Wir brauchen den Wodka.«
Martin wandte sich an Penny. »Was meinen Sie dazu?«
»Tatiana ist leitende Krankenschwester auf Ellis Island, im Auftrag der New Yorker Gesundheitsbehörde«, erwiderte Penny. »Wenn sie sagt, dass wir Wodka brauchen, dann brauchen wir auch welchen.«
Und während sie Hunderte von Kilometern durch den westlichen Teil der Besatzungszone Deutschland zurücklegten, fand Tatiana in den Flüchtlingslagern etwas, womit sie nicht gerechnet hatte: die vielen, vielen Hände verzweifelter, heimwehkranker Soldaten. Fast jeder, über den sie sich beugte, berührte sie und flüsterte ihr etwas zu, auf Französisch, Italienisch, Deutsch oder in vertrautem, herzerwärmendem Englisch. Sie flüsterten, was sie für ein nettes Mädchen sei, ein hübsches, dunkelhaariges Mädchen, und ob sie nicht auch einsam sei, ob sie verheiratet sei, ob sie dies und jenes wolle. Und jedem antwortete Tatiana, ohne die Hand von seiner Stirn zu nehmen und ihm ein wenig Trost zu spenden: »Ich bin auf der Suche nach meinem Mann. Ich bin hier, um meinen Mann zu finden. Ich bin nicht die Richtige für Sie.«
Penny allerdings war ungebunden, sie war auch nicht auf der Suche nach ihrem Mann, und sie war willig. Wonach sie wohl suchte? Tatiana war froh darüber, dass Vikki nicht in diesen Hexenkessel wilder, männlicher Begierde geraten war: Sie hätte geglaubt, dass die Götter ihre Gebete schließlich

doch erhört hatten. Penny war weniger hübsch als Vikki – und genau das schien ihr Probleme zu bereiten. Sie fühlte sich geschmeichelt und erhörte das Flehen, und so brauchte sie fast jede Woche eine Penizillindosis, um Krankheiten zu bekämpfen, an die Tatiana kaum denken konnte, ohne sich krank zu fühlen.

Konnte sie sich, trotz aller Hoffnung, aller Liebe und allen Vertrauens in Alexander, des Gedankens erwehren, dass vielleicht auch er einer dieser Männer war, irgendwo in einem der vielen hundert Lager in ganz Deutschland, dass er vielleicht in diesem Moment eine Krankenschwester wie Penny berührte, die ihm etwas Gutes tun wollte, dass er vielleicht sagte: »Was denn? Wovor hast du Angst? Ich verlange doch nicht viel, komm noch einmal zu mir, wenn es dunkel ist.« Alexander, der Tatiana inmitten des überfüllten Lazaretts in Morozowo nehmen wollte, wenige Tage, bevor sie die Sowjetunion verlassen hatte; Alexander, der nachts an nichts anderes denken, von nichts anderem sprechen konnte. Würde er nicht einer dieser Männer sein, die auf ihren Pritschen lagen und Gott um eine Krankenschwester anflehten? Tatiana war nicht so naiv zu glauben, dass das nicht möglich war. Und doch … sie war nicht wie Penny. Vielleicht war ja Alexander auch nicht wie diese Männer.

Sie begegnete einigen Männern, die ihre Frauen oder Freundinnen zurückgelassen hatten oder von ihnen verlassen worden waren. Sie lagen ruhig auf ihren Pritschen und verlangten nichts von ihr. Aber das waren nur sehr wenige.

In manchen Lagern war die Stimmung so aufgeheizt, dass die Krankenschwestern die Stationen nicht ohne einen bewaffneten Wärter oder wenigstens einen männlichen Rotkreuz-Mitarbeiter betreten durften. Doch unglücklicherweise wurden die Wärter oft von den Insassen bestochen und schauten weg, und die männlichen Mitarbeiter des Roten Kreuzes waren wenig verlässlich. Wen hätte ein Mann wie Martin auch aufhalten sollen?

So trug Tatiana stets ihre P-38 bei sich, die sie unter ihrem Kittel gut sichtbar in den Gürtel gesteckt hatte. Und dennoch fühlte sie sich oft genug nicht sicher.

Um nach Berlin zu kommen, mussten sie eine Reihe sowjetischer Kontrollpunkte passieren. Alle fünf, sechs Kilometer wurden sie von einer weiteren Militärstreife angehalten. Tatiana empfand diese Kontrollen als Angriffe aus dem Hinterhalt. Jedes Mal, wenn sie ihren amerikanischen Pass prüften, klopfte ihr das Herz bis zum Hals. Was, wenn der Name Jane Barrington bei einem Soldaten Verdacht erregte?

Als sie zum wiederholten Mal einen Kontrollpunkt hinter sich gelassen hatten, sagte Martin: »Warum nennen Sie sich Tania, wo Sie doch eigentlich Jane Barrington heißen?« Er hielt einen Augenblick inne. »Oder besser gesagt: Warum nennen Sie sich Jane Barrington, wo Sie doch eigentlich Tania heißen?«

»Sie sind wirklich ein Trottel, Martin«, rief Penny aus. »Begreifen Sie eigentlich gar nichts? Tania ist aus der Sowjetunion geflohen und hat danach einen amerikanischen Namen angenommen. Stimmt's, Tania?«

»So in etwa, ja.«

»Und warum wollen Sie dann unbedingt in die sowjetisch besetzte Zone, wenn Sie aus der Sowjetunion geflohen sind?«

»Das ist allerdings eine gute Frage, Martin«, sagte Penny. »Warum, Tania?«

»Ich gehe dorthin, wo ich am nötigsten gebraucht werde«, antwortete Tatiana zögernd, »nicht dahin, wo es für mich am bequemsten ist.«

An jedem zweiten sowjetischen Kontrollpunkt wollten die Soldaten den Jeep durchsuchen. Da er jedoch bis zum Bersten gefüllt war, begnügten sie sich damit, die Türen der Ladefläche zu öffnen und gleich wieder zu schließen. Niemand ahnte etwas von dem verborgenen Fach, und so wollte es auch niemand inspizieren. Glücklicherweise wurden auch die persönlichen Gepäckstücke nicht durchsucht. Martin hätte sicherlich einen Tobsuchtsanfall bekommen, wenn er gesehen hätte, wie viel Morphium Tatiana in ihrer Schwesterntasche bei sich trug.

»Wo ist denn nun dieses Berlin?«, fragte Tatiana schließlich.

»Du bist mittendrin«, gab Penny zur Antwort.

Tatiana sah sich um und betrachtete die langen Reihen von Häusern. »Das kann doch nicht Berlin sein.«
»Natürlich ist es das. Was hast du denn erwartet?«
»Große Gebäude. Den Reichstag. Das Brandenburger Tor.«
»Haben Sie sich schon mal überlegt, wie sich Bombenangriffe auswirken?«, fragte Martin in überheblichem Ton. »Es gibt keinen Reichstag mehr und auch keine großen Gebäude.«
Als sie auf das Stadtzentrum zufuhren, deutete Tatiana mit dem Finger. »Das Brandenburger Tor steht immerhin noch.«
Martin gab ihr keine Antwort.
Berlin. Das Nachkriegs-Berlin. Tatiana wusste nicht recht, was sie erwartet hatte; sie hatte immerhin das ausgebombte Leningrad erlebt und war auf das Schlimmste gefasst gewesen. Dennoch war sie entsetzt über das Ausmaß der Zerstörung, die sie vorfand. Berlin war keine Stadt mehr, nur noch eine einzige, große Ruine. Die meisten Gebäude in der Innenstadt lagen in Trümmern, und die Bewohner hausten im Schatten der zerstörten Mauern. Kinder spielten zwischen den zerborstenen Gebäudeteilen, und an verbogenen Stahlträgern hingen Wäscheleinen. Die Menschen hatten neben ihren ehemaligen Wohnorten Zelte aufgestellt, sie entzündeten Feuer in Erdlöchern, aßen, was sie finden konnten, und schlugen sich durch, so gut es ihnen gelang. Und das war nur der amerikanische Sektor.
Der Tiergarten, der Berlin einst berühmt gemacht hatte, war nun zum Zufluchtsort tausender heimatloser Berliner geworden, die Spree war mit Betonstaub, Glassplittern, Schwefel und Natriumnitrat verschmutzt – den Überresten der Bombennächte, die beinahe drei Viertel des Stadtzentrums dem Erdboden gleichgemacht hatten.
Penny hatte Recht gehabt. Berlin war nicht wie New York, das sich auf einer kleinen Insel zusammendrängte, ja, nicht einmal wie Leningrad, das einem ordentlichen Tintenklecks ähnelte, den der Golf in seine natürlichen Grenzen wies. Berlin erstreckte sich in alle Richtungen, über Kilometer hinweg ragten zerstörte Gebäude in die Höhe.
Kein Wunder, dass die Sektorengrenzen nur schwer einzuhalten sind, dachte Tatiana bei sich. Es gibt ja nicht nur einen

Weg hinein und hinaus, sondern Hunderte. Sie fragte sich, wie die Sowjets die Deutschen wohl davon abhielten, in den amerikanischen, französischen oder britischen Sektor zu entkommen.

»Das sagte ich doch bereits«, erklärte Martin. »Die Deutschen sitzen in Haft.«

»Alle Deutschen?«

»Die meisten sind ohnehin tot.«

In Berlin trafen sie sich mit dem amerikanischen Militärgouverneur, einem alternden Brigadegeneral namens Mark Bishop, der ursprünglich aus Washington Heights in Manhattan stammte. Er lud sie zum Essen ein, interessierte sich sehr für die Neuigkeiten aus der Heimat und erlaubte Tatiana, ein Telegramm an Vikki und Anthony zu schicken – »ES GEHT MIR GUT. VERMISSE EUCH. LIEBE EUCH« – und eines an Sam Gulotta – »BIN IN BERLIN. NEUIGKEITEN? HILFE?«. Dann brachte er sie für die Nacht in einer Pension unter. Das Gebäude war schwer beschädigt, aber gerade noch bewohnbar. Die Innenwände waren teilweise zusammengebrochen und die Fensterscheiben zerborsten. Doch alle Angehörigen der medizinischen und militärischen Versorgungsdienste schliefen dort, und so taten es auch Tatiana, Penny und Martin. Tatiana und Penny teilten sich ein Zimmer. Es war ein windiger, kühler Juni, und von draußen drangen die Geräusche der Menschen herein, die nicht schlafen konnten. Tatiana fiel in einen leichten Schlaf und hielt die ganze Zeit ihre Pistole griffbereit.

Alexander, Herr der gebrochenen Herzen! Alexander, Herr der Unschuldigen, der Beredten, der Unbesiegbaren, der Unsichtbaren, der Ungehorsamen, Alexander, Herr des Kriegers, des Kämpfers, des Befehlshabers, Alexander, Herr des Wassers und des Feuers und des Himmels, Alexander, Herr meiner Seele – o Herr, führe mich zu dir, lass mich dir nahe sein, meinem Soldaten, meinem Herrn der Panzer und Schützengräben, des Rauchs und des Leides, führe mich zu dir, Alexander, Herr meines Glücks und meines Verlangens, meines Königreichs und meines Nichts. Wo immer du sein magst, wo immer ich dich finden werde, meine Arme werden sich um deinen schlafenden Körper schlingen, mein Haar wird dein Gesicht berühren und meine Lippen werden an deinen flüstern. Ich suche dich. Bitte, sei noch auf dieser Welt, o Alexander, Herr meines Herzens!

Am nächsten Morgen wartete in Bishops Büro ein Telegramm von Sam auf sie. »SIE SIND WAHNSINNIG. BOTSCHAFTER JOHN RAVENSTOCK. ER KANN IHNEN HELFEN.«

Und auch Vikki hatte ein Telegramm geschickt: »KOMM NACH HAUSE. WIR HABEN KEIN BROT.«

Mark Bishop war selbst sehr interessiert daran, das Rote Kreuz in die sowjetische Besatzungszone einzuschleusen, und so begleitete er sie persönlich durch das Brandenburger Tor zu einem Treffen mit dem Generalleutnant der Berliner Garnison, der gleichzeitig der militärische Befehlshaber der Stadt Berlin war.

»Er spricht kein Englisch. Kann jemand von Ihnen Russisch, oder soll ich einen Dolmetscher holen?«, fragte Bishop.

Martin deutete auf Tatiana. »Sie kann Russisch.«

Sie würde ihn ermahnen müssen, mit solchen Informationen zukünftig nicht ganz so freigebig zu sein.

»Es macht dir doch nichts aus zu dolmetschen, Tania?«, fragte Penny.

»Keineswegs. Ich werde mir größte Mühe geben«, erwiderte Tatiana. Dann nahm sie Penny beiseite. »Penny«, flüsterte sie. »Bitte sag auf keinen Fall Tania zu mir. Wir sind auf sowjetischem Gebiet, da darfst du mich nicht bei meinem russischen Namen nennen. Sag Schwester Barrington zu mir.«

»Ich habe überhaupt nicht nachgedacht. Es tut mir Leid.« Penny lächelte. »All die Liebe ist mir wohl zu Kopf gestiegen.«

»Hast du dir heute schon dein Penizillin gespritzt? Gestern hast du es vergessen.«

»Ja, habe ich. Und es geht mir schon viel besser. Gut, dass es Penizillin gibt, was?«

Tatiana schüttelte sich ein wenig und lächelte schwach.

Die Gebäude an der Prachtstraße Unter den Linden im

Stadtteil Mitte, die die sowjetische Armee für sich beschlagnahmt hatte, waren ebenso heruntergekommen wie das Hotel, in dem sie übernachtet hatten. Doch viel mehr als die Zerstörung selbst verblüffte Tatiana die Tatsache, dass nicht einmal Ansätze eines Wiederaufbaus zu sehen waren, obwohl der Krieg bereits seit einem Jahr vorbei war. New York, das ja nicht einmal bombardiert worden war, widmete sich dem Wiederaufbau so emsig, als wollte es sich bereits für das kommende Jahrhundert rüsten. Doch im Ostsektor von Berlin schien alles zu stagnieren, sah man weit und breit nur Trümmer und Leid.

»Warum ist es hier so still, Kommandant Bishop? Warum wird Berlin nicht wieder aufgebaut?«

»Es wird wieder aufgebaut. Aber das geht sehr langsam.«

»Ich sehe nichts davon.«

»Ich kann Ihnen die Tragödie von Berlin nicht in den fünf Minuten erklären, bevor wir den sowjetischen Garnisonskommandeur treffen, Schwester Barrington. Die Sowjets wollen den Wiederaufbau nicht finanzieren. Sie wollen, dass Deutschland selbst dafür bezahlt.«

»Gut«, sagte Tatiana. »Das sollten sie auch tun. Berlin ist schließlich eine deutsche Stadt.«

»Richtig. Aber andererseits wollen die Sowjets zunächst die Sowjetunion wiederaufbauen. Das ist ihr gutes Recht.«

»Das ist wahr.«

»Also gibt es kein Geld für Ostberlin. Und auch keine Köpfe. Alle Ingenieure und alles Geld fließen in die Sowjetunion.«

»Und warum bieten die westlichen Alliierten keine Unterstützung an?«

»Wenn das so einfach wäre. Unsere Hilfe ist das Letzte, was die Sowjets in ihrer Besatzungszone haben wollen. Am liebsten wäre ihnen, wir wären gar nicht da. Über kurz oder lang werden sie versuchen, uns zu vertreiben. Sie nehmen nichts von uns an. Gleich können Sie sich ja selbst überzeugen, wie schwierig es sein wird, den Garnisonskommandeur zu überreden, Ihnen aus humanitären Gründen Zugang zu den Konzentrationslagern zu gewähren.«

»Sie wollen wohl nicht, dass wir sehen, wie schlecht sie die Deutschen behandeln«, sagte Tatiana.

»Mag sein. Auf jeden Fall wollen sie, dass wir verschwinden. Ich freue mich nicht unbedingt auf dieses Gespräch.«

Die Treppenstufen in dem Gebäude waren zwar zerbrochen und kaputt, aber dennoch aus Marmor. Der Generalleutnant erwartete sie in seinem Quartier.

Als sie eintraten, drehte er sich um und lächelte. Tatiana stöhnte laut auf.

Es war Michail Stepanow.

Penny und Martin drehten sich um und sahen sie an. Sie trat hinter Martin, um ihre Fassung zurückzugewinnen. Würde er sie erkennen, trotz des schwarzen Haars, der fehlenden Sommersprossen, des ganzen Make-ups? Nachdem Bishop sie vorgestellt hatte, sagte er: »Schwester Barrington, würden Sie bitte nach vorn kommen und für uns dolmetschen?«

Es gab keinen Ausweg. Tatiana trat vor. Sie lächelte nicht, und auch Stepanow verzog keine Miene. Er stand reglos da, blinzelte kaum. Nur seine Hände, die sich fest um den Rand des Schreibtischs krampften, verrieten, dass er sie erkannte.

»Guten Tag, General Stepanow«, sagte sie auf Russisch.

»Guten Tag, Schwester Barrington«, erwiderte er.

Ihre Lippen bebten, während sie für den Militärgouverneur dolmetschte. Das Rote Kreuz bot seine Hilfe an bei der Verteilung der dringend benötigten medizinischen Hilfsgüter an die zahllosen Deutschen, die von den Sowjets in Ostdeutschland festgehalten wurden. Man bat um die Erlaubnis, diese Hilfe ausüben zu dürfen.

»Ich glaube, da ist eine Menge Hilfe nötig«, sagte Stepanow. Er stand immer noch aufrecht, doch er sah plötzlich sehr viel älter aus. Er wirkte müde. In seinen Augen lag ein erschöpfter Ausdruck, der verriet, dass er schon zu viel gesehen hatte und mit alldem nichts mehr zu schaffen haben wollte. »Ich fürchte, die Lager werden nur mangelhaft geführt. Die Deutschen wurden als Teil der Entschädigungsmaßnahmen zum Wiederaufbau Sowjet-Russlands gefangen genommen, doch wir stellen zunehmend fest, dass viele von ihnen jeden Antrieb zur Arbeit verloren haben.«

»Erlauben Sie uns, ihnen zu helfen«, sagte Tatiana.

Stepanow bat alle, sich zu setzen, und sie taten es. Tatiana sank erleichtert auf ihren Stuhl; ihre Beine wollten sie kaum noch tragen. »Unglücklicherweise gibt es ein ernsthaftes Problem«, fuhr Stepanow fort. »Und ich fürchte, da können Sie uns mit Ihren Päckchen auch nicht weiterhelfen. In Berlin und Umgebung wächst der Hass gegen die deutschen Gefangenen, sie lassen die militärische Disziplin vermissen, die zur Führung der Lager unverzichtbar ist. Unsere Wärter sind schlecht ausgebildet und haben nur wenig Erfahrung. All das setzt eine endlose Verbrechensspirale in Gang: Fluchtversuche, Widerstand gegen die Wärter, Gewalt. Die politischen Auswirkungen sind gewaltig. Viele der deutschen Arbeiter, die unter anderen Umständen für uns arbeiten und uns unterstützen würden, weigern sich jetzt. Sie rebellieren und fliehen in die westlichen Sektoren. Das ist das Problem, das wir vor allen anderen angehen müssen, und ich fürchte, das Rote Kreuz wird in dieser bereits sehr instabilen Lage noch zusätzlichen Zündstoff bieten.«

Nachdem Tatiana Stepanows Worte übersetzt hatte, sagte Martin: »Der Generalleutnant hat vollkommen Recht. Wir haben hier nichts verloren. Wir wissen ja gar nicht, worauf wir uns da einlassen.«

Tatiana übersetzte diese Bemerkung nicht ins Russische. Stattdessen sagte sie: »Das Internationale Rote Kreuz ist eine neutrale Organisation. Wir ergreifen für niemanden Partei.«

»Das würden Sie aber, wenn Sie die Lager sehen.« Stepanow schüttelte den Kopf. »Ich habe bereits versucht, gegen die ungerechte Essensverteilung, die schlechten Hygienebedingungen, die willkürlichen und ungerechten Regelverschärfungen anzugehen. Vor vier Monaten habe ich Befehl gegeben, die untragbaren Bedingungen in den Lagern zu verbessern, doch das hat nichts bewirkt. Das Truppenkontingent, das für die russischen Lager zuständig ist, weigert sich, Missbrauchsfälle in den eigenen Reihen zu bestrafen, weil das nur zu weiteren Feindseligkeiten führen würde.«

»Die russischen Lager?«, fragte Tatiana. »Sie meinen doch die Lager der Deutschen?«
Stepanow blinzelte. »Dort sind auch Russen untergebracht, Schwester Barrington«, sagte er und blickte sie unverwandt an. »Zumindest war das vor vier Monaten noch so.«
Tatiana begann zu zittern.
»Welches Truppenkontingent ist denn für die Lager verantwortlich? Vielleicht sollte ich … sollten wir … einmal mit den Zuständigen sprechen.«
»Da müssten Sie schon nach Moskau gehen und mit Lavrenti Beria reden«, sagte Stepanow mit grimmigem Lächeln. »Das würde ich Ihnen allerdings nicht raten – es heißt, es könne einem das Leben kosten, bei Beria Kaffee zu trinken.«
Tatiana klemmte ihre zusammengepressten Hände zwischen die Knie. Sie fürchtete, ihr Körper könnte ihren inneren Aufruhr verraten. Dann hatte also der NKWD das Kommando über die Konzentrationslager in Deutschland?
»Was hat er gesagt, Ta… Schwester Barrington?«, fragte Penny. »Sie haben vergessen, für uns zu übersetzen.«
»Unser Entschluss steht ohnehin schon fest«, verkündete Martin. »Wir verschwenden hier nur unsere Ressourcen.«
Tatiana drehte sich zu ihm um. »Wir haben mehr als genügend Ressourcen, Dr. Flanagan. Uns stehen die Ressourcen der gesamten Vereinigten Staaten zur Verfügung. Der Kommandant sagt, dass unsere Hilfe in den Lagern dringend gebraucht wird. Wollen wir uns etwa jetzt zurückziehen, wo wir entsetzt feststellen müssen, dass unsere Unterstützung noch viel dringender benötigt wird, als wir vor unserer Ankunft geglaubt haben?«
»Schwester Barrington hat durchaus Recht, Dr. Flanagan«, sagte Penny mit todernstem Gesicht.
»Unsere Aufgabe ist es, denjenigen zu helfen, die sich auch selbst noch retten können«, erklärte Martin.
»Wissen Sie was? Helfen wir ihnen doch zuerst, dann können wir immer noch sehen, ob sie sich auch selbst helfen können.« Damit wandte sich Tatiana wieder an Stepanow. Leise fragte sie ihn: »Wie sind Sie hierher gekommen, Herr General?«

»Was haben Sie ihn gefragt?«, wollte Bishop wissen.
»Man hat mich hierher versetzt, nachdem Berlin gefallen war«, antwortete Stepanow. »Ich habe meine Aufgabe in Leningrad zu gut erfüllt. Das wird mir eine Lehre sein. Man dachte, ich würde es hier ebenso gut machen. Aber das ist nicht Leningrad. Dort gab es keine Probleme dieser Art. Es gab natürlich andere, Mangel an Lebensmitteln, Unterkünften und Treibstoff. Hier in Berlin gibt es genau dieselben Probleme und dazu noch ein wildes Durcheinander aus unterschiedlichen Ländern, Menschen, Wirtschaftssystemen, Rechtsvorstellungen, Entschädigungen und Strafen. Ich fürchte, ich gehe unter in diesem Sumpf.« Er schwieg einen Augenblick. »Ich glaube nicht, dass ich noch sehr lange hier bin.«
Tatiana griff nach seiner Hand. Der Militärgouverneur, Martin und Penny starrten sie fassungslos an.
»Er, der Ihnen Ihren Sohn zurückgebracht hat«, stieß sie hervor. »Wo ist er?«
Stepanow schüttelte den Kopf und betrachtete ihre Hand, die seine hielt.
»Wo ist er?«
Er hob den Blick. »In Sachsenhausen, im Speziallager Nr. 7.«
Tatiana drückte seine Hand und ließ sie dann los. »Vielen Dank, Herr Generalleutnant.«
»Was hat der General über Sachsenhausen gesagt?«, fragte Martin. »Sie vergessen, dass Sie für uns übersetzen müssen. Vielleicht sollten wir doch einen Dolmetscher hinzuziehen.«
»Er hat mir gesagt, wo ich am meisten gebraucht werde«, sagte Tatiana. Sie erhob sich mühsam von ihrem Stuhl und stand dann auf unsicheren Beinen. Ihr Mund fühlte sich trocken an. »Wir brauchen eine Wegbeschreibung zu den Lagern, Herr General. Und vielleicht auch eine Militärkarte der Umgebung, für alle Fälle. Würden Sie bitte ein Telegramm schicken und uns ankündigen? Wir werden unsererseits nach Hamburg telegrafieren und weitere Konvois des Roten Kreuzes für Berlin anfordern. Wir werden genügend medizinische Hilfsgüter und Lebensmittel für Ihre Lager herbeischaffen, das garantieren wir Ihnen. Damit können wir natürlich nicht

alle Übel beseitigen, aber es ist wenigstens etwas, es macht alles ein wenig besser.«
Sie reichten einander die Hand, und Tatiana wandte den Blick nicht von Stepanow. Er nickte ihr zu. »Fahren Sie bald hin«, sagte er. »Den russischen Gefangenen geht es sehr schlecht. In den letzten Monaten wurde damit begonnen, sie nach Kolyma abzutransportieren. Möglicherweise kommen Sie bereits zu spät.«
Als sie sich zum Gehen wandten, drehte Tatiana sich noch einmal um, um Stepanow einen letzten Blick zuzuwerfen. Er stand wieder steif und aufrecht neben seinem Schreibtisch und hob die Hand. »Sie sind hier in Gefahr«, sagte er. »Sie stehen auf der Liste der Klassenfeinde Nummer eins. Ich bin ebenfalls in Gefahr. Und er noch viel mehr.«

»Was hat er gesagt?«, fragte Martin, während sie das Gebäude verließen.
»Gar nichts.«
»Ach, das ist doch lächerlich. Herr Gouverneur.« Er wandte sich an Bishop. »Schwester Barrington enthält uns ganz offensichtlich wichtige Informationen vor.«
»Und Sie, Dr. Flanagan«, erwiderte Bishop, »sprechen ganz offensichtlich keine Fremdsprache. Beim Dolmetschen beschränkt man sich auf die wirklich wichtigen Punkte.«
»Das habe ich auch getan«, sagte Tatiana. Als sie draußen waren, musste sie sich einen Augenblick auf einen ausrangierten Minenwerfer setzen, der neben einem einstmals sehr hübschen Brunnen lag.
Bishop kam zu ihr herüber und setzte sich neben sie. »Als wir gegangen sind, hat er das Wort *vrag* verwendet. Soviel ich weiß, heißt das ›Feind‹. Was hat er gesagt?«
Tatiana musste ein paar Mal tief durchatmen, um ihre Stimme wieder in die Gewalt zu bekommen. Dann sagte sie leise: »Er hat gesagt, dass die sowjetische Armee uns, die Amerikaner, als den Feind betrachtet. Dagegen kann man nichts tun. Ich wollte das nicht laut sagen. Unser Arzt ...« Sie deutete mit dem Kopf auf Martin. »Er ist da etwas empfindlich.«
Der Gouverneur lächelte. »Ich verstehe.« Er tätschelte ihren

Arm und warf ihr einen anerkennenden Blick zu. »Anders als Sie.« Damit kehrten sie zu Penny und Martin zurück.

»Herr Gouverneur«, sagte Martin. »Sind Sie der Ansicht, wir sollten nach Sachsenhausen fahren?«

»Ich glaube nicht, dass sich das vermeiden lässt, Herr Doktor. Deshalb sind Sie doch hier. Ihre Krankenschwester hat ihm die Zustimmung abgerungen, uns in die Lager zu lassen. Wie haben Sie das bloß gemacht, Schwester Barrington? Das ist ein gewaltiger Durchbruch in den Bemühungen des Roten Kreuzes. Ich schicke gleich ein Telegramm nach Hamburg. Man soll uns weitere vierzigtausend Hilfspakete schicken.«

»Warte mal, Tania«, sagte Penny. »Willst du uns nicht erklären, wie du es angestellt hast, die Hand eines sowjetischen Generals zu nehmen und ihn dann noch dazu zu bringen, dass er dir nicht die Geheimpolizei auf den Hals hetzt, sondern uns Zugang zu den Arbeitslagern gewährt?«

»Ich bin Krankenschwester«, erwiderte Tatiana. »Ich berühre die Menschen.«

»Sie sollten nicht so freundlich zu den Sowjets sein«, tadelte Martin. »Denken Sie daran, wir sind neutral.«

»Neutral heißt nicht gleichgültig, Martin«, sagte Tatiana. »Neutral bedeutet nicht, keine Hilfe zu geben und keinen Trost zu spenden. Es bedeutet nur, dass wir nicht Partei ergreifen.«

»Zumindest nicht in beruflicher Hinsicht«, warf der Gouverneur ein. »Aber wissen Sie, Schwester Barrington, die Sowjets sind grausam. Wussten Sie, dass sie Berlin nach der Kapitulation der Deutschen acht Wochen lang blockiert haben? Sie haben unsere Truppen nicht durchgelassen. Acht Wochen lang! Niemand konnte herein. Was glauben Sie, was die in der Zeit hier getrieben haben?«

»Ich will es mir gar nicht vorstellen«, sagte Tatiana.

»Sie haben junge Frauen wie Sie vergewaltigt und junge Männer wie Dr. Flanagan getötet. Jedes Haus, das noch halbwegs intakt war, haben sie geplündert. Sie haben Berlin niedergebrannt. Acht Wochen lang.«

»Ja. Aber wissen Sie auch, was die Deutschen in Russland getan haben?«

»Oh«, bemerkte Martin. »Ich dachte, wir ergreifen nicht Partei, Schwester Barrington.«
»Und auch nicht die Hand des Feindes«, fügte Penny hinzu.
»Er ist nicht der Feind«, sagte Tatiana. Sie wandte sich von den anderen ab, damit niemand ihre Tränen sah.

2

Sachsenhausen, Juni 1946

Martin wollte erst am nächsten Tag aufbrechen, doch Tatiana war anderer Ansicht. Sie würden umgehend aufbrechen. Sie würden sofort in ihren Jeep steigen und losfahren. Martin führte unzählige Gründe dafür an, erst am nächsten Tag aufzubrechen. Stepanows Telegramm hatte das Lager sicher noch nicht erreicht. Sie sollten auf weitere Rotkreuz-Jeeps warten und als Konvoi losfahren, so wie das Rote Kreuz nach Kriegsende nach Buchenwald gekommen war. Sie brauchten mehr Unterstützung. Sie sollten erst noch die Berliner Krankenhäuser inspizieren und sehen, ob dort Hilfe nötig war. Sie sollten zu Mittag essen. Der Gouverneur hatte sie doch zum Essen eingeladen und wollte sie der Generalität der US-Marines vorstellen, die in Berlin stationiert waren. Tatiana hörte sich alles an, machte währenddessen ein paar Sandwiches und lud all ihre persönlichen Gegenstände in den Jeep. Dann griff sie nach dem Autoschlüssel, schloss die Türen zum Fahrerhäuschen auf, deutete auf das Lenkrad und sagte: »Erzählen Sie unterwegs weiter. Soll ich fahren, oder fahren Sie?«
»Schwester! Haben Sie mir eigentlich zugehört?«
»Ich habe Ihnen sehr genau zugehört. Sie sagten, Sie sind hungrig. Ich habe Ihnen ein paar Sandwiches gemacht. Sie sagten, Sie möchten einen General kennen lernen. Nun, wenn wir uns beeilen und uns nicht verfahren, werden Sie in etwa einer Stunde den Kommandanten des größten Konzentrationslagers in Deutschland kennen lernen.« Sachsenhausen war etwa vierzig Kilometer von Berlin entfernt.

»Wir müssen uns mit dem Roten Kreuz in Hamburg in Verbindung setzen.«
»Das macht Gouverneur Bishop für uns. Es ist für alles gesorgt. Wir müssen einfach nur losfahren, und zwar jetzt gleich.«
Sie stiegen in den Jeep.
»Wo sollen wir denn überhaupt anfangen?«, fragte Martin im Ton mürrischer Resignation. »Um Sachsenhausen herum gibt es etwa hundert kleinere Lager. Vielleicht sollten wir uns erst ein paar davon vornehmen. Geben Sie mir mal die Karte. Diese Lager sind kleiner, damit sind wir schnell fertig.«
»Das hängt ganz davon ab, was wir dort vorfinden«, sagte Tatiana. »Wir fahren direkt nach Sachsenhausen.« Sie gab Martin die Karte nicht.
»Nein, da bin ich anderer Ansicht«, erwiderte Martin. »Nach meinen Informationen gibt es in Sachsenhausen zwölftausend Gefangene. Dafür reicht unsere Ausrüstung nicht.«
»Wir bekommen ja Nachschub.«
»Was soll das? Warum warten wir nicht einfach, bis der Nachschub da ist?«
»Wie lange würden Sie warten, um ein Leben zu retten, Dr. Flanagan?«, fragte Tatiana. »Nicht allzu lange, oder?«
»Sie sind monatelang ohne uns ausgekommen, da werden sie doch wohl noch ein paar Tage überstehen.«
»Nein, das glaube ich nicht.«

Jewgenij Brestow, der Lagerkommandant, war erstaunt, ja schockiert, als die drei vor ihm standen. »Was wollen Sie inspizieren?«, fragte er Tatiana auf Russisch. Er hatte sie nicht gebeten, sich auszuweisen, die Kleidung des Roten Kreuzes schien ihm zu genügen. Er war übergewichtig, ungewaschen, schlecht gekleidet und trank ganz offensichtlich Unmengen.
»Wir sind hier, um uns um die Kranken zu kümmern. Hat der Militärkommandant aus Berlin sich noch nicht mit Ihnen in Verbindung gesetzt?« Tatiana war die Einzige, die mit ihm sprechen konnte.
»Wo haben Sie Russisch gelernt?«, fragte er sie.

»Auf der Universität in Amerika«, erwiderte sie. »Ich fürchte, ich kann es nicht besonders gut.«
»O doch, Sie sprechen hervorragend Russisch.«
Brestow ging mit ihnen in seine Verwaltungsräume, wo bereits ein Telegramm von Stepanow mit dem Hinweis »Dringend!« auf ihn wartete.
»Nun, wenn es dringend ist, dann wird's wohl so sein«, bemerkte er und brüllte in die Runde: »Warum hat mir das keiner gebracht?« Dann wandte er sich wieder an Tatiana: »Ich verstehe allerdings nicht, warum es plötzlich so dringend ist. Es ist doch alles in Ordnung. Wir setzen die neuen Regelungen um. Aber wenn Sie mich fragen, sind es viel zu viele. So viele Regeln. Die verlangen Unmögliches von uns und beschweren sich dann, wenn wir's nicht so machen, wie sie es haben wollen.«
»Ich verstehe. Das ist sicher alles sehr schwierig für Sie.«
Er nickte eifrig. »Furchtbar schwierig. Die Wärter haben keine Erfahrung. Wie sollen die einen Haufen ausgebildeter Mörder wie die Deutschen bändigen? Wissen Sie, die Nazis haben doch selbst dieses Schild über dem Lagertor angebracht, ›Arbeiten macht dich frei‹ oder so ähnlich. Man sollte meinen, dass sie dann auch ein bisschen arbeiten würden.«
»Vielleicht wissen sie inzwischen, dass Arbeit sie nicht frei macht.«
»Vielleicht aber doch. Wir stehen in Verhandlungen mit Deutschland. Aber wenn die weiter so aufmüpfig sind, wird's nichts mit der Freiheit.«
»Wer macht denn dann die Arbeit?«
Brestow schwieg. »Ach, wissen Sie ...«, sagte er und wechselte das Thema. »Am besten stelle ich Ihnen meinen Aufseher vor, Leutnant Iwan Karolitsch. Er überwacht die tägliche Lagerroutine.«
»Gibt es einen sicheren Ort für unseren Jeep?«
»Einen sicheren Ort? Den gibt's nicht. Parken Sie vor meinem Haus, und schließen Sie den Wagen ab.«
Tatiana blickte den baumbestandenen Weg entlang und sah, dass das Haus des Kommandanten einige Hundert Meter vom Lagertor entfernt war. »Können wir nicht irgendwo im

Lager parken? Es ist sonst zu beschwerlich für uns, all die Pakete hinüberzutragen. Wie viele Insassen haben Sie? Zwölftausend?«

»Plus/minus.«

»Was genau, plus oder minus?«

»Plus.«

»Plus wie viele?«

»Viertausend.«

»Sechzehntausend Männer!« Dann fügte sie in gelassenerem Ton hinzu: »Ich dachte, das Lager kann nur zwölftausend unterbringen. Haben Sie neue Baracken gebaut?«

»Nein, wir haben sie alle in die sechzig Baracken gequetscht, die wir haben. Wir können für die keine neuen Baracken bauen. Das ganze Holz, das wir hier in Deutschland fällen, wird in die Sowjetunion gebracht, um dort unsere Städte wieder aufzubauen.«

»Ich verstehe. Können wir gleich hinter dem Tor parken?«

»Von mir aus. Was ist denn überhaupt in dem Jeep?«

»Medizinische Güter für die Kranken. Dosenfleisch. Milchpulver. Äpfel. Wolldecken.«

»Die Kranken werden schon wieder gesund. Und die Leute essen sowieso schon zu viel. Außerdem ist Sommer, da brauchen wir keine Wolldecken. Haben Sie vielleicht was zu trinken dabei?« Er hüstelte. »Außer Milchpulver, meine ich.«

»Aber natürlich, Herr Kommandant!« Tatiana warf Martin einen Blick zu, nahm Brestow dann beim Arm und führte ihn zur Hintertür des Jeeps. »Ich habe genau das Richtige für Sie.« Sie griff in den Wagen und zog eine Flasche Wodka hervor. Brestow nahm sie dankbar in Empfang.

Betreten fuhr Martin den Jeep durch das Lagertor und parkte dann gleich rechts davon. »Dieses Lager sieht aus wie eine Militärbasis«, raunte er Tatiana zu. »Es ist so gut angelegt.«

»Ja«, gab sie zurück. »Aber ich glaube, es war in einem besseren Zustand, als es noch unter deutscher Führung stand. Schauen Sie doch mal genau hin.«

Und tatsächlich: Die Wände der Gebäude waren beschädigt, das Gras wucherte wild, und überall lagen die Bretter kaputter Fensterrahmen verstreut. Die Metallteile waren verrostet.

Das ganze Lager wirkte unordentlich, heruntergekommen, sowjetisch.
»Wussten Sie«, sagte Brestow, »und das sollten Sie Ihren Freunden vielleicht übersetzen, dass dieses Lager früher mal ein Vorzeigelager war? Hier wurde die SS ausgebildet.«
»Ja«, sagte Tatiana. »Die Deutschen haben wirklich etwas davon verstanden, Lager anzulegen.«
»Hat ihnen verdammt wenig genützt, wenn ich das mal so sagen darf«, bemerkte Brestow. »Jetzt verrotten sie alle in ihrem Vorzeigelager.«
Tatiana warf dem Kommandanten einen strengen Blick zu, und er räusperte sich verlegen. »Wo ist der Lageraufseher?«
Brestow rief Leutnant Karolitsch hinzu und ließ sie dann mit ihm allein, damit sie sich einen Überblick verschaffen konnten. Karolitsch war ein hoch gewachsener, gepflegter Mann, der offensichtlich gern aß. Er war zwar noch recht jung, hatte jedoch schon das Doppelkinn eines Menschen, der sich zu fett ernährt. Als sie ihm die Hand gab, bemerkte Tatiana, wie makellos gepflegt seine Hände waren. Sie fragte sich, wie jemand, der so peinlich auf Sauberkeit achtete, mit einem von Krankheit geschüttelten Lager voll ungewaschener Männer fertig wurde. Sie bat ihn um einen Rundgang durch das Lager.
Das Gelände war sehr groß, und obwohl in schlechtem Zustand, war der ursprünglich dreieckige Grundriss doch erhalten geblieben, der es ermöglichte, vom Torhaus her direkt auf Gefangene zu schießen, die sich in mehr als dreihundertfünfzig Metern Entfernung an der Spitze des Dreiecks befanden. Baracken gruppierten sich in drei konzentrischen, immer kleiner werdenden Halbkreisen um das Torhaus. Dort waren die deutschen Zivilisten und die einfachen Soldaten untergebracht. An exponierter Stelle, inmitten des ersten Halbkreises, hatte sich früher einmal der Galgen befunden.
»Wo haben Sie die Offiziere untergebracht?«, fragte Tatiana, als sie sich der Krankenstation näherten.
»Ach, die …« Karolitsch brach ab. »Die sind in den Baracken, in denen früher die alliierten Kriegsgefangenen waren.«
»Und wo sind die?«

»Gleich jenseits der Abzäunung, im hinteren Teil des Lagers.«
»Nun, Leutnant Karolitsch, kümmert man sich denn so gut um die deutschen Offiziere, dass sie keine Hilfe von uns brauchen?«
»Nein, ich glaube, das kann man nicht sagen.«
»Gut. Dann gehen wir doch hin.«
Karolitsch räusperte sich. »Es könnte sein, dass dort auch ein paar Russen sind.«
»Und?«
»Nun, es ist problematisch, Sie in diese Baracken zu führen.«
»Warum denn? Wir helfen auch den Russen. Vielleicht haben Sie mich ja nicht richtig verstanden, Herr Leutnant. Wir sind hier, um Ihre Gefangenen mit Lebensmitteln zu versorgen und ihnen Trost zu spenden. Der Arzt ist hier, um sich um die Kranken und Leidenden zu kümmern. Und damit sollten wir jetzt anfangen. Führen Sie Dr. Flanagan und Schwester Davenport in die Krankenstation, und lassen Sie sie dort mit der Arbeit beginnen, und dann gehen Sie mit mir in die Baracken, und wir kümmern uns um die Männer. Am besten fangen wir gleich im Offizierslager an.«
Karolitsch blickte ein wenig überrumpelt drein. »Der Kommandant hat gesagt, Sie würden vielleicht gern noch … etwas essen.« Er verhaspelte sich beim Sprechen. »Ich habe die Küche angewiesen, etwas ganz Besonderes zuzubereiten. Und vielleicht sollten Sie sich am Nachmittag ein wenig ausruhen? Der Kommandant hat für Sie und Ihre Mitarbeiter sehr hübsche Zimmer zur Verfügung gestellt.«
»Dafür danken wir Ihnen ganz herzlich. Aber wir werden essen und uns ausruhen, wenn unsere Arbeit getan ist, Herr Leutnant. Fangen wir also an.«
»Was können Sie denn ohne den Arzt überhaupt ausrichten?«
»Nun, fast alles, es sei denn, es geht um eine Operation am offenen Herzen. Aber ehrlich gesagt fürchte ich, dass Ihnen da nicht einmal unser Arzt helfen kann.«
»Oh, nein, das ist auch nicht nötig.«
Tatiana war so angespannt, dass sie kein Lächeln zuwege brachte. Also fuhr sie fort: »Ich kann alles tun, was im Um-

gang mit Kranken und Verwundeten erforderlich ist. Ich kann Wunden nähen, auswaschen und verbinden. Ich kann Bluttransfusionen legen und Morphium spritzen, jede Art infektiöser Krankheiten behandeln, Medikamente verordnen, Diagnosen stellen, Läusebefall behandeln, Fieber senken und Köpfe rasieren, um weitere Probleme zu vermeiden.« Sie klopfte auf ihre Schwesterntasche. »Fast alles, was ich brauche, ist hier drin. Und wenn mir etwas ausgeht, habe ich genügend Nachschub im Jeep.«
Karolitsch murmelte etwas Unverständliches vor sich hin und fügte dann leise hinzu, dass in diesem Lager keine Bluttransfusionen und Morphiumspritzen nötig seien, es handele sich schließlich nur um ein Internierungslager.
»Dann ist in Ihrem Lager also noch niemand gestorben?«
»Menschen sterben nun einmal, Schwester«, erwiderte Karolitsch herablassend. »Natürlich sind auch hier Menschen gestorben. Aber für die können Sie ja wohl kaum noch etwas tun, nicht wahr?«
Tatiana gab keine Antwort, und ihre Gedanken wanderten kurz zu all den Menschen zurück, die sie in ihrem Leben nicht mehr hatte retten können.
»Tania«, flüsterte Martin. »Der Kommandant hat doch etwas von Mittagessen gesagt, oder?«
»Das hat er«, erwiderte sie und griff nach ihrer Schwesterntasche. »Aber ich habe ihm gesagt, dass wir bereits gegessen haben.« Sie warf Martin einen strengen Blick zu. »Das haben wir doch, nicht wahr, Dr. Flanagan?«
Martin stotterte ein wenig.
»Sehen Sie. Sie gehen jetzt mit Penny in die Krankenstation. Ich fange an, die Offiziersbaracken zu inspizieren, und werde sehen, was ich dort tun kann.«
Da Tatiana als Einzige eine Brücke zwischen den Kulturen, Nationen und Sprachen schlagen konnte, hatte sie ganz automatisch das Kommando. Martin und Penny machten sich auf den Weg zur Krankenstation.
Tatiana kehrte mit Karolitsch zum Jeep zurück und öffnete die Tür zur Ladefläche. Sie betrachtete die medizinischen Hilfsgüter, die Lebensmittelpakete, die Äpfel und rang um

ihre Fassung. Einen Augenblick lang wandte sie sich von Karolitsch ab. Sie hatte Angst und wollte nicht, dass er das merkte. Um Zeit zu gewinnen, um sich selbst noch einen Augenblick zu geben, fragte sie, ohne ihn anzusehen: »Haben Sie einen Adjutanten? Ich glaube, wir werden noch jemanden brauchen. Und vielleicht auch einen Handkarren.« Sie hielt einen Augenblick inne. »Für die medizinischen Hilfspakete und die Äpfel.«

»Die kann ich doch tragen«, sagte Karolitsch.

Nun wandte sie sich ihm wieder zu. Sie war ruhiger und hatte die Fassung zu großen Teilen wiedergewonnen. »Und wer trägt dann Ihre Maschinenpistole, Herr Leutnant?« Einige Zeit standen sie schweigend voreinander, bis Tatiana schließlich sicher war, dass er verstanden hatte, was sie ihm sagen wollte.

Karolitsch errötete unbehaglich. »Die Männer sind in Ordnung, Schwester. Die werden Sie nicht belästigen.«

»Leutnant Karolitsch, ich zweifle nicht einen Augenblick daran, dass die meisten von ihnen in einem anderen Leben anständige Männer waren. Aber ich bin bereits seit drei Monaten mit der Lagerrealität konfrontiert, und vorher habe ich drei Jahre lang deutsche Kriegsgefangene in Amerika betreut. Ich mache mir keine Illusionen. Aber ich halte es für schlechten Stil, wenn eine Krankenschwester sich selbst schützen muss. Sind Sie nicht auch dieser Ansicht?«

»Sie haben vollkommen Recht.« Er wich ihrem Blick aus, bat sie zu warten und holte seinen Adjutanten, einen Feldwebel. Gemeinsam luden sie ein Bushel Äpfel und dreißig medizinische Pakete auf einen wackligen Handkarren und machten sich auf den Weg zu den Offiziersbaracken.

Der Feldwebel wartete mit der Ausrüstung vor der Tür. Tatiana nahm eine Jutetasche mit Äpfeln in die eine Hand und ging durch die ersten beiden Baracken. Mit der freien Hand stützte sie sich auf Karolitschs Arm. Das wollte sie eigentlich nicht tun, doch ihr war klar, dass es ihr nicht gelingen würde, ihre Gefühle zu verbergen, falls sie Alexander tatsächlich auf einem dieser scheußlichen, dreckigen Stockbetten sehen sollte, die zu nah beieinander standen. Sie ließ ihren Blick über die Betten schweifen, in denen jeweils zwei Männer lagen, reichte jedem einen Apfel und ging weiter. Wenn einer der Männer schlief, schüttelte sie ihn oder zog die Decke beiseite. Sie hörte ihre Rufe, ihre anzüglichen Scherze, lauschte auf ihre Stimmen. Schon bald hatte sie keine Äpfel mehr. Ihre Schwesterntasche öffnete sie nicht ein einziges Mal.

»Und, was meinen Sie?«, fragte Karolitsch, als sie wieder nach draußen traten.

»Was ich meine? Entsetzlich«, sagte Tatiana und atmete tief die frische Luft ein. »Aber wenigstens waren in diesen beiden Baracken alle Männer am Leben.«

»Aber Sie haben niemanden untersucht.«

»Herr Leutnant«, sagte sie. »Ich werde Ihnen einen vollständigen Bericht geben, wenn wir alle Baracken gesehen haben. Außerdem muss ich mir diejenigen notieren, die ich noch einmal genauer untersuchen muss, und diejenigen, die medizinische Betreuung durch Dr. Flanagan benötigen. Aber dafür habe ich meine eigene Methode. Ich erkenne am Geruch, wer welche Krankheit hat, wer welche Behandlung braucht, wer am Leben ist und wer im Sterben liegt. Ich erkenne es an der Körpertemperatur und an der Gesichtsfarbe. Und ich erkenne es an den Stimmen. Wenn sie, wie diese Männer, nach mir rufen, mir auf Deutsch irgendwelche Dinge sagen und die Arme nach mir ausstrecken, dann weiß ich, dass es ihnen nicht so schlecht geht. Wenn sie sich nicht bewegen, oder schlimmer noch, wenn sie mir nur mit dem Blick folgen, aber keinen Ton von sich geben, fange ich an, mir Sorgen zu machen. In diesen beiden Baracken waren die Männer sehr lebhaft. Sagen Sie Ihrem Feldwebel, er soll jedem ein medizinisches Hilfspaket aushändigen. Weiter.«

Sie gingen in die nächsten beiden Baracken. Dort sah es weniger gut aus. Zwei der Männer in den Betten deckte Tatiana zu und sagte Karolitsch, man solle sie hinausbringen und beerdigen. Fünf weitere litten unter hohem Fieber. Siebzehn hatten offene Wunden, die verbunden werden mussten. Schon bald ging ihr das Verbandszeug aus, und sie musste zum Jeep zurückkehren, um Nachschub zu holen. Auf dem Rückweg machte sie bei der Krankenstation Halt und bat

Penny und Dr. Flanagan, mit ihr zu kommen. »Die Zustände sind schlimmer, als ich befürchtet habe«, erklärte sie.
»Aber sicher nicht so schlimm wie hier. Die Männer sterben an der Ruhr«, sagte Dr. Flanagan.
»Ja, und die verbreitet sich in den Baracken«, erwiderte Tatiana. »Schauen Sie es sich an.«
»Irgendwelche Anzeichen für Typhus?«
»Bisher nicht, obwohl einige Männer Fieber haben. Aber ich habe bisher auch erst vier Baracken inspiziert.«
»Vier! Und wie viele sind es insgesamt?«
»Zwanzig.«
»Mein Gott, Schwester Barrington.«
»Beeilen wir uns, Herr Doktor. In jeder Baracke stehen hundertvierunddreißig Betten mit je zwei Männern, also zweihundertachtundsechzig Insassen pro Baracke. Was erwarten Sie?«
»Das schaffen wir doch nie.«
»Das ist genau die richtige Einstellung«, bemerkte Tatiana.
Die Insassen einer der Baracken befanden sich gerade im Hof, die Insassen einer weiteren waren beim Duschen.
Nachdem sie Baracke Nummer elf inspiziert hatten, wischte Martin sich den Schweiß von der Stirn und sagte: »Sagen Sie diesem Karolwitsch oder wie er heißt, dass alle gesunden Männer in dieser Baracke sterben werden, wenn er die Diphtheriefälle nicht auf der Stelle auf die Krankenstation verlegen lässt.«
In Baracke dreizehn war Tatiana gerade damit beschäftigt, einem Deutschen den Oberarm zu verbinden, als der Mann sich plötzlich von seinem Bett wälzte, sie zu Boden riss und auf sie fiel. Erst hielt sie es für einen unglücklichen Zufall, doch gleich darauf begann er, sich an ihr zu reiben und sie dabei fest auf den Boden zu drücken. Karolitsch versuchte, ihn wegzuziehen, doch der Mann wollte nicht von ihr ablassen, und keiner der anderen Gefangenen machte Anstalten, zu Hilfe zu kommen. Karolitsch sah sich gezwungen, ihm den Griff seiner Schpagin über den Kopf zu schlagen, sodass er das Bewusstsein verlor. Dann half er Tatiana auf. »Es tut mir Leid. Wir werden uns um ihn kümmern.«

Tatiana keuchte, doch sie klopfte sich nur den Staub von den Kleidern, griff nach ihrer Tasche und sagte: »Machen Sie sich keine Gedanken. Gehen wir.« Den Arm des Angreifers ließ sie unverbunden.

Um acht Uhr abends waren sie mit der fünfzehnten Baracke fertig. Karolitsch erklärte, nun sei es genug, und Martin und Penny sagten dasselbe. Doch Tatiana wollte weitermachen. Erst in den letzten beiden Baracken hatte sie Männer Russisch sprechen hören. Sie hatte sich besonders sorgfältig umgesehen, alle Decken beiseite gezogen, Hilfspakete und Äpfel verteilt und sich mit einigen Männern unterhalten. Doch Alexander war nicht darunter gewesen.

Aber Karolitsch, Martin und Penny schüttelten die Köpfe und erklärten, sie müssten aufhören, sie könnten nicht mehr weiter, und sie würden die Inspektionen am nächsten Morgen ausgeruht fortsetzen. Ohne sie konnte auch Tatiana nicht weitermachen. Es war unmöglich, die Baracken allein zu inspizieren. Also kehrte sie widerstrebend mit den anderen zum Haus des Kommandanten zurück. Sie wuschen sich sehr sorgfältig, und Penny spritzte sich ihr Penizillin. Dann aßen sie mit Brestow und Karolitsch zu Abend.

»Was denkt denn Ihr Arzt, Schwester?«, fragte Brestow. »Wie schneiden wir ab?«

»Sehr schlecht«, antwortete Tatiana, ohne zu übersetzen. Martin und Penny waren ohnehin mit dem Essen beschäftigt. »Diese Männer stellen ein hohes Gesundheitsrisiko dar. Das größte Problem ist die mangelnde Hygiene. Die Männer haben schorfige, schuppige Haut. Haben Sie funktionstüchtige Duschen und eine funktionstüchtige Wäscherei?«

»Selbstverständlich«, sagte Brestow gekränkt.

»Aber diese Einrichtungen sind nicht rund um die Uhr in Betrieb, und das sollten sie sein. Wenn Sie dafür sorgen, dass Ihre Insassen sauber sind und trockene Kleidung tragen, können Sie viel von dem verhindern, was in den Baracken vorgeht. Und es kann auch nicht schaden, die Toiletten regelmäßig zu desinfizieren.«

»Aber hören Sie, die Männer können aufstehen, sie können laufen. So krank können die doch nicht sein. Sie haben

sogar ein bisschen Bewegung im Hof und drei Mahlzeiten am Tag.«
»Was geben Sie ihnen zu essen?«
»Das hier ist kein Hotel, Schwester Barrington. Sie erhalten Häftlingsnahrung.«
Tatiana betrachtete das Steak, das auf Brestows Teller lag. »Also morgens Haferschleim, mittags Brühe und abends Kartoffeln?«, fragte sie.
»Und Brot«, fügte er hinzu. »Manchmal bekommen sie auch Hühnerbrühe.«
»Die Männer sind verdreckt, sie bekommen nicht genug zu essen, und die Betten stehen zu nah beieinander. Diese Baracken sind wahre Brutstätten für Krankheiten. Und falls Sie denken, dass Sie das nichts angeht, darf ich darauf hinweisen, dass Ihre Männer die Gefangenen bewachen und sich ebenfalls anstecken können. Denken Sie daran, Diphtherie ist hoch ansteckend, die Ruhr, die durch schlechte Ernährung entsteht, ist ansteckend, und Typhus ebenfalls ...«
»Augenblick mal. Hier herrscht doch kein Typhus.«
»Noch nicht«, erwiderte Tatiana ruhig. »Aber die Insassen haben Läuse und Zecken, sie sind unrasiert, und ihre Haare sind zu lang. Und Ihre Männer müssen sie auch noch bewachen, wenn sie an Typhus erkrankt sind.«
Brestow schwieg einen Augenblick, ohne das Stück Steak, das er bereits auf die Gabel gespießt hatte, zum Mund zu führen. Schließlich sagte er: »Na, wenigstens die Syphilis bleibt uns erspart.« Er warf den Kopf in den Nacken und lachte schallend.
Tatiana stand vom Tisch auf. »Da irren Sie sich, Herr Kommandant. Wir haben vierundsechzig Männer gefunden, die an Syphilis erkrankt sind, siebzehn davon bereits im tertiären Stadium.«
»Das ist unmöglich!«
»Nun, es ist aber so. Ihre Landsleute, die sowjetischen Gefangenen, sind übrigens offenbar noch in bedeutend schlechterer Verfassung als die Deutschen, obwohl man das kaum für möglich halten sollte. Vielen Dank für den schönen Abend. Bis morgen.«

»Wir wollen doch gar nicht, dass die Männer zu gesund sind«, rief Brestow ihr hinterher und trank einen großen Schluck Wodka. »Denken Sie nicht auch, Schwester Barrington? Wenn sie gesund sind, sind sie weniger ... kooperativ.«
Tatiana ging ungerührt weiter.
Am nächsten Morgen war sie schon um fünf auf den Beinen. Doch alle anderen schliefen noch, sodass sie sich zähneknirschend bis sechs Uhr gedulden musste.
Viel zu langsam zogen sie sich an, viel zu langsam frühstückten sie, und schließlich machten sie sich auf den Weg, um die verbleibenden fünf Offiziersbaracken zu inspizieren.
»Geht es Ihnen gut?«, fragte Karolitsch Tatiana mit höflichem Lächeln. Der Kragen seiner Uniform war frisch gestärkt, er war rasiert, und sein Haar war ordentlich gekämmt. Er passte einfach nicht in diese Umgebung. »Hat die Sache gestern Sie erschüttert?«
»Ein wenig. Aber es geht mir gut«, sagte sie.
»Er wurde wegen des Vorfalls unter Arrest gestellt.«
»Wer? Ach, der. Machen Sie sich darüber keine Gedanken.«
»Passiert so etwas häufig?«
»Nicht allzu häufig.«
Er nickte. »Sie sprechen wirklich hervorragend Russisch.«
»Vielen Dank. Das ist sehr nett von Ihnen.«
Sie verteilten Medikamente und Äpfel, behandelten die Männer, so gut sie konnten, und brachten diejenigen, die an ansteckenden Krankheiten litten, aus den Baracken in die Krankenstation. Tatiana ging zwischen den Betten der Kranken umher. Doch auch hier war er nicht.
»Es wundert mich, dass die sowjetischen Gefangenen in so schlechter Verfassung sind«, sagte Martin, als sie zu einer kurzen Pause nach draußen gingen. Es regnete, und sie standen unter einem Vordach, um einen Augenblick Ruhe zu finden und ein wenig frische Luft zu atmen.
»Warum?«, fragte Tatiana.
»Ich weiß auch nicht. Ich habe gedacht, man würde sie vielleicht etwas besser behandeln als die Deutschen.«
»Aus welchem Grund? Die Öffentlichkeit interessiert sich doch längst nicht so sehr für die sowjetischen Gefangenen.

Und hier geht es schließlich nur darum, den Schein zu wahren. Die Männer werden bald zurück in die Sowjetunion gebracht und dort in Arbeitslager gesteckt. Was glauben Sie, was sie da erwartet?« Sie erschauerte. »Hier ist wenigstens noch Sommer.«

In der neunzehnten Baracke saß Tatiana an einem Bett und wusch eine alte Brandverletzung mit Borsäure aus, als sie plötzlich hinter sich eine Stimme hörte, die sie kannte, ein Lachen, das ihr vertraut schien. Sie wandte den Kopf, schaute die Reihe von Betten entlang und begegnete dem Blick von Leutnant Uspenskij aus dem Lazarett in Morozowo. Sofort wandte sie die Augen ab und beschäftigte sich wieder mit ihrem Patienten, doch das Herz schlug ihr bis zum Hals. Sie war überzeugt, dass er ihr jeden Augenblick zurufen würde: »Schwester Metanowa, was machen Sie denn hier?«

Er tat es nicht. Doch als sie fertig war und gehen wollte, rief er auf Russisch: »Ach, Schwester, Schwester, schauen Sie doch mal her zu mir.«

Langsam drehte sie sich zu ihm um, und er sah sie mit breitem Grinsen an. »Mir fehlt eine ganze Menge, und ich weiß, Sie können mir helfen – wo Sie doch Krankenschwester sind. Wollen Sie nicht kommen und mir helfen?«

Das Make-up und das gefärbte Haar zeigten Wirkung. Er hatte sie nicht erkannt. Tatiana sammelte ihre Instrumente ein und schloss ihre Tasche. Dann stand sie auf und sagte: »Sie sehen aber kerngesund aus.«

»Sie haben mir doch noch gar nicht die Stirn gefühlt, mich nicht abgehorcht, Sie haben meinen Bauch nicht abgetastet oder meinen ...«

»Ich bin erfahren genug, um aus der Ferne zu sehen, dass Sie gesund sind.«

Er lachte fröhlich, dann sagte er, immer noch mit breitem Grinsen: »Warum kommen Sie mir eigentlich so bekannt vor? Sie sprechen sehr gut Russisch. Wie heißen Sie noch gleich?«

Tatiana wies Penny an, ihm ein medizinisches Hilfspaket und ein Lebensmittelpaket zu geben, und verließ dann eilig die Baracke. Wie lange würde es wohl dauern, bis Uspenskij sich daran erinnerte, wo er ihr Gesicht schon einmal gesehen hatte?

Immer langsamer und langsamer ging sie durch die letzte Baracke. Sie zauderte, blieb an jedem Bett stehen, unterhielt sich sogar mit ein paar Männern, ging immer langsamer und langsamer. Wenn Uspenskij hier war, musste Alexander dann nicht ebenfalls hier sein? Doch auch die zwanzigste Baracke brachte keinen Erfolg. Zweihundertachtundsechzig Männer, aber kein Alexander. Zwanzig Baracken, fünftausend Männer, aber kein Alexander. Der Rest des Lagers blieb noch zu inspizieren, doch Tatiana machte sich kaum Hoffnungen. Alexander musste bei den sowjetischen Soldaten sein, nicht bei den deutschen Zivilisten. Das hatte ihr auch Karolitsch bestätigt. Die sowjetischen Soldaten waren alle gemeinsam untergebracht. Es entsprach nicht der Lagerpolitik, deutsche und russische Gefangene zu durchmischen. In der Vergangenheit hatte das zu zahlreichen gewalttätigen Konflikten geführt.

Als sie wieder nach draußen kamen, entfernte sie sich einen Augenblick von den anderen und ging hinüber zu dem kleinen Stacheldrahtzaun zwischen den Baracken und dem Friedhofsgelände. Es war ein feuchter Junitag. Schon seit dem frühen Morgen nieselte es ununterbrochen. Tatiana trug ihre schmutzige weiße Hose und den schmutzigen weißen Kittel, und unter ihrem Kopftuch schauten ein paar Strähnen ihres schwarzen Haares hervor. Sie schlang die Arme um den Körper und betrachtete reglos die kleinen Grabhügel, die keine Namen trugen und keine Kreuze.

Karolitsch trat zu ihr. »Alles in Ordnung?«, fragte er.

Mit einem gequälten, tiefen Seufzer drehte sie sich zu ihm um. »Sagen Sie, Herr Leutnant, wo sind die Männer begraben, die gestern in den Baracken gestorben sind?«

»Man hat sie noch nicht begraben.«

»Und wohin haben Sie sie dann gebracht?«

»Im Augenblick sind sie noch im Leichenkeller, in der Obduktionsbaracke.«

Sie wusste nicht recht, wie es ihr gelang, die nächsten Worte zu sagen. »Können wir diesen Leichenkeller sehen?«

Karolitsch lachte. »Natürlich. Glauben Sie, dass wir unsere Toten nicht gut genug behandeln?«

Martin und Penny kehrten zur Krankenstation zurück, und Tatiana folgte Karolitsch. Der Obduktionssaal war ein kleiner, weiß gefliester Raum ohne Fenster mit hohen, ebenfalls gefliesten Liegen für die Toten.

»Wo ist der Keller?«

»Da entlang.« Karolitsch deutete mit dem Finger. Ganz hinten im Raum sah Tatiana eine etwa sechs Meter lange Metallrutsche, die in einer dunklen Öffnung verschwand. Sie blieb ein paar Minuten schweigend vor der Rutsche stehen. »Wie bringen Sie ...« Ihre Stimme versagte ihr fast den Dienst. »Wie bringen Sie die Leichen wieder nach oben?«

»Meistens tun wir das gar nicht. Die Rutsche ist direkt mit den Öfen des Krematoriums verbunden.« Karolitsch grinste. »Die Deutschen haben eben an alles gedacht.«

Tatiana blieb noch eine Weile stehen und starrte hinunter in die Dunkelheit. Dann drehte sie sich um und ging nach draußen.

»Lassen Sie mir ein paar Minuten Zeit, Herr Leutnant. Ich setze mich einfach dort drüben auf die Bank.« Sie versuchte zu lächeln. »Es wird wahrscheinlich einfacher für Sie, wenn ein paar der sowjetischen Gefangenen zurückgebracht werden, nicht wahr? Dann haben Sie mehr Platz.«

»Ach was.« Er winkte ab. »Es kommen immer mehr. Das hört nie auf. Aber die Bank ist doch nass.«

Sie ließ sich trotzdem darauf sinken, und er blieb unschlüssig stehen. »Soll ich Sie einen Moment allein lassen?«

»Wären Sie so nett? Nur ein paar Minuten.«

Tatiana glaubte, innerlich zu brennen. So musste es sich anfühlen, wenn man langsam von innen heraus von den Flammen verzehrt wurde. Gab es denn wirklich keine Möglichkeit, dass es irgendwann dauerhaft besser wurde? Sie konnte sich doch nicht bis in alle Ewigkeit so alt fühlen.

Im ewigen Leben musste sie doch auch ewig jung sein. Sie würde ihr weißes Kleid mit den roten Rosen tragen, und ihr goldenes Haar würde ihr über die Schultern fließen. Sie würde am späten Abend durch den Sommergarten schlendern, und die geisterhaften Statuen würden sich vor ihr erheben, vor ihr Spalier stehen, und dann würde sie loslaufen, mit wehendem Haar und einem Lächeln auf den Lippen. Sie würde immer nur laufen im ewigen Leben.

Tatiana dachte an Leningrad, an den erhabenen Fluss Newa in den weißen Nächten, an die Statue des Ehernen Reiters, die sich vor dem Fluss über die Brücken erhob, an die Isaaks-Kathedrale, die sie zu sich rief, mit ihrem Säulengang und ihren Balustraden, mit der schmiedeeisernen Brüstung unterhalb der Kuppel, an der sie einst in einem anderen Leben gemeinsam gelehnt, in die schwärzeste Nacht hinaus geschaut und darauf gewartet hatten, dass der Krieg sie verschlingen würde. Nun, er hatte sie verschlungen.

Fassungslos saß sie da. Etwas in ihr ging zu Ende, sie spürte es.

Hatte es tatsächlich schon die ganze Zeit geregnet, ohne dass sie es gemerkt hatte? Sie wollte sich einfach nur auf dieser Bank ausstrecken, mitten im Regen. Und so legte sich Tatiana auf die regennasse Bank.

»Schwester Barrington?«

Sie schlug die Augen auf, und Karolitsch half ihr hoch. »Wenn Sie sich nicht wohl fühlen, begleite ich Sie gern zurück zum Haus. Sie sollten sich ausruhen. Wir können das Lagergefängnis und die restlichen Baracken auch später noch inspizieren. Es besteht kein Anlass zur Eile.«

Tatiana stand auf. »Nein«, sagte sie. »Gehen wir gleich ins Lagergefängnis. Sind dort viele Männer?«

»Es erstreckt sich über drei Trakte. Zwei davon haben wir geschlossen, der dritte ist etwa zur Hälfte voll.« Karolitsch spuckte aus. »Die Kerle verstoßen ständig gegen irgendwelche Regeln, sind ungehorsam, erscheinen nicht zum Appell oder tun noch Schlimmeres. Einer sitzt dort ein, der hat siebzehnmal versucht zu fliehen. Man sollte doch meinen, er würde irgendwann begreifen, dass es keinen Sinn hat.«

Nur eine Tür führte in das Gefängnis hinein. Davor saß ein Wärter auf einem Stuhl, seine Maschinenpistole lehnte neben ihm an der Wand. Er war mit ein paar Spielkarten beschäftigt.

»Wie sieht's heute aus, Unteroffizier Perdow?«

»Alles ruhig«, erwiderte der Mann und stand kurz auf, um zu salutieren. Er lächelte Tatiana an, doch sie erwiderte sein Lächeln nicht.

Das Gefängnis bestand aus einem langen Gang, dessen Boden mit Sägespänen bestreut war und von dem zu beiden Seiten Zellen abgingen. Sie inspizierten die ersten fünf Zellen.

»Wie viele Häftlinge haben Sie hier?«, fragte Tatiana.

»Etwa dreißig«, gab Karolitsch zur Antwort.

Der Insasse der sechsten Zelle war bewusstlos, und Tatiana hielt ihm Riechsalz unter die Nase. Karolitsch ging voraus, um die siebte Zelle aufzuschließen. Der Mann in Zelle sechs kam wieder zu sich, Tatiana gab ihm einen Schluck Wasser zu trinken und trat dann wieder auf den Gang hinaus.

Aus der siebten Zelle drang Karolitschs spöttische Stimme an ihr Ohr: »Wie geht es meinem Lieblingshäftling denn heute?«

»Fahr zur Hölle«, erwiderte eine andere Stimme.

Tatianas Knie wurden weich. Sie trat durch die Tür. Die Zelle war lang und schmal, mit einer Stufe in der Mitte, und direkt vor ihr, auf dem Stroh unter dem kleinen Fenster, durch das kaum Licht hereinfiel, lag Alexander.

Schweigen senkte sich über die Zelle, legte sich auf Tatianas Gesicht und auf ihre Schultern. Sie konnte nicht mehr atmen, das brennende Gefühl in ihrem Innern war verschwunden, ihr Herz hatte aufgehört zu schlagen, und sie stand nur da und betrachtete den bärtigen, mageren Mann, der dort in Ketten lag, bekleidet mit einer braunen Hose und einem blutverschmierten, weißen Hemd. Sie ließ ihre Tasche fallen und schlug die Hände vor den Mund, um ein gequältes Schluchzen zu ersticken.

»Ja, ich weiß. Das ist wirklich ein schlimmer Anblick, Schwester«, sagte Karolitsch. »Wir sind keineswegs stolz darauf, aber wir wissen einfach nicht mehr, was wir mit ihm machen sollen.«

Alexander hatte geschlafen, als die Tür aufging und Licht in die Zelle fiel. Oder zumindest glaubte er, geschlafen zu haben. Seine Augen waren geschlossen, und er hatte geträumt. Seit zwei Tagen hatte er nichts mehr zu sich genommen: Er

verabscheute das Essen, das sie ihm auf den Boden stellten wie einem Hund. Aber er hatte dennoch beschlossen, bald wieder etwas zu essen.
Alexander war wütend auf sich selbst. Sein letzter Fluchtversuch wäre um ein Haar erfolgreich gewesen. Der Pfleger, der die Krankenstation mit medizinischen Gütern versorgte, trug zivile Straßenkleidung, und er ging ungehindert im Lager ein und aus. Er winkte den Wachsoldaten auf dem Torhaus zu, und sie winkten zurück und öffneten ihm ohne Zögern das Tor. Was konnte einfacher sein? Alexander hatte seit drei Wochen mit gebrochenen Rippen auf der Krankenstation gelegen. Er hatte den Pfleger niedergeschlagen, ihm die Kleider ausgezogen und ihn in einen Schrank eingeschlossen, dann war er zum Torhaus gegangen und hatte den Wachen zugewunken. Einer von ihnen war nach unten gekommen und hatte ihm das Tor aufgeschlossen, ohne ihn dabei auch nur anzusehen. Alexander hatte zum Dank gewunken und war nach draußen gegangen.
Warum hatte gerade in diesem Moment Karolitsch aus der Tür des Kasinos treten müssen? Warum? Er hatte einen Blick durch das Tor geworfen, Alexander von hinten gesehen und die Wachsoldaten angebrüllt.
Jetzt, drei Tage später, lag Alexander blutverschmiert und mitgenommen mit geschlossenen Augen in seiner Zelle. Er hatte vom Schwimmen geträumt, von Sonne und kühlem Wasser an seinem Körper. Er hatte geträumt, sauber zu sein und keinen Durst zu verspüren. Er hatte vom Sommer geträumt. Es war so dunkel in der Zelle. Er hatte davon geträumt, in dem endlosen Chaos seines Lebens einen kleinen Winkel der Ordnung zu finden. Er hatte davon geträumt …
… Und dann hörte er Stimmen durch die Gitterstäbe, ein Schlüssel drehte sich im Schloss, und die Tür seiner Zelle öffnete sich. Alexander machte die Augen einen Spaltbreit auf und sah Karolitsch eintreten. Dieser Karolitsch! Was für einen Spaß es ihm bereitete, Alexander immer und immer wieder sein Versagen unter die Nase zu reiben. Sie tauschten ihre üblichen Grobheiten aus. Da erschien plötzlich die Silhouette einer kleinen Krankenschwester in der Tür, und einen

Augenblick, einen einzigen Augenblick lang, schien es ihm, noch halb im Traum, als sähe diese Krankenschwester aus wie … Doch er konnte sie nicht genau erkennen, und schließlich hatte er sich ja schon oft genug eingebildet, sie zu sehen. Gegen diese Wahnvorstellungen konnte er sich einfach nicht wehren.

Doch dann ächzte sie auf, und er hörte ihre Stimme, und obwohl sie eine andere Haarfarbe hatte, war es doch ihre Stimme, er hörte sie klar und deutlich. Er versuchte, ihr Gesicht zu sehen, sie genauer zu erkennen, er versuchte, sich aufzurichten, ein Stückchen von der Wand wegzukommen, doch es gelang ihm nicht. Sie machte einen Schritt auf ihn zu. Großer Gott, sie sah wirklich aus wie Tatiana! Er schüttelte den Kopf. Vielleicht war er ja wieder im Delirium, wie damals, als er sie im Wald gesehen hatte, in ihrem gepunkteten Badeanzug. Der lieblose Blick ihrer Augen verfolgte ihn Tag und Nacht. Er hob die Arme, soweit es ihm seine Fesseln erlaubten, wie um zu flehen: Tröste mich diesmal, Erscheinung, quäl mich nicht noch einmal so. Dann schüttelte er den Kopf, kniff die Augen zusammen, einmal, zweimal. Ich bilde mir das nur ein, dachte er. Sie steht mir schon so lange vor Augen, ich sehe ihre Gestalt, höre ihre Stimme. Sie ist nur eine Erscheinung, wie mein Vater und meine Mutter. Wenn ich jetzt noch einmal blinzele, ist sie verschwunden – wie jedes Mal. Er blinzelte, immer wieder. Der lange Schatten seines Lebens ohne sie verschwand, und immer noch stand sie vor ihm, ihre Augen leuchteten und ihre Lippen glänzten.

Dann hörte er, wie Karolitsch etwas zu ihr sagte. Und in diesem Augenblick begriff Alexander. Es konnte nicht sein, dass Karolitsch, dieser Bastard, sie sich ebenfalls einbildete.

Sprachlos sahen sie einander an, und in ihren Augen lagen Minuten und Stunden, Monate und Jahre, Kontinente und endlose Ozeane. In ihren Augen lagen Schmerz und tiefe Reue. Leid senkte sich auf ihre fassungslosen Mienen.

Auf der Stufe stolperte sie und wäre beinahe hingefallen. Sie sank neben ihm auf die Knie, und dann tat sie, was sie nie wieder tun zu können geglaubt hatte.

Sie berührte Alexander.
Auf seinem Gesicht, in seinem Haar klebte verkrustetes Blut, und er war an Armen und Beinen gefesselt. Er sah sie an und sagte kein Wort.
»Das ist der Mann, der siebzehnmal versucht hat zu fliehen, Schwester Barrington. Wir behandeln unsere Gefangenen normalerweise nicht so, doch er zeigt keinerlei Einsicht und lässt sich nicht wieder ins normale Lagerleben eingliedern.«
»Leutnant Karolitsch«, krächzte sie, doch noch bevor sie weitersprechen konnte, hörte sie Alexander aufstöhnen. »Herr Leutnant«, wiederholte sie leiser. Sie zitterte so sehr, dass sie fürchtete, Karolitsch könnte etwas merken, vielleicht sogar Verdacht schöpfen. Doch er merkte nichts. Es war dunkel in der Zelle, nur vom Gang her fiel Licht herein. »Ich glaube, ich habe meine Tasche in Zelle sechs gelassen. Würden Sie sie mir bitte holen?«
Kaum hatte Karolitsch sich von ihnen abgewandt, flüsterte Tatiana kaum hörbar: »Shura!«
Alexander stöhnte auf.
Tatiana berührte seinen zitternden Arm, rückte ein wenig näher heran und legte beide Hände auf sein Gesicht. In diesem Moment kam Karolitsch zurück.
»Wie geht es ihm?«, fragte Karolitsch. »Da ist Ihre Tasche. Warum haben Sie denn so viel Zahnpasta darin?«
»Das ist keine Zahnpasta«, sagte sie und nahm unter Mühen die Hände von Alexanders Gesicht. »Das ist Morphium.« Konnte sie tatsächlich ganz normal weitersprechen, während sie so nah bei ihm saß, ohne ihn berühren zu dürfen? Aber sie durfte ihn ja berühren. »Was ist mit ihm passiert?«, fragte sie und legte die Hände auf Alexanders Brust. Sein Herz klopfte an ihren Handflächen. Sie saß neben ihm, Tränen rannen ihr über das Gesicht, und sie sagte: »Er hat eine Kopfverletzung, die nicht ordnungsgemäß behandelt worden ist. Wir brauchen Wasser, Seife und ein Rasiermesser. Ich werde ihn waschen und die Wunde verbinden. Aber vorher muss er etwas trinken. Geben Sie mir bitte meine Feldflasche.«
Alexander lag reglos an der Wand und wandte keinen Blick

von Tatiana. Sie konnte ihm kaum in die Augen sehen, als sie die Feldflasche an seine Lippen setzte. Er legte den Kopf in den Nacken und trank. Doch ihre Hände zitterten, und sie ließ die Flasche fallen. Der Leutnant bemerkte es, und Alexander bemerkte es ebenfalls. Sie hob die Flasche auf, und Alexander trank sie bis zum letzten Tropfen leer.

»Ist alles in Ordnung mit Ihnen?«, fragte Karolitsch. »Ist es nicht zu viel für Sie, all diese Männer so zu sehen? Sie scheinen nicht gemacht für diese Arbeit. Sie wirken so ... zerbrechlich.«

Tatiana ging nicht darauf ein, sondern sagte: »Leutnant Karolitsch, bitte holen Sie mir einen großen Eimer mit möglichst warmem Wasser für die Kopfverletzung. Außerdem brauche ich Seife, ein starkes Haarwaschmittel und eines der medizinischen Hilfspakete aus dem Jeep.«

»Gut. Aber kommen Sie mit nach draußen. Sie können nicht allein mit dem Häftling bleiben. Denken Sie nur daran, was gestern passiert ist. Das ist zu gefährlich.«

»Er liegt in Ketten. Mir wird schon nichts passieren. Gehen Sie nur. Aber beeilen Sie sich. Wir haben noch viel vor uns.« Sie ließ Alexander nicht los.

Kaum war Karolitsch verschwunden, lehnte Tatiana ihre Stirn an Alexanders Gesicht. »Mein Gott, das kann doch nicht sein«, flüsterte sie auf Russisch. »Du kannst es nicht sein. Ich bin gestorben, und du empfängst mich im Jenseits.«

»Ich habe tatsächlich im Jenseits auf dich gewartet«, antwortete er, ebenfalls auf Russisch. Sie spürte, dass er zitterte. Sie beugte sich über ihn, und er schloss die Augen. Eine Weile verharrten sie so, reglos und ohne ein Wort. Dann entfuhr ihr ein Stöhnen. Sie brachte kein Wort heraus, fand keine Worte, nicht eines. Und dabei hätte sie mit ihren Gedanken Bände füllen können, als sie weinend und klagend das grausame Schicksal verflucht hatte, als sie so zornig gewesen war in ihrem Schmerz, als sie getrauert und sich so verloren gefühlt hatte in ihrem Leid. Und nun drückte sie ihr Gesicht an seinen blutverschmierten, dreckigen Kopf und fand kein Wort, das sie ihm sagen konnte. Stöhnen, verzweifeltes Schluchzen, aber keine Worte.

»Nein«, sagte Alexander. »Nein, nicht.«
Tatiana lag auf den Knie neben ihm und bewegte kaum die Lippen, als sie flüsterte: »Oh, Shura …« Sie schlug die bebenden Hände vors Gesicht und weinte.
»Nein, Tania, beruhige dich.«
Zusammengekauert hockte sie da, atmete tief durch und hielt das Gesicht von ihm abgewandt, während sie verzweifelt versuchte, sich zu beruhigen.
»Wie ist es dir ergangen, Tania?«, fragte Alexander mit versagender Stimme.
»Gut.« Sie umfasste seine gefesselten Hände, und er erwiderte den Druck ihrer Finger. Seine schmutzigen, rissigen Hände waren immer noch kräftig, es waren noch seine großen, wunderbaren Hände.
»Was ist mit …« Er brach ab. »Was ist mit … dem Baby?«
»Wir haben einen Sohn.«
»Einen Sohn.« Alexander seufzte auf. »Wie hast du ihn genannt?«
»Anthony Alexander. Anthony.«
Seine Augen füllten sich mit Tränen, und er wandte das Gesicht ab.
Tatiana schüttelte den Kopf und starrte ihn fassungslos an. Ihre Lippen öffneten und schlossen sich immer wieder. »Bist du es wirklich?«, flüsterte sie. »Sag mir, dass du es bist. Sag es mir.«
Er nickte. »Ich bin es.«
Er war mager wie nie zuvor, nicht einmal während der Blockade von Leningrad. Sie streichelte seinen Bart. »Alexander …«, flüsterte sie. *Seine unrasierten Wangen. Rasierschaum auf seinen Wangen. Und sie hielt den Rasierspiegel zwischen ihren Brüsten.* Sie ließ die Finger über seine Lippen gleiten, und er küsste ihre Finger. »Tatiana …«, flüsterte er. Seine Augen wanderten unermüdlich über ihr Gesicht. »Tania«, sagte er. »Schau dich nur an.«
»Was ist mit dir geschehen? Du wurdest festgenommen?«
»Ja.«
»Lass mich raten. Du hast gewusst, dass man dich festnehmen würde …« Sie hielt einen Augenblick inne. »Aus irgend-

einem Grund, den ich nicht kenne, hast du gewusst, dass man dich festnehmen würde, und du hast deinen Tod vorgetäuscht, um mich dazu zu bringen, aus Russland fortzugehen. Sayers hat dir dabei geholfen.«

»Ja, das hat er. Aber ich habe meinen Tod nicht vorgetäuscht, ich war überzeugt, dass ich bald sterben würde. Ich wollte nicht, dass du bleibst und mich sterben siehst. Und ich wusste, dass du sonst niemals fortgegangen wärst.«

Sie sprachen schnell, denn jeden Augenblick konnte Karolitsch zurückkommen.

»Und Stepanow hat dir auch geholfen?«, fragte sie.

»Ja.«

»Er ist in Berlin.«

»Ich weiß. Vor ein paar Monaten hat er mich hier besucht.«

»Wie hast du Sayers dazu gebracht …? Eigentlich ist mir das egal.« Sie schaffte es nicht, auch nur ein kleines Stück von ihm abzurücken. »Und du glaubst, ich wollte das? Dich zurücklassen?«

Er schüttelte den Kopf. »Ich wusste, dass du es nicht wolltest.«

»Ich wäre niemals fortgegangen.«

»Das wusste ich auch.« Er schwieg einen Moment. »Nur zu gut.«

Sie ließ ihn los und sah auf ihre Hände herab. »Du und deine ewige Besserwisserei«, sagte sie. »Du hast immer genau gewusst, was das Richtige ist. In Leningrad, in Morozowo und in Lazarewo.«

»Ach«, sagte er. »Dann gab es also doch ein Lazarewo?«

»Wie bitte?«, fragte sie verwirrt. »Ich hatte dir doch gesagt, ich würde auf dich warten, und das hätte ich auch getan.«

»Und du hast mir auch gesagt, du würdest nie aus Lazarewo fortgehen. Aber du hättest dort ohne mich leben müssen«, sagte Alexander. »Ich bin zu fünfundzwanzig Jahren Zwangsarbeit verurteilt worden.«

Sie zuckte zusammen.

»Warum siehst du mich nicht an, Tania?«, fragte er stockend. »Warum schaust du immer nur auf deine Hände?«

»Weil ich Angst habe«, flüsterte sie. »Ich habe solche Angst.«

»Ich auch«, sagte Alexander. »Bitte sieh mich an. Ich will deine Augen auf mir spüren.«

Sie hob den Blick. Tränen flossen ihr über die Wangen. Beide schwiegen. Tatiana brach schier zusammen unter der Last ihres Herzens.

»Danke«, flüsterte sie. »Danke, dass du am Leben geblieben bist, Soldat.«

»Keine Ursache«, antwortete er leise.

Sie hörten, wie die Tür zum Gefängnistrakt geöffnet wurde und wieder ins Schloss fiel. Tatiana entfernte sich rasch ein Stück von ihm und trocknete sich das Gesicht. Ihre Wimperntusche war zerlaufen. Alexander schloss die Augen.

Karolitsch trat mit einem Eimer und Verbandsmaterial in die Zelle.

»Fangen wir gleich an, Herr Leutnant. Aber Sie müssen ihm die Fesseln abnehmen. Seine Hand- und Fußgelenke sind wund gerieben. Ich muss die Wunden auswaschen und verbinden, sonst entzünden sie sich – falls das nicht ohnehin schon passiert ist.«

Karolitsch zog seinen Schlüssel hervor und zückte seine Maschinenpistole. »Sie kennen den Kerl nicht, Schwester Barrington. An Ihrer Stelle würde ich nicht so viel Mitleid mit ihm haben.«

»Ich habe Mitleid mit allen leidenden Menschen«, erwiderte sie.

»Er hat sich das selbst zuzuschreiben.«

Tatiana merkte, dass Karolitsch im Umgang mit Alexander seine gewohnte Freundlichkeit verlor. Er wirkte kalt und grob, als er ihm die Fesseln abnahm und sie geräuschlos ins Stroh fallen ließ. »Warum verwenden Sie Eisenfesseln? Warum keine Lederriemen? Die erfüllen denselben Zweck, setzen den Häftlingen aber nicht ganz so zu.«

Karolitsch lachte auf. »Sie haben mir offensichtlich nicht zugehört, Schwester. Wir verwenden keine Eisenfesseln, die stammen noch von den Deutschen. Sie haben sie für uns hier gelassen. Außerdem, Lederriemen hätte der Kerl innerhalb von drei Stunden durchgenagt.«

Tatiana seufzte. »Wenigstens das Stroh sollten wir wechseln, wenn wir hier fertig sind.«
Karolitsch zuckte die Achseln, dann machte er es sich auf dem sauberen Stroh an einer der anderen Wände bequem, streckte die Beine aus und richtete die Maschinenpistole auf Alexander. »Eine falsche Bewegung, Below, und Sie wissen, was passiert.«
Alexander schwieg.
Tatiana kniete sich neben ihn. »Kommen Sie«, sagte sie. »Ich mache Sie ein bisschen sauber, in Ordnung?«
»In Ordnung.«
»Legen Sie den Kopf in den Nacken, dann kann ich Ihre Kopfwunde besser auswaschen.«
Er gehorchte.
»Was ist denn mit ihm passiert, Herr Leutnant?«, fragte Tatiana, während sie mit einem Arm Alexanders Kopf stützte. Sein Gesicht lag beinahe an ihrem Kittel, beinahe an ihren Brüsten, und sie wusch ihm mit einem Handtuch die blutigen Krusten aus dem Haar. Sein Haar war fast ebenso lang wie sein Bart. »Ich werde ihn jetzt rasieren und ihm den Kopf scheren. Sie wissen doch, dass Sie die Haare der Gefangenen nicht so lang werden lassen dürfen. Sie können das nicht zulassen, das kann man ja niemals sauber halten. Und das gilt für alle Männer, nicht nur für ihn.«
»Warum schauen Sie ihn eigentlich so an?«, fragte Karolitsch plötzlich.
»Wie schaue ich ihn denn an?«, fragte sie leise.
»Ich weiß auch nicht genau.«
»Sie hatten Recht, ich bin müde. Das alles ist doch ein bisschen viel für mich.«
»Dann lassen Sie ihn. Gehen wir zurück, und essen wir was Schönes zu Mittag.« Er lächelte. »Sie haben gestern gar keinen Wein getrunken, dabei ist er sehr gut.«
»Nein. Ich bringe das hier zu Ende.« Sie schnitt Alexander das Haar und wusch vorsichtig die Wunde aus. Über dem Ohr hatte er eine tiefe Platzwunde, das Blut war ihm über den Hals und auf das Hemd gelaufen und dort getrocknet. Wie lange mochte er schon hier sein? Sein Gesicht war ver-

schwollen, die Augen blutunterlaufen. Hatte man ihn geschlagen? In der Dunkelheit sah sie die dunklen Blutkrusten, das weiße Hemd, sein schwarzes Haar, seine schwarzen Augen. Er war schon lange nicht mehr rasiert und gewaschen worden, schon lange nicht mehr berührt worden. Mit geschlossenen Augen lag er in ihren Armen und schien kaum zu atmen. Nur sein Herzschlag donnerte durch seinen Körper. Er lag so ruhig in ihren Armen, gehörte ganz ihr, so beruhigt, so erleichtert und so voller Angst. Sie spürte all diese Gefühle in ihm und empfand sie gleichzeitig selbst, und sie sehnte sich so verzweifelt danach, sich über ihn beugen, ihm etwas sagen zu können. In dem verzweifelten Bemühen, ruhig zu bleiben, biss sie sich so heftig auf die Lippe, dass ein paar Blutstropfen auf Alexanders Gesicht fielen.

»Schwester, Sie bluten!«

Alexander blinzelte und hob schweigend den Blick zu Tatiana empor.

»Es ist nichts.« Tatiana leckte sich das Blut vom Mund und tauchte ihr Handtuch in das lauwarme Wasser. »Erzählen Sie mir von ihm.« Sie hob die Hand, um ihr weißes Kopftuch zurechtzurücken.

»Von ihm?« Karolitsch lachte leise auf. »Er ist seit letzten August hier. Anfangs hat er sich sehr gut geführt, hat hart gearbeitet, Holz gehackt, sich ruhig verhalten. Ein wahrer Musterhäftling, ein unermüdlicher Arbeiter, und dafür wurde er auch belohnt. Wir hätten uns gewünscht, mehr solcher Häftlinge zu haben. Aber seit November versucht er jedes Mal zu fliehen, sobald wir ihn aus der Zelle herauslassen und ihn wieder in seine Baracke bringen. Er scheint zu glauben, das hier ist ein Hotel, und er kann kommen und gehen, wann er will. Man sollte glauben, nach siebzehn gescheiterten Versuchen hätte er es endlich kapiert. Aber das hat er offensichtlich nicht.«

»Fahr zur Hölle«, gab Alexander zur Antwort.

»Ts-ts. Der Mann weiß wirklich nicht, wie man sich in Anwesenheit einer Dame benimmt. Aber das ist ja auch egal.« Karolitsch sprach etwas leiser. »Er bleibt sowieso nicht mehr lange hier.«

»Ach nein?« Tatiana wusch Alexanders wund gescheuerte Handgelenke. Dabei gab sie ihm zwei ihrer Haarnadeln in die Hand und schloss seine Faust darum.
Karolitsch schüttelte den Kopf. »Nein, morgen wird er mit tausend weiteren Häftlingen nach Kolyma gebracht.« Er lachte auf und stupste Alexander mit dem Lauf seiner Maschinenpistole in die Rippen. »Versuch mal, von dort zu fliehen.«
»Provozieren Sie den Häftling bitte nicht«, sagte Tatiana, während sie begann, Alexander den Kopf zu rasieren. »Warum trägt er keine Häftlingskleidung?«
»Die Sachen hat er einem Pfleger auf der Krankenstation geklaut. Nachdem wir ihn wieder eingefangen hatten, haben wir ihn, so wie er war, hierher gebracht. Offenbar gefällt es ihm hier. Er gibt sich jedes Mal große Mühe, hierher zurückzukommen.«
»Warum blutet er, und woher hat er all diese Prellungen? Hat man ihn geschlagen?«
»Haben Sie mir nicht zugehört, Schwester? Siebzehn Fluchtversuche. Geschlagen? Der kann froh sein, dass er noch am Leben ist. Was wäre, wenn der Mann von gestern das siebzehnmal mit Ihnen machen würde? Wie lange würden Sie das hinnehmen, bis Sie sagen: ›Jetzt reicht's!‹ und ihn totschlagen?«
Tatiana warf Alexander einen Blick zu. Seine Augen schauten finster drein.
»Sie machen sich ja Ihren schönen, weißen Kittel ganz dreckig, Schwester«, bemerkte Karolitsch leicht angeekelt. »Legen Sie ihn doch ins Stroh. Ihm ist es egal, ob sein Kopf rasiert ist. Er ist eine solche Behandlung nicht gewöhnt. Und er soll sich auch gar nicht erst daran gewöhnen.«
Sie ließ Alexander los. Seine Handgelenke waren verbunden, sein Haar war kurz und sauber, und sie hatte die Kopfwunde ausgewaschen und verbunden. Außerdem brachte sie ihn dazu, sich den Mund mit einer Natron-Peroxyd-Lösung auszuspülen. Nun musste sie sich noch davon überzeugen, dass er keine weiteren Verletzungen hatte, beispielsweise gebrochene Rippen.
»Hat der Mann einen militärischen Rang?«

»Inzwischen nicht mehr«, sagte Karolitsch.
»Welchen Rang hatte er früher?«
»Er war mal Major, dann wurde er zum Hauptmann degradiert.«
»Was machen Ihre Rippen, Herr Hauptmann? Haben Sie das Gefühl, sie sind gebrochen?«, fragte Tatiana.
»Ich bin kein Arzt«, sagte Alexander. »Ich weiß nicht. Vielleicht.«
Sie knöpfte ihm das Hemd auf. Langsam ließ sie ihre Hand über seinen Oberkörper gleiten, von der Kehle über die Rippen, und fragte leise: »Tut das weh? Und das?« Er antwortete nicht. Er sagte gar nichts, öffnete nicht einmal die Augen. Er lag einfach nur da, die Arme dicht am Körper, und atmete kaum.
Sein Körper war verdreckt und grün und blau geschlagen. Sie hatte nicht den Eindruck, dass seine Rippen gebrochen waren, denn er zuckte nicht zusammen, als sie ihn berührte. Das konnte natürlich auch einfach nur Alexanders typisches Verhalten sein, dachte sie. Er hatte sich schließlich auch nicht bewegt, als sie seine Kopfwunde ausgewaschen hatte. Sie beschloss, es auf sich beruhen zu lassen.
Dann nahm sie ihm die Fußfesseln ab und wusch ihm in einer Seifenlauge die Füße. Seine Knöchel waren geschwollen, die Haut fühlte sich wund und aufgerieben an. Es war schwer, in der Dunkelheit etwas zu erkennen.
»Hat er sich in letzter Zeit die Rippen oder den Knöchel gebrochen?«
»Kann sein, ich weiß es nicht. Ich führe nicht Buch darüber.« Karolitsch zündete sich eine Zigarette an. Er schien das Ganze regelrecht zu genießen.
»Möchten Sie eine Zigarette, Schwester Barrington? Sie sind wirklich sehr gut.«
»Vielen Dank, Herr Leutnant, ich rauche nicht. Aber vielleicht möchte ja der Häftling eine Zigarette?«
Karolitsch lachte auf und trat Alexander mit dem Stiefel gegen die Hüfte. »Im Lagergefängnis gibt's keine Zigaretten, was, Below?« Er nahm einen tiefen Zug und blies Alexander den Rauch ins Gesicht.

Tatiana erhob sich. »Leutnant Karolitsch, hören Sie auf, den Häftling in meinem Beisein zu provozieren. Wir sind hier fertig. Gehen wir.«

Alexander gab einen Laut der Verzweiflung von sich.

Tatiana räumte ihre Utensilien zusammen, und Karolitsch legte Alexander die Fesseln an Hand- und Fußgelenken an.

»Wann hat der Häftling zum letzten Mal etwas zu essen bekommen?«, fragte Tatiana.

»Er bekommt Essen«, brummte Karolitsch. »Mehr, als er verdient.«

»Nehmen Sie ihm zum Essen die Fesseln ab?«

»Nein. Wir stellen ihm das Essen hin, dann kriecht er hin, beugt sich hinunter und isst vom Boden.«

»Er hat ganz offensichtlich nichts gegessen. Sehen Sie nicht, in was für einer Verfassung er ist? Ist das sein Teller? Er hat das Essen nicht angerührt, die Ratten offenbar schon. Und Ratten gibt es, Herr Leutnant, weil Sie tagelang Essen auf dem Boden stehen lassen, sodass das Ungeziefer weiß, wo es sein Abendessen findet. Sie wissen doch, dass Ratten die Pest verbreiten können? Das Internationale Rote Kreuz ist hier, um sicherzustellen, dass solcher Missbrauch verhindert wird. Helfen Sie mir, das schmutzige Stroh wegzuräumen und ihm neues hinzulegen.«

Als sie damit fertig waren, hob Karolitsch den Teller vom Boden auf. »Wir bringen ihm später frisches Essen«, sagte er.

Tatiana betrachtete Alexander, der mit geschlossenen Augen dalag, die gefesselten Hände zu Fäusten geballt. Sie hätte ihm gern gesagt, dass sie noch einmal wiederkommen würde, doch sie wollte nicht, dass Karolitsch hörte, wie sehr ihre Stimme zitterte.

»Geh nicht«, sagte Alexander, ohne die Augen aufzumachen.

»Wir kommen später noch einmal wieder und sehen nach Ihnen«, sagte Tatiana mit schwacher Stimme. Sie war froh, dass seine Hände gefesselt waren, denn sie wusste, hätte er die Hände bewegen können, er hätte sie nicht gehen lassen.

Das graue Tageslicht blendete sie einen Augenblick. Sie blieb stehen, um sich wieder zurechtzufinden, und als Karolitsch sie fragte, ob sie mit zum Mittagessen käme, lehnte sie unter dem Vorwand ab, die verbliebenen Vorräte sichten zu müssen. Sie bat ihn vorauszugehen und sagte, sie werde bald nachkommen.

Das Lagergefängnis befand sich rechts vom Torhaus, nicht weit von der Stelle, an der sie den Rotkreuz-Jeep geparkt hatten. Auf dem Dach des Hauses standen zwei Wachen auf ihrem Posten. Einer der beiden winkte ihr zu. Sie öffnete die Tür des Jeeps und schaute hinein. Die Ladefläche war noch zu etwa einem Viertel mit medizinischen Hilfspaketen, einem Bushel Äpfel und einigen Lebensmittelpaketen gefüllt. Sie wusste, dass ihr nicht viel Zeit zum Nachdenken blieb. Einen Augenblick lang blieb sie ruhig stehen, dann lud sie sechzig Hilfspakete auf den Handkarren und machte sich allein auf den Weg zur nächsten Baracke. Es war der Mut der Verzweiflung, der sie bewog, allein hineinzugehen, eine Frau unter zweihundertsechsundsechzig Männern, doch sie war trotzdem nicht leichtsinnig. Sie hängte ihre Schwesterntasche an den Griff des Handkarrens und steckte sich ihre P-38 vorn in den Gürtel, sodass jeder sie sehen konnte.

Sie verteilte die Hilfspakete und versicherte den Männern, dass sie später mit dem Arzt wiederkommen werde. Dann holte sie neue Pakete und verteilte sie, holte mehr und immer mehr. Als sie schließlich zum Haus des Kommandanten kam, waren die anderen längst mit dem Mittagessen fertig. Sie trank ein Glas Wasser, dann zog sie sich um und frischte ihr Make-up auf. Anschließend nahm sie Penny und Martin beiseite und sagte: »Ich finde, wir sollten nach Berlin zurückfahren und weitere Hilfspakete holen. Wir haben keine mehr übrig, und das Penizillin und das Verbandszeug werden ebenfalls knapp. Wenn wir heute Abend hinfahren, können wir morgen wieder zurückkommen.«

»Wir sind gerade erst hier, und jetzt willst du schon wieder weg? Ist sie nicht ganz schön wetterwendisch, Martin?«, bemerkte Penny augenzwinkernd.

»Das ist noch milde ausgedrückt«, gab Martin zurück. »Ich habe Ihnen doch gesagt, dass wir nicht ohne weitere Unterstützung an einen solchen Ort fahren sollten.«

Tatiana klopfte ihm auf die Schulter. »Und Sie hatten ja so Recht, Dr. Flanagan«, sagte sie. »Aber immerhin haben wir gestern und heute fünftausend Menschen versorgt, das ist doch eine beachtliche Leistung.«
Sie beschlossen, um acht Uhr abends aufzubrechen, obwohl Martin Bedenken anmeldete, im Dunkeln eine unbekannte Strecke zu fahren. Dann inspizierten Penny und Martin gemeinsam mit Karolitsch die Baracken der deutschen Zivilisten, in denen Tatiana bereits allein gewesen war. Tatiana erklärte, sie werde sich um die übrigen Gefangenen kümmern. Karolitsch wollte sie begleiten, doch sie sagte zu ihm: »Schwester Davenport und Dr. Flanagan brauchen Sie nötiger. Die Häftlinge im Gefängnis können mir nicht gefährlich werden, das wissen Sie doch. Sie können mir nicht zu nahe kommen, und außerdem ist ja noch Unteroffizier Perdow da. Ich werde ihn bitten, in meiner Nähe zu bleiben.«
Widerwillig ging Karolitsch mit Martin und Penny davon, und Tatiana lief rasch in die Küche des Kommandanten. Sie bat das Küchenpersonal, ihr eine heiße Mahlzeit aus Würstchen, Kartoffeln, Kompott, Brot mit Butter und ein paar Orangen zu machen. »Ich habe noch nichts gegessen und bin halb verhungert«, erklärte sie tapfer. Dann füllte sie eine Karaffe mit Wasser, schenkte ein Glas Wodka ein und löste etwas Secobarbital, ein starkes Beruhigungsmittel, darin auf.
Als sie an den Gefängniseingang kam, lächelte sie den Unteroffizier Perdow an, und er erwiderte ihr Lächeln. »Ich soll dem Häftling in Zelle sieben etwas zu essen bringen, Unteroffizier Perdow. Das habe ich mit Leutnant Karolitsch abgesprochen. Der Häftling hat seit drei Tagen nichts mehr gegessen.«
»Soll ich ihm die Fesseln abnehmen?«
»Ich denke, das wird nicht nötig sein.«
»Moment mal«, sagte Perdow und betrachtete das Tablett, das sie trug. »Ist das nicht ein Gläschen mit etwas ganz Besonderem?«
»Richtig.« Sie lächelte. »Aber ich glaube, das ist nichts für den Häftling, finden Sie nicht auch?«

»Ganz bestimmt nicht!«
»Sehen Sie. Warum trinken Sie es nicht einfach?«
Perdow nahm das Wodkaglas und leerte es in zwei großen Schlucken. Tatiana sah ihm mit freundlicher Miene dabei zu.
»Sehr schön«, sagte sie. »Nachher bringe ich ihm noch das Abendessen. Vielleicht bekommt er dann ja noch ein Gläschen.« Sie zwinkerte Perdow zu.
»Wunderbar«, erwiderte er. »Aber dann sollten Sie nicht so knauserig sein.« Er rülpste.
»Ich werde sehen, was sich machen lässt. Könnten Sie mir jetzt bitte die Zelle sieben aufschließen?«
Alexander saß aufrecht und schlief.
»Ich glaube, Sie verschwenden Ihre Zeit«, erklärte Perdow. »Der hat Ihre Zuwendung nicht verdient. Bleiben Sie nicht zu lange.«
Er ließ die Zellentür offen und kehrte zu seinem Stuhl zurück. Tatiana ging die Stufe hinunter und näherte sich Alexander. Sie stellte das Tablett ab, kniete sich neben ihn und flüsterte: »Shura ...«
Er schlug die Augen auf. Sie schlang ihm die Arme um den Hals und schmiegte sich fest an ihn, drückte seinen bandagierten Kopf an ihre Schulter. Sie hielt ihn, so fest sie nur konnte, und flüsterte immer wieder: »Shura ... Shura ...«
»Fester, Tania, halt mich noch fester.«
Sie drückte ihn an sich. »Wie sieht es mit den Fesseln aus?«
Alexander zeigte ihr, dass sie offen waren und nur noch locker um seine Handgelenke lagen. »Was ist mit deinem Haar?«
»Ich habe es gefärbt. Lass die Hände in den Fesseln. Perdow kann jederzeit hereinkommen.«
»Kennst du alle Wärter mit Namen? Warum hast du dir das Haar gefärbt?«
»Ich wollte nicht erkannt werden. Und das war auch gut so. Nikolai Uspenskij ist hier.«
»Nimm dich vor ihm in Acht«, sagte Alexander mit eindringlichem Blick. »Er steht auf der Seite des Feindes, wie Dimitri. Komm noch näher zu mir heran.«
Sie kam näher.

»Wo sind deine Sommersprossen geblieben?«, flüsterte er.
»Die habe ich überschminkt. Sie sind noch da.«
Sie küssten sich. Sie küssten sich, als wären sie wieder jung in den Wäldern von Luga, als wäre es ihr erster gemeinsamer Sommer, als stünden sie auf der Brüstung der Isaaks-Kathedrale unter dem Mond und den Sternen. Sie küssten sich wie damals in Lazarewo, als sie füreinander brannten, sie küssten sich, als hätte sie ihm gerade erzählt, dass sie ihn aus Russland fortbringen wolle, während sie sich über sein Bett im Lazarett in Morozowo beugte. Sie küssten sich, als hätten sie einander seit vielen Jahren nicht gesehen. Sie küssten sich, als hätten sie bereits viele Jahre miteinander verbracht.
Und mit ihrem Kuss löschten sie Orbeli und Dimitri, den Krieg und den Kommunismus, Amerika und Russland aus. Sie löschten alles aus und ließen nur übrig, was ihnen geblieben war: die Reste von Tania und Shura.
Er zog die Hände aus den Fesseln, doch sie löste sich sofort von ihm und schüttelte den Kopf. »Nein! Ich meine das ernst. Er kann jeden Augenblick hereinkommen, und dann sind wir geliefert.«
Alexander streckte die Hand aus, berührte ihr Gesicht und schob die Hand dann widerwillig in die offene Eisenfessel zurück. »Die Schminke verdeckt nicht die Narbe auf deiner Wange. Wo hast du die her? Aus Finnland?«
»Das erzähle ich dir alles später, wenn wir genug Zeit haben. Jetzt werde ich dich füttern, und du wirst essen und mir dabei zuhören.«
»Ich bin nicht hungrig. Wie um alles in der Welt hast du mich nur gefunden?«
»Du musst essen, du wirst all deine Kraft brauchen«, sagte sie und führte eine Gabel mit Wurst und Kartoffeln an seinen Mund. »Du hast eben eine Menge Spuren hinterlassen.«
Er strafte sich selbst Lügen und aß gierig. Sie schwieg eine Weile, weil sie sah, wie hungrig er war.
»Shura … uns bleibt nicht viel Zeit. Hör mir zu.«
»Das kommt mir alles plötzlich so vertraut vor«, sagte er. »Erzähl mir von deinem neuesten Plan, Tatiascha. Erzähl mir von unserem Sohn.«

»Unser Sohn ist wunderbar. Ein großartiger, kluger, hübscher Junge.«
»Du hast mir nicht einmal gesagt, wo du jetzt lebst.«
»In New York. Uns bleibt nicht viel Zeit. Hörst du mir zu?«
Er kaute ein Stück Brot und konnte nur nicken. »Wie heißt der Mann, der dich angegriffen hat?«
»Das sage ich dir nicht.«
»Und ob du das tun wirst. Wie heißt er?«
»Nein.«
»Tania! Wie heißt er?«
»Grammer Kerault. Er ist Österreicher.«
»Den kenne ich.« Alexanders Augen blickten kalt. »Der taucht hier immer wieder auf. Er stirbt an Krebs, und es ist ihm egal, was mit ihm passiert.« Dann sah er sie an, und seine Augen blickten wieder zärtlicher. »Wie willst du mich hier rausbringen?«, flüsterte er.
Sie beugte sich über ihn, und sie küssten sich voller Verzweiflung. »Liebling«, flüsterte sie. »Liebling, ich weiß, dass du Angst hast.«
»Nein. Ich will kein Essen, ich will nichts trinken, ich will auch keine Zigarette. Setz dich ... setz dich einfach noch ein paar Sekunden zu mir. Drück mich an dich, damit ich weiß, dass ich noch existiere.«
Sie drückte ihn an sich.
»Wo sind unsere Eheringe?«
Sie zog die Schnur unter ihrem Kittel hervor. »Bis wir sie wieder tragen können«, flüsterte sie. Dann rückte sie plötzlich von ihm ab.
Perdow erschien in der Tür. »Alles in Ordnung, Schwester? Sie sind schon ziemlich lange hier drin. Soll ich ihm die Fesseln lösen?«
»Nein, das ist nicht nötig, Herr Unteroffizier. Trotzdem vielen Dank.« Tatiana verbarg die Ringe wieder unter ihrem Kittel und gab Alexander die letzte Gabel Kartoffeln. »Seine Handgelenke sind wund gescheuert. Ich bin fast fertig. Nur noch eine Minute.«
»Rufen Sie einfach, wenn Sie mich brauchen.« Er lächelte und verschwand.

»Bist du mit einem Konvoi gekommen?«, fragte Alexander.

»Wir sind zu dritt mit einem Rotkreuz-Jeep hier. Ein Arzt, eine weitere Krankenschwester und ich. Wir müssen dich irgendwie in diesen Jeep bekommen.«

»Morgen kommt Stalin und holt mich in die Sowjetunion zurück.«

»Stalin, mein Liebster, kommt zu spät«, erklärte Tatiana. »Denn ich bin bereits hier. Wir brechen heute Abend Punkt acht Uhr auf. Um sieben komme ich dich holen. Ich werde mit Karolitsch kommen, also halt dich bereit. Ich bringe dir dein Abendessen, und du wirst es vor ihm essen, und zwar sehr langsam. Es dauert zwanzig Minuten, bis das Secobarbital bei Perdow wirkt.«

Alexander schwieg. »Du solltest ihm eine Menge Secobarbital geben.«

»Eine Unmenge.«

Alexander hörte auf zu kauen und starrte sie ungläubig an. »Was hast du vor? Willst du mich in euren kleinen Jeep packen und nach Berlin bringen?«

»So in etwa«, flüsterte sie.

Er sah sie lange an, dann schüttelte er den Kopf. »Du unterschätzt die Sowjets. Wie weit ist es nach Berlin?«

»Vierunddreißig Kilometer.«

»Gibt es Kontrollpunkte?«

»Ja, fünf.«

»Und deine beiden Kollegen?«

»Was soll mit denen sein? In einer Stunde sind wir im amerikanischen Sektor, und du bist in Sicherheit. Es ist ganz einfach.«

Alexander blickte sie grimmig und fassungslos zugleich an. »Ich kann dir versichern, dass euer Jeep nach spätestens zwanzig Minuten angehalten wird. Ihr könnt froh sein, wenn ihr aus Oranienburg herauskommt, bevor sie mich, dich und deine Kollegen holen kommen.« Er schüttelte den Kopf. »Ich werde das nicht tun.«

»Was redest du denn da?«, stieß sie hervor. »Woher sollten sie das wissen? Die merken das doch erst nach ein paar Stunden. Und bis dahin sind wir längst in Berlin.«

Alexander schüttelte den Kopf. »Tania, du hast keine Ahnung.«
»Wir können auch früher fahren«, sagte sie. »Wir fahren … wann immer du willst.«
»Sie werden mich schon finden, bevor wir losfahren. Die Wachen werden den Jeep durchsuchen.«
»Nein, das werden sie nicht. Du verlässt das Lager als Karolitsch, der uns begleitet, und danach versteckst du dich in dem zusätzlichen Fach für die Krücken und die Tragen auf der Ladefläche. Niemand weiß von diesem zusätzlichen Fach.«
»Und wo sind die Krücken und die Tragen?«
»In Hamburg. Wir fahren los, und Martin und Penny bringen uns nach Berlin, ohne etwas zu ahnen.«
Perdow erschien wieder in der Tür. Er schwankte ein wenig und stützte sich an der Wand ab. »Jetzt reicht's aber langsam, Schwester.«
»Ich komme!« Sie stand auf. Jemand rief nach Perdow, und er ging schwankend den Gang entlang.
Es hätte noch unzählige Kleinigkeiten zu besprechen gegeben, doch dazu blieb ihnen keine Zeit. Tatiana nahm den Colt 1911 und zwei zusätzliche Ladestreifen aus ihrer Schwesterntasche. »Im Jeep habe ich noch mehr«, erklärte sie und versteckte die Waffe unter dem Stroh. »Wenn wir ein Stück gefahren sind, klopfe ich zweimal, und du machst irgendetwas, damit ich den Jeep anhalten und nachsehen muss.«
Er schwieg einen Augenblick. »Und dann?«
»Dann? Es gibt eine Dachklappe. Wir steigen einfach aufs Dach und springen ab.«
»Vom fahrenden Jeep?«
»Ja.« Sie hielt kurz inne. »Oder wir machen es so, wie ich gesagt habe, und fahren bis nach Berlin.«
Alexander schwieg. »Dieser Plan ist nicht so gut wie dein letzter, Tania«, sagte er schließlich. »Und der ist ja gründlich schief gegangen.«
»Das ist genau die richtige Einstellung. Ich komme um sieben. Halt dich bereit.« Sie salutierte vor ihm. »›Oh, Captain, mein Captain!‹«

Es gelang ihr, mit Brestow und Karolitsch zu Abend zu essen, den Neckereien zwischen Penny und Martin zu lauschen, sogar zu lächeln. Sie wusste nicht, wie sie das schaffte. Doch es ging ja darum, ihn zu retten.
Obwohl sie es eigentlich nicht wollte, konnte sie sich nicht daran hindern, immer wieder auf die Uhr an Martins Handgelenk zu schauen, bis sie merkte, wie er sich unter ihrem prüfenden Blick unbehaglich zu fühlen begann. Schließlich entschuldigte sie sich und sagte, sie müsse noch packen. Auch Penny entschuldigte sich und erklärte, sie habe bereits gepackt und werde noch einmal in Baracke Neunzehn nach dem Rechten sehen. Tatiana wusste, dass Penny sich von einem der Männer dort verabschieden wollte. Es war sechs Uhr abends. Sie verbrachte fünfzehn quälende Minuten in ihrem Zimmer und betrachtete die Karte der Gegend zwischen Oranienburg und Berlin. Sie konnte ihr klopfendes Herz nicht beruhigen.
Um sechs Uhr zwanzig trug sie ihren Rucksack zum Jeep und kehrte dann in die Küche des Kommandanten zurück, um ein weiteres Mahl für Alexander zubereiten zu lassen. Um sechs Uhr fünfundvierzig füllte sie ein Glas mit Wodka, löste Secobarbital darin auf, hängte sich ihre Schwesterntasche um und machte sich mit dem Tablett in der Hand auf die Suche nach Karolitsch.

Um sechs Uhr fünfundfünfzig ging Penny zwischen den Betten in Baracke neunzehn hindurch und kam dabei auch an dem Bett vorbei, auf dem Nikolai Uspenskij lag.
»He, Schwester, wo ist der Rest Ihrer Mannschaft?«, rief er ihr auf Russisch zu. »Wo ist die andere kleine Krankenschwester?«
»Gut, dass ich kein Wort von dem verstehe, was du sagst«, erwiderte Penny lächelnd auf Englisch und ging weiter.
Uspenskij lächelte ebenfalls und ließ sich zurück auf seine Pritsche sinken. Penny hatte ihm die andere Krankenschwester wieder in Erinnerung gerufen, die kleine Schwarzhaarige. Er hatte lange nicht an sie gedacht, doch nun ging sie ihm nicht mehr aus dem Kopf. Was an ihr war ihm nur so be-

kannt vorgekommen, und warum ließ ihm dieses Gefühl einfach keine Ruhe?

»Herr Leutnant, würden Sie mich begleiten?« Tatiana lächelte. »Es ist schon spät. Ich möchte dem Häftling in Zelle sieben etwas zu essen bringen, aber ich will nicht allein gehen. Danach können wir gemeinsam im Jeep zum Haus des Kommandanten fahren und Schwester Davenport und Dr. Flanagan abholen.«

Karolitsch ging bereitwillig mit ihr den baumbestandenen Weg entlang. Er schien sich sogar geschmeichelt zu fühlen.

»Sie sind eine wirklich gute Krankenschwester«, sagte er. »Aber Sie sollten sich nicht so sehr um die Häftlinge sorgen. Glauben Sie mir. Das macht Ihre Aufgabe bloß noch schwieriger.«

»Das weiß ich doch, Herr Leutnant«, sagte sie und ging ein wenig schneller.

Er räusperte sich. »Wenn Sie möchten, können Sie Iwan zu mir sagen.«

»Bleiben wir doch für den Augenblick bei ›Herr Leutnant‹«, sagte sie und beschleunigte ihre Schritte noch ein wenig.

Um sieben Uhr betraten sie den Gefängnistrakt. Alles war ruhig. Perdow salutierte. Tatiana zwinkerte ihm zu und deutete mit den Augen auf das Wodkaglas auf dem Tablett, und Perdow zwinkerte zurück. Karolitsch ging als Erster hinein, Tatiana folgte ihm. Im Vorbeigehen hielt sie Perdow das Tablett hin, er ergriff das Glas, stürzte den Wodka hinunter und stellte das leere Glas auf das Tablett zurück. Karolitsch schloss bereits Zelle sieben auf. »Wo bleiben Sie denn, Schwester?«

»Ich komme schon, Herr Leutnant.«

Alexander drehte ihnen den Rücken zu. Karolitsch betrat die Zelle und ließ sich mit einem Gähnen auf das Stroh sinken. Er hielt die Maschinenpistole im Schoß und richtete sie auf Alexanders Rücken.

»Füttern Sie ihn schnell, ich will endlich Feierabend haben. Das ist das Schlimme an dieser Arbeit. Man fängt früh an, hört spät auf, und eigentlich ist man immer im Dienst.«

»Ich weiß, was Sie meinen.« Tatiana stellte das Tablett ab und tat, als würde sie Alexander untersuchen. »Er sieht schlecht aus, finden Sie nicht?« Sie untersuchte seine Knöchel. »Ich fürchte, das wird sich böse entzünden.«
Karolitsch schüttelte gleichgültig den Kopf. »Wenn er tot wäre, sähe er wahrscheinlich noch schlechter aus.« Er zündete sich eine Zigarette an.
»Soll ich Ihnen etwas gegen die Schmerzen geben, Herr Hauptmann?«
»Ja, vielen Dank«, sagte Alexander.
»Vor oder nach dem Essen?«
»Danach.«
Er drehte sich auf den Rücken, und sie fütterte ihn. Er aß rasch, dann stöhnte er und rollte sich wieder auf die Seite. »Mein Kopf tut weh. Vielleicht jetzt etwas gegen die Schmerzen?«
»Ich gebe Ihnen ein bisschen Morphium, das wird Ihnen helfen.«
Alexander blieb auf der Seite liegen. Er öffnete die Augen und sah Tatiana mit starrem Blick an. Die Hände vor dem Körper, drehte er Karolitsch den Rücken zu. In der einen Hand hielt er den Colt 1911.
»Wie lange sind Sie schon bei der Roten Armee, Herr Leutnant?«, fragte Tatiana Karolitsch, während sie ihre Tasche öffnete und drei kleine Spritzen herausnahm – kleine Tuben, die an Zahnpasta erinnerten und je ein halbes Gran Morphiumlösung enthielten.
»Seit bald zwölf Jahren«, erwiderte er. »Und wie lange sind Sie schon Krankenschwester?«
»Erst ein paar Jahre«, sagte sie. Sie hantierte ungeschickt mit den Nadeln und den Sicherheitsverschlüssen herum. Ihre Hände zitterten zu sehr. Sonst machte sie so etwas im Schlaf. »Ich habe mich in New York um die deutschen Kriegsgefangenen gekümmert.« Sie musste alle drei Spritzen bereit machen, doch einer der Verschlüsse widersetzte sich standhaft.
»Tatsächlich? Ist da mal jemand geflohen?«
»Eigentlich nicht. Oder doch, einer. Er hat einen der Ärzte niedergeschlagen und ist dann auf einer Fähre entkommen.«

»Was ist aus ihm geworden? Hat man ihn wieder eingefangen?«
»Ja«, sagte sie, trat hinter Alexander und damit vor Karolitsch und kniete sich hin. In der rechten Hand hielt sie die drei kleinen Spritzen. »Man hat ihn sechs Monate später aufgegriffen. Er lebte in New Jersey.« Sie lachte, doch es klang gezwungen. »Er ist tatsächlich geflohen, um dann in New Jersey zu leben.«
»Was ist dieses New Jersey? Und warum geben Sie ihm so viele Spritzen? Reicht eine denn nicht?«
»Er ist ein großer Mann«, sagte sie. »Er braucht eine besonders hohe Dosis.«
»Das fehlt uns gerade noch, dass er morphiumsüchtig wird. Vielleicht macht ihn das aber auch ein bisschen gefügiger.«
In diesem Augenblick erklang vom Gang her ein lauter, dumpfer Knall, als wäre etwas Schweres umgefallen. Karolitsch drehte den Kopf zur Tür der Zelle.
»Jetzt!«, sagte Alexander.
Ohne eine Sekunde zu zögern, stieß Tatiana mit der linken Hand die Maschinenpistole von Karolitschs Schoß und rammte ihm durch die Hose hindurch die drei kleinen Morphiumspritzen in den Oberschenkel. Keuchend riss er den Mund auf, holte aus und traf Tatiana mit dem Unterarm am Kinn. Mit der anderen Hand tastete er nach der Maschinenpistole. Doch Alexander stand bereits aufrecht hinter Tatiana und schob sie beiseite. Dann zog er Karolitsch den Griff des Colts über. Der Kopf des Leutnants barst wie eine reife Wassermelone. Das alles dauerte kaum vier Sekunden.
»Dir zeig ich, was gefügig heißt«, knurrte Alexander und trat mit dem nackten Fuß nach dem zuckenden Karolitsch.
»Zieh ihm die Kleider aus, Shura. Schnell, ehe alles voll Blut ist.«
Alexander zog Karolitsch die Uniform aus und legte dann seine eigenen Kleider ab. Tatiana, ein wenig benommen von dem Kinnhaken, ging zur Tür, um nach Perdow zu sehen. Er war von seinem Stuhl gefallen und lag am Ende des Ganges bewusstlos auf dem Boden.

Alexander streifte Karolitsch sein blutverschmiertes Hemd und die braune Hose über, dann fesselte er ihn an Armen und Beinen. Anschließend zog er die Uniform des Leutnants an, seine Stiefel und seine Mütze, nahm die Schpagin und trat auf den Gang hinaus. »Er hat genau die richtige Größe«, sagte er zu Tatiana. »Er ist nur ein bisschen kleiner und dicker, der fettwanstige Bastard.«
Er ging zu Perdow hinüber, hob ihn hoch und setzte ihn wieder auf den Stuhl. Perdow sank immer wieder zur Seite, doch schließlich gelang es Alexander, ihn aufrecht hinzusetzen, sodass nur sein Kopf nach vorn fiel.
»Das waren aber keine zwanzig Minuten«, bemerkte Alexander.
»Nein. Ich habe mich entschlossen, ihm eine … nun ja … etwas stärkere Dosis zu verabreichen.«
»Gut. Wie viel Morphium hast du Karolitsch gespritzt?«, fragte Alexander.
»Eineinhalb Gran. Aber ich glaube, vor allem die Kopfverletzung wird ihn ruhig stellen.«
Alexander hängte sich die Maschinenpistole über die Schulter. Den Colt hielt er mit gespanntem Hahn in der Hand. »Wo ist der Jeep?«
»Etwa fünfzig Meter vor uns, gleich neben dem Tor. Wenn wir zum Jeep kommen, schaust du zu den Wachsoldaten auf dem Torhaus hoch und salutierst. Das macht er immer so, wenn er dort vorbeigeht. Er macht das Tor selbst mit seinem Hauptschlüssel auf. Allerdings ist er Linkshänder. Du solltest vielleicht …«
Alexander nahm den Schlüsselbund von der rechten in die linke Hand. »Gut, das macht es für mich einfacher. Ich schieße mit rechts. Bist du so weit? Geht er normalerweise vor dir oder hinter dir?«
»Neben mir. Und er hält mir nicht die Tür auf. Er salutiert einfach zu den Wachen hinauf, dann steigt er in den Jeep.«
»Wer fährt?«
»Ich.«
Doch ehe sie die Gefängnistür öffnete, legte er ihr die Hand mit dem Colt auf den Arm. »Hör zu«, sagte er leise. »Steig

so schnell wie möglich in den Jeep und lass den Motor an. Falls etwas schief geht, werde ich die Wachen erschießen; aber dann müssen wir sofort losfahren können.«

Tatiana nickte.

»Und noch etwas, Tania …«

»Ja?«

»Ich weiß, du machst gern, was du willst, aber hier kann nur einer das Kommando haben – und das bin ich. Wenn wir beide bestimmen wollen, ist das unser beider Tod. Klar?«

»Klar. Du hast das Kommando.«

Er öffnete die Tür, und sie traten nach draußen. Es war bereits dunkel und kühl. Alexander ging rasch mit großen Schritten über den hell erleuchteten Hof, und Tatiana konnte ihm kaum folgen. Die Wachsoldaten schauten nach unten und beobachteten ihn, und Alexander ging zum Tor, schloss es auf und öffnete es und ging dann zum Jeep zurück. Tatiana saß bereits im Fahrerhäuschen und ließ den Motor an. Der Jeep machte einen Satz vorwärts, noch ehe Alexander einsteigen konnte.

Er schaute zu den Wachen hinauf, lächelte und salutierte. Sie salutierten ebenfalls.

Dann stieg er in den Jeep, und Tatiana fuhr mit ihm aus dem Lager Sachsenhausen hinaus, die baumbestandene Straße entlang, auf das Haus des Lagerkommandanten zu. Auf halbem Weg zwischen dem Lager und dem Haus hielt sie den Wagen an. Sie stiegen aus und liefen rasch zur Ladefläche. Tatiana öffnete die Türen, stieg hinein und öffnete die Klappe im Boden. Als Alexander so neben ihr stand, fragte sie sich plötzlich, ob er überhaupt hineinpassen würde. Sie hatte vergessen, wie groß er war.

Er schien sich dieselbe Frage zu stellen, denn er warf einen Blick in den engen Raum, dann sah er sie an und sagte: »Gut, dass ich seit sechs Monaten nichts Vernünftiges gegessen habe.«

»Ja«, hauchte sie und nahm ihre Waffentasche und den Tornister des Ukrainers heraus. »Schnell, rein mit dir. Und wenn wir ein Stück weit gefahren sind, klopfe ich, und du machst irgendetwas.«

»Ich vergesse nicht so leicht, Tania. Du brauchst das nicht zu wiederholen. Ist das dein Gepäck?«
Sie nickte. »Und der Rucksack da drüben.«
»Sind da Waffen drin? Munition? Messer und Seile?«
»Ja, natürlich.«
»Hast du auch eine Taschenlampe?«
»Die ist unten bei dir drin.«
Er holte die Taschenlampe heraus.
»Und jetzt rein mit dir.«
Er zwängte sich seitlich in das schmale Fach, und sie schloss die Klappe über ihm.
»Kannst du mich hören?«
»Ja«, antwortete seine gedämpfte Stimme. Dann öffnete er die Klappe noch einmal von innen. »Aber du musst laut klopfen, um das Motorengeräusch zu übertönen. Wie spät ist es?«
»Zwanzig vor acht.«
»Hol deine Kollegen und fahr so schnell wie möglich los.«
»Sofort.«
Doch ehe sie in den Jeep steigen konnte, musste sie sich in den Straßengraben übergeben.

»Ich weiß wirklich nicht, warum wir uns so beeilen müssen«, beklagte sich Penny. »Ich bin müde, ich habe Wein getrunken. Können wir nicht schlafen gehen und morgen zurückfahren?«
»Morgen wollen wir doch schon wieder hier sein«, sagte Tatiana und schob sie zum Jeep. »Kommen Sie, Dr. Flanagan?«
»Ja, ja, ich komme schon. Ich will nur sicher sein, dass ich nichts vergessen habe.«
»Das ist doch egal, wir kommen ja morgen wieder.«
»Stimmt. Sollten wir uns nicht vielleicht noch vom Kommandanten verabschieden?«
»Ich denke, das wird nicht nötig sein«, sagte Tatiana so beiläufig wie möglich. Am liebsten hätte sie laut geschrien. »Ich habe ihm ja gesagt, dass wir fahren. Und wir sehen ihn schon morgen wieder.«

Sie gingen nach draußen und legten ihre Taschen auf die Ladefläche.
»Wo ist denn dein Gepäck, Tania?«, fragte Penny.
Tatiana deutete auf die Taschen.
»Sie haben so viel Gepäck«, bemerkte Martin. »Es scheint immer mehr zu werden.«
»Man weiß nie, was man auf einer solchen Reise alles braucht. Soll ich fahren? Ich habe keinen Wein getrunken, mein Kopf ist klar.«
»Ja, fahren Sie ruhig«, sagte Martin und stieg ein. »Aber werden Sie sich denn im Dunkeln zurechtfinden?«
»Ich habe mir die Strecke heute bereits angeschaut, das macht es einfacher. Wir fahren bis Oranienburg und dann nach links.«
»Wenn Sie es sagen.« Martin schloss die Augen. »Fahren wir.«
Tatiana lenkte den Jeep vom Haus des Kommandanten weg, fuhr langsam durch die Dunkelheit und dann schneller und immer schneller. Sie wollte so schnell und so weit wie möglich von Speziallager Nummer sieben fortkommen.

Um fünf vor acht schlug Nikolai Uspenskij die Augen auf und stieß einen Schrei aus. Er sprang von seiner Pritsche auf und rannte wild gestikulierend auf den Wärter zu, der an der Tür der Baracke Wache hielt.
»Ich muss den Kommandanten sprechen!«, schrie er. »Ich muss ihn sofort sprechen! Es ist eine äußerst dringende Angelegenheit, glauben Sie mir, wirklich dringend!«
»Nun mal langsam«, sagte der Wärter gelassen und schob ihn ein wenig von sich. »Was ist denn plötzlich so dringend?«
»Einer der Häftlinge versucht zu fliehen! Sagen Sie Kommandant Brestow, dass Hauptmann Alexander Below zu fliehen versucht!«
»Wovon reden Sie eigentlich? Below? Der, den man in Ketten gelegt hat und in Isolationshaft hält, bis er nach Kolyma gebracht wird?«
»Ich sage Ihnen, eine dieser Rotkreuz-Schwestern ist keine

Amerikanerin. Sie ist Russin, und sie ist seine Frau, und sie versucht, ihm zur Flucht zu verhelfen!«

Tatiana fuhr eine Minute, zwei, drei Minuten lang. Zeit und Raum schienen stillzustehen. Sie konnte gar nicht schnell genug fahren, und die Zeit schien nicht vergehen zu wollen, bis sie endlich ihren Vorstoß wagen konnten. Sie wusste nicht mehr, ob es in Oranienburg einen Kontrollpunkt gab, und konnte sich nicht entscheiden, ob sie das Risiko eingehen sollte. Stand das Speziallager in direkter Verbindung mit dem Kontrollpunkt? Gab es ein Telefon? Was, wenn jemand in den Gefängnistrakt kam? Was, wenn Karolitsch wieder zu Bewusstsein kam und um Hilfe rief? Was, wenn Perdow wieder vom Stuhl fiel und dabei zu sich kam? Was, wenn ..., was, wenn ..., was, wenn ...?

»Tania, ich rede mit Ihnen. Hören Sie nicht?«, rief Martin.

»Entschuldigung, was?«

Sie erreichten Oranienburg und bogen nach links auf eine asphaltierte Straße ab. Sobald die schwachen Lichter der kleinen Stadt hinter ihnen lagen, klopfte Tatiana zweimal mit den Knöcheln an die Rückwand des Fahrerhäuschens. Penny und Martin waren ins Gespräch vertieft und merkten nichts.

Um Viertel nach acht wurde Uspenskij zu Brestow geführt.

»Was soll der Aufruhr?«, fragte der nicht mehr ganz nüchterne Kommandant mit einem Lächeln. »Wer, sagen Sie, versucht zu fliehen?«

»Alexander Below, Herr Kommandant. Diese Rotkreuz-Schwester ist seine Frau.«

»Welche Rotkreuz-Schwester?«

»Die mit den schwarzen Haaren.«

»Hatten die nicht beide ... dunkles Haar?«

»Die kleine«, presste Uspenskij zwischen zusammengebissenen Zähnen hervor.

»Sie sind beide klein.«

»Die dünnere! Sie ist eine russische Krankenschwester, sie heißt Tatiana Metanowa und ist vor ein paar Jahren aus der Sowjetunion geflohen.«

»Und Sie wollen mir erzählen, dass sie zurückgekommen ist, um ihn zu holen?«
»Ja.«
»Woher hat sie denn gewusst, dass er hier ist?«
»Das weiß ich nicht, Herr Kommandant, aber ...«
Brestow lachte und zuckte die Achseln. »Wo steckt Karolitsch?«, fragte er den Soldaten, der vor der Tür seines Hauses Wache stand. »Holen Sie ihn her.«
»Ich habe ihn schon einige Zeit nicht mehr gesehen, Herr Kommandant.«
»Dann suchen Sie ihn.«
»Warum sprechen Sie nicht mit der Krankenschwester?«, fragte Uspenskij. »Sie ist seine Frau, fragen Sie sie.«
»Das muss ich wohl auf morgen verschieben.«
»Morgen ist es zu spät!« Uspenskijs Stimme klang fast kreischend.
»Nun, heute Abend geht es jedenfalls nicht mehr. Sie sind schon weg.«
Uspenskij stöhnte auf. »Weg? Wohin?«
»Sie sind zurück nach Berlin gefahren, weil ihnen die Vorräte ausgegangen sind. Morgen kommen sie wieder, dann sprechen wir mit ihr.«
Uspenskij trat einen Schritt zurück. »Herr Kommandant, ich glaube nicht, dass sie morgen zurückkommt.«
»Natürlich tut sie das.«
»Nun gut. Ich bin keine Spielernatur, Herr Kommandant, aber ich würde wetten, dass sich Alexander Below nicht mehr in Ihrem Gewahrsam befindet.«
»Ich weiß wirklich nicht, was Sie da reden«, seufzte Brestow und rieb sich die Stirn. »Below sitzt im Lagergefängnis. Wir warten, bis Karolitsch hier ist, dann gehen wir der Sache nach.«
»Rufen Sie den nächsten Kontrollpunkt auf dem Weg an«, sagte Uspenskij. »Lassen Sie den Jeep aufhalten, bis Sie überprüft haben, ob Below noch hier ist.«
»Ich tue gar nichts, bevor mein Leutnant nicht hier ist.« Brestow stand auf und stieß dabei unachtsam einen Stapel Papiere vom Tisch. »Im Übrigen fand ich diese Kranken-

schwester sympathisch. Ich glaube nicht, dass sie zu so etwas fähig ist.«

»Sehen Sie nach, ob Ihr Häftling noch da ist«, sagte Uspenskij. »Aber falls ich Recht haben sollte, vielleicht wäre der Herr Kommandant dann bereit, mir auch einen kleinen Dienst zu erweisen und in Moskau ein gutes Wort für mich einzulegen? Ich soll morgen zurückgebracht werden. Vielleicht eine kleine Strafmilderung?« Er setzte ein dünnes, flehentliches Lächeln auf.

»Wir sollten das Fell des Bären nicht verteilen, bevor er erlegt ist.«

Also warteten sie auf Karolitsch.

Plötzlich hörten sie ein Geräusch wie von Türenschlagen und gleich darauf ein Poltern, als wäre etwas auf die Straße gefallen oder als hätten sie etwas überfahren.

»Lieber Himmel, was war denn das?«, rief Penny. »Mein Gott, Tania, hast du etwa einen Hund überfahren?«

Sie hielten an, stiegen aus und gingen um den Jeep herum. Die Türen zur Ladefläche waren sperrangelweit offen. Sie standen schweigend davor.

»Wie ist denn das passiert?«, fragte Penny schließlich.

»Ich habe sie wohl nicht richtig zugemacht«, sagte Tatiana. Sie inspizierte die Ladefläche. Ihr Rucksack war verschwunden.

»Gut, aber was hast du dann überfahren?«

»Nichts.«

»Und was war das für ein Geräusch?«

Sie schauten sich um. Etwa zwanzig Meter entfernt lag ein unförmiges Etwas auf der Straße. Tatiana lief hin. Es war ihr Rucksack.

»Dein Rucksack ist rausgefallen?«

»Wahrscheinlich sind wir in ein besonders heftiges Schlagloch gekommen. Aber jetzt ist ja alles in Ordnung.«

»Steigen wir wieder ein«, sagte Martin. »Es bringt nichts, hier auf der dunklen Straße herumzustehen.«

»Nein, da haben Sie Recht«, sagte Tatiana. Dann rannte sie unvermittelt zum Straßenrand, gab würgende Geräusche von sich und tat, als würde sie sich übergeben. Die anderen beiden reichten ihr eine Feldflasche mit Wasser, damit sie sich den Mund ausspülen konnte, und standen besorgt um sie herum. »Tut mir Leid«, sagte sie. »Mir geht es wohl doch nicht so gut, wie ich dachte. Würden Sie bitte weiterfahren, Martin? Ich glaube, ich lege mich lieber hinten ein bisschen hin.«

»Aber natürlich.«

Sie halfen ihr auf die Ladefläche. Ehe Martin die Türen schloss, warf Tatiana beiden einen liebevollen Blick zu. »Danke, ihr zwei. Für alles.«

»Nichts zu danken«, sagte Penny.

Martin verschloss die Türen sorgfältig von außen. Noch ehe er wieder ins Fahrerhäuschen eingestiegen war, hatte Tatiana bereits die Klappe im Boden geöffnet. Alexander sah zu ihr empor. Der Jeep setzte sich wieder in Bewegung.

Martin fuhr sehr vorsichtig, kaum mehr als dreißig Stundenkilometer. Tatiana wusste, dass er nicht gern im Dunkeln eine unbekannte Strecke fuhr. Durch die kleine Glasscheibe hörte sie gedämpfte Stimmen aus dem Fahrerhäuschen. Alexander kletterte nach oben. Er hielt Karolitschs Maschinenpistole in der Hand.

»Du hättest den Rucksack auf der Straße liegen lassen sollen«, flüsterte er kaum hörbar. »Jetzt müssen wir ihn runterwerfen und dann danach suchen.«

»Wir werden ihn schon finden.«

»Können wir ihn nicht einfach hier lassen?«

»Da sind alle unsere Sachen drin. Und das hier müssen wir auch mitnehmen.« Sie deutete auf die kleinere Segeltuchtasche und den Tornister.

»Nein. Wir müssen mit einem Rucksack auskommen.«

»Hier sind Pistolen, Granaten, ein Revolver und genug Munition für sämtliche Waffen drin.«

»Aha.«

Er stellte sich auf die Zehenspitzen und öffnete den Riegel, der die Dachklappe verschloss.

»Ich klettere zuerst hinauf«, flüsterte er. »Dann gibst du mir die Taschen, ich werfe sie hinunter und helfe dir dann nach oben.«

Als er den Rucksack, ihre Schwesterntasche und die Waffentaschen vom Dach geworfen und ihr nach oben geholfen hatte, wollte Tatiana fast der Mut verlassen. Vor ihnen tat sich ein dunkler, gähnender Abgrund auf. Mit dem Jeep würden sie in höchstens siebzig Minuten im französischen Sektor sein.
Der Wind zerrte an ihrem Haar, und sie hörte Alexander kaum, verstand aber dennoch nur zu gut, was er sagte. »Wir müssen jetzt springen, Tania. Drück dich so fest ab, wie du nur kannst, und versuch, auf dem Gras aufzukommen. Ich springe zuerst.«
Alexander holte nicht einmal Luft, er zählte auch nicht bis drei und blickte sich kein einziges Mal um. Er hockte sich einfach hin und sprang dann ins Dunkel hinab. Gleich darauf war er verschwunden, und Tatiana sah ihn nicht mehr. Sie hielt den Atem an, spannte ihren Körper, hockte sich ebenfalls hin und sprang. Sie kam hart und ungünstig auf dem Boden auf, doch immerhin landete sie an einem kleinen, grasbewachsenen Hang zwischen Sträuchern und Unterholz und nicht auf dem Asphalt. Nachdem sie sich wieder aufgerappelt hatte, sah sie, dass der Jeep nicht angehalten hatte. Er fuhr weiter die Straße entlang. Sie spürte irgendeinen Schmerz, doch ihr blieb keine Zeit, sich näher damit zu befassen. Sie rannte die Straße entlang, blieb alle paar Schritte stehen und flüsterte: »Alexander? Alexander?«

Es war inzwischen halb neun, und von Karolitsch fehlte jede Spur. Weder der Wachsoldat, der mit dieser Nachricht zurückkam, noch Brestow schienen sich darüber Gedanken zu machen. Brestow befahl, man solle Uspenskij zurück in seine Baracke bringen. »Wir werden uns morgen um die Angelegenheit kümmern, Genosse Uspenskij.«
»Können Sie denn nicht wenigstens in Belows Zelle nach sehen, Herr Kommandant? Nur um sicherzugehen. Das dauert keine zwei Minuten. Wir könnten auf dem Weg zu meiner Baracke beim Gefängnis Halt machen.«
Brestow zuckte die Achseln. »Von mir aus. Gehen Sie am Gefängnis vorbei, wenn Sie wollen.«

Uspenskij ging gemeinsam mit dem Wachsoldaten zum Torhaus.
»Haben die Karolitsch nicht gesehen?«, fragte Uspenskij und deutete auf die beiden Wachen auf dem Dach des Torhauses.
»Doch, sie sagen, sie haben gesehen, wie er vor etwa fünfundvierzig Minuten mit einer der Krankenschwestern in den Jeep gestiegen und zum Haus des Kommandanten gefahren ist.«
»Aber er war doch nicht im Haus des Kommandanten.«
»Das hat nichts zu sagen.«
Der Soldat stieß die Tür zum Gefängnistrakt auf und trat in den Gang. Perdow lag bewusstlos auf dem Boden. Er roch nach Wodka. »Na, großartig«, murmelte der Wachsoldat. »Du bist mir ja ein toller Wärter, Perdow.« Er nahm dem Ohnmächtigen den Hauptschlüssel ab und schloss die Zelle Nummer sieben auf.
Dann stand er mit Uspenskij in der Tür der Zelle. Der Mann auf dem Stroh war angekettet und trug ein blutverschmiertes, weißes Hemd und eine braune Hose. Sein Kopf war nach hinten gesunken, und er rührte sich nicht.
»Na also«, sagte der Soldat. »Zufrieden?«
Uspenskij ging zu dem Häftling hinunter und sah ihm ins Gesicht. Dann drehte er sich um. »Sehr zufrieden«, sagte er. »Sehen Sie selbst.«
Der Wachtsoldat kam heran. Verblüfft blickte er in die starren, offenen Augen von Iwan Karolitsch.

»Tania!«, hörte sie ihn schließlich rufen.
»Wo bist du?«
»Hier unten. Komm!«
Sie lief den Abhang hinunter. Er wartete im Schutz der Bäume auf sie und hatte bereits die Tasche mit den Waffen und ihren Rucksack gefunden. In der Hand hielt er ihre Schwesterntasche. Sie hätte sich am liebsten gleich an ihn gedrückt, doch die vielen Taschen ließen es nicht zu.
»Kannst du die kleinere Tasche mit der Munition und deine Schwesterntasche tragen? Dann nehme ich den Rest der Munition, die Waffen und den großen Rucksack. Was hast du denn bloß da drin? Ziegelsteine?«

»Proviant. Warte. Ich habe auch Kleider für dich. Wenn du die anziehst, wird der Rucksack leichter.«
»Ich will mich erst waschen, dann ziehe ich mich um. Komm mit.« Alexander ging voraus und leuchtete mit der Taschenlampe, während sie vorsichtig den Abhang bis zum Fluss hinunterstiegen.
»Was ist das für ein Fluss?«
»Die Havel.«
»Und wie weit fließt sie nach Süden?«
»Bis nach Berlin. Aber sie folgt fast die ganze Zeit der Landstraße.«
»Das ist dumm.« Alexander zog sich aus. »Bin ich froh, wenn ich die Uniform von diesem Mistkerl los bin. Nur zum Leutnant hat er es gebracht. Hast du Seife bei dir? Bist du verletzt?«
»Nein«, sagte sie. Ihr Kopf fühlte sich ein wenig schwer an. Sie reichte ihm ein Stück Seife, und er stieg nackt ins Wasser. Tatiana setzte sich ans Ufer und richtete die Taschenlampe auf ihn.
»Mach sie aus«, befahl er. »Man sieht das Licht in der Dunkelheit kilometerweit.«
Sie wollte ihn gern anschauen, doch sie schaltete gehorsam die Taschenlampe aus und hörte zu, wie er im Wasser plantschte, sich einseifte, untertauchte.
Dann entkleidete sie sich ebenfalls, ging jedoch nicht ins Wasser, sondern zog gleich die unauffällige, olivfarbene Leinenhose an, ein frisches weißes Hemd und eine Jacke.
Im Fluss sah sie die dunklen Umrisse seiner Gestalt. Er stand mit dem Gesicht zu ihr und blickte hinauf zur Straße. Plötzlich hielt er inne. Sie hörte nur noch seine Atemzüge.
»Tatiana«, sagte er.
Mehr brauchte er nicht zu sagen. Schon während sie sich umdrehte, wusste sie, was sie sehen würde. Helle Lichter tanzten über die Straße, Motorengeräusch näherte sich, man hörte Männerstimmen rufen und Hunde bellen.
»Wie haben sie es nur so schnell gemerkt?«, flüsterte sie.
Sie gab ihm die Kleider, und er zog sie an. Karolitschs Stiefel behielt er, sonst hätte er barfuß gehen müssen.

»Wir müssen unsere Spuren verwischen, sonst spüren die Schäferhunde uns auf. Die Sowjets nutzen Hitlers überlegene Militärmaschinerie bis ins Letzte aus.«
»Aber sie sind doch schon an uns vorbei.«
»Ja. Aber wo werden sie wohl als Nächstes suchen?«, fragte er.
»Im Jeep.«
»Und sind wir in diesem Jeep?«
Das stimmte. »Aber wo sollen wir hin?«, fragte sie. »Wir sitzen zwischen dem Fluss und der Straße fest. Hier finden sie uns ganz bestimmt.«
»Ja, hier finden uns die Hunde. Es ist sehr windig heute Nacht.«
»Wir müssen den Fluss überqueren und nach Westen gehen.«
»Wo ist die nächste Brücke?«
»Das können wir vergessen. Ich weiß es auch nicht mehr genau«, erwiderte sie. »Ich glaube, ein paar Kilometer flussabwärts ist eine. Aber überqueren wir ihn doch gleich hier. Wir schwimmen einfach ans andere Ufer und gehen dann Richtung Westen, weg von Berlin. Dann wenden wir uns nach Süden und versuchen, in den britischen Sektor zu kommen.«
»Und wo ist der amerikanische Sektor?«
»Ganz im Süden der Stadt. Aber die vier Zonen haben offene Grenzen, und je schneller wir die sowjetische Besatzungszone verlassen, desto besser.«
»Glaubst du?«, fragte er. »Der Fluss ist nicht besonders tief, vielleicht zweieinhalb Meter.«
Sie war bereits dabei, sich auszuziehen. »Das ist doch kein Problem. Los, schwimmen wir ans andere Ufer.«
»Das können wir nicht«, sagte er. »Wenn die Waffen und die Munition nass werden, nützen sie uns nichts mehr, bis sie getrocknet sind.« Einen Augenblick standen sie schweigend da und sahen einander in der Dunkelheit an. »Setz dich auf meinen Rücken«, sagte Alexander dann und zog die Kleider wieder aus, die er gerade angezogen hatte. »Ich schwimme ans andere Ufer, und du nimmst alle Taschen auf den Rücken.«
Beladen mit den Taschen setzte sich Tatiana auf Alexanders

Rücken. Sie empfand einen eigenartigen Schmerz, als sie seine nackte Haut an ihrem Körper spürte, ein so vertrautes Gefühl, das zugleich einer vergangenen, für immer verlorenen Zeit zu entstammen schien. Sie konnte sich ein schmerzerfülltes Stöhnen nicht verkneifen und biss auf den Riemen des Rucksacks, um nicht in Tränen auszubrechen.

Alexander watete in den Fluss und schwamm los. Tatiana merkte schnell, dass dieser Fluss nicht einmal halb so breit war wie die Kama. Ob Alexander das auch merkte? Sie wusste es nicht, doch sie spürte, wie sehr es ihn anstrengte. Sie konnte förmlich spüren, wie er unter ihr immer tiefer sackte. Er hielt sich zwar aufrecht, doch er war nicht in der Lage zu sprechen. Sie hörte nur seine angestrengten Atemzüge. Als sie schließlich das andere Ufer erreicht hatten, blieb er eine Weile keuchend auf dem Boden liegen. Sie setzte sich neben ihn und legte die Taschen beiseite. »Das hast du großartig gemacht«, sagte sie. »War es sehr anstrengend?«

»Nicht sehr. Es ist nur ...« Er stand auf. »Das kommt davon, wenn man sechs Monate im Gefängnis sitzt.«

»Ruhen wir uns ein bisschen aus. Leg dich wieder hin.« Sie legte die Hand auf sein Bein und sah zu ihm empor.

»Hast du ein Handtuch? Beeil dich.«

Sie reichte ihm das kleine Handtuch aus ihrem Rucksack. »Du denkst nicht nach, Tania«, sagte er, während er sich rasch damit abtrocknete. »Was glaubst du, was die tun, wenn sie den Rotkreuz-Jeep anhalten, deine Freunde die Türen zur Ladefläche aufmachen und du verschwunden bist? Glaubst du, die machen einfach weiter, als wäre nichts geschehen? Deine Freunde sind auf die Situation nicht vorbereitet, sie wissen nicht, dass es etwas zu verbergen gibt. Sie werden sagen: ›Vorhin war sie noch da.‹ Und dann führen sie die Soldaten zu der Stelle, wo wir den Fluss überquert haben. Mit einem ihrer Panzer kommen die in null Komma nichts über den Fluss. Zehn Männer, zwei Hunde, zehn Maschinenpistolen und zehn Pistolen. Also, gehen wir weiter! Versuchen wir, so viel Vorsprung wie möglich zu bekommen. Hast du vielleicht einen Kompass oder eine Landkarte?«

»Glaubst du, Penny und Martin bekommen Ärger mit den sowjetischen Behörden?«

Alexander schwieg einen Augenblick. »Ich glaube nicht«, sagte er dann. »Die halten ihre dunklen Geheimnisse doch gern vor den Augen der Welt verborgen. Sie werden die beiden mit Sicherheit verhören, aber sie werden sich nicht allzu lange mit amerikanischen Staatsbürgern aufhalten. Gehen wir.«

Sie trockneten sich ab, so gut sie konnten, zogen dann ihre Kleider an und liefen in den Wald hinein.

Auf verschlungenen Wegen durchquerten sie den nächtlichen Wald. Tatiana schien es, als hätten sie bereits viele Kilometer zurückgelegt. Alexander ging mit dem Messer voraus und bahnte den Weg, und sie blieb ihm eisern auf den Fersen. Es erforderte große Mühen, das dichte Unterholz zu durchdringen. Alexander leuchtete ein paar Sekunden lang mit der Taschenlampe, um den Weg direkt vor ihnen zu erhellen, dann schaltete er sie wieder aus. Oft blieb er stehen, um auf ein Geräusch zu horchen, dann ging er weiter. Tatiana wünschte sich nichts sehnlicher als eine kurze Pause. Ihre Beine trugen sie kaum noch. Schließlich schien er zu merken, wie erschöpft sie war, denn er ging langsamer und fragte: »Bist du müde?«

»Ja. Können wir kurz ausruhen?«

Er blieb stehen und warf einen Blick auf die Militärkarte, die sie mitgebracht hatte. »Unsere Position ist nicht schlecht. Wir sind sehr viel westlicher, als sie glauben werden, längst nicht so weit im Süden. Damit haben wir sie hoffentlich ein wenig in die Irre geführt.«

»Aber wir sind kein bisschen näher an Berlin.«

»Nein, das ist wahr. Aber wir sind ein gutes Stück weg vom Lager, und das ist im Augenblick das Wichtigste.« Er faltete die Karte zusammen. »Du hast nicht zufällig ein Zelt dabei?«

»Ich habe eine wasserdichte Plane, damit könnten wir uns einen Unterstand bauen.« Sie schwieg einen Moment. »Aber eigentlich würde ich lieber eine Scheune oder so etwas suchen. Der Boden ist so feucht.«

»Gut, suchen wir uns eine Scheune. Dort ist es auch wärmer

und trockener. Am anderen Ende des Waldes gibt es bestimmt ein paar Bauernhöfe.«

»Dann müssen wir also noch weitergehen?«

Er hob sie hoch und drückte sie einen Augenblick an sich. »Ja«, sagte er dann. »Wir haben noch ein Stück Weg vor uns.«

Langsam setzten sie ihren Weg durch den Wald fort.

»Es ist bald Mitternacht, Alexander. Wie viele Kilometer nach Westen sind wir denn schon gegangen?«

»Fast fünf. Noch anderthalb Kilometer, dann müssten wir auf ein paar Felder stoßen.«

Tatiana wollte ihm nicht sagen, wie sehr sie sich im Wald mit seinen ständigen Geräuschen fürchtete. Er dachte bestimmt nicht mehr daran, dass sie ihm einmal erzählt hatte, wie sie sich als Kind im Wald verirrt hatte. Er war verwundet und dem Tode nah gewesen, er würde sich nicht mehr daran erinnern, dass sie sich in ihrem ganzen Leben nie wieder so gefürchtet hatte wie damals, allein im Wald.

Schließlich kamen sie auf ein Feld. Es war eine klare Nacht, und Tatiana konnte in einiger Entfernung die Umrisse eines Kornsilos erkennen.

»Gehen wir querfeldein auf die andere Seite«, sagte sie. Doch Alexander bestand darauf, das Feld zu umrunden. Er erklärte, Felder seien ihm verdächtig.

Die Scheune stand etwa neunzig Meter vom Bauernhaus entfernt. Alexander öffnete das Tor und machte Tatiana ein Zeichen, ihm zu folgen. Ein Pferd stieß ein überraschtes Wiehern aus. Drinnen war es warm, es roch nach Heu, Pferdemist und Kuhmilch. Tatiana war dieser Geruch noch aus Luga vertraut, und wieder überfiel sie das schmerzliche Gefühl des Verlusts. Hier, mit ihm, fielen ihr all die Dinge wieder ein, die sie in Amerika vergessen hatte.

Alexander lehnte eine Leiter an den Heuboden, und Tatiana stieg als Erste hinauf. Oben angekommen ließ sie sich erschöpft ins Heu sinken. Sie zog eine Feldflasche mit Wasser aus dem Rucksack, trank daraus und reichte sie Alexander. Er trank, dann fragte er: »Hast du da vielleicht noch etwas anderes drin?«

Lächelnd kramte sie im Rucksack und förderte ein Päckchen Marlboro zutage.
»Ach, amerikanische Zigaretten«, sagte er, nahm dann eine Zigarette aus der Packung und zündete sie an. Er rauchte noch zwei weitere, ohne ein Wort zu sagen, und Tatiana saß zusammengesunken im Heu und sah ihm zu. Schließlich fielen ihr die Augen zu.
Als sie die Augen wieder öffnete, sah sie, dass Alexander sie anschaute. In seinen Augen lag ein so schmerzlich-inniger Ausdruck, dass sie seufzte und auf Händen und Knien zu ihm hinüberkroch. Sie warf sich in seine Arme, umschlang ihn und hörte ihn flüstern: »Ist ja gut.«
Sie brachte kein weiteres Wort heraus. Hier in Alexanders Armen zu liegen, ihn zu riechen, seine Atemzüge, seine Stimme zu hören …
»Ist ja gut«, flüsterte er immer noch. Er hielt sie fest, nahm ihr das Kopftuch ab und löste das Haarnetz und die Haarnadeln, sodass ihr schwarzes Haar offen herabfiel. Es war länger, als er es je gesehen hatte, reichte ihr fast bis zu den Hüften. Alexander grub die Hände in ihr Haar. »Ich mache die Augen zu«, flüsterte er. »Dann ist es wieder blond.«
Seine Berührungen verrieten ihr, dass er vorübergehend erblindet war und noch nicht wieder gelernt hatte zu sehen. Er hielt sie in jener schier unerträglichen Umklammerung, die nicht aus Liebe oder Leidenschaft entspringt, sondern aus einer Art Zwischenzustand, der beides zugleich und doch keins von beidem ist. Seine Umarmung war ein wahrer Feuersturm aus Schmerz, bittersüßer Erleichterung und Angst.
Tatiana spürte, dass er gern noch mehr gesagt hätte. Doch er konnte nicht, und so saß er nur da, breitbeinig im Heu, und sie kniete vor ihm, von seinen Armen umschlossen, und hin und wieder entrang sich seinem bebenden Körper ein weiteres »Ist ja gut«. Doch das schien nicht mehr ihr zu gelten. Es galt ihm selbst.
Ohne sie loszulassen, drückte Alexander sie ins Heu hinunter. Seine zitternden Glieder hielten sie umfangen, und Tatiana konnte kaum noch atmen. Schluchzen schüttelte ihren

Körper, und sie wusste nicht, wie sie den Aufruhr der Gefühle stillen sollte, die in ihm tobten.

Alexander küsste sie, doch er gab dabei keinen Laut von sich, kein Geräusch der Lust, des Begehrens. Sie wussten nicht recht, was sie tun sollten. Sollten sie sich ausziehen? Die Kleider anbehalten? Doch letztlich spielte es keine Rolle. Tatiana konnte sich nicht bewegen, und sie wollte es auch gar nicht. Sie spürte seinen Mund an ihrem Hals, an den Schultern, seine Hände umklammerten sie, und sie öffnete ein wenig die Lippen. Sie wollte seinen Namen flüstern, vielleicht stöhnen. Die Tränen rannen ihr unaufhörlich aus den Augenwinkeln.

Er zog sich selbst und ihr nur das Allernötigste aus. Und er drang nicht in sie ein, er zerteilte sie regelrecht. Sie nahm ihn in sich auf, und ihr Mund öffnete sich zu einem stummen Schrei, ihre Finger krallten sich in seinen Rücken, und durch den Schmerz und das Begehren hindurch spürte sie, dass Alexander sie liebte, als wäre er eben vom Kreuz hinabgestiegen. Er hielt sie so fest umklammert, bewegte sich so wild und unermüdlich, dass sie spürte, wie ihr Verstand etwas anderem wich.

»Bitte, Shura …«, flüsterte sie kaum hörbar.

Doch es war sinnlos, und das wusste sie. Sie wollte es auch gar nicht anders haben. Es konnte gar nicht anders sein.

Schließlich erreichte Alexander den heftigen Augenblick der Erlösung, und Tatiana verlor für einen kurzen Moment jede Beherrschung und schrie auf, und ihr Schrei hallte durch die Scheune, durch das Tal und durch den Wald, bis zum Fluss, bis zum Himmel hinauf.

Er blieb auf ihr liegen, rührte sich nicht, zog sich nicht zurück. Sein Körper bebte immer noch, und sie zog ihn fester an sich. Es war kaum noch möglich, doch sie zog ihn immer noch fester an sich.

»Ist ja gut.« Diesmal flüsterte sie es, und ohne ein weiteres Wort schliefen sie ein.

Tatiana erwachte, und er war wieder in ihr. Und die Nacht, die die Götter bereits länger währen ließen, war doch nicht lang genug.

Sie breiteten die Plane auf dem Heu aus und zogen sich aus. Und dort, in der sanften, strahlenden Dunkelheit, weinte Tatiana. Sie weinte von dem Augenblick an, als sie die Hand ausstreckte und ihn endlich wieder atemlos berührte, sie weinte, als er in sie eindrang, als er sie küsste, sie weinte, während seine Hände sie streichelten, während er sich in ihr bewegte, während sie seine Lippen am ganzen Körper spürte und ihre eigenen Lippen über seinen Körper wandern ließ, und sie klammerte sich an ihn, während ihr Körper von Schluchzern und Stöhnen und schließlich von schrecklicher Erlösung geschüttelt wurde, sie verschmolz mit ihm und weinte, weil sie seine Gier spürte, sein Leid und seine Hilflosigkeit, und dann entbrannte sie von neuem und schmolz dahin. »Oh, Shura«, flüsterte sie an seinem Hals.

»Mit Tränen hatte ich eigentlich nicht gerechnet«, sagte Alexander leise.

Immer wieder nahm er sie gefangen und ließ sie wieder frei, immer wieder entbrannte sie, schmolz unter seinen Händen, und immer wieder weinte sie und hauchte: »Oh, Shura ...« Immer, immer wieder drang er in sie ein, und sie schrie immer wieder auf, während er sich in ihr bewegte, langsam und heftig, tief und endlos.

Als er schließlich aufhörte, sich zu bewegen, lag er weiterhin auf ihr, und sie streichelte sanft seinen Rücken und sein Haar, und ihre Füße streichelten seine Beine. So lagen sie aneinander geschmiegt, und wieder weinte sie.

Seine Lippen flüsterten an ihrer Wange. »Tatia, du musst aufhören, jedes Mal zu weinen, wenn wir uns lieben. Was soll ein Mann denn denken, wenn seine Frau dabei immer weint?«

»Er soll denken, dass er dieser Frau alles bedeutet«, erwiderte Tatiana schluchzend. »Dass er ihr ganzes Leben ist.«

»Aber das ist sie auch für ihn«, flüsterte er und drängte sich näher an sie. »Und er weint trotzdem nicht.«

Tatiana konnte sein Gesicht nicht sehen. Er küsste ihre Brüste, ihren Bauch und glitt dann weiter nach unten, berührte sie mit den Lippen, doch diesmal viel sanfter, und sie erreichte einen sanften Höhepunkt, und ihr Schrei war leise, fast eine Liebkosung.

»›Wem eine tüchtige Frau beschert ist, die ist viel edler als die köstlichsten Perlen. Gebt starkes Getränk denen, die am Umkommen sind, dass sie trinken und ihres Elends vergessen.‹« Seine Stimme versagte beinahe, während er aus der Bibel zitierte. »›Und ihres Unglücks nicht mehr gedenken.‹«

»›Ich will aufstehen‹«, flüsterte Tatiana einen Vers aus dem Hohelied, »›und in der Stadt umhergehen auf den Gassen und Straßen und suchen, den meine Seele liebt. Da fand ich ihn; ich hielt ihn und ließ ihn nicht los.‹«

Es gab keine Nacht für sie, nur Abenddämmerung, und die nördliche Sonne versank hinter der Leningrader Universität vor dem Ehernen Reiter und der Isaaks-Kathedrale. Der Himmel verfärbte sich innerhalb weniger, viel zu kurzer Minuten blau, dann lavendelfarben und dann wieder rosarot. Die goldene Turmspitze der Peter-und-Pauls-Kathedrale warf den Widerschein der Sonne in den Spiegel des Flusses, der sich aus dem Ladogasee ergoss, aus der längst verschwundenen Dascha, aus den Ufern von Morozowo, und dessen Strom sich an Schlüsselburg vorbei durch Leningrad wälzte und dort einen Augenblick innehielt, um den goldenen Turm zwischen der Kathedrale und den ewigen Ulmen des Sommergartens zu spiegeln.

Und die Nacht war nicht lang genug. Sie reichte nicht aus, um den Boden in Matthew Sayers' Büro, Lisiy Nos, die Sümpfe Finnlands zu fassen. Sie reichte nicht für Stockholm, und sie reichte nicht für die Gefängniszelle in Morozowo, für die zehn Gran Morphium in Leonid Slonkos Kehle, sie reichte nicht für die Sinjawino-Höhen und nicht für den Vorstoß durch halb Europa mit Nikolai Uspenskij. Sie reichte nicht für den Fluss Wistula. Und nichts würde jemals den Wald und das Heiligkreuz-Gebirge fassen können.

»Nein, erzähl mir nicht von ihm.« Alle Hoffnung war aus ihrer Stimme gewichen. »Ich habe nicht die Kraft, mir das anzuhören.«

»Und ich habe nicht die Kraft, es dir zu erzählen.«

Als Tatiana von Pascha hörte, konnte sie nichts sagen, konnte Alexander nicht ansehen. Sie lag auf der Seite, die Knie bis

zur Brust hinaufgezogen, und Alexander lag hinter ihr, küsste sie auf den Rücken und flüsterte: »Es tut mir Leid, Tatiascha, so Leid. Ich wollte ihn für dich retten.«
»Ich ertrage das nicht.«
»Ich auch nicht.«
Tatiana schluchzte nur kurz auf.
»Weißt du, Tania, als er gestorben ist, habe ich meinen Kampf verloren. Ich habe nicht mehr versucht, Gottes Willen in etwas so Willkürlichem wie Paschas Tod zu erraten. Aber inzwischen ist mir klar geworden, dass Pascha es nicht schaffen konnte, es gar nicht schaffen sollte. Weißt du, wenn man sich dem Feind ergeben hat, dann lassen die sowjetischen Behörden vielleicht Gnade walten und bringen einen nur nach Kolyma. Aber wenn man für den Feind gekämpft hat ...«
»Ich weiß, Shura.«
»Ich bin 1944 fast gestorben, Tania. Du kannst dir nicht vorstellen, welche Stürme in mir getobt haben, während ich mein Strafbataillon durch jeden gottverdammten Fluss in Polen getrieben habe.«
»Das kann ich mir also nicht vorstellen? Weißt du, was ich um ein Strafbataillon gegeben hätte, Alexander?«
Er küsste sie auf den Hinterkopf, auf den Hals und auf die zarte Haut zwischen den Schulterblättern. Dort, hinter ihrem Herzen, ließ er seine Lippen ruhen und sagte: »Tatia, du warst kein Mann, kein gewaltbereiter Mann mit sechstausend Schuss Munition und einem Bajonett. Ich hatte das Gefühl, kein Mensch mehr zu sein, bis ich Pascha fand. Am Heiligen Kreuz hat Gott mir Pascha geschickt, weil ich ihn dort am meisten brauchte. Ich dachte, es wäre uns bestimmt, gemeinsam zu fliehen und dich wiederzufinden. Ich hatte ja keine Ahnung, dass es *dir* bestimmt war, *mich* zu finden.«
»Du hast uns alle gerettet, Alexander Barrington«, flüsterte Tatiana. »Mit deinem einen Leben hast du uns alle gerettet.«

Alexander schlief, in einem Zustand tiefer Bewusstlosigkeit, und Tatiana stützte sich auf den Ellbogen und zeichnete mit dem Finger die Narben unterhalb des Schlüsselbeins, an seinen Armen, Schultern und Rippen nach. Sie wollte ihn nicht aufwecken, doch sie konnte auch nicht aufhören, ihn zu berühren. Sein Körper war übersät mit Narben und Malen, die sie nicht begreifen konnte. Wie konnte ein Körper so viel ertragen haben und noch am Leben sein, wie konnte er so hager, so versehrt, so geschunden und trotzdem noch am Leben sein?

Ihre Hand wanderte über seinen Körper, die Beine entlang, dann zurück hinauf zu den Armen. Dort ließ sie die Hand ruhen, streichelte ihn sanft und betrachtete sein schlafendes Gesicht.

Einen einzigen, ewigen Augenblick gibt es im Leben – der Augenblick, ehe wir die Wahrheit voneinander erfahren. Dieser schlichte Moment trägt uns durchs ganze Leben, dieses Gefühl, an der äußersten Schwelle unserer Zukunft zu stehen, am Rand des Abgrunds unserer verbotenen Empfindungen, kurz bevor wir wissen, dass wir lieben, dass wir für immer lieben werden. Bevor Dascha starb, bevor Mama starb, bevor Leningrad starb. Vor Luga, vor dem göttlichen Lazarewo, wo die Wunder, die mir deine Liebe und dein Körper zuhauf geschenkt haben, uns beide fürs Leben prägten. Vor alldem sind wir beide durch den Sommergarten gegangen, mein nackter Arm streifte manchmal den deinen, und hin und wieder hast du etwas gesagt, sodass ich dir ins Gesicht sehen durfte, in deine lachenden Augen. Ich sah deinen Mund, und obwohl ich noch unberührt war, stellte ich mir vor, wie es sein mochte, wenn dein Mund mich berührte. Der Augenblick, als ich mich dort im Sommergarten in einer der weißen Nächte Leningrads in dich verliebte, das ist der Augenblick, der mich durchs Leben trägt.

Er wachte auf und sah sie an. »Was machst du denn?«, flüsterte er.

»Ich wache über dich«, erwiderte sie leise. Und er schloss die Augen und schlief weiter.

Am nächsten Morgen, in der Dämmerung, kam der Bauer in die Scheune, um die Kühe zu melken. Sie lagen reglos auf dem Heuboden und lauschten den Geräuschen, und als er wieder fort war, zog Tatiana sich an, stieg die Leiter hinunter und drückte die verbliebene Milch aus den Eutern in eine Tasse, aus der sie sonst Medizin verabreichte. Alexander begleitete sie, eine Pistole in jeder Hand. Sie tranken von der Milch.

»Du bist so dünn, wie ich dich nie gesehen habe«, sagte Tatiana. »Trink noch ein wenig Milch. Trink alles aus.«

Er trank. »Und du bist so wohl geformt, wie ich dich nie gesehen habe.« Sie saß auf dem Melkschemel, und er beugte sich über sie. »Deine Brüste sind größer geworden.«

»Das liegt wahrscheinlich daran, dass ich Mutter bin«, sagte sie leise und küsste ihn. »An der Schwangerschaft, an Amerika, am guten Essen. Ich weiß es nicht genau.«

»Gehen wir wieder nach oben«, sagte er und grub die Hände in ihr Haar.

Sie stiegen die Leiter hinauf. Doch noch ehe sie anfangen konnten, sich auszuziehen, hörten sie draußen Motorengeräusche. Es war sieben Uhr morgens. Alexander schaute aus dem kleinen, verglasten Fenster des Heubodens. Draußen parkte ein Militärfahrzeug, und vier Offiziere der Roten Armee standen im Hof und sprachen mit dem Bauern.

Alexander warf Tatiana einen Blick zu. »Wer ist da draußen?«, flüsterte sie.

»Setz dich an die Wand, Tania, aber nicht zu weit weg von der Leiter. Halt die P-38 und die Munition bereit.«

»Wer ist denn da?«

»Sie sind auf der Suche nach uns.«

Sie stieß einen leisen Schrei aus und kroch zum Fenster. »Oh mein Gott, sie sind zu viert, was sollen wir nur tun, wir sitzen hier oben in der Falle!«

»Ruhig. Vielleicht gehen sie ja wieder.« Er spannte die Maschinenpistole, die drei Pistolen und den Revolver. Tatiana lugte von der Seite aus dem Fenster. Der Bauer breitete die Hände aus und hob die Schultern. Die Soldaten traten ganz nah an ihn heran, deuteten dann auf das Haus, die Felder und schließlich auch auf die Scheune. Der Bauer gab den Weg frei und bedeutete ihnen mit einer Handbewegung, ruhig in die Scheune zu gehen.

»Hat der Revolver einen Double-Action- oder einen Single-Action-Modus?«
»Wie?«
»Vergiss es.«
»Ich glaube, Double-Action. Da bin ich mir fast sicher.« Sie versuchte, sich zu erinnern. »Du meinst, ob der Hahn sich von selbst wieder spannt, oder? Das tut er.«
Alexander legte sich zwischen zwei Heuballen flach auf den Bauch, die Maschinenpistole und die Pistolen lagen rechts neben ihm. Den Revolver hatte er in der Hand und hielt ihn auf die Leiter gerichtet. Tatiana hielt mit bebenden Fingern die Ladestreifen umklammert und saß hinter ihm, an die Wand gelehnt.
Er drehte sich zu ihr um. »Keinen Mucks, Tania.«
Sie nickte stumm.
Die Scheunentür öffnete sich, und der Bauer trat mit einem der russischen Offiziere ein. Tatianas Herz klopfte so laut, dass sie kaum noch etwas anderes hörte.
Der Offizier sprach nur schlecht Deutsch und mischte russische Brocken hinein. Offenbar hatte der Bauer ihm gesagt, dass er hier niemanden gesehen habe, denn der Offizier brüllte ihn auf Russisch an: »Sind Sie sich da sicher? Ganz sicher?«
Sie setzten dieses Gespräch noch kurze Zeit fort, dann hielt der Offizier plötzlich mitten im Satz inne und sah sich um. »Rauchen Sie?«, fragte er auf Russisch.
»Nein«, erwiderte der Bauer auf Deutsch. »Ich rauche nie in der Scheune wegen der Brandgefahr.«
»Nun, Brandgefahr hin oder her, in dieser Scheune hat jemand geraucht.«
Tatiana schlug die Hand vor den Mund, um nicht laut aufzuschreien.
Der Offizier rannte aus der Scheune hinaus. Tatiana schaute aus dem Fenster und sah, wie er mit den anderen Männern sprach. Der Fahrer schaltete den Motor aus, und sie stiegen alle, mit Maschinenpistolen bewaffnet, aus dem Fahrzeug.
»Shura«, flüsterte Tatiana.
»Pst«, machte er. »Sag nichts. Atme nicht mal.«

Der Bauer stand immer noch mitten in seiner Scheune, als die vier sowjetischen Soldaten hereinkamen.
»Machen Sie, dass Sie rauskommen«, befahl einer von ihnen, und der Bauer ließ sich das nicht zweimal sagen.
»Ist hier jemand?«
Keine Antwort.
»Ist hier jemand?«
»Da ist niemand«, sagte einer der anderen.
»Wir wissen, dass Sie hier sind, Below«, rief der erste Soldat. »Ergeben Sie sich, dann geschieht Ihnen nichts.«
Alexander gab keinen Laut von sich.
»Sie sollten auch an Ihre Frau denken. Seien Sie nicht so egoistisch, denken Sie nicht nur an sich selbst. Sie wollen doch, dass sie am Leben bleibt?«
Tatiana hörte die Leiter leise quietschen.
Unten fuhr der Offizier fort. »Wenn Sie sich friedlich ergeben, erlassen wir Ihrer Frau die Strafe.«
Und ein anderer fügte hinzu: »Wir sind schwer bewaffnet. Sie haben keine Chance zu entkommen. Seien Sie doch vernünftig.«
Alexander beugte sich nicht einmal vor, er richtete nur die Mündung des Revolvers nach unten und feuerte eine Kugel ab, die den Mann auf der Leiter im Kopf traf. Er fiel hintenüber, und die anderen hockten sich hin und legten ihre Waffen an. Doch sie waren zu langsam. Alexander zielte und feuerte, zielte und feuerte, zielte und feuerte. Den Männern blieb nicht einmal die Möglichkeit, in Deckung zu gehen.
Alexander sprang auf und drehte sich zu Tatiana um. »Los«, sagte er ohne Umschweife. »Wir dürfen keine Sekunde länger hier bleiben. Wenn der Bauer ein Telefon hat, ruft er jetzt bereits jemanden an.«
»Vielleicht hat er ja kein Telefon«, murmelte Tatiana.
»Das Risiko können wir nicht eingehen. Beeil dich.«
Sie griff nach ihren Gepäckstücken, und Alexander lud den Revolver nach.
»Eine gute Waffe, Tania«, sagte er. »Allerdings nicht ganz rückstoßfrei. Wie hoch ist die Mündungsgeschwindigkeit, weißt du das?«

»Der Mann, der sie mir verkauft hat, hat etwas von vierhundertfünfzehn Metern pro Sekunde gesagt.«
Alexander pfiff durch die Zähne. »Ganz schön kräftig. Fast wie meine Schpagin. Bist du so weit?«
Sie sahen aus dem Fenster, um sicherzugehen, dass der Bauer noch im Haus war und auch sonst niemand kam, dann kletterten sie die Leiter hinunter, stiegen über die Körper der Männer – Alexander griff einem von ihnen in die Tasche und zog ein Päckchen russischer Zigaretten heraus – und liefen ins Freie. Alexander nahm eine Maschinenpistole und den dazugehörigen Munitionsgürtel aus dem Armeefahrzeug. Tatiana erkundigte sich, wie er zu all den anderen Waffen noch eine Maschinenpistole tragen wolle.
»Lass das mal meine Sorge sein«, sagte er und hängte sich den Munitionsgürtel um den Hals.
»Wir könnten doch den Wagen nehmen«, schlug Tatiana vor.
»Hervorragende Idee. Und damit fahren wir dann zum nächsten Kontrollpunkt.«
Sie liefen durch die Felder, fort von dem Bauernhof und in den Wald hinein. Bis zum Mittag liefen sie ununterbrochen.
»Sollen wir nicht eine Pause machen?«, fragte Tatiana, als sie gerade einen Wasserlauf überqueren wollten. »Du bist doch sicher müde. Wir könnten uns waschen und einen Bissen essen. Wo sind wir überhaupt?«
»Nirgends«, erwiderte er und blieb widerwillig stehen. »Kaum sechs Kilometer vom Bauernhof und der sowjetischen Armee entfernt.«
»Sechs Kilometer südlich?«, fragte sie hoffnungsvoll. »Dann sind wir ja nur noch etwa ...«
»Sechs Kilometer westlich. Wir gehen nicht nach Süden.«
Sie sah ihn verständnislos an. »Wieso gehen wir nicht nach Süden? Berlin liegt doch im Süden.«
»Das stimmt. Aber sie werden annehmen, dass wir dorthin wollen.«
»Aber irgendwann müssen wir auch dorthin.«
»Ja, irgendwann.«
Sie wollte nichts mehr dazu sagen. Sie wuschen sich das Gesicht und putzten sich die Zähne. Dann holte Tatiana den

Proviant aus dem Rucksack. Lächelnd reichte sie ihm eine Dose mit amerikanischem Frühstücksfleisch. Er erwiderte ihr Lächeln und sagte: »Das mag ich gern. Aber wie willst du die Dose aufkriegen?«

»Nun, da sie aus Amerika kommt«, sagte sie, »hat sie eine Vorrichtung zum Öffnen im Deckel.«

Außerdem hatte sie Dauerbrot und getrocknete Apfelstücke dabei. Sie aßen und tranken Wasser aus dem kleinen Fluss.

»Gut, gehen wir weiter«, sagte er dann und stand auf.

»Shura.« Sie blickte zu ihm auf. »Ich würde gern ins Wasser gehen und mich waschen. Es dauert nicht lange. In Ordnung?«

Er seufzte. »Na gut. Dann rauche ich noch eine Zigarette.«

Nachdem er zwei oder drei Zigaretten geraucht hatte, zog er sich ebenfalls aus und folgte ihr ins Wasser.

Am frühen Nachmittag saßen sie auf einem umgestürzten Baumstamm neben dem kleinen Fluss, unter dem Blätterdach des einsamen Waldes. Sie saß vor ihm und wandte ihm den Rücken zu. Beide trugen nur ihre Unterwäsche, und er bürstete ihr langsam das lange, feuchte Haar. Mit einer Hand führte er die Bürste, mit der anderen strich er ihr übers Haar. Keiner von beiden sagte ein Wort.

Schließlich beugte Alexander sich über sie, küsste sie unterhalb des Ohres auf den Hals und flüsterte: »Kein Make-up mehr, ja? Ich möchte deine Sommersprossen sehen.« Tatiana gab ein leises, schnurrendes Geräusch von sich und wandte ihm den Kopf zu. Einen Augenblick schauten sie einander an, dann küssten sie sich. Er ließ die Bürste fallen, und seine Hände strichen über ihr Gesicht und ihren Hals, berührten die Eheringe an der Schnur.

Er bog ihr den Kopf weit zurück, und seine Hand wanderte über ihre Brüste und ihren Bauch und schob sich schließlich zwischen ihre Schenkel. Er löste seine Lippen von ihrem Mund. »Zieh dich aus«, flüsterte er. Sie glitt vom Baumstamm herunter und drehte sich zu ihm um. Dann zog sie sich aus und kam ganz nah heran. Er umfasste sanft ihre Brüste, dann begann er, ihren Körper von Kopf bis Fuß zu liebkosen. Sie setzte sich auf ihn, und er drückte sie fest an sich und beugte sich zu ihren Brustwarzen hinunter. Ihr leises Stöhnen hallte durch den Wald.

Ohne sie loszulassen, stand Alexander auf, trug sie zu einem großen Stein nahe am Wasser hinüber, zog mit einer Hand seine Unterhose aus, lehnte sich dann mit dem Rücken gegen den Stein und hob sie auf sich. Er bewegte sich langsam in ihr und schob sie sanft auf und ab. Sie hielt seinen Kopf umklammert und stöhnte.

Als seine Bewegungen rhythmischer wurden, wurde auch ihr Stöhnen lauter. Sie fühlte sich schwach und konnte sich kaum noch aufrecht halten. Also hob er sie hoch und trug sie zu der ausgebreiteten Zeltplane hinüber. Ausgestreckt lag sie da, und er kniete vor ihr, umfasste ihre Hüften und liebkoste sie mit seinem Mund und seinen Fingern. Doch er hörte schon bald, zu bald, wieder auf, denn ihr Stöhnen wurde zu heftig. Er hörte auf und drückte auf sie nieder, und sie schrie auf und schrie …

Doch plötzlich hielt sie in der Bewegung inne und unterdrückte jedes Geräusch, bis auf das Keuchen, das sie nicht kontrollieren konnte. Sie zog Alexander dicht zu sich heran und flüsterte: »Mein Gott, Shura, da ist ein Mann, der uns beobachtet.«

Er hielt ebenfalls in der Bewegung inne. »Wo?«, flüsterte er ihr ins Ohr, ohne den Kopf zu wenden.

»Auf meiner …«

»Stell dir ein Zifferblatt vor, Tania. Sag mir, wo er sich darauf befindet, wenn ich in der Mitte bin.«

»Auf halb fünf.«

Alexander lag ganz ruhig, so wie am Morgen in der Scheune. Tatiana stieß ein leises Wimmern aus.

»Pst«, machte er, ohne Atem zu holen. Die P-38 lag links von ihm auf der Plane. Er richtete sich ein wenig auf, dann spannte er mit einer einzigen Bewegung den Hahn, drehte sich nach links und gab drei Schüsse ab. Zwischen den Bäumen ertönte ein Schrei, und man hörte einen Körper zwischen den Sträuchern zu Boden fallen.

Sie sprangen beide auf. Alexander zog seine Hose an und

Tatiana ihre Unterhose. Bewaffnet mit dem Revolver und der Maschinenpistole ging er voran, um nachzusehen. Sie folgte ihm auf den Fersen, mit den Händen ihre Brüste bedeckend. Ein Mann in sowjetischer Uniform lag auf dem Boden. Blut floss aus seiner Schulter. Offenbar hatten ihn zwei der Schüsse getroffen, der eine an der Schulter, der andere im Hals. Alexander nahm ihm die geladene Pistole ab und kehrte zur Lichtung zurück. Tatiana kniete sich neben den Mann und drückte die Hand auf die Wunde am Hals.

Hinter sich hörte sie Alexanders leise, fassungslose Stimme. »Was machst du da, Tatiana?«

»Nichts«, sagte sie und löste dem Mann den Kragen. »Er bekommt keine Luft.«

Mit einem kehligen Knurren packte Alexander sie am Arm, zog sie beiseite, zielte mit dem Revolver und schoss dem Mann zweimal direkt in den Kopf. Tatiana schrie auf und fiel zu Boden. In ihrer Angst versuchte sie, vor Alexander zu fliehen, doch er packte sie wieder und zog sie auf die Füße. Er hielt immer noch den Revolver in der Hand. Sie schloss die Augen und wehrte sich so heftig, dass es bereits an Hysterie grenzte.

»Tatiana! Was soll denn das, verdammt?«

»Lass mich los!«

»Er bekommt keine Luft! Das will ich auch schwer hoffen. Zumindest jetzt nicht mehr. Wen willst du retten, ihn oder uns? Das ist kein Spiel, es geht um unser beider Leben. Du kannst dich nicht einfach neben ihn setzen und ihm die letzten Augenblicke verschönern, wenn wir selbst jederzeit sterben können!«

»Hör auf, hör auf, lass mich los!«

»Ach, verflucht noch mal!« Alexander ließ die Waffe fallen und baute sich vor ihr auf. Sie stand da und hielt zitternd die Arme vor der Brust verschränkt. »Was hast du vor, Tania? Warum bist du hierher gekommen? Willst du unserem Sohn seine Mutter rauben? Du musst begreifen, worauf es hinausläuft: wir oder die. Dazwischen gibt es nichts. Verdammt, wir sind im Krieg, begreifst du das denn nicht?«

»Bitte ... hör ...«

»Ich glaube, das begreifst du wirklich nicht.« Er packte sie wieder und schüttelte sie. »Er hat uns beobachtet, dich beobachtet, wahrscheinlich von Anfang an, er hat alles gesehen, alles gehört. Und weißt du, was er vorhatte? Er hat darauf gewartet, dass ich fertig werde, damit er mich erschießen kann und dich für sich allein hat. Und danach hätte er dich erschossen. Wir wissen nicht, wer er ist. Vielleicht ist er Soldat, vielleicht ein Deserteur – aber eines weiß ich sicher: Er hat nichts Gutes im Schilde geführt.«

»Mein Gott, was ist nur aus dir geworden?«

Er zwang sie gewaltsam, ihm das Gesicht zuzuwenden, dann stieß er sie von sich. »Was, ausgerechnet du willst mich verurteilen? Ich bin Soldat, kein gottverdammter Heiliger.« Er spuckte aus.

»Ich verurteile dich doch nicht. Bitte, Shura …«, flüsterte sie.

»Wir oder die, Tatiana.«

»Du, Alexander, du.« Sie schwankte. Er streckte eine Hand aus, um sie zu stützen, doch er zog sie nicht an sich, versuchte nicht, sie zu trösten.

»Begreifst du denn gar nichts? Wasch sein Blut von deinen Händen und zieh dich an. Wir müssen weiter.«

Zehn Minuten später verließen sie die Lichtung. In unauffälliges Olivgrün gekleidet gingen sie durch den Wald. Sie sprachen nur das Nötigste miteinander: Machen wir eine Pause, willst du etwas trinken, gehen wir weiter. Alexander rauchte beim Gehen. Manchmal blieb er stehen, um auf ein Geräusch aus der Umgebung zu lauschen, dann gingen sie langsam weiter. Sie hielten sich von Dörfern und asphaltierten Straßen fern. Doch auch die Bauernhöfe waren eine Gefahr. Es war Sommer, und es wurde gepflanzt und geerntet. Überall waren Erntearbeiter, Drescher, Traktoren und Feldarbeiter unterwegs. Oft mussten sie ein Feld ganz umrunden, um den Arbeitern aus dem Weg zu gehen.

Sechs Stunden lang gingen sie über Wiesen und durch den Wald und waren nun endlich auf dem Weg nach Süden. Tatiana sehnte sich verzweifelt nach einer Pause. Doch Alexander verlangsamte seine Schritte nicht, und so ging auch sie eisern weiter.

Sie kamen an einen Kartoffelacker, und Tatiana, die sehr hungrig war, ging ein paar Schritte voraus. Da packte Alexander sie am Arm und schob sie wieder hinter sich. »Geh nie vor mir, verstanden? Du weißt nichts über dieses Feld.«

»Ach, du etwa?«

»Ja, denn ich habe schon Tausende davon gesehen.«

»Ich habe auch schon Felder gesehen, Alexander.«

»Minenfelder?«

Sie hielt einen Augenblick inne. »Das ist ein Kartoffelacker. Hier sind keine Minen.«

»Und woher weißt du das? Hast du es dir durchs Fernglas angesehen? Hast du den Boden untersucht? Bist du durch das Feld gekrochen und hast mit deinem Bajonett versucht, die Minen vor dir aufzustöbern? Oder denkst du einfach, dass es auf den Feldern in Luga ja schließlich auch keine Minen gab, als du ein kleines Mädchen warst?«

»Hör auf damit, ja?«, sagte sie leise.

Er zog sein Fernglas hervor, dann untersuchte er den Boden. Schließlich erklärte er das Feld für ungefährlich, doch er wollte kein Risiko eingehen. Er zog die Militärkarte hervor und studierte sie eine Weile aufmerksam. Dann sagte er: »Gehen wir nach links. Rechts kommt bald eine Straße. Das ist zu gefährlich. Auf der andere Seite geht es für etwa fünfzehn Kilometer durch dichten Wald.«

Tatiana grub am Rand des Feldes ein paar Kartoffeln aus.

Als sie den Wald erreichten, ging die Sonne bereits unter. Sie machten an einem Bach Halt, um zu trinken, und Tatiana schlug vor: »Vielleicht können wir ja einen Fisch fangen. Wenn du ein Feuer machst, koche ich die Kartoffeln und den Fisch. Dann essen wir und schlagen unser Lager auf.« Sie wollte ihn anlächeln, doch er schaute so grimmig drein.

»Ein Feuer? Hast du jetzt völlig den Verstand verloren? In der Scheune haben sie den Rauch meiner Zigaretten gerochen. Glaubst du etwa, die Hunde riechen den Geruch von gebratenem Fisch nicht?«

»Mein Gott, Alexander, sie suchen nicht mehr nach uns. Hier ist doch niemand.«

»Nein, aber dort.« Er deutete in eine unbestimmte Richtung.

»Und wenn sie erst hier sind, ist es zu spät. Ich will ihnen keine Möglichkeit geben, uns aufzuspüren.«
»Dann essen wir also nichts?«
»Wir essen die Kartoffeln roh.«
»Na, großartig«, murmelte Tatiana.
Sie verzehrten die rohen Kartoffeln und die letzte Dose Frühstücksfleisch. Tatiana hätte noch mehr einpacken können, doch wie hätte sie ahnen sollen, dass sie nicht einmal in der Lage sein würden, ein Feuer anzuzünden und einen Fisch oder ein paar Kartoffeln zu kochen? Sie wuschen sich, und Alexander rauchte eine Zigarette. Dann sagte er: »Fertig?«
»Fertig für was?«
»Wir müssen weiter.«
»O nein, bitte, das reicht. Es ist acht Uhr abends. Wir müssen uns ausruhen. Morgen bei Tageslicht gehen wir weiter.« Gern hätte sie noch hinzugefügt, dass sie sich davor fürchtete, im Dunkeln durch den Wald zu gehen. Doch weil sie ihm keine Schwäche zeigen wollte, schwieg sie und hoffte, dass er das Richtige tun würde. Beide schwiegen sie lange.
»Gehen wir bis zehn Uhr weiter«, sagte er schließlich mit einem Seufzer. »Dann rasten wir.«
Sie blieb dicht hinter ihm, doch es war ihr unheimlich, dass hinter ihr niemand mehr ging. Ständig hatte sie das Gefühl, verfolgt zu werden, und jedes Mal, wenn Alexander stehen blieb, um zu horchen, fuhr sie herum. Irgendwann fiel ein Stein oder ein abgebrochener Ast ins Unterholz, und Tatiana schrie auf und klammerte sich an Alexander.
Er legte ihr die Hand auf den Arm. »Was ist denn, Tatiascha?«
»Nichts, gar nichts.«
Er tätschelte ihren Arm und sagte: »Schlagen wir unser Lager auf.«
Tatiana musste sich auf die Lippen beißen, um ihn nicht zu bitten, nach einer Scheune, einer Hütte, einem Graben in der Nähe eines Hauses zu suchen. Selbst ein Minenfeld wäre ihr recht gewesen, wenn sie bloß nicht die Nacht im Wald verbringen musste.
Er errichtete einen kleinen Unterstand aus ein paar starken Ästen und der Zeltplane. Dann sagte er, er werde gleich

nachkommen. Doch als er nach einer Viertelstunde immer noch nicht da war, kroch sie aus dem Unterstand hervor und sah ihn an einem Baum sitzen und rauchen.
»Shura«, flüsterte sie. »Was machst du denn?«
»Nichts. Schlaf jetzt. Wir haben morgen einen langen Tag vor uns.«
»Komm doch in den Unterstand.«
»Der ist zu klein. Ich bin hier ganz zufrieden.«
»Er ist nicht zu klein. Wir schlafen dicht nebeneinander. Komm.« Sie zog ihn am Arm, doch er entzog sich ihr.
Sie kniete vor ihm, musterte ihn einen Augenblick und strich ihm dann über die Wange. »Shura ...«
»Hör zu«, sagte er. »Du musst aufhören, mir ständig zu widersprechen. Ich bin auf deiner Seite. Aber du musst mich tun lassen, was ich für das Beste halte. Ich kenne mich aus, und ich kann nicht jedes Mal mit dir diskutieren, wenn wir in Gefahr sind.«
»Ich weiß«, erwiderte sie. »Und es tut mir Leid. Aber ich kann nichts dagegen tun, das ist meine Natur.«
»Ich fürchte, du musst etwas dagegen tun. Ich weiß, dass es dir schwer fällt, und ich weiß auch, dass die Gefühle dich überwältigen und du dir wünschst, alles wäre anders. Aber du musst diesen Kampf mit dir selbst gewinnen, du musst dafür sorgen, dass du das Richtige tust. Oder ist es dir egal, wenn die Hunnen uns besiegen?« Er legte die Arme um sie.
Sie schmiegte ihr Gesicht an seinen Hals. »Nein, das ist mir nicht egal. Ich werde mir Mühe geben, ja?«
»Das wirst du.« Er hielt sie fest umschlungen. »Du wirst tun, was ich sage, du wirst dich beherrschen, und du wirst nicht versuchen, denen zu helfen, die uns töten wollen. Das wirst du tun.« Er nahm ihr Gesicht in beide Hände. »Tania, in Morozowo habe ich dich gehen lassen, aber diesmal werde ich das nicht tun. Diesmal werden wir gemeinsam leben oder gemeinsam sterben.«
»Ja, Alexander«, sagte sie.
»Ich habe alles aus mir verbannt, bis auf die Dinge, die ich brauche, um uns hier wegzubringen, und dasselbe wirst du auch tun.«

»Ja, Alexander. Aber jetzt komm herein und schlaf.«
Er schüttelte den Kopf.
»Bitte«, flüsterte sie. »Ich fürchte mich nachts im Wald.«
Er kam in den Unterstand und legte sich neben sie. Sie breitete die Kaschmirdecke über sie. »Die habe ich für dich gekauft«, sagte sie. »An meinem ersten Weihnachten in New York.«
»Sie ist leicht und doch warm«, erwiderte Alexander. »Eine schöne Decke. ›O Gott, mach klein / Die alte sternzerfressne Himmelsdecke, / Dass ich sie um mich legen kann und lieg bequem.‹«
Sie lagen dicht aneinander geschmiegt. *Wie zwei Metallschüsseln, die genau ineinander passen.* Tatiana dachte an Lazarewo, an ihre Sommertage, als er Eiscreme für sie gemacht hatte.
»Tania«, sagte Alexander. »Du kannst es mir sagen, es wird mich nicht aufregen. Ich wollte ja, dass du glücklich bist. Warst du mit jemand anderem zusammen?«
»Nein«, erwiderte sie. Einen Augenblick hielt sie inne und dachte, dass es mit Jeb, mit Edward beinahe so weit gekommen wäre. »Wer ist denn schon so gesegnet wie du, so wie du mit den Gaben der Götter ausgestattet?« Sie spürte, wie sein Körper sich anspannte. »Und du?«
»Nein.« Er schwieg einen Augenblick. »Doch manchmal hätte ich es gern gewollt, um den Tod in Schach zu halten.«
Tatiana schloss die Augen. »Das ging mir auch so«, sagte sie. »Möchtest du das ... In-Schach-Halten von vorhin fortsetzen?«
»Nein«, erwiderte er.
Als sie die Augen wieder öffnete, war es noch immer dunkel, und er lag nicht mehr neben ihr. Er saß vor dem Unterstand, an den Baum gelehnt, die Maschinenpistole im Schoß.
»Was machst du da?«, fragte sie.
»Ich wache über dich«, gab er zur Antwort.
Sie kam mit der Decke nach draußen und breitete sie über ihn. Dann legte sie sich auf den Boden und bettete den Kopf in seinen Schoß. Sie schloss die Augen und fiel in einen unruhigen Schlaf.
Als sie wieder aufwachte, lag die Decke über ihrem Gesicht.

Sie schob sie beiseite und sah ihn an. Er rauchte und blickte starr in die Dunkelheit vor ihnen. Sein Körper schien zum Zerreißen gespannt.
»Was ist los?«, flüsterte sie.
»Ich wollte keine Asche auf dein Haar fallen lassen.«
»Nein, das meine ich nicht ... was ist los?«
Er wandte den Blick ab. »Ich glaube nicht, dass wir es schaffen, Tatiana«, flüsterte er.
Einen Augenblick lang sah sie ihn an, dann schloss sie die Augen und schmiegte sich wieder in seinen Schoß. »Du musst leben, als würdest du glauben«, sagte sie. »Dann wird dir auch der Glaube wiedergeschenkt.«
Er antwortete nicht.
Sie nahm die Schnur mit den Ringen von ihrem Hals. Den kleineren steckte sie an den Ringfinger ihrer rechten Hand, dann nahm sie seine Hand, und obwohl es nicht leicht war, ihn dazu zu bewegen, die Maschinenpistole auch nur einen Augenblick loszulassen, streifte sie ihm den größeren Ring über den Finger. Er drückte ihre Hand, dann griff er wieder nach der Maschinenpistole.
»Willst du nicht ein wenig schlafen? Ich halte solange Wache.«
»Nein«, sagte er. »Ich kann nicht schlafen.«
Sie streichelte seinen Arm. »Kann ich etwas tun?« Sie stupste ihn. »Fällt dir nicht irgendetwas ein?«
»Nein.«
»Nein?«, fragte sie erstaunt.
»Nein«, erwiderte er rundheraus. »Es ist zu viel um uns herum. Ich werde von jetzt an nicht einen Augenblick mehr unaufmerksam sein. Du hast ja gesehen, was uns beinahe passiert wäre.«
Tatiana schlief. Als die Bäume sich unter der Morgendämmerung bläulich verfärbten, weckte Alexander sie. Sie putzten sich schweigend die Zähne und packten ihre Sachen zusammen. Tatiana ging ein Stückchen in den Wald hinein, und als sie zurückkam, wandte er ihr den Rücken zu.
»Hast du Hunger?«, fragte sie, doch sie hatte kaum zu Ende gesprochen, da fuhr er schon herum und richtete beide Pis-

tolen auf sie. Nach einer kurzen Schrecksekunde ließ er die Waffen sinken und wandte sich wieder von ihr ab.
Sie kam näher, um zu sehen, was er machte. Er war dabei, jedes einzelne Fach ihres Rucksacks zu durchsuchen.
»Was suchst du denn?«, fragte sie.
»Hast du noch Zigaretten?«
»Sicher. Ich habe sechs Päckchen dabei.«
Er schwieg kurz. »Sonst keine mehr?«
Tatiana schwieg ebenfalls einen Augenblick. »Hast du etwa letzte Nacht sechs Päckchen Zigaretten geraucht?«
Er durchsuchte weiter den Rucksack.
»Was ist mit dem Päckchen, das du dem Offizier abgenommen hast?«
»Was soll damit sein?«, fragte Alexander.
Tatiana trat zu ihm und nahm ihm den Rucksack aus der Hand. Sie versuchte, die Waffen aus seinem Gürtel zu ziehen, doch das erlaubte er nicht. Also umarmte sie ihn, trotz der Waffen und des Munitionsgürtels. »Shura«, flüsterte sie. »Mein Liebster, mein Mann, alles wird …«
»Gehen wir«, unterbrach er sie und wich ein wenig vor ihr zurück. »Wir müssen weiter.«
Sie gingen weiter, diesmal direkt nach Süden. Bald ließ Alexander Tatiana nicht einmal einen Meter mehr von sich weg. Sie durfte nicht mehr in Flüssen baden, kein Feuer machen. Es war kein Frühstücksfleisch mehr übrig und auch keine Cracker. Im Gehen pflückten sie ein paar Heidelbeeren, und sie kamen an einem weiteren Kartoffelacker vorbei.
Als der Tag sich dem Ende zuneigte, fragte Tatiana, ob sie nicht doch ein Feuer machen könnten. Schließlich hatten sie den ganzen Tag nichts Verdächtiges bemerkt. Doch Alexander sagte Nein. Sie war erstaunt darüber, dass sie lediglich sechzehn Kilometer zurückgelegt hatten. Sie schienen nur langsam voranzukommen, und Tatiana fragte sich, ob Alexander sich wohl aus irgendeinem Grund davor fürchtete, nach Berlin zu kommen. Aber warum? »Wir sind bald da. Ich glaube nicht, dass wir noch sehr weit weg sind. Meinst du nicht auch?«
»Es sind noch etwa zehn Kilometer.«

»Nun, das schaffen wir doch morgen.«
»Nein. Wir sollten eine Zeit lang hier im Wald bleiben.«
»Im Wald? Aber du willst immer weitergehen und nicht Halt machen.«
»Jetzt machen wir Halt.«
»Aber wir können doch kein Feuer machen, nichts zu essen zubereiten, nichts essen, nicht schwimmen, nicht schlafen und auch nicht … Warum sollen wir denn hier im Wald bleiben?«
»Weil sie jetzt nach uns suchen. Hörst du sie nicht?«
»Wen soll ich hören?«
»Die Suchtrupps. Überall, um uns herum, in der Ferne, suchen sie uns. Hörst du sie nicht?«
Tatiana hörte nichts. »Und selbst wenn«, wandte sie ein. »Vor uns liegt der nördliche Teil von Berlin. Sie werden doch nicht überall nach uns suchen.«
»Doch, das tun sie. Wir sollten hier bleiben.«
Tatiana nahm seine Hände. »Nun komm, Alexander«, sagte sie. »Gehen wir weiter, bis wir am Ziel sind.«
Er wich vor ihr zurück und sagte: »Gut, wenn du es willst, dann gehen wir weiter.«
Je näher sie Berlin kamen, desto spärlicher wurde der Wald. Sie durchquerten eine hügelige Landschaft und eine Ebene. Die Felder waren von Bäumen umgeben. Sie kamen nur langsam voran, und einmal mussten sie sich zwei Stunden lang zwischen Sträuchern verborgen halten, weil Alexander am Horizont einen Laster gesehen hatte.
Es gab keine Wasserläufe mehr und auch keine Verstecke. Alexander wurde zusehends angespannter und lud im Gehen die Maschinenpistole nach. Tatiana wusste nicht mehr, wie sie ihm helfen sollte. Die Zigaretten waren ja längst aufgebraucht.
Um neun Uhr abends, als er ihr erlaubte, ein wenig auszuruhen, fragte sie ihn: »Du glaubst also nicht, dass hier alles ruhig ist?«
»Nein«, sagte er. »Es ist alles andere als ruhig hier. Am Rand der Felder, in weiter Ferne, höre ich die ganze Zeit über Laster fahren. Ich höre Stimmen und Hundegebell.«

»Ich höre das alles nicht«, sagte Tatiana.
»Warum solltest du auch?«
»Und warum du?«
»Weil ich es höre. Komm, bist du so weit?«
»Nein. Zeig mir auf der Karte, wo wir sind.«
Mit einem Seufzer zog er die Landkarte hervor. Sie folgte seinem Finger. »Aber das ist doch großartig, Shura! Ein paar Kilometer vor uns ist ein Hügel, und er ist nicht besonders hoch – sechshundert Meter, das ist doch nicht hoch? Wenn wir auf der anderen Seite sind, ruhen wir uns aus. Berlin ist dann nur noch ein paar Kilometer entfernt. Morgen Mittag sind wir schon im amerikanischen Sektor.«
Er sah sie an. Dann faltete er ohne ein weiteres Wort die Karte zusammen und ging weiter.
Der Mond war aufgegangen, und der Himmel war klar, sodass sie auch im Dunkeln ohne Taschenlampe vorankamen. Als sie oben auf dem Hügel standen, glaubte Tatiana, in der Ferne bereits Berlin sehen zu können. »Komm«, rief sie. »Laufen wir die letzten sechshundert Meter bis zum Fuß des Hügels.«
Alexander sank zu Boden. »Ganz offensichtlich hast du den Kriegsverlauf um Leningrad nicht näher verfolgt. Hast du denn gar nichts aus Pulkowo und aus Sinjawino gelernt? Wir werden uns nicht von diesem Hügel wegbewegen. Die Höhe ist unser einziger Vorteil. Vielleicht gewinnen wir dadurch auch ein Überraschungsmoment. Wenn wir am Fuß des Hügels sind, können wir ebenso gut gleich mit erhobenen Händen auf sie warten.«
Er baute keinen Unterstand und verbot ihr, irgendetwas aus dem Rucksack zu nehmen, bis auf die Decke, falls sie sie brauchte, damit sie jederzeit fliehen konnten.
»Fliehen? Aber sieh doch nur, Shura, wie ruhig und friedlich alles ist.«
Doch Alexander hörte ihr nicht zu. Er entfernte sich ein paar Schritte und begann dann, irgendetwas zu tun. Sie konnte kaum seine Umrisse erkennen. »Was machst du denn da?«, fragte sie und kam näher heran.
»Ich grabe. Siehst du das nicht?«

Sie musterte ihn einen Augenblick lang. »Und was gräbst du?«, fragte sie dann leise. »Ein Grab?«
Ohne aufzusehen erwiderte er: »Nein, einen Schützengraben.«
Sie verstand ihn nicht. Sie fürchtete, er habe durch den Nikotinentzug und die ständige Angst vorübergehend den Verstand verloren. Sie wollte ihm sagen, dass er unter Paranoia leide, doch sie glaubte nicht, dass das etwas nützen würde. Also bückte sie sich und half ihm beim Graben, mit einem Messer und mit den bloßen Händen, bis sie schließlich eine Grube ausgehoben hatten, die so breit war, dass er sich hineinlegen konnte und allen Blicken entzogen war.
Gegen zwei Uhr morgens waren sie mit dem Graben fertig. Sie setzten sich unter eine Linde. Alexander lehnte sich an den Stamm, und Tatiana bettete den Kopf in seinen Schoß. Er weigerte sich, sich hinzulegen oder auch nur seine Maschinenpistole aus der Hand zu geben. Doch einmal kippte die Waffe auf sie, und sie schrak hoch, woraufhin er aufsprang und sie zu Boden fiel.
Anschließend setzten sie sich wieder hin. Tatiana versuchte zu schlafen, doch es war unmöglich, Ruhe zu finden, während sie seinen angespannten Körper spürte.
Sie hörte ihn sagen: »Du hättest nicht nach mir suchen sollen. Du hättest mich hier zurücklassen sollen. Du hattest doch ein gutes Leben. Du hast dich um unseren Sohn gekümmert und gearbeitet, du hattest Freunde, ein neues Leben, New York. Mit uns war es vorbei. Warum hast du es nicht einfach dabei belassen?«
Was redest du denn da?, wollte sie fragen. Er konnte nicht meinen, was er da sagte, auch wenn er in diesem grimmigen Ton sprach. Stattdessen sagte sie: »Warum hast du mir dann Orbeli als ständigen Albtraum geschickt? Warum hast du mir Einblick in dein verschwendetes Leben gewährt?«
»Ich wollte nicht, dass Orbeli dein Albtraum wird«, erwiderte er. »Ich habe ihn dir mit auf den Weg gegeben, damit du glauben kannst.«
»Nein!« Sie sprang auf und entfernte sich ein paar Schritte von ihm.

Er blieb sitzen und sagte nur: »Sprich leiser.«
Und leiser sagte sie zu ihm: »Du hast mir Orbeli mit auf den Weg gegeben, um mich zu verfluchen!« Nun ergoss sich unaufhaltsam die Flut.
»Natürlich, das war mein einziger Gedanke in diesen letzten paar Minuten. Wie kann ich meiner Frau das Leben am besten zur Hölle machen?« Alexander bohrte seine Stiefelspitze in den Boden.
»Du wolltest mich mit Orbeli quälen!«, rief Tatiana.
»Ich sagte, du sollst leiser sprechen!«
»Wenn du wirklich gewollt hättest, dass ich an deinen Tod glaube, hättest du gar nichts gesagt. Und du hättest Sayers auch nicht gebeten, deinen verdammten Orden in meinem Rucksack zu verstecken. Du hast gewusst, gewusst hast du, dass ich nicht in der Lage bin, mein neues Leben weiterzuführen, wenn ich auch nur den kleinsten Hinweis darauf habe, dass du vielleicht noch lebst. Und dieser Hinweis war Orbeli. Wir wollten uns immer nur die Wahrheit sagen, und du hast unser Leben mit der größten Lüge beendet, die man sich vorstellen kann. Jeden Tag hast du mich gefoltert. Du hast dein Leben und deinen Tod wie Haken in mein Fleisch gebohrt, und ich konnte nicht loskommen. Das hast du gewusst.«
Tatiana schwieg einen Augenblick und versuchte, ihren bebenden Körper wieder in ihre Gewalt zu bekommen. »Der Reiter hat mich jeden Tag, jede Nacht meines Lebens verfolgt. Und du sagst mir, ich hätte nicht nach dir suchen dürfen?« Sie beugte sich über ihn, packte ihn bei den Armen und schüttelte ihn. Er erhob keinen Einspruch und wehrte sich auch nicht, doch nach einer Weile schob er sie ein wenig beiseite.
»Zieh mir die Kleider aus«, sagte er. »Komm zu mir, leg dich zu mir, nackt, ohne dich zu bedecken, und reiß mir mit den Zähnen das Fleisch von den Knochen, wie damals, in deinem Traum. Iss mich Stück für Stück bei lebendigem Leibe auf, wie du es damals getan hast, Tatiana.«
»O mein Gott, Alexander.« Sie sank erschöpft zu Boden.
Und so saßen sie im Juni unter der Linde, er auf der einen Seite des Baumes, sie auf der anderen. Sie barg das Gesicht in den

Händen und legte sich auf den Boden. Er saß mit der Waffe im Arm da.
Stunden vergingen. Schließlich hörte sie seine Stimme. »Tatiana«, sagte er sehr leise, und mehr brauchte er nicht zu sagen, denn sie hörte es ebenfalls. Sie kamen. Und diesmal drangen das Motorengeräusch, die Stimmen und das Bellen der Hunde nicht aus weiter Ferne an ihr Ohr, sondern aus nächster Nähe.
Tatiana wollte aufspringen, doch er hielt sie fest. Er sagte kein Wort, hielt sie nur fest. »Was machst du denn?«, flüsterte sie. »Warum bleibst du hier sitzen? Wir müssen fliehen! In einer Minute sind wir am Fuß des Hügels.«
»Und die sind in einer Minute hier oben auf dem Hügel. Wie oft muss ich dir das denn noch erklären?«
»Steh auf! Wir müssen fliehen ...«
»Wohin denn? Um uns herum sind nur Hügel und Felder. Glaubst du, du bist schneller als ein Schäferhund?«
Er hielt sie immer noch fest, und sie atmete ruhiger. »Werden die Hunde uns wittern?«
»Ja, ganz egal, wo wir sind.«
Tatiana schaute den Hügel hinunter. Sie konnte nichts erkennen, doch sie hörte das wilde Schnüffeln der Hund und die Stimmen der Männer, die ihnen auf Russisch befahlen, ruhig zu sein. Sie wusste, dass die Hunde so aufgeregt waren, weil sie ihre Beute in nächster Nähe witterten.
»Leg dich in den Graben, Shura«, sagte sie. »Ich klettere auf den Baum und verstecke mich dort.«
»Am besten bindest du dich fest. Sonst kannst du dich nicht mehr festhalten, wenn sie eine Rauchbombe werfen.«
»Geh. Aber gib mir das Fernglas. Ich sage dir, wie viele es sind.« Er ließ sie los, und sie sprangen beide auf. »Und meine P-38 solltest du mir auch geben.« Sie hielt einen Augenblick inne. »Wir müssen wohl oder übel die Hunde töten. Ohne die Hunde finden sie uns nicht.«
Jetzt musste Alexander lächeln. »Glaubst du nicht, dass zwei tote Hunde ihnen einen kleinen Hinweis geben könnten?«
Tatiana erwiderte sein Lächeln nicht. »Gib mir auch die Granaten. Vielleicht kann ich die ja werfen.«

»Das mache *ich*. Ich will nicht riskieren, dass du den Stift zu früh herausziehst. Und wenn du schießt, pass mit dem Rückstoß auf. Bei der P-38 ist er zwar nicht stark, aber du wirst ihn trotzdem spüren. Und du solltest nachladen, wenn sich die Möglichkeit ergibt, auch wenn du noch etwas auf dem Ladestreifen hast. Acht Kugeln sind immer besser als eine.«

Sie nickte.

»Lass niemanden zu nah an den Baum herankommen. Je weiter sie weg sind, desto höher ist die Wahrscheinlichkeit, dass sie dich verfehlen.« Er reichte ihr die Pistole, ein Seil und alle 9-mm-Ladestreifen, die sich in der Waffentasche befanden. Dann gab er ihr einen kleinen Schubs. »Geh«, sagte er. »Und komm unter gar keinen Umständen wieder runter.«

»Red keinen Unsinn«, sagte sie. »Wenn du mich unten brauchst, komme ich.«

»Nein«, sagte er. »Du kommst nur runter, wenn ich es dir sage. Ich kann es mir nicht erlauben, mich darum sorgen zu müssen, wo du bist und was du tust.«

»Shura ...«

Er baute sich vor ihr auf. »Du kommst nur runter, wenn ich es dir sage. Hast du mich verstanden?«

»Ja«, erwiderte sie leise. Dann steckte sie sich die Waffe in den Gürtel und streckte die Arme nach oben. Doch der unterste Ast des Baumes war zu hoch, sie konnte ihn nicht erreichen. Alexander hob sie hoch, und sie ergriff den Ast und kletterte hinauf.

Dann rannte er zu dem Graben hinüber, baute alle Waffen und die gesamte Munition vor sich auf und schob den Munitionsgürtel in die Maschinenpistole. Die Schpagin lag griffbereit neben ihm. Im Munitionsgürtel befanden sich hundertfünfzig Schuss.

Tatiana kletterte so hoch wie möglich in den Baum hinauf. Das Blätterwerk der Linde war sehr dicht, und sie sah nicht viel. Sie brach ein paar kleinere Zweige ab und setzte sich dann auf einen dicken Ast nah am Stamm. Von dieser Höhe aus konnte sie in der beginnenden Morgendämmerung das ganze hügelige Land ringsum erkennen. Die Männer sahen von hier oben klein aus, befanden sich weit unter ihr. Sie bil-

deten keine Formation, sondern gingen überall verstreut, in einigem Abstand voneinander.
»Wie viele sind es?«, rief Alexander.
Tatiana schaute durch das Fernglas. »Vielleicht zwanzig.« Ihr hämmerndes Herz schien ihren Brustkorb sprengen zu wollen. Mindestens zwanzig, wollte sie noch hinzufügen, doch dann ließ sie es. Die Hunde konnte sie nicht erkennen, aber sie sah die Männer, die die Hunde führten. Sie bewegten sich schneller und ruckartiger als die anderen, weil die Hunde sie mit sich fortzogen.
»Wie weit sind sie weg?«
Tatiana konnte die Entfernung nicht genau bestimmen. Sie waren weit unter ihr und wirkten noch sehr klein. Alexander hätte genau gewusst, wie weit sie weg sind, dachte sie, aber er kann sie ja nicht gleichzeitig beobachten und töten. Der Python besaß ein sehr genaues Visier, vielleicht konnte er damit ja die Hunde erkennen?
»Siehst du die Hunde, Shura?«
Sie wartete auf seine Antwort. Dann sah sie, wie er nach dem Python griff und zielte. Gleich darauf erklangen zwei Schüsse, und das Hundegebell verstummte.
»Ja«, sagte Alexander.
Tatiana schaute wieder durch das Fernglas. Unten herrschte ein beträchtliches Durcheinander. Die Gruppe verteilte sich.
»Sie schwärmen aus!«
Doch das brauchte sie Alexander nicht zu sagen. Er sprang hoch und eröffnete mit der Maschinenpistole das Feuer. Einige Zeit lang hörte Tatiana nichts als die schnell aufeinander folgenden Schüsse. Dann hörte sie ein pfeifendes Geräusch, und eine Granate explodierte etwa hundert Meter unter ihnen. Die nächste explodierte fünfzig Meter und eine weitere fünfundzwanzig Meter unter ihnen.
»Wo, Tania?«, rief Alexander laut, die Maschinenpistole noch an der Schulter.
Tatiana schaute angestrengt durch das Fernglas. Sie traute ihren Augen nicht recht. Die Männer in den dunklen Uniformen schienen jetzt über den Boden zu kriechen. Sie kamen näher. Krochen sie tatsächlich, oder wanden sie sich?

Ein paar von ihnen standen auf. »Zwei sind auf ein Uhr, drei auf elf Uhr«, rief sie, und Alexander begann von neuem zu feuern. Doch dann hörte er unvermittelt auf und warf die Maschinenpistole weg. Was war passiert? Tatiana sah, wie er nach der Schpagin griff, und sie wusste, dass er keine Munition mehr hatte. Doch in der Schpagin war auch nur noch eine halbe Trommel mit vielleicht fünfunddreißig Schuss. Schon nach wenigen Sekunden waren die aufgebraucht. Er griff nach den beiden Colts, feuerte achtmal, hielt dann zwei Sekunden lang inne, feuerte weitere achtmal und hielt wieder zwei Sekunden inne. Der Rhythmus des Krieges, dachte Tatiana. Am liebsten hätte sie die Augen geschlossen. Aus den drei Männern auf elf Uhr waren plötzlich fünf geworden, und auf ein Uhr tauchten vier weitere auf. Alexander saß zusammengekauert in seinem Schützengraben und feuerte pausenlos, bis auf die zwei Sekunden, die er zum Nachladen benötigte.

Auch von unten wurde heftig geschossen. Noch schossen sie ziellos, doch sie kamen immer näher. Tatiana schaute wieder durch das Fernglas. Jedes Mal, wenn die Männer ihre Maschinengewehre abfeuerten, gab es einen Funken, so konnte sie sie besser sehen. Und auch Alexander konnte sie sehen. Tatiana kam in den Sinn, dass seine Pistolen sicher ebenfalls solche Funken absonderten und ihn zu einem leichteren Ziel machten. Sie schrie ihm zu, er solle in Deckung gehen. Er lag jetzt auf dem Bauch in seinem Graben.

Einer der Männer kam den Hügel hinauf. Er war höchstens hundert Meter unter ihr, direkt vor dem Baum.

Sie sah, wie er etwas warf, das pfeifend durch die Luft flog, in Alexanders unmittelbarer Nähe landete und explodierte. Die Sträucher und das Gras vor ihm fingen Feuer. Alexander zog die Stifte aus zwei Granaten und warf sie blindlings; er konnte nicht sehen, wo die Männer waren.

Doch Tatiana konnte sie sehen. Sie spannte den Hahn ihrer P-38, zielte auf die Gestalt direkt unter ihr und feuerte, ohne nachzudenken. Der Rückstoß war beträchtlich, doch der ohrenbetäubende Knall war noch viel schlimmer und schien ihr für den Augenblick das Gehör zu rauben. Die Sträucher und

das Gras vor Alexanders Schützengraben brannten lichterloh.
Alexander?, flüsterte sie, doch sie hörte nicht, ob ein Geräusch aus ihrem Mund drang. Noch einmal schaute sie durch das Fernglas. Es wurde langsam heller, und die Gestalten auf dem Boden bewegten sich nicht mehr. Sie feuerte immer und immer wieder. Es wurden keine weiteren Granaten geworfen, doch plötzlich kam stoßweises Maschinenpistolenfeuer von unten, das auf Alexanders Graben zu zielen schien. Tatiana konnte die Männer sehen: Sie lagen auf halber Höhe hinter ein paar Sträuchern. Weil sie Alexander nichts zurufen und vor allem seine Antwort nicht hören konnte, zielte sie erneut mit der Waffe. Sie wusste nicht genau, ob die Kugeln aus zweihundert Metern Entfernung treffen würden, doch sie feuerte trotzdem. Immer noch konnte sie kein Geräusch von unten hören. Sie lud sechsmal nach.
Alexander feuerte immer weiter. Vielleicht waren die Sträucher ja auch durch seine eigenen Waffen in Brand geraten. Tatiana wusste es nicht genau. Sie zielte mit der Pistole, schloss die Augen, feuerte, lud nach und feuerte, bis ihre ganze Munition aufgebraucht war.
Danach schien alles ruhig zu sein. Aber vielleicht war es ja gar nicht ruhig. Sie öffnete die Augen.
»Hinter dir!«, schrie sie, und Alexander rollte sich in dem Moment aus dem Graben heraus, als der Soldat, der sich hinter ihm herangeschlichen hatte, feuerte. Alexander schlug dem Mann das Gewehr aus der Hand, trat ihm dann in die Kniekehlen und riss ihn zu Boden. Sie rangen miteinander. Der Mann zog ein Messer aus dem Stiefel, und Tatiana wäre vor Entsetzen fast vom Baum gefallen. Sie riss das Seil entzwei, mit dem sie sich an den Stamm gebunden hatte, kletterte hinunter und rannte über die Lichtung auf die beiden Kämpfenden zu. »Aufhören, aufhören«, schrie sie. Sie zückte ihre Pistole und spannte den Hahn, obwohl sie wusste, dass sie keine Munition mehr hatte. Aufhören – doch sie hörte sich ja selbst nicht, wie konnten die Männer sie dann hören? Der Soldat versuchte, mit dem Messer

nach Alexander zu stechen, und Alexander hielt das Handgelenk des Angreifers umklammert und versuchte, ihn abzuwehren.
Tatiana kam dicht heran, holte mit der Pistole aus und schlug sie dem Mann mit aller Kraft über den Kopf. Er zuckte unter dem Schlag zusammen, doch er ließ nicht von Alexander ab und hielt weiterhin das Messer umklammert. Tatiana schrie auf und schlug noch einmal mit der Pistole zu, doch ihre Schläge hatten einfach nicht genug Kraft. So schlug sie ein ums andere Mal zu, und schließlich gelang es Alexander, seine Hände um den Hals des Mannes zu legen und zuzudrücken, bis der Körper des Gegners erschlaffte. Alexander warf ihn von sich und sprang auf die Füße, blutverschmiert und angespannt. Er sagte etwas zu ihr, doch sie konnte ihn nicht hören. Er bedeutete ihr, zurückzugehen. Tatiana ließ die Pistole fallen und zog sich zurück. Alexander hob die Pistole auf, zielte auf den Soldaten und drückte ab, doch es gab kein Geräusch.
Sie ist leer, wollte Tatiana rufen, doch das hatte er bereits gemerkt. Er griff nach dem Python, der noch geladen war, und zielte auf den Soldaten, drückte jedoch nicht ab. Er hatte dem Mann das Genick gebrochen. So ließ er den Revolver sinken, kam zu ihr herüber und drückte sie ein paar Sekunden lang an sich, um sie zu beruhigen.
Sie keuchten beide heftig. Alexander war über und über mit schwarzer Asche bedeckt und blutete am Arm, am Kopf, an der Brust und an der Schulter.
Er sagte etwas zu ihr, und sie fragte: Wie bitte?
Er beugte sich über sie und sprach direkt in ihr Ohr: »Gut gemacht, Tania. Aber ich dachte eigentlich, ich hätte mich klar ausgedrückt: Du solltest nur runterkommen, wenn ich es dir sage.«
Sie sah ihn an, um zu sehen, ob das ein Scherz sein sollte, doch sie konnte seine Miene nicht entschlüsseln.
Er drückte sie an sich und sagte: »Wir müssen los. Wir haben nur noch Munition für den Revolver.«
Ihre Lippen formten die Worte: Hast du sie alle erwischt?
»Schrei nicht so. Bestimmt nicht alle, und sie kommen sicher

bald mit einer Hundertschaft und besser bewaffnet zurück. Beeilen wir uns.«

»Warte, du bist doch verletzt ...«

Er hielt ihr den Mund zu. »Du musst nicht so schreien«, sagte er zu ihr. »Du wirst bald wieder etwas hören. Sei einstweilen still und komm mit.«

Sie deutete auf seine blutende Brust, und er zuckte die Achseln und hockte sich hin. Sie riss seinen Hemdsärmel auf. Ein paar Granatsplitter hatten ihn getroffen, und sie zog sie einzeln aus seiner Schulter. Ein Splitter hatte sich tief in seinen Deltamuskel gebohrt. Schau mal, Shura, glaubte sie zu sagen.

Er beugte sich zu ihr. »Nimm ihn fest in die Hand und zieh ihn raus.«

Sie zog den Splitter mit einiger Anstrengung heraus und wäre beinahe in Ohnmacht gefallen bei der Vorstellung, was für einen Schmerz ihm das verursachen musste. Er zuckte zusammen, gab jedoch keinen Laut von sich. Tatiana säuberte die Wunden mit einem Desinfektionsmittel und verband sie. Das alles nahm kaum zwei Minuten in Anspruch.

»Was ist mit deinem Kopf?«

Sie sah, dass die Wunde an seinem Hinterkopf sich wieder geöffnet hatte.

»Hör auf zu reden. Darum kümmern wir uns später. Jetzt müssen wir los.« Sein Blut klebte noch an ihren Wangen, doch sie wischte es nicht weg.

Alexander hob die Pistolen, die Maschinenpistole und den Rucksack auf; die leere Maschinenpistole ließ er zurück. Tatiana hängte sich ihre Schwesterntasche um, dann liefen sie, so schnell sie konnten, den Hügel hinunter.

Die nächsten zwei, drei Stunden liefen, schlichen und krochen sie im Schutz von Bäumen und Mauern an den Feldern entlang. Endlich wurden die Gebäude ringsum städtischer, sie überquerten Straßen und sahen schließlich ein weißes Schild, das an einem dreistöckigen, zerbombten Haus befestigt war und die Aufschrift trug: SIE BETRETEN JETZT DEN BRITISCHEN SEKTOR DER STADT BERLIN.

Tatiana konnte inzwischen wieder hören. Sie fasste Alexander an seinem unverletzten Arm, lächelte und sagte: »Wir sind bald da.«

Doch er gab keine Antwort.

Und gleich darauf verstand sie auch, warum. Berlin war keineswegs ausgestorben, auf den Straßen fuhren Laster und Jeeps entlang, und obwohl viele davon den britischen Streitkräften gehörten, waren doch auch einige andere darunter. Ein Laster mit dem Hammer-und-Sichel-Emblem kam hupend auf sie zu, und Alexander zog Tatiana in einen Hauseingang. »Wie weit ist es bis zum amerikanischen Sektor?«, fragte er.

»Ich weiß nicht. Aber ich habe eine Straßenkarte von Berlin.«

Es stellte sich heraus, dass es noch fünf Kilometer waren, und sie brauchten den halben Tag für diese Strecke. Sie huschten von Haus zu Haus und mussten sich immer wieder in zerstörten Hauseingängen verstecken. Als sie schließlich den amerikanischen Sektor erreicht hatten, war es bereits vier Uhr nachmittags.

Sie suchten die amerikanische Botschaft in der Clayallee auf. Doch dann konnten sie nicht einmal die Straße überqueren, um dorthin zu gelangen. Vor der Tür parkten vier Jeeps mit dem Hammer-und-Sichel-Emblem.

Diesmal zog Tatiana Alexander in einen Hauseingang. Keuchend saßen sie im Schatten der Treppe und warteten.

»Vielleicht sind sie gar nicht unseretwegen hier.« Tatiana versuchte, ihrer Stimme einen hoffnungsvollen Klang zu geben. »Vielleicht ist es einfach ein Routinebesuch.«

»Ganz bestimmt. Es wäre ja auch absurd anzunehmen, dass sie vielleicht nach zwei Personen suchen, deren Beschreibung auf uns passt.«

»Wahrscheinlich nicht«, sagte Tatiana zweifelnd.

»Gut, dann gehen wir doch.« Er wollte aufstehen, doch sie hielt ihn zurück.

»Was denn, Tatiana?«

Sie dachte einen Moment nach. »Ich bin amerikanische Staatsbürgerin. Ich habe das Recht, meine Botschaft zu betreten.«

»Richtig, aber man wird dich schon aufhalten, ehe du die Möglichkeit hast, dieses Recht auszuüben.«
»Na, irgendetwas müssen wir ja wohl tun.«
Alexander schwieg, und Tatiana musterte ihn nachdenklich. Er wirkte nicht mehr so angespannt, der Kampfgeist schien aus seinem Körper gewichen zu sein. Sie streckte die Hand aus und strich ihm über die Wange. »He«, sagte sie. »Reiß dich zusammen. Die Schlacht ist noch nicht geschlagen, Soldat.« Sie zog ihn am Arm. »Gehen wir.«
»Und wohin?«
»Zum Haus des Militärgouverneurs. Ich glaube, es ist nicht weit von hier.«
Als sie das Hauptquartier der amerikanischen Militärführung erreicht hatten, versteckte sich Tatiana in einem Hausflur auf der anderen Straßenseite, legte die olivfarbene Kleidung ab und zog ihre schmutzige Schwesterntracht an. Dann bedeutete sie Alexander, ihr zu dem bewachten Tor zu folgen. Es war inzwischen fünf Uhr. Weit und breit war kein sowjetisches Fahrzeug zu sehen.
»Ich warte hier. Du gehst besser allein hinein und holst mich dann«, sagte Alexander.
Doch Tatiana griff nach seiner Hand. »Alexander«, sagte sie. »Ich lasse dich auf keinen Fall allein. Komm mit. Aber deine Waffe musst du einstecken.«
»Ich werde nicht unbewaffnet über die Straße gehen.«
»Sie ist doch leer! Und du willst in das Haus des Militärgouverneurs. Mit gezogener Waffe lässt man dich da nicht hinein. Steck sie ein.«
Sie mussten die Maschinenpistole zurücklassen – sie war zu groß. Die übrigen Waffen verstauten sie im Rucksack, dann gingen sie zum Tor hinüber. Tatiana stellte sich dicht neben Alexander und fragte den Wachposten, ob sie den Militärgouverneur Mark Bishop sprechen könne. »Sagen Sie ihm, Schwester Jane Barrington ist hier.«
Alexander sah sie von der Seite an. »Nicht Tatiana Barrington?«
»Auf den ursprünglichen Rotkreuz-Dokumenten stand Jane«, erwiderte sie. »Und Tatiana klingt so russisch.«

Einen Augenblick sahen sie einander an. »Es ist ja auch russisch«, sagte er dann leise.
Mark Bishop kam zum Tor. Er musterte erst Tatiana, dann Alexander und sagte schließlich: »Kommen Sie herein.« Auf dem Weg ins Gebäude fügte er hinzu: »Sie haben einen gewaltigen Wirbel verursacht, Schwester Barrington.«
»Herr Gouverneur, das ist mein Mann«, sagte Tatiana auf Englisch zu ihm. »Alexander Barrington.«
»Ja.« Mehr konnte Bishop im Augenblick nicht sagen. »Ist er verletzt?«
»Ja.«
»Sie auch?«
»Nein. Herr Gouverneur, können Sie einen Ihrer Männer bitten, uns zur Botschaft zu bringen? Wir müssen dringend Konsul John Ravenstock sprechen. Er erwartet mich.«
»So, tut er das?«
»Ja.«
»Erwartet er auch Ihren Mann?«
»Ja. Mein Mann ist amerikanischer Staatsbürger.«
»Tatsächlich? Wo sind seine Papiere?«
Tatiana blickte Bishop eindringlich an. »Lassen wir das die Sorge des Konsuls sein, Herr Gouverneur. Es hat doch keinen Sinn, wenn Sie sich auch noch einmischen. Bitte bringen Sie uns hin.«
Bishop rief einen der Dienst habenden Soldaten zu sich. »Möchten Sie mit einem Jeep gefahren werden, Schwester Barrington, oder ...?«
»Am besten wäre ein geschlossenes Fahrzeug.«
»Aber selbstverständlich.«
Dann fragte Tatiana, ob Dr. Flanagan und Schwester Davenport wohlbehalten im amerikanischen Sektor angekommen seien. »Es hat einige Mühen gekostet, aber sie sind vor zwei Tagen hierher zurückgekehrt. Sie sind allerdings nicht sehr gut auf Sie zu sprechen, um es einmal milde auszudrücken.«
»Ich verstehe. Es tut mir furchtbar Leid. Aber ich bin froh, dass es ihnen gut geht.«
»Sie sollten sich nicht bei mir entschuldigen, sondern bei den beiden.«

Zwei Soldaten brachten Tatiana und Alexander zur Botschaft. Auf der Fahrt saßen sie dicht nebeneinander, ohne ein Wort zu sagen. Tatiana versuchte, Alexander das getrocknete Blut von der Stirn zu wischen, doch er wandte den Kopf ab. Als sich die Türen des Lasters öffneten, befanden sie sich auf amerikanischem Boden.

»Alles wird gut, Shura«, flüsterte Tatiana, ehe sie ausstiegen. »Du wirst schon sehen.«

Doch als John Ravenstock in formeller Kleidung aus der Tür der Botschaft trat und zu ihnen auf den asphaltierten Hof kam, lächelte er nicht und hieß sie auch nicht freundlich willkommen. Er mochte von Natur aus ernst und förmlich sein – vielleicht war er aber auch bewusst unfreundlich.

»Mr Ravenstock, Sam Gulotta aus Washington hat uns gesagt, wir sollten uns an Sie wenden.«

»Ich habe in den letzten Tagen sehr viel von allen möglichen Leuten zu hören bekommen, unter anderem auch von Sam, das können Sie mir glauben.« Ravenstock seufzte tief auf. »Folgen Sie mir, Schwester Barrington. Ihr Mann soll hier warten. Braucht er einen Arzt?«

»Später«, sagte Tatiana und griff nach Alexanders Hand. »Jetzt muss er uns nur begleiten. Wenn Sie sich mit mir allein unterhalten müssen, kann er vor der Tür warten, aber er muss in jedem Fall mit hineinkommen. Andernfalls können wir auch hier vor ihm sprechen.«

Ravenstock schüttelte den Kopf. »Hören Sie«, sagte er. »Es ist sechs Uhr abends. Mein Arbeitstag endet normalerweise um vier. Ich gebe heute einen Empfang, und meine Frau wartet auf mich.«

»Mein Mann wartet auch«, erwiderte Tatiana ruhig.

»Ja, ja. Immer geht es um Ihren Mann. Trotzdem habe ich Feierabend. Sie können hereinkommen, aber ich sage Ihnen gleich, dass ich mich im Augenblick nicht ausführlich mit der Sache befassen kann. Ich werde mich schrecklich verspäten.«

Sie traten durch die Türen der Botschaft und gingen eine breite Treppe hinauf, bis in den zweiten Stock, wo sich Ravenstocks holzgetäfeltes Büro befand. Er rief einen Soldaten zu sich, der Alexander im Vorzimmer bewachen sollte, und führte Tatiana dann in sein Büro. Sie warf Alexander einen letzten Blick zu. Sie ließ ihn nur ungern im Nebenzimmer zurück, aber immerhin befanden sie sich in der amerikanischen Botschaft, und das war sehr viel besser, als ihn im sowjetischen Sektor von Berlin in einem leer stehenden Gebäude zurückzulassen. Alexander hatte bereits sein Feuerzeug gezückt und bat den Wachsoldaten um eine Zigarette.

»Bitte bleiben Sie stehen, wir haben nicht viel Zeit«, sagte Ravenstock, nachdem er die Tür seines Büros geschlossen hatte. Er war ein großer, grauhaariger Mann um die fünfzig, trug einen langen, grauen Schnurrbart und hatte dichte, graue Augenbrauen, die ihm fast bis in die Augen hingen. Tatiana blieb vor seinem Schreibtisch stehen.

»Wissen Sie eigentlich, was für Ärger Sie verursacht haben?«, rief der Konsul zornig. »Ganz offensichtlich wissen Sie das nicht. Schwester Barrington, Sie befinden sich aufgrund eines besonderen Privilegs in Deutschland und in Berlin! Es ist Wahnsinn, heller Wahnsinn, Ihre Rotkreuz-Uniform auf diese Weise zu missbrauchen und unsere ehemaligen Verbündeten so gegen uns aufzubringen. Aber mir bleibt jetzt keine Zeit, näher darauf einzugehen.«

»Sir, das Außenministerium der Vereinigten Staaten wird Ihnen die Erlaubnis geben, meinem Mann einen Pass auszustellen ...«

»Einen Pass! Liebe Güte! Ja, Sam Gulotta hat sich in dieser Angelegenheit an mich gewandt. Aber das können Sie vergessen. Wir haben hier ein gewaltiges Problem am Hals, die Situation ist äußerst angespannt. Ist Ihnen das klar?«

»Das ist mir durchaus ...«

»Nein, ich glaube nicht, dass Ihnen das klar ist. Der Kommandant der Berliner Garnison und die gesamte sowjetische Militärführung in Deutschland, ach, was sage ich, sogar das Ministerium für Nationale Sicherheit in Moskau, alle sind vollkommen außer sich wegen dieser Sache!«

»Der Kommandant der Berliner Garnison?«, fragte Tatiana erstaunt. »General Stepanow ist außer sich?«

»Nein, der doch nicht. Er wurde vor zwei Tagen abgelöst,

von einem Mann aus Moskau, irgendein alter General namens Rijmakow oder so ähnlich.«

Tatiana erbleichte.

»Und alle schreien nach Ihrem Kopf.« Ravenstock schwieg einen Augenblick. »Nach Ihrer beider Kopf! Offenbar hat Ihr Mann gegen jedes Militär- und Zivilgesetz verstoßen, das es in Russland gibt. Es heißt, er sei sowjetischer Staatsbürger und Major der Roten Armee. Zuerst wurde ihm vorgeworfen, ein Verräter, ein Deserteur und ein anti-sowjetischer Aufwiegler zu sein, und als wir die zuständigen Stellen schließlich überzeugt hatten, dass er sich nicht in unserem Gewahrsam befindet, wurde er zum amerikanischen Spion erklärt! Wir haben gefragt, was er denn nun sei, ein Spion oder ein Vaterlandsverräter, und haben verlangt, dass man sich für eines entscheidet. Aber man hat sich geweigert und stattdessen die Vorwürfe gegen Sie ausgeweitet. Sie stehen schon seit 1943 auf der Liste der Klassenfeinde. Anscheinend sind Sie nicht nur geflohen, sondern aus der Roten Armee desertiert, weil Sie Ihren Posten als militärische Krankenschwester verlassen haben. Zudem sollen Sie beim Versuch, Russland zu verlassen, fünf Grenzsoldaten getötet haben, darunter einen hoch dekorierten Leutnant. Und Ihr Bruder soll außerdem ein ...« Ravenstock kratzte sich am Kopf. »Ich weiß nicht mehr, welches Wort sie verwendet haben. Auf jeden Fall ein Verräter der schlimmsten Sorte. Aber immerhin kein Spion.«

»Mein Bruder ist tot«, sagte Tatiana.

»Tatsache ist, Schwester Barrington, die Sowjets verlangen, dass wir Sie beide hier in Berlin an sie ausliefern. Wenn Sie mich also um einen Pass bitten, machen Sie sich keine Vorstellung davon, was Sie von mir verlangen. Und jetzt muss ich wirklich los, es ist bereits Viertel nach sechs.«

Tatiana setzte sich auf den Stuhl vor seinem Schreibtisch.

»Bitte setzen Sie sich nicht hin!«

»Mr Ravenstock«, sagte sie. »Wir haben einen kleinen Sohn, der amerikanischer Staatsbürger ist. Ich selbst bin amerikanische Staatsbürgerin. Und mein Mann ist gebürtiger Amerikaner. Er ist als kleiner Junge mit seinen Eltern in die Sowjetunion gekommen, und er konnte nichts dagegen tun, er war gezwungen, sich mit sechzehn Jahren zum Militärdienst zu melden. Er konnte auch nichts dagegen tun, dass der NKWD seine Eltern erschossen hat. Soll ich Ihnen die Gesetze zur Staatsbürgerschaft vorlesen?«

»Nein, vielen Dank, die kenne ich bereits.«

»Er ist amerikanischer Staatsbürger, und er will einfach nur nach Hause zurück.«

»Das ist mir vollkommen klar. Aber ist Ihnen auch klar, dass er von den sowjetischen Behörden nach den dort geltenden Gesetzen wegen Verrats und Desertion und was weiß ich noch allem zu fünfundzwanzig Jahren Haft verurteilt worden ist? Um die Sache noch viel schwieriger zu machen, ist er nicht nur geflohen – und man hat mich informiert, dass die Flucht vor der gerechten Strafe selbst schon wieder ein Verbrechen ist –, sondern Sie haben sich auch noch mit ihm verbündet, was ebenfalls als Verbrechen gilt. Und als ob das alles noch nicht schlimm genug wäre, haben Sie beide auch noch vierzig sowjetische Soldaten auf dem Gewissen! Die schreien geradezu nach Blut.« Er warf einen Blick auf die Uhr und zerrte verzweifelt an seiner Krawatte. »O nein! Sie glauben gar nicht, wie sehr ich mich Ihretwegen verspäte.«

»Sir«, sagte Tatiana. »Wir brauchen wirklich dringend Ihre Hilfe.«

»Ja, die brauchen Sie allerdings. Sie hätten vorher darüber nachdenken sollen, worauf Sie sich mit dieser wahnsinnigen Unternehmung einlassen.«

»Ich bin nach Europa zurückgekehrt, um meinen Mann zu suchen. Ihm war es nie bestimmt, ein Russe zu sein. Bei mir ist das anders, ich bin in der Sowjetunion geboren und aufgewachsen.« Sie schluckte schwer. »Aber das spielt keine Rolle. Hier geht es nicht um mich, es geht einzig und allein um meinen Mann. Wenn Sie sich mit ihm unterhalten, werden Sie sehen, dass er sich auf der Seite der Alliierten tapfer geschlagen hat. Sie werden sehen, dass er ein ehrbarer Soldat ist, der es verdient, nach Hause zurückzukehren. Ihre Armee könnte sich glücklich schätzen, einen Soldaten wie ihn in ihren Reihen zu haben.« Tatianas Stimme klang fest. »Ich war sowjetische Staatsbürgerin. Ich habe zwar nicht die Männer an der finnischen Grenze getötet, aber ich bin tatsächlich geflohen, das entspricht der Wahrheit. Es ist Ihr gutes Recht, mich den sowjetischen Behörden auszuliefern, und ich werde bereitwillig gehen, solange ich sicher sein kann, dass mein Mann in seine Heimat zurückkehren darf, wo er hingehört.«

Noch während sie sprach, wusste sie bereits, wie absurd dieser Vorschlag war. Alexander würde niemals zulassen, dass man Tatiana den sowjetischen Behörden auslieferte und ihn in die Vereinigten Staaten zurückbrachte. Sie senkte kurz den Kopf, doch sie wollte Ravenstock nichts von den Gefühlen offenbaren, die in ihr tobten. Also hob sie den Blick wieder und sah ihn an.

Ravenstock hatte sich auf die Ecke seines Schreibtischs gesetzt und betrachtete sie. Einen Augenblick lang saß er ganz ruhig da, bis ihm wieder einzufallen schien, dass er ja eigentlich woanders sein musste. Er fingerte an seiner Krawatte herum. »Hören Sie, es ist wirklich nicht unsere Art, unsere Verbündeten zu verurteilen.« Er schwieg einen Augenblick. »Die Sowjets erweisen sich im besetzten Europa leider als entschlossene und grausame Macht. Sie weigern sich, Zugeständnisse an die Alliierten zu machen, und behandeln ihre Kriegsgefangenen menschenunwürdig. Dennoch: Sie beide haben eine ganze Reihe sowjetischer Gesetze gebrochen.«

»Die Kriegsgefangenen? Sie brauchen nur einmal einen Blick in das Speziallager Nummer sieben zu werfen, dann sehen Sie, dass sie die Deutschen nicht so schlecht behandeln wie ihre eigenen Landsleute.«

Ravenstock tippte nervös mit dem Finger auf seine Armbanduhr. »Schwester Barrington, ich würde ja liebend gern noch länger hier mit Ihnen sitzen und über die Vorzüge und Nachteile der Sowjetunion diskutieren. Aber ich komme einfach viel zu spät. Natürlich muss ich mich mit dieser Sache befassen und das Problem lösen, aber ich fürchte, das geht erst morgen.«

»Bitte schicken Sie Sam Gulotta ein Telegramm«, sagte Tat-

iana. »Er wird Ihnen alle nötigen Informationen über Alexander Barrington zukommen lassen.«
Ravenstock nahm einen dicken Aktenordner von seinem Schreibtisch. »Die Informationen liegen mir bereits vor. Morgen früh Punkt acht Uhr werden wir uns mit Ihrem Mann unterhalten.«
»Wer ist wir?«, stieß sie tonlos hervor.
»Ich selbst, der Botschafter, der Militärgouverneur und die drei Generäle der hier stationierten Streitkräfte. Wenn wir ihn verhört haben, werden wir entscheiden, wie wir weiter verfahren sollen. Sie sollten sich allerdings darüber im Klaren sein, dass militärische Angelegenheiten bei der Armee sehr ernst genommen werden, ob sie nun die eigenen Soldaten oder Angehörige anderer Heere betreffen. Desertion und Verrat werden als schwer wiegende Verbrechen betrachtet.«
»Und was ist mit mir? Werden Sie mich auch verhören?«
Ravenstock rieb sich die Nase und schüttelte dann den Kopf. »Ich glaube, das wird nicht nötig sein, Schwester Barrington. Würden Sie jetzt bitte von meinem Stuhl aufstehen und sich um Ihren Mann kümmern?«
Er öffnete die Bürotür. Alexander saß draußen auf der Bank und rauchte.
Ravenstock trat zu ihm. »Sie werden morgen verhört ...«, sagte er auf Englisch. »Was ist eigentlich Ihr aktueller Rang?«
»Hauptmann«, antwortete Alexander auf Englisch.
Ravenstock schüttelte den Kopf. »Sie sagen Hauptmann, die Russen sagen Major, und Ihre Frau behauptet, man hätte Sie jeden Ranges enthoben. Langsam verstehe ich überhaupt nichts mehr. Morgen um acht, Hauptmann Below.« Er musterte Alexander. »Sie können in der Botschaftskantine essen oder sich das Essen auf Ihr Zimmer bringen lassen.«
»Es wäre sicher besser, auf dem Zimmer zu essen«, sagte Alexander.
»Gut.« Ravenstock betrachtete seine zerfetzte, verschmutzte und blutverschmierte Kleidung. »Haben Sie noch etwas anderes anzuziehen?«
»Nein.«
»Morgen um sieben lasse ich Ihnen vom Hauspersonal eine

Hauptmannsuniform aus dem Hauptquartier der Militärverwaltung zustellen. Halten Sie sich bitte um Viertel vor acht bereit, man wird Sie dann in das Konferenzzimmer bringen.«
»Ich halte mich bereit.«
»Sind Sie ganz sicher, dass Sie niemanden brauchen, der sich Ihre Wunden einmal ansieht?«
»Nein, danke, ich habe bereits jemanden.«
Ravenstock nickte. »Dann sehe ich Sie morgen. Gefreiter, bringen Sie die beiden in die Quartiere im sechsten Stock. Sagen Sie dem Hauspersonal, man soll ein Zimmer für sie herrichten und ihnen etwas zu essen bringen. Sie müssen ja halb verhungert sein.«

Das Zimmer war groß, hatte einen Holzboden, drei große Fenster und hohe Decken. Auf dem Boden lagen ein paar Teppiche, und die Decke war ringsum mit Stuck verziert. Es standen gemütliche Sessel und ein Tisch darin, und sie hatten sogar ein Bad für sich allein. Alexander ließ sämtliche Taschen, die er trug, zu Boden fallen und setzte sich in einen der Polstersessel. Tatiana ging im Zimmer umher, betrachtete die Bilder, den Stuck an der Decke und die Teppiche. Doch Alexanders Blick wich sie aus.
»Und, zeigen die Sowjets Reue?«, fragte er schließlich.
»Ach, du weißt doch«, erwiderte sie, ohne sich umzudrehen.
»Hm. Ich kann es mir zumindest vorstellen.«
»Sie haben Stepanow durch jemand anderen ersetzt«, sagte sie und drehte sich nun doch zu ihm um.
Alexanders Finger zuckten ein wenig. »Als er mich im Februar besucht hat, hat er schon gesagt, wie sehr es ihn wundert, dass man ihn so lange auf diesem Posten lässt. Für die Generäle sieht es in der sowjetischen Armee seit Kriegsende besonders düster aus. Zu viele Kampagnen sind gescheitert, zu viele Männer sind gefallen, und es gibt zu viel Schuld zu verteilen.«
»Wie hat er erfahren, dass du dort bist?«
»Er hat meinen Namen im Register des Speziallagers gesehen.«
»Ich durfte das Register nicht einsehen.«

»Du bist ja auch nicht der Kommandant der sowjetischen Garnison in Berlin.«
Tatiana ließ sich auf das niedrige Fensterbrett sinken und vergrub das Gesicht in den Händen. »Was ist nur los?«, sagte sie. »Ich dachte, wir hätten das Schlimmste hinter uns. Ich dachte, jetzt wird es leichter.«
»Du hast gedacht, jetzt wird es leichter?«, rief er aus. »Ist denn jemals etwas leicht gewesen in unserem Leben? Hast du geglaubt, du kannst einfach so amerikanischen Boden betreten und wirst überschwänglich begrüßt?«
»Nein, aber ich dachte, wenn ich Ravenstock erkläre …«
»Ravenstock hält wahrscheinlich nicht viel von deinen Überredungskünsten, Tatiana«, sagte Alexander. »Er ist Konsul, Diplomat, er hat Befehle zu befolgen. Und er muss alles tun, um die Beziehungen zwischen den beiden Ländern stabil zu halten.«
»Sam hat mir gesagt, ich soll ihn um Hilfe bitten. Das hätte er nicht getan, wenn …«
»Sam, Sam! Wer ist dieser Sam eigentlich, und warum glaubst du, dass der NKGB auf ihn hört?«
Tatiana rang die Hände. »Ich habe es doch gewusst«, sagte sie. »Wir hätten niemals herkommen dürfen! Wir hätten Richtung Norden fliehen sollen, das hätte keiner erwartet. Wir hätten ein Frachtschiff nach Schweden nehmen sollen. In Schweden hätten wir Asyl bekommen.«
»Von diesem Plan höre ich zum ersten Mal, Tania.«
»Wir hatten nicht genug Zeit zum Nachdenken. Berlin! Ich hätte dich doch nie nach Berlin gebracht, wenn ich nicht sicher gewesen wäre, dass man uns hier helfen wird.«
Es klopfte an der Tür. Sie wechselten einen Blick. Dann stand Alexander auf, um zu öffnen, doch Tatiana befahl ihm, ins Badezimmer zu gehen und nicht nach draußen zu kommen, für alle Fälle.
Doch es war nur ein Hausmädchen, das Essen und saubere Handtücher brachte.
»Haben Sie vielleicht ein paar Zigaretten?«, fragte Tatiana, und ihre Stimme zitterte bei jedem Wort. »Ich bezahle sie Ihnen auch. Haben Sie vielleicht ein Päckchen oder zwei?«

Das Mädchen ging und kam gleich darauf mit drei Päckchen wieder.
»Alexander? Ist alles in Ordnung?« Es war so still im Badezimmer. Tatiana hatte ihn nicht ins Zimmer zurückrufen wollen, während sie darauf wartete, dass das Hausmädchen wiederkam. Doch nun kam ihr plötzlich der Gedanke, dass er sich dort drinnen vielleicht verletzt haben könnte, und sie rannte zur Tür, riss sie heftig auf und schrie: »Alexander!« Sie hätte ihn beinahe umgerannt.
»Was ist denn los mit dir?«, fragte er gelassen. »Warum schreist du so?«
»Ich dachte ... ich ... du warst so still, ich dachte ...«
Alexander nahm ihr die Zigaretten aus der Hand.
»Schau mal, man hat uns etwas zu essen gebracht.« Tatiana deutete auf das Tablett. »Es gibt Steak.« Sie versuchte zu lächeln. »Wann hast du zum letzten Mal ein Steak gegessen, Shura?«
»Ein Steak? Was ist das?«, fragte er und versuchte ebenfalls zu lächeln.
Sie setzten sich an den Tisch und stocherten in ihrem Essen herum. »Das schmeckt doch gut, oder?«
»Sehr gut.«
Sie stocherten noch ein Weilchen im Essen herum, schauten einander nicht an und sagten auch nichts. Es wurde langsam dunkel, und Tatiana stand auf, um Licht zu machen.
»Nein, lass«, sagte Alexander.
Sie saßen im Dunkeln, und nur die glühenden Spitzen seiner Zigaretten erhellten das Zimmer. Keiner von beiden sagte ein Wort, und doch war es nicht still. Tatiana schrie innerlich, und sie wusste, dass Alexander rauchte, um das Schreien in seinem Innern zu übertönen und ihres zu ersticken.
Schließlich sagte er: »Du kannst ja richtig gut Englisch.«
»Ich hatte einen guten Lehrer«, sagte sie. Dann begann sie zu weinen.
»Ruhig«, sagte er ganz leise. Er schaute an ihr vorbei zum offenen Fenster hin. »Es ist trotz allem einfacher für uns, Russisch zu sprechen, es ist vertrauter.«
»Ja, aber es schmerzt auch mehr«, erwiderte sie.

»Aber es hat etwas Tröstliches, es mit dir zu sprechen.«
»Mein Gott«, sagte sie. »Was sollen wir nur tun?«
»Wir können nichts tun«, sagte er. »Wir müssen das durchstehen.«
»Warum wollen sie mit dir reden? Was hat das für einen Sinn?«
»Es handelt sich um eine militärische Angelegenheit, und deshalb muss nach militärischen Regeln verfahren werden. Das ist immer so. Die Sowjets haben mir zwar meinen Rang abgenommen, als sie mich verurteilt haben, aber sie wissen auch, dass sie beim amerikanischen Militär in Berlin nichts ausrichten können, wenn sie zugeben, dass der Mann, der freies Geleit beantragt, ein Zivilist ist. In diesem Fall würde der Gouverneur sich nicht einmal einmischen, der Fall würde einzig und allein Ravenstock übergeben. Aber die Sowjets haben von Verrat und Desertion gesprochen, und das sind brisante Reizwörter in militärischen Kreisen, vor allem für die Amerikaner. Die Sowjets wissen das. Ich bin seit drei Jahren kein Major mehr, aber sie behaupten, dass ich einer bin, ein hoher Offizier. Damit wollen sie die Lage zusätzlich aufheizen. All diese Vorwürfe verlangen eine korrekte militärische Reaktion. Und deshalb werden sie mich morgen verhören.«
»Und was glaubst du? Was wird dann passieren?«
Er gab ihr keine Antwort, und das war noch sehr viel schlimmer für sie als eine negative Antwort. Sein Schweigen zwang sie, sich das Unvorstellbare vorzustellen.
»Nein«, sagte sie. »Nein. Das kann ich nicht ... das will ich nicht ... das werde ich nicht ...« Sie hob den Kopf und straffte die Schultern. »Dann sollen sie mich auch ausliefern. Du wirst nicht allein gehen.«
»Sei nicht albern.«
»Ich bin nicht ...«
»Sei ... nicht ... albern!« Er stand auf, doch er kam keinen Schritt näher an sie heran. »Ich werde nicht ... ich weigere mich, darüber hypothetisch zu diskutieren.«
»Das ist nicht hypothetisch, Shura«, erwiderte Tatiana. »Sie sind doch auch hinter mir her. Wie du dich erinnerst, habe ich mit Ravenstock gesprochen. Stepanow hat es ihm selbst

gesagt. Ich stehe auf der Liste der Klassenfeinde. Sie wollen, dass man uns beide ausliefert.«

»Ach, verflucht noch mal!«, rief er. »Das hast du ja wunderbar hingekriegt.« Abrupt ging er zum Fenster hinüber und schaute hinaus, wie um einzuschätzen, wie weit es vom sechsten Stock nach unten war. »Im Gegensatz zu mir, Tania, hast du einen amerikanischen Pass.«

»Das ist nur ein kleines Detail, Alexander.«

»Ja, aber ein entscheidendes. Und außerdem bist du Zivilistin.«

»Ich war Krankenschwester bei der Roten Armee und wurde dem Roten Kreuz nur zur Verfügung gestellt.«

»Man wird dich nicht ausliefern.«

»Doch, das wird man.«

»Nein. Ich werde morgen mit ihnen reden.«

»Nein! Du willst mit ihnen reden? Hast du nicht schon genug geredet? Du hast mit Matthew Sayers und mit Stepanow geredet, du hast mir in die Augen gesehen und mir ins Gesicht gelogen. Reicht dir das noch nicht? Und trotzdem bin ich immer noch da.« Sie schüttelte den Kopf. »Du wirst mit niemandem reden.«

»Doch, das werde ich.«

Tatiana brach in Tränen aus. »Was ist aus dem Plan geworden, entweder gemeinsam zu leben oder gemeinsam zu sterben?«

»Das war eine Lüge.«

»Eine Lüge! Na, das überrascht mich nicht.« Sie bebte am ganzen Körper. »Das hätte ich mir denken können. Aber auf eines kannst du dich verlassen: Man wird dich nicht allein zurückbringen. Wenn du nach Kolyma kommst, gehe ich mit dir.«

»Du weißt ja nicht, was du da sagst.«

»Damals in Leningrad«, sagte sie mit brechender Stimme, »hast du dich für mich entschieden, weil ich aufrichtig und treu war.«

»Und du hast dich für mich entschieden«, erwiderte Alexander, »weil du gewusst hast, dass ich mit aller Kraft schützen werde, was mir gehört. So wie Orbeli.«

»Lieber Gott, ich werde nicht ohne dich nach Amerika zurückgehen. Wenn du wieder in die Sowjetunion musst, gehe ich mit.«

»Tania!« Alexander sah nicht mehr aus dem Fenster. Er stand direkt vor ihr, und seine verzweifelten Augen funkelten. »Was redest du denn da? Du bringst mich noch so weit, dass ich mir die Haare ausraufen will, und dir dazu! Du redest, als hättest du alles vergessen.«

»Ich habe nichts vergessen …«

»Die Vernehmungsbeamten werden dich foltern, bis du ihnen die Wahrheit über mich sagst, die sie hören wollen, oder bis du das Geständnis unterschreibst, das sie dir vorlegen. Du unterschreibst, dann werden sie mich auf der Stelle erschießen, und dich werden sie für zehn Jahre nach Kolyma schicken, weil du gegen die Prinzipien des sowjetischen Staates verstoßen und wissentlich einen Spion und Saboteur geheiratet hast.«

Tatiana hob beide Hände. »Schon gut, Shura«, sagte sie. »Schon gut.« Sie spürte, wie er langsam die Beherrschung verlor.

Doch er packte sie an den Armen und hielt sie fest. »Und weißt du auch, was dich im Zwangsarbeitslager erwartet? Ich sage dir das nur, falls du glaubst, das ist ein weiteres Abenteuer. Du wirst nackt ausgezogen und gewaschen, von Männern, und dann werden sie dich nackt einen schmalen Gang entlang führen, vor ein zwölfköpfiges Gremium, das immer auf der Suche nach hübschen Mädchen ist. Eine Frau wie du wird ihnen auffallen, sie werden dir eine nette, angenehme Stelle in der Lagerkantine anbieten oder in der Wäscherei, und im Gegenzug musst du ihnen regelmäßig zu Willen sein. Und weil du nun einmal eine anständige Frau bist, wirst du ablehnen, und am nächsten Tag werden sie dich auf dem Flur abfangen, dich verprügeln, vergewaltigen und dich dann zum Holzfällen schicken, wie sie es seit 1943 mit allen Frauen machen.«

Tatiana fürchtete Alexanders flammendes Herz. »Bitte …«

»Du wirst Kiefernstämme auf Karren verladen, und danach wirst du keine Frau mehr sein, denn du hast jahrelang eine

Arbeit verrichtet, die keine Frau verrichten sollte. Keiner wird dich mehr wollen, nicht einmal die Männer aus dem Lagergremium, obwohl sie jede nehmen. Keiner will die Holzfällerinnen, denn schließlich weiß ja jeder, dass es sich um schadhafte Ware handelt.«

Tatiana war bleich geworden; sie versuchte, sich von Alexander loszumachen.

»Wenn deine Haft vorbei ist, im Jahr 1956, wird man dich wieder in die Gesellschaft entlassen, und all das, was dich einst zu der Person gemacht hat, die du bist, wird verschwunden sein.« Er schwieg einen Augenblick, doch er ließ sie nicht los. »Alles, Tania. Alles wird verschwunden sein.«

Sie brachte nichts weiter hervor als ein bebendes: »Oh!«

»Und das alles ohne unseren Sohn«, fuhr Alexander fort. »Ohne den Jungen, der vielleicht die Welt verändern kann, wenn er erwachsen ist, und ohne mich. Dort wirst du stehen – zahnlos, kinderlos und verwitwet, zerstört und unfruchtbar, verwildert, entmenscht. So kehrst du zurück in dein Zimmer am Fünften Sowjet. Und dafür willst du dich entscheiden? Ich kenne dein Leben in Amerika ja nicht, aber sag mir: Ist dir dieses Leben lieber?«

»Du hast überlebt«, erwiderte Tatiana in grimmigem, entschlossenem Ton. »Ich werde auch überleben.«

»Aber das ist dein Überleben!«, brüllte Alexander. »Oder hast du mich irgendwann sagen hören, dass du gestorben bist? Willst du die Todesvariante hören? Die kannst du haben.« Er ließ sie los und trat einen Schritt zurück. »Die Todesvariante also. Du stirbst an der Kälte, am Hunger. Du hast Leningrad überlebt, aber Kolyma wirst du nicht überleben. Neunzig Prozent der Männer, die dorthin geschickt werden, sterben. Du wirst sterben, weil du versucht hast, bei dir selbst eine Abtreibung durchzuführen, du wirst an irgendeiner Infektion sterben, an einer Bauchfellentzündung, an Skorbut oder an Tuberkulose, die dort mit Sicherheit tödlich sein wird. Oder du wirst sofort nach der Massenvergewaltigung zu Tode geprügelt.« Er hielt einen Augenblick inne. »Oder davor.«

Sie presste die Hände an die Ohren. »Mein Gott, Shura, hör auf«, flüsterte sie.

Zitternd standen sie voreinander. Alexander zog sie an sich, in seine Arme, an seine Brust. Und obwohl jeder seiner Atemzüge rasselte, als entränge er sich einer Kehle, die mit Glasscherben gespickt war, fühlte sie sich besser, als er sie so an sich drückte.

»Tania, ich habe überlebt, weil Gott einen starken Mann aus mir gemacht hat. Wer sich mit mir anlegt, büßt als Erster sein Leben ein. Ich konnte schießen, kämpfen, und ich habe nicht gezögert, jeden zu töten, der mir zu nahe kam. Aber du? Was hättest du getan?« Er legte ihr beide Hände auf den Kopf, dann hob er ihr Kinn in die Höhe. »Schau dich doch nur an. Du bist nur halb so groß wie ich.« Er löste ihre Arme, die ihn umschlangen, und schubste sie ganz leicht von sich, und Tatiana fiel rücklings auf das Bett. Alexander setzte sich neben sie und sagte: »Du kannst dich ja nicht mal vor mir schützen – und ich liebe dich so sehr, wie ein Mann eine Frau nur lieben kann.« Er schüttelte den Kopf. »Tatiascha, das ist kein Leben für eine Frau wie dich – deswegen hat Gott es dir auch erspart.«

Sie berührte seine Wange. »Aber warum hat er es dir nicht erspart?«, fragte sie voll Bitterkeit. »Dir – einem König unter den Menschen.« Doch er wollte das Gespräch beenden, und obwohl sie noch etwas sagen wollte, gelang es ihr nicht. Alexander ging ins Bad, um zu duschen, und Tatiana rollte sich neben dem Bett in einem Sessel am Fenster zusammen. Nach einiger Zeit kam er aus dem Badezimmer, ein Handtuch um die Hüften geschlungen, und sagte: »Kannst du dir meine Brustwunde ansehen? Ich glaube, sie entzündet sich.« Er hatte Recht. Solche Dinge konnte er gut beurteilen. Er saß ganz still, während sie ihm eine Penizillinspritze gab und die Wunde an seiner Brust mit Karbolsäure auswusch. »Ich werde sie nähen«, sagte sie dann. Während sie ihr chirurgisches Garn vorbereitete, musste sie plötzlich daran denken, wie sie damit das Rotkreuz-Emblem auf die Plane des finnischen Lasters gestickt hatte, mit dem sie aus der Sowjetunion entkommen war. Sie taumelte unter einem plötzlichen Gefühl der Schwäche. Sie hatte Matthew Sayers nicht retten können.

»Lass nur, die Wunde ist schon zu lange offen«, sagte Alexander.
»Nein, ich muss sie nähen. Das verhindert weitere Infektionen, und sie heilt besser.« Wie schaffte sie es bloß weiterzusprechen?
Sie zückte eine Spritze, um ihn lokal zu betäuben, doch er hielt sie am Handgelenk fest und sagte: »Was soll denn das?« Er schüttelte den Kopf. »Näh sie einfach, Tania. Gib mir nur vorher eine Zigarette.«
Tatiana brauchte acht Stiche, um die Wunde zu nähen. Als sie fertig war, drückte sie ihre Lippen darauf. »Tut es weh?«, flüsterte sie.
»Ich habe absolut nichts gespürt«, erwiderte Alexander und zog an der Zigarette.
Tatiana legte einen Verband an. Anschließend verband sie ihm den Arm bis hinunter zum Ellbogen und auch die eine Hand, an der er Verbrennungen vom Schießpulver erlitten hatte. Sie hielt das Gesicht von ihm abgewandt, denn sie wollte nicht, dass er sie weinen sah. Sie weinte die ganze Zeit, während sie ihn verarztete, und an seinen Atemzügen konnte sie erkennen, wie schwer es ihm fiel, sie weinen zu hören, ihr so nah zu sein und sie doch nicht zu berühren, wie in den Tagen der Blockade und in Lazarewo. Sie wusste, dass er es nicht fertig bringen würde, sie zu berühren, jetzt, da sie so kurz vor dem Ende standen.
»Soll ich dir etwas Morphium geben?« Sie sah ihn an.
»Nein«, sagte er. »Dann bin ich ja die ganze Nacht zu nichts zu gebrauchen.«
Sie tat einen schwankenden Schritt von ihm weg.
»Die Dusche hat gut getan«, sagte er. »Saubere Handtücher und heißes Wasser. Das hat so gut getan, damit hatte ich gar nicht gerechnet.«
»Ja«, sagte Tatiana. »Es gibt viel Angenehmes in Amerika.«
Sie wandten sich voneinander ab. Alexander verließ das Badezimmer, und Tatiana ging unter die Dusche. Als sie, in Handtücher gewickelt, zurück ins Zimmer kam, schlief er bereits, lag nackt auf dem Rücken unter dem Laken. Tatiana deckte ihn zu, dann setzte sie sich in den Sessel neben dem

Bett und betrachtete ihn. Mit der Hand befühlte sie die Morphiumspritzen in ihrer Schwesterntasche. Sie wusste, dass sie es nicht zulassen würde, nicht zulassen konnte, dass man ihn nach Russland zurückbrachte. Eher sollte Gott ihn haben, als dass die Sowjetunion ihn zurückbekam.

Schließlich ließ sie ihre Schwesterntasche auf dem Sessel liegen und kroch zu ihm unter die Decke, rückte ganz nah an seinen warmen Körper heran und schmiegte sich von hinten an ihn. Sie hielt ihn in den Armen und weinte an seinem Haar. Die Sowjetunion hatte nur noch Haut und Knochen von ihm zurückgelassen.

Plötzlich fragte er: »Ist Anthony ein guter Junge?«

»Ja«, antwortete sie. »Er ist großartig.«

»Sieht er dir ähnlich?«

»Nein, Alexander. Er sieht aus wie du.«

»Ein Jammer«, sagte Alexander und drehte sich zu Tatiana um.

Nackt lagen sie nebeneinander und sahen einander an, und ihre Trauer, ihr Atem und ihrer beider Seele wanderten zwischen ihnen hin und her und schrien alles Leid in die unruhige Nacht hinaus.

»Ob ich nun bei dir war oder nicht, du hast dich bisher in deinem Leben nur von einem Grundsatz leiten lassen, und das wirst du auch weiterhin tun«, sagte Alexander.

»Um deinetwillen habe ich mich noch mehr bemüht. Ich wollte es für dich noch besser machen. Ich habe versucht, mir vorzustellen, was du für uns beide gewollt hättest. Danach habe ich gelebt.«

»Und ich habe mich um deinetwillen bemüht«, sagte er. »Für dich wollte ich alles besser machen. Ich hatte dich stets vor Augen, und bei allem, was ich getan habe, habe ich nur gehofft, dass du es gutheißen würdest. Dass du mir zunicken und mir sagen würdest: Das hast du gut gemacht, Alexander. Das hast du gut gemacht.«

Schweigen. Eine Eule schrie, vielleicht hörte man auch das Flügelschlagen einer Fledermaus. Aus der Ferne klang Hundegebell.

»Das hast du gut gemacht, Alexander.«

Er schlang die Arme um sie und drückte seine Lippen auf ihre Stirn. »Wir hatten nie eine Zukunft. Heute Nacht leben wir nur von einer Minute auf die andere«, flüsterte er. »So haben wir immer gelebt, wir beide, und wir werden es noch einmal tun, eine weitere Nacht hindurch, in einem weißen, warmen Bett.«

»Sei mein Trost, folge mir«, sagte Tatiana. »Steh auf und folge mir, mein Geliebter.«

Er streichelte ihren Rücken. »Weißt du, was mich in den Jahren im Strafbataillon und im Gefängnis gerettet hat?«, sagte er. »Du hast mich gerettet. Ich habe immer gedacht, wenn es dir gelungen ist, aus Russland zu entkommen, mitten im Krieg, schwanger, mit einem sterbenden Arzt, ganz auf dich allein gestellt, dann kann ich auch das hier überstehen. Wenn es dir gelungen ist, Leningrad zu überleben, jeden Morgen aufzustehen und über die eisbedeckten Stufen nach unten zu gehen, um deiner Familie Wasser und das tägliche Brot zu beschaffen, dann, dachte ich, kann ich auch das hier überstehen. Wenn du das alles überstanden hast, kann ich ja wohl das hier überstehen.«

»Du ahnst ja nicht, wie schwer es mir anfangs gefallen ist. Und du würdest mir nicht glauben, wenn ich es dir erzählen würde.«

»Du hattest immerhin unseren Sohn. Ich hatte nur dich und die Erinnerung daran, wie du mit mir durch unser Leningrad gegangen bist, über die Newa und über den Ladogasee, wie du meine Wunden ausgewaschen und verbunden hast, wie du mich geheilt, mich gerettet hast. Ich war hungrig, und du hast mir zu essen gegeben. Ich hatte nichts als Lazarewo.« Alexander versagte die Stimme. »Und ich hatte dein unsterbliches Blut. Du hast mir die Kraft zum Leben gegeben, Tatiana. Du weißt ja nicht, was ich alles getan habe, um dich wiederzubekommen. Deinetwegen habe ich mich dem Feind, den Deutschen ergeben. Deinetwegen habe ich mich anschießen lassen, mich verprügeln, verraten und verurteilen lassen. Ich wollte dich einfach nur wiedersehen. Und dass du zurückgekommen bist, um mich zu holen, das bedeutet mir alles, Tatia. Begreifst du das denn nicht? Alles andere spielt keine Rolle mehr.

Deutschland, Kolyma, Dimitri, Nikolai Uspenskij, die Sowjetunion, das alles bedeutet gar nichts. Vergiss das alles, lass es hinter dir. Hast du mich verstanden?«

»Ich habe dich verstanden«, erwiderte Tatiana. *Wir gehen allein durch diese Welt, doch wenn wir großes Glück haben, dürfen wir einen Augenblick lang jemandem gehören, jemandem, der uns durch die Einsamkeit trägt, die ein Leben lang andauert. Und für eine Minute habe ich ihn noch einmal berührt, in der Abenddämmerung, und mir sind rote Flügel gewachsen, ich war wieder jung im Sommergarten. Ich hatte wieder Hoffnung und das ewige Leben.*

3

Berlin, Juni 1946

Am nächsten Morgen wachten sie um sechs Uhr auf. Um sieben brachte das Hausmädchen ihnen Frühstück und die Offiziersuniform der amerikanischen Armee, die Alexander tragen sollte. Man hatte auch Tatianas Schwesterntracht gereinigt. Alexander trank Kaffee, aß Toast und rauchte sechs Zigaretten. Tatiana trank ebenfalls Kaffee und aß einen Toast, doch sie konnte beides nicht bei sich behalten.

Um fünf vor acht führten zwei bewaffnete Soldaten Alexander und Tatiana in den dritten Stock hinunter. Schweigend saßen sie auf den Holzstühlen im Vorzimmer. Um acht Uhr öffnete sich die Tür, und John Ravenstock trat nach draußen.

»Guten Morgen, ihr beiden. Mit sauberer Kleidung fühlt man sich doch gleich viel wohler, nicht wahr?«

»Vor allem, wenn es amerikanische Kleidung ist«, sagte Alexander und erhob sich.

»Ja, selbstverständlich. Also, folgen Sie mir.« Er warf Tatiana einen Blick zu. »Vielleicht warten Sie besser auf Ihrem Zimmer, Schwester Barrington. Das kann ein paar Stunden dauern.«

»Ich werde hier warten«, erwiderte Tatiana.

»Wie Sie wollen.« Ravenstock zuckte mit den Achseln. »Wenn Sie etwas trinken möchten, sagen Sie dem Wachposten Bescheid.«
Alexander folgte Ravenstock. Bevor er durch die Tür trat, drehte er sich noch einmal um. Tatiana stand aufrecht da. Er salutierte, und sie salutierte ebenfalls.

Die sechs Männer saßen hinter einem langen Konferenztisch. Alexander blieb vor dem Tisch stehen. John Ravenstock stellte ihm den Militärgouverneur Mark Bishop vor – »Wir hatten bereits das Vergnügen« –, außerdem den amerikanischen Botschafter von Berlin, Phillip Fabrizzio, und die Generäle der drei Bereiche der amerikanischen Streitkräfte, die in Berlin stationiert waren: Armee, Air Force und Marine.
»Also«, begann Bishop. »Wie wollen Sie sich verteidigen, Hauptmann Below?«
»Wie bitte, Sir?«
»Sie sprechen doch Englisch?«
»Selbstverständlich.«
»Ihretwegen brodelt hier in Berlin ein internationaler Konflikt. Die Sowjets verlangen, ja bestehen sogar darauf, dass wir einen gewissen Alexander Below auf der Stelle an ihre Behörden ausliefern, sobald er durch unsere Tür tritt. Ihre Frau behauptet allerdings, Sie seien amerikanischer Staatsbürger. Botschafter Fabrizzio hat sich mit Ihrer Akte befasst. Die Frage der Nationalität von Alexander Barrington ist in der Tat recht unklar. Und obwohl ich nicht weiß, was Sie in der Sowjetunion getan oder unterlassen haben, bevor man Sie nach Sachsenhausen gebracht hat, weiß ich doch eines: In den vergangenen vier Tagen haben Sie einundvierzig sowjetische Soldaten umgebracht, und man verlangt zu Recht, Sie dafür zur Rechenschaft zu ziehen.«
»Es entbehrt nicht einer gewissen Ironie, dass die sowjetische Militärführung hier in Berlin und auch anderswo sich plötzlich so über den Verlust von einundvierzig Männern erregt. Ich habe in Sachsenhausen eigenhändig mindestens zweitausend sowjetische Bürger beerdigt, und zwar nach Kriegsende.«

»Gut, aber Sachsenhausen ist ein Lager für verurteilte Strafgefangene.«
»Nein, Sir. Es waren Soldaten, wie ich und wie Sie. Leutnants, Hauptmänner, Majore, sogar ein Oberst. Nicht zu vergessen die siebenhundert Deutschen – hoch dekorierte Offiziere und Zivilisten –, die dort entweder beerdigt oder eingeäschert wurden.«
»Sie streiten also ab, diese einundvierzig Männer getötet zu haben, Herr Hauptmann?«
»Nein, Sir. Aber sie wollten mich und meine Frau töten. Mir blieb keine andere Wahl.«
»Doch Sie sind entkommen?«
»Ja.«
»Der Kommandant des Speziallagers behauptet, Sie hätten schon unzählige Male versucht zu entkommen.«
»Das stimmt. Ich war mit den Lebensbedingungen dort nicht einverstanden.«
Die Generäle wechselten einen Blick. »Sie wurden des Hochverrats angeklagt. Ist das richtig?«
»Das ist der Vorwurf, dessen ich angeklagt bin.«
»Und Sie streiten die Anklage ab?«
»In voller Aufrichtigkeit.«
»Man sagt uns, Sie seien desertiert, als man Ihnen gerade Verstärkung bringen wollte, und seien anschließend eine Weile durch die Wälder geirrt, um sich schließlich freiwillig dem Feind zu ergeben und an dessen Seite gegen Ihre Landsleute zu kämpfen.«
»Ich habe mich tatsächlich dem Feind ergeben. Man hatte mir seit zwei Wochen die Verstärkung vorenthalten, ich hatte keine Munition und keine Männer mehr und stand einer Verteidigungslinie aus vierzigtausend deutschen Soldaten gegenüber. Aber ich habe niemals gegen meine Landsleute gekämpft. Ich war in einem Lager in Kattowitz und anschließend auf der Burg Colditz. Aber ich weiß nicht, ob Sie darüber informiert sind, dass Kapitulation für sowjetische Soldaten einen Verstoß gegen das Gesetz bedeutet. In dieser Hinsicht bin ich also schuldig.«
Die Generäle schwiegen. »Sie können von Glück sagen, dass

Sie noch am Leben sind, Herr Hauptmann«, sagte General Pearson von den Marines schließlich. »Unseren Informationen zufolge haben die Deutschen von sechs Millionen sowjetischen Kriegsgefangenen fünf Millionen sterben lassen.«

»Ich bin überzeugt, dass diese Zahlen nicht übertrieben sind, Herr General. Wenn Stalin das Genfer Abkommen unterzeichnet hätte, wären sie vielleicht noch am Leben. Denn die Briten und die Amerikaner wurden ja nicht alle getötet, nicht wahr?«

Keiner der Generäle antwortete.

»Welchen Rang bekleiden Sie jetzt?«

»Ich habe keinen Rang mehr. Vor einem Jahr, als ich des Hochverrats angeklagt wurde, hat man mir den Rang genommen.«

»Warum sprechen die Sowjets dann von Ihnen als Major Below?«, fragte Bishop.

Mit einem halben Lächeln zuckte Alexander die Achseln. »Das weiß ich auch nicht. Bis vor einem Jahr war ich Hauptmann, drei Jahre lang.«

»Hauptmann Below, erzählen Sie uns doch bitte von Anfang an, was Ihnen widerfahren ist, seit Ihre Eltern Amerika verlassen haben und in die Sowjetunion ausgewandert sind. Damit würden Sie uns sehr weiterhelfen. Uns liegen zu viele widersprüchliche Informationen vor. Es heißt, Sie seien im Jahr 1936 schon einmal verhaftet und verurteilt worden und schon damals geflohen. Der NKGB sucht seit zehn Jahren nach Alexander Barrington. Gleichzeitig behauptet man dort aber, Sie seien Alexander Below. Wir wissen also nicht einmal genau, wer Sie sind. Bitte erklären Sie es uns, Herr Hauptmann.«

»Sehr gern, Sir. Ich erbitte die Erlaubnis, mich setzen zu dürfen.«

»Tun Sie das«, sagte Bishop. »Gefreiter, bringen Sie dem Mann ein paar Zigaretten und etwas zu trinken.«

Alexander war seit sechs Stunden in dem Konferenzraum. Tatiana dachte, dass er sich vielleicht durch einen geheimen Gang davongestohlen hatte, doch durch die dicken Holztüren drangen immer wieder gedämpfte Stimmen an ihr Ohr. Meistens war es die tiefe, vertraute Stimme ihres Mannes, der Englisch sprach.

Sie ging auf und ab, sie setzte sich – mal auf den Teppich, mal auf einen der Stühle –, sie kauerte sich zusammen, wiegte sich hin und her. Ihr eigenes Leben und seines zogen vor ihren Augen vorbei, dort in dem Vorzimmer der amerikanischen Botschaft in Berlin.

Sie versuchten zu schwimmen, doch jede Minute, die verging, machte es nur schwerer, jeder neue Tag enthielt ihnen die ersehnte Erlösung vor. Jeder Tag brachte weitere Minuten mit sich, all die Dinge, die sie nicht hinter sich lassen konnten.

Jane Barrington im Zug von Leningrad nach Moskau. Sie hielt ihren Sohn umschlungen, in dem Wissen, dass sie ihn im Stich gelassen hatte, sie weinte um Alexander, sehnte sich nach Alkohol. Harold in seiner Gefängniszelle. Er rief nach Alexander, und Jurij Stepanow lag auf dem Bauch im Matsch des finnischen Schlachtfelds und rief nach Alexander. Dascha in dem Laster auf dem Eis des Ladogasees rief nach Alexander, und Tatiana lag in den finnischen Sümpfen auf den Knien, in ihrem eigenen Blut, und schrie nach Alexander, und Anthony, ganz allein mit seinen schlimmen Träumen, rief nach seinem Vater.

Da steht er, die Mütze in der Hand, er überquert die Straße, um zu ihr zu gelangen, zu dem weißen Kleid mit den roten Rosen. Da ist er, jeden Tag kommt er, und lächelt ihr zu; da steht er, auf dem Marsfeld unter den Fliederbüschen, das Gewehr über der Schulter, und sie geht barfuß neben ihm, die roten Sandalen in der Hand, da wirbelt er sie im Kreis herum, auf den Stufen ihrer Hochzeitskirche, er tanzt Walzer mit ihr unter dem roten Mond ihrer Hochzeitsnacht, da watet er aus der Kama, streicht sich das Haar zurück, tritt aus der Hütte in Lazarewo, mit seinem Beil und seiner Zigarette, kommt ihr gebrochen und zerstört entgegen, lehnt sich in der Hütte an sie, der nackte, lächelnde, rauchende, ertrinkende Alexander.

Und da ist er wieder, er steht mitten im Fluss Wistula und be-

trachtet die Überreste, die ihm nach seinem harten Kampf noch geblieben sind. Ein Weg führt in den Tod, der andere ins Leben, und er weiß nicht, für welchen er sich entscheiden soll. Doch in seinen Augen liegt ein Meer der Unsterblichkeit, und jenseits dieses Meeres liegt die Brücke zum Heiligen Kreuz.

Als er geendet hatte, schwiegen die Generäle. Der Botschafter saß reglos da, und der Konsul ebenfalls.
»Nun, Hauptmann Below«, sagte Bishop. »Das ist wirklich eine beeindruckende Lebensgeschichte. Wie alt sind Sie?«
»Siebenundzwanzig.«
Bishop stieß einen Pfiff aus.
General Pearson von den Marines sagte: »Sie haben uns erzählt, dass Ihre Frau bewaffnet nach Deutschland gekommen ist, ohne genau zu wissen, wo Sie sind, dass sie das Lager gefunden hat, in dem Sie waren, Ihre Zelle ausfindig gemacht, Sie gefunden hat. Und anschließend hat sie Ihre Flucht aus dem Hochsicherheitstrakt des Speziallagers Nummer sieben geplant?«
»Ja, Sir. Und ehe Sie sich jetzt zur Beratung zurückziehen, möchte ich Ihnen noch etwas über meine Frau sagen. Wissen Sie, sie ist … nun ja, sie gibt nicht allzu leicht auf. Sie ist vollkommen außer sich. Sie hat nicht gewusst, was für Unruhe sie mit ihren Taten gestiftet hat. Nun ist sie wild entschlossen, mit mir gemeinsam in die Sowjetunion zurückzukehren und sich ihrem Schicksal dort zu stellen. Ich flehe Sie an, meine Frau zu verschonen. Was für Vergehen ich auch begangen haben mag, sie hat die Sowjetunion nicht verdient. Sie ist inzwischen amerikanische Staatsbürgerin, und unser Sohn ist in den USA und wartet auf seine Mutter. Sie muss zu ihm zurück. Es ist vollkommen gleichgültig, wie Sie über mich entscheiden. Wenn es dazu dient, die Wogen zu glätten, dann liefern Sie mich aus.«
John Ravenstock schwieg, und die Generäle schwiegen ebenfalls. »Welchen Namen würden Sie führen wollen, Herr Hauptmann, gesetzt den Fall, Sie erhielten Ihre amerikanische Staatsbürgerschaft zurück?«

»Anthony Alexander Barrington«, gab er zur Antwort.
Die Männer starrten ihn an. Alexander stand auf und salutierte.

Die Tür öffnete sich, und die sieben Männer verließen das Konferenzzimmer. Alexander trat als Letzter nach draußen. Er sah, wie Tatiana versuchte, von ihrem Stuhl aufzustehen, doch sie konnte nicht aufrecht stehen, ohne sich festzuhalten. Sie wirkte so klein und allein, und er fürchtete, sie würde vor sechs wildfremden Männern zusammenbrechen, doch er wollte ihr unbedingt etwas sagen, sie beruhigen. Und so nickte er ganz leicht, öffnete den Mund, lächelte und sagte: »Wir fahren nach Hause.«
Sie schnappte nach Luft und schlug die Hände vor den Mund. Und dann, weil sie nun einmal Tatiana war und nicht anders konnte, und weil er es auch gar nicht anders wollte, ließ sie die Generäle Generäle sein, rannte auf ihn zu und warf sich in seine Arme. Sie schlang die Arme um ihn, schmiegte sich an ihn und drückte ihr tränennasses Gesicht an seinen Hals.
Und er beugte sich zu ihr herab und hob sie hoch in die Luft.

Danksagung

Den folgenden Menschen möchte ich von Herzen meinen längst überfälligen Dank aussprechen:

Larry Brantley, der Stimme der Armee voll militärischer Kraft und männlicher Stärke, für all die Stunden, die er damit zugebracht hat, mir Dinge zu erklären, auf die ich von selbst nie gekommen wäre.

Tracy Brantley, seiner Frau und meiner treuen Freundin, die mir, wie es sich für eine Freundin gehört, schon früh die Bestätigung geschenkt hat, die ich brauchte: Sie hat an den richtigen Stellen geweint und Tania und Shura aus den richtigen Gründen ins Herz geschlossen.

Irene Simons, meiner ersten Schwiegermutter, für den Namen, unter dem ich meine Bücher veröffentliche.

Elaine Ryan, meiner zweiten Schwiegermutter, für ihren wundervollen jüngeren Sohn.

Radik Tichontrow, dem alten Freund meines Vaters, der mir in der Petersburger Bibliothek die Tagebücher von Überlebenden der Blockade kopiert und mir Hunderte von Seiten in russischer Sprache zugeschickt hat.

Robert Gottlieb, Russland-Liebhaber wie ich, der stets für mich da war, und Kim Whalen für zehn Jahre harter Arbeit.

Jane Barringer, die, mit der Miene und der Engelsgeduld von Melanie in dem Film *Vom Winde verweht*, *Die Liebenden von Leningrad* Wort für Wort gelesen hat – und zwar dreimal! Dem Buch hat das sehr gut getan.

Joy Chamberlain, der wunderbaren Lektorin, Mutter und Schwimmerin, die alles sieht, alles spürt und alles versteht und sich immer so hinreißend davor fürchtet, mir schlechte Nachrichten zu überbringen.

Nick Sayers, meinem Freund und früheren Verleger und Lektor, der mir einmal, nach ein paar Gläsern Wein, versicherte, er würde sogar die Gelben Seiten veröffentlichen, wenn ich sie geschrieben hätte.

Pawla Salacowa, die sich solche Mühe gibt, mir das Leben zu erleichtern, dass ich manchmal überzeugt bin, sie müsse zwanzig Hände haben.
Und meinem zweiten und letzten Ehemann, Kevin:
Du bist der Größte.

Quellennachweise

Alexander Puschkin, *Der eherne Reiter,* zitiert nach der Übersetzung von Rolf-Dietrich Keil, Copyright Insel Verlag, Frankfurt, 1999.

Lenin, *Staat und Revolution,* Teil V, zitiert nach der Lenin-Werkausgabe, Band 25, Dietz Verlag, Berlin, 1972.

Rudyard Kipling, *Wenn,* zitiert nach der Übersetzung von Anja Hauptmann, http://www.beepworld.de/members48/lotusblume25/gedichte.htm.

Alfred, Lord Tennyson, *Ulysses,* zitiert nach der Übersetzung von Ferdinand Freiligrath, *Englische und amerikanische Dichtung, Band 2: Von Dryden bis Tennyson,* Copyright C. H. Beck Verlag, München, 2000, S. 381.

T. E. Hulme, *Der Themse-Kai (Phantasie eines gefallenen Herrn in kalter, bitterer Nacht),* zitiert nach der Übersetzung von Horst Meller, *Englische und amerikanische Dichtung, Band 3: Von R. Browning bis Heaney,* Copyright C. H. Beck Verlag, München, 2000, S. 193.

Dante Alighieri, *Die göttliche Komödie,* zitiert nach der Übersetzung von Ida und Walther von Wartburg, Copyright Manesse Verlag, Zürich, 1963, S. 69.

Der Prozeß gegen die Hauptkriegsverbrecher vor dem Internationalen Militärgerichtshof Nürnberg, 14. Nov. 1945–1. Okt. 1946, fotomechanischer Nachdruck der Ausgabe Nürnberg 1947–1949, Copyright Delphin-Verlag, München, S. 129–131, 142f., 146ff., Band 7–8 (leicht gekürzt).

Alfred, Lord Tennyson, *Eine glänzende Träne floss,* zitiert nach der Übersetzung von Werner v. Koppenfels, *Englische und amerikanische Dichtung, Band 2: Von Dryden bis Tennyson,* Copyright C. H. Beck Verlag, München, 2000, S. 397.

Die deutsche Fassung der zitierten Bibelstellen stammt aus der Lutherbibel.